人 世 间

梁晓声 著

下部

人世间

梁晓声 著

中国青年出版社

目录

第 一 章	……001
第 二 章	……038
第 三 章	……051
第 四 章	……084
第 五 章	……124
第 六 章	……159
第 七 章	……206
第 八 章	……220
第 九 章	……255
第 十 章	……290
第十一章	……305
第十二章	……326
第十三章	……362
第十四章	……392
第十五章	……450
第十六章	……465
尾 声	……495

第一章

二〇〇一年七月五日上午九时，周秉昆正式出狱。

七年前，他曾非正式地出狱过一次，不是保外就医，而是由于他母亲去世。

那件事对周秉昆发生得极为突然——不久前，郑娟探监时还告诉他老人家身体挺好，能吃能睡，让他放心。某日晚饭后，一名管教干部命他留在餐桌那儿。

当饭堂里只剩下他一名犯人时，管教干部走到他对面坐了下去。

他立刻站起，垂首直立。那时他早已懂得此种规矩，能够做出条件反射般的迅速反应了。

管教干部却说："你可以坐下。"

管教对犯人说话时的表情、语气大抵都有那么一股不怒自威的劲儿，那种威是对他们特殊工作的要求，也是犯人所要付出的代价之一——自从入狱那一天起，犯人就不大可能从管教脸上得到一丝笑意，即便在管教一对一表扬犯人时。所以，犯人之间流传着"千金难买管教一笑"的说法。

周秉昆坐下后，仍很懂规矩地低着头。他听到管教干部以平和的语气说："周秉昆，你母亲两天前过世了。经我们研究，批准你出狱几小时参加你母亲的葬礼。如果你愿意的话，现在就可以由张管教带你去理理发、刮刮胡子。"

周秉昆没哭，也没流泪，他感觉只不过听到了一条与自己有关的信息而已。

"去还是不去啊？"

听到这句话，他才抬起头来。对面已不见管教干部，而是肃立着的张管教——一名二十七八岁的年轻管教。

他低声说："去。"

"倒是站起来走啊。"

然而，他站不起来了。他全身都僵住了，一动也动不了。那毕竟是一条与他有关的重要信息，周秉昆如同遭到了雷击。他将双手放在桌上，试图撑着桌子站起来。

张管教看明白怎么回事，走到他身边扶了一下，他才站了起来。

"能走不能走？"

他低声说："能，请允许我缓一分钟。"

张管教往饭堂门口走去，他在门旁转身，面无表情但颇有耐心地望着他。

一旦站起来，周秉昆的身体渐渐恢复，他迈着僵尸般的步子向饭堂门口走去。

张管教说："我叫你怎么走，你就怎么走。"他说罢一摆头，秉昆跟着无言地走出了饭堂。

在监狱这种地方，管教与一名犯人行走时，必须走在犯人后边，绝不许反过来，不论管教与犯人多么熟悉，犯人多么老实。人心隔肚皮，条例要求管教在任何情况下都务必对犯人提高警惕。在周秉昆所在的监狱里，就曾发生过犯人袭击身前管教的恶性事件。

监狱内有两处理发的地方，一是犯人们的理发室，一是管教们的理发室。这所监狱远离城市，许多管教半个月才能回家一次，所以他们也

第一章

有自己的理发室。

张管教催促周秉昆走快点儿。按照他指示的路线，周秉昆走到了管教们的理发室门前。

张管教从皮带上取手铐，周秉昆默默伸出了双手。

张管教说："往后背。"

周秉昆微微一愣，顺从地将双手背到了身后，张管教将他双手铐上了。

蹲过监狱的人之所以感慨监狱"不是人待的地方"，原因在几乎一切方面，犯人的尊严都要大打折扣。犯了罪，就必须为此付出代价。理发室有剃刀，对犯人必须防范。即使电动推子，一旦被犯人夺在手里，那也是一件大事。即使犯人不伤害管教而是自伤，那也同样是事故。在犯人们的理发室，只对表现恶劣的重刑犯人上手铐，一般是将犯人的双手铐在前边。一想到自己来的是管教们的理发室，周秉昆对自己双手铐在背后的困惑也就消除了。

自己是一名犯人，居然能在管教们的理发室理发，他意识到这委实是对自己的一次优待。

妈死了又怎么样呢？

不批一名犯人的假，那犯人又能如何？

不待他请求，监狱主动批准了几个小时的假，管教将他带到了管教们的理发室理发，以便让他在亲人面前样子顺眼一点儿，这不能不说是对他的破例照顾。怀着感激的心情，周秉昆坐到了理发椅上。他双手被铐在身后，坐着很不舒服，却并没影响他的感激。

为他理发的也是一位管教——犯人们的理发室那日不上班，周秉昆只能在管教们的理发室理发。虽然是犯人，已经不再是从前的周秉昆，但他身上有一点却没有变，那便是他头发的硬度——甚至比从前更硬了。按时吃睡，经常集体外出参加体力劳动，身体自然强壮了。他从镜子里看到,随着电动推子在自己头上的移动,发楂儿四溅,理发的管教脸上都有他的发楂儿了。

那管教脱口说道:"好硬的头发!"

周秉昆没接话。按照规矩,管教自言自语一句,犯人不必搭话。这个规矩,周秉昆入狱不久便察言观色学懂了。

管教替他理了发,刮了脸,洗了头。实际上,要是不刮脸的话,只怕亲友们都会认不出他了。

刮脸时,周秉昆的泪水夺眶而出,以至于脸上的皂沫都被泪水"冲"掉了,像泥石流顺着山体滑坡。洗头时,他终于忍不住哭出了声。张管教和为他理发的管教都没呵斥,他俩趁那会儿站在门口默默吸烟。他俩吸罢一支烟,周秉昆也哭不出声了。

再也不是什么人的儿子了,周秉昆感到巨大的恐慌。父亲死时,那种恐慌袭击过他一次。之后相当长的一段日子里,他觉得心被掏空了一半。然而,毕竟还有母亲在,自己实际上还是一个儿子。现在母亲也死了,"爸妈"二字对于他已无任何现实意义,他陷入无边无际的心理孤寂。

等他不哭了,管教才接着替他洗头、吹干,还往他脸上擦了些润肤霜。

他离开时对理发的管教说:"谢谢。"

管教没有说话。

第二天一早,警车将他送到了火葬场。确实是一辆警车,而非囚车,这也是一种优待。两名管教随车,包括张管教。在车上,他照例戴上了手铐。判十年以上徒刑的重刑犯,那是必须的。两名管教时间掐得很准,到达时告别仪式正要开始。

张管教边为周秉昆打开手铐边说:"让你戴着这东西参加母亲的葬

第一章

礼，太那个了，但你千万别乱来，我俩可都佩着枪呢。"

周秉昆看到了。他说："我不会的。"

在两名管教一左一右的夹持之下，他置身于亲友之中参加了母亲的遗体告别仪式。当他在母亲遗体前跪下时，两位管教才退于两旁。他没哭，却听到了别人的哭声。他也没扭头看，不知哭的是亲人还是朋友。

在城市里，百姓人家的爸妈死了，丧事过程最长也就一个小时。秉昆妈当过街道副主任，按说比送秉昆爸的人应该多一些，但她打交道的多是中老年妇女，家务缠身，送到街口就算很重感情了。何况周秉义和周蓉都主张简单行事，除了秉昆的朋友们，再没通知其他人。人少，过程简而又简，半小时左右就结束了。

葬礼一结束，周秉昆转身便往警车走。

张管教叫住了他，皱眉道："来都来了，就这么走啦？连我都看不过去。想跟哪位亲人说几句话？"

周秉昆想了想，低声回答："我爱人。"

另一位管教就朝郑娟招手。她看周秉昆很勤，许多管教认得她了。

郑娟走到他跟前，两名管教避开了。

张管教说："十分钟。"

秉昆问："妈怎么走得这么突然？"

郑娟说："心脏的问题。和咱爸似的，忽然想睡会儿，一睡就睡过去了。你也别太难过，咱爸妈这么一种走法，都是一生善良修来的福，没经历任何痛苦。"

秉昆说："谢谢你，你为周家付出得太多了。"

郑娟说："别这么说了。"

秉昆说："抱抱我。"

郑娟就张开双臂抱住了他。她哭了。

警车旁，郝冬梅在与两名管教结账——狱方出警车，管教出外勤，都是要收费的。两名管教想得很周到，将收据、印泥、公章随身带着了。

十几分钟后，周秉昆上了警车，而两名管教没再给他上手铐。

事实上，周秉昆在狱中受到的对待可以说相当好。他没有受过任何管教的呵斥——一方面因为他严于律己，言行规矩，另一方面因为关爱他的人显然向狱方打过招呼。

那些人是谁？他不清楚。

哥哥周秉义和儿子周聪来探监时，他们矢口否认。

师父白笑川和水自流结伴来探监，他们也都予以否认。师父和水自流似乎已成为朋友了，这使他颇觉意外。他转而一想，师父爱书喜读，水自流洗心革面开了书店。他俩惺惺相惜成了朋友，倒也是情理之中的事。

德宝等一干朋友也经常看周秉昆，他曾问过他们，老太太曲秀珍是否知道他的事？

德宝说知道，她还亲自到酱油厂找过他一次，询问秉昆的事，而德宝尽自己所知——据实相告了。

秉昆妈死后，郑娟参加了工作，在某区委做勤杂工。这是老太太帮助介绍的。

德宝又说，老太太让他转告秉昆："犯法了就要认罪服法，将功折罪，争取减刑，不要指望靠什么歪门邪道提前出狱。"

这句话对周秉昆有很大正面影响。他的刑期本是十五年，由于表现良好，而且发挥自己的曲艺特长，丰富了犯人们的狱中生活，刑期一减再减，连减三年，这才能在服刑的第十二个年头就出狱了。

二〇〇一年七月五日上午八时左右，周秉昆脱下囚服，穿上张管教交给他的衣服,心情没怎么激动。

当年,他与骆士宾从路路通有限责任公司的二楼掉下去时,他在上,骆士宾在下。他没受伤,骆士宾摔昏了。他没跑,有人报警,将骆士宾送到了医院。警方将他带走,当日拘押。骆士宾在医院被诊断为严重脑震荡,脊椎也裂了两节,连日昏迷不醒,院方认为有可能成为植物人。

骆士宾除了一位年轻漂亮的妻子,再无亲人。他妻子以唯一家属的身份起诉了。

周秉昆的律师辩护得很给力,坚持四条理由要求从轻量刑:第一,周秉昆人人称道,是公认的好人;第二,事出有因,两人的冲突是骆士宾不当做法引起的;第三,周秉昆并非蓄意伤害,他当时的目的只是要逼问出儿子周楠在哪里,二人从楼上掉下纯属意外;第四,"有可能成为植物人",并不等于肯定会成为植物人。

不知为什么,控方律师显得并不怎么起劲儿,只强调周秉昆的行为毕竟对骆士宾的人身实际构成了严重伤害。

当时社会情况混乱、复杂,法院并未公开审理此案。不久,法官向双方正式宣读了判决书:判处周秉昆有期徒刑十五年;关于周楠应该属于谁,双方均有上诉权利。

骆士宾年轻漂亮的妻子从没在法庭出现过,法官也没见过她。她通过律师向法官表示:对判决结果表示满意,自己不会与周秉昆继续争夺周楠这个儿子。

那女人的态度让周秉昆备感踏实。周秉昆已经获悉,周楠并未去日本;他在机场幡然悔悟,挣脱扯拽跑回家了。周楠让蔡晓光给养父周秉昆捎话:母亲把当年的事全都告诉他了,养父为争取他而犯法,更使他明白养父多么爱他,他认定周秉昆是此生唯一的父亲。

虽然被判十五年,周秉昆反觉欣慰,甚至觉得自己胜利了。实际上,他更是为郑娟争夺儿子。他深信,世上没有任何一种生活能成功诱惑郑娟离开自己。别说骆士宾不过是公司老板,即便是皇上,承诺让郑娟做皇后,她也不会动心。周秉昆觉得,他俩好比感情上的连体人,一旦被切分开来,每一方都将残缺不全,都不能忍受那种"手术"造成的巨大痛苦。兴许,他本人还能在"手术"后活下来,可是离开了他这一半,她的痛将是双倍的。

但是,如果没有了周楠,郑娟也很难再有快乐可言。那一种不快乐,注定是他周秉昆无法改变的。

他对此心知肚明。

现在好了,他和郑娟,既不会彼此失去对方,也不会同时失去周楠这个儿子了。他认为,因此被判十五年刑期也是值得的。

几乎可以说,他欣然接受了判决。

律师对他说:"如果你上诉,或许有希望减少两三年刑期。"

他想了想,平静地说:"不了吧,骆士宾都那样了,我再要求减刑对他就太不公平了。多两三年少两三年,对我没什么影响。"

他放弃了上诉。

在他服刑的第二年,也就是一九九〇年十月,蔡晓光带给了他一个不好的消息——骆士宾死了。

他的刑期也许会因为骆士宾的死而增加。蔡晓光让他做好心理准备。

那一夜,他在狱中辗转反侧,终夜难眠。

第二天,他失魂落魄。恍惚数日,他的精神处于崩溃边缘。

幸而水自流探望了他,他给了周秉昆一张名片,他已成了路路通公司的顾问。

水自流告诉他,作为骆士宾的唯一亲人,路路通公司的女老板让他转告周秉昆,她不会要求增加周秉昆的刑期。

"不是我厚着脸皮非要给她去当顾问,是她一再上赶着求我当的。那女人不坏,甚至可以说挺好,总之比骆士宾的为人强多了。你也不必太为骆士宾的死良心不安,他做的坏事很多,算是老天对他的惩罚吧。"水自流如是说。

秉昆问:"她为什么请你做顾问呢?"

"当年我手下的弟兄们,如今一多半成了商场上的人,有办公司的,有办厂的,还有空手套白狼的。不论谁想发展壮大,单打独斗都挺难,互通信息、互相借力商机才多。如果大家都讨厌一个人,合伙拆一个人的台,那个人的公司就很难发展。骆士宾仗着巴结上了一个日本投资人,根本不把当年的哥们儿放在眼里,狂妄得很,今天扬言要吞并那个,明天放话要整垮这个,早就招人恨了。他一死,那女人完全继承了公司。她担心大家合伙来算计自己,自然想找保护伞。当官的没谁愿意充当她的保护伞,怕骆士宾遗留下了什么违法的事,惹一身骚。她就想到了我。我在当年的哥们儿中还有点儿声望,起码可以保护她不受我当年那帮哥们儿的欺负。为她当顾问,我每年又多了一笔收入,我想用那笔钱做点儿自己想做的事。"水自流的话说得极可信。

秉昆又问:"你就不怕惹上麻烦吗?"

水自流笑道:"如今搞私营的,哪能完全守规矩呢?没偷税漏税过,还没虚开过增值税发票吗?还没买卖过发票吗?那些都没干过,还没送礼行贿过吗?一旦送礼行贿了,谁还敢说自己是绝对干净的商人呢?该抹平的事,我基本上都帮她抹平了。以后有我做顾问,方式高明点儿,就不会惹出什么大事。"

秉昆想到自己当上"和顺楼"的主管后,水自流说的那些事也都干过。每到节日,韩文琪送份名单来,自己必定要派人照单送礼,有时也亲自送现金,便不再多问什么了。

水自流走后,周秉昆高兴得想唱歌。虽然他对于骆士宾的死不无罪过感,但喜悦还是主要的。世上唯一想夺去自己一个儿子的人死了,没法不喜悦的。

几天后,有人大代表和政协委员到监狱视察,照例由有才艺的犯人组成的文艺宣传队表演节目。周秉昆在台上的状态最为活跃,展现出了不似犯人的饱满向上的精神面貌——那正是人大代表和政协委员们希望看到的,便又受到了表扬。

脱下了囚服,换上自己的衣服后,周秉昆竟有几分留恋监狱了。

十二年中,他交了些犯人朋友。几乎所有的犯人都认为他是被人罩着的,没人敢挑衅他,有的还巴结他。尊敬却并不巴结他的品行良好的十几个犯人,渐渐成了他的朋友。犯人中也有品行良好的人,他们有的是因为被人利用不知不觉地卷入了经济案件,有的其实原本是像他一样的好人,因为一时丧失理智伤人犯法。他们尊敬周秉昆,起初是因为看望他的朋友多。犯了事的人还有许多朋友常到狱中看望,他们相信这样的人可交。后来,则因为他自己的表现。每次亲友为他带来了什么吃的用的,他都会请同监号的犯人一块儿吃,或送给需要的人用。

犯人间即使成了朋友,那也不可以用"狱友"二字。管教干部专门给犯人们开会强调过,都成了犯人了,还交什么朋友呢?朋友二字不属于犯人,犯人之间只能是互相监督的关系。犯人之间的平等,也只能是平等的互相监督的关系。

然而,犯人之间还会有朋友关系,周秉昆已在狱中交了些信得过的朋友。

他身上那套专为"和顺楼"副经理量身定做的制服,散发着冲鼻的霉味,生出了毛茸茸的细小白斑,如同十二个年头压缩后制作成的臭豆腐干,一朝忽然开坛拆包似的。

张管教后退一步，颇觉歉意地说："对不起了啊。"

周秉昆明白他为什么那样说。犯人即将出狱，通常狱方至少会提前一星期告知家属，以便家属预先送来换穿的衣服。不知为什么，狱方昨晚才通知周秉昆今日一早正式出狱，并悄悄告诉他切勿声张。

"明白。"犹豫了一下，他低声问，"有人接我吗？"

张管教说："会有吧，我们昨天中午通知了你儿子。"

秉昆虽知张管教指的是自己哪一个儿子，还是忍不住问："周聪吗？"

张管教说："对，通知他最方便啊。"

十二年间，周秉昆家最大的变化是周楠到美国留学去了。他高中毕业考上了北京一所著名高校的法学院，表现优秀，成为公派留学生。

周聪也已大学毕业，学的是曾经很热门的企业管理。企业都不景气，专业等于白学，找工作时四处碰壁。正焦头烂额、心浮气躁之际，伯父周秉义登门了。不待母子二人开口相求，周秉义主动说他是为周聪的工作来的。

周秉义早已不是军工厂的党委书记了。他任职期间，军工厂成功转型为中方控股的合资家电工厂，主要生产电视机和录像机。市场饱和后，他们改造了一下流水线，调剂着生产微波炉什么的。周秉义劳苦功高，被任命为本省第二大城市的市委书记。一年里除了开会，他在A市的时间不是很多，与郝冬梅过起了两地分居的生活。尽管组织上评价不错，但他离任前后还是引起了一片骂声。军工厂三分之二的工人只获得了极少补偿，就被彻底买断工龄遣散为无业市民。宣布他将调走后，职工宿舍区许多人家放起了鞭炮，曾经的几名电工在电线杆上安装了一只大喇叭，反复播放毛泽东的诗词歌曲《送瘟神》。那些口口相传的关于他是一名好干部的种种事迹，也变成了他收买人心、虚伪、狡猾、善于施展蒙蔽手腕的确凿证明。

松花江酱油厂也即将卖给个人，周秉义离任前做了一件"虚伪"事，将常宇怀的儿子常进步"抢救"回他父亲的厂里，为的是使他不至于也失业。

周秉义将几位中方代表召集到一起，专门开会。他严肃地嘱咐说："希望你们能以对组织负责的态度关照好小常，如果我听说小常受了什么委屈，即使我已被调到外省，也肯定会回来替烈士儿子向你们讨公道。"

常宇怀在军工厂的名声依然可敬。几位中方代表或是由周秉义本人推荐，或是由别人推荐他点头同意，他们对他的话自然诺诺连声。原军工厂的工人们，无论已成了合资家电厂工人的人，还是被买断工龄实际失业的人，对于安排小常皆无异议，但对于周秉义表现出的异乎寻常的爱心，为数不少的人认为是卑鄙。

"卑鄙！简直太卑鄙了！他那么做无非是想利用小常挽回一点儿形象，减少一点儿骂声嘛！说他狡猾真没冤枉了他！"此种言论几乎成了共识。

周秉义是背着"汉奸""卖国贼""不择手段往上爬的官迷"这样一些骂名去上任的，实际上他的职级并没有升，仍是平调。对于他的人格形象所蒙受的巨大损失，组织上并未抚慰。

没有手机和微信的年代，民间口口相传的力度也十分了得。不胫而走，聚蚊成雷，民间的风评往往会使一个人迅速身败名裂。

周秉义出现在弟媳和侄子面前时，一副心力交瘁的样子。他的头发白了许多，明显的稀薄了。显然，他在市委书记的职位上也举步维艰，干得极不顺心。种种骂名先他而至，群众对他极不信任，自然也极不欢迎。在通往市委那条街的楼体和树干上，曾出现过号召人们抵制他到任的标语。当地公安部门要介入调查,他坚决阻止了。

他是晚上出现在弟弟家的,没敢坐小车,也没让妻子郝冬梅陪着,独自一人乘了几站车步行了半个多小时,为的是能在天黑以后到达弟弟家门口。

周秉义知道有些军工厂工人的亲戚住在光字片,他怕自己白天出现在光字片,被人认出后引起不愉快的事情。

他这个曾经的光字片住户教育子女学习的楷模,已经对自己的生长地没有多少感情可言。他认为,自己的那些骂名肯定早已传遍了光字片,也肯定早已抵消了他们周家在光字片树立的好形象——这也差不多都是事实。

他在接近光字片时,心情是那么惴惴不安,如同一个偷偷回家的人人皆知的贼或逃犯,同时还内心怀着对已故父母的羞愧。

他说回来开会,并不是什么重要的会,自己不参加完全可以,主要是回来落实一下侄子的工作问题。

妻子郝冬梅在电话里把周聪大学毕业后找不到工作的困境告诉了他,他认为自己应该借开会的机会回来落实一下。如果专程回来,一旦传开,他就更难开展工作了。

周聪感谢大伯的关切,同时矜持地请大伯不必太替自己操心。他打算到北京碰碰运气,或到南方去闯一闯。

周秉义对"北京"二字反应特别强烈,坚决反对。

周聪问:"为什么?"

周秉义反问:"还用我往明了说吗?"

周聪想到了表姐周玥。十二年前,周玥因与周楠闹出的那一场表姐弟"早恋",与她的母亲发生了冷战,一日骗过母亲逃到了北京,找到了生父冯化成,结果不久就被冯化成以"避难者"的身份带到了法国。女儿失踪，害得周蓉几乎疯掉。收到女儿从法国寄来的信后，她火烧眉毛似的去往法国找女儿了，而那一去再也没有回来。

周聪又问："我去南方呢？"

周秉义说："我们周家的第三代三个人，给长辈惹的麻烦还少吗？如果你到南方去了，这个家可就只剩下你妈一个人了。以后，也只有你妈独自一人去看你爸爸了，你就不考虑考虑那么一来，你爸爸的心情将会怎样吗？"

周聪说："我妈可以约上晓光姑父一起去。"

周秉义说："你妈和晓光姑父一起去看你爸，与跟你一起去看你爸是一样的吗？"

周聪就不吭声了，然而看上去，他并不是多么愿意接受伯父的关照。

周秉义又说："周聪，你应该更懂事一些了。你姑已经十多年没回过国，这意味着什么？你平时就不想想吗？你晓光姑父实际上还是不是你姑父，连我都不清楚，你大娘和你妈更不清楚。如果有一天人家声明不是了，我在别的城市，你大娘又不是一个特能排忧解难的人，她老母亲的身体也越来越不好，都照顾不过来，而你爸……你忍心撇下你妈到南方去吗？"

周秉义说得伤感，霎时泪光闪闪。他想吸烟，连摁几次也没摁着打火机。郑娟替他打着了，他才吸了那支烟。

周聪还是坚持己见，说自己走后，母亲如果遇到了什么困难，即使晓光姑父不再是亲戚，爸爸那些好朋友也绝不会袖手旁观。

周秉义瞪着侄子，夹烟的手抖抖的，半天才说出几句话："周聪，你给我听明白了，刚才我已经说过我主要是为什么回来的！我这个人，从来没为亲人动用过什么关系。我此次回来，是第一次这么做！你真的对我的好意一点儿都不领情吗？"

周聪低头不语。

始终没插话的郑娟再也忍不住了,对儿子喝道:"周聪,你给我抬起头来!"

周聪刚一抬头,脸上便挨了妈妈一记耳光。

郑娟训道:"你刚才那番话叫作自私!自私透顶!你爸那些朋友现在处境怎么样你不清楚吗?你爸如果不是你大伯的亲弟弟,他犯得着为你工作的事操心吗?跟你大伯认错!说一切听你大伯安排,他怎么安排你就怎么服从!"

郑娟急哭了。

二〇〇一年七月五日上午九时,监狱的铁门在周秉昆背后关严了。他看到周聪时,周聪已是 A 市晚报的记者。周聪身旁站着蔡晓光,蔡晓光身旁是一辆崭新的白色轿车。

车驶出后,周聪对周秉昆说:"爸,这是我姑父的车。"

秉昆问是什么车?

蔡晓光说是俄国原装"伏尔加",他有意强调了"原装"二字。

只有在与人谈文艺时,周秉昆头脑里才会接受"俄国"二字,这时所说的"俄国"专指十月革命胜利前的沙俄帝国,也就是中国北方人常说的"老俄罗斯"。在谈别的事时,他头脑之中就只有"苏联",断没有什么"俄国"。两种截然不同的概念,在他的头脑之中是严格区分的。若将两种概念混淆,在从前年代会被认为别有用心。

"是苏联原装吧?"

他也强调着问道,完全是条件反射使然。

蔡晓光说:"我没说错,是俄国原装。苏联已经成为历史了,翻过去了。"

周秉昆大惑不解,扭头看看与自己并排坐在后座的儿子。

周聪说:"爸,苏联不存在了,解体了。"

"胡说!怎么可能!"

"爸,真的。"

"那……怎么就叫解体了?"

"不是几句话能说清楚的……你一点儿都不知道?"

周秉昆确实一点儿都不知道。被判十年以上刑期的重刑犯,亲人带给他们的书、报、杂志是经过严格审查的,犯人之间也禁止谈国内外政治。每个监号的犯人中都有狱方指定的思想监管员,他本人就是,并且是多次受到表扬的监管员。

周秉昆郁闷地摇摇头。

周聪说:"妈去看你,不会跟你说那些。我、姑父和大娘去看你,不便跟你说那些。以前不知道也不遗憾,以后再讲给你听吧。"

他也就只有点头而已。

周聪掏出手绢,想将他制服上的一块白斑擦掉——不料白斑下的布已经有些腐朽,一擦反而便擦出了破绽。

"真受不了这味儿。"蔡晓光摇下了车窗。

三人间一时无语。

过了好一会儿,周聪说:"姑父,把车窗摇上吧,我怕我爸着凉。"

周秉昆说:"没事。我现在身体更棒了,不那么容易着凉。"

蔡晓光还是将车窗摇上了。

周聪忽然搂住父亲,不顾味儿不味儿的,将脸埋在父亲肩上,耿耿于怀似的说:"爸,我不会再承认楠楠是我哥了,我恨他。"

他要哭起来。

周秉昆轻轻推开他，和善地说："别这样，吸入有毒的东西会生病的。刚才说过的话以后再也不许说，更不许当着你妈的面说。你哥既然已经认错了，那你就要原谅他。"

周聪说："咱们家不好的事都是他引起的。若不是他，周玥也不会那样，我姑也不会到法国去。"

周秉昆说："他和你表姐的事不能全怪他。"

蔡晓光说："周聪，我同意你爸的话。聊点儿别的，尽聊些不开心的话多没意思！"

他率先聊起了开心的话题，说他这名党员与组织的关系已经融洽多了："我当年心里不痛快，那也是因为父亲的事当年影响了我的人生。我父亲出事前，我的人生顺风顺水。但深受父辈们问题影响的岂止我一个？十年河东，十年河西，过去的就过去了。何况后来组织为我父亲彻底平反，对我父亲的政治评价还是蛮高的，对我也尽量予以照顾，在分房子、评职称方面并没有亏待我。"

蔡晓光很诚恳，他说自己心里不痛快、没想开的那一时期，导演事业的前途一片暗淡，想排的话剧通不过，死乞白赖非排成不可的，要么不许公演，要么公演不许宣传评论。而不管有没有评论，往往也就只能送出些关系票，比不许公演强不了多少。

"我那时自筹资金，自己改编剧本，导演契诃夫的《变色龙》《第六病房》，还有果戈理的《钦差大臣》，省市管文艺的领导一次次找我谈话，不解地问，你为什么偏要导那些呢？我心里说，为什么还用问啊？心里不痛快呗！苏联解体后，有位在省里管文艺的大领导一次找我谈话，语重心长地说，蔡晓光啊蔡晓光，组织对你父亲盖棺定论的评价你并不是不知道嘛！组织既然最终承认了你父亲是对党忠心耿耿的好干部，你也该成为一名好干部子弟嘛！今天我给你交个底，尽管你一再成心跟组织闹别扭，使组织很为难，但到目前为止，如果我这样一些人可以代表组织的话，那么我很负责任地告诉你，组织可是依然将你看成自己人！他那一番话，差点儿把我说哭了。他承认我是有才华，但是他认为我的才华应该用在正地方，坦率地批评我以前并没将才华用在正地方。他问我愿不愿意将高尔基的《母亲》搬上舞台，说只要我愿意，费用根本不成问题，都可以朝一流水平去做，总之要钱有钱，要人有人，要设备给设备。我立刻就醒悟到将高尔基的《母亲》搬上舞台的重大政治意义了。我问，这么重要的事为什么找我呢？他说，由别人来导也许就只能体现政治意义，由你来导意义则不同了，你是省里导苏俄话剧的招牌了嘛，好钢要用在刀刃上啊，由你改编由你导，那就不仅是宣传了！我一寻思，既然方方面面都有保障，这事干得过，干吗不接呢？于是就接了，公演后一炮打响，开了几次研讨会，好评如潮，我的职称也由二级导演升为一级导演了，我与组织之间的小疙瘩一下子彻底解开，关系完全理顺。秉昆，你放心，什么都别愁，你的工作包在姐夫身上了……"果然是开心的话题，蔡晓光讲得喜上眉梢，给人前程似锦的印象。

周聪替他说："我姑父现在已经是省戏剧家协会和电视剧艺术家协会的跨界副主席了。"

秉昆不由得问："怎么也与电视剧扯上了？"

周聪又替蔡晓光说："我姑父也导了好几部电视剧，有两部还在央视黄金时段播过，都获奖了。"

蔡晓光说："话剧这事，费力难讨好。话剧的时代过去啰！电视剧的时代开始了，识时务者为俊杰啊！自从我与各方面搞好了关系，一切都顺了，再也不必为导什么而自筹资金，艺术家的尊严也大大提升。现在我总算活明白了，人生一世，活的不过是某种想法。有的人想法就不实际，结果不但自己活得不痛快，还影响得别人也不痛快。退一步海阔天空,就是指想法的改变。想法一变,就没什么事非得怎样、不能怎样的。"

秉昆不由得又问:"那你以前是怎么一种想法呢?"

从后座看蔡晓光,他后脑勺上的头发已经快掉光了。多数人的头发从前往后秃,少数人的头发从后往前秃。按北方民间的说法,头发从后往前秃的人,后来的人生往往会更精彩——别人从前边看,头发还多着呢。

秉昆替姐夫感到欣慰。

蔡晓光反省似的说:"从前太不懂规矩了呀,不许导什么,偏要导什么,心想凭什么你不许啊?现在明白了,你总做人家反感的事,凭什么还指望人家喜欢你呢?不待见你,好事当然就全没你的份儿!现在情况不那样了,人家抬举咱,咱就导那种使人家高兴的呗。人家一高兴,什么好事都忘不了咱,有时咱自己还没好意思开口要呢,人家却主动想到咱了。双方相敬如宾,不是比你看着我不顺眼、我看着你来气,一直别别扭扭的强多了吗?"

车已驶入市区,秉昆怕姐夫分神,不再跟他说话了,也不许周聪跟他说话。

蔡晓光把车开到了一家洗浴中心。"红霞洗浴中心"不在了,那幢楼卖给私人,改造后变超市了。这一家洗浴中心却很火,全市最高级的洗澡地方,私人开的。十二年间,不知从哪儿冒出了一些有钱人,一些有能力有胆识的人。原属国有的大楼或工厂,只要卖,他们便接手买下。一改公为私,似乎就"柳暗花明又一村",赚得盆满钵满,有钱人更有钱了。

这家洗浴中心果然高级,装修成了阿拉伯风格,异国情调十足。

秉昆不安地问:"干吗来这种地方?"

晓光说:"带你来享受享受嘛!"

周聪也说:"爸,你只管舒舒服服地洗吧,反正我姑父埋单。"

秉昆不高兴地说:"你姑父的钱就不是钱啦?"

晓光笑道:"我也不必埋单。老板是朋友,预先打好招呼了。"

这些洗浴中心的高级之处还在于有单间,他们三个包了两个单间。晓光自己在一个单间洗,秉昆和儿子在隔壁的单间洗。单间不但有小浴池、淋浴间、桑拿房,还有床,不知从何处放送着绵软的音乐。

秉昆浸入池中,闭上双眼,听着音乐,不一会儿就泡得浑身松垮、昏昏欲睡。十二年前,在春燕当经理的"红霞洗浴中心"泡一次澡,他就感到无比享受,这么高级的洗浴地方他做梦也想不到。

不知过了多长时间,他听到儿子周聪叫他。睁开眼,周聪已在池外了。

周聪指着桑拿房说:"爸,我陪你蒸蒸呗。"

十二年前,桑拿还只是一个名词概念,秉昆听说过,却从没亲身体验过。

他说:"既然我儿子陪我,好啊。"

秉昆早已浑身发软,在儿子的协助之下才安全离开了浴池。

父子二人面对面坐在桑拿房时,秉昆仍然有点儿犯困,却又想跟儿子说话,他闭着双眼问:"你妈最后一次探视时,听她说,你大伯替你工作的事操心不少,你却不领情,能告诉爸爸为什么吗?"

周聪说:"我也不是不领情,而是有顾虑。"

秉昆问:"你大伯又不是别人,他操心你的工作,你有什么顾虑的呢?"

周聪说:"我怕事情一传开,他会背上更多骂名,也让我陷于被动。"

秉昆立刻睁大了双眼,追问道:"你说'更多'是什么意思?"

周聪支支吾吾不愿说。

"儿子,你必须告诉我!你大伯可是爸爸的亲哥哥,凡是与他有关的事,即使你妈你大娘你姑父不告诉我,你也不可以隐瞒我。不管多么不好的事,都必须告诉我。快说,知道多少说多少!"

在周秉昆强烈敦促下,周聪不得不说出了自己所知的实情。听到嫂子郝冬梅一段时间出门,需要便衣民警保护以防遭到泄愤者袭击时,他完全难以相信。

"夸大其词!怎么会呢!军工厂的工人们不是一般工人,他们再怎么生气,也不至于做出那么丧失理性的事来!"周秉昆以同样强烈的情绪,对儿子的话表示怀疑。

周聪说自己并没有夸大其词,军工厂的工人们不会那样,他们愤怒了一段时间后,觉得上当受骗的心理就会渐渐消除,就能面对现实,单个或重新组织起来干,自谋职业的能力还是挺令人钦佩的。全省全市一次性买断工龄的工人有四五十万之众,他们得到的补偿微不足道,将来再生病可就没地方报销医药费了。尤其是,一些参加工作不久的年轻人突然失业,他们的愤怒不是一般的思想工作就能消除的。他们需要一个发泄对象,而大伯周秉义是全市乃至全省"卖厂"干部中名气最大的人,当然很容易成为众矢之的。大娘家院子的院墙经常被贴上诅咒恐吓的标语,窗子也在夜里被砖石砸碎好几次。

"现在情况不那么糟了,但大伯的形象被彻底毁了,他成了'工贼'的代名词……"

"别说了!"

周秉昆冲出桑拿室,仰躺到单人床上去了。

儿子跟出了桑拿室,走到床边,赔着小心说:"我不愿告诉你那些,你偏逼我说。我不得不说了,你又气成这样。我不是说了嘛,现在情况不那么糟了,大娘出门不需要便衣民警暗中保护了……"

"先别跟我说话。"他从按摩床上一跃而起,分明想找个能把自己封闭起来的地方独处一会儿。那里也没有可让他独处的地方,他便又企图躲进桑拿房去。刚推开门,一股热浪扑面而来,使他烦躁的心情更加沉重了。他四下看看,竟又跨入池中去了。

"爸,有些事你得换一种思维方式。当干部是要付出代价的,好比军人在战场上那就得有受伤甚至牺牲的精神准备,我相信大伯当初是做好了那种精神准备的……"儿子跟到池边,耐心十足地劝说他。

周秉昆不想听下去,一缩身子,将头没入水中。

周聪怕他呛着,抓住他一只手连拉带拽,像抢救投河者一样,总算让他头从水中冒了出来。

"爸,你别这样……冷静冷静。你这样,我好害怕……"儿子似乎受到了惊吓,他央求着。

周秉昆突然长吼一声。

周聪真的哭了起来。

那一声吼使他平静了,周秉昆的眼里重新燃起了温柔的目光,他看着周聪说:"儿子别怕,你又没做错什么事,爸的精神也不会出问题。爸如今很坚强,再不好的事都经受得住。只不过……想当年,咱们周家在光字片真是一个家风口碑很好的人家,除了爸不太有出息,你爷爷奶奶,你大伯姑姑,都是广受尊敬的人。不承想如今你姑姑摊上了那样的事,你大伯落了个这样的下场,我又刚从监狱放出来……咱们周家,岂不成了光字片人人都可以笑话的人家了吗?"

周聪流着泪说:"爸,你想得太多了,何必那么想呢?不是你想的那样!各家过各家的日子,谁家都可能有过得不顺的时候,笑话别人的人,到头来难免也会被别人笑话。即使在当下,咱家也算不上光字片日子过得多么不顺的人家。不少人家两代人三四口都下岗失业了,那不是也得把日子往前过吗？实际上，很多人都快被眼下的日子愁死了，哪还有心思笑话别人家啊！"

周聪话音刚落，蔡晓光掀帘而入，竖起拇指连连夸奖："说得好！秉昆，你别活得太矫情。你进去时，周聪小学还没毕业，如今人家大学毕业，是记者了，能反过来教育你这个爸了，而且教育得句句在理，你知足吧！"

周秉昆的心情终于好了不少，他红着脸说："知足！知足！"

蔡晓光又说："如今你们周家怎么了？全中国有多少老百姓人家能出个市委书记？你哥当的可是正厅级的市委书记，还是全省第二大城市的市委书记！估计百万个老百姓人家才能出一个吧！他不就是背了些骂名吗？工业体制改革那是党和国家的大政方针，他背些骂名也是替党和国家背的，往前看那是他的政绩，是他继续高升的资本。党和国家对他的付出是清楚的，要不能让他去当全省第二大城市的市委书记？我也是组织的人，还是干部子弟，怎么不让我去当？没那功劳嘛！至于骂名，谁爱骂就骂去呗！过了眼下这个坎，老百姓的日子顺心了，他们见着曾经被他们骂过的官，还不是照样想要巴结吗？别说你哥了，就说我吧，当初受我父亲牵连被赶出拖拉机制造厂后，有多少人落井下石啊！现在呢，见了我还不是点头哈腰的，奉承的话让人听了浑身起鸡皮疙瘩，那叫肉麻！至于你姐……"

蔡晓光说得来了情绪，敞开嗓门，越说声音越大。

周秉昆赶紧制止道："别在这种地方说我姐了，以后再说。"

蔡晓光说，他是听到周秉昆那一声吼叫，心里不安才过来看看的。

周聪一边往外推他，一边说："姑父，你接着去洗你的吧，我爸吼那么一嗓子是因为泡得舒服。"

蔡晓光在门外拨开门帘探进脑袋，又说："舒服事还在后边呢，你们父子俩别泡起来没完没了，该洗快洗，该冲快冲，过会儿我还要带你们去按摩！"

周聪见父亲心情好了，哄着说："爸，我为你搓搓背！"

周秉昆说："我在里边比外边洗得还勤，每个星期洗一次，不愿洗都不行，怕有人得了皮肤病互相传染。爸身上不脏，免了吧。"

周聪说："那我也想为爸搓搓，给我个表现机会呗。"

周秉昆笑道："行，就给我儿子一个表现机会。"

于是，周秉昆趴在床上，任儿子为他搓起背来。

父子间十二年的分隔终于彻底消失了，都打开了话匣子。

周秉昆问儿子喜欢不喜欢当记者，工作顺利不顺利？

周聪诚实地说，原本是不喜欢的，四年专业白学了，起初难免排斥。转而一想，伯父安排他当记者可谓用心良苦。国企普遍不稳定，私企又没几家走上正轨，十之七八的私企老板发财心切，缺乏长远眼光，今天干这个，明天干那个，规规矩矩发展的不多。记者属于事业编制，稳定性仅次于公务员。想明白了，也就没有排斥心理了。他说，正如自己所料，对他的负面议论也是有过的，也想开了。自己确实是伯父运用了关系，从后门塞入报社的嘛，事实如此，凭什么不许别人背后议论呢？再说也没法堵上别人的嘴啊！

他曾经找姑父蔡晓光，让姑父指导他怎么当一名好记者。姑父指导了他一阵子，带他去见了白笑川。周秉昆入狱后，"和顺楼"开不下去了，转租给个体经营。《大众说唱》也停刊了，树倒猢狲散，韩文琪当县长去了，其他一干人等各奔东西，大多不知去向。白笑川正式退休了，赋闲在家，经常感觉闷得慌，倒也欢迎周聪登门向他请教记者工作方面的问题。周聪说他发的几篇大稿，或是白笑川出的题，或是经姑父蔡晓光逐字逐句改过。最终能顺利见报见刊，也是仰仗白笑川伯伯和蔡晓光姑父的推荐。几篇大稿发表后，受到业界好评，其中一篇还获得了省委书记批示，关于他的种种负面议论也就慢慢销声匿迹了。

周秉昆问："你开始热爱自己的记者工作了？"

周聪说："谈不上热爱，甚至也谈不上喜欢。我作为记者觉得应该采访报道的事或现象，往往三令五申不许触碰，写了也白写。有时上边交代下来的报道任务，一经深入采访，发现上边需要的口径与事实根本不相符，那也得按照领导的意图硬写，发表了往往还挨老百姓的骂。那种时候真不想干了，可不干了又去干什么呢？毕竟是相当稳定的职业啊。我就自己劝自己，每一种职业都有令人烦恼的方面，不可以太理想化了。爸，我这么劝自己对吗？"

周秉昆说："对，怎么不对呢？我当年是杂志编辑时，也经常产生你那种烦恼，也是经常像你那样劝自己的。你一旦把饭碗丢了，我再难以找到工作，咱们一家只靠你妈那点儿工资的话，日子就没法往前过了。民以食为天，悠悠万事，饭碗的问题最大嘛。"

周聪说："我虽然并不热爱手头的工作，却要求自己绝对能够胜任。我早已开始感激大伯当初的良苦用心了。"

周秉昆说："儿子，我可从没沾过你大伯什么光，你却在关键时刻沾上了。你有这么个大伯是幸运的。"

周聪说："我有这么一个姑父也是幸运的。咱家的事，姑父总是当成他自己的事似的，可上心了。"

周秉昆说："是啊，爸有他这么一个姐夫也是幸运的。不论对于你姑还是对于咱们周家，他都是一个应该感激的人。"

门帘被从外挑起，蔡晓光忽然又进门了，他拍手喊道："爱听，太爱听了。你们父子俩的话，本人听了很受用。我做得还很不够，今后会再接再厉的。"

周秉昆说:"儿子,幸亏咱俩没在背后数落他,要不全被他听去了。"

蔡晓光哈哈大笑。他已穿上了洗浴中心的短裤短衫,从衣柜里取出两套,逼着秉昆父子冲冲身子快穿上,带他俩去做按摩。

周秉昆说饿了,不按摩了。

蔡晓光说,还是享受享受吧,就算陪他。他说自己好久没按摩了,浑身僵得很,好像每处关节都锈一块儿了。

见他一副恳求的模样,周秉昆只得对儿子说:"那咱俩就服从你姑父吧。"

父子二人冲了冲身子,也都换上了短衫短裤。跟着蔡晓光走在走廊里时,周秉昆忽又问了一句:"男的还是女的啊?"

蔡晓光站住了,责怪他道:"你开什么玩笑?在这种地方男人为男人按摩?那这里还是高级地方吗?当然是女性为咱们按摩!"他压低声音又说,"按摩师可都是清一色的俄罗斯妙龄女郎,专门从那边挑选过来的,在咱们这边接受过培训。个个手法一流,中国话也都说得不错,总之是神仙般的享受了。"

周聪说:"爸,那我可不去了。"

周秉昆也说:"我当是盲人按摩,那我和儿子都不去了。"

父子二人便返身往回走,晓光跟回去说了半天,也没说服他俩,也只有怏怏作罢。

三人离开洗浴中心,按周秉昆的要求,去一家小饭馆吃饭。周秉昆穿上了一套蔡晓光为他买的休闲装,看上去像是一位体育教练。

蔡晓光奇怪地问周秉昆:"你怎么会身体更好了似的?"

周秉昆说:"十二年里,想不早睡早起是不行,想不按时吃饭也不行，想逃避劳动更不行，想看到听到什么刺激人欲望的事根本没门。经常是白天干活一累，晚上倒头就睡着了。除了不念经，基本上过的是少林寺武僧的生活。没被批准，休想过一天违背时间规律的日子，我自己也觉得身体反而比以前强壮了。"

周聪问蔡晓光："姑父，一边是工人大批下岗、失业，被迫买断工龄，一边是暴发户恣意享乐、灯红酒绿，如果我写一篇通讯，定个题目《一名记者心中的忧患》，你觉得有必要吗？"

蔡晓光愣了愣，耸耸肩推辞道："太深了。我说不好，问你爸。"

周秉昆抚了儿子后脑勺一下，不动声色地说："儿子，中国该忧患的事很多，许多事轮不到咱们忧患，咱们老百姓也没那资格忧患。理智点儿，别干傻事，等你有资格时再忧患那些吧。"

周聪说："其实我知道写了也等于白写，只不过聊聊而已。"

蔡晓光说："记住，对别人聊也别聊，没好处。"

周秉昆问："记住你姑父的话了？"

周聪点点头。

饭菜上桌后，周聪不再说话，默默吃着。周秉昆却还有些事要问姐夫，蔡晓光则有问必答。

姐夫蔡晓光的说法是，周秉昆之所以在狱中受到关照，不是别人起了什么作用。包括他自己在内的亲友，想起作用那也起不到，真正发挥作用的关键人物，其实是郝冬梅的妈妈。周秉昆被减刑三年，提前释放，也是郝冬梅妈妈临终前的一番话起了作用。

"我嫂子她妈去世了？"

"是啊，去世快一个月了。"

"可我嫂子最后一次看我时，只字未提啊。"

"她只不过不愿让你难过呗。"

"她也没戴黑纱。"

"她到现在还戴着黑纱呢,肯定是见你之前取下了,她是个多么心细的人啊!"

蔡晓光说,老太太临终前几天,料到自己不久于世。省市领导探望她时,她对他们说了这么一番话:"我和我丈夫,我们不敢自认为对党和人民有什么功劳,但苦劳总还是多少有点儿的吧?"

省市领导纷纷点头,都说肯定是有的,功劳苦劳都有。

"我丈夫一直到被党内坏人迫害致死的那一天,始终对党忠心耿耿,是吧?"

他们都连连说是的,是的。

"我对我丈夫被迫害致死,从没有过什么怨言吧?"

他们说绝对没有,事实如此。

"我只有一个女儿,只有一个女婿,我女婿基本上不是靠我生拉硬拽,才在政治上不断进步的吧?"

他们说千真万确,周秉义同志自身也是党的一名好干部,对自己的要求一向严格。

"我女儿这名党员,也从没给党找过麻烦吧?"

他们说,郝冬梅在大学里的表现很好。实际上,她那样的党员是通过在普通岗位上勤勤恳恳工作,为党的形象加分的。

"我知道自己过不了这道坎儿了。我这样的人,有没有资格向组织提一个完全属于个人的要求呢?"

领导们面面相觑,一时都不知道怎么说话。

接着,冬梅妈妈说:"如果你们不表态,那我就不提了,只有作为个人愿望带到另一个世界去了。"

领导们又互相看看,官职最高的一位这才面带微笑试探着说:"大姐，您还是说出来吧，即使我们几个做不了主，起码可以带回去，替您正式汇报一下。"

于是，冬梅妈妈就说到了秉昆的事。她说那是人民内部矛盾，不是敌我矛盾。起诉人已经死亡，家属也不再追诉。周秉昆服刑期间表现不错，否则不会两次减刑。现在，能不能再提前一点儿释放他呢？早一年是一年啊！普通老百姓人家的男人入狱服刑十多年，就等于天塌了。

她说，如果不是由于"文革"，她就不会与普通工人之家成了亲家，还是光字片的工人之家。可既然独生女儿与人家儿子结为夫妻了，感情还挺深，当妈的再觉得遗憾也不能硬拆散他们。怕亲家经常因为这样那样的烦人事求到自己，她从没登过亲家的门，亲家公亲家母生前，她也从没见过他们。至于女婿的弟弟，她同样从没见过。现在自己也快死了，她忽然很想尽一点儿亲戚的能力，证明自己还是有人情味儿的。如果是干部家与干部家成了亲家，哪有不权力互用的呢？还不是你家的事就是我家的事，我家的事就是你家的事，互相利用心安理得吗？她说，别以为她不清楚现在的官场风气，她清楚得很。正因为清楚，所以她不认为自己对组织提出一点点个人要求有什么过分的……

那时，冬梅妈妈的身体已很虚弱，又说了那么多话，气喘吁吁，有点儿上气不接下气了，眼角淌下泪来。

代表组织探望她的几个人又互相看了看，都暗松了一口气。他们起初猜不到她会提出何种最后的要求，一个个心里直打鼓。听完她的话后，大家都没了任何心理负担。

职位最高的领导握住她的手，弯下腰保证说："老大姐，亲爱的老大姐，您的要求丝毫也不过分。您放心吧，这事我们做得了主，不必汇报请示，我们照办就是了！"

听姐夫蔡晓光讲罢，周秉昆半信半疑地问："我嫂子知道吗？"

蔡晓光说:"她当时在场,当然知道。"

周秉昆说:"可她最后一次看我时没说啊!"

蔡晓光说:"她是一个替别人着想的人,能跟你说那些吗?"

周聪说:"我也一点儿都不知道。"

蔡晓光说:"那你就继续当成没影儿的事吧。"

周秉昆愣了片刻,又问姐夫:"可你不在现场,又怎么知道得那么详细呢?"

蔡晓光说:"我什么人啊!我朋友多啊,是医院一位在场的护士一句句学给我听的。人家对你嫂子她妈挺崇敬的,没必要添油加醋。我呢,就告诉她我是你姐夫,嘱咐她不要再对别人说了。"

蔡晓光说罢,吸起烟来。见周秉昆又发愣,给他递了一支。周秉昆摇摇头,蔡晓光立刻想起,周秉昆在监狱里已经戒烟了。

周秉昆自言自语说:"就为了让我早出来一年,她老人家何苦那样呢。"

蔡晓光说:"你这话就不对了。她能为你那样意义重大,证明她临终前,还是打心眼里承认你们周家是她的亲戚了。"

周秉昆说:"我父母活着的时候,如果她能见见我父母,哪怕仅仅一次,那我也比让我早出来一年更感激她。"

周聪说:"爸,你这话更不对了,不公平。据我所知,爷爷在亲家关系上也从没有一点儿主动。"

周秉昆不由得扭头看儿子。

儿子反问说:"不是吗?"

蔡晓光说:"你儿子这话才客观。秉昆,我认为,你该做的第一件事,那就是约上你嫂子到老人家的坟上去祭奠祭奠。"

周秉昆说:"难道我不应该先去祭奠我父母吗?"

蔡晓光说:"还是要先去祭奠你嫂子的母亲,两处墓地离得很近。如果你听我的,也等于你间接表达了对你嫂子的感激。这世上,没有几个当嫂子的经常探望自己服刑的小叔子。你不要以为这是天经地义的事,不是的。"

周聪说:"同意。爸,咱俩一块儿去。"

蔡晓光说:"那我作陪。让周聪他妈也去,都去,坐我的车。"

秉昆说:"好,接受你俩的批评。儿子,就照你姑父的话办,你负责联系你大娘。"他忽然由在洗浴中心的事想到了妻弟光明,看着蔡晓光问:"光明如今在哪儿?干什么呢?"

蔡晓光摁灭烟,朝周聪抬抬下巴:"告诉你爸。"

周聪说:"姑父,还是你告诉的好。"

蔡晓光说:"同样一件事,怎么我告诉就好了呢?你家的事,别都让我来向你爸汇报。"

周聪说:"我得去一下卫生间。"他借故躲开了。

蔡晓光说:"这孩子,狡猾狡猾的。"

周秉昆催促:"姐夫快说,别让我着急。"

蔡晓光这才低声说:"光明他……出家了。"

周秉昆听了,顿时惊呆了,如同被浇铸在椅子上。

蔡晓光告诉他,"红霞洗浴中心"倒闭以后,春燕调到区里去当妇联副主任了。除了她一个人安排得不错,其他人都被买断工龄,解除了合同。光明不属于正式职工,他也就没有买断工龄那一说。他在"红霞洗浴中心"做按摩师时,曾为一位老和尚治疗腰椎病。老和尚是A市郊区北普陀寺的住持,七十多岁了,法号洁灵。秉昆知道北普陀寺,相传由江南名寺普陀寺的一名役僧云游到A市时创立。虽叫北普陀寺,却小得多,与南方的普陀寺没法相提并论,只不过借用了"普陀"二字而已。在"文革"中，北普陀寺曾被红卫兵一把火烧得只剩了残垣断壁。"文革"后，南普陀派遣洁灵和尚前来弘扬佛法，才逐渐恢复了香火。洁灵法师挺惦记郑光明，获悉"红霞洗浴中心"倒闭的消息，便让两名和尚将他接到了寺中。他问光明，如果寺里提供食宿，他愿不愿剃度为僧，在寺中为大家免费按摩，解除疾苦？不知当时光明心里究竟怎么想，但可以肯定，他是表示愿意，于是成了和尚，洁灵为他取了个法名叫萤心。

不等蔡晓光讲完，周秉昆眼中已扑簌簌落下泪来。

蔡晓光劝道："你也不必替他难过，人生维艰，活得困厄又无奈的人多了去了。他一个盲人，不那样又能怎样？对他而言，出家虽非最好的安排，却也是比较好的选择了。寺里对他挺照顾，给予他相当大的自由，平时与众僧一块儿诵经念佛。有人求到寺里了，起身就可以走，从不让他另外再干什么活。"

周秉昆说："那跟我的想法也不一样。入狱前我内心里一直有个心愿，希望能凭自己的能力帮他结婚，建立个小家庭，生儿育女……"

蔡晓光打断了他的话，反问道："按你的心愿，成为他妻子的女人会是什么样的女人？有工作的还是没工作的？如果一个女人有工作又一切正常，有几分可能肯嫁给他呢？如果一个女人没有工作，又和他一样也是盲人，你养活他们？你养活他们的孩子？"

周秉昆擦擦眼泪，难过地说："我没往那么细里想。"

蔡晓光说："还是的，没往细处想的心愿，不管多好，往往都不大靠谱，只是一厢情愿、不切实际的心愿。如果你能换一种想法，心情就会豁然开朗了。"

周秉昆懵懂地问："哪种想法？"

蔡晓光说："你看你们周家啊，光字片上的一户老百姓人家，母亲原本是大字不识的农妇，父亲也只不过扫盲时期认识了几个字。儿子如今成了市委书记,女儿曾经是副教授,还有一个我这样的导演女婿,有冬梅那样一个高干女儿的儿媳妇,你自己一个儿子现正留学美国,一个儿子是记者,你妻弟又是和尚。成员多丰富的一家人啊,可以说多姿多彩。你怎么知道光明成为和尚,不是上苍有意安排的呢?"

"为什么那样安排呢?"

"我们就只有日后才能渐渐明了啦,当下估计要暗示咱们向佛靠拢吧!"

二人正说着,周聪出了卫生间。

周秉昆向姐夫使使眼色,蔡晓光就招来服务员结账了。

三人离开小饭店,周聪说他得回报社了,周秉昆说他困了,想找个地方睡一觉。蔡晓光明白,他不愿在白天回家,便放周聪走了,开车将周秉昆送到了一个能保证他好好休息的地方。

那是一幢离江边不远的新高层楼,有电梯,地点很好,既不偏僻也不喧闹。蔡晓光将周秉昆请入一套两室一厅装修精致的房间,说是自己导完《母亲》后,省市联合奖励给他的。能住在那幢楼里的,主要是文艺干部和名流,是落实艺术家生活待遇的一项实事。

"话剧团那间宿舍还允许我保留着,对我够意思吧?就我自己得到的种种实惠,那也不能辜负组织的期待吧?"蔡晓光一边表忠心似的说着,一边替周秉昆拉严了窗帘。临出门,他又说,周秉昆可以想睡多久就睡多久,他下午和晚上都有事,不能开车送周秉昆回家了。

周秉昆困极了。一早出狱,他虽然不是多兴奋,昨晚却还是思前想后地整夜失眠了。他脱了鞋袜衣服,只着短裤,盖上线毯,蜷身便睡。睡了很久,睡得很实。翻了两次身,一次也没睁开过眼睛。

他是被人"弄"醒的，确切地说，是被一个女人吻醒的。

起初只不过在蒙眬中感觉到有一个女人吻他，先吻他的额，接着吻他的眼，接着吻到了他的唇。那女人的唇很柔润，还轻轻咬他下唇。即使她那样，他还是半醒未醒，似乎在梦中，又似乎已回到了家里。

他已十二年没与女人亲热过了。

女人的头发垂在他脸上，使他脸上痒痒的，心中的欲火缓缓燃烧起来。

在恍惚中，他将那女人当成了郑娟，紧紧搂住了她，由被动接吻而主动深吻了。分明的，他的深吻也正是她所渴望的。

他俩互相吻啊吻啊，谁都顾不上说句话了。她的一只手，伸入了他短裤里……

他猛地将她推开，郑娟从没有对他做过那种动作。

"谁？！"

他大叫一声，坐了起来。

灯随之亮了，周秉昆眼前的是一个陌生的三十五六岁的女人，齐耳短发的发梢烫出月牙形的弧度，半贴面未贴面地环着脸颊，像舞台上旦角或青衣化妆的水片。她那张鸭蛋形的俊脸白白净净，细眉俏眼，颇有几分姿色。

她比二〇〇一年的郑娟好看多了。这一年，比周秉昆大一岁的郑娟已经姿色衰退，不再那么好看了。

那女人裸着两条白腿，穿双黑色扣襻布鞋，脚踝部位露一截肉色丝袜的袜腰，而膝部露一截白裤子的下摆，白裤子外穿件宽松的驼色薄毛衣。

毫无疑问，那女人是从医院来的。

周秉昆立刻想到了他姐夫蔡晓光的话："我是什么人啊，我的朋友很多啊!"

那女人也不知所措,惊慌地反问:"你是什么人?怎么会在这里?"

周秉昆急忙用线毯盖住身子,语无伦次地说:"我……蔡晓光……他允许我在这儿休息休息,他是我姐夫……"

"你是……周秉昆?"女人镇定了。

"你可以这么认为……"周秉昆羞愧得无地自容,越发说出不三不四的话来。

"什么叫可以这么认为?是,还是不是?不说实话我可喊了啊!"她生气了。

"别别别,是,我是周秉昆!"周秉昆唯恐她来那一手,样子顿时可怜起来。

"怎么能证明你是周秉昆?又怎么能证明蔡晓光是你姐夫?"

周秉昆的样子变得有点儿可怜,她反倒神气活现了,双手往腰间一叉,审起他来。

周秉昆只得说自己今天刚出狱,是姐夫蔡晓光开车接他,带他去洗澡,为他买衣服,一块儿吃午饭。

"什么车?"

"伏尔加。"

"你姐叫什么名?"

"周蓉。"

"你哥呢?"

"周秉义。"

"郝冬梅是你什么人?"

"我嫂子。"

"那……刚才对不起了……"

"我也对不起了……"

"你姐夫这王八蛋,气死我了!"

女人说罢,转身往外便走。

周秉昆叫道:"别走啊!"

她在门口一转身,横眉竖目,怒道:"还想咋样?没够?来劲儿了?!"

周秉昆窘迫地问道:"姐夫忘给我钥匙了,我走时怎么锁好门啊?"

"想让我把钥匙留给你?休想!使劲儿把门带上就行!"

"砰"的一声门响,吓得周秉昆在床上一抖。他下了床,顾不得穿鞋,走到窗前将窗帘拉开一条缝,见是黄昏时分,离天黑估计还有一个多小时呢。

周秉昆回到床上,又仰躺下去,想再睡会儿,却无论如何也睡不着了。屋里仍有一股香水与药水混合的味儿。他口中黏黏的,似乎残留着那女人的唾液。他咂巴咂巴嘴,欠起身想吐一口,没发现纸巾,觉得不应该直接往地板上吐,可口中的唾液经咂巴多了起来,无奈只得咽下去。

他想到了妻子郑娟。是的,妻子不是当年那个让他神魂颠倒的女人了,以后也永远不可能再是了。入狱那一年,她仍然接近是一朵盛开的花。她的身体似乎是奇妙的加工器,善于将粗粮和家常菜进行细致加工、分泌和提取精华,供给于血液,供给于皮肤,所以她的头发一向乌黑乌黑,肌肤一向润滑润滑,脸庞也总是容光焕发。除了偶尔的忧愁,她一向是乐观的,清贫的日子战胜不了她那种骨子里先天的乐观。他初识她时,以为她是一个没法改变基因遗传的忧郁型的人儿。他们成了夫妻以后,她变了,他才明白自己的看法大错特错,原来她是一个给点儿阳光就灿烂的女人,以前的忧郁只不过是由于她几乎活在一种完全没有希望的日子里,而她后来的乐观曾带给他以及他们清贫的生活多少欢

第一章

欣啊！一九八九年后的十二年间，她每一次去探望他，他都能发现她比上一次更憔悴了。如同一朵大丽花，秋天里隔几天便掉落一片花瓣……十二年，四千三百多天，在没有他的日子里，她的生命之花无可奈何、无可救药地凋零了。他在没有她的日子里，身体却反而比任何时期都更加强壮了。

他就要重新拥有她了。

她也要重新拥有他了。

她重新拥有的将是更加强壮的他，而他重新拥有的是一朵凋零的大丽花，一位忧郁到骨头里的妻子。

也许，她仍是乐观的，但她的乐观已仅仅是一种信念了，大约再也不会体现为满脸灿烂的笑容和感染力极强的笑声了。

周秉昆越想越难再合双眼，往事如电影般一桩桩在头脑中浮现起来，历历在目，恍似昨日，想停下来都不可能。

周秉昆一跃而起，再次赤足下床，急切地东翻西找，口中喃喃自语："会有的，肯定会有的，再找找，再找找……"

周秉昆还真找到了半盒烟。于是，他光着身子坐在沙发上，大口大口地吸，吸完一支，紧接着点了第二支……

他破戒了。

第二章

"蔡导,有人找您。"在话剧团的小会议室里,蔡晓光正与搭档们讨论剧本,办公室一位姑娘推开门告诉他。

蔡晓光已经是话剧团的摇钱树了,凡他导演的话剧或电视剧,多多少少总能从省里或市里争取到经费支持。当然,他实现的艺术愿望,也必然与主旋律合拍。有时候,领导们觉得主题与主旋律不怎么合拍,听他一解释,最终往往也会收回意见,表示同意。事实一再证明,被一些省市领导认为不合拍的剧目,公演或公映后竟然又与来自北京的新精神非常契合。

蔡晓光仿佛对主旋律有着异乎寻常的直觉敏感,省内无人可与他比肩,连某些主管文艺工作的干部都望尘莫及,心服口服。剧团的头头们对他恭敬有加,唯恐照顾不周。因此,大家常戏称他是"绝导"或"蔡绝主"——即绝对的主旋律导演。

只要他开始忙了,团里年底就有业绩可摆,演艺人员就有事干有钱挣,行政人员也都能跟着喝碗汤了。他行事有原则,做人有分寸,能屈能伸,知所进退,该高调的时候高调,该低调的时候绝不会忘乎所以地张扬。他分配收入时一碗水端平,人人有份,先人后己,宁肯自己吃亏。即使刚上几天班或就要被辞退的临时工,他也一视同仁,让人家得着份甜头情绪高涨心里舒坦。可以说,他不仅是团里众人拥护的摇钱树,还是众望所归的精神领袖,艺术骨干几乎都是他的死党。他在社会上也是个热心肠，获得了重感情、讲义气、有仁心、办事诚信可靠的一流口碑。至于他所认识的各行各业的女人们，有的因为顾虑不敢跟他上床，不愿跟他上床的则是少数。几乎每完成一部作品，他差不多都会与剧组或有关机构的一个女人有染。多数时候，他并非一定要占便宜，而是她们主动投怀送抱，乐于被他"潜规则"，觉得是额外的收获。他的死党们早已见怪不怪，认为他那样的人就应该如此。

此刻，蔡晓光正忙着讲解导演意图呢，被办公室姑娘打断了，他有点儿不高兴地瞪了她一眼，说："你就不能替你叔请人家先坐到屋里等会儿？"

姑娘红了脸说："是女的。"

对于团里二十多岁的年轻人，无论男女，他多以"叔"自谓，这使他们都觉他是个可亲的人。如果他们聚在一起"咱叔"长"咱叔"短的，那么议论的必定是他。

蔡晓光皱眉道："这孩子，脸红什么呀？没见过女人啊？是女的就不能先替你叔招待一下啦？"

姑娘脸更红了，吐了一下舌头笑道："我觉得她跟叔的关系不一般，还挺生气的样子。"

"你觉得不一般就不一般啦？小刘你去一下，请她随便到哪间没人的屋里先坐会儿。"

他的脸也微微红了一下。他在团里是有创作工作室的大腕，小刘是团里为他配的助理，自学成才的一位音乐人，能词能曲。他觉得小刘是个人才，费了番周折才将小刘调到了团里，安排为正式在编的演艺人员。小刘自然视他为伯乐，深怀感激，从此也成为他的死党，一心要报知遇之恩。

小刘得令起身，负责接待的办公室姑娘却消失了。

蔡晓光自嘲道："真不懂事，哪壶不开提哪壶，也不给我这个叔留点儿面子。"

大家都笑了。

蔡晓光刚接着开始讲解，小刘回来了，向他耳语道："是医院里的一位护士长同志，她说没时间等，想当面问你几句话。"

他猜到了她是谁，对着大家苦笑道："诸位可都要以我为前车之鉴啊，男人风流之事太多了也会吃苦受累。你们先讨论着，我去去就回来。"

大家又都理解地笑了。

那位"护士长同志"一看到蔡晓光，也不迎上前去，反而一转身昂首快步便走。他没叫住她，默默地紧跟着。

"护士长同志"走到长长的走廊尽头，没回头看他一眼，直接下楼了。

他加快脚步，跟下楼去。在两段楼梯的拐角处，"护士长同志"猛地向他转过了身。

"什么事啊？值得你到团里来找我！"他轻轻责备道。

她扇了蔡晓光一记耳光。他被扇蒙了，摸了一下脸，绅士般地笑道："好大的火气，我怎么对不起你了啊？"

她厉声质问："不是上次说定了，咱俩今天五点在老地方见面吗？我们六点才下班！为了见面我请了一个小时的假，连白大褂都没顾上脱就急着去了！"

她气得快流下泪来。

蔡晓光这才想起自己的确与她预约过，连声道歉说："是我不对，是我不对，最近事多，一忙忘了。"

"那儿有人，你应该及时通知我一下！"她继续诉说着委屈。

"是啊是啊，向你低头认罪！"蔡晓光诚惶诚恐地鞠躬。

"光认罪有什么用啊！都闹出丢人现眼的事啦！拉严了窗帘，又没开灯，屋里漆黑一片，我怎么知道床上只穿裤衩躺着的不是你？！"

"小声点儿，别嚷嚷！"蔡晓光不免也吃惊，低声问，"那是我小舅子，今天上午我才将他从狱里接出来的，我跟你讲过他的事……他对你无礼了？他也不是那种人啊！"

"不怪他！是我把他当成了你！""护士长同志"依然有些羞恼，跺了下脚，扭了扭身子。

"宝贝儿，小声点儿，能小声点儿不？你俩，那样了？……"他也觉得问题出大了，头皮有点儿发麻。

"那样是没那样，差一点儿……"她的声音终于小了。

"没那样就好，可……差一点儿是差多少啊？"

"差一点儿就是……反正我在脱衣服上床之前觉得不对劲儿了……他也没扒我的衣服……"她还是流下了眼泪。

蔡晓光就将她搂在怀里，替她拭泪，吻她，安抚她。

她说："你让我丢人丢大了！"

蔡晓光说："丢人的也不只是你呀，我小舅子不知以后会怎么看待我这个姐夫了！我在他心目中可是好姐夫，这下全露馅了。"

"还敢怨我？！"她拧他耳朵。

蔡晓光赶紧又说："不怨你，不怨你，完全怨我自己。好在躺那床上的是我小舅子，不是光着身子的另一个女人，老天爷终究还是挺照顾我这个好人的，否则岂不罪加一等了？"

她又拧他耳朵，逼他老实交代——除了她，还有几个女人有他那儿的钥匙？

蔡晓光发誓，仅给过她一个人那里的钥匙。

"你得补偿我的损失。"

"当然当然，必须的。"

蔡晓光温声细语地告诉她，已按她的要求将电视剧本中女医生的戏份尽可能加强了，那一角色雷打不动属于她。她这才高兴起来，偎在他怀里咪咪地笑了。

蔡晓光总算将"护士长同志"哄走了，上得楼去，迎面撞见了那位负责接待的办公室姑娘。

"偷听来着是不是？不学好！别到处乱传播啊，那可不是好女孩所为……"不待他的话说完，姑娘笑着跑开了。

蔡晓光回到会议室，问大家讨论到哪一步，大家都说进行得很好，统一了思想，一致认为女医生的戏份不但加得很必要，而且画龙点睛，让一个群众角色活灵活现起来，成为一个将会给观众留下深刻印象的人物了。

"导演，带着满腔感情加的戏份吧？"老美工一本正经地调侃他。

蔡晓光也不生气，有点儿得意地应付道："那是！带着感情加和不带着感情加，结果当然不同。"

摄像打趣道："大家还有好桥段主张加给女医生。"

蔡晓光却立刻反对："不加了不加了，再好的桥段也不加了，私人感情不可以无限膨胀地加入艺术作品之中。一部优秀电视剧有其科学的人物戏份安排，注重均衡性，艺术第一，感情次之，咱们还是要尊重艺术规律。"

众人见蔡晓光说得严肃，真假难辨，一时都摸不准他内心里究竟怎么想，便附和着说些"那是那是""有理有理"之类的话。

蔡晓光此次要拍的电视剧暂定名为《人生变奏曲》，反映居住在同一条小街上的老中青下岗工人们的生活，表现了抱团取暖的友情，互相体恤的亲情，好了散散了又好的爱情，自谋生路坚忍不拔的精神等。这是一部挺接地气、轻喜剧风格的主旋律电视剧。蔡晓光定下题材找人写了剧本，还申请到了省市主管部门的经费支持。剧中有周秉昆和亲人朋友们的影子，初稿中还曾有厂长这个人物，是以周秉义为生活原型创作的。他将此事跟周秉义说了，遭到坚决反对。

蔡晓光说："我是想通过那样一个艺术形象，来为你正名。编剧都那么编了，是我向编剧提供了原始素材。我认为，编剧还是比较成功地塑造了一位忍辱负重的好干部形象……"

周秉义打断道："不需要！你们爱怎么塑造怎么塑造，那是你们的创作自由，我无权干涉，但是和我沾一点儿边的事都不许往里加。丑话说在前面，否则拍好了我也不依！"

蔡晓光说："砍掉那一个人物，对全剧影响太大了，剧本分量一下子就轻了。"

周秉义生气了，反驳道："难道我的态度还不够明确吗？还需要我再重复几遍吗？"

谈话是在郝冬梅家进行的，当时冬梅母亲还在世，也都在场听着。

郝冬梅说："晓光，我们现在只想恢复以前平静无忧的生活，秉义唯恐自己再成为社会议论的焦点。你作为我们的亲人，应该比别人更理解我们才对。"

冬梅母亲也说："晓光，你就不要再枉费口舌了吧。"

蔡晓光只得作罢。过了一会儿，他却仍不死心，又去找白笑川，希望能帮着说服周秉义。

白笑川耐心听他讲完了碰壁的情况，他表示爱莫能助："拉倒吧晓光，秉义的性格你我都清楚，他反感的事，我出面也没用。我的面子能比你的面子更大吗？你别牛不喝水强按头啦，何况他的顾虑也不是杯弓蛇影啊。"

蔡晓光这才死心，忍痛割爱。编剧却改烦了，罢工不干。无奈之下，他只得又物色了一位编剧，花了一笔编剧费。

一天，蔡晓光在街上碰到了曹德宝聊起来，大诉苦水。德宝也是多少有些文艺细胞的人，他建议加入一个人物以弥补剧情的损失。曹德宝提供的生活原型是一家小饭店的店主，十二年前，他和周秉昆等人欢迎吕川回到本市的聚会就在那家饭店举行。现在那店主六十多岁，老婆病故，小饭店还由他开着，成了那条偏僻小街一家最"皮实"的不起眼老店，也是德宝他们几个常去借酒浇愁的地方。

蔡晓光还真带着二茬子编剧前去寻访了一次。一谈，他敏感地意识到能从对方身上挖掘出好素材来，而那人也以身为电视剧人物原型而感到幸运。双方一拍即合，约好二次相见，继续深聊。不料再去时见到的是极尴尬的场面，那店主正与房东吵得不可开交。原来，房东要提高租金，店主指责他违反合同。双方都有助阵者，争吵中甚至发生了一些肢体冲突，杯盘瓶碗摔碎一地。

蔡晓光自认为是个人物，赶忙走上前去，替那店主求情。事关金钱，房东哪里肯给你面子？话不投机，几句之后，那帮助阵者就出言不逊，骂骂咧咧；羞辱他屎壳郎滚乒乓球，吃粪吃多了撑的，不知自己是什么东西了。

蔡晓光是多在乎面子的人啊，十多年间何曾有人那么羞辱过他？但碍于当时的局面，他也只能忍气吞声，好汉不吃眼前亏啊！转而一想，一味忍让无所作为也不好交代，那不更没面子？

他问那店主，房东要将租金抬高到多少？店主说抬高了不少，每月得补交五百元呢。

"那么，一年得多给他六千呗？"

第二章

"是啊！租金那么高了，我这小店就很难撑下去了。我儿子儿媳妇都下岗了，全家靠这小店为生呢！他是明摆着赶我走，断我一家的生路啊！过去关系处得还可以,租金已经够高的了,现在还能狠心涨啊？"那店主说着说着就潸然泪下，店主的儿媳妇也跟着抹眼泪。

蔡晓光又问："那你们的合同还有几年到期啊？"

店主说还有四年呢。

蔡晓光又问房东："如果将你涨价的钱一次性付给你,你还认不认那份合同了呢？"

房东说那当然认的。

"四年里，你还会不会因为租金的事再来找麻烦呢？"蔡晓光追问房东。

房东一寻思，目的达到了，一下子预付四年租金，自己不又占便宜了吗？他马上换了副讲诚信的样子，连说保证不会再找麻烦了。

"你们双方的人都听到了吧？"蔡晓光问。

刚才争争扯扯的人一下子安静下来，纷纷点头称是。

蔡晓光对那位二茬子编剧说："你去找个打电话的地方，让我的助理火速送两万四千元钱来。只许多，不许少，限他半小时内赶到。"

他说罢，安慰了店主几句，出门找了个地方悠闲地吸烟去了。

店里还是一片肃静，包括店主在内，一时都缓不过神儿来。大家信也不是，不信也不是。

房东小声说："去看看那小子在哪儿？别吹了个牛卵子泡儿溜之大吉了！"

这话被蔡晓光听到了——他刚才出门后一摸兜里没带打火机，便又进到店里来找火儿。

店主的儿媳妇赶紧找到打火机递给他。

蔡晓光吸了一大口烟，悠悠地吐出一条烟蛇，盯着房东说："我可没对你说一句难听的话，而你说了好多羞辱我的话。我又不欠你什么，你很不对。"

说完那番话，他又出去了。

店里更加肃静，他那番话说得慢言慢语，声音也不高，却似乎收到了不怒自威的效果。所有人，特别是房东找来帮忙的人，这时才仿佛终于意识到——他也许真的不是那些不知道从哪里找到了一点儿钱、凑个野鸡班子胡乱拍些什么欺世盗名玩意儿的所谓导演。

房东心里打起鼓来，他很怕自己有眼无珠，冲撞了不该冲撞的人物，嘴上却还是不依不饶，他阴阳怪气地说："一个拍电视剧的跑这儿充什么爷？等会儿没人送钱来，看王八蛋怎么收场！"

这话又被蔡晓光听到了。他第二次出了店门并没有走远，就站在门旁。

房东话音一落，他跨到了门口，皱眉道："你就真的一定要羞辱我吗？"

没到半小时，小刘坐出租车赶到，带来了三万元钱。

蔡晓光说："点清两万四，给那位先生。"接着，他转身对店主说："今天咱们是聊不成了，再约吧。至于为你垫上的钱，别当成负担，别有压力，慢慢还，日后能还多少还多少。"

他根本没有理会房东，冲两边人微微一笑，大步流星地离开了。

蔡晓光、编剧和小刘坐在出租车里时，编剧一下子崇敬地说："导演您放心，我一定认真改，直到您满意为止。"

蔡晓光明白，编剧对自己的编剧费完全放心了，他只回答了一个字："好。"

小刘问他："导演，那些人没对你无礼吧？"

蔡晓光笑道："那种局面下，我也不能和他们一般见识啊。替我打听一下，收钱的那位先生是何方神圣。"

几天后，房东出现在了话剧团门口，拎着大盒小盒，求见蔡晓光。房东并不真是二杆子，他过后也打听了蔡晓光是什么人。他不打听则已，一打听不安了。民间资讯总是夸大其词，水分很多，对蔡晓光这种公众人物尤其如此。各种信息综合起来，房东觉得自己有眼无珠，冲撞了黑白两道都很有能量的人。他越想心里越不踏实，便拎着礼物赔罪来了。他心想若能攀附成为朋友最好，交不成朋友，起码也不能让蔡晓光记仇。

那天，蔡晓光恰巧也在团里。

门卫问他见不见？

蔡晓光握着电话，从三楼窗口瞥了一眼房东，不留余地地说："让他趁早走，我绝对没空儿。"

第二天，房东又来求见，蔡晓光只回答了两个字："不见！"

他将"不见"二字说得很响亮，为的是让房东也能从电话旁听到。

他已将房东的底摸清楚了——曾经"二进宫"，是一个靠卖假烟假酒发不义之财的主儿，他聚赌成习，手头宽绰了，也兼着放点儿高利贷。

没过几天，房东再次聚赌时，被公安人员抓了个现行。于是，他的烟酒铺子被查封，还被拘留了一个月。

一个多月后的一天，房东在剧团门口一见到蔡晓光，就直接跪下，口中喃喃念叨："蔡导，求您开恩了！"

"你这是干什么？！我不明白你的话，让别人看见了成什么样子！"蔡晓光一副惊诧不已的样子。

他客气地将房东请到了自己办公室，沏茶敬烟，丝毫不失待客礼数。之后，他与房东促膝相谈，问对方究竟面临什么困难，自己有什么可以帮助的。

房东哭哭啼啼，将自己的遭遇讲了一遍。

蔡晓光说："聚赌是犯法的，人家公安部门依法惩办，那是执行公务啊。怎么，冤枉了你吗？"

房东赶忙承认没冤枉，但自己也得活啊，封了烟酒铺子就是断了他的生路了。

蔡晓光说："肯定因为你卖过假烟假酒吧？否则怎么会呢？"

房东也承认，一再请求他帮着将营业执照要回来。

蔡晓光摇摇头，为难地说："我也没有工商方面的亲朋好友啊，怎么敢当你面吹一个大牛卵子泡儿答应你呢？何况那需上下打点，不花钱根本办不成，花钱也只能办办看呀。"

房东赶紧说："那就求您帮忙办办看啦，钱不是问题。"

蔡晓光想了想，挠着腮帮子说："你既然这么苦苦相求，我也只得办办看了。两万四这个钱数不怎么吉利吧？"

房东赶紧红着脸说："绝不会是两万四。"

蔡晓光思忖着说："四万和四万四也都听起来不好，就取个中间数三万五吧。三五相加是八，这数字好。"

送房东走时，蔡晓光叮嘱道："你还要带一份保证书，保证以后不再卖假烟假酒了。"

房东下午送来的三万五千元钱，两万四千元划到了剧组财务的账上。蔡晓光让小刘送给曹德宝五百元，酬谢德宝提供线索，其余的都入了小金库。"晓光创作室"也不是只靠拂晓的阳光便能维持，如果没有收入，那就不过是一块牌子两间办公室。团里并不拨经费，他也从没有申请过。经费都是他自筹，小金库必须有，却又不是一笔糊涂账，由团里

第二章

财务人员代管，收支清楚，经得起检查。

蔡晓光在钱的问题上很有原则，绝不允许会让自己名声受损的事情发生。他的自律原则只不过一条：不往自己兜里揣钱，吸烟都是用自己钱买的。当然，名声大了以后他就很少自己买了，别人送的烟也吸不完，往往还转送同事们。如果听说哪位同事、朋友乃至不相干的人遇到需靠用钱解决的困难，他动用小金库的钱如探囊取物，独断专行没人阻拦得了，也从来没有什么异议。

"我化缘化来的钱，爱给谁花给谁花，天王老子也管不着。"建立小金库之初，他就经常这样讲，亦庄亦谐，广而告之。所以从来没有人说三道四，谁会管天王老子都管不着的事呢？小金库的支出只不过两项，其中一项用于创作室交朋会友，方式无非是吃吃喝喝。创作室"蔡绝主"的朋友越来越多，不乏各方面的官员以及工青妇各级组织的干部。只要"蔡绝主"因工作求到了，省内各级官员干部总会积极配合。大小官员对他的邀请也都很给面子，那也等于支持主旋律文艺。小金库的另一项支出有慈善性质，即救助饥寒交迫的流浪汉和生活窘迫的人家。两项支出都是打"白条"，只要他签字，代管的财务人员便只管付钱。

往往是过了一段时间，管账的财务人员就提醒他："蔡导，告诉您一声啊，创作室又快没钱了。"

他的回答通常是简单的三个字——"知道了"或"会有的"。不久，便果然有笔钱来了。

常常有剧团里的人告诉他："蔡导，昨天见一老汉躺在桥洞下，没吃没喝病歪歪的，着实可怜……"

"蔡导，报上说一户人家孤儿寡母两个人，母亲又病了，咱们表示不？"

"看多少为好呢？"他照例会问。

如果对方说出的钱数他认可，他便会说："你写条我签字，领了钱你送去。还是那句话，不许提我名字。"

如果对方问："我总得告诉人家谁给的钱吧？"

他照例会说："爱怎么编怎么编。"

他最不喜欢别人用"慈善"二字来评论他的行为。

"咱们的做法算哪门子慈善？咱们又不是慈善机构，给的也不是咱们的钱。确切地说，咱们是在劫富济贫——雅劫而已。"

他总是强调，其做法绝非个人行为，而是"咱们"的集体行为。他的死党们都有种当代义士的感觉，也就更心悦诚服地做他的死党了。

多少年过去，从没有人从他那里骗钱。他的死党们首先绝对不会。对他们来说，和他的关系是值得珍惜的。他们要骗他太容易了，几句话就会骗成功，但他们绝不会生出那么恶心的念头。剧团里其他人也没骗过他——骗他那么可敬可爱的人，会将自己的名声搞得臭不可闻，没法待下去。

第三章

二〇〇一年七月五日晚上六点多钟,蔡晓光仍在与主创人员讨论剧本。

有人对剧名不满意。

他说想出了好的就改。只要大家认为好,他听大家的。

有人说喜剧成分还欠缺。

他说有同感,问编剧自己怎么看?

编剧说,自己要追求的是使人含泪而笑的艺术效果。

他饮了一大口茶,咕嘟咕嘟涮涮嗓子,漱漱口,起身出门吐到厕所,进屋后又吸支烟,来回踱着说:"含泪而笑通常是所谓评论家的评论语言,你作为编剧,创作时内心里总想着那四个字,那四个字就很可能成为陷阱。你在电影院里究竟有几次看见别人含泪而笑了?反正我没见过。我要么见到别人哭,要么见到别人笑。活到今天,我就有一次见到别人含泪而笑,是我小姨。她三十多岁时,姨父病故了。一天她正哭,我父亲带我去安慰她,给她一个存折,说是我小姨父生前请他保管的,存折上有几千元私房钱。那时小姨倒是含泪而笑了,由衷地笑了。再说一遍,我活到如今就见过那么一次。我却没笑,我父亲也没笑。现实生活中,有人含泪而笑,旁边看着的人却很少含泪而笑。电影院里也基本如此,所以你哪些情节要让观众笑,哪些情节要让观众哭,目的一定得明确。至于观众是否含泪而笑,那因人而异,我不会强人所难,你也大可不必难为自己,明白吗?"

编剧如释重负地说："明白，明白。"

老摄影却问："导演，你小姨父死在哪年啊？"

他说："五十年代末，那时我还是少年。"

老摄影又问："五十年代末，你小姨父死了，就能留下几千元私房钱了？"

他解释说："我小姨父家从前是做大买卖的人家嘛，瘦死的骆驼比马大。国民党大势已去的时候，有钱人家的少爷小姐，如果来不及出国，忙不迭地都想与革命者成婚。我小姨是部队文工团的，赶上那一拨了。我大伯、父亲和小姨都是革命军人，共同形成的红色保护伞足以让我小姨父家平安无事……"

老摄影师说："难怪呢。"

其他人则纷纷说导演讲讲，给我们补点儿历史课。

于是，蔡晓光讲起了自己少年时代家庭人事的见闻，一副深情回忆的表情："我小姨父喜欢带我回他南方乡下的老宅去玩，村里人住的房舍全是他家的，土改还没开始，他老父亲就主动将房契地契当众烧了，让村里人到他家去爱拿什么拿什么，爱搬什么搬什么，先行一步共了自己的产。工作组一进村，他就主动将金银财宝什么的也都交了，工作组和村里人也就再没为难他家人。留给他家的宅子也挺大，有花有树。许多瓶瓶罐罐村里人却没动的，他老父亲说那都是好东西，越往后越值钱。为了表示感谢，他老父亲送过我大伯，也送过我父亲。我大伯我父亲都是土八路，不识货，当时还看不上眼……"

蔡晓光讲得眉飞色舞，大家听得鸦雀无声。他忽然发现小刘在看表，这才意识到自己跑题了。接着，他言归正传，说道："怎么扯起这些来了！回到剧本，都回到剧本！为什么要加强喜剧元素呢？因为老百姓其实并不爱看苦情戏。生活本来就苦哈哈的了，谁还喜欢再从电视剧中看到自己

第三章

苦哈哈的影子啊！非说他们爱看，那也是爱看古代的。从电视中看着古代一些苦人儿的命运怎么个苦法，心里想着世上原来还有比我命苦的人，心理会多少平衡点儿。现实题材特别是主旋律题材起不到那种作用，表现得太苦了反而会让他们来气，再说也难以通过审批。编剧写到喜剧情节时要放开手脚，闹腾点儿没什么。穷欢乐是穷人需要的嘛……"

编剧质疑道："导演，那您不是等于否认悲剧的价值吗？"

蔡晓光斜着眼瞥了编剧几秒钟，目光从编剧脸上缓缓移开。他环视众人，不以为然地反问道："悲情剧和悲剧是一码事吗？悲剧那是深刻的文艺。比如《李尔王》，比如《德伯家的苔丝》，比如《第六病房》，咱们当下怎么深刻？我知道你们内心里都咋想的，总想搞出点儿经得起时间检验的东西是不是？我就不想吗？但是能够吗？最有能耐的编导，也只不过能搞出《梁山伯与祝英台》那类爱情悲剧！中国从古到今，除了《梁山伯与祝英台》那类东西，再就没搞出过什么高品质的悲剧来。中国连《复活》那样的作品也写不出来！所以，我要求大家摆正位置，都别忘了自己是干什么的。咱们只不过是吃电视剧这碗饭的人，大家多年来一直不离不弃地跟随我，我有责任带领大家别把道走偏了，把饭碗给摔碎了。认认真真地搞出些平庸的东西，这是咱们目前能做的，实际上并没有人真比咱们做得更好，明白吗？……"

大家都附和说："那是，那是……"

小刘忍不住提醒他："导演，别忘了今天还有个重要饭局！"

蔡晓光愣了愣，一拍脑门，"糟糕！给忘脑后了！谁也不许走，一块儿去，跟着你们的'绝导'去吃香的喝辣的！"

这时候，在光字片周家老屋里，周秉昆和郑娟互相搂抱着，一动不动站在屋里很久了。

他说:"晓光和聪聪陪我洗过澡了。"

她说:"我猜到了。"

过了片刻,她又说:"我在家也洗过了,为你。"

他说:"你头发还没干呢,一股香味儿。"

她说:"为你用香皂洗的,要不哪舍得用香皂洗头洗身。"

他说:"你以前也用香皂洗过啊。"

她回应说:"以前也是为了你啊!买一块香皂的钱能买两块肥皂,还比肥皂小。不是为了你,才舍不得用香皂洗。现在去外边洗澡不容易了,自从春燕他们那儿不再是公共浴池,咱们这一片没单位的人想痛痛快快洗次澡,就都得坐几站地到市里去,而且洗澡票贵了三四倍,还得搭上来回车钱。现在,我每年也就在外边洗一两次澡。"

他说:"聪聪跟我分手时,说他今晚不回家睡了。"

她说:"他早上接你前,也跟我那么说了。"

后来,他俩就再不说话了,互相搂抱着,也不坐下来,站了半个多钟头。

周家的老屋是更加破败了,如果没有那几根后来加固的钢管撑着,估计已经塌了。钢管上的红漆处处剥落,没剥落的地方也看不出是红色,它被十几年里冬天取暖炉子里冒出的烟熏黑了。墙也早就不是白色的了,墙皮剥落的地方像疮疤似的难看。窗子更加下沉了,门更加歪斜了,屋顶更低了。

他终于又开口说:"聪聪都是大人了,怎么也不知道把墙抹抹?"

她说:"他去年刚毕业嘛。那孩子学习要强,以前是学生时顾不上。毕业后找不到工作闲在家里时抹过一次,他哪比得上咱爸,抹过墙没过多久就掉了。"

第三章

他说："我也想先在家清闲一阵子，不想立即找工作。"

她说："行，反正现在我有班上，儿子也工作了，该我俩养你了。"

他说："我哪能反过来让你俩养呢？我只不过是想在家里换换心情，为你和儿子做做饭、洗洗衣服，主要是得把老屋维修维修。"

她说："好，如今洋灰、砖和沙子想买的话，不用求人就能买到了，看来社会还是往好变，咱们光字片的大多数人家已经不用黄泥抹墙了，弄不到一堆黄泥而发愁的时候总算过去了。幸亏水泥和砖不再是宝贝，要不光字片大多数人家的房屋都倒了。"

他说："那咱们就不求人了，干脆舍得花笔钱去买。"

她说："求人买能便宜不少呢。"

他说："听你的，那就求人买……抬头让我仔细看看你的脸。"

她仰起了脸。

他俩站在灯下，灯泡瓦数太小，蒙了层灰，光线昏暗。

他说："你脸怎么这么黄呢？你最后一次看我，脸色还不这么黄，病了？"

她说："没病。不是黄，是灯光的原因，倒是黑了点儿。上下班天天走在路上的人，特别是女人，没几个脸不变黑的。为了不让你嫌弃我，我还擦了粉呢。你说怪不，我只瘦在脸上了，身子一点儿没瘦，晒不着，还像从前那么白。"

她看似无心说着。

他的性欲之火一下子被她的话点燃了。十二个年头，他经历的最大痛苦和折磨，就是想搂抱这个曾给予过自己无比欢欣的女人却搂抱不到，想亲她却亲不着，想见一次她白皙的身子却也只能在梦里，其实梦醒后的夜更难熬。

他说："我要亲你。"

"亲吧，只要你不嫌弃。"她闭上了眼睛，嘴角呈现出一丝笑意。

他就亲起她来，像要将她的五脏六腑吸出来直接吞入自己腹中似的。

他的女人，朝思暮想的不再年轻容颜不再好看的女人；自从他那男人的意识开始向往女人，他迷恋并唯一与之身体亲爱过的女人，在他的强力吸吮之下发出轻微的小猫呢喃般的呻吟。

她那种呻吟之声并无改变，也是令他十分着迷的。压抑了十二年之久的性欲，他的身体似乎充满了大量的荷尔蒙。他伸入她衣下的手变得粗暴起来，他的唇完全地封严了她的口，他的吸吮力度更大，而他的女人如同充气的橡皮人，在他不可抗拒的吸吮下收缩，萎软。

她站立不住了。

他将她横抱起来，而他的吸吮仍未停止。

她尽量往后仰头，两人的口终于分开了一下，她趁机细语："小屋。"

他因为自己强壮，觉得她变轻软了，像是横抱一个无骨人儿似的，迈着快捷的步子走入了小屋。

她早已将褥子铺好。她的身子一被放下去就伸展开了，为的是让他很容易地除掉她的衣裤——她自己已没力气做了。

他的手急切地摸索着，撕扯着，当她赤裸的身子呈现在他眼前时，他才意识到自己连鞋还没脱，他已经顾不上了……

"和顺楼"易主后并没有更名，仍然叫"和顺楼"。骆士宾死后，他的公司也没有更名，仍叫路路通公司。但是，路路通公司的董事长已是骆士宾妻子了，她叫曾珊。

曾珊是"和顺楼"的第一大股东，持有百分之七十多的股份。

光字片周家老宅小屋的炕上，"演奏"着激越的活力四射的肉体"欢乐颂"时，曾珊与蔡晓光的友谊之宴刚好酒过三巡。

曾珊左右坐着水自流和唐向阳。

唐向阳当了父亲，妻子在一所普通中学做老师，钱不够花这个残酷的现实生活问题迫使他辞职"下海"。路路通公司与港商合资在市郊办了一家化工厂，经人介绍，曾珊开出了唐向阳满意的年薪，聘请他做了化工厂的总技师。

曾珊曾是北京一所经贸大学的研究生，导师是国内最早一批股份制改革的推动者，在企业管理研究领域很有影响。曾珊是Ａ市人，父母在她小时候离异，后来也都再婚。这一点上，她与唐向阳相似。同"病"相怜，她对他相当信任，也相当倚重。唐向阳觉得自己遇到了"明主"，对她忠心耿耿。

可以说，这天晚上坐在曾珊身旁的唐向阳已是她的心腹。

其实，曾珊不是多么漂亮，但会打扮。她本就有书卷气，一打扮书卷气就更突出，完全不像商场上的女人，而更像个女知识分子。她的话不多，端庄矜持地坐着，精美的眼镜后边，那双也许并不近视、不大不小的眼睛时不时稍稍眯起，显出对蔡晓光他们的讲话心怀敬意的样子。

蔡晓光认识唐向阳。因为白笑川是周秉昆的师父，蔡晓光通过白笑川认识了水自流，他也常到水自流的书店买书。水自流又是路路通公司的顾问，而唐向阳成了路路通公司的人，他之前却根本不晓得。

实际上，蔡晓光的人都没说什么话。双方这次会谈涉及二十万元的赞助，谈成或不成，全看互相印象如何，或者说全看蔡晓光留给曾珊的印象如何。蔡晓光并非什么人的赞助都接受。有人上赶子追着想给他赞助，如果他觉得这个人很烂，还是不愿搭理。也有过几次，想提供赞助的人并不赖，但几句话说得蔡晓光不爱听了，他起身就走。然而，这一次主创们都知道，他很在乎路路通公司的二十万元赞助。二十万元的赞助是挺大的数字,他们工作室过去还从没获得过一笔二十万元的赞助。搞影视剧是烧钱的事,多二十万少二十万,品质肯定不一样。

在前往"和顺楼"吃饭的路上,蔡晓光说:"为了那二十万,让我献身我都干。一次不行,我宁愿跑两次三次。"

他对自己的身体也有原则。名声大了,他认为身体值钱了,好比美女们认为自己的身体值钱那样。

有一次,小刘陪他到北京联系发行的事,为了面子下榻五星级宾馆。也是为了省钱,他和助理住一个房间。半夜有女性打来几次电话,问要不要"特殊服务"。

第三次接到电话,他拿起电话温和地说:"小姐,既然你这么热情,那就请过来吧。"

过了一小会儿,敲门声响,他将小刘推入了卫生间。

一位风姿绰约的妙龄女郎进门后,见他穿着睡衣坐在沙发上,汗毛浓密黑粗的两条裸腿高高跷起,悬空的那只脚挑着拖鞋晃来晃去,面试似的从上到下反复打量着人家。

女郎笑盈盈地说:"老板,咱们得谈好价。我们一向先收钱,后服务。"

他认真地说:"三万。一口价,少一分都不行。带那么多钱了吗?"

女郎愣了半天,懵懵懂懂地问:"老板有没有搞错啊?咱俩到底该谁给谁钱啊?"

他冷冷地说:"是你搞错了吧,小姐?我是导演,艺术家!哪个女的随便就配跟我上床吗?当然得你给我钱!我今天心情好,三万是打折价!"

女郎那张粉脸红了,接着白了,青了。

他又说:"估计你没带那么多钱,给你个全乎脸,再打几折,两万吧,谁叫我今天心情好呢!"

第三章

女郎转身便逃，仓皇之下撞到了门。

待门关上，小刘从卫生间出来，笑得扑倒在床。

蔡晓光也不动身，吸着烟，叹道："身材好，容貌好，外形条件那么好的一个女孩子，不难找到份工作啊，为什么非走这条道呢？如果是在其他场合见到了她，我真想拍戏时用用她，给她一次日后可能成为演员的机会。"

后来这事从小刘口中传开了，越传越广，他的知名度又多了一层"另类"色彩。惯于拈花惹草的男人都感到自愧弗如，君子型的男人觉得他"君子好色，好而有格"，对他的一些绯闻反而更宽容了。有些女人对他更产生了极大好奇，求人介绍要与他认识，企图试试自己的"色"在他眼中够格不够格。当然，那些女人都非草根阶层的女性，后者不可能对他那样一个男人产生什么好奇心。对他好奇的女人，都是本市一些生活优裕、没有什么经济负担的女性。她们与正在集体经受阵痛的下岗工人不同，她们追求现代和前卫。她们中喜欢冒险的人，甚至密探似的跟踪过他，在不被发觉的前提下尽可能近距离地观察他，收集资料研究。那些日子，他桃花运"稠"，一些女性视他为"金龟婿"、意中人，车轮战般骚扰，甚至其中还有精神病患者，他只好让"死党"们左抵右挡。一个既能吸金又有艺名的当红导演、一表人才、相貌堂堂、思想成熟且不乏情色定力的单身中年男士，成为"现代派"老少女性们"围猎"的目标，实在不足为奇。

当时《廊桥遗梦》刚从美国翻译进来，十几万字的小说风靡大江南北，让许多生活优越起来的文艺女性陷于"廊桥式幻想"——想象自己是中国的弗朗西丝卡，而蔡晓光是一位本市的罗伯特·金凯。他身上有着法国雅皮士、英国绅士与中国"袍哥"相混合的一种男人风格，而且比老美的罗伯特善于吸金。总而言之，他的名字令她们着迷。

那些日子，蔡晓光并没飘飘然起来，并没忘乎所以来者不拒顺势而上。他表现得很有定力，很有自知之明。他谦虚又冷静地说："我知道自己几斤几两，'我不过是地上的一条虫'，有幸沾了主旋律的光。"

关于"虫"的话，出自雨果的小说《悲惨世界》米里哀主教那仁者之口。由现实生活中的一位"绝导"口中说出，他的"死党"们皆闻之肃然。他都是"蔡绝主"了，还自视为一条虫，他们当然是更渺小低等的虫了！于是一个时期内，他们人人自称"一条虫"，有人甚至将"我是一条虫"五个字赫然印到了名片上。

但是，"虫子"太多了，肯定也使工作受到负面影响。

也有这种情况，"蔡绝主"向人郑重介绍自己的主创人员时，他们却一个个一本正经地说：

"不敢当，我不过是地上的一条虫。"

"我也是一条虫。"

"那我更是了。"

"我现在还是一条丑陋的毛毛虫，争取能变成美丽的蝴蝶。"

如果都是泛泛而谈，客气几句，那还罢了，别人也就只当他们开玩笑，觉得他们都挺幽默可爱。问题是，他们都说得极虔诚，一边谦恭地与人握手，一边虔诚之至地那么说，搞得别人一头雾水，认为他们行为古怪，难以理解。

有一次，某领导探班，与他们一一亲切握手时，他们也纷纷那么说。领导听第一句时没太在意，只是笑了笑；听第二句时，表情困惑了；听第三句时，脸红了，居然也说："我也是一条虫，为人民服务的虫，益虫。大家都是虫，彼此彼此，都是都是。"

陪同介绍的蔡晓光也脸红了，向剧组中还没那么说的人使眼色，希望能制止。那几个人却误解了他意思，说得更带劲儿。

第三章

领导告别时，单独问蔡晓光："你那些同事是不是对我有什么意见啊？"

蔡晓光说："没有啊，他们对领导的关怀很感激。"

领导疑惑地问："那他们与我握手时为什么说那种话？"

蔡晓光赶忙解释："也许是因为我经常敲打他们，提醒他们始终要低调做人，夹紧尾巴做人，戒骄戒躁，有了点儿成绩千万别张狂，别自傲。我同样经常用'我是一条虫'来敲打自己的。"

他用领导爱听的话遮掩过去了。

领导想了想，只好说："你们能那样，很好。'我是一条虫'，这话也很好，很形象，只有你们搞艺术的人才想得出来。"

不久，高坐主席台上的那位领导也对台下众多基层干部说："同志们，我只不过是一条虫，即使做出了点儿政绩，也只不过是一条为人民服务的益虫应该做的，好比蚯蚓……"

结果，"我是一条虫"在基层干部中一时成了时髦的说法，又不久，成了知识分子喜欢的说法。大学的讲台上，经常能听到教授们说自己是一条虫。甚至，小学生的作文中还出现了"我是一条虫"这样的题目。

蔡晓光专门召集同事开了一次会。他说："也许咱们开了一个不好的头……"

老摄影说："我认为不是咱们开了一个不好的头，是领导。咱们加一块儿的影响也没有领导一个人的影响大，领导就不该在基层干部会上那么说。"

蔡晓光说："以前，我从没听到任何一位领导说自己是一条虫。大小是领导，就不会再认为自己是一条虫了。总之，是咱们不小心让领导学了一句不该学不该公开说的话。领导都是龙，大龙小龙的区别而已。现在许多人都说自己是条虫，咱们以后就不说了吧。咱们是条虫，心里有数就行，没必要像给自己做广告似的，见了陌生人就那么声明。"

后来，他们果然就都不说"我是一条虫"了。

再后来，市里发生了一次重大火灾，街谈巷议了挺长时间。群众注意力就转移了，"我是一条虫"的说法才渐渐从人们的意识中淡去。

他们大多数人没读过小说《悲惨世界》，也不知道什么米里哀主教。他们认为，"我是一条虫"这句挺有禅味的话是蔡晓光对自己的看法，认为他是一个活得明白到家了的人。这使他的好口碑又上升了，也使某些女性对他的幻想越发不可收拾。那一段时间，"蔡绝主"虽能定力强大地保持方寸不乱，却毕竟不堪色扰。电视剧甫一杀青，他便到乡下躲避桃花运的包抄围剿。那些日子里将他成功拿下的，便是市立二院的"护士长同志"。

"蔡绝主"患了严重颈椎病，致使全身哪儿都痛，每天坐也不舒服站也不舒服躺也不舒服。他首先想到能为自己去除病痛的人是郑光明，就是郑娟那出了家的弟弟萤心和尚。萤心是周秉昆的内弟，他是周秉昆的姐夫，当然他与萤心也是亲戚关系，他认为萤心肯定会带着特殊感情为他去病。而且，一闲下来，他也有愿望向萤心请教佛教知识。几名"死党"陪他去了北普陀寺，但见萤心的按摩房外排了许多人，多是底层百姓。不收费，有耐心，有爱心，手法高明，并且与佛相近，前往的人自然纷至沓来，络绎不绝。有的病人甚至远道而来，被亲人搀扶着，或坐在手推车上。

助理小刘说："我去告诉他你来了，咱们加个塞儿吧。"

蔡晓光说："不可，别打扰他了，咱们也别与老百姓争这份佛家的福祉了。"

他也出家人般双手合十，朝那按摩房拜了三拜，连称善哉善哉。

第三章

之后，他就与同事们下山了。

尽管没有见到萤心，但在北普陀寺的所见已经让他感到莫大欣慰。

或许是前世未了情缘，返城的路上，在一辆市郊公共汽车里，他与"护士长同志"关铃坐在了一起。他本与小刘坐在一起，关铃上车时车里没座了，他正闭着双眼想心事。小刘起身向关铃让座，她没好意思坐。小刘再三谦让，她才坐下。倘若小刘并没让座，蔡晓光与关铃后来也许不会发生肉体关系；倘若小刘虽让座了，关铃只谢不坐，蔡晓光还是不会与她成为情人。

关铃坐下了，那种关系便也注定了。

那天风大，蔡晓光见卷入车内的风将她的头发吹得直往起飘，主动将车窗推严了。关铃感激他的贴心表现，主动与他聊了起来。蔡晓光认识几位医院里的头头脑脑，更想认识医生或护士，为的是自己和同事们看病方便。头痛脑热去医院，再因为要省时间找院领导，他觉得会让对方讨嫌，直接认识一位医生或护士，反而方便多了。

一听关铃说自己是护士长，而且是市立二院的护士长，蔡晓光立刻愉快地向她递了张名片。

关铃一见那名片上印着"蔡晓光"三字，双眸顿时晶亮。

"你就是……一条虫？"

"是啊，你不怕与虫子坐在一起吧？"

"不怕，想不到今天认识了你这个真人！"

二人对视微笑，都有种相见恨晚的感觉。

那天是星期日，关铃是专程去北普陀寺观摩萤心的按摩手法的。

后来，关铃就出现在了蔡晓光隐居的村子里，继而出其不意地出现在了他面前。她的按摩手法不错，蔡晓光尝到了全身放松的好滋味儿。

"坐怀不乱"这个词经不起认真寻思，一认真寻思，便觉太不靠谱。当一个颇有姿色的女子主动、热烈地投怀送抱时,生理正常的男人一般不可能不乱。起初,蔡晓光还很有顾虑,听关铃说她是离异独身女子后,便放心大胆水深火热了。

关铃倒也坦率,承认夫妻离异是由于她自己出轨造成的。正因为错在自己,她没争财产,法院判离婚的当天向丈夫交了家里钥匙,仅带走了自己的衣服鞋帽,净身出户。

她说:"好在没孩子,离得波澜不惊。也好在我终有了属于自己的一处房子,还是两居室,老楼里的单元房,随时可以再组成一个家庭。"

蔡晓光问:"为了得到那套房子,付出了什么代价呢?"

她伏在他身上,用发梢抚弄着他的脸,淡淡地说:"该付出的都付出了。"

他问:"包括身体?"

她依旧坦荡荡地笑道:"身体当然是前提啰。非亲非故的男女之间,女人不奉献身体,男人肯成全女人的事吗?"

他问:"你现在的条件,再与一个中意的男人结婚不难啊,怎么没考虑呢?"

她说:"也不是没考虑。我认真考虑后决定,现在这样挺好,自由。如果我又是某个男人的妻子,再出轨多不好意思?那是我不能保证的事,我有自知之明。我打算五十五岁以后找个老伴,估计到了那把年纪,我的心性就该稳定下来了。"

他问:"跟多少男人像咱们这样了?"

她想了想说:"七八个吧,小狗骗你。不过请你放心,我是从医的,重视生理卫生,绝不会让不干不净的男人脏了我宝贵的身体。你享受的虽然不是贞洁的女性身体,但肯定是清洁的女性身体。"

他问:"你就不享受吗?"

第三章

她反问："我享受不享受难道你看不出来吗？"

他被她亲得心猿意马，两人又云雨了一番。显然那也是她期望的。

她枕着他的胳膊，似睡非睡，他又问："将我诱惑成功了，想与我结婚吗？"

她说："没那么想过。"

他困惑了，欠起身看着她的脸问："为什么？连我都不配做你的丈夫？"

她这才睁开眼睛，柔情蜜意地说："不是呀。知道你的人全都说你这么好那么好的，我也觉得你是个好男人。如果咱俩成夫妻了，我想出轨时，顾虑重重克制着不敢出轨，那不是太委屈我自己了？而一旦让你戴绿帽子，岂不是太对不起一位口碑好的丈夫了？"

她的语调、表情都是那么的纯真，他一时竟不知再说什么好了。

"躺下。"

他乖乖地躺下了。

她就又伏在他身上了。

"正因为我是自由的，所以没有负罪感，所以咱们做爱的感觉才那么好，是吧？很久没享受做爱的快活了，天赐良机，那么多女人心目中的罗伯特，居然让我给俘虏到床上了，我很骄傲呢！"

她笑得灿烂无邪。

"可我是有负罪感的。"

他认为明明是自己将她俘虏到床上了，听了她的话未免心理受挫。

她说："对我那位蓉姐姐？她活该。谁叫她一出国就十二年不回来呢？知道了解你俩情况的人怎么说吗？不论男女，都说你可太不容易了，十二年啊，没弄出几个半大孩子来太对得起那位蓉姐姐了！连我们女人都认为你太不容易了，你还有什么负罪感呢？这么告诉你吧，如果由我们女人组成道德法庭陪审团，只要这十二年里与你发生肉体关系的女人在二十个以内，我们就会全体判你无罪，判那蓉姐姐自食其果。十二年，二十个以内，前五年每年一个，这才五个，后七年一年比一年难熬，每年两个，二七一十四，加起来十九个，多乎哉？不多也。所以，连我们女人都认为你太不容易了。我们对你的好感，除了受你的口碑、名声的吸引，其实也包含对你的怜爱。给予你这样一个男人一点儿富余的性爱关怀，对我们这样的女人那也等于替天行道，替那位蓉姐姐尽她应尽而未尽到的一种义务，其实她应该感谢我们的。"

他不仅心理大受挫伤，而且觉得自己好生可怜了。

"十二年里，你究竟享受过多少个女人的身体呢？三十几个？还是四十几个？"

"胡扯！太夸张了，算你才四个！"

"才四个？还算我？"

"如果说谎，天打五雷轰！"

"别发毒誓，犯不着发那么毒的誓，我信你的话。那你就更不必有负罪感了。"

"有一个还只是一夜情……"

"那你就要连一点儿心理障碍都别有。你不但太不容易，而且做得难能可贵啊！咱俩在一起时，尤其是咱俩做爱时，不许你想那位蓉姐姐。如果没法不想，那就把我当成她吧！你俩做爱时，你情不自禁了怎么叫她？……"

"蓉蓉……"

"叫我一声蓉蓉。"

"……"

"叫啊！"

"蓉蓉……"

"这不叫出来了！再叫一遍,甜点儿。"

"蓉蓉……"

"这不也能叫得挺甜的吗？以后我就是你的蓉蓉,除非你嫌弃了我,我嫌弃了你,否则我就是你在国内的蓉蓉,愿意不？"

"愿意……可……"

"可什么？"

"有一天她从国外突然回来了呢？"

"那我自动从你的生活中消失啊！你不再联系我,我也不再联系你。偶然见着了,以朋友相待,可好？"

"好。"

"一言为定？"

"一言为定。"

"我们这种关系,以后回忆起来,也挺有味儿的,对不？"

"对。"

"翻身。"

"干什么？"

"还能干什么？我倒想再来一次,你有那么高强吗？替你拿拿肩,揉揉背。"

于是,她以专业的手法又为他进行无偿的按摩服务……

对"蔡绝主"与"护士长同志"之间的关系,"死党"们个个心知肚明。

蔡晓光向关铃承认的话,的确是百分之百的实话。十二年里,他真的只与四个女性发生过肉体关系,前两个皆是关铃式的单身女性。后一个是有夫之妇,只发生过一夜情,并且是对方诱惑他。他的原则是绝不与有夫之妇发生性事,正如绝不往主旋律电视剧中加入负能量的情节。他也绝对不与女演员们发生性事,那同样是他为自己的下半身定下的铁律。至于与有夫之妇发生过的那一夜之情,他曾向"死党"们公开忏悔。

以"死党"们的眼光看来,以一个现实中的而非文学作品中的虚构男人的性行为来衡量的话,他们也认为他做得已相当不容易。经常被一些漂亮女演员哈着的一个男人,十二年里与她们的关系从无可指责可怀疑的地方,确实不容易。

然而,有一点他们大感不解。比"护士长同志"更有姿色、学历也高、修养也好的单身女性追求者曾有数位,他都没怎么动心过,却偏偏对"护士长同志"情有独钟,真心实意——他们不明白为什么。

有一次,他酒后吐真言。

蔡晓光说:"我是属于周蓉的。想当年她以我为幌子,真爱上的却是一个叫冯化成的北京二流诗人,也许连二流还够不上。当年,我无怨无悔。后来他俩在贵州农村结婚,有孩子了,我在本市一直单身着,为什么呢?不是困难户。即使在我们父子俩落魄的几年里,主动追求我的姑娘也是接二连三的,本人形象上戳得住嘛。那是因为她的影子印在我心里了,去不掉了。再后来,她离婚了,带着女儿回到本市,这才成了我妻子,我总觉得是上天在关照我的一片痴心。再后来,她因为女儿的事,一气之下匆匆出国。她至今仍非常爱我。一个男人如果指望一个非常爱自己的女人坚决与自己离婚,那不是白痴吗?而且,我也仍然非常爱她。她是我的文艺启蒙者。我有今天,是从喜欢阅读文学作品开始的,当年她的家是我的三味书屋,她和她哥周秉义如同我的私塾先生。我俩精神上早已连为一体,灵魂上不可分开。但我到底是一个男人,生理正常,雄性激素还相当旺盛,咱们男人那种需要我也是需要的,有时候很饥渴。关铃她很理解我的苦楚,也很尊重我对周蓉的感情。人家除了需要一份感情慰藉,其他什么想法都没有。这是别的女人做不到的,大多数女人都

第三章

恨不得完全占有一个对自己人生有利的男人。人家关铃特自立，压根儿没那种企图。人家对我要得很纯粹，无非就是床上那种事……而已。所以，她是我要感恩的一个女人……"

听了他的一席话，"死党"中有人哼唱了起来：

谢谢你给我的爱
今生今世不忘怀……

蔡晓光说："对，对，对于我，她这个小芳很现代。连将在咱们这部剧中演一个角色的事，那也不是她的要求，是我让她演的。反正也不是主角，演到及格的水平就行。在我这儿，不图别的，图好玩呗！"

从此，"死党"慢慢理解了，开始称她"亲爱的护士长同志"。

二〇〇一年七月五日晚上，在"和顺楼"装修最豪华的包间里，曾珊待大家落座之后说："这里也可以说是咱家的酒楼，诸位就当我是在家里招待你们吧，都别拘束，各随其便。"

酒过三巡，她仍没开第二次口。

说话最多的是蔡晓光，其次是水自流和唐向阳。他们三个之间，也无非说些世界真小、天气将会如何、酒力怎样的话。这类话难以持续，就要冷场时，水自流赶紧向蔡晓光介绍书店里到了什么值得一看的新书。

蔡晓光的同事们更插不上话了，他们都是除了专业再就不看其他书的人，对水自流和蔡晓光之间的话题不感兴趣。他们就有人掏出了烟，于是这个一支，那个一支，转眼都叼上了。

唐向阳张张嘴想说什么，却显然将到唇边的话吞回去了。

蔡晓光问:"向阳,有话为什么不说?"

唐向阳红着脸道:"没什么非说不可的话。"

蔡晓光又问:"我猜,是你老板在桌子底下踩你的脚了吧?"

唐向阳的脸更红了,窘迫地说道:"晓光哥,求你别拿你小弟开涮啊,得给你小弟留点儿面子嘛。"

曾珊的脸也微微一红,难为情地说:"蔡导真是火眼金睛。你们二位是老相识,我是想让他敬你一次。"

蔡晓光说:"他当然得敬我一次,不过先不急。董事长妹妹餐桌底下踩他一脚一定另有原因,你不让他说的话,这会儿我必须得说。"

曾珊怔住了。

蔡晓光的几位"死党"也怔住了,有的叼着烟,有的正准备摁打火机,一时都望着他,不知他葫芦里装的什么药,唯恐他说出不当的话破坏了友好氛围,让大家难堪。

水自流和唐向阳都要开口,被蔡晓光制止了。

蔡晓光说:"你们几条烟虫听清楚了,包括我这条烟虫在内,在这个空间里,在咱们离开之前,谁都不许吸一口烟。董事长妹妹对烟味儿过敏,咱们不能让她的身体过后出症状。"

大家听罢,一个个点头称是,纷纷将手上的烟熄灭,装入烟盒。

曾珊脸红道:"过敏是过敏,但也不是多严重。"

蔡晓光说:"都住过一次院了,还不严重?"

水自流站起来,钦佩地说:"蔡导真是心细的人,体贴别人的人,我替我们董事长敬你一杯。"说完,他往杯中倒满啤酒,一饮而尽。

水自流刚刚坐下,曾珊望着蔡晓光说:"既然你已经称我妹妹了,那我也就斗胆称你大哥了,大哥对妹妹还了解些什么?"

蔡晓光笑道:"实不相瞒,该了解的都了解了,今晚的饭局关系到二十万赞助，你大哥来之前不能不做点儿功课啊！你问的话，我想私下里单独向你核实，作为咱俩的小秘密，好不好？"

曾珊也笑道："好。大哥，我还有个问题，关于'我是一条虫'这句话传说很多，想必你也听到了些，几分是真、几分是假呢？"

蔡晓光说："他们几个确实是从我这里学的，但我不是原创，原创是人家法国大作家雨果。他在小说《悲惨世界》中，大仁者米里哀主教那么说过。一位曾到我们剧组探班的领导，听他们人人这么说，自己也说过。这是我亲眼所见，哥哥可以向你保证是真的。人家领导后来是否在什么会上说过，我就没法表态了，我不在现场啊！"

曾珊又问："那……关于……"

她扑哧笑了，对唐向阳说："你问……就是你学给我听的，三万元一口价那事，真的假的？"

蔡晓光也笑了，亲昵地说："你看你这妹妹，真小孩子气。自己都把包袱抖开了，还让人家向阳再问个什么劲儿呢？"

曾珊仍笑得合不拢嘴。

蔡晓光一指小刘："你说，董事长肯定想听原版的，不许夹私货。"

小刘是搞音乐的，自己经常登台演唱，有表演天分，讲起什么事来自然绘声绘色。

他们那些人已听小刘讲过多遍，不觉得好笑了。水自流和唐向阳也听过翻版的，同样笑不起来，曾珊却笑得咯咯的。

到了这个时候，包间里的气氛特别热闹。

小刘讲罢，曾珊终于忍住了笑，颇为庄重地问："哥，如果当晚你不是和小刘住在一起，而是自己一人，你又会怎样？"

蔡晓光说："还那样。只有那样，才不会再骚扰我了。事实上我独自出差时也不止一次被骚扰，我都是那么对待的，屡试屡胜。"

"一次也没失足过?"

"老天在上,绝对没有。"

"怎么想的?"

"还能怎么想?和我的年龄比起来,她们都是孩子啊!好比提倡保护珍稀动物,偷猎者少了,黑市上的买卖现象就少了啊!"

"大哥认为她们像珍稀动物?"

"是啊,都是些模样不错的女孩子,有的还是花季少女,设身处地站在她们父母的角度想一想,怎么会不觉得她们值得珍惜呢?"

"可她们自己未必珍惜自己啊!"

"所以得有人刺激她们一下,让她们开始珍惜自己。"

"大哥,你认为你的方法有效?"

"我想肯定比说教有效吧。我相信,刺激对人有特殊点化作用。"

他俩的对话,不经意间有了严肃的意味。在座的男人中,只有唐向阳一个人知道——曾珊那离了婚的丈夫是一个惯嫖的主,多次被拘留,可谓屡教不改,致使曾珊没颜面在北京待下去了。

"晓光哥,现在可以给我个机会了吧?我替曾总敬你一杯。"

趁短暂的安静,唐向阳双手举杯站了起来。他怕曾珊或蔡晓光再冒出一句让对方不快的话,有意岔开他俩的问答。

不料曾珊毫不领情,不动声色地说:"你坐下,要敬我自己敬。还没敬,就是不到敬的时候。"

"那,我代表我们周秉昆的几个好哥们儿……"忠心耿耿的唐向阳不达目的不肯作罢。

"你是不是不想让我和蔡导谈下去了啊?"曾珊不高兴了。

唐向阳自讨无趣,只好坐下。

水自流对局面心中没底了,他也怕失控,故作镇定地笑道:"你俩搞得像是进行采访似的,我们都插不上嘴了,这可不好,能不能换个话题呢?"

曾珊竟连水自流的面子也没给,仿佛根本没听到他的话,看都不看他一眼,注视着蔡晓光问:"大哥,就算小妹当众采访吧,可以问你最后一个问题吗?"

蔡晓光略一沉吟,久经世面地微微一笑,点了点头。他心中同样打鼓,不知那曾珊存的什么意图,将问出什么话来。

包间里的气氛有点儿紧张了。

曾珊平静地问:"大哥认识市立二院一位叫关铃的护士长吗?"

如果不是蔡晓光,而是另一个男人,被那么一问非脸红不可。但蔡晓光毕竟是蔡晓光,他面不改色,镇定自若地回答:"认识啊,太认识了,岂止我认识,连他们几个都认识。"

他们便纷纷点头,有两个居然脸红了——替他们的"绝主"。

曾珊紧接着又问:"那关铃在大哥心目中究竟占据何等位置呢?"

蔡晓光有些不悦,他没料到曾珊会如此这般步步紧逼,以为她不怀好意,但究竟为什么,却一时猜不到。

他的表情顿时变得异常严肃,不动声色地说:"这可就是又一个问题了,但妹妹既然问了,那我就要有问必答。不管你和关铃的关系是敌是友,当着真人不说假话,我必须说真话。"

他停顿了一下,饮一小口茶,宣誓般庄重地说:"妹妹你听着,如果我说关铃是我的红颜知己,那未免是一种'猾'而不实的说法了。不是中华的'华',而是狡猾的'猾'。坦白地说,她是我的情人,是我这个男人今生今世无论多么希望报答也难以报答的情人。我需要她以爱垂怜于我,从精神到肉体,而她全都给予了我。对我来说,她是一个完全无私的情人。这使我们之间的关系成为一种特别纯粹的情人关系。关于我这个人，流传的绯闻不少，但我今天告诉你妹妹，你大哥没那么花。关铃是我目前唯一的情人，也将是最后的情人。'曾经沧海难为水，除却巫山不是云。'在我妻子回国前，她在我心中就是这么一种位置。"

蔡晓光从容不迫地自述着，每一个人的目光都看着他。待他说完，大家一齐将目光转向了曾珊。

谁都没料到，曾珊已满眼热泪了，她说："关铃是我好友，亲如姐妹。"

听了她这话，每个人都暗松了一口气。

蔡晓光欣慰地问："刚才谁说世界真小来着？"

唐向阳说："我，水老师也说了。"

曾珊亲自拿起啤酒瓶，将面前的酒杯斟得满满的，也像唐向阳那样双手捧杯往起一站，注视着蔡晓光大声说："导演哥哥，小妹必须敬你一次了。"

言罢，咕嘟咕嘟，一口气喝了个杯底朝天。

男人们先是呆呆看着，继而齐声喊道："好！"

曾珊坐下的同时，小刘也往蔡晓光的杯里倒满了酒。

蔡晓光站起，同样双手捧杯道："我代表我们这几条虫，敬董事长妹妹一杯。"

说罢一饮而尽。

敬酒这码事，原本是敬对方，请对方饮的，至今少数民族之间还是如此。不知怎么一来，现在的汉族男人之间，变成了敬对方酒要自己饮，以示其诚。

蔡晓光对小刘说："再满上。"

小刘替他斟满了。

他又一饮而尽，连饮三杯。

男人们齐声喊道："好！"

第三章

曾珊逞起强来，也非要再饮两杯。

蔡晓光说："我知道妹妹不胜酒力，适可而止，哥哥心领了。"

唐向阳与水自流也从旁劝阻，曾珊这才作罢。

蔡晓光、曾珊二人你"哥哥"我"妹妹"的，一时将气氛营造得一家人般亲热。

水自流趁着热乎劲儿说："诸位，咱们现在是不是接触一下正题啊？"

蔡晓光他们纷纷点头，他们自然早就期待着了。

曾珊一反最初的小女子老板的表现，像抢着回答提问的女生似的举手喊道："我是唯一女性，又最年轻，诸位理应照顾我，允许我这个小妹先发言。"

男人们都笑了："当然，当然！"

她说："我们大家要议之事，无非两件。第一件是赞助的事——这件事简单，咱们先把简单事决定下来。水老师，你明天负责向财务传达我的指示，让他们三日之内将二十万元给我导演哥哥打过去。你督促着点儿，否则他们可能会拖延。"

曾珊这么说了，水自流便只有点头的份儿。

蔡晓光他们没承想目的达到得如此顺利，一个个心中大喜。不待提议，大家纷纷站起，各饮三杯，同时说些奉承感谢的话。

曾珊被这些大男人哄得高兴，快意洋溢地说："现在咱们就剩一事要议了，此事复杂，还望导演哥哥多费些心，当成自己的事帮我们公司想想办法，出出主意。向阳，你来向哥哥汇报。"

唐向阳便忧心忡忡地汇报起来。

那事确实复杂，解决不好路路通公司将骑虎难下。最初，路路通公司打通了一道道关节，付出了不少人力和财力，审批文件上盖下了二十几个印章，终于获准在市郊开办化工厂，他们砌起了围墙，圈了一大片地。但那地方离一个村庄才一里多远，农民们不依，集体上访，坚决反对。当时，行使最后拍板权的一位副市长退休了，接任的副市长不愿替前任擦屁股，路路通公司被"搁"在那儿了，不知如何是好。他们只要稍有举动，周边村民们便会持锨舞锄集合起来，不惜以武力维权。

蔡晓光显然对此事有过分析。事关二十万元的赞助，他来之前不可能不做好"功课"。他并非只是来赴宴、摆架子、自吹自擂套一个女老板钱，他行事讲诚意，你敬我一尺，我敬你一丈，这就是互利双赢。

他自有主张地说："此事复杂也不复杂，解决起来棘手也不棘手，关键是得转变思维。思维不变，死棋就是死棋。思维一变，柳暗花明。"

他认为，当初拍板批准建厂的副市长既然已经退了，再找人家做主，那也太强人所难。在官场传开了，以后就再没有当官的肯为路路通公司帮忙了。何况此事公司方面也有责任，自己要做的项目为什么事先不考虑周全呢？

水自流自我撇清说："贤弟此言有理，当初我没参与过此事。"

唐向阳红着脸，惭愧地承认错误："那项目是我的主张，也是我经手办的，我太辜负董事长的信任了。"

曾珊拍拍他手臂，小声安慰："别太自责，我不怪你，下次吸取教训就是了，先听大哥把话说完。"

蔡晓光接着侃侃而谈："绝不可再去麻烦前任副市长了，也没必要去央求继任的副市长。央求也没用，农民集体维权，这种事哪个当官的都避之唯恐不及。不让当官的烦，自己把难题化解了，当官的会认为路路通公司有能力，公司主脑们懂事，以后相求时，人家才愿意继续给予方便。怎么化解呢？继续生产化工涂料肯定不行。这个项目那个项目，目的不就只有一个，是为挣钱吗？所以，建议生产范围改一下，许可证上不是化工涂料吗？加几个字，改成建材与建筑行业化工涂料就是了嘛！但也不要真的生产什么化工涂料，真的生产又必惹麻烦。那是技术要求挺高的项目，费那事干什么呢？从俄罗斯进口就是了嘛。他们那边日子更不好过，什么都巴不得能出口，买进卖出多省事呢？他们东西的品质，全中国那还是认的，差价就挺有赚头啊。并且，得以加工建材为主，销往全国……"

他说时，曾珊一直认认真真地听。后来，她忍不住问："哥，会有市场吗？"

蔡晓光说："当然有啦。中央从咱们省往外运的无非就三种物资原料——煤、石油和原木嘛。多少年来，一列车一列车地往外运原木，从没间断过。证明什么？各地有需要啊，有需要不就是有市场吗？"

曾珊又问："原木至今仍属于统购统销的资源，控制很严，那得多硬的后门才能批啊？"

蔡晓光说："妹妹，咱别倒卖原木啊！一两次行，次数多了肯定出事啊。咱从林厂买原木，这比较容易办到。我父亲当年在商业口工作过，如今的一二把手，基本上都是他们或他们提拔的人。在他们心目中，我父亲是恩人，我也跟他们许多人很熟。这可以说是区区小事。将原木加工成木板、木方、木条，就成了木料建材。往省外销售木料建材，那就不受限制了。一应手续，我会替你们全办下来的。"

唐向阳说："我的几个哥们儿，当年都是木材加工厂的。他们那个厂，可早就黄了。"

蔡晓光说："此一时彼一时嘛！那个厂太小，退休老工人又多，负担重，小马拉大车，会被拖垮的。你们开办建材木料加工厂，没退休老工人这一负担，是轻装上阵。你们买下的地皮够大，足以办出规模。如果办化工厂，要盖厂房、实验室，得进一整套设备，还得聘技术员，培训员工，那投入多大？办木料加工厂则不同了，厂房简单，夏天遮雨，冬天挡风就行。设备也简单,无非几台电锯,几条能使木料出入的小轨道就行。没了污染,农民们也就没理由闹事了。锯末子要无偿分给他们,那是垫牛马棚和猪圈的好东西,还能养蘑菇。板皮可以很便宜地处理给他们,他们修房子用得上。临时工要首先雇村里的人,让他们平日有点儿零花钱。总之尽量讨好他们,让他们高兴。他们一高兴,政府就省心。政府对你们印象好了,以后你们与政府打交道,一些事就比较容易达到目的……"

他说这些话的时候,水自流频频点头。

待他一番话说完,唐向阳愣愣地看着他问:"那我怎么办?那不是没我什么事了吗?"

蔡晓光启发他说:"向阳啊,你一个聪明人,怎么竟说出头脑僵化的话来?你非得靠大学里学那点儿化学知识养家糊口吗?就你那点儿化学知识够用吗?你可以改改行,学企业管理,学市场营销啊。你别总是'我、我'地想问题,曾总将你当成公司的精英看待。一个公司的精英,不能以我为中心,公司围着自己转,而应反过来,以公司利益和发展为中心,让自己的思想经常围着那样一个中心去活跃。"

唐向阳被他说得又脸红了。

水自流赶紧替他打圆场,他以见证人的口吻说:"向阳是以公司为重的。我听曾总说,他到公司以后,一直兢兢业业,任劳任怨。"

曾珊也拍着向阳手臂说:"我导演哥哥的建议值得咱们认真消化,好好研究。你放心,别多想,只要公司存在一天,你和水老都是我的左膀右臂,想不是都不行。"

她的话说得十分诚恳。

向阳如同吃了一颗定心丸,红着脸笑了。

蔡晓光也意识到自己刚才的话伤着唐向阳了,他补充说:"向阳,你不是一直要敬我酒吗？此时不敬，更待何时？"

向阳起身敬了他一杯，他也陪了一杯。

于是，其他人互敬起来。

气氛便更加友好热闹。

饭局结束时，唐向阳对蔡晓光说："晓光哥，先别告诉秉昆。"

蔡晓光不解地问："什么事啊？"

唐向阳窘迫地说："我不是成了路路通公司的人嘛，等他出来，由我自己告诉他。"

蔡晓光说："他已经出来了，今天上午我和聪聪去接的，提前了三年。太突然了，还没有人知道呢。"

"哇！"唐向阳一声惊叹。

唐向阳脸上的愁云一扫而光，笑逐颜开，孩子似的蹦了个老高。

蔡晓光拍拍他的肩，笑着说："看你高兴的。"

唐向阳说："我当然高兴啦！到了公司后，事忙，好久没去看，想他了。"

蔡晓光说："我记住你的话了。也问你一下，曾珊知道我和秉昆的关系吗？"

唐向阳说："还不知道。水老师提议她见你的，水老师还嘱咐我先别告诉她。"

蔡晓光说："你也先别告诉她，以后由我说吧。"

这时，小刘走过来说："你俩别聊个没完了，看那边儿。"

蔡晓光扭头一看，见曾珊站在她的车旁望着这边。

蔡晓光说："是不是在等你啊？"

唐向阳说："不会。如果还有话跟我说，她才没耐心等，早让司机喊我了，估计还有话跟你说。"

蔡晓光也看出曾珊是等自己,他快步走过去。

曾珊说:"哥,你的建议我觉得有道理。"

蔡晓光说:"那就别犹豫,早做决定。如果不顺,有我呢!"

曾珊说:"今天认识了你,我特别高兴。"

蔡晓光说:"我也是。"

曾珊小声说:"一旦效益好,我给哥干股。"

蔡晓光严肃地说:"我保证会好的。干股不干股的,哪儿说哪儿了,以后不许再提,再提就是羞我了。"

曾珊脸红了,笑道:"那……人情后补!"她迅速在他脸上亲了一下,拉开车门坐进车里走了。

蔡晓光的几个"死党"都在不远处看着,互相挤眉弄眼。顺利达到了预期目标,他们兴奋无比,不肯放他单独走,又在江边找了个地方喝茶。

其间,有人说:"绝主,感觉到没有,那曾珊对你可大有意思啊!"

蔡晓光明知故问:"什么意思?"

另一人说:"还用挑明了吗?你是风月老手,自己心里没数?"

蔡晓光说:"我怎么就成了风月老手呢?十二年里算上关铃才四个,风月老手的成绩单有这么差的吗?"

他真有点儿感到委屈了。

他们却发起牢骚来,一个个显得比他更委屈,都说多少年来辛辛苦苦追随他,他得名声,他们当"灯泡";他享受艳遇,他们也当"灯泡",太不公平了!都是搞艺术的,好事全让他一个人占了!

蔡晓光脸一沉,反问道:"咱们搞的那算艺术吗?"

这一问,问得大家面面相觑。

第三章

　　蔡晓光接着说："咱们搞的那些电视剧，到底有多少社会价值？到底有多少审美价值？哪一部真能启迪人的心灵，陶冶人的情操？哪一部再过几年还有重播的意义？咱们只不过是在干一种营生，在这一点上与开包子铺的人没有本质区别。我只不过是拌馅的，你们谁能拌得比我强，我倒情愿与他换着干干。"

　　"那，你'蔡绝主'认可的艺术标准又是什么呢？"

　　他有点儿被冒犯的感觉，接着反问道："你自己连标准也没有吗？"

　　说罢，他从其中一个人手中拿过一支刚刚点燃的烟，狠狠地吸了几口。

　　大家见他分明恼了，不敢再跟他开玩笑。

　　"不陪你们了，我走了。"他将烟头往烟灰缸里使劲儿一摁，起身便走。

　　"等等，我还有话要说。"有个"死党"不知怎么的，明明看出他恼火，还往枪口上撞。

　　他说："说吧。"

　　那"死党"看似胸有良策，不献出不足以证明自己的忠诚和高瞻远瞩，就一本正经地说："依我之见，为了咱们的营生可持续，你干脆把那曾珊拿下好了！"

　　周围人闻之，皆顾左右而沉默。

　　蔡晓光佯装不懂地问："怎么讲？"

　　那"死党"来了勇气，借着酒劲儿，索性和盘托出自己的盘算："干脆把她办了吧！她明明对你落花有意，你又为什么非要流水无情呢？至今四个怎么样？五个又如何？多拿下她一个，一点儿也不会影响你的光辉形象啊。如果把她拿下了，也许你就成了路路通公司半个老板，那咱们下部剧的资金不就解决了吗？"

　　蔡晓光不听则罢，一听之后勃然大怒，直接扇过去一个大嘴巴子。那人反应还真够快,一闪躲开了。他不解气,哪肯罢休,操起了茶壶就要砸过去,被大家一拥而上抱住了。

蔡晓光气咻咻地说:"他不是人,他不是人……"

大家便都围着他劝,何必生这么大气呢?你饭桌上没看到啊?大家不是后来一高兴都喝多了嘛,要不跑这儿喝茶来?无非都想解解酒啊!我们那都是醉话,他说的那更是醉话啊!就他,平时少言寡语闷葫芦似的一个人,除了对"服化道"那点事上心,对别的事从来漠不关心的一个人,没醉能当着我们这么多人的面跟你说那种话?你较什么真呢?

大家说得倒也没错,都有七分醉了。他一发飙,皆惊出一身汗,清醒多了。

其实蔡晓光也喝高了,正处在酒力发作的状态下。刚离开"和顺楼"时还没事,这会儿已头重脚轻了。

他也忘了究竟是谁惹他生那么大气了,指着他们训道:"一个正派的男人,他能要了一个女人的钱,接着再要人家的身子吗?一个正派的男人,不可以向别人要这世上最好的两样东西吧?何况还是向一个小女子要!不可以,绝对不可以!那不是太浑蛋了吗?我堕落到那么浑蛋的地步了吗?"

大家就都说,对对对,如果那样确实太浑蛋了!

其实,当时蔡晓光比"死党"们都醉得厉害。醉了的人,当然都不会认为自己醉了。

蔡晓光甚至认为"死党"们皆醉他独醒呢,他环指着他们又训道:"我对周蓉已经心中有愧了,岂能再愧对关铃?一个男人,愧对一个女人是罪过,愧对两个女人那就是罪孽了!都记住了?"

大家都说,"蔡绝主"教诲及时,记住了记住了!

他忽然哭了。惹他生气的那位"死党",也远远坐着委屈地流泪呢。

于是,大家分配了任务,由小刘陪着那位"死党"回家,其他人都陪同"蔡绝主"回奖励给他的住处。

第二天是星期日,"蔡绝主"醒来时九点多了。电话铃声吵醒了他——那一天是他与周蓉的通话日,而他身旁躺着关铃。

因为昨晚醉了,他忘了通话日。

关铃也醒了,转过身,托颊看着他。

他语无伦次。

周蓉在马赛问:"说话不方便?"

他说:"是啊,你打来的真不是时候。"

周蓉那端将电话挂了。

关铃问:"谁打来的?"

他说:"一个昨晚惹我生气的死党。"

第四章

马赛的夏季气候宜人。

下午四点多钟时,夕阳高悬在老港口的上方,余晖洒满码头,湛蓝的海水变成了槟榔红,被凉爽的海风吹抚起红鲤鱼鳞片似的波纹。

夕阳两侧,晚霞似火,绚丽而迷幻。伊夫堡古老的石墙以及攀爬而上的喇叭花的叶子也仿佛镀上了一层红釉,闪闪发光,叶片之间红粉蓝白四色花儿烂漫开放,像无数小精灵隐藏在叶片后面,正用一只只彩色的小喇叭吹奏着只有它们自己才听得到的迎宾曲。

夏季是马赛最美的季节,七月是它的黄金季节,游人如织,这里几乎可以见到世界各种肤色的人。虽然老港西北侧的新港海面更宽阔,堤坝更长,港中停靠的巨轮更多,但无论马赛人还是游客们,却更喜欢老港那种古色古香。始建于一八四五年的新港并不算新,但较之于路易十二时代的老港,还是时尚了不少。何况老港除了因《基度山伯爵》而闻名于世的伊夫堡,还有同样吸引人的隆夏宫。那古老的引水工程装点着一尊尊精美的雕塑和一处处幽雅的庭院,是游人拍照留影的好地方。老港的南边还有马蹄石铺成的小广场,金色的海滩,港中停泊的多是帆船,桅杆如林,别有一番韵味。

老人们照例在广场上散步,有互相牵手的老夫妇,也有牵着大狗小狗踽踽独行的老人。卡努比埃尔大街上,三三两两的游人挎着相机或画夹信步走来。当地的老人们是他们乐见的一道风景,老人们同样乐得看到来自国内外的游人。夕阳即将没入海中，海里仍有恋水的泳者。躺在沙滩上的泳者仍不愿离去，为的是再多享受一会儿。

从车站宽阔的大理石台阶上，缓缓走下了来自中国的女人周蓉。她在国内做副教授时的短发已经蓄为长发，如果不在头顶用发卡卡住，垂散着便有二尺长了。她的发质本来就好，不经常修剪可能会长发拖地。在法国，到美发店去修剪一次头发花费不小，华人社区理发会稍微便宜点儿。她很少到华人社区去，怕万一遇到国内的熟人，也不想认识华人朋友。她在旧货市场买了一套理发用具，从此以后，她和女儿玥玥的头发便都由她自己动手修剪。几年下来，她的剪发技术差不多达到专业理发师的水平了。她和女儿的每一双鞋，从里到外的每一件衣裳，甚至生活用品，大都是她从旧货市场买的。即使在旧货市场买东西，她往往也要货比三家，拿起放下。

十二年里，周蓉的法语水平完全可以与巴黎大学、格勒布尔大学、斯特拉斯堡大学、里尔第一大学、里昂第一大学等法国著名学府教文学和戏剧创作的资深教授们一比高下。她是具有语言天赋的女人，如果说谙熟某国语言是她安身立命的前提，那么她会像中国古代的武林高手苦练高强武功般废寝忘食、起早贪黑地学习。她意识到自己将要较长时间寓居法国，便下定决心学好法语。她有一定发音基础，无须从字母开始，原先掌握的词汇足够阅读一般法语书籍，完成一般写作。她在精研深学法语的过程中产生了不少乐趣，如鱼得水，甚至连一些法国人都没有掌握的俚语，她也能脱口而出，运用自如。最让许多法国人诧异的是，她对雨果、福楼拜、伏尔泰、卢梭、巴尔扎克、大仲马等法国著名作家和思想家的作品烂熟于心，引用《圣经》语录也是挥洒自如，这让她周围的法国人特别是知识分子都不得不刮目相看，心生敬意。其实，那对她并非难事，大部分法国名著她中学时代就认真读过。追随前夫冯化成去贵州之前，译成中文的法国名著她几乎读遍了，摘抄了五个半笔记本的名言，甚至将那些笔记本带到了贵州。在没书可读的年代，那些笔记本成了她手抄的"枕边书"。一些同代人以自己能背多少伟人语录而骄傲，她则经常背自己手抄的另类"语录"，劳动时背，干家务时背，哄孩子时还背出声来。结果，当然"印在脑海里""融化在血液中"了。

那些笔记本被她从贵州带到了北京大学，带回了 A 市。踏上前往法国寻找女儿的路途前，她似乎接受了某种神谕，又不远万里将这些笔记本带到了法国。所以，她要做的事简单多了——只要参照法文原著多读几遍就基本记住了。这带来的益处毋庸置疑，她很快掌握了多于一般法国人的法语文学词汇，也使她的法语文字表达更加优美，以哲理性见长。她深知"老本"对自己大有裨益，也很容易使自己故步自封，因为它们毕竟是来自法国启蒙时期的名著，所以她又如饥似渴读了二十世纪三十年代以来的法语书籍，包括译成法语的其他欧洲国家的文史哲方面的经典图书。

十二年时间并不算短，足以让一个人发生判若两人、一言难尽的改变。

十二年前，在中国，她是 A 市一所名校才华外露的副教授，常常让同事们羡慕嫉妒恨。十二年后，在法国，她是一个居无定所、始终没有稳定工作的新移民，为了谋生不得不到处漂泊，收入忽多忽少，身份合法又不合法。

周蓉的头发中有了不少白发，显然超过了她的实际年龄。

她的容颜、体形却并没有发生多大改变，胖瘦适中。长年辛劳，促使她善于调节压力，防止压垮了身体。法国的牛奶相对便宜，牛奶成了她的日常饮品，也是她最好的滋补品。所幸她的胃肠也从未排斥牛奶，而牛奶也帮助她保持了良好的身体状态。

第四章

她的脸庞依然动人，只不过一笑起来眼角就显出鱼尾纹。她很少笑，因为值得高兴的事情还是太少。那样一张脸与头顶隐隐的白发搭配在一起不大协调，女儿曾劝她染发，不是为了显得年轻好看，而是为了避免给人留下好看的老妇人印象。

她也曾动过染发之念，但知道自己属于过敏体质，未敢轻举妄动。

玥玥说法国的染发剂很高级，不会让皮肤过敏，当然得请专业技师操作。

玥玥说服她并陪去了一次，她一听价格转身便走。她觉得太贵了，绝对不能接受。但她没说价格问题，而说只要染一次就得经常染下去，一旦不染，头发会更加难看。

"妈不想让自己的头发，成了咱们生活中必须经常认真对待的事。"她的话没有余地。她主要用法语与女儿交谈，为的是提高女儿的法语水平。

玥玥听出了，那理由并不是她的真心话，而是她找来的冠冕堂皇的借口。

玥玥哭了，对她说："对不起妈妈，太对不起你了，都是我不好，把妈妈拖累到了这种地步！我以后凡事一定听你的，你怎么说我就怎么做！"

当时，母女二人住在离巴黎不远的小城鲁昂，周蓉在那里一家最大的瓷器店做推销员。她不但法语好，英语也不错，很快在招聘中脱颖而出。除了她的英法两种语言水平和知识分子气质，还因为她来自瓷器的故乡中国，颇能讲出一套鉴赏瓷器的知识。其实，那些来自鲁昂市周边小镇和乡下的女推销员，对于这位工资高于她们的中国女人相当排斥，但她的业绩受到老板的公开肯定，而她的亲和力也成功地团结了她们。她们后来赞叹说，如果只听声不见人，外国游客会误以为她是法语广播员转行，而她们自己只不过是普通法国人了！

在鲁昂，周蓉和女儿度过了一段舒心的日子。女儿准备考巴黎大学，需要她辅导。下班以后和节假日，她基本上都是做女儿的辅导老师。母女之间的种种误解完全消除，她终于获得了女儿的敬爱，在国内时也不曾那样。

一件母女二人都预想不到的事，让她们不得不离开了鲁昂，而且是潜逃式的离开。一位言谈举止都很绅士的六十多岁的英国老先生，居然为了周蓉离开了旅行团，打算在鲁昂长住下去。起初，他经常光顾陶瓷店买些什么。那些东西虽小，因为同时具有艺术收藏价值，价格不菲。他每次挑选时，都必听周蓉的建议，向她讨教关于瓷器的知识。

不久，他邀请她共进晚餐，表达谢意。

周蓉婉拒了两次，第三次答应了。出于礼貌，同时也出于真诚的谢意，那位英国老先生已经买了五六千英镑的精美小瓷器了。

英国老先生在鲁昂一家顶级中国餐馆预订了座位，其实周蓉母女从不到那条街上去，生怕邂逅国内熟人，因为世界实在太小了。

在饭桌上，老先生自我介绍说，他是英国大不列颠博物馆的退休研究员，研究古生物化石。他的夫人病故了，唯一的儿子继承了他的专业，在剑桥大学做教授。他说自己的退休金较高，一个人住在伦敦一所大房子里，与一条老狗为伴，他在风景优美的乡村还拥有一幢别墅。

紧接着，老先生也不给周蓉开口的机会，激动而热烈地向她求婚。

周蓉红着脸，抱歉地说自己是有夫之妇。

他不相信，因为她没戴结婚戒指。

周蓉说自己来法国以前，也曾是大学副教授。在中国的大学里，女教授戴戒指，会让学生误以为是个"俗"女人。当年中国几乎只有三类女性戴戒指：乡下的老妇人，儿女出于孝心表达买给她们的；新婚不久的小媳妇，戴不久就会收藏起来，打算作为遗产传下去；近年来涌现的商界或演艺界女性戴戒指，往往出于炫富心理和名流的虚荣。

老先生说，在英国，一位已婚女性倘若不戴结婚戒指，则往往意味着她不怎么爱自己的丈夫了。

她说："我的丈夫在中国是一位受人尊敬的电视剧导演，我很爱他。"

老先生不死心地说："那么请允许我做你忠诚的朋友。我将像雨果眷恋朱丽叶那样，不管你在法国的任何地方，或在世界的任何地方，我都会出现在与你相隔不远的同一个地方，只为了能天天看到你，与你交谈。"

她正不知再说什么好，一男一女两名年轻的中国侍者走到了桌旁。他俩曾是她的学生，后来自费来到法国，本想今年考法国大学的研究生，因法语没过关而落选，现在不想回国，决定靠打工留在法国，明年再考。明年考不上，他俩后年会继续考，直到考上为止。他们还说，鲁昂即将举办世界陶瓷艺术品展，届时会有许多中国人来，鲁昂将变得相当热闹，几乎随处可见中国同胞的身影，所以他们提前来打工，来晚了连当侍者的机会都没有了。

他俩请周蓉务必留下联系方式，并请她务必为他俩写研究生考试的推荐信。

她问，他俩要考什么专业？

他俩都说，什么专业好考就考什么专业。

她追问那是为什么？难道他们什么专业都可以考吗？

他俩说是的，因为他们主要是为了能留在法国，以后成为法国公民。

她想说法国再好，毕竟不是自己的祖国啊，祖国更需要大学生啊！话到唇边，她还是明智地咽下去了。

周蓉估计，他俩肯定也听过自己和女儿都来到法国的种种说法，怕引出他俩更多的话，甚至他们会反问：老师又为什么来法国多年而不回国呢？她便找了个借口，撇下那位英国老先生匆匆离开了。

从第二天起，那位英国老先生的身影就开始出现在商店靠窗的休息座位上，他看一会儿书，望一会儿窗外，再注视她一阵子。如果她正巧在看他，他就会冲她含情脉脉地微笑。

她那两位学生又找到了她。鲁昂不大，找到她并非难事——他们除了请她写推荐信，还红着脸向她借了一笔为数不多的钱，说过一段有一位亲戚来鲁昂，那时一定还她。因为数额不大，她表示不必还了。

两天后，她与女儿逃之夭夭……

周蓉走下马赛火车站宽阔的大理石台阶，匆匆走在雅典大街上。五分钟后，拐到了加侬比尔大街。

她应聘到马赛一家国际旅游公司做导游。公司分几个区，原本安排她在亚洲区，亚洲区中国官员考察团最多，一年四季一批接一批，离开了巴黎，必来马赛。她坚持做欧洲区导游。强烈的自尊心，让她太怕见到国内的熟人了，尽管内心又渴望见到。十二年中，这种极其矛盾的心态一直纠缠着她。

公司主管问她，是不是担心导游的工作太累？做亚洲区导游，经常接待自己的同胞，有什么不好呢？虽然接待任务繁重，但收入也多啊。

她只得撒谎，说钱对自己不是问题，收入多少不在考虑范围以内，她要求做欧洲区导游主要是为了提高自己的英语水平，同时学习德语和其他欧洲语言。

主管说："您的想法值得尊重，但您更应该尊重公司的想法。"

结果，她还是被分在了亚洲区。

那一夜，她重重顾虑，彻夜难眠。

第四章

　　第二天，她将自己在法国出版的两部书送给了主管。这两部书销量都不大，一部名为《庄子和他的言行》，另一部是《老子和孔子有什么不同》。两部书属于中国古代哲学的通俗读物，学术价值有限，是在法国朋友的鼎力推荐下出版的。两本书的稿费，全用来供女儿上学了。

　　女儿玥玥虽然心气很高，却未能考入巴黎大学，退而求其次进了一所高等专科学校工商管理专业。那所私立学校在里昂，学费比普通大学少不了多少。好在玥玥懂事了，体恤母亲的不易，不但节俭，还经常打工挣钱。即便如此，那四年里，周蓉至少身兼两份工作。

　　公司主管翻看了一下书，见都有她的法语签名，难以相信地问道："您写的？"

　　周蓉点头说："是的。我还准备写第三部书，一部向中国介绍法国及邻国风情风光的书，所以……"

　　"但这与您坚持要做欧洲区的导游有什么直接关系呢？"对方打断了她的话，表示不能被她的理由说服。

　　"如果您是一位经常旅游的人，那么您一定很想知道，一个您所去的国家与哪些国家毗邻？以便预先做出更系统的旅游计划。我无法离开法国，所以只能通过与欧洲游客的接触，间接了解一些法国邻国的旅游资源……"

　　那时，连她都几乎对自己的谎话深信不疑了。

　　"您等一会儿。"主管说。

　　对方半信半疑地注视着她思忖片刻，拿着她的书走开了。

　　大约十分钟后，对方请来了一位职务更高的男士与她对话。

　　那位男士问："对于中国的现状，您难道一点儿都不清楚吗？"

　　她说："先生，我十分清楚。"

　　"您也就应该明白，相当长一个时期内，法国不会将吸引游客的目光投向中国，中国人没有出国旅游的经济能力。目前出现在法国各地的中国游客，您应该比较清楚，他们往往是以考察为名义的官员旅游团。我们并不觉得，竭诚为他们服务是公司业绩的最好证明。"

那位男士一脸蔑视，停顿了一下，他接着又说："本公司的宗旨是为一切热爱旅游的人效劳，而我们所认为的热爱旅游的人并不包括占纳税人便宜的人。他们不是我们乐于服务的人，只不过是我们……"

他一时找不到合适的词汇来表达。

周蓉替他说："笑在脸上厌恶在心里的人士？"

他立刻说："对，您恰当地说出了我不想直说的话。"

她也紧接着说："贵公司为什么只看现在而不往前看呢？中国有句话，'没有迈不过去的坎'，'坎'的意思是难以越过的障碍，您应该看到中国并不是畏缩不前，而是在改革开放的路上勇往直前。十年以后，世界各国将开始出现越来越多的中国旅游者，到法国旅游肯定是他们的愿望之一，但是他们的旅游脚步很可能不限于法国。我的书将告诉我的同胞，他们首选法国旅游是正确的，并建议他们应该再从法国到哪些国家去……"

"十年后我已经退休了，我们也不认为，你的同胞从法国去往哪些国家与我们有什么利益关系。"他有点儿不耐烦地站了起来。

她提高了声音继续说道："但是，十年后贵公司肯定还在。您难道不明白，旅游不同于探险。探险者不愿有人将路途介绍得一清二楚，而旅游者却希望自己前往的是一个更为广袤的世界，而不仅仅限于一国。"

他转过身去，听完她的话，背对她站了几分钟，语调疑惑又缓慢地说："我不得不承认，您给我留下的印象有点儿奇怪，与传说中的您仿佛并不是同一个人。"

他说完就走，主管跟了出去。

周蓉走也不是，不走同样心存疑惑。她一筹莫展，不知道应该怎么做。她明白那位男士最后一番话的意思，他对自己明显不认同甚至不喜欢。她做好了面对最坏结果的心理准备——由于自己的坚持，她将失去在这家旅游公司工作的难得机会。

离开中国前，周蓉预料自己的法国之行绝不可能很快结束，办签证时在北京找了关系。当年，她在北京大学与一位法国女留学生结下了深厚友谊。回到 A 市后，两人书信往还频频，随着时间流逝友谊不但并未淡化，反而更加稳固。那位法国女留学生取了个挺美的中文名字"古思婷"，她已经结婚了，丈夫华文志是毕业于北京语言大学汉语言专业的研究生，在法国驻华使馆做秘书。周蓉一出北京火车站，就直奔外文局，古思婷在那里担任法语终校。

两位女友多年未见，万分亲热。周蓉向古思婷坦率讲述了自己不懂事的女儿与生父，也就是她的前夫冯化成"逃亡"法国的经过，讲到伤心处禁不住潸然泪下。

古思婷见过冯化成，对周蓉离婚的原因略知一二。她对此深表同情，也感到难以置信："玥玥那么小的年龄，她怎么懂得什么是政治呢？"

周蓉说，她当然不懂啊，平时也不关心。因为与表弟之间的事一时想不开，任性起来，她就偷偷跑到北京找到生父，原本可能只不过是想向生父诉诉委屈和苦闷，结果不知受到什么影响，竟跟随生父"逃亡"法国。

周蓉最后说："我到法国去，纯粹是为了找到女儿，让女儿摆脱生父的控制，将她带回中国。"

古思婷当即在电话里向丈夫华文志通告了周蓉的事，希望他提供协助。

古思婷夫妻租住在北海附近的小胡同里，一个小四合院的三间厢房，除了不够向阳，其他方面都挺满意。他们特别满意的是，家里有一间客房，可以随时接待来自法国的青年朋友留宿。两人的法国朋友众多，涉及许多行业。

古思婷将周蓉送到家中，安顿她住下，自己又回外文局上班去了。

晚上，古思婷与华文志回家以后，陪周蓉在附近的饭馆吃了顿便饭。周蓉对华文志也不陌生，他与古思婷结婚前，两人就认识。华文志将周蓉视为自己的中国好友之一，还曾戏称她为"红颜知己"。

饭后，周蓉随古思婷回到家里，倾听他俩对自己的建议。

华文志说他查了一下档案存底，玥玥的出国理由竟也是"政治避难"。

周蓉一听又哭了，将冯化成恨得咬牙切齿，连说他卑鄙。

华文志解释说，当时确实有特殊情况，致使一些希望顺利离开中国的人以"政治避难"的名义出国。不久，使馆要求严了，需要出具更多的资料，才能通过。古思婷夫妇给出的建议是，让周蓉以个人访问学者的身份前往法国——她将因此获得最长半年的签证。

周蓉转忧为喜，她说半年的时间足够她找到女儿，并将她带回中国了。

后来的事实证明，一切远非周蓉所想的那么简单，她高估了自己对女儿的影响力，低估了冯化成对女儿的控制力。从毫无线索到有了点儿线索，从难以判断真伪到眉目清晰，便花去了一个多月时间。初到法国，她东奔西走，精疲力竭，既费时间又费金钱。等她从戛纳到尼斯，再从尼斯到戛纳，第三次返回巴黎，终于在唐人街见到了女儿和前夫时，签证上的期限已经快到了。

实际上，倒也不是冯化成听到了什么消息，带着女儿四处躲避。他对周蓉到了法国毫不知情。他带着女儿在法国东奔西走，为的仅仅是解决一日三餐，找到一个能让他和女儿安稳住下来的地方。但是，任何一个地方能为他提供的工作，除了在餐馆刷盘子，再就是做清洁工。他一句法语都不会说，连在停车场收费或在超市当售货员的工作也无法胜任。他异想天开，希望找到与诗歌文学或文字有关的工作，结果只有四处碰壁。法国父母最担心的事之一，就是自己的女儿爱上了什么诗人或作家（畅销书作家除外），所谓的专业作家大抵也是靠各类基金的资助才能生活。倒是在中国，受体制保护的诗人或作家日子反而过得优哉游哉，让包括法国在内的许多国家的诗人或作家羡慕不已。

如果多少会几句法语，几天内就可以搞清以上状况，但冯化成一句法语也不会，连问哪儿有厕所都得靠女儿。他东奔西走只有一个结果，父女俩吃得越来越差，住得越来越糟，辛辛苦苦刷盘子做清洁工挣的那点儿钱，大多都用于买车票了。

至于与文字有关的工作——法国的文科大学毕业生还梦寐以求呢，哪里轮得上他啊！何况那几年法国的经济形势不景气，失业率上升。

即使在那么落魄的境况之下，他都绝对没有产生过让女儿打工挣钱的念头。他对玥玥的爱不容置疑，丝毫不逊于周蓉，一再对女儿说："车到山前必有路。放心，一切会变好的，爸爸对你负责到底！……"

在金外婆家过了几年小公主般生活的玥玥，从没想到过自己也有一双手，不该在举目无亲、父女俩经常身无分文的日子里，心安理得地等着吃闲饭。

周蓉见到前夫冯化成和女儿时，他们住在巴黎郊区的一所小修道院里，如同雨果笔下的冉·阿让与少女珂赛特，处于几位老修女仁慈的照顾之下。她们中年龄最小的五十多岁了，年长者七十多岁。具有虔诚宗教信仰的法国青年愈来愈少了，他们尊崇的已不是宗教本身，而是宗文化和宗教人士。这些老修女当然是资深的信徒，她们使小修道院的知名度仅次于巴黎圣母院。巴黎圣母院由于太出名，几乎完全成为旅游景点，根本不便于教徒与上帝进行神秘的沟通。在老修女们眼里，这所小修道院已经成了坚守信仰的最后圣地。她们深知盼不来多少接班人，但这并不让她们沮丧——自己能成为伟大教义的最后守望者，乃是她们感到万分荣幸的事。

她们一个比一个善良。她们的脸纤尘不染，每一条皱纹都显得恰到好处，具有迷人的美感，洋溢着圣洁的光华，简直也可以说漂亮之至。是的，她们是身着修女服的漂亮老妪。

当时玥玥病了，确切地说是被居无定所、三餐倒错的日子折腾得体虚乏力了。唐人街上一位善良的华人陪他们父女二人到了那里，为了免除修女们的疑惑，冯化成请那位华人说他女儿叫"冯玥玥"。事实上，女儿的确姓过冯，但他还是心生撒谎骗人的别扭感。他在做人方面有这样那样不大可取的问题，却是一个很少撒谎的中国男人。即使在异国他乡沦落到可悲之境了，他仍以撒谎为大耻辱，何况面对的是几位受人敬仰的老修女，使他不无罪过感。然而，她们仿佛天生不会怀疑别人，不仅收留了他们父女两人，而且提供尽可能周到的关怀。

冯化成的感激除了表现在参加一些力所能及的劳动，还表现在以诗会友上。那时，他已学会了几句法语，经常用法语为她们朗诵诗歌，包括中国古诗，都说是自己的创作。他朗诵诗歌的水平堪称一流，与那些朗诵艺术家相比也毫不逊色。朗诵《静夜思》时，他泪流满面。她们听不懂，但都被他抑扬顿挫的声调所吸引，被他专注投入的表情所感染，被他的泪水所感动。

周蓉寻找到修道院时，冯化成正声情并茂地为老修女们朗诵闻一多的《红烛》——想来，他当时的心情一定极其复杂。满院花红树绿，蝶舞鸟鸣,这是朗诵诗歌的好环境好时辰。玥玥也在院子里,她试图为父亲用法语翻译,但她现学的一点儿法语词汇根本不够用,只能告诉老修女们父亲朗诵的是关于蜡烛的诗。

蜡烛是修女们的亲近之物,所以不仅冯化成又一次泪流满面,修女们也陪着流淌知音之泪。

玥玥也在流泪,她认为自己跟随父亲流落异国他乡不再是错误决定,而仿佛是具有悲情色彩、赴汤蹈火的义举了。她似乎为自己当初不计后果的任性的赌气,找到了一种意义。

正在那时,周蓉出现了。

老修女们听说是玥玥的母亲,并且看到冯化成和女儿完全承认,一个个抹着眼泪离开了。

三人一时相对无言,彼此觉得熟悉而陌生,如在梦中。

冯化成首先开口说:"你终于来了,你来得对,来得太对了!这几天我一直有种预感,觉得你会突然出现在我和女儿面前……"

周蓉扇了他一个耳光。

冯化成没捂脸,也没后退,不再说什么。

周蓉接连扇他耳光。

"不许欺负我爸爸,你有完没完?是我要跟随爸爸,你要发泄怒气冲我来好啦!"玥玥尖叫着护在冯化成身前。

共同的命运使女儿对父亲不但不怨恨,反而关系更铁了似的——起码在周蓉看来是那样。

周蓉抓住女儿的手拔脚便走。女儿不愿意,一次次挣脱手,又站到了冯化成身边。

冯化成同样护在女儿身前，一反方才的无地自容，他义正词严地说："纵使千错万错，那也全是我一个人的错。你可以打我骂我，但你不可以粗暴地对待女儿！"

"为什么不走？你为什么不跟我走？难道你要继续留在这里吗？难道你要做修女了吗？我千辛万苦地找到你，难道你不再认我这个母亲了吗？"她再次紧紧抓住女儿的手。

"放开我！你弄疼我了！我为什么要跟你回去？为什么？是你们的做法使我没脸继续上学了！"

"胡说！'你们'指谁？！"

"你！还有周秉昆！你们周家的姐弟俩！"

"难道你不姓周了吗？你不再是周家的人了吗？"

"对！我现在不姓周了，又姓我父亲的姓了！你找来了也白找，我是不会跟你回去的！我回去了，好让你们周家的每一个人耻笑我、歧视我吗？我回去了又有何脸面再见到认识我的人？我的同学都高中毕业了，回去了还不是要听从你的安排，插班到哪所中学去当旁听生吗？你考虑我的感受我的自尊心了吗？"

"你现在这样就有自尊了吗？你连你妈仅存的一点儿自尊都给糟蹋了！"她一只手仍紧紧扯住女儿的手，另一只手扇了女儿一耳光。

女儿居然咬了一口她的手。

她一痛，终于松开了。

这时，几位老修女又出现了，站在不远处看着她，像看着一位恶魔。她们的眼中都充满了谴责。

那一刻，她真有些无地自容了。

"玥玥，冯玥玥，你可真是一个好女儿啊！我们母女相见半天了，到现在你还没叫我一声妈！我告诉你，如果说以前我对你的爱心和责任不够，此次为了找到你，我这个妈的责任尽到了！给你三天时间，三天后你不主动见我，那就等于你不认我这个妈了！你就再与周家没有任何关系了！你想清楚了，可别后悔！……"她的每一句话都掷地有声。

她留给冯化成一个地址，转身便走。

冯化成没叫住她。

女儿也居然一声不吭。

当她离开修道院，大步走在巴黎郊区的小路上时，忽然没有了方向感，该转弯的地方不转弯，沿路边往前疾行。她感觉头重脚轻，天旋地转，眼前一阵发黑。她意识到自己可能要昏倒，便向路边最近的一棵法国梧桐趔趄而去。虽然那树在几步之内，她却没能走到树前，伸出双手倒下去了。

周蓉清醒时，发觉自己躺在地上，身下是一条毯子，身边蹲着一对法国男女青年，路旁停着一辆破旧的小汽车——所幸她并没有摔倒在水泥路上，而是倒在了青草覆盖的路边，周围遍开着紫色的小花。

法国姑娘问，她是否需要去医院？

她说自己既然醒过来了，就应该没事，刚才是由于低血糖才晕倒的。

小伙子帮她坐起来，让她靠在他臂弯中，姑娘则从车内取了一瓶饮料——她喝了几口。

周蓉并不是低血糖，她自己十分清楚。刚才，她是被女儿和前夫气晕了，这一点她也十分清楚，只是不愿对外人讲。她一点儿也不渴，却还是接连喝了几口饮料，让自己看起来真像一个因低血糖而晕倒的人。之后，她缓缓站了起来，谢过那一对法国青年，说自己完全没事了。

那一对法国青年恰巧正从郊区返回巴黎，他们请她搭顺风车。

在车内，她强颜欢笑，说自己是一名自费旅游者，盛赞自己在法国四处所见的美景。因为她能以法语与他们交谈，一路欢声笑语，气氛轻松。

他们执意将她送到了巴黎市内一家收费便宜的小旅店。

周蓉走进小小的房间,坐在窄窄的单人床上时,才泪如泉涌。她极想放声大哭一场,用涕泗滂沱来形容此刻的她,再恰当不过。

可怜天下父母心!摊上了各式各样麻烦不断的儿女,尤其是伤透了妈妈心的女儿,最令妈妈悲伤。女儿长大了就是妈妈最忠诚的"闺密",所以,妈妈们最难经受女儿背叛自己的打击。对于周蓉而言,曾经麻烦不断的女儿竟与严重伤害过自己的前夫"结盟",似乎对自己同仇敌忾,她的心都要碎了。

周蓉两天不吃不喝,没有离开房间一步。她患了重病般躺在窄床上,头脑里空空荡荡,没有回忆,也无思想。她植物人似的躺着,实在困了便闭上双眼睡过去;一旦醒来,睁开了眼睛,泪水又像拧开龙头的自来水似的流淌不止。

此前,从没有任何人任何事,居然能使一向意志坚定、性格高傲、精神乐观的周蓉,变得那么可怜兮兮。

小旅店的主人极度不安,生怕有什么不测,他甚至打算报警。

周蓉恳求他不要报警,她保证绝不会自杀,三天后将结清账单自行离开。

第二天,冯化成和女儿玥玥找到了她。

玥玥一进房间,往床前双膝一跪,低着头,不说话,也不哭,一副什么都无所谓、任凭她随便发落的样子。

冯化成说:"我做通女儿的思想工作了。现在我将她交给你了,你想怎么做主,你就怎么做主吧!"

周蓉明白,他是要趁机甩掉包袱了,看来女儿这个包袱已经使他不堪重负了。她不想回答什么,闭上了眼睛。

"那我走了,周蓉,后会有期吧!"

周蓉的心痛了一下,她不愿睁开眼睛。

"妈,求你看我爸一眼吧!"女儿说完,低声哭了。

她这才睁开了眼睛,见前夫冯化成的背影伫立在门口,垂着头,一动不动。

对于他,没有了女儿这个包袱不失为一件好事,但也使他马上面临一个大问题——一个健康的中年男人,显然不便再待在那个小修道院了。

他在哪里才能再找到一个可以收留自己的地方呢?他真的会成为每晚蜷缩于地铁车站的流浪汉吗?

她想问他今后的打算,话到唇边,还是决定不问了。问了也等于白问,显然他自己也茫然不知。

她打算给他一些钱,可一想到自己带的钱所剩无几,还是决定不给了。

"保重。"她只轻轻地说出了这两个字。

关门声后,女儿哭得匍匐于地。

那时,她彻底原谅了冯化成对自己的背叛,却很难原谅他未经她同意,就将女儿"拐"到法国的行为——尽管她也非常担忧他在法国的处境。

一日夫妻百日恩,怎么能不担忧呢?何况他们在贵州时,在两千多个共苦多同甘少的日子里,曾经恩恩爱爱地生活过啊!

周蓉为自己和女儿办理回国签证时遇到了严重问题。她没有想到,自己上了什么名单,辩解申诉几乎完全不起任何作用。这使并不想在法国再多待一天的她,也不得不从长计议。那名法国旅游公司高管对她所说的话,显然是针对上述事实。由于她在法国以自己并不愿意要的名分滞留的时间长,那种莫须有的名分逐渐广为流传。当然,这同样让她获得了意想不到的同情，求职时往往得到一些特别关照。

十几分钟后，那位接受了她两本签名书的公司主管只身回到了她面前。

她懊丧地问："我失去了在贵公司工作的机会吗？"

他微笑着说："不，您的要求可以实现了。"

她也转悲为喜，脸上露出了笑容。

他又说："我的上司也希望获得您的签名书。"

她说："会的，我很荣幸。"

他说："他让我转告您，即使您并没写出计划中的第三本书，他也不会认为您欺骗了我们。"

"请替我谢谢他，他真是个好人。"她的内心充满感激。

周蓉刚刚送走了一批欧洲游客。

她在马赛那家旅游公司带团的次数最多，加起来的时间也最长。她是全公司导游中学历最高的，每一批旅游者离开之前，都会给予她这位曾经的中国副教授导游员高度评价。她不愧是周家的"招牌人物"，即便在异国他乡，在为生存四处奔波、生活状态极不稳定的情况下，她也表现出了优秀的素质。她聊以自慰的是，自己在法国从未让周家丢人，也从未让祖国蒙羞。鉴于她的特殊情况和出色表现，公司对她格外照顾——在旅游淡季，允许她为了多挣些钱去别的城市打工；不管她何时归来，公司都持欢迎的态度。

列车开走后，周蓉在车站的长途电话室与蔡晓光通电话。尽管没说几句话就挂断了，却并未影响她的好心情。她只是有点儿遗憾，因为自己居然忘了告诉蔡晓光最重要的话——她不久就可以回国了！

第四章

是的,她不久就可以回国了!电话亭外有两个人等着打电话,既然蔡晓光尽说醉话,她也不舍得花话费再与他啰唆下去了。

女儿即将从里昂第一大学毕业,她办理回国签证也不会再有什么障碍了——当时张冠李戴造成差错,不久使馆工作人员就主动找她,向她表达歉意和澄清。那时,她为女儿玥玥考虑,反而不急于回国了——女儿自尊心强,没有在法国获得学位没有脸面回国。玥玥并不算多么聪明,起码不像她自己认为的那么聪明。在国内的重点中学里,玥玥最好的学习成绩也只不过是中上游。与两个表弟楠楠和聪聪相比,玥玥的聪明劲儿还是不够;与妈妈周蓉初高中时候那种出类拔萃的聪明劲儿,更是没法相比。她不谙学习方法,怕考试,尤其怕名落孙山的打击。周蓉着实不明白问题出在哪儿,因为若从基因上来讲,不论她还是前夫,都应该是对得起女儿的。要让女儿一次成功考取法国一所重点高等专科学校,她不敢掉以轻心。

周蓉从不做无把握之事,对于关系到女儿将来人生发展的头等大事,更是要求自己必须尽力帮助,帮助到万无一失的程度。为了女儿能在法语方面一次性过关,她就用了一年多业余时间陪女儿苦学。正所谓功夫不负有心人,女儿一举考上了法国首屈一指的高等专科学校。进入新环境,女儿的头脑终于开窍,学习得法,聪明劲儿被激发出来。她的学习成绩越来越优秀,总之像是她的女儿了。毕业之后,意犹未尽,女儿又开始考里昂第一大学的研究生。

那时,她们母女二人倘若决定回国,早已不存在任何问题。

但她违背自己意愿,对女儿表示了理解和支持。

结果,女儿顺利地考上了。为了供女儿读书,她只得继续在法国打工。

即将从里昂第一大学毕业的女儿,终于认为自己有脸面回国了。虽然并没如她所愿获得巴黎大学的硕士甚至博士学位,但里昂第一大学也是不错的，同样是著名大学。女儿能获得一所法国重点高等专科学校的商业管理学学士学位，进而又获得了里昂第一大学商学院的硕士学位，这令她喜出望外。

女儿从里昂打来电话，正在马赛的周蓉也感到久违的兴奋。

女儿问她："妈妈，我总算能对得起你了吧？"

她说："对不对得起我是次要的，你总算能对得起自己了，这才是最重要的。"

女儿问："那么，我们可以比较风光地回国了吗？"

她说："谈不上有多么风光，但肯定没给中国人丢脸。"

女儿问："我的两个学历加起来，抵得过清华或北大的博士学位吗？"

她说："根本没有相比的必要，妈也并不在乎你是不是博士，你拥有了一门专业能力就好。"

"可你是博士啊。"

"你也没必要与我比。你有你的人生，我有我的人生。我对你的责任是，不能眼看着你在人生关键处走歪了而不管。"

"难道你对我就只有责任，没有一代更比一代强的期望吗？"

"老实说，妈对你没有那么一种期望。只要你以后的人生比较幸福，妈妈就很高兴了。"

"妈妈，我想咱们中国了，想极了！"

"妈听你这么说非常高兴。妈也想极了，比你还想，已经记不清有多少次梦里回国了！妈想中国的程度，恐怕不是你所容易理解的。"

"我能理解。"

"是吗？"

"我真的能理解。"

"说来听听。"

第四章

"对于你和你们那一代中的许多人,中国是祖国,祖国就是祖宗安息的地方。中国是决定我基因的国家,我承认自己对国家并没有你那么热爱。"

"祖国对于一个热爱它的人来说,并非你说的那么简单。妈也不强求你非像妈一样热爱祖国,但你必须记住一句话,永远都不要做不拿祖国当一回事的人。如果你不幸变成了那样一个人,那么任何国家的人也不会拿你当一回事。"

"妈,我会记住你的话。我虽然想咱们中国,但我也喜欢上法国了……如果我回国后不久又回来了,甚至还加入了法国籍,你会……理解吗?"

霎时间,周蓉的泪水夺眶而出,她沉默了半天,才尽量以平静的口吻说:"我已经说了,你有你的人生,我有我的人生,妈不干涉你的人生。不管你将来成为哪一国家的人,只要你的人生比较幸福,妈就很高兴。你已经成年了,你有为自己的人生做出选择的权利。"

她说的是违心的话。

女儿愉快地说:"妈妈真好!"

母女二人的关系早已恢复,过去发生的不愉快早已抛到九霄云外,但她们都还在法国,这就时刻提醒她们曾经的冲突是不争的事实。亲和得来不易,双方都小心翼翼地维护着。女儿很少敞开心扉,跟她谈自己将来的真实打算,她也不往深处问。女儿更是一句也没提起过生父冯化成,周蓉的人生中仿佛也从来没有那个人。种种迹象表明,女儿仍与冯化成保持着联系,她要求自己充分理解,佯装浑然不知。当她认为女儿并不缺钱,而女儿难为情地向她要钱时,她怀疑女儿可能转手送钱给了生父。即使真的那样,她也并不抱怨,反而认为女儿终于懂事了,尽管每一个法郎她挣得都十分不易。

在伽农比尔大街上,有一家开了三代的华人面馆,她无意间发现那里居然卖手工擀的饺子皮。

她要去买饺子皮。昨日女儿在电话里说,她今天要来马赛看妈妈,还想吃饺子,估计此刻已到家里。最后,女儿小心翼翼地问:"如果楠楠与我同时出现,你会不高兴吗?"

她听得出来,女儿那么问,证明楠楠已在里昂了,很可能就在女儿身边。

她略微迟疑了一下,立即回答:"替妈妈跟他说,我很想他,欢迎他随时来看我。"

除了这么回答,她还能说什么呢?她态度稍有暧昧,女儿也许就不来看她了。

女儿倒是主动跟她谈过自己和楠楠的关系,说他们之间已不存在被她和小舅周秉昆斥为"不正常"的关系,只剩下纯粹的表姐弟关系了。

这她倒是愿意相信的,因为女儿当时的表情格外庄重,显得十分坦荡。

"他毕竟是我的表弟,对不?"

"对。"

"秉昆小舅对他视同己出,我也应该视他为亲表弟,对不?"

"对。"

"何况我俩从小就在姥姥家的炕上打打闹闹,一块儿玩着长大,我们的关系不亲密那也同样不正常,对不?"

"对,有什么不对呢?妈为你们现在的亲密关系感到高兴。"

这是女儿考上里昂第一大学后,她与女儿之间的一次谈话。

但是,她对女儿的表白无法全信,谁知道他们年轻人的话究竟有几分可靠呢?他们初一是一种想法,十五往往又是一种想法,有时候他们也跟不上自己的想法啊!

女儿成为里昂第一大学研究生后,常常利用假期去其他国家旅游,用的是自己勤工俭学攒下的钱。

女儿说,自己去的都是法国的邻国。

周蓉认为,女儿肯定也到过美国。究竟去过几次她猜不准,也不想猜。女儿能靠勤工俭学买机票了,这她是高兴的。

而对于楠楠,周蓉自然没有弟弟秉昆对他那么深的感情。以前,她仅仅知道楠楠不是弟弟的亲生子,弟弟讳莫如深,她当然也不想多加了解。她对楠楠的感情,主要体现为对弟弟亲情的自觉,对弟妹郑娟友好关系的依托,正所谓爱屋及乌。当年,她之所以同意女儿住到嫂子冬梅家去,很现实的考虑之一,便是怕女儿与表弟楠楠之间发生令大人们难堪的事。女儿去北京后,周蓉才知道楠楠在本市还有个生父叫骆士宾,且要与弟弟不达目的誓不罢休地争夺楠楠!如果知道得早,她可能会劝弟弟想开点儿,干脆放弃楠楠这个养子!说白了,楠楠是别人的种,而且是强暴所生,有什么可争的呢?她认为,自己这个姐姐知道真相太晚,实在是弟弟的大不幸,而弟弟不主动向她说明真相,也是那种"闷葫芦"个性使然,最终也付出了惨重代价。骆士宾那么一个品行卑劣的男人,与弟妹郑娟那么一个低智商的女人,意外生出的儿子居然能保送到哈佛大学留学,成了法学博士。公认智商甚高的自己与诗人前夫的女儿,却只能甘拜下风,自愧弗如,这让周蓉一想就觉得造化弄人。

因为楠楠的缘故,才让自己弟弟秉昆入狱,周蓉内心里已无法将楠楠当亲侄子般对待,只是不得不以所谓亲戚关系面对,只求大面上过得去罢了。

周蓉匆匆到家时,女儿与楠楠果然都在,一个在剁肉,一个在剁菜。

周蓉所谓的"家",当然不是她的家,其实是古思婷外婆的家。十二年中，周蓉一直受到古思婷夫妇二人的无私关照。她在法国遇到难题，基本上都是古思婷夫妇在法国的亲朋好友帮助解决。无论他们二人哪一位回法国探亲，也无论周蓉当时身处何地，他们都会与她见面，带给她难得的愉快。

古思婷对周蓉也心怀感激。

古思婷的姐姐当年是法国"新巴黎公社"的领袖人物之一，那是类似中国"文革"时期"造反派"的一个法国青年组织。以法国青年为主，也有少数法籍外国侨民的子女，几乎全是出身于中产阶级知识分子家庭的"愤青"，本人几乎全都获得了大学学历。他们受中国"文革"的影响，思想激进，也要对法国来一次翻天覆地的社会改造，在法国实现共产主义。他们也真的使法国社会风起云涌，狂飙激荡。古思婷的姐姐还率领一批"新巴黎公社"成员到中国"取经"，回国后更加确信自己的理想一定能够实现。

不料，轰轰烈烈的"文革"竟然那么令他们震惊地收场了。"文革"中的风云人物一个个受到公开审判，变成了阶下囚——而且公开审判还让万众欢呼、大快人心，人们以狂欢节的方式庆祝。这让他们大受刺激，在法国人面前一时间显得滑稽可笑，颜面尽失。法国政府没有再怎么样，他们自己备觉无趣，不久就悄无声息地自行解散。

古思婷的姐姐于是陷入思想苦闷，一度吸毒，成为"朋克族"一分子。她甚至还一度患上抑郁症，企图自杀，更为糟糕的是进了一次精神病院。

古思婷后来到北京大学留学，主要目的正是想研究中国"文革"，为的是解开姐姐那批人的疑惑。她明白自己无法彻底搞清楚，就以一种能明白几分就争取几分的现实态度进行考察。成为跨国好姐妹后，周蓉关于"文革"的见解常常让她茅塞顿开。周蓉现身说法，讲述了自己耳闻目睹的许多事件，对她很有说服力。周蓉到法国前，古思婷拜托她一定要见见自己的姐姐，一定要像为自己答疑解惑一样，帮姐姐医治一下"思想病"。

周蓉不负重托，将女儿玥玥带到自己身边不久，便到古思婷父母居住的波尔多市拜会。波尔多市以制造幻影2000型战斗机和葡萄酒"皇后"波尔多红葡萄酒，举世闻名。古思婷父亲是波尔多大学力学系教授，母亲是品酒师。古思婷的姐姐毕业于波尔多大学机械设计专业，离开精神病院后一直住在父母家中。他们对于古思婷的中国好友热情欢迎，古思婷姐姐与周蓉一见如故，谈起中国"文革"来都有说不完的话。后来，周蓉只要有空，便会去波尔多看望古思婷的姐姐。

甚至可以说，她拯救了古思婷的姐姐。

十几次探望深谈后，古思婷姐姐渐渐想开了，身体状况大为改观。她不再执迷于改造法国，而是开始重新设计自己的人生。不久，这位曾经的法国女"造反派"病好了，有了工作，结婚生子。

在她的婚礼上，古思婷的母亲对周蓉说，无论他们波尔多的家，还是古思婷外婆马赛的家，随时欢迎她这位中国良友入住，想住多久就可以住多久。

古思婷的父亲送给周蓉一份礼物——写着人名、职业、住址和电话号码的精美皮面手抄本通讯录。他说都是他们家庭至亲的联系方式，他已一一打过招呼，周蓉随时随地可以联系，寻求帮助。

周蓉深知，法国人对自己的私人关系看得多么重。她感动得一下子流出了眼泪，本不想接受，但那老夫妇以及新娘子的真诚让她无法拒绝。

她说："如果我想联系他们中的任何一个人，都会事先通知你们。"

后来，那份手抄本通讯录成了她的珍藏品，从来没有翻开过。

周蓉选择住在古思婷外婆家。房东葛蕾妮夫人独居马赛，与狗为伴。已故的古思婷外祖父曾是马赛市邮政局局长,她独守一幢大房子相当寂寞,连打扫一遍屋子都得请钟点工,非常希望小外孙女的中国朋友住到她那里去。

周蓉住在马赛,而没有为了方便与女儿玥玥见面住在里昂,这样就省下了一笔不菲的食宿费,生存压力顿减大半。她以每天为狗洗一次澡和隔几天打扫一遍屋子作为回报,晚上经常为葛蕾妮夫人读法国小说名著。葛蕾妮夫人是法国启蒙时期文学的推崇者,对巴尔扎克以后的法国文学包括《追忆似水年华》皆嗤之以鼻。

楠楠一见周蓉,立刻礼貌又亲切地说:"姑姑好!"他停止剁肉,上前接过了周蓉买的东西。她不仅买了饺子皮,还买了各种罐头、香肠、葛蕾妮夫人爱吃的粉皮,以及一瓶红葡萄酒、一包彩色小蜡烛和一盒精制的生日蛋糕。很巧,这一天是房东葛蕾妮夫人的生日。

周蓉说:"楠楠来了,欢迎啊,该干吗接着干吗!"她尽量把话说得很热情,也没打量一下已经十二年不曾相见的侄子,转身上楼了。

楠楠将东西整齐地放在餐桌上,一时愣在那里。

玥玥停止了剁菜,扭头望着楠楠说:"我妈上楼去换衣服了。"

楠楠朝她尴尬地笑笑。

周蓉是要到楼上自己的房间去换衣服,但那并非急事。她明白,自己之所以没正眼看楠楠一下,还是因为她对他当年引发的纠葛耿耿于怀。

"事情已经过去了,周蓉你就彻底原谅了那孩子吧!"她一边换衣服,一边试图说服自己。穿上了从跳蚤市场买的运动服和便鞋后,周蓉坐在床边还没有下楼。她需要稳定一会儿情绪,好让自己接着面对楠楠时表情自然一些。

"妈,肉馅剁好了,菜也剁好了,是你亲自拌还是我们先拌着啊?"楼下传来女儿大声的问话。

"你们先拌着吧,但别放盐什么的,那要我亲自放。"她也大声回答了之后,去卫生间洗脸,漱口,对着镜子放下绾起的头发,缓缓地梳理起来。

马赛夏季的阳光将她的脸晒成了古铜色,那是令大部分法国女性特别欣赏,令大部分法国男人着迷的一种肤色。

每天上班,她都要对着镜子仔细将头发盘起,绝不允许有一丝乱发。她那么认真不仅是出于爱美之心,也是职业使然。法国人对职业女性的仪表要求非常苛刻,着装打扮随便不但会令服务对象不悦,有时甚至会遭到理直气壮的投诉。周蓉很在乎自己作为职业女性能否给人以自信而美好的印象——确切地说,能否给法国人特别是法国女人那种印象。

她很敏感于普通法国人怎么看中国人,更敏感普通法国女人怎么看中国女人,怎么看中国职业女性。她经常觉得,自己其实也是中国职业女性的形象使者。

她也常常自嘲想法的可笑,有时又骄傲自己所吸引的目光,特别是法国女人的目光。

法国人对青年的衣着很宽容,多数法国男女青年比较偏爱休闲装,穿休闲装上班司空见惯。但对三十五岁以上职业女性的衣着打扮,不论法国男人还是女人,都以相当挑剔的眼光看待。

走在街上,周蓉仍像当年是大美人儿时那样引起很高回头率,往往还是青年男女们的。不是因为她仍有多么美,而是因为她那略显忧郁又高傲的气质。

她的神情经常略显忧郁,也是必然的。她内心高傲的理由却是,在近十二年里,她几乎使自己成为法国文学的忠实守望者了。她头脑里吸收的关于法国文学的知识和见解，已非一般法国人所能相比。有时，她甚至会感到一种寻找不到交流对象的孤独。

一次，在从马赛前往里昂的列车上，她碰巧与一位老先生并坐在一起。对方见她在读乔治·桑的小说集，忍不住问了一句："您为什么读这样的书？"

那是她从旧书摊上以极少的钱买的。

她微笑着说："有趣。"

于是，两人之间开始了热烈的对话：

"乔治·桑从没写过多么有趣的小说，她过时了！许多法国青年已经根本不知道她的名字了。"

"对于我，她并没有过时，我也不是法国青年。"

"但是，她的小说究竟有什么吸引您呢？"

"我觉得，她如同法国的一副假面具。法国以及法国文学，在古典浪漫主义传统的继承与现代派潮流的影响之间至今无所适从，这种矛盾心理最早反映在乔治·桑身上和她的小说中。她想做贵族客厅里的沙龙女王，又想做现代派的弄潮儿。她确定不了自己究竟应该怎样，便以奇装异服和荒唐行径来减压，捎带戏弄一下关注她的人。如今的世界也处于继承传统和迎合现代的矛盾之中，只不过世人已经麻木，不像乔治·桑那么敏感罢了。"

"您是哪国人？"

"中国人。"

"您怎么会是中国人呢？"

"我怎么不可以是中国人呢？"

"您肯定有一部分欧洲血统！我们法国的？或者英国的，德国的，丹麦的，希腊的？我想我猜对了，您的侧面具有一种希腊女性特有的美感……"

对方是位斯文的老先生，但强烈的好奇心使他的表现有些唐突。二〇〇一年，不论公费还是自费到法国的中国大陆人尚十分有限，能在马赛或里昂见到的则更少，这使普通法国人对中国人的印象（如果谈得上印象的话），大抵是衣着刻板、反应迟钝、表情迷惘、唯唯诺诺，这些形象大多来自早期电视新闻画面和外国电影。中国女人则要么贫穷愚钝可怜兮兮，要么是珠光宝气俗不可耐。

法国老先生从没遇到过像周蓉那样气质不凡又有独立思想的中国女性，他接着追问道："也许我理解错了——您来自台湾吧？"

"不，我是地地道道的中国大陆人。我是大陆工人的女儿，一位农民的孙女。"周蓉有些不悦，感觉遇到了挑衅。

这时，列车停在了一个小站。

老先生又腼腆地问："最后一个问题，您是从事什么……"

"对不起，我该下车了。"

周蓉以为又碰上了一个执着的追求者，干脆起身往车门走。

"请等一下……"

对方追到了车门口，送给她一张自己的名片。

"我只不过希望与您联系……"

她已下车，车轮滚动了。

她低头一看名片，方知对方是一所大学的法国文学教授。她曾想主动联系他，心存几分也许会通过他在大学里谋到一个职位的闪念，但那念头随即很快打消。女儿就要毕业，她对中国的思念强烈无比，归心似箭。

后来，那位法国文学教授的名片被她弄丢了。

每次面对镜子，她都会对镜中的自己感到无法言表的陌生——不仅因为曾经的一头乌发日渐银丝缕缕，眼角日渐细密的鱼尾纹，还因为作为一名中国知识女性，恰恰是在近似于流亡国外的十二年里，她觉得自己与中国已经骨肉难离。过去在国内，她当然也明白此点，但从未像在法国十二年里这么感受强烈。

"妈，葛蕾妮夫人回来啦！"

周蓉下楼后，见葛蕾妮夫人在洗手。葛蕾妮夫人早已认识玥玥，玥玥和楠楠一到，她就走出去遛狗了。

葛蕾妮夫人小巧玲珑，经常将自己打扮得无比精致。她今年已经快八十岁，身体却好极了，热爱生活像热爱自己忠实的老狗。她也没忘记乔治·桑，曾向周蓉承认，自己年轻时曾经处处想学乔治·桑。

周蓉说："您不必帮忙了，等着吃就是。"

葛蕾妮夫人答非所问："蓉，你的玥玥今天带给了我一份大大的惊喜！"

周蓉一边往馅里加入作料，一边问："什么惊喜啊？"

葛蕾妮夫人用雪白的小手绢擦干了手，指着楠楠说："就是他呀！多么英俊的中国小伙子，我替你的玥玥感到非常遗憾！"

开始搅馅的周蓉一愣，正要再问，玥玥抢着问："为什么呢？"

"因为你是他的表姐啊。如果不是，那对你们将是多么好的事！我会怂恿你追求他的，我将教你一些追求白马王子的方式！"

葛蕾妮夫人说话时，站在一米八的楠楠跟前，向上伸着一只手与楠楠比身高。她的手顺势欢喜地在楠楠脸颊上轻轻一拍，之后走到玥玥身边，对玥玥小声说："如果你不是他的表姐，等你妈妈夜里睡着了，我会为你俩开一个秘密房间，我有那样的房间。我真希望能做你俩的红娘！"

玥玥格格地笑道："您太可爱啦！"她抱住葛蕾妮夫人接连亲吻，故意亲出了声。

楠楠不懂法语,但看得出姑姑、表姐和葛蕾妮夫人一直在谈论他。他红着脸问:"姑,你们一直在说我什么啊?"

周蓉说:"一些没意思的话,你不知道也罢。"

她又冷冷地教训玥玥:"太放肆了,别上脸啊!"

玥玥却说:"妈,你就不能看我表弟一眼吗?你回来后到现在,一直没正视过他一眼。"

周蓉的手停止了搅拌,瞪着女儿不知说什么好。

楠楠也说:"姑,求你了,正眼看我一次吧!"

周蓉的手就放开了筷子,向楠楠转过了身。

她那英俊潇洒的侄子,满脸是渴望获得宽恕的忧伤。

她终于勉强对他笑了笑,温和地说:"楠楠,当年姑姑和爸爸的做法也有不当的地方,你要原谅我们啊!"

楠楠说:"姑,让我抱抱你吧!"

她说:"这是小孩子的要求。"

他说:"可是我非常想那样。"

她犹豫一下,低声说:"那姑批准了。"

他就走到她跟前,拥抱了她。

他也低声说:"姑姑,这是我十二年来第一次拥抱周家的长辈,也是我十二年来经常梦想的一幕。姑姑,现在我像拥抱了秉昆爸爸,也像拥抱了爷爷奶奶。当年奶奶很乐意让我这样拥抱她,爷爷好像不太乐意,总是推开我,但我觉得他内心里其实挺乐意。姑姑,我秉义大伯和大娘都好吗?"

她说:"我经常和他们通信,他们一切都很好,你放心吧。"

"我爸爸呢?"

"他一年后就该自由了,那时你也该获得博士学位,我们又会是一个和睦的大家庭了。"

"我父亲那些朋友们还好吗?"

楠楠刚才已经说过"秉昆爸爸",随后也就不再那么说了。十二年前,他只有姑姑那么高,现在比她高出一头多了。他轻轻搂着她,微微闭着眼睛,一句接一句问着大致相同的话。其实,他早已在信中或当面数次问过玥玥表姐,仿佛再听姑姑回答一次有截然不同的意义似的。

周蓉说:"他们也都挺好,经常去看你父亲。"

"姑姑,我这么抱着你,像是抱着妈妈。我非常想念妈妈,多少次在梦中想哭过。可我已经发誓,在我父亲没有出狱前绝不回国,我用这样的方式惩罚自己。"

周蓉说:"那是不必要的,完全不必要,那不是也等于惩罚你妈妈吗?你妈妈肯定也非常想念你啊!而且我知道,你爸也和你妈一样想念你。"

拥抱是人类美好的行为,它往往会使积怨化解,如同顷刻照亮心灵暗角的光。亲人与亲人之间更是如此——周蓉觉得,楠楠又是周家的一分子了,这一点从没发生过丝毫改变似的。

"姑姑,当年我真可恨。我曾因为自己是光字片的孩子而暗暗抱怨过命运,我曾非常羡慕住在好街区好房子里的同学,羡慕极了。当我知道自己居然还有一位是老板的生父在世,他向我保证他能完全改变我的命运,让我也住在好街区好房子里、以后生活将很阔绰时,我简直没法不被那么一种生活所吸引……但我现在明白了,我抱着你就像抱住了周家每一位亲人和朋友,你们对于我才是最宝贵的。那个给予我生命的男人,他不能给予我你们这样的亲人和朋友。他没有一个真正的朋友,他所认识的人全是他企图利用或企图利用他的人。他没有亲情实际上也不需要亲情,他非要争夺我这个儿子,只不过是想使他的人生看上去更完

第四章

整。姑姑，我是不是太可恨了？我能获得周家人的原谅吗？……"

周蓉一抬头，楠楠的泪掉在她脸上。

她自己的眼眶也湿了，赶紧低下头，温和地说："楠楠，你言重了，过去的事不要老放在心里。人不但要学会原谅别人，也要学会原谅自己……"

楠楠低下头，呜呜哭了。

葛蕾妮夫人听不懂那么多中国话，一会儿看看周蓉和楠楠，一会儿看看玥玥，困惑极了，忍不住问玥玥："他们怎么了？"

玥玥含着泪说："他们十二年没见面了。"

葛蕾妮夫人大声说："亲爱的中国朋友们，我必须提出抗议了，你们不要忘了今天也是我的生日。我的生日拒绝眼泪！我是快乐之神的化身，我以快乐之神的权威命令你们高兴起来！"

"好孩子，不哭了，不哭了，咱们不是在自己家，不能影响主人过生日的好情绪。"

周蓉这才轻轻将侄子推开。

包饺子时，四个人都高兴起来，汉语法语英语穿插着，有说有笑。葛蕾妮夫人对包饺子像小孩儿过家家般兴趣盎然，一会儿擀皮一会儿包馅儿，擀出了些薄饼似的皮儿，也包出了形状古怪的东西，受到周蓉三人一致的调侃，自己却相当满意，感觉好得不得了。

四人分蛋糕、吃饺子时更是其乐融融。葛蕾妮夫人听了三遍《祝你生日快乐》——先是周蓉三人用汉语唱了一遍，接着周蓉母女用法语唱了一遍，最后楠楠用英语唱了一遍。

葛蕾妮夫人说，她感觉好像同时过了三次生日。

四人将一瓶红葡萄酒喝得精光，脸上容光焕发。

饭后，他们一齐散步。老狗懒了，趴在壁炉旁不管谁叫，它都只摇尾巴不站起来。

湿润的海风中，马赛的夜晚无比凉爽。

葛蕾妮夫人一出院子就挽住了楠楠的手臂，周蓉与女儿手牵手跟在后边。四人走在老港的人行道上时，都吸引了不少目光。相比而言，还是葛蕾妮夫人和楠楠更引人注目。葛蕾妮夫人美滋滋的，腰板笔直，步态轻盈又优雅，从背后看，像身材娇小的女郎幸福地挽着自己的如意郎君。

玥玥说："妈，咱俩变成他俩的灯泡了。"

周蓉说："你去求一下葛蕾妮夫人，看她同意不同意让楠楠也陪我走一会儿。我觉得你表弟还有些话想跟我说，应该给他这个机会。"

玥玥就跑上前去，对葛蕾妮夫人行屈膝之礼，笑盈盈地说："尊贵的夫人，我妈妈希望表弟也能陪她走一会儿，不知您是否允许——楠楠虽然是我们的亲人，但今晚首先是您的客人。"

葛蕾妮夫人也笑了，她说："你妈妈的请求是正当的，我不可以拒绝。"

于是，葛蕾妮夫人挽着玥玥走在前边，周蓉挽着侄子走在后边。

楠楠果然还有话要对姑说。

他问："姑姑，有一个问题始终困扰着我，不知道姑姑能不能指点我？"

周蓉说："我想，对一切困扰着你的问题，姑姑都能根据人生经验给出建议。"

他说："不管我问的是什么问题，姑姑都不会生气吗？"

周蓉以为，楠楠要问的是他与玥玥的关系，不禁有点儿犹豫。

他说："也许我还是不问的好。"

周蓉这才说："不，你还是问的好。始终被某种心结纠缠着不好，姑姑保证，你问什么我都不会生气。"

第四章

"那我可问了。"

"那就快问啊。"

"你和表姐回国半年后,也到了我该回国的时候了,姑姑,你认为那时候我父亲真的肯原谅我吗?"

"当然,否则他就不是咱们周家的人了。"

周蓉将"咱们"两字强调了一下,站住看着楠楠反问道:"我认为这并不是你最想问我的问题。"

"我最想问姑姑的问题其实是——我回国后,究竟该怎么对待那个人呢?"

"你的生父?"

"是啊。"

"他毕竟是你的生父,用你说过的话说,他给予了你生命,对不?"

"我也是这么想的。"

当时,周蓉和玥玥都不知道骆士宾已经死了。经常与她们母女通信的是冬梅,冬梅不愿在信中写可能令她心烦的事。楠楠虽在国内待了很长时间,但是,他有意回避,周围人也绝口不提骆士宾的消息。

周蓉说:"给予自己生命的人,是对自己有天恩的人。天恩如同日月光辉,一个人如果有能力必须报答的。何况他希望做你的父亲,出发点无可厚非,也完全符合人之常情。所以,姑姑认为,你回国后,不但可以而且应该经常去看他,给予他一个儿子对生父的关爱。他就是有什么罪过,不是已经受到惩罚了吗?何况又不是罪大恶极不可饶恕。"

"如果那样,不会又伤了我周家父亲的心吗?"

"周秉昆如果那样,就不配是你姑姑的弟弟了,也就不是周家的人了。"

"姑姑,我明白自己该怎么做了。我又能成为咱们周家的一分子了,感觉真好。"这位哈佛大学的博士生由衷地笑了。

玥玥每次来到马赛，总与母亲同室——葛蕾妮夫人为了方便玥玥来住，请人将楼下另一个房间的单人床搬到了楼上周蓉的房间。

因为母亲对表弟的态度出乎她预料地改变了，玥玥的心情格外好，上床之前还拥抱了母亲一下——那是少有之事。

关灯后，周蓉却难以入睡了。

十二年前的楠楠如同刚长出犄角的小鹿，如今变成一头风华正茂犄角漂亮的雄鹿了，可谓英姿勃发的青年。女儿虽然也早已出落成亭亭玉立的大姑娘了，却并没有如她期望的那样，变成一个像她自己当年一样的大美人儿。玥玥的容貌更接近生父冯化成，冯化成的五官基因如果遗传给一个儿子还算不错，遗传给女儿则显然并不理想。"女大十八变"，这句话用在楠楠身上反而更恰当些。他还是哈佛大学的博士生，却不是弟弟的亲儿子，女儿的亲表弟……

她这位母亲，出于对女儿人生的本能关心，居然开始重新看待女儿与楠楠的关系了。

当年有当年的情况，女儿和楠楠都还是少男少女，她无法判断楠楠将来会不会有出息，也怕某天忽然冒出一个男人事实上是楠楠的生父，并且是与她们周家人格格不入的那种男人。

现在，楠楠已由法院判为弟弟的儿子，楠楠也确实出息了。

她问自己，为什么偏不可以重新考虑两个年轻人的事呢？不知弟弟周秉昆如今会持何种态度？

总算入睡了，她竟梦到冯化成来纠缠她和女儿，醒后发现女儿不在床上。联想到白日里葛蕾妮夫人对女儿的戏言，联想到家里的确还有两

第四章

个空闲房间，她觉得自己作为母亲不能完全置之不理装糊涂，于是穿着睡衣和拖鞋悄悄下楼。第一个房间无人，第二个房间无人，第三个房间是楠楠昨晚睡的房间，门从里边倒插着，屋里传出楠楠轻微的鼾声。她难以辨别鼾声真伪，就在门前呆立片刻，满腹狐疑地上楼了。回到房间，她更睡不着觉了，拿上半盒烟又下楼，走到后院里。她基本上已经戒烟，但不很彻底，思虑多时偶尔还吸一支，一个月也吸不完一盒。

她刚刚站在栅栏前吸着烟，就听到女儿的叫声："妈。"

她吓了一跳，转身一看，女儿穿着睡衣和拖鞋，坐在海棠树下的长椅上。

女儿摇着头说："妈，半夜三更不睡觉，到院子里来吸烟，不好吧？"

她问："你为什么也不睡？"

女儿说："睡不着。"

她说："你妈也有睡不着的时候。"

女儿说："我戒烟很彻底，睡不着的时候也不吸。你说你也戒得很彻底，所以我奇怪。"

她迟疑了一下，将烟丢掉，踩灭。葛蕾妮夫人偶尔也在院儿里吸烟，院里摆着一个小石盆。

她说："替妈将烟头扔那里去。"

女儿代劳时，她也在长椅上坐下了。

女儿回来坐在她身边说："我很快就毕业了，妈代表周家对表弟表示原谅，我高兴得睡不着，妈为什么失眠呢？"

她说："我失眠，多半是为你这个女儿操心。"

"我又怎么了？让你操心失眠？"女儿十分诧异。

她搂着女儿的肩膀，仰脸看着满天星星，低声问："如果我改变了对你们从前关系的看法，你们以后又将如何？"

女儿也仰望着星空问:"不太明白你的话,指的是我和谁呀?"

她扭头瞪着女儿说:"别装糊涂!"

女儿收回目光,看着她反问道:"指我和楠楠的关系?还能如何?他是我表弟,我是他表姐呗。"

她又望着星空说:"你没听懂我的话啊?我说,如果我改变了对你们从前那种关系的看法。"

女儿也又望着星空说:"晚了。"

她第二次扭头瞪着女儿。

女儿也第二次注视着她说:"楠楠有对象了。"

她不由得"唔"了一声,沉默良久,她以更小的声音问:"是一个怎样的姑娘?"

女儿反问道:"哪方面?"

"先说形象。"

"以什么样的姑娘为标准?"

"就以你吧。"

"不比我强,也不比我差,一般般,但往细了看,挺经端详。"

"学历呢?"

"与他的学历自然没法比,但也算比较体面,学历和能力一致,绝不属于那种空有学历却并没能力的姑娘。"

"那么,他爱她哪一点呢?"

"这我就不清楚了。你如果很想知道,应该明天亲自问他。"

她便低下头,陷入更长时间的沉默。

女儿又说:"爱情这事,三言两语说不明白的。"

她仍然沉默。

"妈,你失望了?"

"我怎么失望?咱们俩的话你当作没有说过吧,咱们祝福他就是了。"

"妈,我骗你呢!其实,我和楠楠一直盼着你改变看法的这一天啊!"

女儿忽然扑入她怀中,喜极而泣。

周蓉和玥玥一同将楠楠送上了列车——他要到巴黎搭乘回美国的航班,那样会省一部分钱。

当女儿和楠楠在站台上拥抱、亲吻时,周蓉并没转移目光。她望着两个年轻人,十二年来心中第一次涌起了无限喜悦。

第五章

周秉昆家要修房子，朋友们能来的都来了——他们有德宝、国庆、赶超、进步，连龚宾也来了。只有向阳一人不能来，他并不是被多么重要的事缠住了脱不开身。那是二〇〇一年七月下旬的一个星期日，向阳家里和公司其实并没什么重要的事，是他自己决定找个借口不来的。他已经成了路路通公司的高管，怕秉昆当面问他在哪里上班。说谎吧，违背朋友之间的坦诚原则；如实相告吧，唯恐秉昆生气。

向阳提供了施工所用的沙土。路路通公司正有一处建筑项目在施工，他一句话，有人就用车将沙土运到周家门口了，同车运来的还有两袋水泥、一百来块砖和几卷油毡——都是无偿提供，也不是用公司的东西送人情。向阳在公司负责项目招标，一些私营施工队的头头都哈着他。项目给谁，就是将挣钱的机会给谁，创业发展的时代，抓住挣钱的机会都不容易。相比起来，白送那点儿东西根本不算个事。

龚宾的病好多了，他小叔龚维则当上了区公安局的常务副局长，局长不在可以代行局长权力。龚副局长有坐小车的资格了，龚宾的工作更不成问题，一时这干干那干干，都是在私营企业。区公安局常务副局长希望自己的侄子在哪家私企有点儿活干，挣一笔生活费，那是看得起那家老板。龚宾患了精神病后没常性了，小叔当上副局长后更没常性了，即使对挣生活费这么至关重要的事也是如此。不管在哪个私企，他说不愿干了就不干了。是他自己不干的，老板们还得诚惶诚恐地向龚副局长解

第五章

释，真的不是由于自己没关照好。

目前，龚宾在小叔安排的保安公司当保安，这次他干了好长一段时间，因为喜欢穿保安服，更喜欢管人。保安公司的头头怕他管出问题来，所以不敢分配他管理难度大的工作，但也不敢不分配他任务，否则他会认为自己受到了严重歧视。龚宾的病情本已大为好转，在保安公司犯病了，你做老板的对得起龚副局长吗？所以公司上下都像照顾孩子似的呵护着他，尽量让他高兴。公司还时不时指派最有责任感的班长带上他，执行远离市区、不大接触陌生人的保安任务，让他过一把瘾。近些日子，他在郊区一处养貂场与同事们当保安，乐不可支。他渐渐喜欢上了貂，对小貂充满爱心，经常批评貂场的人对小貂的生存环境不够重视。貂场的人都知道他的背景，总是虚心接受他的批评，有则改之，无则加勉。实际上，他更多时候也就白拿工资。

龚宾从于虹口中知道秉昆出狱了，并且要修房子。

赶超和于虹夫妇俩要孩子晚。二〇〇一年，他们的儿子孙胜读高二，学习不错，作文常在区市比赛中获奖。那孩子觉得老是在作文中写人物已经无法证明自己的水平，突发奇想要写一篇关于野生动物的作文，另辟蹊径，下次区市比赛中一定要获得一、二等奖。于虹就让赶超带儿子去找龚宾，赶超已经下岗，哪有心思为儿子作文操心！

赶超所在的胶鞋厂最终还是倒闭了，他所获得的一万两千元补偿早已花光。他正式成为胶鞋厂工人的时间短——尽管他的总体工龄不短，代表工人谈判的一干人等不大给力，最终他获得的买断工龄的补偿金比较少。

于虹的唠叨让赶超烦了，他没好气地反问她："貂场养的貂还算野生的吗？"

于虹一时不知道如何回答。

儿子孙胜插话说:"即使不算野生,那也不算家畜,我觉得写貂也行。"

"貂有什么好写的?你真有水平写写你爸爸可以吗?如果你把你爸爸写得让人看了哗哗流泪,还获了奖,那才证明你的作文水平真的高!"他没好气地说。

"你有什么好写的?全市全省乃至全国下岗的内退的一次性买断工龄后彻底失业的人多了去了,谁会看儿子写你的作文哗哗流泪?连我是你老婆,我都不替你流泪了,你凭什么指望不相干的人替你流泪啊?儿子,妈支持你写貂!咱们雷打不动地写貂,貂肯定比他有写头!他不带你去貂场,下个星期日妈带你去!"于虹冲着他嚷嚷起来。

于虹的父母兄弟姐妹多,虽然失业的也不少,所幸有几个有点儿小权力,有几个交际广。靠了这两种救火队员四处走后门托关系,亲戚家的失业者居然都不至于一直在家里待着没钱挣、日子过不下去。这种蜂蚁般的亲戚关系极富族亲本能,所谓一家一人有难,大家忙前跑后,有钱的出钱,有主意的出主意——虽都是百姓之家、草根之人,帮找份临时工作,往往总能落实。

因为有亲戚们关照,于虹竟基本上没怎么失业。在家里,她倒成了每月多少总能领点儿工资的家庭经济支柱。赶超家不行,他的亲戚多在河北农村,日子都过得水深火热。他在本市只有一个大伯,与他父亲关系不好,早没来往了。

赶超曾经在家中的一家之主地位,自从失业后被颠覆了。于虹成了他们家的"摄政女王",这也合乎居家过日子的规律,谁挣钱养家就得听谁的呗。偏偏赶超不会来事,经常有大男子主义的表现,于虹在他面前腰杆儿越硬,他越拧巴着来,傲慢地拒绝她那些孙二娘、顾大嫂式的亲戚帮助。于虹特别恼火,认定他瞧不起她的亲戚们。两口子之间消停的日子越来越少,三句话没说到一块儿,吵架的日子越来越多了。

第五章

于虹亲自带儿子去了一次养貂场。龚宾高兴得满脸是笑,哥们儿的老婆儿子上山看他,他觉得颜面有光,口口声声"嫂子"长"嫂子"短的,叫得很亲。他一边带孙胜参观,一边侃侃而谈貂的习性,俨然一位"貂博士"。孙胜听得兴趣盎然,收获多多。龚宾留于虹母子吃过午饭后,孙胜提出了一个要求,想借走一只已能吃食的小貂带回家去进一步观察。

于虹说:"儿子,别让叔叔为难,这个要求咱们免了吧。"

龚宾却说:"嫂子别打击孩子的积极性嘛!我侄子破天荒地向我提了个并不过分的要求,你怎么可以拦阻呢?不能免,我同意了。"

他当即让孙胜选中一只小貂,命喂貂工从大笼子里捉出,装入一个小笼子,让孙胜拎着。

当时貂场只有几名喂貂工和保安在,谁也不敢惹他不高兴,都不作声。

于虹又说:"这可以吗?"

他说:"有什么不可以呢,完全可以,老板不在这儿我就是老大。老板是我小叔的朋友,这点儿事我同意还不就等于他同意了?"

龚宾的病确实好多了,无可争议的一点就是——他清楚许多人都哈着小叔龚维则,该利用小叔招牌的时候,他毫不含糊。

就在这会儿,老板开车到貂场视察。他见一个半大孩子拎着笼子,笼子里还有只小貂,好生奇怪,他堆下笑脸亲昵地问:"宾,这是哪一出啊?"

龚宾就介绍道:"这是我一个好哥们儿那口子,我嫂子,当然也就是你嫂子啦。带他们的儿子来参观参观,顺便借一只小貂回家养几天,我代表你同意了。"

老板轻挠着眉梢,有点儿为难地说:"宾,行倒是行,可他带回家喂什么呢?貂不是猫狗,它根本不吃咱们人吃剩的饭菜啊!"

老板想出个难题将小貂留下。

不料龚宾说:"我忘这茬儿了,多亏你提醒。"他一溜小跑不见了踪影。

老板也不跟于虹和孙胜说话,走到一边儿去吸烟,搞得于虹挺尴尬,心里抱怨儿子真不懂事,惹出这么多麻烦。

片刻之后,龚宾跑回来,拎了一网兜纸盒——纸盒里是冷冻加工后的貂食。

"把这些貂食也带走,谢谢大伯的提醒。"他让孙胜也将网兜拎上了。

孙胜谢过老板,替妈妈消除尴尬说:"我要写一篇以关于貂的作文,参加市里的比赛,肯定能获奖,等于替貂场做免费广告了。"

人家老板根本没理孙胜,似笑非笑地问龚宾:"没必要带那么多食物吧?"

龚宾说:"我觉得有必要。怎么,你觉得带多了吗?"

老板打着哈哈说:"你觉得有必要那就有必要呗。"

气氛便越发尴尬,虽然龚宾一点儿也不觉得。

于虹已红过两次脸了,那会儿第三次红了脸,急欲脱身地对老板说:"谢谢,我们得走了。我们来主要是为了告诉龚宾一件事,并不是为了借走一只小貂。"

她就告诉龚宾,周秉昆出狱了,准备修房子。

龚宾听了,高兴得像孩子学飞机那样,伸展双臂绕着于虹母子和老板,大呼小叫:"周秉昆自由啦!我哥们儿自由啦!哥们儿万岁!自由万岁!"

老板拽住龚宾,哄调皮孩子似的说:"宾,别飞了。飞两圈行了,绕得我头晕了。我问你啊,你那哥们儿周秉昆,他哥是不是在外市当市委书记的周秉义?姐夫是不是导演蔡晓光?"

龚宾的病虽然好多了,终究没完全好,只知道自己小叔当上区公安局副局长了,对秉昆的哥哥和姐夫是什么人物从没关心过。

第五章　　　　　　　　　　　　　　　　　　　　　　　　　　　*129*

他看着于虹说:"我不知道,你问我嫂子。"

于虹说:"对的,是那个周秉昆。"

老板又问:"你们和周秉昆什么关系?"

于虹一时沉吟,不知该如何回答。

孙胜替母亲回答:"我爸和秉昆叔是好朋友。"

老板再问:"有多好?"

孙胜也不知该如何回答了。

于虹替儿子回答:"好过亲兄弟。"

"这么说来,咱们都是自己人了!"老板笑了,看得出是发自内心的高兴,他亲切地将一只手按在孙胜肩上,高兴地说,"大侄子,一只不好养,再借你一只?有个伴不孤单,养死了没关系,不让你赔。自己人嘛,一对小貂算什么!"

于虹赶紧说:"别,别,您千万别。"

孙胜也说:"我不是养着玩,是为了写作文,借一只观察几天可以了,几天后就送回来。"

"随你。"老板摸了摸孙胜的头,招来一名职工,问有没有什么情况要汇报。

那职工说没有,一切正常。

老板便对于虹说:"这么着,弟妹,我也不查看养貂场了。正巧我开车来的,送你们娘儿俩回家!"

于虹赶紧说:"不必不必……"

老板打断道:"弟妹你客气什么呢?还不愿给我个机会啊?"说罢,他搂着孙胜的肩向自己的车走去。

于虹只得跟过去。

龚宾跟着问老板:"那我过几天要帮周秉昆修房子,今天就算正式请假了呗？"

老板说："你有事还得请假吗？你啊，干脆休息半个月得啦！"

龚宾说："那怎么行！这里离不开我。"

老板听了哈哈大笑，站住，转身郑重地问："听你把自己说得多重要啊！宾啊，我对你关照不关照？"

龚宾说："关照。"

老板又问："有多关照？"

龚宾说："特别、特别关照。"

老板拍着龚宾的肩说："那我交给你一个特殊任务，以后见着你小叔，把你刚才的话多说着点儿。"

龚宾眨眨眼，反问："我刚才说什么了？"

老板对于虹苦笑道："你看他，真叫人没治。不管我对他多好，他在小叔面前从来不说，有时反说我的不是！弟妹，你替我再嘱咐嘱咐，兴许你的话他记得住。"

于虹便替老板嘱咐几句，终于让龚宾补上了人生常识一课：别人对他好，应常挂在嘴边上说说，尤其要对他小叔说说，那样别人会舒服点儿，也证明自己懂事。

"只记在心里不行吗？"

"不行。"

"怎么就不行呢？"

"别跟你嫂子瞎掰扯，我说不行就不行！"

"那，我听嫂子的。"

老板从旁问："关键是，她刚才说的话，你记住了没有？"

"记住了，我嫂子让我经常在小叔面前说，你对我特别、特别关照。"

老板和于虹这才满意地相视一笑。

孙胜假装没听到大人们说什么，只在一旁看笼中的小貂，似乎已经开始交流感想。

老板对于虹母子俩态度转变的缘由，他们自然不知道。龚宾的小叔龚维则提拔为区公安局常务副局长之前，组织部门照例要派人谈话、考察。这种考察过去在公安系统内部进行，后来系统外的干部也参与考察，为的是防止出现小圈子的人情结论。周秉义一向享有正派之名，组织部门对龚维则的提升又格外重视，便选派了他主持考察工作。

为什么格外重视呢？因为那个区可不是一般的区，是全市排在第一位的中心区，繁华区，是市委市政府所在区，也是中央领导、外国贵宾到本市必将莅临的区。全国人大或政协组织视察调研，只要到了本市，对该区之事也极为关注。当上该区公安局常务副局长，很有可能升任局长，也很有可能继续进步为市局的副局长。如果时机特别好，当上市局局长也有可能。龚维则五十多岁了，当局长的可能性不大，但继续进步为市局的副局长，应该说上升空间还不小。

退休前升任副局长，这是龚维则梦寐以求的。而社会各界人士，凡需经常与公安部门打交道者，不少人都想在一位很有希望成为市局副局长的干部身上投点儿资，下点儿注。

养貂这事不仅公共卫生、检疫部门要管，还涉及公共安全，所以公安方面也管——几百只貂啊，万一逃掉几只伤了少年儿童呢？每年公共安全、检疫部门例行检查，公安部门都要配合。貂场的执照龚维则审批过，他便上了人家老板"红名单"，成为人家要努力接近的目标。一名私企老板，不管干哪行，只要事业规模做得比较大，经济效益还不错，只要出手大方，想结识一位副处级干部，就一定能够如愿。管你什么部门什么机构什么系统的干部，一旦对方想要结识谁，不久都会让他成为座上宾，成为"自己人"。

于是，龚副局长便成了貂场老板的好友，逐渐地无话不谈了。

有一次，在貂场出皮子的季节，龚维则向老板提出了一个小小的要求——要一张上好的领子，说是送给周秉义妻子郝冬梅做条大衣领，向曾经考察自己的周秉义致谢。

他说："当初不少人争的岗位，人家几行关键的评语，白纸黑字为我写下了，我不能如愿以偿了连点儿小小表示都没有，是吧？"

貂场老板说："那是，那不是咱们这种明事理的人的行事风格，但一条大衣领子太拿不出手了吧？干脆，我用皮子与厂家换件貂皮大衣给你得了。"

龚维则说："那不行。一件貂皮大衣太贵了，人家反而不会收了。"

老板说："做条像样的领子还不如用两张皮子做条围脖，这事你别管了，包在老弟身上了。"

二〇〇一年，周秉义当市委书记已满两届。一般而言，省里第二大城市市委书记那么大的官，当满两届的话，要么高升，要么调走，像周秉义那样继续当下去的情况不多。这是因为，他自己一再要求转到教育口去，组织上终于同意了，就要任命他为省重点大学的校长了，却在这一点上意见不统一，有的省领导认为还是任命他为书记好。全国的大中小学校恢复了书记是一把手的传统，他有当两届市委书记的资历，再让他去当校长而非书记，委屈他了。两种意见还没完全统一，他也不知情。这时候，斜刺里杀出个程咬金，将他想到大学去的愿望彻底打消了。一位中央首长到他当书记的那个市里视察后，曾与他有过一席深谈，过后对省委领导们说："好干部要用在刀刃上。无非两条，一是临危受命，二是委以重任。党培养一名好干部不容易，从正局到正部，也就能为党担当十几年的重任,组织部门一马虎就将好干部给耽误了。周秉义就是一名好干部嘛,他有临危受命的经历,而且表现出色,组织上可以考虑再委以重任嘛!"

省委领导们就解释,调到大学去工作是周秉义的愿望。

首长说:"党的干部,还是首先要服从党的工作需要。你们告诉他,说这话是我对他的希望,也应该是他对自己的要求。"

由于这么一件节外生枝的事,组织上就将准备安排他去大学担任领导的计划搁置了下来。不巧的是,过了一段时间,北京传来小道消息,那位首长因为受一起经济案件牵扯,被低调处理,很快就要从主要领导岗位退下来了。曾经获得一位后来出了问题的首长的赞赏,这是官员升迁的大忌。就这样,周秉义工作调动或提拔的动议,一时都成了忌讳的话题,也只好"冷"处理了。

然而,周秉义到底是周秉义。一些利益集团巴望着他早日腾出位置,他曾经得罪过的一些人等着看他的尴尬,他却仍泰然处之,该怎么当书记还怎么当书记。十二年里,周秉义政绩斐然,公正廉洁,两袖清风。他建桥修路、改善市民居住条件、治理环境污染、保障食品安全、推进社保医保、增加就业岗位、推进菜篮子工程、稳定物价、加强社会治安、开展法制宣传。总而言之,除了没有直接给群众涨工资,一位书记所能做的利民惠民好事,他基本上都竭尽所能做到了。

有人说:"当书记都十二年多了,没见老百姓的钱包鼓起来,还是让他趁早滚吧,再不走该有人撵他走了!"

说这种话的人毕竟是少数。

"涨工资的事也不是哪位市委书记能决定的,这年头,一个市摊上一位好书记,老百姓就知足吧!不知道拥护好干部的老百姓,那也不是什么好百姓!"更多的市民这么说。

周秉义有许多同级干部缺乏的一种能力——他与老百姓说话时说得下去，与青年们说话时说得进去，与知识分子说话时也说得上去，与前任老领导说话时从来不会被软钉子顶回去。

其实，周秉义并没什么秘诀，只不过本着不谈主义、面对实际问题的原则说话而已——什么事？体现了哪部分人中多数还是少数人的诉求？如果是多数人的诉求，可操作性怎样？能做该做的怎么落实？暂时难以操作又该怎么进行耐心解释？即使是少数人的诉求，符合公平公正原则吗？……

不久，再次传来那位首长的小道消息——早先的小道消息纯属谣言。几天后，首长在新闻联播中公开亮相。过了一两周，周秉义接到组织部门的通知，要求他尽快完成任内工作，做好交接准备。

这个消息迅速在该市和省城传开了。市民一批又一批联名上书省委，希望能让周秉义再留任三年，将第三届书记任期做满，把他计划为该市民众完成的实事完成。

省城里同样议论纷纷，人们不免猜测，他回到省城将任何职？而这造成了与他同级或高半级的一些官员的不安，他们怕自己的位置不稳了。

省委又接到了一些信件，不是联名上书，而是匿名揭发——揭发他沽名钓誉，在自己长期担任市委书记的城市导演了万民挽留的闹剧。

省委对揭发很重视，派人明察暗访。结果，从民间获得了对周书记更多的好评。于是，省城里的猜测一边倒，认为周秉义要么会回来担任市委副书记，接任市长，之后坐上书记的位置，或三级变两级跳，直接回来当市长，过渡两年当书记。

再说那貂场的老板，正是一个极其关注官场动态的人。其实谁当市长或市委书记,与他将貂养得怎么样,将貂场办得如何并没什么直接关系。大小老板却都希望认识更多的官员,结交更大的官员。甭说他们,许多老百姓也是这样的啊。似乎谁认识的官员多,结交的官员大,便不是普通老百姓,便不是一般的老板。先不论沾得上光沾不上光,没事时独自想想,聊天时对别人吹嘘吹嘘,那也很快意啊。对于大小是个老板的人,想认识更多更大的官员,则是出于安全感的考虑,出于做大做强的心机——当年有多少老板的屁股不夹着点儿擦不干净的屎呢?他们总希望处在保护伞下才安生。不管哪一行业的老板,要做大做强,没有官员相助行吗?反过来,不管是哪一行业的老板,若得罪了所在城市的一二把手,也许只要对方在非正式场合说几句不利的话,你那老板也就当不出多大的好头了。貂场的老板深谙这些道理。

路上,貂场老板问于虹:"周秉昆的哥哥周秉义究竟什么时候调回省城来啊?"

于虹说:"他哥要调回来了吗?我一点儿都不知道。"

老板又问:"你不是说,你丈夫与周秉昆的关系胜过亲兄弟吗?"

"是啊。我的话呢,也许有点儿夸张。"想了想,于虹又说,"倒也不算夸张,他们的关系真那么好,都快三十年了。不好,也保持不到现在。"

孙胜说:"妈,如果从他们上中学时算起,三十多年了。"

于虹想了想,感慨道:"是啊,可不嘛。你爸和秉昆叔叔虽不同班,但我听你爸说,他俩还有你国庆叔叔三人中学时就爱在一起玩。参加工作后关系断了一两年,一九七三年又续上了,这一续上就比亲兄弟还好了。有那么几年,每年春节他们都在秉昆叔叔家聚,妈和你爸就是在秉昆叔叔家处上对象的。时间太快了!"

于虹一时感伤于岁月如梭催人老,日子的苦多甜少,眼泪汪汪的了。

"你丈夫和周秉昆既然是那么铁的关系,怎么连他哥什么时候调回来都不知道呢？"老板不理于虹的心情变化，只管一味问自己关注的事。

"我就该知道他哥的事吗？我一个普通女工，还是临时工，为什么非知道呢？实话告诉你，他哥我不是没见过，见过的次数多了。还有他姐，他当导演的姐夫，都见过。不管我对他们，还是他们对我，都挺亲。那又怎么样呢？有非说不可的意义吗？"于虹不高兴了。

老板居然还问："你丈夫肯定知道吧？"

他的想法，不是于虹所能猜到的。如果龚维则日后当上了市公安局副局长，如果周秉义真的调回省城当上了一、二把手，如果有那么两个高官成了"自己人"，那还他妈的有什么必要再去吃苦受累、担惊受怕养貂呢？这时，他内心里很轻蔑于虹了——老百姓到底不能与老板相比，说得可怜兮兮——"普通女工，还是临时工"，放着那么铁的关系不知道利用，你怨谁？只能怨你自己啊！你普通你是临时工你活该，没人同情你！

"我丈夫肯定也不知道。他和周秉昆在一起，从不打听周秉昆他哥的事。再说周秉昆不是刚从狱里出来嘛，他俩还没见面呢。别聊他哥了，没意思，开了你车上的收音机听听广播节目呗。"于虹被问烦了，更不高兴，尽量克制着倔脾气不说使对方下不来台的话。

"好好好，听节目。咱们不是自己人了嘛，所以我才关心他哥的事，别有什么误会啊！"

接着，车里响起了"西北风"曲调的流行歌曲，不知哪位女歌星唱的，歌喉嘹亮高亢，一吟三叹，端的是好歌，好嗓子。

老板问："听吗？不爱听我换台。"

孙胜说："听！"

这高中生最近迷上了流行歌曲。

于虹便也说："别换台了。"

车开入市内，于虹心中忽觉自卑，不敢让老板往太平胡同开。她怕老板见自己住那么脏乱差的地方、那么寒碜的土屋而低看了她。在一个街区的街口,她直叫停车,说家就住附近,一拐便到了。

孙胜明白母亲的想法,默不作声。

老板说:"这里真是黄金地段,没根底的人家可住不到这里。"他下了车,亲自为她母子二人打开了车门,专职司机似的。

秉昆家修房子这天,赶超前脚刚到,于虹和儿子后脚也到了。她是来向郑娟数落赶超不是的,儿子则要在周家将小貂还给龚宾叔叔。于虹又与赶超闹别扭了,成心不和他一起来。秉昆当时不在家,他到街口迎德宝、国庆、龚宾和进步去了。他想他们想得很苦,哪里能干坐在家里等呢?第一个先到的赶超,已在院外和泥了。于虹没理他,径直进了周家门,将郑娟拽到小屋,嘀嘀咕咕诉说起来,孙胜则在大屋的小凳子上看书。受秉昆影响,周聪也喜欢看书。当上记者后,他更爱看书了。除了家中原有的一些旧书,他又买了几十本新书,并从旧物市场买了几个两层小书架,摆在炕上,为的是看书方便。

不一会儿,秉昆将老友们迎回家了。十余年了,老友们不曾再在周家聚过,忽一日又聚在周家了,互相看看都老了,脸上都没有了当年青春英俊的模样,个个感叹不已,气氛亲热而又不免忧伤。

龚宾说:"都到了。"

进步说:"没到齐,男的缺吕川、向阳,女的缺春燕和吴倩两位嫂子。"

进步的妻子是当年军工厂老工人张德海在农村的小女儿。父亲牺牲后,他家没了顶梁柱和主要经济来源,原来的对象跟他吹了。厂里一名工会女干部很关心这位烈士儿子的个人问题,为他做成了那桩媒。此事也得到了市里几位领导的批示——因为这么一来,不仅他这烈士儿子的个人问题解决了，也等于为军工厂的老工人农村的家办了一件好事。有了几位领导的批示，进步妻子的户口顺利地从农村迁到了市里。进步的母亲因病早退，由于是烈士遗孀，退休金确保不拖欠。他妻子也就没找工作，尽心尽力照顾婆婆，做全职的家庭主妇。进步的工资加上他母亲的退休金，三口人——不，四口人的日子还算过得去。进步当爸了，有了个女儿，上小学二年级。张德海与进步父亲生前是老战友、老工友，进步的母亲拿儿媳妇当女儿对待，婆媳关系好得没说的。进步比妻子大十三岁，不折不扣是娶了个小妻子，还是个长得挺俊的小妻子。他个子矮，妻子比他高半头，却从没嫌过他个子矮。他呢，也拿她当宝贝，两口子关系一直很甜蜜。无论从日子的紧巴，还是从夫妻关系的热乎上来讲，进步正在过的生活宛如秉昆与郑娟当年那种生活，他如今的幸福感也与秉昆当年的幸福感可有一比。

听了进步的话，德宝解释说春燕确实有事，区妇联组织一些同志到农村去进行"好媳妇"评比活动，还得两天才能结束。

赶超说："尽搞些没用的事，吃饱了撑的！天下的好媳妇本来就有限，某些女人骨子里就只想做好女儿，根本不想做好媳妇，妇联宣传评比就会改变吗？"

大家都听得出来，他的话分明是说给于虹听的。

于虹乜斜着他说："那也得看做媳妇的摊上了什么样的婆婆，有那婆婆越老越刁，为老不尊，儿媳妇越让着她，她越拿儿媳妇不当回事。哪里有压迫，哪里就有反抗。如果不反抗，儿媳妇还是儿媳妇吗？不变成喜儿了？"

赶超朝她瞪起眼，刚要顶几句，秉昆向他递过烟去，小声说："忍一忍。"

秉昆已听郑娟说过他们两口子关系紧张的事了，很替他们纠结。

郑娟也趁机岔开话，问国庆，吴倩怎么没来？国庆说本想来的，昨晚得到一个消息——环卫部门要招三四十名临时工，不是扫大街，而是当本市几座公园里的卫生清洁员兼管理员。她正愁没活干，很向往能挣那份钱，一大早跑去报名了。

秉昆问国庆在干什么。

国庆说，还能干什么呢？蹲马路牙子呗，三天有钱挣五天没钱挣的。如果吴倩再找不到工作，日子就很难再过下去了。

国庆那番话竟是笑呵呵地说的。郑娟告诉秉昆，国庆大病过一场，糖尿病并发症险些要了他的命，医生说回天乏术，是吴倩四处求偏方，细心呵护，百般照顾，才把他的命从阎王那儿夺了回来。从此，他与吴倩的关系和睦，连性格也变了，再愁的事，都能不着急不上火地面对。

秉昆又问："你姐在'和顺楼'的工作怎么样了？"

国庆说："还行，成老员工了。这一要谢你，二要谢白笑川老师。你出事后，当年你招的那批员工全被换了，就我姐没换。白老师威胁路路通公司的人说，如果把我姐解雇了，他发誓要让'和顺楼'以后变成不和不顺永无宁日的地方。他还不是冲着他和你的关系、你和我的关系才说出那种狠话的？你哪天去看他，千万替我捎句感激的话。"

郑娟插话说："你姐能在那儿一直干到现在，也证明她本人表现好。"

国庆说："那倒是真的。我姐干活实在，不偷懒不耍滑。只要头儿让她负点儿小责任，她就会全心全意地做好。如果出点儿小纰漏，头儿还没说她什么呢，她先不能原谅自己了，也幸亏她的工作稳定，要不我现在笑不出来了。"

于虹冲她儿子孙胜说："儿子，记住，以后你参加了工作，一定要向你国庆叔叔他老姐学习。老百姓的儿子，只有那样才能保住饭碗。"

孙胜已合上书听大人说话，他庄重地回答："妈放心，我记住了，将来不管干什么工作都会那样。"

大家便齐夸孙胜是个懂事的好孩子，于虹美滋滋地又说："我吧，如今谁也不指望了，谁也指望不上了啊。我唯一就指望儿子将来有出息，让我晚年能过上几年无忧无虑的生活，那我就知足了。"

赶超瞪着她想说什么，国庆用肩膀撞了他一下，他将话硬咽下去了。

德宝此时长叹一口气，无精打采地对于虹说："听了你的话，我更觉得人生太没意思，我指的是咱们这种人的人生。好比橄榄球，两头尖尖的，那就是咱们人生能过上的那么一点儿好日子。小时候穷欢乐的日子，加上晚年了也许无忧无虑的日子，有些人也许还活不到晚年。中间那么多日子，总是在煎熬着硬撑着过，没意思啊没意思！"

他一边说，一边比画着橄榄球的形状。说完，他还给了那只别人看不见的"球"一脚。

赶超怪声怪气地说："实在活得没意思了就死呗，哪天你想死了，我毫不犹豫地奉陪。"

于虹环视着大家说："都听到了吧？是人话吗？"

"不跟他们掺和了，咱俩聊咱们女人的事去。"郑娟将于虹扯入了小屋。

国庆对赶超说："你对德宝的话太当真了，人家现在的日子还可以，怎么会想死呢？"

秉昆问德宝，目前靠干什么挣钱？

德宝说自己也吃起了"文艺饭"——谁家办喜事，什么公司什么单位举行什么庆典，哪家商店饭店开张，自己常被邀请去出节目，拉大提琴或讲个笑话什么的，便能接个红包。有的月份比在酱油厂上班挣得少，也有的月份比上班挣得还多。他属于业余文艺"单干户"，挺自在。

国庆又对赶超说："听到没？自在才是人家目前的真实状况。春燕是公务员，人家也是吃文艺饭的，理想的夫妻搭配，人家哪会寻死呢？"

赶超赌气似的说："我觉得活得太没意思了肯定是真话，哪天实在想不开了我……"

秉昆瞪着他制止道："打住。十二年了，今天哥儿们重又聚在一起了，都说点儿让大家心情好的话行不？"

赶超点点头。

国庆幽幽地说："开始干活吧。"

赶超忽又说："等会儿，你们还没正式认识一下我的'红颜知己'呢！"他起身拎过小笼子，让大家看笼中的小貂。

赶超家虽没有冰箱，但在门斗挖了个菜窖，儿子带回家的貂食就放菜窖里，不会坏。那小貂在孙家吃足喝足，被当宠物养，毛色油黑瓦亮，长大了不少，机灵可爱，不怎么怕人。

赶超炫耀说："我请它出来，让哥们儿几个见识见识！"

孙胜赶紧告诫说："爸，你别弄跑了它！"

"你整天上学，是我一天几次喂它，逗它玩，它早跟我熟了，还恋我呢。有我在，不会跑！"赶超说着，伸手入笼中，将小貂捉出来，放在膝上。

龚宾也说："它跟我更熟。"想伸手摸时，差点儿被小貂咬了一口。

赶超停止抚摸，它就爬上他肩，从这边肩头绕到那边肩头，再从那边肩头绕到这边肩头，上蹿下跳。

虽都是些大老爷们儿，却一个个孩子似的看得啧啧称奇。

国庆说："到底是人养大的，一点儿野性都没了，训练训练就可以表演节目。"

龚宾说："它都是貂场的第四代貂，基因退化了。"

进步说："可爱也可怜，估计一年后就该被杀了剥皮。"

龚宾说："不是一年后，是两年后。一年后皮太薄，两年后皮和毛都是最好的时候。带肉的骨头架子还可以卖到鸡场，绞碎了拌鸡饲料里，听说吃了那种饲料的鸡生的蛋个儿大。"

进步说："我要是预先知道，可不买那样的蛋。"

赶超说："它以后的命运怎样，我是决定不了的，喜欢一天是一天，喜欢一会儿是一会儿。"

他说着，抱起貂，又偎又亲的。

德宝见状笑道："它白天是貂，晚上会变成美女钻进你被窝里吧？"

国庆瞪他一眼，训道："胡说些什么呢！当着人家儿子的面，没个叔叔样！"

秉昆也认为他那玩笑开得不好，但自己十二年后与这么多哥儿们见面，他也没言语。

赶超却笑道："我儿子快成年了，听听无所谓。不瞒你们几个，我还真做过那种梦，醒了不知究竟是不是梦。"

话音刚落，小屋的门突然开了，于虹在门内一手叉腰，一手指着赶超，双眉倒竖，厉声喝问："孙赶超，你还要不要点儿脸啦？当着你儿子的面，你口中说出那种话，不害臊吗？咱俩这夫妻还凑合个什么劲儿呢？明天就离婚吧！趁早离了算了，你以后天天夜里做你的貂梦吧！"

小貂受那一惊，转眼从赶超身上逃了，龚宾和孙胜急忙去逮。

德宝大叫："快关门！"

进步立刻将门关严。

赶超望着于虹，自知理亏，张口结舌，一时说不出话。其实，他因见了秉昆高兴，只不过想炫耀点儿什么。他目前的人生最无可炫耀，唯有那小貂可作一下炫耀的资本，逗大家开心开心，不料却激怒了妻子。

此时，他的样子好生可怜。

郑娟将小屋的门关上了。

小屋里传出于虹的哭声。

在她的哭声中,秉昆四人沉默无语,怔怔地看着龚宾和孙胜逮小貂。他俩终于将小貂逮住了,放入笼中。

秉昆等四人这才缓过神来。

秉昆指点着德宝,想说什么,张张嘴,一个字没说出来。

"干活,干活,我早就说该干活了!"国庆猛起身,将德宝几个一一推出屋。

屋里只剩秉昆一人,他愣了几分钟,起身进入小屋——郑娟和于虹坐在炕沿,郑娟正在劝慰她。

秉昆朝郑娟使了个眼色,郑娟闪到一旁去了。秉昆上前两步,低声劝道:"好于虹,别哭了。德宝和赶超,他俩还不是在开玩笑嘛。我们十几年没往一块儿聚了啊,一时高兴,哪句玩笑开过了,值得你生这么大气吗?你刚才当着儿子的面说了那么一番让赶超下不来台的话,你就全对吗?你在屋里再哭起来没完,儿子在外边听着心里会是什么滋味儿啊!儿子都那么大了,咱们大人也得照顾照顾他们的自尊心吧?你忘了?你和赶超,你俩可是在我家认识的、相好的,一日夫妻百日恩,贫贱夫妻别自分!你和赶超离,且不论他,你的日子会更好过了吗?儿子的感受会更好了吗?你刚才那番话火气太大,连我的心都被伤着了,算我求你,你今天发的火到此为止,行不行?"

周秉昆说得自己心里也难受起来,想还说什么,嗓子发紧,说不成了,怅怅地转过了身。

郑娟噙着泪说:"除了一句,你刚才劝于虹的话我都同意。就是贫贱夫妻那句,咱们几家都贫这不假,可谁家也不贱,咱们谁家也没做过什么贱事。你那一句,我要替你更正。"

秉昆说:"于虹,你要记住你嫂子这句话。我和她生活二十多年,头一次听她说了这么一句有水平的话,你要记住啊。"

于虹终于不哭了。

孙胜却在大屋里哭起来。

秉昆两口子赶紧离开小屋,一起去劝。

周家的房子,如今成了光字片看上去最糟糕的房子。尽管当年打了地基,后来又在屋里支过钢架子,但别人家的房子,十二年间年年有人修,里外墙皮越抹越厚,保护了墙皮内的土坯没变酥。周家的房子,十二年间里里外外没再抹过墙皮,地基以上土坯暴露的地方,用抹子一扎,酥得掉渣。

国庆叹道:"惭愧,十二年里咱们都没替他家抹过一次墙,对不住好哥们儿三个字啊!"

赶超说:"我抹我家墙的时候想过,可心烦的事一多,往往又给忘了。"他们还住在太平胡同的家。他和于虹一下岗,连在别处租房子的念头都不敢起了。

德宝一边抹墙一边说:"光字片的人家,除了盼望咱们市发生一场大地震,除了政府灾后重建,估计住上好房子的希望很渺茫了。"

进步马上提出质疑:"那得死多少人?死后升入天堂才能住上好房子?"

"你今天吃错药了咋的?怎么尽说屁话?"国庆旗帜鲜明地反对德宝。

"住在这种地方的人家,肯定户户都有下岗的、失业的,有的人家还肯定不止一个,基本上都是在苟活。"德宝说得来气,将抹子插在墙上。

德宝来秉昆家之前也窝了一肚子火。他说自己在吃"文艺饭",只

第五章

说了比较光明的一面，不怎么光明的一面是，常常是他去表演，过后却拿不到钱，或拿到的仅是讲好的出场费的一半。像他这样的人，背地里被叫作"艺混混"。想要先拿到钱后演出？门儿都没有，人家有帮有伙的根本不带他玩，所谓"文艺饭"也就吃不成。今天来秉昆家的路上，他绕了个弯去向一个"招呼人"讨钱，对方却说被自己花了，只能下次找机会补给他。可他正等着那笔钱，准备带老母亲去看病。老母亲八十多岁，风烛残年，说不定哪天发一次烧就离世了。

德宝的气话刚说完，走出屋的秉昆接了一句："为了下一代不再苟活，咱们这一代苟活也得活。"

德宝说："秉昆，不管我的话你爱听不爱听，请别跟我抬杠。我来一是为了看看你，二是为了帮你家修房子。你被关了十二年，现在自由了，作为哥们儿我必须及时来看你，否则对不起咱们当年的友谊。我再说一遍，今天谁也别跟我抬杠，我心里起火冒烟呢！"

赶超说："哪儿跟哪儿啊，莫名其妙！"他本也在抹墙，结果反而弄出了个大洞，不得不用砖砌。

秉昆说："你们都听着，我让你们一个通知一个到我家来，其实主要不是请你们帮我修房子。有沙子、水泥和砖，我自己从从容容地修，四五天也就完工。我请你们来，主要是为了当面向你们表达一种深深的内疚。如果再不表达，我心里憋得慌。"

赶超笑出了声，"又一个莫名其妙，比第一个更莫名其妙。"

龚宾怕弄脏了他那体面的保安制服——起码他自认为是体面的，并且一向是新的。脏了后貂场会有人替他洗干净，熨得板板正正；旧了，则发给别人穿，再发他一套新的。他不干活，只监督，不时指出别人哪里做得不细致。

德宝说："你把制服脱了，也帮着干点儿！既然来干活，你穿这么一身算怎么回事？"

国庆说："他就没想来干活，他是来显摆的。"

进步说："他可以不干。"

龚宾说："是的，我可以不干，在哪儿我也什么都不干。"

居然没谁对秉昆的话有什么认真反应，他忍不住说："你们都停一下。"

大家这才做出认真反应，都停了手中的活。

秉昆将龚宾扯到一旁，命令道："你先站这儿别动，我下面的话跟你没什么关系，只跟他们四个有关系。"

德宝、国庆、赶超、进步四人都诧异地看着他。

秉昆说："我对不起你们，请你们今天同时接受我的歉意。"言罢，他深鞠一躬。

德宝等四人你看我，我看他，一个个大不自在。

德宝窘窘地说："秉昆，你如果因为我刚才的话不满，冲我一个人来。别弄这景，连累他们三个也一头雾水，不尴不尬的。"

秉昆郑重地说："你别误会，跟你刚才的话没半点儿关系。你那是气话，虽然我不知道原因。我是真心实意的，在里边的时候我就想象得到，你们每家的日子肯定不好过。我呢，有个亲哥是当官的，还算是个不小的官，我很希望在找工作这一点上他能主动帮帮你们，那也算给了我这个弟弟莫大的快慰，让我觉得配得上你们这么好。可是呢，十多年里，他从没有那点儿主动性，好像在他眼中，我这个弟弟根本就没有你们这些好朋友……所以，我今天一定要表达自己的内疚。我在里边的时候就经常想，出来后首先要做的是这件事。"

他一说完，操起锹来就开始和泥。

德宝们又互相看看，还是有点儿不明白。

龚宾冷不丁大声说："你们快干活啊！不抓紧干今天能结束吗？"

于是，他们都默默干起来。到了中午，周家的房子从外看又像有人住了。休息时，龚宾分午饭，每人一个面包、两根香肠，还有新蒸的馒头，一箱可乐随便喝。郑娟忙着拌两小盆凉菜，再做一道汤。于虹终于被郑娟劝得心情好了些，也同儿子与大家一块儿吃饭。

于虹问儿子，在所有叔叔中，谁的人生他比较中意？

德宝说："你这话就问得特'二'，我们自己都很恼火的人生，你儿子哪里会中意？如果赶超说你'二'，你又会和他恼。"

于虹不好意思地笑了。

孙胜却说："我觉得，龚宾叔叔的人生我就挺中意。"

大家都一怔。

孙胜又说："什么工作不愿干了，想换就换，不愁失业，还不必老老实实干，喜欢干才干点儿，等于白拿工资。他也没家庭负担，活得轻松愉愉快快乐乐呵呵的，我向往那样的人生。"

"我侄子这话我真爱听！"龚宾喜笑颜开。

"儿子，龚叔叔那样的日子可不是谁都有幸能过上的。第一得先疯过，第二最关键，得有一个有地位的小叔。"赶超难以接受儿子的说法，嘲弄道。

"儿子，妈不是经常教导你人活一口气吗？你那么想太没志气了吧？我认为，你进步叔叔的人生才是你该中意的。妈希望你将来也能娶一个模样好性格好的妻子，妈也会把她当女儿看待，你们有了孩子，妈替你们照顾。一家四口和和美美地过日子，不求过得多么富足，只求过得平平安安。"于虹还是对赶超生气，她借机教育儿子。

"都听到了吧？她亲口说的吧？一家四口，没我什么事了！那我也得像进步的爸爸那样干脆成为烈士呗！成为烈士也得碰机会吧？我至今还没遇到，怨不得我吧？"赶超脸不是脸、鼻子不是鼻子地起身往外走。

秉昆立刻跟了出去。

屋里的气氛一时又有些压抑。

郑娟端上凉菜——无非是拌黄瓜、西红柿、粉皮什么的，她觉出了气氛异常，反问道："谁又惹谁生气了？秉昆和赶超呢？"

国庆说："到小院吸烟去了。"

德宝说："嫂子，你别疑神疑鬼，没什么情况！你就快去做汤吧，都等着喝口热的呢。"

德宝起身将郑娟推回厨房，搂着龚宾肩说："咱们这么多人，谁是改革开放的受益者呢？"

国庆笑呵呵地说："我肯定不是，我只觉得阵痛一阵阵痛在身上，有时真想喊他妈的好痛啊！"

于虹搂着儿子说："我们一家三口连亲戚们都算上，没一个尝到改革开放的甜头的。"

德宝说："我们两口子也不是。'红霞洗浴中心'改来改去改没了，组织上没处安排春燕，才把她往妇联随便一塞。"

进步问："你指我？"

德宝用另一只手捋了他后脑勺一下，笑道："别自作多情，你算哪门子受益者呢？"

德宝接着又说："没有我会问啊？远在天边，近在眼前，就是我搂着这家伙啊！没有改革开放，就没有那么多私企。没有那么多私企，这家伙只有一个当公安干部的小叔，还是没法混到今天这如鱼得水的地步！所以，他是咱们中唯一一个改革开放的受益者。孙胜说自己相中他的人生了，那会儿我就暗想，孩子说得没错啊！改革既得利益者的人生，忍受着改革阵痛的人谁不羡慕呢？你小子自己说，你是不是改革的

第五章

受益者？是不是？"

德宝一次次使劲儿按龚宾的头。

"是，我是，我千真万确是！"龚宾哈着腰，朝后反伸双臂，如同被批斗似的，做出悔过自新的样子。

于虹说："德宝你别欺负他，看人家刚过上几天好日子来气呀？"

德宝这才罢手，笑道："可不嘛，以前见他一次心疼一次，想到时也心疼。现在见他一次生一次气，想到时也生气，想不生气都没法。"

龚宾说："你嫉妒朋友是不道德的。"

"我踹你！"德宝嘴上这么说，却从后将龚宾拦腰抱起，抡悠了一圈又一圈。

龚宾笑道："再来，再来，看你有多大劲儿！"

国庆、进步和于虹母子便都笑了，连郑娟也从厨房探出头看着笑。

直到这时，周家才真的有了几分老友相聚的欢乐。

德宝放开龚宾，喘道："老了，没劲儿了，这小子胖了，沉多了。"他搂了龚宾一下，拍拍他的脸说，"好龚宾不许生气啊！我刚才的话可都是玩笑话，我可受不了老友相聚一个个愁眉苦脸，逗着开心解愁呗！"

小院里，秉昆和赶超听着德宝的话，也相视一笑。

赶超又掏出了烟盒，秉昆制止道："少抽一支。"

赶超犹豫了一下，将烟盒揣兜里，推推栅栏说："都成这样了，也得修了。"

秉昆说："以后我自己修。你呀，不要再跟于虹闹别扭了。日子本来就难，你俩这样还怎么往前过？再说孩子也大了，得照顾孩子的心情。我就闹不明白，于虹亲戚上赶着帮你找工作，你为什么搪三拒四的？"

赶超叹道："如果我连工作都得靠她亲戚找，我在家里更没地位了。这十几年里，我也不是没往家里挣过钱。我接连两个冬天当刨粪工，还叫我怎么样呢？我是游手好闲、怕苦怕累的人吗？我总想找个稳定点儿的工作，可往往一个月半个月没活干，她就整天絮絮叨叨！"

秉昆说："一个月半个月没活干，她的生活压力可不就大了吗！你的话就不识时务，稳定的工作能轮到咱们吗？"

赶超又叹道："别劝了，你不劝我也明白，只不过有时候不死心。今后我听你的，跟你说几句心里话你别生气。我和国庆还真对你哥不满过，但一想连你这亲弟弟也没沾上他什么光，心理就又平衡了。何况他当的是外市的书记，情有可原。如果他当的是本市的书记，明知我俩在水深火热中，却一点儿都不主动帮忙，我俩肯定就不再登你家门了……"

正说着，秉昆嫂子郝冬梅来了，两手都拎着两三个盒子。

秉昆迎出小院，诧异地问："嫂子，你不是前几天看我哥去了吗？"

冬梅说："正好有车回来，你哥让我跟车回来一次，替他挨家挨户送这些东西。车上还有呢，跟我去拎吧。"

郑娟听到冬梅的话走出来，她与冬梅拥抱了一下，转身匆匆回到屋里接着忙起来。

秉昆和赶超放下接过的东西，跟随她而去。

一辆面包车停在马路口的路边，冬梅从车上递下十来个盒子，掏出手绢擦擦汗，这才说："不敢让车往你家门口开，怕被人看见说闲话。你哥支持那个市的残联办了个糕点厂，终于正式生产糕点了。中秋节快到了，糕点厂提前生产了一批月饼、粽子，试销一下，看看市场反馈。他用自己的钱买了不少，我跟车回来，按他写的名单送给朋友们。这些可不是剩下才给你和你的朋友们，你的朋友们也都在名单上，人人有份……"

秉昆说："正好他们都在我家，嫂子跟我回家见见他们，喝杯水，聊聊天吧。"

冬梅说："不行啊，秉昆，还有几家没送到呢。有件事干脆就这会儿告诉了你吧。北京已正式来了调令,你哥被调到教育部去了。报到时间紧。我送完车上的东西,随车再回他那边去,得帮他整理整理衣物啊!替我跟郑娟解释,我连你家门都没进,她别见怪……"

周秉昆双手拎着糕点盒子,望着那辆车开走了,顿时生出前所未有的孤独,他自言自语说:"我们周家,从此只有我一家在本市了。"

赶超也失落地说:"这下咱们都彻底指望不上你那个哥了。一门心思当官,当了那么多年,听到过不少要重用他的传闻,结果重用到官场的边角去了。教育部,唉……"

确如郝冬梅所言,那些糕点、月饼、粽子,连唐向阳和龚宾也有份儿。每份的盒盖上不仅写着姓名,背面还贴了张红纸,写着"人间自有真情在""山河依旧,友谊长流"之类的话,并有周秉义工工整整的签名。

大家都已吃饱喝足,却还是打开盒子吃了点儿,都说好吃。

郑娟与秉昆有同感,眼泪汪汪地突然起身进小屋去了。

于虹随之也跟入了小屋。

下午,郑娟、于虹母子和龚宾也都上手了。不知为什么,大家的话都少了,活干得快多了。

五点钟左右,吴倩骑自行车来了,一下车,她搂着国庆就哭开了——上午去应聘,等到十点钟才开始,结束时已中午了。说是公开招聘要体现透明度,不给后门、条子任何可乘之机,下午三点就张榜公布。她求职心切,没有回家,在街边小摊上胡乱吃了点儿东西,守着那地方等。

"总共招五十人,不过就七八十人应聘,我觉得面谈的人对我印象不错……我不想来告诉你的,可一到家我心口更堵得慌了。不立刻跟你说说,晚上都没法做饭。听别人说早内定了,我这种实心眼儿的人是陪衬。"她说完哭得呜呜的。

国庆没什么管用的话相劝,只得反复说:"别哭,就当没那么回事吧。"

他乐呵不起来了,别人也不知该怎么劝,只有看着,听着。

德宝小声嘟囔:"唉,只不过就是公园里的临时清洁工……"

吴倩忽地转身对秉昆说:"秉昆,你为我出点儿力吧,就算我和国庆一块儿求你了!我在公园里看到你姐夫蔡晓光了,他们在那儿拍电视剧,他和公园里招聘的人都很熟,一起说说笑笑的。你现在找他一下,我的事肯定有转机。公园里的清洁工不同于扫大街的,我做梦都希望有那么一份工作……"

大家的目光全集中在秉昆脸上了。

他一时间满脸通红。实际上,每个人的目光都没什么特别含意,因为谁都不便表态,纯粹是一种自然反应。

"秉昆刚回来没几天,你别给他找麻烦!"国庆训斥起吴倩来。

郑娟却说:"让他去试试吧,如果办成了,咱们今天不是都高兴吗?"

秉昆将目光从吴倩脸上收回,看看国庆,看看郑娟,壮士断腕般地说:"那我就去!"

他问明是哪一个公园,蹬上吴倩的自行车去了。

周秉昆到那个公园时,蔡晓光们已离开了。有人说转移到江边去了,具体在哪儿却说不清楚。他接着赶往江边,左找右找,终于找到了。

蔡晓光见了他自然高兴,不但向他介绍自己手下的同事们,还怂恿他客串一个群众角色。秉昆哪有那份闲心呢,赶紧说明来意。蔡晓光顿时阴下了脸,一口回绝道:"晚了,已经公布,生米做成熟饭,帮不上了。听明白,帮、不、上、了!"

蔡晓光告诉秉昆,吴倩说得没错,公开招聘确实是个幌子,是为照顾一些退休基层干部的情绪才想出的一个办法。基层干部是指科长副科长们，他们退休了，一丁点儿权力"过期"了。他们也是人啊，亲戚中也有下岗失业的啊，看在眼里愁在心里啊，对改革的意见很大。采取那么一种办法为他们的三亲六故解决一份临时工作，而且不需要公共财政支出。粥少僧多，五十个名额他们之间还争来争去摆不平呢，何况已经公布录用名单了，怎么帮呢？

秉昆苦着脸问："一点儿希望也没有了？"

蔡晓光连连摇头，他见秉昆不悦，便又说："我知道你跟国庆关系不一般。你看这样行不？你告诉他们两口子，就说我向你郑重保证，吴倩的事我肯定挂在心上，但要给我时间。"

"其实吴倩目前有工作，听说能多挣点儿才动了心。"获得了姐夫的保证，秉昆的表情好看了些。

"那我就帮国庆找份工作。总之，我肯定帮他们两口子忙，就算替你哥帮！"蔡晓光信誓旦旦。秉昆走时，他给了秉昆一个袋子，里边是五条烟。

秉昆说："你忘了我戒烟吗？"

晓光说："没忘，你分给你那些哥们儿。都是好烟，别人送我的，我吸不过来。"

秉昆家，外墙抹完了。

朋友们一个都没走，各自洗罢手脸，刷干净工具，整理好剩下的沙子和砖，坐在周家大屋里饮茶、聊天。秉昆没回来，他骑走了吴倩的自行车，国庆两口子想走也走不了。他两口子不走，德宝几个也都不好意思走，怕吴倩觉得不关心她的事，只好陪着等结果。

进步说："平心而论，中国还是进步了。买面包不用粮票，粮店里细粮随便买，俄式红肠也吃得到。还有水泥、沙子、砖、油毡什么的，都是过去有钱也没处买的东西，得什么领导批条子才能买到。"

德宝怪声怪气地笑道："没想到你有这么高的觉悟，不愧是烈士的后代嘛！"

进步正色道："跟我开玩笑别连带上我父亲啊，我要生气的。"

郑娟也说："德宝，不许你以后再挖苦人家进步，人家说的也不是拍马溜须的话。中国这么多人口，什么事可不只能一点点儿往好了改变呗。到咱们老百姓也承认好了，当然更慢。十几年前，我哪儿弄得到茶来招待你们？那时候，秉昆他父亲做梦都梦见水泥和沙子、砖……"

大家便都默不作声了。

郑娟又说："以后和秉昆在一起，求大家多跟他讲讲这十几年国家变好了的事，他心情会开朗点儿。他刚回来前几天，整天一声不吭像个木头人，怕主动跟别人说话遭白眼。我带着他到关系好的各家去串串门，他才去了。德宝，你丈母娘嘴快，把这十几年里光字片发生的不好的事，一股脑儿全讲给他听了——谁家跟谁家，因为巴掌那么窄的地方互相恨了几年，结果影响两家的半大儿子也互相仇恨。大年初几的，这家儿子将那家儿子一刀捅死了，判了死罪，被枪决了。谁家的女儿，因为母亲反对她第三者插足，不听劝，结果将老妈活活气死了。还有谁家的男人，因为下岗，一时憋气将干部打伤，被警察带走，结果一家人的日子更没法过了。秉昆回来后，喝了几盅闷酒，哭了，对我说他宁愿还一直被关在狱中，也不愿继续生活在光字片。今天见了你们，他才高兴起来，才肯为吴倩的事去找他姐夫。往日他可不是这样，跟我都好像没多少话可说了……"

小院里有响声，赶超起身一看，见是秉昆回来了。他朝郑娟使眼色，郑娟收住了话。

第五章

秉昆进屋后,大家见他带回五条好烟,说是姐夫给的,都以为大功告成,无不欢喜。德宝、国庆和赶超三人一时分起烟来,国庆和赶超各两条,德宝理所当然地将一条"中华"据为己有。进步不吸烟,笑眯眯地看着他们,像看三个小孩子分糖果。

郑娟欣然对于虹说:"看来我让他去还是对的。"

于虹说:"他姐夫面子可真大。嫂子,我家赶超的工作也指望他姐夫了啊!"

赶超说:"秉昆,你姐夫介绍我干什么工作,我都会欢天喜地。你也操心着点儿我的事,啊?"

国庆对吴倩说:"你哑巴了啊?"

吴倩不好意思地对秉昆说:"秉昆,多谢你和你姐夫了啊!"

秉昆比她更不好意思,满脸通红,老大不自在地说:"可是,你那事,我没办成。我姐夫……让我代他请你原谅。"

大家一下子都愣住了。

秉昆将他姐夫的话说了一遍,大家才渐渐明白了。

德宝一拍国庆的肩,安慰道:"有他那么一句,秉昆也算没有白跑嘛!"

国庆赶紧说:"是啊,是啊。"

吴倩也说:"对对,有他那么一句话也行。我的事虽然落空了,国庆不是吃了颗定心丸嘛!"

秉昆又对赶超说:"你的工作问题,我姐夫说他会挂在心上的。"

说得像真有那么回事似的,秉昆不禁再一次红了脸。

郑娟比秉昆更有歉意,她红着脸恳求大家都留下吃晚饭。

德宝带头说不了,他家还有事,结果大家便都说家里有事,不吃饭了。

"干了一白天的活,不留下吃晚饭绝对不行,那我和秉昆心里多别扭？谁也不许走，都得留下，回家不也得吃晚饭吗？不费事，秉昆和小聪预先买了不少现成的……"郑娟一一拦着大家往外走。

门一开，周聪下班回来了。待他向大家问好后，郑娟问："儿子，你叔叔婶婶们要走，你同意吗？"

周聪说："不同意。叔叔婶婶们，都吃了饭再走吧。"

大家只得又坐下。

周聪又说："妈，我碰到了杨姥姥，她急着要跟你说些什么话，你先去她家吧，我和我爸会把饭弄好的。"

他所说的"杨姥姥"，就是春燕妈。

"那我去去就回。"郑娟匆匆走了。

郑娟一出门，周聪从桌上抓起烟盒，也不管是谁的，点着了就大口大口吸。

秉昆说："你怎么也吸烟？"

周聪说："爸，让我吸这一支吧。"

秉昆严厉喝止："不许，掐了！"

周聪却继续吸。

"我管不了你了，是吗？"

秉昆生气了。

"爸，我是有意把我妈支走的。叔叔婶婶们都不是外人，趁我妈不在这会儿，我得先告诉你——咱家出不幸的事了！"周聪低着头，只顾说自己想说的话。

秉昆一愣，不理会儿子吸不吸烟，赶忙问："你大伯遇到不好的情况了？"

儿子坐在眼前，妻子刚刚离去，周秉昆的第一反应是他哥的安危。

周聪摇头。

"你姑？……玥玥？"

周聪低声说："她俩都挺好的,过不了多久就会一块儿回国。"

他又深吸了两口烟,眼中流下泪来。

秉昆从儿子手中夺下烟蒂,国庆又从他手中夺过去,替他摁灭了。

"可你大娘白天刚来过,他们都见着了,这些东西都是她送来的！你姑父在江边拍电视剧,一小时前我刚与他分开！……车祸？！……你大娘？是你大娘出事了,对不对？！"

秉昆双手扳住周聪的肩,晃得他前仰后合。

"爸,是我哥出了不幸……"

"楠楠？！"

周聪哭了,连连点头。

秉昆就是没想到楠楠会遭遇什么不幸。他在美国名牌大学攻读博士,公派留学生,前程似锦,既不属于周蓉母女那种漂泊海外的人,也非周秉义那种在官场上如履薄冰的人。他会出什么事啊！楠楠在最近的一封信中,还写着自己一切都好啊！

"快说,急死我了！你哥到底怎么了？"德宝们看着听着,也替秉昆着急得不行。

楠楠在法国与周蓉和玥玥母女相聚数日后,刚回到美国的大学里,导师便愉快地告诉他,校方批准他做导师的助教了。在美国,导师有极大的自主权,威望高的教授尤其如此。因为助教有薪酬,大半的薪酬要由校方出,程序上仍须校方批准。他的导师是研究东方法制建设的权威,需要很多案例来支持立论,这方面周楠的帮助必不可少。导师乐于由他这一名中国学生来做自己的助教,不料此事引起了一些误解和嫉妒。一天即将下课之际,有位男生突然闯入教室,举枪乱射。枪口对准一名女学生时,周楠挡在了她身前。男生毫不犹豫地扣动了扳机,手枪却卡壳了。对方旋即掉转枪口，对准了另一名吓呆的女生，周楠第二次以身掩护，手枪又卡壳了。枪口再次转向了束手无策的老教授，周楠以为枪中没有子弹，扑了过去。枪响了，一颗子弹射入了他的胸腔。

首先获知这一不幸的是玥玥，接着是周蓉。一个多小时前，就是周秉昆在江边找蔡晓光那会儿，周蓉将国际电话打到了周聪工作的那家报社……

"你哥目前到底怎么样了？是死还是活？"周秉昆再次摇晃着周聪大声问。

"爸，你要挺住……我以后……没哥了……"

周聪抱住父亲，失声痛哭起来。

朋友们全惊呆了，谁也不看谁，谁都说不出话来，一个个泥塑似的看着他们父子。

周秉昆目光发直，张几张嘴，喷出一大口血，倒在周聪怀中。

第六章

通过中美两国外交部门的沟通，周楠的亲人们很快办妥了出入境手续，他们要将周楠的骨灰迎接回国。

周秉昆住院了。楠楠的意外之死一下子将他击倒了，虚弱不堪。医生说，虽不至于有什么危险，但此时出国肯定是不明智的。

周秉义和妻子已在北京了。

蔡晓光中断了拍摄工作，决定陪郑娟和周聪前往美国。

郑娟显示出了惊人的坚强——她要首先照顾秉昆好起来，将秉昆一人留在医院里她放心不下，不肯去美国。

蔡晓光说："秉昆有他的朋友们关心着呢，你何必非留下不可？咱们楠楠明明有父母，你们又不是七老八十，父母都没去那算怎么回事？你必须去！"

郑娟说："秉昆虚弱成这样，我绝不能离开他。我已经失去一个儿子了，不能再接着失去丈夫。"

蔡晓光说："你怎么会失去秉昆呢？医生都说了，不至于有什么危险嘛！"

她执拗地说："医生不是也反复强调，就怕出现什么预料不到的情况吗？"

周聪已完全没有主意。蔡晓光拿郑娟没办法，他给周秉义两口子打电话，请示究竟该怎么办。

周秉义是这样安排的——郑娟必须去美国，但蔡晓光可以不陪同，由蔡晓光负责照看秉昆。郑娟与周聪到北京后，冬梅陪她母子俩前往美国。他说已通知周蓉母女俩了，要求她们必须从法国赶过去。

"咱们楠楠的亲人们，只要能去的，应该都去。告诉郑娟，如果她不去，我都不答应！"长途电话里，周秉义的话听来像一位市委书记在做不容置疑的指示。

郑娟最终服从了周秉义的安排。

楠楠的死让周秉义很受刺激。像周蓉一样，他在意识深处也很难将楠楠当成自己的亲侄子。他对小时候的楠楠没多少印象，因为遇到的时候有限。真正开始关注楠楠，他已经是中学生了。当楠楠亲昵地叫他"大伯"时，他的感觉其实挺怪，如同理性的成年人面对自己并不乐于接受的既成事实那样，做出的反应仅仅是修养使然，而非自然的亲情反应。他曾自我反思过，希望自己能对楠楠和聪聪两个孩子一视同仁。他送给他们完全一样的东西，有时甚至明显对楠楠更好一点儿，引起聪聪的抱怨。但他内心里十分清楚，聪聪才是他最想亲近的亲侄子。如果弟弟当年允许他从两个儿子之中过继一个，那么他会毫不犹豫地选择聪聪而不是楠楠，尽管楠楠很懂事。他能理解弟弟对楠楠的爱，这种理解也与妹妹周蓉一致，只不过认为那是弟弟对郑娟的包容。当弟弟为了争取楠楠，与骆士宾结怨成了犯人时，他对弟弟的做法大不以为然，认为弟弟把一件本该顺水推舟的好事搞成了一件两败俱伤的事，实在是愚不可及，占有欲太强。如果只有那么一个儿子，争一争尚可理解，明明还有一个亲生儿子嘛，为另一个养子争什么劲儿呢？即使楠楠留学读博士后，他也并不看好弟弟和楠楠的关系。他的经历告诉自己，世上很少有什么亲如骨肉的养父子关系。一位养父对养子再好，最多也只能换来养子大面上过得去的所谓报答而已。

楠楠的死，确切地说是楠楠在生死关头的那种表现，着实让周秉义心生敬意，他在电话里问周蓉："你能想到吗？"

周蓉说："想不到，但并不奇怪。楠楠的做法，太像咱们周家的人了。秉昆非要争这个儿子，是为了让他像咱们周家的人，而不是成为骆士宾那样的人。如果他在骆士宾身边生活过两年，恐怕也不会有那样的行为。"

周秉义说："是啊。咱们周家的人，我指的是男人，在那种情况下肯定都会冲上去。"

"你的意思是说像你和秉昆呗？"周蓉的话中有明显的醋意。

他说："秉昆怎么样我不敢下结论，但我肯定会那样。父亲年轻时就是个见义勇为的人，我身上父亲的基因特征最多。"

于是，他回忆起了自己做兵团知青干部时一次次见义勇为的事，很是自豪。

"哈哈，拉倒吧，咱们三个子女中，你最不像父亲，现在更是一点儿都不像。现在我还经常有见义勇为的英雄式冲动，秉昆次之。你这位哥哥，估计一点儿没有了。与楠楠相反，你倒越来越不像周家的人了。"妹妹直截了当地说。

"你怎么这么看我？"

"我还能怎么看你呢？如今你还骑自行车吗？"

"那倒不了，这说明不了什么问题。"

"你下专车时自己开车门吗？"

"……"

"你乘电梯时自己按键吗？"

"……"

"下雨时别人替你打雨伞,你还会不好意思吗?别人对你阿谀奉承,你还会皱眉头吗?"

"……"

"一些人事先有意安排的所谓'群众'争着与你握手、合影,夸你领导有方,感谢你这样感谢你那样,你还会觉得俗不可耐吗?"

"……"

"危险时刻,如果有人喊:'让领导先走!保护领导的安全!'你会理所当然地拔脚而去,还是会置身于危险之中,直至群众脱离了险境才走呢?"

"……"

"回答呀!"

"周蓉,你这个妹妹看待你哥哥的眼光不太公平吧?"

"如果你不是我哥,我还犯不着跟你说这些呢!这就叫'在淮为橘,逾淮为枳',官场差不多完全把你变成另一种人,一种与咱们周家人迥然不同的人……"

"但我是全心全意地做好官做清官!"

"别在电话里喊,你的心愿我完全相信,不是话赶话说到这儿了嘛!"

"说到哪儿了?我怎么就用自己的话赶出你那么多废话了?为什么咱们在说楠楠,而你的话题变成了对你哥哥的攻击?我告诉你周蓉,从我当知青干部那天起,从没有人像你这么放肆地攻击过我!你没资格!你就玥玥那么一个女儿,你把女儿教育成功了吗?!"周秉义火了。

"你别跟我吵架似的,否则我不跟你通话了!我把话题转到你身上,无非是要强调在淮为橘、逾淮为枳的道理。玥玥要不是在你老丈母娘那儿住过一个时期,也许还不至于染了一身任性公主似的坏毛病。我现在把她抢救过来了,所以我这个母亲并没有失职。再说楠楠,虽然与咱们周家的基因没有一点儿关系，但他可是在咱们光字片老房子里长大的，我见到咱爸给他和聪聪讲杨家将故事的情形。咱爸讲到杨二郎为了让兄弟们夺路而逃，力举城门结果被活活压死时，楠楠那眼泪像断了线的珠子似的！咱爸说的是：'你俩都给我记住，在危险时刻，无论是为了同学，还是以后为了同事、工友，咱们周家的人都得上！'聪聪问：'为不认识的人也应该那样吗？'咱爸说：'危险关头，总得有人为不认识的人那样做！'"

周蓉突然感到，哥哥不知什么时候已将电话挂断了。

周秉义确实火大了。其实，他也想陪着郑娟和周聪到美国把楠楠的骨灰迎回来，但他去不成了。一来他身份特殊，临时办签证迟了，二来他自己的事很不顺。个人档案虽转到了教育部里，省里却紧急通知，收到了多封举报信，涉及相应的问题，要求他及时回去协助调查。教育部的态度是请他回去说清楚，等调查结束再回部里接受正式任命。

送妻子、弟媳和侄子赴美后的第二天，周秉义回到了省里。在Ａ市，他名下没有房子，妻子郝冬梅有一套七十多平方米的两居室，是原来学校分给她的。他没住到那儿去。

接机的省委同志，将他直接送到了省委接待办的宾馆。那宾馆原是省委第二招待所，专为省内外司局级干部提供住宿保障，而为司局级以上干部提供住宿保障的地方是"一招"。

二〇〇一年，"一招"和"二招"都有了各自商业性质的新名字，改叫什么什么宾馆或饭店，并且都将管理权承包出去。省机关的人们还是习惯称它们"一招"或"二招"。"二招"已有四十多年历史，前三十年几乎每隔十年内部装修一次，近十几年却没有装修，处处显出陈旧破败的样子，往昔的高档舒适荡然无存。这几年，Ａ市建起了几处新宾馆饭店，地点都不差，装修比"二招"高档多了，有的还是民间集资或中外合资，女服务员普遍都比"二招"漂亮。

全国各地的宾馆和饭店已开始评级，Ａ市不少新建的宾馆和饭店都达到了四星标准，只有一家是三星的。"二招"只评上了二星，它毕竟属于省政府直属产业，这很没面子，所以虽有星级牌却从没挂过。省里曾打算推倒重建，苦于财政拮据，有那种想法，也没有那种实力。招商吧，民间资本看出政府囊中羞涩的窘况，企图趁机大占便宜，条件一个比一个离谱，政府根本没法接受。也有省内外财大气粗的老板主动上门谈生意，希望能把那块位于黄金地段的地皮买下，出价也颇有诱惑。省上吸取了贱卖国企，致使国有资产变相流失的教训，表现出难能可贵的定力。几年之后，那里的地价也许翻了几倍十几倍，早年买下的老板即使什么都没做，倒手一卖便能赚得盆满钵满。

工薪阶层承受的改革阵痛，已达到了临界点。东三省如雨后春笋般冒出了一茬茬民间资本家，他们中有些人是筚路蓝缕、艰苦奋斗创下一份家业，有些人是靠投机成功一夜暴富。还有一些人什么产业也没有，甚至连个公司也没有注册，就光杆司令一个人夹着皮包坐着豪车东奔西跑谈生意。他们不屑于谈小生意，一谈就谈大的，少则几千万多则几个亿。周秉昆当"和顺楼"副经理时，他们中有些人就在"和顺楼"出现过。他们千方百计走上层路线，挖空心思搞批条倒卖国控紧俏物资。如今，他们不再干那些低级勾当了。凭借经济实力，他们能够买下将来有望大捞一把的地块，或曰地皮，或到手就卖掉，或长期囤积。全国到处进行土地买卖，他们忽来忽去、行踪不定、神出鬼没，对官场的深浅路径摸得门儿清，对官员们权力的虚实大小也心知肚明。他们的最大能耐是贷款，能耐大到如同银行是自家开的，行长都是自己任命的。他们对于所谓集资者很瞧不上眼，因为那不过是用自己的钱"凑份子"。

"闲得没事了？累不累啊？"他们如此评说集资，言下之意是那还要银行干吗？

有些人却知道，他们并非什么了不起的人物，只不过是呼风唤雨的人物的代理，真正了不起的人物则如神龙隐于云雾之中，寻常看不见，偶尔露峥嵘。

周秉义便是"有些人"之一，但他从不对人说什么。

"二招"为他开了一个套间，为的是有"同志"看他时方便谈话。当年，省内外的司局级干部基本上已经没人下榻"二招"，他们都更愿住在新建宾馆或饭店。县处级干部们到了省城，也不太光临"二招"。普通人还是住不起，商人们又觉得住在那儿太丢面子，"二招"便显得很冷清。

周秉义住在三楼，他要下楼买烟，一出门见到了自己当市委书记时的秘书小宋正开对面房间的门。

他奇怪地问："你怎么也住在这儿？"

"他们让我住在这儿的。"小宋表情极不自然，看上去忧心忡忡。

"他们？谁啊？"

"就是……"小宋指了指他隔壁的房间。

那房间的门忽然就开了，门内迈出省委办公厅万副主任，他问周秉义："您出去？要不要人陪着啊？我这屋还有两个同志呢。"

这时，小宋已退入了自己的房间。

周秉义笑道："我就是下楼买盒烟。"

万副主任说："别买了，我带了一条呢。"

周秉义说："我还是买吧。"

万副主任说："何必呢，等着。"

周秉义只得等在门口。

他这个级别的干部，调动是不能带秘书的，小宋是他当市委书记时的第三个秘书。第一个秘书跟了他一任后，到区里当发改委副主任了；第二个秘书跟了他四年后下海，与几名干部子弟经商去了；小宋跟了他三年，他对小宋最满意，卸任前按小宋的心愿安排他当上了市文联的秘书长。小宋喜欢文艺，极想与文艺家们打成一片，希望以后接市文联主席的班。他也认为小宋是那块料，将来准能胜任。

万副主任转眼从房间出来了，塞给周秉义半条烟，同时低声说："想到您房间坐坐。"

周秉义说："好啊，欢迎。"

二人进入房间，在沙发上坐下后，万副主任说："让您受惊了，搞得我在您面前怪不好意思的。"

万副主任是副厅级干部，比周秉义低半级，但万副主任特别讲官场规矩，对比自己高半级的干部一向以"您"相称。周秉义知他从来如此，让他别那样也难改。习惯成自然，他便尊重其习惯，听之任之随他称自己为"您"。

周秉义笑道："受惊？没有啊，你为什么以为我会受惊呢？"

"没受惊那就更好。如果是有问题的干部，肯定坐立不安了。"万副主任不无敬意地说。

"我虽然心中没鬼，可也有点儿坐立不安啊。刚去北京没几天又回来，工作不落实，情绪不可能一点儿不受影响。"周秉义拆开烟，很享受地吸着了一支。他话里不悦，吸烟的样子却悠然自得。

周秉义自嘲亦嘲人地说："我只有既来之则安之啊，还劳你们接我，看管着我，心里挺不落忍的。"

"您误会大了，千万别那么想，那我更不好意思啦！"万副主任向他俯过身,小声说,"那些匿名信的事,真相大白了,基本不是个事。这话本不该由我来告诉您,今晚组织部的同志会来陪您吃饭,应该由他们告诉您。我和厅里的两名同志纯粹是来相陪,我告诉您是违犯纪律的。要不组织部的同志该对我有意见了。"

根据万副主任的说法,秉义当书记的那个市里的一些干部,因为他调走前处分了他们,让他们大失颜面,怀恨在心。于是有人策划,有人参与,将他与"正义大坑"的事扯到一起,成心恶心他。他们没想到省委那么重视,而省委一重视,他们自己先心虚,便有人向省委交代了,牵出数人,都承认纯粹是为了泄私愤所玩弄的卑劣伎俩,并且都写了检查,集体等待处分。

"省里本想及时通知教育部就别让您回来了,可'正义大坑'的事惊动了中纪委。中纪委来人了,现在是中纪委要求您配合调查,您明白吗?"

周秉义说:"难道省里不清楚,那件事是省里直接抓的项目,我从没插手过,也插不上手啊!"

万副主任说:"省里当然明白,您在那件事上两袖清风、干干净净,来龙去脉连我都一清二楚,但中纪委的人要求您协助调查,谁也不好出面替您挡驾啊!"

"那小宋又是怎么回事呢?"

"唉,小宋,这个小宋啊,真是自找的!本没他什么事,他一听中纪委要找您谈话,吓晕菜了,来了个主动坦白,跑到省里哭哭啼啼交代了些自己的问题。不过您放心,都跟您没丝毫关系。"

"他交代的问题严重吗?"

"倒不严重,无非多年以来,帮这个办了点儿什么事,帮那个办了点儿什么事,小孩子入托,大孩子进重点中学,谁家老人病了希望及时住院之类鸡毛蒜皮的事。每次帮了别人，收了别人一笔感谢费而已，加起来也不过几万，有的事还是在给您当秘书之前……"

周秉义叹口气，又问："那他还能继续当文联秘书长吗？"

万副主任也叹道："这就不好说了，都怪他自己太沉不住气，胆儿太小。不处分他吧，有姑息养奸之嫌；处分吧，年纪轻轻，岂不等于断了他的政治前途？省里肯定不会直接处分他，他不够省里直接处分的级别。估计也就是转到市里，让市里看着办。如果运气好，碰上一位不太较真的干部管他的事，兴许告诫他一番，将他那点事干脆就给捂住压下了……"

万副主任为小宋的胆小怕事叹息不已。他走后，周秉义忍不住又吸一支烟，想想那些串通起来写诬告信的人，不禁心生出几分怜悯。自己已责成组织部门处分过他们一次，现在他们又将受一次处分。在一个月不到的时间里接连受两次处分，而且一次因为低级趣味，一次因为卑劣行径，都是令人不齿的事。当领导干部当到了这般田地，太下三烂了啊，往后还怎么继续开展工作呢？

做了两届多市委书记，周秉义认为自己做得相当厚道，很少公开批评干部。不公开批评不足以敲响警钟，也从没指名道姓，都是点到为止。

"我相信大家和我一样，都是一门心思要做好干部的。良马何必长鞭驯，响鼓不用重槌敲。"他在大小干部会上常常这样讲。

一次，他参加某区干部的年度述职，过后一位女副区长要求见他，一见到他就哭了，连说"想不通"，委屈溢于言表。

她为什么想不通，他已料到了。每年一次干部述职，自我陈述过后，照例要发给听的人一份表格，包括十几项内容，多时二十几项，综合起来颇能反映干部一年来的工作状况，也是干部素质的间接反映，具有一定参考性。临近那个日子，有的干部惴惴不安，大家都特别在乎那两三页纸上的"×"号，不敢掉以轻心。

周秉义说："你哭什么呢？述职刚结束，你一年来工作表现的肯定率在百分之九十以上，相当不错嘛，你应该欣慰才对啊。有什么想不通的就说吧，看我能不能帮你解决。"

女副区长想不通的是，三年以来，总有那么几份表格，每一栏的后边全画"×"，两三页纸一"×"到底，力透纸背，看得出当时填写人心怀很大的恨意。

他问："你怎么知道呢？"

她说，统计整理的工作人员都看不下去，出于善意告诉了她。

他问："现在就咱俩，能透露是谁告诉你的吗？"

她说不能，那等于出卖。

表格是无记名填写，告诉当事人填写情况属于违纪。

他说："我不会建议处分告诉你的人。"

女副区长还是不肯讲是谁告诉她的。

她说自己想不通的是，述职结束后，每个人对她更友好了。

他说："那很正常啊，太正常了啊，填表叫群众评议嘛，得到表格的都是你的下属，他们当然会向你示好，希望你相信他们的支持嘛。"

"但那几个对我的工作评价一'×'到底的人肯定就在他们中啊！三年多了，我一直想知道那几个人究竟是谁，可一直无法知道。只要我还是副区长，下级就一如既往尊敬我、服从我，有时还争着来表现，我越想知道越难以知道，连任何一点儿怀疑的依据都抓不着。这太可怕了，您不认为吗？我一想心里就别扭，都成一块心病了。每天生活在虚伪之中，我这副区长还当什么劲儿呢？"她又落泪了。

等那位女副区长终于能平静地听他的看法时，他说自己想知道是谁告诉她的，确实也是出于好意。向她透露评议结果当然违纪，但也同时说明那人有正义感。干部一年来的工作表现绝不可能一无是处嘛，用一'×'到底评议领导工作的干部肯定是不负责任，也不公平公正，往轻了说是任性，往重了说是心理阴暗。这也反衬出，告诉她的同志有正义感，可爱甚至可敬，其违纪行为反倒可以原谅，谁都不必小题大做揪住不放了。

听他这么诚恳地解释，那位女副区长终于笑了。

周秉义又说："违纪毕竟是违纪，我的看法只不过是个人看法。身为书记，那也还是我个人的看法。如果这种个人看法不胫而走，那么肯定是由你的口传开的。某些人如果想攻击我，就等于你为他们提供了子弹。也正因为我是市委书记，事关所谓民主评议，一旦有人企图大做文章，那就让我百口莫辩。"

她说："您放心，周书记，您的看法我绝不会跟任何人讲的。天知地知，您知我知。"

他说："我刚才问是谁告诉你的，你没说。还说如果你讲了，等于是出卖，想知道听了你的话我当时的想法吗？"

"想。"

"我心里感动了一下，像刚换上了新电池的钟表似的，指针忽然一动。老实说，我很久没有那么一种感觉了。市委书记问你的事，你都能拒绝回答，还说回答了等于是出卖，我感到挺意外，也替告诉你的同志放心了。我还是要提醒你，你所知道的事如果除了我之外再没对别人讲，那么我希望始于我，止于我。如果还对别人讲过了，那么不管谁问，都不要说出那个透露评议结果的同志的名字。我同样认为，说出了等于出卖，而且很容易引起许多不甘寂寞的人对群众民主评议的非议，记住了吗？"

她说："记住了。"

他问："想知道我对群众评议的看法吗？"

她只说了一个字:"想。"

他说:"很必要,但容易搞偏。目前,在有限范围内提倡群众对干部评议,出发点肯定是好的,也值得尝试。然而,现在各地各级都有搞偏的现象,有的地方甚至很愚蠢,表格内容设计得越来越多,最后不但统计'√'或'×'的比例,还公布出总分。如果一名干部的总分是九十几分,另一名干部的总分是九十几点几,二者之间相差那零点几分,对于评议干部一年来的工作有什么意义?差零点几分没有参考意义,差两三分、四五分就有意义了吗?一名干部评议分是九十一,另一名干部是九十五,据此就能得出干部工作的优劣高下吗?我妻子在大学里,她告诉我,有的老师对学生要求严,课前点名,批作业认真,判分苛刻点儿,结果学生给他的年终评分就低,能认为那位老师不是有责任感的好老师吗?"

她说:"没想到您也这么想。"

他说:"我的这种想法你倒可以广为传播。"

她问:"真的?"

他郑重地回答:"当然!如果我们的干部心里都有块病,平时老寻思年终评议的事,遇到矛盾绕着走,踢皮球,唯恐得罪了谁,到时候自己的评议表上多了'×',那还怎么能把工作干好呢?"

她说:"我不是那样的干部。"

他说:"据我所知,同志们对你的评价还是蛮好的。"

"所以我想不通!"她又眼泪汪汪的了。

他说:"你要往开了想啊!为什么非要知道他们是谁呢?知道了又如何?想报复他们吗?你报复得了吗?你不像我,给你画'√'或'×'的,不过是些正副科长或年轻的科员们,你上边还有区委书记、区长,周围有好几位副区长呢,那么做的人一点儿不怕你某一天知道了啊!我和你不同，我是全市一把手，谁想那么做他且得掂量掂量呢，有那心也没那胆啊！等你坐到我这个位置，肯定就遇不到那种现象，许多人拍马溜须还唯恐己不如人呢！"

她忍不住笑了。

他却一点儿笑不起来，一本正经。

她说："我猜到是哪些人了。"

他说："我可没暗示你啊！猜到了闷在心里吧，千万别挑明，一旦挑明也等于是出卖。教你个办法，你要在恰当的时候，对你猜到的人开诚布公又不显山不露水地说，希望他们多帮助你，让你的工作开展得更好些，以便调走得快些。好比一盘棋，关键的棋子一挪动则通盘皆活，大家与时俱进就都有了空间。"

她一脸愁苦地说："可我往哪儿调呢？"

他说："你考虑考虑，结合自己的意愿给组织部写封信，我批一下。跟组织上要讲实话，不要写那种服从组织安排的套话，那样会事与愿违，反而不好。"

他以自己的经验判断，她可能是挡了别人晋升的路。她手下有位老科长都在科级岗位上十四年了，再过两年还不能提拔到处级，就该退休了。

后来，那位女副区长当上了离市区最近的一个县的县长，有专车，不比在市里上班远多少，那位老科长也升为副区长了。

当市委书记的十几年里，周秉义从不拒绝下属求见。谁想见他，都会安排时间见一下。他也从不嗯嗯啊啊地只听对方说，自己不开口，让人家临走也不清楚他究竟是什么态度。反正在那市里他没带家属，往往公休日也接待，当成工作的一部分。不管公事私事，他都能换位思考，尽量理解对方的想法。有时听起来是公事，往细了一聊，对方不得不承认掺杂了个人利益。

周秉义认为，一名干部向市委书记陈述个人愿望不是什么羞耻的事情，他也从不认为市委书记倾听一名干部的苦恼，并尽量为其排忧解难是不务正业。能让那些辛辛苦苦工作十几年了还没升职，能让为人做官基本正派的干部获得升半级的机会，于他而言不但是分内工作，还是愉快的。任市委书记时期，不少工作踏实而长期被忽视的老科长、老副处级干部"枯木逢春"，意外地得到提拔晋升，又焕发了工作热情。

在奉调北京前几天，他一次就处分了十几个人，而且处分得特别严厉。有的记过，有的降半级，有的又记过又降级，全都在内部通告中点了名字。那件事如同一个炸雷当空劈下，使本市的官场一时胆战心惊，用"震撼"二字形容再贴切不过了。

他当时也真的是震怒了，原因是他收到了一封信，一个在市里做陪酒女郎的农村姑娘写给他的信。那姑娘刚十八岁，没了父亲，母亲体弱多病，还有两个妹妹，日子过得极其艰难。她为了多挣点儿钱，万般无奈之下做了陪酒女郎。

她在一处"农家乐"工作。一天，一些本地干部用公车接来一个打扮妖艳的三十多岁女人，据说她会讲"腹语"，也叫"神鸽语"，就是双唇闭着不开口也能与人交谈。她自称腹中有一"神鸽"，是梦中一位老神仙种在她腹中的"神胎"，永远不会以人形降生。但同样有年龄，自己腹中的"神鸽"已十六岁，到了古时少女"破瓜"之龄。她说自己之所以看起来特别年轻，不是因为善于化妆，也不是驻颜有术，而是托了"神鸽"的福，能与腹中的"神鸽"神气共享。

起初，十几个男人还有点儿人样，一边饮酒一边与"神鸽"交谈，其乐融融。聊来聊去，不知哪个带的头，问的话便越来越下流了。

"那老神仙怎么将神鸽种在你肚子里的呀？"

"尽管是在梦中，你就一丁点儿感觉也没有吗？"

"哪儿有感觉啊？"

"什么感觉啊？"

"破瓜什么意思啊？我们都是大老粗，没文化，解释给我们听听呗。"

"是不是那老神仙破了你的瓜呀？"

"老神仙就是神鸽它爸了？你和老神仙是老夫少妻关系啰？"

"老夫少妻也是两口子啊，是两口子就得过性生活吧？你俩怎么过性生活啊？在你梦里神交吗？神交爽不爽啊？"

"怎么个爽法？讲讲，这是必须讲的，不讲就不送你回去！"

那女人早已声明，问她也就是问"神鸽"，"神鸽"的回答也就是她的回答。一进入状态，她与"神鸽"的意识也合为一体了。她搔首弄姿，故作媚态，成心以浪声淫语引着那些男人问出更下流的话来。

这时，包括那农村女孩在内的三名陪酒女郎也在场，一个个听得面红耳赤，羞恼难当。"农家乐"的男主人听不下去也看不下去了，再三阻止，与"神鸽"的交流才算作罢。

那女人却意犹未尽，说自己腹有"神鸽"，一口气能吞下三十几个大馒头。

男人们就强烈要求其继续表演，"农家乐"的男主人说没有那么多馒头，问包子、糖三角行不行？

男人们便都替那女人说："行！行！"

那女人也说没问题，于是用蒸屉端上来了一屉馒头、包子、糖三角。

其实那女人是在表演戏法中的"大手彩"，特意穿着肥衣服裤子去的，三个陪酒女郎中的一个眼见一个大馒头从她裤筒里掉出来，被她一脚踢到桌子底下。

第六章

闹腾了半天，那女人收了赏钱终于高高兴兴走了，喝"花酒"的压轴节目这才正式开始，三个平均年龄不超过二十四五岁的农村姑娘"被侮辱与被损害"的经历开始了。

东北各地原本并无什么喝"花酒"的邪事。究竟如何兴起的，具体是从哪里传来的，没一个东北人说得清楚。其规则是男人们与陪酒女郎行酒令，若他们输了，自罚啤酒一杯、白酒一盅。若女郎们输了，不但要自罚自饮，还要由男人们解其一颗衣扣。衣扣全解开了，上衣脱下，再罚则去掉胸罩了。女郎们是身着统一"工作服"的，夏季的"工作服"是素花短袖小衫搭配黑色的肥腿绸裤。她们的小衫只有三颗扣子，胸罩也只有三对横钩，为的是让服务对象树立成功的信心，而成功当然是指顾客大获全胜，去掉了她们的胸罩，使她们上身赤裸了。这也算是人性化的体现，对某些男人很贴心的体恤。如果他们都已酩酊大醉，而她们连小衫还没被脱掉，那岂不是太扫兴了？她们是经过筛选才有了那么一份工作，筛选条件第一是形象要好，第二是天生有些酒量，还要经过培训，教授杯来盏往之际机灵俏皮的语言应酬能力，对各种酒令烂熟于心、倒背如流的专业水准，以及眼疾手快、以水代酒的高超自保技巧。为了不使服务对象输得索然无趣，她们也必须相机行事成心输几次以照顾男人们的情绪。

听说是领导干部们要聚在一起放松一下，公司派出了很优秀的三名"女郎"——公司称自己的业务员是"女郎"。

他们尚未酩酊大醉，但大都已喝得很多，也就没点儿斯文，人人耍赖，任性胡闹起来了，情形便一步步失控终至不成体统。当三名女郎几乎被强行扒光了上身时，激起了"农家乐"的老板路见不平一声吼的男人血性，结果，他就与领导干部们吵了起来。他们中一些人参与争吵，同仇敌忾，另一些人则继续对三名哭哭啼啼的女郎肆无忌惮地搂搂抱抱，似乎还理直气壮，预先付了那份服务费，没享受到让自己们满意的服务那还行！

老板娘一见乱到了那种地步，怕更难收场，就悄悄溜走了。片刻过后，一些手持棍棒的农家汉子赶来了。在一片喊打声中，醉得不成样子的男人们才相互搀扶着逃进几辆车中，绝尘而去。

宋秘书本想将那封信压下了的，但老天有眼，该当出事。周秉义的司机多了几句话，告诉他曾有位姑娘在市委门口坐了大半天，说自己并不指望能见到周书记，只想知道自己写给周书记的一封信他收到没收到。

周秉义问小宋，这才看到了那封信。信中有几行字是："尽管强奸并没发生，但我们三个同行姐妹都觉得在精神上已被强奸了。幸亏当时人多，如果人少，可能肉体上的强奸也不能幸免……"

周秉义不看则已，一看之下，勃然大怒。小宋从没见他发过那么大的脾气，吓坏了，战战兢兢地解释绝非想压下那封信不给他看，而是自己也刚刚看到。

二〇〇一年，无论南方还是北方，大城市还是小城镇，邪性现象层出不穷。"钱""性"二字，搅得淫秽之风盛行，周秉义当书记那个城市也不例外。

周秉义对此却不甚了了，或许可以说在此点上他很不接地气。当市委书记几年，除了必须出面陪餐，他从不出外赴宴，几乎顿顿在市委机关的食堂吃饭。他的特殊化无非就是在单间里，不必排队。到县区视察时，能赶回市委吃饭则尽量赶回去吃，实在赶不回去也只在县区机关食堂吃。想请他光临什么饭店或酒家吃一顿，绝不可能达到目的，而且会惹他生气。严重胃病是他的一个硬理由，实际上，他对所谓"口福"从来不大认同，对男女"吃货"，一向没有好印象，敬而远之。有时候，他

第六章

对某人印象不错,后来知道对方是个"吃货",也就渐渐拉开距离了。他差不多滴酒不沾,这一点倒是像极了父亲周志刚,父亲就是个终生没沾过几次酒的人。有酒瘾的男人们所鼓吹的那种酒桌上的气氛,恰恰是他最讨厌的。如果一名干部既是"吃货"又嗜酒成性,那么获得提拔或委以重任的机会就没了,不管别人说那名干部多么有能力有水平。十几年间,他所提拔的干部,除了能力和水平,个个是对吃喝二字反应淡漠的人。

有班子里的领导对此心存异议,曾在会上说:"周总理也是豪饮之人。"

他反唇相讥:"你的意思不会是说周总理也嗜酒成性吧?"

对方据理力争:"许多文艺家都与酒有终生情缘。"

他针锋相对:"那就去当文艺家,不要当领导干部。"

包括发自内心尊敬他的人在内,谈到吃喝二字,都曾无奈地苦笑不已,"周书记哪点都好,就是这一点,太僵化了。"

他听到后,也曾自嘲苦笑道:"就是那一点,我要坚持一下,看能不能让本市的官场风清气正一个时期——在我当市委书记期间。"

周秉义知道本市也有几条灯红酒绿的街区,也有几处纸醉金迷的地方,也经常有领导干部出入那些场所。他微服私访过,没见到熟面孔,以后便不再去了。

老百姓将那几条街叫"腐败街"——这个情况他也掌握,却从未产生整治一下的念头,因为那几条街那些场所是继续热闹着抑或冷清了,关乎本市的税收,甚至还关系到本市"开放"的程度。个别领导干部对那几条街那些场所无限热爱,他只能采取睁只眼闭只眼伴装不知的态度。

在一次处级以上干部会上,他借着谈税收的话题,隔山放炮说:"有人说腐败是发展经济的润滑剂,公款吃喝拉动了GDP,这种观点我坚决反对,你把一千元公款吃掉了喝掉了,税务部门通过你一顿吃喝仅收回了区区一百几十元税款，你为 GDP 的增长起了多大作用？这不纯属狗屁理论吗？当人民公仆的领导干部都是二百五啊？……"

谁都听出了他话中有话，指斥的是什么现象，那一年全市的公款吃喝报销额有所下降。

周秉义勃然大怒的另一个原因，是他能强忍社会上的某些低级趣味现象，却实难容忍表现在干部身上的低级趣味行径。他认为那些在"农家乐"放浪形骸的人，不良表现已远远超过了低级趣味的底线。

他叫来了组织部门负责干部思想作风教育的同志。他没请对方坐下，因为他怒不可遏，不想坐下。

组织部门的人早已知道了那件事，不安地说："书记，您也别太生气，我及时向有关部门打过招呼了，本市的报上绝不会出现一行字的报道。"

他问："谁授命你那么做的？"

对方回答："我觉得那肯定也是您的想法。"

"你为什么觉得我肯定会和你想到一块儿去呢？"

"难道您有另外的想法？我初步了解过，正好现在向您汇报一下。其实，他们的思想表现都不错，只不过作风上……"

"等一下，你认为思想表现是一回事，作风表现是另一回事吗？"

"那倒也不是。当然不完全是那样。'酒文化公司'已替我们安抚了那三名女郎，事情很快就会像一阵风似的过去。"

"'酒文化公司'？美酒的酒？"

"对。当初还真叫过'美酒文化公司'的，有文化学者认为加一个'美'字反而俗，就把'美'字去掉了。那家公司的宗旨是弘扬中国悠久的酒文化,喝'花酒'也是酒文化之一种,据说汉代就时兴过,目前在亚洲一些国家仍时兴着,对促进旅游业功不可没。放眼世界,欧洲许多国家也有同样的酒文化现象,古罗马古希腊的文化史上都有记载。我们同志那天晚上喝高了一点儿,他们并不是公款消费,是由一位私企老板埋单的,属于正常消费,所以……"

"别吞吞吐吐,把你的看法说出来。"

"所以您也不必小题大做。您都快离开本市了,让我们来善后处理吧。"

"你们打算如何处理呢?"

"冷一冷,研究研究,看情况再说吧。"

"明白了,你可以走了。"

听着脚步声渐去渐远,他问小宋:"你也认为属于正常消费吗?"

小宋支支吾吾不敢回答。

"无耻!分明是厚颜无耻的荒唐行径!"他勃然大怒,亲自打电话请来了本市日报的总编辑。

总编辑一到,他支走小宋,二人坐下了。

他说:"是我推荐你去当省报的副总编的,对不对?"

总编辑说:"对,您走后,我也该到省报报到了。"

"你就可以举家迁往省城了,对不对?"

"对,报社已经通知我,住房解决好了。"

"上任后你就是副厅级,对不对?"

"是啊,真不知道该怎么感激您。"

"现在我就给你一个感激我的机会。"

"噢……周书记您请吩咐……"

总编辑的表情相当意外。

"你先看看这封信。"

他从办公桌上拿起那封信,放到了茶几上。

总编辑只看了一页就将信放下了,困惑地说:"那事我听说了,社里已经开过会,我们报绝不会报道。我们的同志一向遵守纪律,可以被信任,能经受得住考验。"

他在总编辑对面坐下,拍拍总编辑的手背说:"我要拜托你,找一名你认为得力的助手配合,将那天晚上共有多少领导干部、公务员参加了饭局调查清楚。如果能搞清楚召集人更好,不清楚也无所谓,但你得交给我一份名单才算完成任务。"

总编辑看着他,愣了半天低声问:"您要有动作?"

他平静地说:"难道我可以装聋作哑吗?"

总编辑说:"可您很快就要离开本市,不是吗?"

他说:"是啊,但我现在还是市委书记啊!"

总编辑说:"您也可以不管了呀!"

他说:"是啊,但我如果偏要管,那还是有权管的吧。"

他决心已定,情绪真的平静了。

总编辑说:"我了解的情况是,那些人都是科处级。您要走了,他们觉得终于熬到了出头之日,都高兴,于是聚在一起庆贺庆贺。喝高了嘛,必然出丑。"

"我有那么可憎可恨吗?"他也不由一愣。

"其实,他们对您的清廉还是挺佩服的,但您眼中的好干部不是他们那类干部,按您的好干部标准他们也做不到。十几年里,他们不敢聚在一起吃喝、打麻将。他们认为,打麻将不输钱赢钱有什么意思?有时为了吃喝一顿、赌一次,像地下工作者似的偷偷摸摸。还几乎没有提拔机会,他们觉得当领导干部太没劲了,巴不得您早点儿走。实话告诉您,其中也有几个您提拔的人。"

"为什么也有他们？"

"一朝天子一朝臣，您已经板上钉钉要调走，市长快到年龄，也该退了，副书记能不能接您的班还没谱。人心浮动，传言四起，人人都怕自己成了孤家寡人，都觉得合到一个群里去才更有奔头。平日里互相倾轧排挤，有时候也得互相帮衬、关照……"

"可你不是就没有投门入伙吗？"

总编辑苦笑道："那您是只知其一，不知其二。我和那些您提拔的人，早已被归于异类了。我还好说,您走我也走。他们就不一样,您一走,他们对自己以后的官场路径心里都没数了。"

周秉义站了起来，踱着步，寻思着，突然转身看着总编辑问："那些都不谈了，我只要你一句话，肯接我交给你的任务吗？"

总编辑站起来，义无反顾地回答："如果您决心已定，我当然只有遵命了！"

后来，就有了他临走前一次处分十几名领导干部的事。

有人说："真没料到他会来这么一招，不知怎么想的。"

有人说："发神经，不按常理出牌了！"

于是，就有了那些匿名实名的诬告信。

市里有一条路叫正义路，位于市中心黄金地段。一位南方房地产开发商买下了一块地皮，准备建中俄商贸城。他来头不小，有北京的高官给省领导写信，让给予关照，还出席了奠基典礼，亲自剪彩。省里建议周秉义不要介入此事，配合就是了，也就是说，将那项目定为由省里亲自抓的重点招商项目。正义路上被挖出一处三五米多深的大坑后，周秉义感到有些不对劲儿。"正义大坑"四个字首先出现在本市报纸上,开发商并没按当初合同约定,兑现对拆迁户的承诺,拆迁户们便一次次集体维权上访。报社进行了深度报道,压力重重却也体现了一种"正义石"的担当。周秉义看了报道,及时约见了总编辑。也正是在那次约见中,他对总编辑的风骨十分欣赏。总编辑认为,如果连拆迁赔偿都不能按合同兑现,证明开发商没有诚信,资金实力更成问题。果然,本市各家银行的头头们也纷纷向他请示:开发商与他们拉关系,希望贷款,因为数额巨大,都不敢擅自做主,请示市委书记究竟该怎么做。这立刻引起了他的高度警觉。他批复暂缓贷款,以免遭受更大损失,并亲自前往省里做了汇报。他认为,不排除这是一起欺诈事件,或者对方是在玩"空手套白狼"的把戏。如果玩砸,银行必定吃大亏,拆迁户们还得继续闹访。省里极为重视,主管领导约见了开发商,当面严肃质询,要求尽快解决。开发商信誓旦旦,声称绝不玩"空手套白狼",更不会携款外逃,他们自有资金很雄厚,只是一时周转不过来才动了贷款的念头。

以后几个月,工程没有进展,接连几场暴雨后,"正义大坑"水满成患,竟有少年失足滑入,幸被及时救起,未出人命。

周秉义不能坐视不管。周边居民怨声载道,民间议论纷纷。他估计省里也有难言之隐,便给中纪委写了一封信,直言不讳,质疑其中或有腐败交易。正因为如此,中纪委因"正义大坑"之事前来,当然希望能在此事的发生地而不是在北京见到周秉义。

中纪委、省纪委的同志一块儿来到"二招",与周秉义共进晚餐。之后,与他的谈话进行到了半夜。倘未发生小宋跳楼之事,谈话可能还会一直进行下去。

小宋是由办公厅两名年轻同志陪着吃晚饭,他们年龄都差不多。办公厅的两名同志没别的任务,主要是别让小宋出什么意外。万副主任认为小宋当然也最好住"二招",如果有什么需要核实的事,找他方便。万副主任的考虑可以说很周到,但小宋却越发惴惴不安。他看出来了,两名陪自己吃饭的人,也是监管自己的人。事实如此,那两个年轻人根本装不出来。小宋的表情一紧张兮兮,那两人便也有了压力,更觉责任重大。离开餐厅时,其中一个说要与小宋住在一起。

不管小宋的感受如何,那两人中的一个就跟着直接进了他房间。

而小宋一进房间就去上厕所。厕所有窗,他一进厕所就从窗口跳了下去。

周秉义穿着睡衣吸着烟,坐在沙发上焦虑地守在电话旁,直至万副主任从医院打来电话,说幸好是二楼,小宋并无大碍,只不过摔断了一条腿。

周秉义上床时快两点了。

第二天上午,他陪中央纪委和省纪委的同志去了自己曾主政的那座城市,约见各银行的头头们、拆迁户代表及开发商公司的留守人员——老板跑回北京去了,开发商公司只剩下了几名留守人员。随后,他们一行人又去了"正义大坑"现场考察,拍照取证。

几天后,中纪委要求配合调查"正义大坑"项目的工作总算结束,周秉义去医院看了一次宋秘书。他有些犹豫,想去看源于感情,因为小宋毕竟跟了自己三年多,勤勤恳恳任劳任怨。不想去看是因为小宋一闹出跳楼事件,见面后他就不知说什么好了。最后,还是感情因素占了上风。

小宋一见他就哭了,他更不知说什么好了。

小宋问:"您没什么事吧?"

他说:"我能有什么事啊,只不过配合一下调查。"

小宋说:"您没什么事,我就放心了。"

他说:"你这个样子,倒让我很不放心了。"

小宋又哭了，边哭边问："那我以后可该怎么办呢？"

他说："你如果面临工作性质转变的话，建议你找一下我妹夫蔡晓光导演吧。他是搞文艺的，朋友多。"实际上，他是想含蓄地提醒小宋，他已不适合再在党政机关工作了。

小宋自然不笨，听出了他的弦外之音，无助地请求他："那您留一封给蔡导的信吧。"

他说："那就不必了吧，我今天可能见到他。我们是自家人，用不着写信。"

周秉义想在小宋走投无路的情况之下，给他留一条后路，却也不愿留下对自己秘书关照有加的字据。小宋如果不闹出那样的事来，他帮小宋的途径还会多几条，但小宋的事已成了沸沸扬扬的新闻，他爱莫能助，只有请妹夫将小宋临时收罗了。

周秉义离开医院，马不停蹄地去看弟弟秉昆。

秉昆已经出院，在家休养，医药费都是蔡晓光掏的。

周秉义无专车可坐，万副主任为他安排了一辆车。他不仅见到了弟弟，还见到了妹夫蔡晓光——蔡晓光率领一干人马正在那破房子里拍戏。

蔡晓光说："我戏里需要这么一处歪墙破壁、是家又不像家的场景，秉昆这儿完全可以。我们省得布景，他还能收一笔场地占用费，双方都有利。"

秉昆家经过一番破坏性"改造"，变得更糟糕了。一名三十多岁的女演员抱着个假孩子在反复背几句台词，关铃穿着医生的白大褂戴着白帽子坐在一只小凳子上很投入地看剧本，认真体会着自己的角色，准备随时入戏。秉昆则横坐窗台上，背靠着一边窗框，漠然地瞧着。

第六章

秉义刚进屋时没看到弟弟在哪儿，疑惑地问蔡晓光："秉昆呢？"

蔡晓光指着窗台说："那儿。"

秉义这才看到了胡子拉碴的弟弟，而弟弟虽也看到了他，并没从窗台上下来，目光跟瞧着别人时一样漠然。

秉义小声问："他没事吧？"

晓光说："没事，就是受到的打击太大了，缓缓就好。"他又背对着秉昆小声说："我把几场戏挪到这儿来拍，也是为了帮他分散一下注意力，对他有好处。"

周秉义把蔡晓光扯到小院里，先交代了几句小宋的事。

晓光说："既然是给你当过秘书的人，我这儿兜个底没问题，只要他瞧得起我，一时失业了就来打打杂呗。"

秉义接着将一个厚厚的信封塞他手里，说是为弟弟出的医药费。

晓光哪里肯接！反过来又往秉义兜里塞。

秉义退后一步，严肃地说："你必须收下！你把我这个当哥哥的人对父母和弟弟妹妹应尽的责任义务差不多全尽了，相比起来，我这个长子做得连个女婿都不如。收下吧，否则我心里只有羞愧了！"

晓光这才红着脸将信封揣起来，转身朝屋里喊："秉昆，别装没看见你哥，出来一下！"

于是，秉昆也到小院里来了。

"我得进屋给演员说戏，你俩先聊着。"晓光说罢进屋去了。

兄弟二人互相注视着，一时无语。

秉义突然将弟弟抱住，心疼得直想哭。

秉昆任凭哥哥抱着，还是不说话，也没任何亲热反应。

秉义说："自从你入狱，我只在头几年看过你两次。"

秉昆低声说："是的。"

秉义说:"咱哥俩十来年没见了。"

秉昆又低声说:"是的。"

秉义说:"哥一进屋就看见窗台上坐着个人,没认出是你。"

秉昆说:"你一进屋,我就认出你了。"

"哥待不了多一会儿,说走就得走。"

"明白。"

"哥调北京了,以后你嫂子也得随我走。"

"听说了。"

秉义又想抱抱弟弟。

"刚才亲热过了。"秉昆不情愿地一躲。

关铃出来了,给了秉义一杯热水。秉义口渴,很想喝,水太烫,又喝不成,只得捧着杯子和弟弟说话。

"楠楠的骨灰接回来以后,哥的意思是,安置在爸妈的墓旁吧。"

"我也是这么想的……但爸妈的墓旁没地方了。"

"那就连爸妈的墓也转移一下。只有那样才好,必须那样。那样了,以后咱们去看爸妈,也能为楠楠扫墓了。"

"可……那要花不少钱……"

"钱的事你别操心,有哥哥嫂子姐姐姐夫呢。"

"我听哥的。"直到此时,秉昆口中才说出了一个"哥"字。

"碑文你打算怎么写?哥的意思是,他既是你和郑娟的长子,也是爸妈的长孙。如果碑文这样写——'在此处陪伴着我们父母的,是我们父母的好长孙'——落款依次是你和郑娟、我和你嫂子、你姐和你姐夫……你看行不?"

"为什么要那样?"

"哥不愿只以你和郑娟的名义立碑,你们去一次伤心一次。按哥的想法，那样也体现了咱们大家对楠楠的怀念。"

"那样，是不是字太多了。字太多了，碑就得大，总不能高过爸妈的碑吧？又得多花不少钱。"

"你怎么又谈钱？……不错，哥以往对你们一家照顾不够，可明知你一家缺钱了，你哥装作不知道过吗？"秉义有点儿激动了。

"你误会了，我没别的意思……我只不过觉得，一个孙子的墓碑，和爷爷奶奶的一般高，那不太对劲儿，别人肯定说闲话……"

"秉昆，看来你还没明白哥的意思——楠楠让咱们周家所有人都跟着光荣，那孩子值得咱们为他竖一块和咱们父母一样高的碑！"

"我不要那光荣……不要，我要他活着才好……"秉昆反过来一下子抱住了秉义，放声大哭。秉义手中的杯子也掉在了地上。

秉昆由于楠楠的死而吐血后，实际上一次也没哭过，只是多次默默流泪。也许因为郑娟和聪聪不在眼前，而在他心目中如同父亲一样的哥哥终于对他表现出了莫大关怀，他感情的闸门再也闸不住悲痛的"库容"了。

他平生从没有这么难以控制地放声大哭过，父母去世时都没这样。

秉义不停地拍着弟弟的肩和背，流着泪劝道："别哭了，别哭了，当然是楠楠活着才好……但是，不好的事已经发生了嘛……"

蔡晓光闻声从屋里走出，相劝不止，关铃们也都跟了出来。

这时，来了一个不寻常的人——一身警服的区公安局常务副局长龚维则。

周秉义被要求从北京回到省城，龚维则那么消息灵通的人自然知道，但他所掌握的消息与事实有些出入。他听说的是"接受调查"而非"协助调查",这两种说法的不同可大了,他一想到周秉义为自己做过提拔推荐,心里就七上八下,哪里还敢到"二招"看望周秉义?听说调查已经结束,中纪委的同志对周秉义评价很高,认为他对纪检工作给予了竭诚的支持和坦荡无私的帮助,还代表领导对他表示感谢,龚维则又极想见见周秉义叙叙友情了。于是,他亲自开车去了"二招"。当年,许多领导干部都与时俱进学会了开车,龚维则自然也不肯居人之后。

在"二招",他得知周秉义已经退房,当天下午就要乘机返回北京,上午去哪儿了服务员也不清楚。

龚维则本想作罢,反正以后去北京也有机会与周秉义见面。但又一想,今日送送周秉义,与日后利用出差之便在北京见见有恩于自己的周秉义,感觉太不一样了!此日相送意味着自己更重情谊。他推测,周秉义既已退房,那很有可能是到弟弟周秉昆家了,便驾车赶来。

他一出现,蔡晓光屋里的戏就根本没法继续往下拍了。

蔡晓光搂着周秉义的肩走到小院一角,商量说:"你还是早点儿走吧。你看你一来,搞得秉昆号啕大哭,还引来了区公安局的常务副局长。你再不走,不知又会引来什么人,我的戏甭想拍了。我是在抢档期赶进度啊!再说秉昆也会烦的,他家一切事,我负责了,你就放心到北京接着当你的官去吧!"

秉义看一眼手表,确实到了该走的时候,就对弟弟大声说:"秉昆,记住哥的话,那哥走了啊!"

秉义拔脚而去。

秉昆也不看他,只呆呆地看着龚维则——他已经不怎么认识龚维则了,龚维则那身警服使他有些不安。

龚维则与秉昆和晓光寒暄过后,正与女演员和摄制组搂肩搭背亲如老友地合影,见周秉义走了,赶紧跟出小院。

第六章

他边走边回头大声说:"别忘了给我照片啊!"

晓光比画着也大声说:"给你放这么大的,能挂墙上的。"

晓光跟他早已很熟悉,无论他当派出所所长时与周家的老关系,还是他侄儿龚宾与秉昆的关系,抑或他后来与周秉义的特殊关系,晓光与他都毫不见外,他也视晓光为"自己人"。每次遇到了,他俩总是称兄道弟。

龚维则与周秉义并肩走着,说自己一定要将秉义送往机场。

秉义说:"好意我心领了,但真的没必要,省委办公厅的车一直跟着我。"

龚维则说:"让那辆车回去嘛!总想和你聊聊,也没机会。今天你都要走了,必须给我这机会,咱俩车上也可以聊聊啊!"

秉义说:"我只不过是到北京,又不是驻外,以后机会还很多。"

龚维则说:"那太不同了。反正今天送你的机会属于我了,谁争都不行。"

秉义笑道:"行,听你的。"

龚维则熟悉省委办公厅的车牌号,他将自己开的警车停在了那辆车后边。

二人刚走到车旁,从办公厅那辆车上下来了万副主任。

秉义惊讶地问:"你怎么也来了?"

万副主任说:"我要亲自送您到机场。办公厅那边临时有点儿事拖住了我,现在处理完了。"

秉义歉意地看看龚维则。

龚维则与万副主任不认识,急忙掏出名片双手递上。万副主任看了一眼,说了句"幸会",也给了龚维则一张名片。

省委办公厅副主任是副厅级,龚维则是正处级,龚维则对万副主任毕恭毕敬。他急切地请求让自己去送周秉义,却遭到万副主任干脆拒绝:

"那不行。"

"不行？"龚维则被顶得直眨巴眼睛。

"对，不行。"万副主任丝毫不留余地。

龚维则想继续争取。

万副主任打断道："龚副局长，别认为我办事死板啊，我是在执行领导的指示。领导嘱咐了，要求我一定亲自将秉义同志送到机场。换成你是我，你的态度肯定和我一样。"

龚维则无话可说，只能眨巴眼睛了。

秉义心里好生奇怪，不明白万副主任为什么不肯给龚维则面子。当然，他也认为万副主任那种郑重其事的态度，其实有点儿好笑。

他只得打圆场，提议每辆车都坐。无非中途停一次，自己从这辆车下来，坐到那辆车里去。执行领导指示的完成了任务，非要表现感情的也不至于失落。

秉义的面子，万副主任自然要给。他看了一眼手表，对秉义说："该走了，请您先上我的车。"

龚维则紧接着说："那我的车在前边，好为你们开路。"他的车上有警笛。

秉义坐上省委办公厅的车后，对龚维则说："时间很从容，你路上千万别拉警笛。"

"论关系，咱俩关系也很近啊。对吧，秉义同志。"车开动后，万副主任对龚维则表示不满，说他不懂规矩。

秉义只得附和道："是啊，是啊。"

万副主任的话倒也是事实，他与秉义认识有年头了。秉义从北京大学毕业回到省里工作时，他俩就认识了。那时万副主任还是省委办公厅的一位干事，逢年过节常拎着慰问品代表领导看望郝冬梅妈妈。

万副主任问:"那位龚副局长,他跟你的关系到底有多熟啊?"

秉义想了想说:"实事求是地说,其实并没咱俩接触多。"

万副主任说:"我想也是那样嘛!当年你老岳母很喜欢我,每次去看她老人家,她总是拉着我的手聊起来没完,'小万''小万'地亲亲热热叫我。天暖和的季节,她还经常让小阿姨推着她的轮椅,坚持把我送到院门口。哎,有时候你在家,也是你亲眼所见的情形嘛!你一点儿都不记得了?"

秉义说:"我当然记得,历历在目啊!"

于是,他们一个回忆起了爱自己如爱儿子的老岳母,一个回忆起了自己像敬爱老母亲一般发自内心地敬爱过的革命的老妈妈。

"你岳母那人真好,虽然对革命劳苦功高,却从没摆过老革命的架子,我很怀念她。"

"我更怀念她,她基本上是你说的那样,偶尔也喜欢摆摆老资格。"

"完全可以理解。"

共同的回忆,共同的话题,让周秉义和万副主任的关系又拉近了不少。

"人间自有真情在。"万副主任握了握周秉义的手,周秉义拍了拍万副主任的手背。

遇到一处红灯时,万副主任握了握周秉义的手,特别贴心地说:"有件事我还真就得求你。目前而言,求你胜于求任何人,求别人我求得不踏实。"

秉义愣了一下说:"请讲,只要我能办到,一定认真办。"

他嘴上说得极爽快,心里却打起鼓来,唯恐万副主任给自己出什么难题。

万副主任说:"我哪能为难你呢。对你来说,小事一桩。"

他说女儿正在北京一所高校读研究生,毕业后决意留在北京的高校从事教学工作,最好是留在本校。

"咱们女儿要强,是个上进的好孩子。她有这志向,咱们当父亲当叔叔的,不支持孩子不对吧?"

万副主任比周秉义大一岁,他将"咱们女儿"和"当叔叔的"有意强调了一下。

"是啊是啊,应该支持。可……我到了北京,起码还得几天后才能正式成为教育部的人。毫无人脉,肯定帮不上忙啊!"周秉义暗自叫苦,顿有一种被绑架的不快。

万副主任却乐观地说:"咱们女儿的事也不是眼前的事,她两年后才毕业呢!两年后,你不但在教育部站稳脚跟了,也许还高升了呢。凡事讲未雨绸缪嘛,两年后你这位叔叔再为她操心不迟,咱们就算说定了啊!"

他想再次握握周秉义的手,周秉义及时将手躲开了。

"两年后啊,到时候我一定关注着。"周秉义的话说得老不情愿。

"明天我就给咱们女儿写信,让她常去看你。我不在北京,你就是她在北京最亲的人啦!总之,我把她托付给你这位叔叔了,你替我多多关心她,教育她,帮助她。"

"行。"周秉义巴不得立刻就能换到警车里边去坐着。

又过一处红绿灯,车开出了市区,通过秩序混乱的城乡接合部,龚维则那辆警车拉起了警笛。

"讨厌!"周秉义生气了。

"怎么走这条路?龚副局长怎么回事啊!"万副主任也对龚维则表示不满。

"他没带错路,国道有一段在维修,这几天上机场的车都得这么走。"司机替龚维则说了句公道话。

第六章

　　过了高速公路收费口，龚维则的警车停在路边，周秉义坐的车也停下了，龚维则、周秉义、万副主任三人同时下了车。

　　龚维则对万副主任笑道："该让秉义同志坐坐我的车了吧？"

　　周秉义以为万副主任一定会说几句不高兴的话，不料他却挺轻松地说："好啊，既然龚副局长如此盛情，那就有劳你了。"

　　此时，周秉义被一个人吸引了。确切地说，他是发现一个人在打量自己。他们两辆车刚停住，后边接着停下了一辆军车，车上下来一位白发苍苍的老军人，从肩章看是位中将。老将军一边吸烟，一边用研究的目光望他，望得他颇不自在。

　　他正纳闷，万副主任说："我就不往前送了。你刚才也看到，有一段路太堵了，过会儿肯定更堵，我怕正赶上，一堵堵半天。"

　　他竟不再用"您"称呼周秉义了。

　　秉义连说："对，对，你快请回吧。"

　　于是二人握手，万副主任与他拥抱了一下。

　　万副主任的车掉头开走后，龚维则替周秉义打开了车门。

　　周秉义上车前，扭头望了老将军一眼，见老将军仍在看他。

　　龚维则与周秉义聊起了自己当年与光字片，特别是与周秉义父母的关系。

　　"要说有什么特殊关系吧，其实也没有，但内心里对咱们光字片，对你们周家的人，就是保留着那么一份说不清道不明、想忘都忘不掉的感情。我侄子龚宾当年和秉昆是工友，你弟可是个大好人，当年我出了那么一档子倒霉事以后，你弟他们几个工友对龚宾可爱护了。你父母当年特别支持我的工作，更不要说你了。你是我的贵人。总之，一回忆起我当派出所所长时的事，就会想到光字片。一想到光字片，首先就想到了你们老周家的人。这是缘分啊，你认为呢？"

周秉义说:"是啊。"

龚维则也比周秉义大几岁,秉义当年和弟弟秉昆一样叫人家"小龚叔叔"。那是历史性的关系,当年光字片的父母都让自己子女叫他"小龚叔叔",大几岁也得叫"叔叔",没有谁家的孩子开过叫"哥"的先例。

坐着小龚叔叔亲自驾驶的警车,听着已是区公安局常务副局长的小龚叔叔温暖的回忆,周秉义竟不敢多说什么,怕又被特殊的感情绑架了。

龚维则觉出他没有谈兴,安慰道:"别那么失落。"

秉义奇怪地问:"我失落什么啊?"

龚维则说:"你当然自己不能承认啰。你啊,得这么安慰自己,虽然由掌实权的干部变成了虚职干部,由一把手变成了服务于一把手二把手三把手的人,但你进京了啊!东三省有多少像你这个级别的干部做梦都希望能被调到北京去。这也是地方官员的一大喜事嘛,意味着儿女沾你的光成了北京人啊!"

秉义说:"我没儿女。"

龚维则说:"忘这茬儿了,但冬梅沾你光了啊,她肯定愿意成为北京人嘛。你不要理那些议论,都是出于嫉妒,吃不到葡萄才说葡萄是酸的。"

秉义说:"有些什么议论呢?说来听听。"

龚维则扭头看他一眼,见他表情开朗,似乎有了点儿谈兴,便滔滔不绝地分析,挺来情绪。周秉义索性不打断,也不接言,听得倒也津津有味。龚维则的话忽又绕回到他与光字片与周家人的感情上,周秉义的心便又敏感地收紧了。

到了机场,二人下车后,龚维则还在大谈感情。

秉义忍不住问:"维则,有没有什么需要我帮忙的事啊?有就抓紧时间直说。"

龚维则愣了愣,摇头笑道:"没有,没有。大半辈子都过去了,从没人这么问过我，倒是我以前常对别人这么说。以前思想单纯啊，认为自己是派出所所长嘛，工作性质决定你就是要及时为群众排忧解难嘛，所以常把你刚才的话挂嘴边上。现在呢，当了副局长，不但再不敢轻易说那种话，而且生怕别人求到自己头上。除了亲戚朋友的事，谁的忙也不想帮。怕主动帮了谁，落下个好求的名声，三天两头有人磨叽着相求，那不烦透了。咱们才多大一点儿权力呀，帮不过来啊！"

他的话说得周秉义脸红了一下。

两人之间，偶尔见着了，彼此表现得再亲热，也从不称兄道弟。对于周秉义来说，"小龚叔叔"是历史性的，称"兄"意味着对共同经历的一段历史的否定，但如果再叫"小龚叔叔"又确实有点儿可笑。对于龚维则，如果对秉义以"弟"相称，降低了自己曾是"叔叔"的历史地位。

龚维则真诚地说："你走后，本市这边有没有什么放心不下的事？有的话你只管直说。"

秉义本想求他解决一下弟弟的工作问题，但听了他那一番怕人相求的话，不好意思开口了，也连连摇头说："没有，没有。"

一对中年夫妻和半大孩子拉着行李箱、拎着大包小包走了过来。他们是龚维则的朋友，惊喜地发现了他，就要搭车回家。那一家三口旅游回来，刚下飞机，由于飞机一再晚点，接他们的司机错过了时间。

秉义劝龚维则赶快拉上朋友一家回市里，龚维则也就不再坚持要送他到出发大厅了。

二人握手道别，周秉义情不自禁地拥抱了当年的小龚叔叔一下。小龚叔叔乘机俯耳低语："放心，龚维则不会让你蒙羞。"

省委办公厅万副主任给周秉义买的是航班的头等舱。二〇〇一年，县长、县委书记们出行大抵也坐头等舱。级别已不重要，是否是辖区或部门的一把手最重要。当时，一把手为尊的现象泛滥，一位县委书记与一位副省部级干部或者一位私企老板同坐飞机头等舱，也是寻常事。

周秉义对坐头等舱也没有任何不适。自从当上了市委书记，进京跑项目或出国考察，他从没坐过普通舱。当军工厂党委书记到俄罗斯去，他是坐普通舱，初任一把手，又遇上了特殊情况，如果有人给他买头等舱，他会生气。自从当上了市委书记，就没有人敢给他买普通舱。

周秉义在贵宾室门口愣了一下，几乎想退出去。贵宾室只有两个人，那位老将军和警卫员。他忽有种进错了地方的感觉，但服务员已将他的行李箱放在沙发旁了。他只有走过去坐下，当时那感觉别提有多么不适。

老将军瞥了他一眼，对警卫员耳语了几句。服务员刚一离开，警卫员立刻走到他跟前，"啪"的一个立正，敬礼后邀请他说："如果领导方便，我们首长想请您坐过去，跟您聊聊。"

当了十几年市委书记，周秉义早已懂得，官场上一向是以领导、大领导、首长、大首长四个等级来划分干部——大领导以上皆属高干，起码得是省部级。而首长嘛，自然是比省部级还高的高干。大领导、大首长不是正式的说法，在官场指高干中在位的一把手。不管多少领导、多大的领导一起开会，如果有一个人面前的纸牌上印着"首长"二字，那么现场谁的官最大就一目了然。

周秉义略一犹豫，立即起身，诚惶诚恐地坐了过去。他在老将军旁边的沙发上刚一落座，老将军朝警卫员挥挥手，警卫员离开了贵宾室。

老将军缓缓扭头看着周秉义的脸问："你是位干部啰？"

周秉义脸一红，谦恭地回答："是的，首长。"

老将军又问："多大的官啊？"

第六章

周秉义彬彬有礼地回答了自己曾经的职务，到北京后可能上任的职务。

"我当你是多大的官呢，两辆车送你一个人，还都是公车，有那必要吗？还警车开道，还鸣警笛，不是我倚老卖老地批评你，谱太大了吧？刚当到司局级就找不到北了？"老将军的批评丝毫不留情面。

周秉义料到了必会遭到批评，并已在心中快速想好了该怎么应对。他还算沉着冷静，脸没红第二次。

他微微笑道："首长，您误会了。只有一辆车送我，那辆警车是到机场接人的。因为我认识开警车的人，所以才半路坐到了警车上，让送我的公车回去了，那样就可以为公家省点儿汽油嘛。近年来各级'两会'，代表委员总说党政部门的行政开支太大，压下来不容易。作为干部，能替国家在各方面省一点儿是一点儿啊。至于警笛，不是为我而鸣，我听开警车的警官说，他是为您才鸣的啊！开警车的警官注意到您坐的那辆白牌军车了，他一想是和我们同一方向去机场，怕误了点，就为你们的军车鸣起了警笛。您不但误会了我，也误会了警官的好意呢。"

周秉义的表情使他的话听来仿佛句句是真。

老将军却还是不相信地问："为什么是怕我们误了点，而不是怕你误了点？"

"我们知道我的时间从容，不会误点啊，却不知道你们赶的是哪一趟航班。见你们一路超车，以为你们的航班比我们的航班早。"

周秉义说得有条有理，丝丝入扣，不由人不信。

"确实是我误会了？"

"确实是您误会了。"

"那么，我应该向您道歉喽？"

"首长，不必，首长的批评也是为我好。我应该有则改之，无则加勉。"

"你能这么认识我的误会很好。我喜欢你，上了飞机咱俩要坐一块儿啊，我对中国教育有不少看法，也可以说有不少意见，我认为值得你听听。"

"那是肯定的。首长的意见必然有利于教育改革，但就怕我没有与首长挨着座位的幸运。"

"小张！"

警卫员应声而至。

老将军高兴了，和颜悦色地说："对对我俩座位号。"

一对，老将军的座位在前排，周秉义的座位在后排。

老将军对警卫员说："登机后，你负责让我这位新朋友和我坐一块儿。"

警卫员说："首长，可能不太好办。"

周秉义也说："首长，不如让警卫员将您的住址留给我，我以后登门拜访，请教。"

老将军固执地说："以后是以后嘛！小张可有办法了，小事一桩，他会解决好的。"

警卫员忐忑不安地说："我试试看吧。"

"你看你，刚夸完你，怎么这么说呢？这点儿小事还为难，不像是你了嘛。过来过来，我支你一着儿！"

老将军以手招之，大高个子警卫员立刻走了过来。

"你弯下腰嘛，让我仰视着你说话呀？"

警卫员就毕恭毕敬地弯下了腰。

老将军小声说："上了飞机，你要主动跟空姐套近乎，嘴甜点儿。你就说他是我秘书，我俩要在飞机上研究工作问题。只要空姐被你哄开心

第六章

了,她就会替你与乘客协商,懂了吗?"

警卫员笑道:"懂了,谢谢首长支着儿。"

老将军朝周秉义眨眨眼睛,他俩都情不自禁地笑了。

登机后,根本无须警卫员与空姐套近乎。那架飞机乘客少,没坐满,头等舱只有周秉义和老将军两人。一名漂亮的空姐反过来向警卫员示好,说头等舱的座位空着也是空着,热情地请警卫员也坐到头等舱。警卫员红着脸不肯,说得经过首长同意,空姐就笑盈盈地替他请示,老将军马上批准,还替警卫员谢了空姐。

老将军对周秉义耳语:"一般情况下我是不会同意的,容易把年轻人惯坏了。军队必须讲规矩,什么人什么待遇是规矩的一种,轻易不能破。现在的情况比较特殊,我觉得那女孩儿和小张对上眼了,爱情也需要条件,我的做法对吧?"

周秉义说:"对,首长的做法非常对。"

周秉义忽然回想起来,自己当年做知青干部时也如小张般年轻英俊、风华正茂,也很幸运地遇到了赏识自己的师首长及军区副司令员。现在,自己年过半百,面颊松弛,头发稀疏,也曾主政一方,却依然很难把握自己人生的航向。真是人生苦短,联想到"情怀渐觉成衰晚,鸾镜朱颜惊暗换"之类的诗句,心中顿生一片惆怅。

老将军情绪很好,字斟句酌,细言慢语地发表对国民教育久经思考的见解。周秉义已经犯困,强打精神做洗耳恭听状,不时往小本上记几笔,偶尔插问两句,他对短期内根本无法实现的浪漫建言照记不误。同时,他不免顾影自怜,羡慕妹夫蔡晓光的潇洒活法。在他看来,蔡晓光本该选择走仕途,妹妹周蓉更应走蔡晓光的文艺之路,而自己才适合做教育工作。

两个多小时的空中旅程过得也快,全赖周秉义配合,老将军交谈甚洽。他以为对方会提醒警卫员给他留下住址，对方却似乎忘了那茬儿——也许真忘了。

到了教育部，刚喝了几口茶便有人找他谈话，是位副部长。寒暄数句后，对方告诉他，他已经不属教育部的干部了。

尽管他久经历练，还是惊讶得差点儿失态。

"事情是这样的，秉义同志。不知怎么搞的，中纪委领导知道了你。有一天派人找到部长，要求看一下你的档案。中纪委的同志要看任何人的档案，我们自然同意。过了一天，中组部也来人了，通知我们因为工作需要，调你到中纪委工作，并带走了你的档案。他们要求你回京后，及时送你到中纪委报到。"副部长说。

周秉义一时不知道怎么回应。

"秉义同志，你今晚干脆就住在部里招待所吧。马上有人带你去洗漱，休息一会儿。但你先别吃晚饭，我下班后过来陪你。"副部长叮嘱说。

"谢谢了，晚饭我自己解决就行，不必麻烦您了。"周秉义到底还是有相当的应变能力，明白了事情的来龙去脉，便能做到应对自如。

副部长说，陪他吃饭也是一项工作，教育部物色的好干部，被中纪委"抢"走了，也是教育部的光荣嘛，陪他吃饭也是分享啊。

坐在招待所的沙发上，周秉义想到配合中纪委同志调查"正义大坑"的前后经过，对自己调任中纪委工作倒也不奇怪了。当时，他们中的一位领导曾与他谈到《求是》杂志上的一篇反腐倡廉的文章，那是他任市委书记时写的，曾经引起一定反响。对方说，这篇文章几位大领导都看了，还做了批示，要求领导干部学习讨论。

对方的确也说过："你干脆别去教育部了，来我们中纪委工作吧，我们现在缺干部。"

他以为只是一时戏言，自己也没有当真，笑了笑说道："好啊，我对反腐败斗争很有信心。"

对方问："一言为定？"

他说："君子一言，驷马难追。"

对方叮咛了一句："那我可向领导汇报啦！"

他说："那我等着了。"

正所谓言者轻率，问者有心。突然成了中纪委的人，周秉义完全没有想到，但也不是多么难以接受。关于愈演愈烈的腐败，民间已有"除非再来一次彻底革命，否则很难根除腐败""地火在燃烧"之类的说法，这使他很替党和国家忧虑，也很能理解民间的愤懑和不满。他想，若能在中纪委做些遏制腐败的实事，也算不枉为官一场。这么一想，他有点儿兴奋了。

陪他吃晚饭的不仅有那位副部长，还有中纪委的同志。中纪委的同志说，今晚的便饭既是送行，也是接风。全国的好干部很多，但真正关心、善于进行反腐败斗争的干部却不是太多，具有实践经验和理论认识水平的人更少。家庭关系单纯，没有子女或子女从事非营利工作的，更是少之又少。

副部长问了一句："从事纪检工作跟有没有子女有什么关系？"

周秉义回答说："腐败有两种表现，一曰膨胀的特权，二曰病态的贪欲。特权主要是为了满足唯我独尊、老子天下第一的权力欲，贪欲主要体现在金钱物质方面，生活奢靡，为了儿女或情妇，两者叠加，便欲壑难填。"

中纪委的同志说："听到了吧，句句说在点子上。中纪委从教育部将你挖走，那是挖对人了。"

副部长笑道："腐败的原因都能说个八九不离十，但怎么反，谁能提供好办法呢？"

周秉义接着说："好办法无非就是好制度，好制度首先是有法可依的制度，是能管好高级干部的制度，上行下效嘛。几千年来历朝历代都有制度，每个朝代都有腐败蔓延，都是由于皇帝管不好王公大臣。管不好'和珅'，就管不好基层官吏。方丈们男盗女娼，玷污佛门，却要求小和尚们六根清净，无私无欲，那肯定事与愿违，到头来连对佛的信仰也颠覆了。"

周秉义的话听起来都不过是老生常谈，甚至是陈词滥调。民间所议，比他的话尖刻多了，但在地方，各级官员轻易不敢那么说，相互之间不敢，公开说更不敢。当市委书记多年，大会小会经常讲反腐倡廉，他却从没说过刚才那种话。一位地方官员，更是不敢对北京官员说那种话。"抓小辫子"，整人的风气仍未绝迹，针砭时弊就有可能被整得半死。周秉义之所以敢说，主因是自恃屁股干净，不沾屎不沾尿，经得起用放大镜来观察。当然也因为以前不敢多说，压抑得太久，到了北京迫切想要释放一下思想气压。

副部长和中纪委的同志都笑了。

副部长说："秉义同志，你还没好好吃几口饭呢，我们招待所的菜不错，先把肚子问题解决了再聊。"

中纪委的同志说："敢当着咱俩说这种话，证明他常在河边走，居然没湿鞋啊，难得！"

周秉义是聪明人，立刻意识到自己的话犯忌了，也就不再主动说什么，自顾自吃起饭来。他确实饿了。

三人便都没再说什么与腐败有关的话。

饭后，中纪委的同志告诉周秉义，明天是星期日，可以在招待所安下心来休息一天。星期一、二，他替周秉义请了两天假，可以逛逛街，会会朋友。星期三，中纪委的车到招待所来接他。

周秉义回到房间，泡了个澡，一上床便酣然入睡。

他困极了，一觉睡到大天亮。吃罢早饭，逛新华书店，买了十几本书。之后的两天半，如饥似渴地读起来。一本关于政治的图书也没买，他认为自己早懂了，好政治便是为国为民多办好事，而不好的政治则是整天纠缠于主义是非，使善于耍嘴皮子进行政治投机的人大行其道。他买的都是些官员可看可不看的所谓闲书，冯友兰的《中国哲学简史》、蔡元培的《中国人的修养》、胡适的《白话文学史》、蒙田的《蒙田散文随笔》等，还有一本美国人写的大部头的《光荣与梦想》，一本带彩图的中国科学院专家编的《多彩的昆虫世界》。记得小学三年级时，学校组织参观了一次昆虫标本展，他曾立志长大后要当一名昆虫学家。他看得兴趣盎然的还是后两本书，前几本书他大学时都认真读过，但见了油然产生一种亲切感，于是买了。招待所的服务员姑娘知道他是位厅级干部，看着他双手捧着一本关于昆虫的大开本彩色图画书入迷，都嘻嘻地暗笑。

那两天半时间，对于周秉义是无官一身轻的美好时光，尽管常常有忧愁袭上心头——关于弟弟一家的、关于妹妹回国后何去何从的问题，但他总体上感觉极其美好，无比享受。

星期三，中纪委为他开了简单的小型欢迎会，实际上是个见面会。他的新岗位是反腐倡廉政治理论与政策法规调研室副主任，领导说他的名片上可以注明"司局级"。

他说："不必吧？"

领导说："有必要，非常有必要，否则到了地方，很可能并不拿你当回事。"

会后，有一个人没有离开，他走到周秉义跟前，注视着他问："秉义哥，还认得我不？"

他端详对方，似曾相识，但一时想不起来什么时候在什么地方见过。

对方说："我是吕川呀。"

他还是想不起来。

"我是秉昆的朋友，当年我们是酱油厂的工友。"

"是你呀！……"

他终于回忆起来了——当年自己做兵团知青时，有一年回家探家，弟弟的朋友们都来看他，其中便有吕川。

他说："咱们只见过那一面。"

吕川说："对。"

"后来你到北京上大学来了？"

"是的。"

"秉昆多次跟我讲到过你。如果不是受你的影响，秉昆可能还不会卷入一九七六年天安门广场那件事……"

"估计也会的吧。"

"你这么认为？"

"肯定也是我的影响，但这种影响没你想象的那么大。哥，你不是在埋怨我吧？"

"我埋怨你干什么呢？那事不是还让他有了段光荣历史吗？挺光荣了一阵子，是不是？"

"我也挺光荣的。"

二人都开心地笑了。

周秉义感慨地说："你们几个之中，就出息了你一个，他们现在情况都不太好，你知道吗？"

吕川说："知道，秉昆后来那件事我也知道。我心里时常牵挂着他们，但我一个小处长，又在北京，心有余而力不足，帮不上任何忙。"他

第六章

叹了口气。

周秉义说:"牵挂着就够朋友了。"他沉默片刻又说,"中纪委的干部不同于其他部门的干部,以你的年龄,成为中纪委的处级干部,进步够快的了。"

吕川说:"我大学毕业工作不久就是副科级了,五年一个台阶,还算快啊?"

二人都笑了。

吕川提议:"哥,咱俩出去吃午饭吧,可以多聊聊。"

秉义说:"好啊。"

吕川说:"我请哥。"

秉义说:"那我高兴,不与你争。但我嘱咐你啊,以后不能跟我叫哥,别人会有看法。"

吕川保证道:"以后我就归你领导了。放心吧,我哪能那样呢。"

二人走到楼梯口,秉义改变了想法,拍了一下吕川的肩说:"别出去吃了。到中纪委的第一顿饭我更愿意在机关食堂吃。在那儿也可以边吃边聊啊!"

吕川是明白人,没有再坚持。

第七章

周秉昆从郑娟手中接过楠楠的骨灰盒，紧紧抱在胸前，泪如雨下。

"楠楠，楠楠，爸的好儿子，爸没去接你……"他泣不成声。

周蓉朝周聪使了个眼色，周聪要从父亲手中接回骨灰盒。

周秉昆不松手。

周聪小声说："爸，妈更需要你抱抱她。"

秉昆这才松开了手。

周聪将骨灰盒轻放在靠墙的长方桌上时，秉昆已将郑娟抱在怀中了。郑娟的脸贴在周秉昆胸前，呜呜哭得像个孩子。周蓉、周玥和周聪互相看看，都流下眼泪。这时，蔡晓光停好车进了门，他想上前去劝秉昆和郑娟，被周蓉制止了。

周蓉小声说："让她哭个够吧。"

蔡晓光则对周玥和周聪说："你俩先回避回避，我们要说几句大人之间的话。"

周玥和周聪便到小院里去了。

蔡晓光对周蓉使了个眼色，她跟着他进到了小屋。

在楠楠遇害这件事上，郑娟的表现与秉昆相反。因为秉昆当时吐血昏过去，住院了，她表现得相当坚强，大大出乎朋友们的预料，也令周聪、周蓉和周玥特别敬佩。郝冬梅都对周蓉说："换成我绝对做不到，实在想不到郑娟变得这么坚强。"郑娟在美国的表现尤其令亲人们刮目相看，也获得了许多美国人的尊敬。

第七章

"作为母亲,一个文化程度很低的中国母亲,我对儿子唯一的教育,就是希望他长大后是一个好人。如果他不是一个好人,那么不管他多么出人头地,都会让我伤心。现在,他用行动证明了我的希望没有落空。我有多么悲伤,同时就有多么欣慰……"郑娟在大学里为周楠举行的追思仪式上说。

周蓉和冬梅、周聪和周玥,他们都想为郑娟写好讲话稿,让她事先背下来。

郑娟问:"需要我说很多吗?"

亲人们说不用,又不是演讲,几句就行。如果她实在不想说什么,其他亲人也可以代替讲话。

冬梅说:"你是楠楠的母亲,最好由你说。"

周蓉说:"如果你不想说,我可以代替你说。"

郑娟说:"我想说,话多了我说不好,就几句话我还是说得来的。"

周聪说:"妈,你如果想好了说什么,最好先说给我们听听。"

郑娟却说:"不用,妈又不是小孩子。"

郑娟在台上讲话时,只流泪,没有哭,甚至都没抽泣一声。

周蓉为她做翻译。她刚说了前两句,周蓉便猜到她接下来会怎么说。她的样子那么镇定,那么从容不迫,亲人们完全放心了。周蓉的英语口译水平是一流的,表现也无可挑剔。

参加追思仪式的师生们为她们鼓掌,那是不同寻常的,人们情不自禁地为她们的真诚破例了。

事后,有电视台和报社记者要采访。他们对周蓉郑娟姑嫂二人很有兴趣,两人中,一个是举止优雅、学养深厚的学者,而另一个是粗服乱头、笨拙淳朴的家庭主妇。他们认为很有新闻点,值得深度报道,但都被亲人们拒绝了。于是,竟有小报怀疑,除了母亲可能是真的,其余四位所谓亲人可能都是中国有关部门的人员冒充的。

美国就是美国，美国人对周楠母亲和亲人们的敬意完全是真实的，但他们对周楠舍身保护师生的赔偿却相当苛刻。周楠属于公派留学生，没有缴纳人身安全意外保险，学校不会为枪击事件受害者提供多少经济补偿，只会提供道义上的支持。美国也绝不是一个冰冷的国家，美国人也绝非冷漠无情的人类——对于枪击案件中的伤亡者，另有慈善基金伸出了援手，总算给了一些救济，但需要办理一系列复杂的手续。

当周蓉手持多份表格向郑娟说明情况时，郑娟平静地说："咱们并不是来祈求同情和怜悯的，是不是？"

周蓉说："那是，但你作为楠楠的母亲，有权利理直气壮地接受一笔……"她一时不知该用什么词，求助地看着嫂子冬梅。

冬梅也想不出更好的词，只能这么说："弟妹，你别立即决定，今晚考虑考虑，明天早晨再告诉我们你的想法。"

郑娟说："那我考虑考虑。我太累了，想一个人待会儿。"

周蓉们便都离开了她的房间，到了冬梅的房间。

周玥说："她可别又倔又缺心眼。"

周蓉训斥道："没你说话的份儿。"

周聪也说："姑，大娘，自从我和我妈都有了工作后，我妈就再没认为钱对我们家很重要。她对钱的认识一向有限，够花就知足，你们真得从长远方面引导引导她。"

周蓉说："你和表姐先出去，我和你大娘商量一下。"

两个小字辈走出房间后，周蓉说："对于钱，她是像周聪说的那样。万一她不开窍，咱俩该怎么办呢？"

冬梅也是个从小就没有金钱概念的人，她提醒说："要不你再去给她讲讲美元和人民币的汇率？"

第七章

周蓉说:"看来有必要。"

她回到郑娟的房间,郑娟已躺在床上了。

周蓉坐在床边,绕了几个话题,开始谈到美元与人民币汇率。

郑娟流下泪来,她说:"姐啊,你比我这个妈还强,你还在法国见着了楠楠一次。可我……楠楠发了重誓,他爸不出狱,他就不回国。我那么多年以来,日盼夜盼,终于盼到他爸出狱的一天了,也终于盼到全家团圆的年头了,可见着的却是……我现在满脑子都是楠楠小时候的样子,不闭眼睛困得头痛,一闭眼睛楠楠就在我眼前,想跟我说话似的……姐啊,你跟我说的事,现在入不了我的脑子啊!"

听她那么一说,周蓉默默地退出了房间。她将郑娟的话对冬梅转述了一遍,冬梅沉思片刻,叹道:"你我谁都没资格替她做决定,左劝右劝也不好。她当然可以完全顺着目前的心情来决定,她怎么决定,我们只有尊重的份儿。至于她以后是不是后悔,咱们也不能太纠结,随她吧,就当她的任何决定都是天意。能顺顺利利地陪她来,又能顺顺利利地陪她回去就好。"

周蓉也沉思默想起来。

冬梅又说:"虽然我们是为她一家三口考虑,没有任何私利掺杂其中,但如果我们在钱的问题上话太多了,只怕反而会受到误解。事实是,咱们都是楠楠的亲人,只有郑娟一个与楠楠是骨血之亲,她和咱们的感受不同,咱们还是不要在钱的问题上一厢情愿地絮叨她了吧。她有小倔脾气,这一点你我都知道,万一惹她不高兴了呢?"

周蓉也说:"嫂子,那听你的。"

第二天早饭时,郑娟低垂着目光说:"姐,嫂子,我认真考虑过了……我是来接儿子回家的……楠楠这孩子的死,不能和钱沾一丁点儿关系。我敢肯定,秉昆也会是这么个态度。我们当父母的,如果花儿子用命换来的钱，那是种什么心情？再者呢，人家处处对咱们恭敬，拿咱们当高贵的人物一般接待,咱们五个人的来回机票、吃住，已经花了人家不少钱,所以你们替我谢谢就是了。"

周蓉和冬梅互相看看，都没说什么，默默点头而已。

周玥和周聪也互相看看，先后起身离开了餐厅。

"你妈脑子进水了。"

"你别当我面这么说我妈。"

"你妈也应该为你着想！"

"我也不能花我哥用命换的钱。"

"你和你妈脑子都进水了！"

"你再说这种话，我可生气了。"

"别以为我和我妈都是见钱眼开的人，我们母女完全是为你们一家好！你如果不愿劝你妈改变想法，那就随你们母子的便吧！"周玥竟先生气了，不再回餐厅，悻悻地回房间去了。

于是，周蓉按郑娟的意见，在报上发了一则简短声明，结果引起了更多记者的采访请求。当记者们赶到周家人的住地时，他们已乘上了回国的班机……

正因为郑娟在美国的表现那么坚强，形象高大，当她偎在周秉昆怀里小女孩般哭泣时，亲人们真有点儿惊愕。

实际上，如果秉昆不在身边，郑娟自己面对任何不幸之事，必定是坚强而有主见的；秉昆一在身边，她往往脆弱得一塌糊涂。这与她长期以来对秉昆的依赖有关，也与她天生的某种基因有关。连她自己都不清楚自己究竟是怎样一对男女的女儿，谁又能说清楚她究竟随的是什么人的根呢？周秉昆做了丈夫后，在郑娟面前总是能扛耐压，一旦离开她多日或她离开了他多日，单独遇到不好的事也变得不知如何是好，失魂落

第七章

魄。周秉昆刚成为丈夫时并不那样,共同生活久了以后渐渐就这样了。在监狱里被关了十二年后,他更是这样。如果不是郑娟探监探得勤,估计他入狱几年就崩溃了。他俩的结合不是1+1=2式的结合,而是2-1<1的结合。只要在一起,就有力量;但只要分开,各自原先的精神能量都反而弱了。

他们都使对方热爱生活和人生,也都因为太依恋对方而消耗掉了一些自我。

在周家的小院里,周玥还是有些耿耿于怀,又对表弟周聪发表意见:"十万美元是个什么概念,你妈不明白你也不清楚?看你家住的这是什么破房子,你也要住在这种破房子里娶媳妇?哪个女的肯?你以为如今的女孩子还像当年你妈那样?就算有哪个姑娘肯往你家这破房子里嫁,你忍心周家第四代在这种破房子里出生吗?哎,你后悔不后悔啊你?!"

周聪当然对母亲的决定感到懊丧。在美国,他当时特别能理解母亲,但一乘上归国的飞机就开始懊丧,离家越近懊丧越强烈。走回光字片时,他懊丧得都不愿往前走。进入家门,他心中除了懊丧和痛心,再就没有别的情绪了。去了一次美国,他觉得自己作为一个省会城市的人变得可笑极了。不是城市或农村的问题,生活在光字片的周家老屋,他觉得自己如同生活在非洲农村,或非洲地区的难民营。

周聪并不因自己头脑中所产生的强烈对比而自责,却为自己由于母亲拒绝了十万美元补偿所产生的懊丧而感到可耻。这都无助于减少他心中的懊丧和痛心,只是他绝对不愿被爸妈看出来。

听完表姐的话,他狠狠地小声说:"如果你敢当着我爸妈的面说这类话，看我不大嘴巴子抽你！"

实际上，蔡晓光在周秉昆家接连拍了几天戏后，替周秉昆将房子里边也抹了抹，用白灰刷了刷。周秉昆已不好再求朋友们帮忙，他完全没那份心思。蔡晓光认为，自己不张罗，那可怎么办呢？谁叫自己是姐夫呢？秉昆接到周聪发回来的电报，在他们到家之前，强打精神大致收拾了一下，周家的老屋总算有了点儿家的样子。

蔡晓光示意周蓉跟他到小屋里去，既没想做什么，也没想说什么。在机场，一见到周蓉，他心里就涌起了想要立刻与她亲热到一处的巨大冲动。当着郑娟和周玥、周聪的面，他不能不克制着。他甚至都没与她拥抱一下，倒是与郑娟和周玥、周聪都拥抱过了。他只是从她手中接过旅行包时，趁机使劲攥儿了攥她的手，她也回了他深情的一瞥，让他更加急切。周蓉刚一进小屋，蔡晓光便将她拽至墙角，接着紧紧抱住了她。她从他双臂中抽出一只手，朝门外指了指。门已不存在了，因为早就歪斜得无法关上，被晓光卸下来放到小院里去了。他替秉昆买了块花布当门帘，用钩吊在门边。

"别动。"蔡晓光一手将周蓉拽在墙角，另一只手放下了门帘。

周蓉低声说："你真没样儿。"

蔡晓光也低声说："我不管。你弟弟是男人，我也是男人。他才几天没见郑娟？我都十二年多没见着你了。"说罢，他又将周蓉紧紧抱住，渴汉子低头凑水龙头似的，迫不及待地便要吻她。

周蓉一边左闪右避躲着，一边小声说："我一路上只漱了两次口。"

"不管！"

蔡晓光又说出同样的话来，终于将自己的嘴对准了周蓉的嘴，吸没水的龙头似的狠嘬嘬吮，似乎要将周蓉的五脏六腑吸出来。

这时，周玥在大屋里叫道："都不饿呀？还不快弄点儿吃的啊？"

周秉昆双手捧着郑娟的脸,这才说:"不哭了啊。你陪陪大家,我做饭。"

他轻轻推开郑娟时,周蓉从小屋里出来了,脸红红的,喘了一大口气。她被晓光吻得有点儿缺氧,头晕目眩。

蔡晓光在小屋里火冒三丈:"周玥,你嚷嚷什么,晚吃一会儿饭就会饿死你了?"

周玥猜到了他为什么生气,没敢再吭声。

饭菜是现成的,秉昆已做好了,一部分热在锅里。郑娟一回来,他变了个人似的,不许别人插手,很是麻利,片刻就将饭菜一一端上桌。

除了周秉义、郝冬梅和周楠,十二年后,周家的第二代人和第三代人,终于在一起吃了顿便饭。秉昆两口子吃得很少,周蓉也不过象征性地吃了点儿。周玥和周聪早就饿了,各自埋头吃了挺多。蔡晓光基本上没吃什么,他眼里不见饭菜,只有周蓉,想要暴食一顿的也仅是周蓉的身体。周家唯一的二茬女婿,实际上对周楠的死不曾真的悲痛。他悲痛不起来,但自己的表现应该比以往更让周家人满意一些,这是他对自己一再的提醒。

饭桌上气氛沉闷,大家话都不多。

饭后,秉昆仍不许别人插手,同样麻利地撤去碗盘,擦净桌子,一个人在厨房忙着洗涮。

郑娟忽然想到一件事,让周聪打开旅行兜找出一顶宽檐的牛仔帽,作为礼物送给蔡晓光。当年出现在美国的"中国造"的东西还有限,那礼帽是地道的美国货,还算个名牌,不过是在旧物市场买的,按美元计算相当便宜。若按人民币计算,以光字片百姓人家的消费水平而论,二百多元呢,相当贵了。

郑娟从周聪手中接过牛仔帽,捧到了蔡晓光面前,动情地说:"姐夫，虽然旧了点儿，但你千万别嫌弃。我和秉昆有你这么一位好姐夫，都觉得是种福分……"她又流泪了，似乎还想说什么，说不下去。

周聪接着母亲的话说："我妈再三叮嘱，一定要给你带件礼物，也没富余的钱，只能从旧物市场上选。这是我妈一眼相中的，说正好这个季节戴，拍戏的时候可以遮挡阳光，我们都没为我爸买任何东西……"

蔡晓光接过去往头上一戴，分外感动地拥抱了郑娟一下——她居然能在受到如此巨大的精神打击之下，还想着要为自己带件礼物，这使他非常意外。那时，他觉得自己为周家人操的一切心都是值得的，而且有了丰厚的回报。

随后，周蓉提议该走的都走吧。秉昆和郑娟也不留，他看出姐姐很疲倦了。姐弟俩都没顾上怎么亲热，也根本没单独说几句话。

送姐姐出门时，秉昆说："姐，你回来了真好，以后咱俩找机会再长聊吧，我有许多话要跟你说。"

周蓉转身说："姐也是。"她顿时热泪盈眶，情不自禁地拥抱了弟弟一下，还和他贴了贴脸。

那是姐弟俩分离十二年后，当天唯一的亲近举动。

"照顾好郑娟，她比你更需要关怀。"周蓉说罢便走，她不愿让弟弟看见她流泪。

一位绝不落泪的姐姐——她仍想在弟弟面前保持这样的形象，并且认为很有必要。

当家中只剩下秉昆和郑娟二人时，他开始为她烧洗脚水。她却说也想洗洗头、擦擦身，说在美国时虽然天天晚上都可以洗头、洗澡，自己却只享受过一次。在北方城市，相当多的老旧宾馆房间还都没有安装淋浴设备，因为没钱改造。能在睡觉的房间里痛痛快快地洗个热水澡，对于普通中国人的确是一大幸福。

她说："我也不可能有那份享受的心情啊。"

他说："我去借个大盆。"

于是，周秉昆就去春燕爸妈家了。

春燕爸和春燕姐姐姐夫都到南方打工去了，家中只剩下春燕妈和春燕外甥女。那女孩明年也该上初中了，正伏在小炕桌上写作业。

春燕妈奇怪地问借大盆干什么？

秉昆说郑娟回来了，要洗洗头发擦擦身子。

春燕妈便找出了她家的大盆——白洋铁皮做的，比宾馆里的浴缸小不了多少。

春燕妈叮嘱说："秉昆，小心点儿用啊。自从春燕当经理的那个澡堂子黄了，全家大人孩子洗澡都成了问题。你叔一赌气，咬咬牙跺跺脚买的。现在四口人只剩我这没用的老东西在家了，我和小秀洗身子还得用它，要不我们一老一小上哪儿去洗呢？总不能一年到头不洗一次澡吧？可千万小心别踩漏了，要放在你家的平地上洗，预先扫扫地，别让小石头硌了盆底。"

秉昆说："婶放心，我会小心的。"

春燕妈见他要拿起盆，忙劝阻道："别急着走啊。陪婶聊几句嘛！你说你叔他们三个，不在一处地方，互相也没个照应。哪个都不常往家写信，谁寄回钱了，我才知道谁还活着。丢给我这么个小崽子，也不好好学习，老师三天两头让好学生捎话给我，要不说上课又打瞌睡，要不说考试又不及格。秉昆，你说我这命，哪天才能省点儿心呢？"说着说着，要哭的样子，扭头见外孙女咬着铅笔瞪她，没好气地训道："瞪着我干什么？都六年级了，还连封信都不会写！给你妈写封报平安的信有那么难吗？照着信封抄地址，还把地址给抄错，被人家邮局退回来了！你爸寄回钱，也得我去邮局取！"

春燕妈一边说，一边用手指戳着外孙女的额头。那女孩一次次躲避着，不拿好眼色瞪她姥姥。

趁春燕妈数落时，秉昆又拿起了大盆。

春燕妈抓住盆的另一边，接着说："秉昆啊，婶儿跟你说心里话，有时我常想，我这活着的还不如你爸你妈早走的，两眼一闭，两腿一蹬，什么事都用不着再操心了！"

秉昆劝道："婶儿，别那么想，也不能总训孩子，经常训对她的成长起反作用。以后叔他们寄回钱来，或你要给他们谁写信，就找我。"

他看出来，春燕妈寂寞又憋屈，家中只有一老一少，却都不喜欢对方。

春燕妈仍不松手，她继续说："秉昆啊，你回来快两个月了，楠楠又出了那样的事，婶儿本应该经常去你家看看的。可婶儿的腿不听使唤了，不爱走动了，你可千万别挑我的理啊。春燕每次回来都说，在她心里你还是她干哥。如果那天我突然走了，你们可得还像从前那么好好相处，彼此多照应着把日子往前过下去，要不怎么办呢？"她说着说着就落泪了。

秉昆请求道："婶儿，郑娟还在家等着呢，我得快回去，改日再来陪你聊。"

春燕妈这才放开了手。

秉昆将大盆倒扣身上，用头顶着，像背负着一只小船跑着回了家，郑娟却已和衣穿鞋蜷睡在大屋炕上了。

秉昆见她并没睡实，俯身小声问："还想洗吗？"

郑娟也不睁眼，小声说："洗。"

于是秉昆将大盆擦干净，连烧两锅热水倒入盆中，替郑娟脱光衣服，转而又往盆中兑了些凉水，这才抱起郑娟把她轻轻放到盆里。

郑娟仍不睁眼，也懒得动一下。

秉昆找出一块没用过的香皂和一条新毛巾，从头发开始，细细地替她哪儿哪儿都洗到。郑娟一直不睁眼，胳膊腿软软的，任他举，任他抬。第三锅水又热得都快沸了，他由她闭着眼坐在盆中，去将火压了，又兑了满满一壶凉热适度的水，拎着来到盆前，一手扶起郑娟，让她双手搭他肩上，与他面对面站稳，高擎铁壶，水流缓缓地冲她的头发她的身子。如此冲了两遍，他这才替她擦干，抱入小屋，服侍她躺下。

他已累得有些喘气，坐小凳子上歇了会儿，用水洗了脚。衣服裤子全湿了，便脱下泡入盆中。之后，他仅穿着短裤刷牙洗脸，不再做什么事，也上炕了。

郑娟还没睡着，她翻了个身，背朝他，微微蜷起双腿，微声细语地说："搂着我。"

他便轻轻搂着她，那是他俩一向都喜欢的睡法。

她又说："我就能睡着了。"

他吻了她的肩一下，小声说："好。"

不一会儿她就睡着了。

秉昆却难以入睡，他想到了王宫、国王和王后——那是他十二年前搂着她的夜晚经常产生的想法，这种想法大大增加了自己的幸福感。除了将那样的家想象成王宫不太容易，将自己想象成国王、将亲爱的妻子想象成王后，却从没有什么障碍。

国王和王后有两位王子，四口人生活得相亲相爱，休戚与共。至于烦愁，他的阅读经验告诉自己，世界上从没有无烦无愁的国王，他们的烦愁比自己还多还大还要命呢！他明白自己的想法很阿Q，却又觉得阿Q精神有时候对于底层人挺好。如果完全没点儿阿Q精神，日子里岂不是只剩下愁苦了？

此时此刻，他头脑里连点儿阿Q精神也没有了，不仅因为大屋桌上放着楠楠的骨灰盒，还因为他想到了监狱。十二年牢狱生活，他见过了太多忧伤、愁闷和眼泪。他度日如年，盼着出狱，也是希望早日摆脱那些负面情绪的影响。现在他终于出狱了，自家的不幸姑且不论，他的所见所闻几乎桩桩件件仍与忧伤、愁闷和眼泪纠缠不休。光字片的家家户户，与他亲如兄弟姐妹的朋友们，也几乎都被人生的压力压得直不起腰杆来，一个个无法顺畅呼吸了似的。

在这个静静的夜晚，他似乎听到从四面八方传来沉重的喘息声，他想象得到，许许多多的中国人即使在睡觉时身心也难以放松——而这又与睡姿无关，一夜改变多少次也无济于事。对于他而言，监狱里与外边的区别仅仅是——在监狱里有些人要强忍眼泪，装出心态良好的样子以取悦管教们，而外边的众生想哭就哭，想发泄就可以有限度地发泄一通；监狱里有些人真有忏悔之心，而监狱外有些人的内心只有对现实的愤懑。

他无论如何也睡不着了，悄悄爬起，披件衣服，走到大屋吸着了一支烟——扭头看见楠楠的骨灰盒，捧起来，贴胸抱着坐在小凳上。

他也想哭一通，为自己白坐了十二年牢、水中捞月一场空的遭遇，也为许许多多别人家的忧伤、不幸与憋屈。

那时，周家的另外三口人也都住下了。周聪还回蔡晓光的老宿舍去住，自己走去的。周玥住到郝冬梅的宿舍去了，冬梅在北京将钥匙交给了她，晓光开车送她过去。

在母亲、舅妈冬梅和表弟周聪看来，周玥对周楠之死这件事的表现很古怪，古怪到令三位亲人匪夷所思的程度。若说她并不怎么悲伤吧，三位亲人都觉那是不对的，因为她动不动就眼泪汪汪，分明比他们还悲伤。但她却常常说出一两句叫他们惊愕的话，让他们一致感到不合时宜，甚至不合情理得过分。那类话她一次也没当着郑娟的面说过，仿佛母亲、舅妈的意见全都是错的。就连郑娟拒绝接受十万美金这件事，她也认为都怪他们。如果说在陪伴郑娟的亲人之间闹过什么别扭，那也完全是由周玥引起的，她似乎成心与他们闹别扭。在回国途中，包括周蓉在内的三位亲人都尽量少与她说话。从北京回来的列车上，母亲和表弟都不太理她——他们的不满达到了极点。

周玥躺在床上时，无边的悲伤再次涌上心头，她忽然想放声大哭。

她的古怪表现是由于心中郁积了种种难以言说的失落和憋屈。

周玥不敢哭出声来——那是高校教职工宿舍，天黑以后忽然从谁家传出一个女孩——不，一个女人的哭声，肯定会使四邻不安。何况左邻右舍一定知道，郝冬梅去北京了，她家是不该有什么人的。

周玥也明白，自己早已过了被视为女孩子的年龄，自己是一个女人了。如果母亲对她与周楠的态度并没发生过改变，那么她的初恋虽在心头留下伤口，但应已结痂了。她同样会因周楠表弟的死而万分悲痛，但却是不一样的悲痛。问题是就在法国时，母亲对她与周楠表弟的关系确已发生了态度转变，而这又使她继续做起玫瑰梦来，绣着高级蕾丝边的玫瑰梦。

结果却是那样，悲痛也就太不相同了。她的悲痛远远超过母亲、舅妈冬梅和表弟周聪，一点儿都不亚于舅妈郑娟，郑娟却是亲人们呵护和关爱的中心人物。

不但别人，亲人们也没有任何一人认为她同样更需要呵护和关爱。

她竖抱枕头，将脸压在枕上，哭一会儿停一会儿，停一会儿哭一会儿，不知道过了多长时间。

第八章

周蓉随蔡晓光去了奖给他的楼房里。

当她在卫生间淋浴时,蔡晓光几次敲门。他没想到,在只有他们两个人的情况下,她居然会将门插上。

第一次她问:"敲门干什么?"

他说:"想和你一块儿洗。"

她说:"这么小的地方,怎么洗得开?"

他说:"能洗得开。"

她说:"胡思乱想,别说洗不开,洗得开也不行,我可没你那种毛病。"

当年,能在家里洗上热水澡的人仍很有限。政府十多年前盖起来的公房,卫生间都挺小。普通中国人头脑中,不可能产生要在家中洗上热水澡的念头。蔡晓光属于本市有条件超前体会好生活的人物之一,刚有电热水器上市,他便捷足先登了。

周蓉在法国养成了每天至少淋浴一次的习惯。在法国任何一座城市,只要是付费居住的地方,淋浴根本不是问题。如果住的是朋友家,淋浴条件往往还更好。可以说,她已经是一个享受淋浴喜欢淋浴的女人了。

淋浴能使她减压,女儿在美国以及回国途中的表现又让她有心事了。她和女儿同时成为无业者,这也让她高兴不起来——虽然母女俩终于踏在祖国的土地上了,这本该是欢乐之事。

周蓉一路上多次想,要坚决改掉喜欢淋浴的嗜好。是的,她清醒地意识到，作为一个中国人而乐于享受淋浴，肯定是一种坏毛病。十二年前，在她任副教授的那一所省属重点大学里，教职员工的福利待遇已经算很好，男女教职工也只能分单双号到公共浴池洗澡，每人每月最多限购十张澡票。不够用的话，对不起，即使您是校长、书记，那也只能自己另找地方去洗。曾经就有一位校长因为在公共浴池多出现了几次，在教职工代表大会上被批评为有官僚特权思想。

所以，晓光一说在家里也可以洗上热水澡，她简直有点儿喜出望外。

晓光第二次敲门。

"又干什么呀，你？"

"上厕所。"

"能忍会儿不？"

"这……可以吧。"

"那就忍会儿。"

当她洗完澡，面对镜子擦干头发时，居然惊喜地发现，自己的白发似乎少了些。她难以相信地俯镜细看，其实并没有少，是灯光暗的原因。

镜子中她的脸，除了肤色黑了点儿，眼角有了不细看不易看得出的皱纹，轮廓还是当年那张美人儿脸。她的身材也还是非常的苗条，足以让许多同龄女性羡慕嫉妒。上苍对她这样的女性真是太偏心，赐予了她们美好的容貌、身材和智慧，而且非常大度，迟迟不肯收回。

头发却依然是个问题——否则，上苍也太不公平了。要不要为他染染呢？他当然是蔡晓光。

她正这么寻思着，蔡晓光第三次敲门了。

她围着浴巾刚一迈出，眼前蔡晓光的样子让她一愣。他身上披裹着花薄被，像和尚披着袈裟那样。

已经立秋了，到了盖薄被的季节，但他的样子还是使她笑出了声。

"你这是干什么嘛!"

"你急死我了!"

"那快进去吧。别披着被,看弄湿了,给我。"

她从门口闪开了。

他却一把从她身上扯下了浴巾,像巨大的花蝴蝶展开翅膀那样展开薄被将她一裹,旋了几旋转到床前,压着她倒在床上了。

她问:"你不去卫生间?"

他说:"是借口。"说罢,急欲吻她。

她用手挡着他的嘴,不无惭愧地说:"我都不习惯了。"

他将她那只手按在她脸旁,胸有成竹地说:"我是位好教练。"

事实证明,他一点儿也没自夸,而她是过分谦虚了。

一阵令二人都陶醉不已的长吻后,她内疚地说:"欠你欠得太多了,太久了。现在,完全彻底地给你。"

他说:"理所当然。"

不知为什么,应是干柴烈火之事,他却举而不坚,白忙活了半天,还急出了一身汗。

"乖,趴这儿,先跟我说会儿话。"

他就有几分害羞地将头伏在她胸上了。

她见床头柜上摆着烟和烟灰罐,又说:"我想吸支烟。"

他说:"吸吧。"

她吸了两口烟,用另一只手抚弄着他的耳朵说:"你呀,你太宠我了,对我们周家的人也太好了。这世界上没有多少丈夫心甘情愿为一个妻子坚守空白了十二年多的婚姻,反过来的事倒是有的,现代社会里的例子也不多。你究竟为什么啊?"

他说:"我也多次这么问过自己,至今没太想明白,或许因为,我想证明女人能做到的事，男人照样能做到吧。"

她说："对于男人太不容易了，你何必这么自虐呢？"

他笑道："倒也不是，我的坚守不是你想象的那种坐怀不乱的坚守。我得坦白交代，我是守而不忠。"

她也笑了，戏谑地问："记得清几个吗？"

他说："四个，平均三年才一个啊，多吗？"

"多倒不多，但愿性质都不太恶劣。"

"放心，我有原则的，没一个是有夫之妇，都是两相情愿，绝没留下后遗症。"

"这我信，是你的风格。"

"你呢？"

"为你守身如玉。我也只有守身如玉，才会觉得总算报答了你一点儿。"

"那对你反而不公平了。"

"那也还是对你不公平。想当年，为了成全我和冯化成，你做过我男友替身。我从贵州到北大再回本市工作，离婚了，有女儿了，可你还在单身。这也是由于我的原因吧？"

"不完全是由于你的原因，也是由于我父亲那事，但……"

"说下去。"

"你离婚了，又回到本市，即使那时我已结婚，估计也会为了想与你做成夫妻而离婚的，那还不如我仍是单身汉好呢。"

"有了孩子，你也会离婚？"

"那会很纠结，可能也会很痛苦。"

他从她手中取下烟，替她摁灭在烟灰缸里。

"究竟是我的哪一点将你诱惑成这样呢？"

"这话问的！你当年是大美人儿嘛！世上美女很多，爱读书的美女太少，爱读书又有独立见解的美女少之又少，你是美女中的珍品。我为珍品而痴，这是值得的。你影响了我，改变了我。不是有幸认识了你，我今天会在干什么呢？沾我父亲那点儿有限的光，当个处长副局长的，我又不是你哥那种一门心思想把官当好的男人，当不好还不等于在官场上瞎混？瞎混着能当成多大的官？混到副局级肯定混不上去了啊，那有多大意思？再不就走经商的路啰，我不喜欢与满口生意经的人打交道。如果不是认识了你，我的人生也不过就有前面那么两条路可选。幸亏认识了你，现在我成了导演，尽管想拍自己喜欢的题材太难了，但毕竟还是我喜欢做的事。"

"可现在我已经五十几岁了呀。"

"我也五十几岁了啊。除了头发白了不少，你还是大美人儿，从现在起，咱俩要相亲相爱啊，否则你可就真的对不起我了！"

实际上，十二年前，她就听过他的多次表白。十二年后，再一次听他那么说，她还是被他发自肺腑的话语感动得春心荡漾。

她捧起他的头，主动给了他一次深吻，之后仍捧住不放手，凝视着他说："反正我觉得，你爱我就像我弟爱郑娟爱得那么傻气，这是不管你怎么说我都想不明白的。"

"那就别想了呀！秉昆在爱郑娟这件事上一点儿都不傻，我太理解他了！我也太嫉妒他了，他享受的爱比我多得多！"

"我会补偿你的。"

那时，她的样子像洞房中年轻的新妇似的幸福又妩媚。

他也重新干柴烈火起来。

郑娟的状况很不好。

如果秉昆不和她说话，她就整天一言不发。他不叫她一块儿吃饭，她也不知道饿。口干得嘴唇都裂了,秉昆不将水杯递在她手里,她竟不知道喝口水。他让她干什么,她还是肯干的,并且能干好。干完了就坐在一个地方,望着楠楠的骨灰盒发呆,要不就捧着发呆。秉昆想将骨灰盒藏起来,可骨灰盒也不是东藏西藏的东西啊。那么一个破家,没什么适当的地方可藏啊!

郑娟的状况让秉昆常常躲开她,独自唉声叹气。

一天,周蓉和蔡晓光来看他们,也没能让郑娟变变样子。他俩也认为郑娟的状况实在堪忧。

秉昆对姐姐周蓉说:"我真怕她以后变得像咱妈生前那样。"

周蓉说:"咱妈生前也并不是她那样,咱妈是另一种状况,爱热闹,话多,只不过都是些疯言疯语。"

晓光说:"你俩小声点儿。"

秉昆说:"她不注意听咱们说什么。"

晓光生气地说:"你怎么知道?万一她句句都听到了呢?"

他一手拽一人,将姐弟俩扯到了小屋。

秉昆又说:"姐,咱们把她送精神病院检查检查吧!"

周蓉没表态,看着晓光。

"胡闹!我反对!坚决反对!从今往后,周家的大事,你们都得听我的。"晓光说。

秉昆说:"我是愿意听你的,那也得你有好建议啊!"

晓光说:"我这不是在想嘛!"

周蓉对秉昆说:"别急,容你姐夫想想。"

姐弟俩就看着蔡晓光想。

晓光忽然说:"怎么忘了咱们还有一个亲人!"

姐弟俩莫名其妙地互相看起来。

晓光眼睛发亮，急切地说："就是郑娟的弟弟光明啊！"

"光明……"

秉昆缓缓坐在炕沿回想起来——如果姐夫不提，他早已忘了郑娟还有那么一个瞎眼的弟弟。

周蓉问："就是……那个出家的？……"

她没见过光明，甚至也没听弟弟提起过，只听郑娟提到过两次。

周秉昆因为自己对光明的遗忘，内心里顿生自责，疑惑地问："光明又能有什么办法呢？"

晓光说，秉昆在狱中时，自己去看过光明一次，还陪郑娟看过几次，是几年前的事了。近年来自己成了忙人，没再去过，估计郑娟有了工作后也没去过。他听说，光明成了北普陀寺的名僧了，治好过许多人的腰腿病和颈椎病，还治好过一些人的抑郁症，包括一些知识分子和大学生。依他看来，郑娟也就是因悲伤过度而精神抑郁了，如果送她到寺里住些日子，由光明每天劝劝她，肯定会好起来。

周蓉说："秉昆，听你姐夫的吧。"

秉昆说："姐夫，越快越好。"

晓光说："北普陀寺毕竟是佛门净地。女人去找光明看病行，住在寺里肯定不行。郑娟是光明的姐姐，估计也可能例外。何况是为了治病，也不久住。我得先去跟光明说说，他也得向老和尚们请示，咱们耐心等几天。我必须提醒你们，见了他，不能再叫他光明了。当时他出家时，住持说他的名字气象太大，不是他担得起的，不改恐怕对他不利，就给他起了个僧名叫萤心，萤火虫的萤。这样的僧名低调多了，挺诗意的。咱们与他虽是亲戚关系，没有其他人时叫他光明可以，当着外人的面最好也称他萤心师父。"

姐弟俩连连点头。

秉昆请求地说："姐夫，你明天就去说吧！"

周蓉说："别强迫你姐夫。"

晓光扳着指头数了数日子，肯定地说："明天我有时间去。"

姐姐和姐夫走后，秉昆问郑娟："你想不想光明啊？"

郑娟也像晓光似的双眼一亮，立刻回答："想。"

秉昆说："那，过几天送你到他那儿住一段时间，你愿不愿意呢？"

郑娟眼中的亮光瞬间黯淡了，恓惶地问："你不愿要我了？想让我也出家？我不当尼姑。"

她的话说得秉昆鼻子酸酸的，抱住她，亲了她的脸一下，爱意绵绵地说："我怎么舍得让你当尼姑呢，光明那里是寺，又不是庵，只是觉得你作为姐姐，应该经常去看看他，他也是咱们的一个亲人啊。"

郑娟问："你陪我？"

秉昆说："我得开始找工作了啊，以后再和你一块儿去看他，行不？"

郑娟孩子般懂事地点头。

"那，说定了？"

她又默默点头。

秉昆就又亲了她一下。

她说："光明那里好，树多，春天去更好，许多树都开花。还有水塘，塘里还有鸭子和鹅。生的蛋和尚们不吃，送给去看病的人。他们也养鸡，从不圈起来，任那些鸡在寺外的林子里生蛋，林子里有他们为鸡搭的窝。和尚们只定时喂喂鸡，捡捡蛋，别人偷蛋他们从不生气。还养了两匹马，是信徒捐的。听说起初要捐辆小汽车，和尚中没有会开车的，就谢绝了。"

光明引起了她那么多话，尽管她说时并不看他，自言自语，目光依然发呆,秉昆心里还是高兴极了。

三日后,两口子正吃午饭,几个孩子忽然闯入,大呼小叫:
"来了来了,就到你家门口啦!"
"赶马车来的!"
"你家怎么总来人呀?"
虽然孩子们并没说"和尚"二字,秉昆立刻断定是光明来了。
他放下碗筷,对郑娟说:"你弟到家门口了,得迎迎。"
郑娟一听,也放下碗筷,起身就要往外跑。
"姐姐,姐夫,我是萤心,可以进吗?"门口传来问话。
两口子一听到光明的声音,都不往外走了,互相看着,仿佛都是叶公,真龙就在门外,反而不知如何是好了。
"进吧,进吧!"
"没错,就是这家!"
"不骗你!"
孩子将光明推入屋里,光明身后跟着另一个和尚,看上去比光明年龄大,五十来岁。
两个和尚来到光字片,孩子们很亢奋,像看两位神仙似的,无限崇拜地看着他们。
另一个和尚双手合十,对秉昆深鞠一躬,礼貌之至地问:"打扰两位施主了,十分冒昧,敢问宝宅是否便是……"
不待他的话问完,秉昆连声回答:"对!对!"
郑娟早已扑向光明,抱着他哭道:"光明,光明,姐想死你啦!"
"阿弥陀佛,为僧祝施主夫妇二人依托佛缘,排忧解难,吉星高照。"那和尚言罢，又双手合十深鞠一躬，倒退而出，在门口将屋里的孩子们也招了出去。

屋里一时肃静，只闻郑娟低泣之声。

或许因了那位和尚的话，或许由于某种莫名其妙的心理作用——总而言之，周秉昆看着光明，顿觉自己的家蓬荜生辉，吉光呈现。

自从十几年前光明在春燕那里有了份工作，能自食其力了，周秉昆就再没怎么关心过他。在狱中的十二年，竟很少想到过他。正如他的哥哥姐姐对周楠这个侄子的亲情只是一种表现，他后来对光明这个"内弟"的爱心也大不如前。不论男女，一旦组成了自己的家庭，感情的触须几乎必然就短了一些；有了自己的儿女后，就又短了些。有的人甚至变得眼中只有老婆孩子或丈夫孩子，渐渐六亲不认起来。对从前的朋友、哥们儿，也往往只以利用价值的大小来决定交往的亲疏远近了。周秉昆并非那类人，入狱前他想到光明时都认为，出家也许真是他最好的归宿，以后他们夫妻二人也许就不必为他操什么心了，谢天谢地。确实，如果不是三天前蔡晓光提到，他差不多已忘了亲人中还有一个光明。

亲情——草根阶层赖以抵挡生活和命运打击的最后盾牌，在艰难时代的风霜雨雪侵蚀之下变得锈迹斑斑，极易破损。周秉昆这么重感情的人，也难以例外。

有了"萤心"这一法号的光明，已不再是当年那个举着有色玻璃片感受阳光的盲少年了。他的个头并不算高，更谈不上强壮。与他相比，陪伴而来的那名老和尚倒是既高又壮。

光明也就一米七三或七四，不会高过一米七五去。他的身材显得更单薄，栗色的旧僧衣穿在他身上一顺到底，哪儿也不突哪儿也不鼓，就像他的双肩是衣服架子，而下边是空的。不过，他的旧僧衣倒是长短合身，洗得干干净净，似乎着身之前熨过。他没打绑腿，同样洗得褪色的浅蓝色筒裤下是双半新半旧的黑布鞋，白袜子衬得更白。他背着一顶旧草帽，看上去不曾戴过。日子还是九月，中午的阳光挺强，他的光头上却没有出汗，头顶的戒疤清清楚楚。他的脸瘦削，眉形整齐，鼻梁端正，唇廓分明，微微闭着双眼，因为被晒了一路，满面红光。

光明一手持根细长的探路竹竿，显然用了多年，变得微黑；另一只手臂垂着，就那么一动不动伫立，任凭姐姐抱着他哭泣。

"阿弥陀佛，姐姐不必这么悲伤，楠楠的事我已经知道了。他是去往另一个世界，那里很好。我和他偶有交流，他让我转告你们，他将会在另一个世界为你们祈福。"

听了光明的话，郑娟居然止住了哭泣，转身找毛巾擦泪。

如果那话是别人说的，尽管是善意，对安抚妻子很起作用，周秉昆的理性也会告诉自己那纯粹是迷信；由眼前已是和尚的光明说出，他却不敢不接受。这个想法一冒头，又立刻被理性的棒子打得没影了。

"你……光明啊，姐夫还能叫你光明吗？叫你……那个萤心，我很不习惯……"他语无伦次起来，窘得满头出汗。

光明说："佛心人心，二心相近相亲，是为心心相印。出家人虽戒七情六欲，但父母养育之恩、手足牵挂之情、朋友互助之谊，也是不敢轻慢的。佛解此伦、认此理，姐姐姐夫仍是我的姐姐姐夫，萤心随姐姐姐夫怎么叫都行。"

光明说话之声，与常人很是不同。不是秉昆听来那样，而是事实如此。他的语调平静得出奇，语速较常人缓慢得多，不是边说边想、字斟句酌的那种缓慢，而是一种有情有义却不带丝毫情绪、异乎寻常的平静。

郑娟不知为什么进到小屋去了，还放下了门帘。

秉昆傻傻地问："光明，咱俩十几年没见了，姐夫……也想抱抱你……"

第八章

是的，那时他此念难退，仿佛不与光明拥抱一下，不足以证明二人还是亲人。

光明直竖一掌，微微躬一下身，仍闭双眼，却粲然笑道："萤心口渴，姐夫何不赐弟弟一碗水喝？"

秉昆赶紧倒了一杯凉开水递给他。

不知他真渴假渴，只喝——不，那是一种出家人才有的喝法，一种戏剧舞台上有身份的人从容不迫的斯文喝法。他只喝了两口。

秉昆刚接过碗，光明又说："姐夫，萤心奢求一坐。"

秉昆放下碗，赶紧将椅子从饭桌旁挪开，摆在光明身边，扶他坐下。

"谢姐夫，姐夫何不相陪而坐，与萤心叙叙家常？"

秉昆赶紧将另一把椅子摆在光明面前，端端正正坐下。

"好，好。"

光明将草帽取下，置于膝上，一手仍轻握竹竿，端坐如松。

于是二人聊了起来。秉昆原本说话就慢，不常快言快语，但他说话是很情绪化的，即使不动声色，喜怒哀乐也由语调带出。听别人说了他不爱听的话，自己说一句噎人的话，能将对方顶得如同撞墙。受光明的影响，他尽量平心静气地聊。

他说："大老远的，你何必亲自来呢？晓光有车，他会开车送你姐的嘛。"

光明说，既然姐姐想他，他当然要亲自来接，他也想这个自己曾与周楠、周玥和大娘共同生活过的家了。他没与周志刚和周秉义、周蓉生活过，却说："我能想象出他们的样子。"

秉昆不禁好奇地问："那你说说他们什么样。"

光明回答："好人相貌。世上好人，相貌皆有相似处，坏人各有各的坏相貌。我虽看不见，听谁说几句话，头脑里立刻就有他们的相貌了。即使与他们本人相貌有些不同，却也差不了太多。"

秉昆又问："那你能说说你晓光姐夫什么样吗？"

光明想了想，缓缓地说："晓光姐夫……"

这时，郑娟从小屋出来了，换上了国庆节才舍得穿的衣服、裤子和鞋，挽着个包袱，催光明动身。

秉昆很有意见地说："你看你，急什么呢？我和光明有话正聊着。"

郑娟说："我弟他们肯定还没吃午饭，咱家的饭他们又吃不得，我跟他们早点儿走，他们不是也能早点儿吃上口饭吗？"

她不但话语多了，而且说得句句在理。

秉昆眨巴几下眼睛，无话反对。

光明说他们不会挨饿，带着干粮呢。嘴上这么说着，却已站了起来。

郑娟忽又要洗把脸。

她洗脸时，光明对秉昆说："周蓉姐姐既已回国，必然面对重新找工作等事，如果她能多听听晓光姐夫的意见，肯定对她是好的。"

秉昆就说会转告他们。

光明问："这屋里的炕，还在吗？"

秉昆说："在，哪里敢拆！冬天靠它才能睡在暖被窝里啊！"

光明又问："还好烧吗？"

秉昆说："年年破开炕面清除烟道里的烟油嘟噜，烟行顺畅，挺好烧的。住在这倒了八辈子霉的光字片，不知何年何月是个头。"

光明竖掌道："阿弥陀佛！古往今来，人间福祉，总是最后才轮到苍生。天道不变，佛亦无奈。佛法无边，并不是指佛能力转天道。"

光明话还没说完，郑娟洗罢脸走过来，往光明身边一站，又连声催促："走吧，走吧，别跟他说那么多了，你的话他不会懂的。"

秉昆见她居然怀抱着楠楠的骨灰盒，吃惊道："你别把那个也带去啊！"

郑娟说，她觉得楠楠也想舅舅光明了。

秉昆不依。

郑娟非带不可。

光明说："让我姐姐带着无妨。"

秉昆这才不作声了。

光明将草帽戴在姐姐头上，秉昆替郑娟挽着包袱，另一只手牵着光明的手，三人接踵出门。

隔着条坑坑洼洼的土路，在秉昆家斜对面，一棵大杨树下，拴着北普陀寺一辆马车。那大白马非常强壮，背宽臀圆，显然饲养得很好，正细嚼慢咽着麻袋里的草料。车上盘膝坐着另一名和尚，闭着眼，手捻佛珠，念念有词，低声诵经。他身边卧条大黑狗，黑瞎子那么大个儿的头，下巴颏儿平伸，舒舒服服地贴着两只前爪，也闭着眼，垂着巴掌大的耳朵，似在犯困，也似在倾听。那些孩子们有的坐在车板边儿上，有的上身伏在车板上，皆目不转睛地看着那和尚，一个个特别着迷的样子。

孩子只要自由，便是好奇和无忧的。聚在一起时尤其那样，他们出生于光字片一户户穷人家里，成长在光字片的脏街破院内，便以为人间原本如此，处处如此，对贫困相当无感，不像大人们那样有种种烦愁、愤怒和诅咒，只顾享受着有限的成长快乐。

三人一到，车上那和尚便停止了诵经，大黑狗也精神了。

秉昆怕郑娟被狗咬了，嘱咐她小心提防。光明说不必怕，那狗区分得出好人坏人，对好人很亲。

郑娟就对狗说："那你是条好狗，坐我边上来。"

大黑狗仿佛听得懂人话，在车上伸了伸懒腰，乖乖地卧在郑娟身边了。

秉昆问那赶车的和尚："路上交警不会找你们麻烦吧？"

那和尚一边解缰绳一边说："不会的，他们的领导也常到山上请萤心师父按摩，顺便还烧香拜佛。"

光明说："姐夫独自在家，多多保重。"

赶车和尚将鞭鞘往马颈上一抚，马车走了。

秉昆目送着他们渐渐远去，内心好不是滋味儿。二十八年前，郑娟、光明和楠楠是一家人。秉昆出现在太平胡同他们的"窝"里，像一只非洲鼬鼠受到鹰隼的惊吓逃入了另一窝同类的洞。后来，他开始以拯救者的姿态，频频进入他们的生活，称心如意地成了郑娟的丈夫。现在，谁拯救谁已无法说清，他们同时离他而去，一个是永远一个是暂时一个皈依佛门，原本的一"窝"人又聚在一起，就在那辆远去山寺的马车上。家里今晚将只剩下他一人，形影相吊，这可是从前不曾发生过的事！从前那个家里还有妈，还有远方的爸。每天都能见到妈，让他觉得家是世界上最安全最好的地方；远方有一个爸，便知道自己是一个双亲健在的儿子，自己的人生是完整的。现在爸妈没了，自己不再是儿子，而是一个父亲，一个刚刚失去了一个儿子的父亲。他也不再是任何人的拯救者，没有了工作，沦落到了希望别人拯救自己的地步……

"郑娟，你可别不回来呀！"他喊了一声，内心产生了一种莫名的恐惧，仿佛郑娟真的不会回来了。

一些孩子听了他的喊声，不再望远去的马车，纷纷仰脸看他。

一个孩子小声问："她真不回来了，你可咋办？"

他将目光收回，依次看着每一个孩子，不由得摸了一下问话的孩子的头，终于说道："你们可得好好上学啊！"

孩子们都很困惑，觉得这个光字片的大伯真是怪怪的——自己的老婆坐着两个和尚的马车走了，回不回来是不是自己的老婆还不一定呢，怎么一下扯到我们好好上学的事上去了？

那天夜里，周秉昆梦到楠楠了。

楠楠戴着博士帽穿着博士服，意气风发地问他："爸，替我高兴吧！"

他紧紧抱住楠楠，脸贴脸之际，才看出抱的不是楠楠，而是骆士宾。

骆士宾阴笑道："我的儿子，到头来必然是我的儿子！我在哪儿，他也将在哪儿，绝不会和你在一起！"

骆士宾说罢双手扼住他的脖子，二人搏斗起来，又从什么高处一块儿坠落……

他惊醒后出了一身冷汗，听到大屋里分明有响动。

"谁？……楠楠，是你吗？……你有话要跟爸说？"

他并不迷信，那会儿却迷信起来，但愿鬼魂之说是真的。

大屋里的响动是确确实实的，绝非幻听，也绝非老鼠能够弄出的声音，更不会是小偷潜入，小偷才不会光顾光字片的人家呢，偷不到什么值钱东西。

秉昆穿上裤子，披上衣服，一心指望能在大屋里见到楠楠的鬼魂。如果见到骆士宾也不怕，他不想与他相互憎恨下去了，倒是想向他忏悔。归根到底，他承认十二年前的事自己没处理好。

大屋的炕上，有双绿莹莹的眼瞪着他。

秉昆也没害怕。他开了灯，见是一只老猫趴在炕上，毛发脏乱，看上去流浪很久了。他断定是他家的猫。黑白相间，十二年前他家养过同样模样的一只小猫，是老早养过的一只老猫的后代。因为两个儿子都喜欢，郑娟没将它送人。

那也确实是他家养过的猫——花花。

后来他入狱了，楠楠出国，聪聪上大学，郑娟当区委的清洁工了。它经常挨饿，有时在外边却进不了家门，从有一天起就再不回来了。

它已太老啦，也许还病了，再做野猫就没法活下去。恰巧周秉昆晚上忘关了通风的小窗，它便进屋了。

对它而言，周秉昆已是一个完全陌生的人。既然这个陌生人在它曾经的家里，智商似乎在告诉它，他是不会伤害它的。

它冲他喵喵叫了几声。

周秉昆赶紧到厨房去找出半截肠，掰了半个馒头放在它跟前。它嗅了嗅，没吃，又冲他喵喵叫几声。他见它肚子瘪瘪，断定它不可能不饿，就将肠和馒头切碎，用温水泡了，握成食团放在盘子里，再次放它跟前。它这才吃了，却吃得很少。喂它温水，它也只舔了几下。他爱怜地抚摸它，它没躲。他就找出一把缺齿的木梳，轻轻梳理它那一身乱七八糟的毛。那把木梳专为它保留着，秉昆出狱后刚回家的一天，他发现了想扔掉，郑娟不许扔，说如果哪天花花回来了还用得着。

周秉昆从头到尾将花花的一身乱毛梳理光顺，又用自己的毛巾擦了擦它的眼角，再用湿抹布擦干净它的四爪——他那么做时，它很老实。

他说："爸妈都没有了，兄弟姐妹各奔东西，是不是？自己的儿女都不管你了，是不是？很孤单，是不是？……"

他说一句，花花喵一声，仿佛与他对话。

他忽然觉得像在说自己，同病相怜，更觉得伤感。

"那就别趴这儿了，跟我就伴睡吧。"

他将它抱起来，关上通风窗，回到小屋里，放在被褥旁。

花花似乎听懂了他的话，卧下去一动不动，一副感恩不尽、不离不弃的样子。

周秉昆早上醒来时，花花已经死了。

第八章

他带上锹,打算找个地方把它埋了。迈出家门想了想,不再往外走,就在小院里的老丁香树下挖个坑葬了它。当年那棵小丁香树也长大了长老了,由于缺少侍弄,死杈杂多,叶子稀疏,春天里开的花也少了,半死不活,如同光字片在穷困的日子耗尽了气血、未老先衰的父母们。

培土之后,他说:"这里终究也曾是你的家啊,就长久地睡这儿吧,以后再也不必受苦受难了。"

其实,他并没有说出来,只不过是心里那么想。

他又想,长久是多久呢?

进而,他又想到了光明的话。

周聪从蔡晓光那里知道,家中只剩下父亲了,于是每晚住了回来。

秉昆不能不考虑楠楠的骨灰安葬问题了,毕竟入土为安啊!

一天晚上,他与周聪谈起了哥哥周秉义的嘱咐。

周聪说,大伯的主张他完全同意。他也放在心上了,想自己把墓地的事协调好,但那家人变卦,又不肯转让他们为自家老人预订的墓地了。

秉昆问,是不是人家还没另外选好墓地?如果是那样,不能催人家,只能再等等。

周聪说,据他所知,人家对已经预订的墓地并不满意,已买下了新墓地。

秉昆就不明白了。

周聪说,对方主要是想多卖一些钱。

秉昆说,那也可以理解。人家先买下的嘛,转手卖高价,咱们只能认,就将哥哥周秉义愿意出钱的事说了一遍。

周聪说出了一个钱数。

秉昆吓了一跳——那么大数目的一笔钱,他没法向哥哥开口。

周聪说:"爸,那就只能在你的朋友之间借,我也在我的同事之间借。"

秉昆说:"你那些叔叔谁家的日子过得不紧巴?向他们开口不是难为他们吗?我也不同意你在同事之间借,刚参加工作不久,怎么好向同事借钱呢?这事暂时搁搁,以后再考虑吧。"

郝冬梅从北京回来了。

她还没有正式调到北京去,在北京逗留一段时间是学校特批,按探亲假报销路费。她在学校还管着一摊子事,不能离开太久。

冬梅欢迎周玥继续住在她那儿,但周蓉不同意,她逼着周玥住到晓光那间老宿舍去了。

周聪心中有些不快,他认为姑姑动了心眼,为的是将姑父的两处房子占稳了。

"你姑是你说的那种人吗?你大伯在本市没房子,他以后回来时,不住你大娘那儿,往哪儿住?次次住宾馆?如果你表姐还住你大娘那儿,你大伯回来看你大娘,多不方便?你姑是为你大伯大娘考虑的,你怎么可以那么猜疑她?"听了周聪的牢骚,周秉昆立即批评了他一通。

可周聪说,晓光姑父曾答应过他,那间老宿舍可以留给他结婚以后住。

"你求他了?"

"没求过。"

"他在什么情况下说的?是不是喝醉了?"

"有点儿醉,但也没醉到不知自己说什么的程度。那天他拍的一部电视剧开播了,他宴请帮他宣传的记者们,其中有我。"

"他当时很高兴是不?"

"对。"

"有几分醉又很高兴,他那种时候说的话你也当真?你趁早给我把他的话忘了!"

"那我如果结婚了住哪儿?"

"你搞对象了?"

"不算正式的,相处阶段。"

"你!你怎么小小年龄……"

"我还小吗?爸,我二十五岁了!"

"如果你结婚了,这里就是你们的家!这里曾是你爷爷奶奶的家,你爸妈的家,就不可以再是你的家啦?"

"那我还不如不结婚了!"

周秉昆被顶得一愣。

"就算我能凑合,谁又愿意和我一块儿凑合?凑合到哪一天是个头?你就愿意你的下下一代出生在这种鬼地方啊?"

周聪的话,差不多句句是周玥数落过他的话。她的数落对周聪刺激很大,仿佛刻在他心上,没法忘了。

周秉昆气得张口结舌,不知道怎么责骂。

"我表姐是要往外嫁的,我是要往里娶的。周家的房源,要先向往里娶的倾斜。我表姐应该嫁给一个有房子的男人,而不应该……"

"你给我住口!明明是你姑父单位分给他的房子,什么时候成了咱们周家的房源?不管是不是亲生的,你表姐都是他女儿,女儿住他的房子理所当然!你在他那儿结婚能心安理得吗?亏你想得出来!你姑父无职无权,他是硬扎起一个手眼通天的架子,哪一个当官的不给他面子,他一点儿辙都没有!他为咱们周家做的贡献还少吗?以后不要再企图沾他的什么光!"周秉昆劈头盖脸地训起来。

周聪面红耳赤逃也似的出了家门。

家中又只有周秉昆一个人了，周聪不知住哪儿去了。

独自生闷气时，他便想起了楠楠的懂事友善来。那时，不论吃的穿的，楠楠总是先让着弟弟，敬着父母，宁肯没自己的份儿也毫无怨言。他便又陷入深深的悲伤。

转眼到了国庆节。

前一天周蓉派周玥问秉昆，亲人们在谁家聚一聚最好？或她那里，或嫂子冬梅那里，由他定。

秉昆说不聚也行，何必一定要聚？要聚，那就还是在他家，不在他家他找不到亲人相聚的那份感觉。

周蓉认为必须聚。母女俩十二年才回国的第一个国庆，哥哥调北京去了，只有嫂子在本市，弟弟也独自在家，怎么能不聚呢？

晓光也支持聚一聚。于是，国庆节那天上午，他们一家三口来到了秉昆家。

接着冬梅也来了。

他们各自都带着做的买的食物。

不一会儿，周聪也带着吃的喝的回来了。

为了亲人们的相聚，秉昆尽力将屋子收拾干净。他担心周聪和周玥互有嫌隙，彼此不说话，或一说话就戗着来。但表姐弟之间似乎也没有什么芥蒂，有说有笑，还相互调侃，这使他又高兴起来。

饭桌上，周玥向周聪敬了次酒，半真半假地说："对不起了啊，表弟，表姐一回来，把你的小窝给占了。"

周聪说："那是姑父给你留的小窝，我只不过借住一时，住久了还不成鸠占鹊巢了？"

第八章

周玥又说:"表姐日后起码也得嫁个有房子的,那时小窝还由你住。"

周聪说:"那时我也不住了,如果姑父和姑姑同意,让我爸妈住过去吧。他们能住像样的房子,比我自己住还高兴。我将来就在这儿成家,为周家熬到拆迁那一天。我年轻,熬得起。"

长辈们都赞许地点头,夸周聪是好儿子。

秉昆感动得差点儿掉泪,爱抚地摸了摸儿子的头。

周蓉说:"晓光,要不是托你的福,我们母女俩早没地方住了,真是三生有幸啊。"

晓光说:"你这是什么话呢?你们母女不是我的老婆和女儿吗?秉昆刚回来我就主张他住过去的嘛,是他自己不肯啊!"

周玥又说:"爸,幸亏我小舅、舅妈没住过去。真住过去了,你女儿不成流浪猫啦?咱们饭桌上可得协商好,一定要容你女儿住到嫁出去那一天为止!"

大家都笑了。

只有晓光没笑,这是周玥第一次叫他爸。十二年前,她最给面子的时候也只不过叫他一声"晓光叔叔",从没对他一声声"爸爸,爸爸"地说过话。

他扛不住周玥对他出其不意的亲热劲儿,眼眶顿时湿了。

大家又都向他敬酒,感激他多年以来为周家操的心。

二〇〇一年国庆节这天,在周家墙破地陷门歪窗斜的老屋里,第二代第三代亲人之间,在各自经历了不幸和坎坷后,浓浓的亲情再次在大家心间激荡。

借着酒力,人人都觉这种亲情上脸上头的。

秉昆忽然想到光明提到姐姐姐夫的话,就对周蓉转述了一遍。

晓光连连摆手道:"不敢不敢,绝对不敢。秉昆,你姐是什么样的女子你还不知道吗？她是自信天生我材必有用，总希望超越普通人生。而我是自认天生我辈本无用，既已无用，也就不用努着劲儿为难自己，只要活出点儿快意就好，如果还能让亲人和朋友们沾点儿光就更好。我只欣赏她，哪里敢左右她？"

郝冬梅一边沉思一边说："晓光，你也别太谦虚，你今天让我刮目相看了。我认为你对亲爱的周蓉同志的两句点评很到位，对自己的总结也实事求是。人活在世，何谓普通，又何谓不普通，看来挺值得往透了想想，而你蔡晓光肯定是想过的。"她扭头看看周蓉又说："你别生气啊，我不是在借题发挥暗讽你，我只不过觉得，晓光的话里似乎包含着什么人生的真相。"

周蓉红着脸说："我没生气呀！"她又对秉昆说："那个光明，我和咱哥咱嫂子都没见过……"

秉昆打断她的话说："咱爸也没见过。咱家人除了我，再就见过咱妈，当年他还是孩子。他来接郑娟那天我才又见着了，他的话我不太能接得上茬儿了。"

周蓉又说："论起来也是咱们一位亲人。可你如果不提，我心里压根儿就没他这么一个人，惭愧。也不知他听说了些什么，从谁那里听说的……"

晓光赶紧撇清："我见过他的次数虽然多一些，都是为了请他按摩。经他按摩一次，我的肩颈起码轻松三五天，我可从没跟他议论过你。我做证，郑娟跟我一起看他时，也没谈到过你。"

周蓉说："我不是在追究，我是认为那个光明不简单。他一次也没见过我，居然敢建议我凡事多向晓光同志学习，冲这一点，他就值得我佩服了。"

秉昆声明："他并没用'学习'这个词。"

第八章

周玥道:"你们长辈啊,把简单的话越掰扯越复杂了。我理解,他无非就是说我爸是个追求'无为'的人,不看重什么,也不看轻什么。这比较符合他们出家人的思想,所以希望我妈,估计还包括咱们这些亲人都向我爸的人生观靠拢。他的话不就这个意图吗?"

周玥一住进蔡晓光的房子,与这个继父的关系就日渐热络。

周聪大声支持:"表姐,我完全同意你的话!"

蔡晓光也大声说:"亲人们,打住打住,咱不继续讨论了!我忽然想起一件正事,差点儿忘了,现在必须说说。"

他说节前又请光明按摩了一次。郑娟希望将周楠骨灰安置在山上北普陀寺地界内,由僧人们关照。光明向住持汇报了,住持征求过僧人们的意见,僧人们都欣然答应。

冬梅说:"秉昆,这事我不便表态。你哥也把他的主张告诉我了,我认为你不必太在乎你哥怎么想的。"

周蓉沉思片刻,附和说:"秉昆,这事我们的意见都不重要。你和郑娟,你们做父母的意见统一了就好。"

秉昆想了一会儿,低声说:"我赞同郑娟的意见。"

一年多前,北约的美国战机轰炸了中国驻南斯拉夫大使馆,民间的反美情绪强烈,国内媒体对周楠的事迹鲜有报道。不过,还是有不少人知道。佛门并非与世隔绝,不晓得怎么一来,北普陀寺的和尚们也都知道了。

他们居然为周楠举行了隆重的骨灰安放仪式。寺外山坡上有片松林,当年和尚们栽下的树苗都长成了参天大树,周楠的骨灰被安放于松林之中。关于碑文,郑娟和秉昆各执一词,光明最后说:"让他成了我们和尚的兄弟吧,就刻佛门俗家弟子周楠最好。"

郑娟和秉昆都不再坚持,同意了光明的主张。

僧人们为周楠做了道场，举行法事，诵经声时起时落，围观者众多。

过后，北普陀寺住持对光明说："萤心，这是我们弘扬佛法，破例安排的啊！"

周聪和冬梅，还有周蓉一家三口都去了。这是周家的亲人们集体亲近佛门的一次活动。

蔡晓光开车将秉昆和郑娟送回了家。

郑娟的精神好多了，一进家门就干活。秉昆一点儿都不晓得光明是怎么劝导她的，也不问。

第二天早上，秉昆醒来时，郑娟早已醒了，正侧身看着他。

他问："睡得好吗？"

她说："好，梦到了一个人。"

他问："谁？"

她说："你师父白老师，他问我秉昆什么时候才能回来啊？还说想你了，你应该抽空去看看他。"

"我也想他了。"秉昆说。

是的，他几次想起师父白笑川来。由于周楠出事，他没心思看望。郑娟也丢了工作，原因是请假时间太长，有人顶替她了。能在区委当清洁工不容易，当年要不是他入狱，周聪上小学五年级，全家陷入困境，曲老太太伸出援手亲自出面介绍，郑娟是干不上那么好的一份工作的。那种岗位，一旦有人腾出位置，呼啦一下就有不少人争取。郑娟文化程度低，没有什么技术，也没多大力气，再想找到一份工作谈何容易？一家三口仅靠儿子周聪的工资过活，无论如何不行，周秉昆打算自己先找到一份临时工作，之后再去看望师父。

一天，秉昆去找国庆，天黑了国庆还没回家，吴倩说国庆和赶超凑了笔钱，两家又各自借了点儿，合买了一辆带电瓶的大型脚踏三轮车，搭伙"拉脚"——将货物运来送去的一种私活。

秉昆本希望国庆能带着他去"蹲马路牙子"，听吴倩说国庆已与赶超搭伙了，就没好意思将自己的想法说出来。

吴倩让他给蔡晓光带个话，表示感谢。她当临时工的那家塑料盆厂最终还是黄了，后来虽然也生产过塑料暖瓶外壳、餐桌垫什么的，还是没有撑下去。正在她走投无路的几天里，一家新落成的私营宾馆居然派人找上门来，说蔡晓光是老板的朋友，通知她先去试用一个时期，做客房卫生服务员。

她说自己挺珍惜那份工作，还说："你姐夫面子真大，帮人帮得也真卖力。"

周秉昆本打算接着再去求姐夫蔡晓光，吴倩的话将他的第二条路也堵死了。想到自己训儿子周聪的一番话，他决定暂不给姐夫添麻烦了。人家刚刚落实了吴倩的事，自己怎么好意思又去相求呢？他想如果找来找去还是找不到一份活干的话，那也得先求师父白笑川，后求姐夫蔡晓光。

周秉昆正要走，国庆回来了——脖子上围着脏毛巾，肩搭秋衣，跨栏背心前后都湿了，脸和胳膊晒得很黑。

吴倩从国庆手中接过上衣，心疼地问他累不累。

国庆疲惫地说："还行。"他冲秉昆笑笑，往炕沿一坐，上身随之仰躺下去。

吴倩从他脖子上抽去毛巾，吃惊地问："天都开始凉了，你怎么围湿毛巾？"

国庆闭着眼说："总出汗，总擦，可不湿呗。"

吴倩说："快起来，把湿背心脱了，换上干衣服。"

国庆这才睁开眼,朝秉昆伸出只手。

秉昆将他拉起。他脱下湿背心,接过吴倩为他找出的干上衣,穿好后问秉昆:"有事?"

秉昆说没事,就是想他了,来看看。

国庆也说了些感激蔡晓光的话。

秉昆问他"拉脚"那活干起来如何?

国庆说:"还行。你姐夫帮吴倩找到了那么理想的一份工作,我没了后顾之忧,心情好,干活就有劲儿了。"

秉昆想到他的糖尿病,嘱咐他千万别太累着。

国庆说与赶超搭伙干活累不着,赶超总照顾他,并夸赶超会干活,捆扎技术高明。同样大小的车板,他俩的车每次总能比别人的车多装些东西。

秉昆说:"我反而更担心你俩累着了。你俩都是我的朋友,累坏了谁我都着急,另外几个朋友也肯定着急啊。"

国庆笑道:"我俩那车不是有电瓶嘛!我主张买辆旧的就行,赶超坚持买新的,我反对也没用啊。那车真好,车板是包铁皮的,轴是加速的,蹬起来轻快。如果是空车,悠悠的,跟自行车似的。就是得每天充电,多交一笔电费。平地我俩不用电力,上坡时才用。我俩两班倒,现在我下班,赶超上班。"

国庆挺高兴,因为和赶超包了一桩大活,替一家贸易公司从铁路货运站往一处仓库拉豆油,不分白天黑夜,干下来总共能平分几百元。

"那我女儿下学期的探家路费就挣到手了!"

"看你高兴的,给你买猪头肉了,一会儿犒劳你!"吴倩笑了,她已在洗国庆的背心和上衣。

他们的女儿没考上大学,在南方一所民办师范学幼师教育。没考上大学,两口子仍很疼爱她。

离开国庆家,周秉昆不想立刻就回家。那种有家又似没家的感觉很奇怪,连他自己也搞不清楚为什么会产生这种感觉。

不知不觉间,他走到了一条既陌生又熟悉的街上,驻足望着人家的窗口发呆——他曾买下过那房子,赔了一大笔钱。十二年后,那房子也下沉了,但窗口还周正,窗内拉着花布窗帘。

那房子曾代表他最大的生活梦想。

他一家再也不可能在那房子里做好梦了。

他呆望了很久,回到家里,妻子儿子已经吃过了晚饭。

吃饭时,周聪坐他对面,告诉了他一个信息——本市也有介绍工作的地方了,叫劳动力信息发布中心,市工会办的。

"爸,其实你在家待一两年也没什么,省点儿用,我的工资还够咱们三口人生活。"周聪尽量说得轻松一些。

"我去碰碰运气。"周秉昆的话则不那么乐观。

第二天他去晚了,九点多,信息发布就结束了,只有一块擦花了的黑板。

他没吃早饭,就在一处即将收摊的早点摊吃烧饼、喝豆浆。

桌上有四分之一张报纸,油渍渍的,显然放过油条、炸糕之类,其上"白笑川"三个黑体字很突出。他不由得拿起细看,竟是讣告,师父白笑川一个月前已经去世了——周聪正是那家报社的记者。

他吃不下去,也喝不下去,起身离开了。

周秉昆走到一处无人注意的房角,蹲了下去。他觉得双腿无力,一屁股坐在地上。夜里下了场秋雨,那地方还湿着。

然而,他已没有力气起身走到别处。

他真的就双手抱头,把脸埋在膝间,呜呜地哭了。

白笑川对于他不仅是师父,还如同父亲。师徒二人间的思想交流,比父子之间多得多。师父给予他的人生帮助和指导,是生身父亲根本不曾给予他的。

往家走时,他内心里充满了对小儿子周聪的恼火。怎么可以向他隐瞒这件事呢?怎么能不让他参加师父的追悼会呢?

快走到家门口时,他气消了大半——一个月前自己所处的状况,决定了儿子不愿告诉他。儿子做得无可指责,假如自己是儿子,也会隐瞒啊!

到了家里,郑娟见他裤子后面又湿又脏,十分诧异。

他说不小心摔了个屁股蹲儿。

周秉昆在师父家见到了邵敬文。

他没带什么东西去,不知带什么好。师母向桂芳已经是一位老妇人了,头发全白了,瘦了不少。如果路上遇到,几乎认不出她了。邵敬文也瘦了。周秉昆进门时,他正站在椅子上,修理挂窗帘的横杆。

师母抱住他,慈祥地说:"别老为楠楠的事难过,啊?!不幸的事摊上了也就摊上了,活着的还得把日子往前过下去。你比师母强,你还有郑娟呢,还有周聪呢,可师母却只有朋友没一个亲人了。几个亲人从一九五七年起就不来往了,两个哥都不在了,只剩一个老姐,是死是活也不清楚。"

师母本是劝慰他,可自己却难过起来。

邵敬文从椅子上下来,分开他和师母,将师母扶坐在另一把椅子上。

他一见师父遗像,跪将下去,又哭了。

邵敬文拽起他,小声说:"别这样,你这样不是惹你师母难过吗?"

第八章

他边哭边埋怨:"我儿子没告诉我,你为什么也不告诉我啊!我明明在本市,都不去参加师父的追悼会,我还算个什么徒弟呢?"

邵敬文说:"你师母不让告诉你。你家摊上了那样的事,有必要非通知你吗?你姐夫去了,代你送了花圈,我把写着你名字的花圈摆在几位领导送的花圈前边了。你师母说,你对师父比他们重要,我那么做对。"

向桂芳又说:"秉昆啊,你师父走得很平静,毫无痛苦。虽然走得早了,却是寿终正寝的走法。那也是他的修为,咱们都不难过了啊。我俩共同生活了二十几年,我幸福,他也幸福。我已经活得很知足了,你师父也是。今后,你和敬文就是我在世上最亲近的人了。为了我,你俩都要爱惜自己的身体。敬文,你接着把窗帘杆修好。秉昆,你也有活。"

于是,邵敬文又修起了窗帘杆,秉昆跟在师母身后进了厨房,师母派给他的任务是疏通水池,别让水龙头滴水。好在邵敬文带来了工具箱,用什么有什么,算不上难活。水龙头太老旧了,必须换,秉昆骑自行车去买了个新的。老邵修好了窗帘杆,又帮秉昆。没多时都弄好后,秉昆发现纱窗太脏了。

他说:"刷刷吧。"

老邵说:"对,刷刷。"

刷完厨房的纱窗,接着刷卧室、书房和客厅的纱窗。

向桂芳阻止道:"快入冬了,你俩别费事了。"

老邵说:"正巧秉昆也来了,一块儿刷刷,您家里能透亮一冬天。"

二人一个刷,一个拎到卫生间冲,一个多小时后便将干干净净的纱窗安装上了。

向桂芳说:"是透亮多了。"

二人便向她告辞。不在饭口上,她怕他俩家里都有事,也没挽留。

走在路上时,秉昆说:"老邵,以后咱俩每月看望一次我师母吧。"

邵敬文说:"每月相隔的时间太长了,半月一次吧。也不必同时去,我上半月,你下半月,这样看得勤些。白老师与咱俩关系不一般,他不在了,咱俩都替他多关心他老伴。"

秉昆说:"对。"

邵敬文说:"以后你就叫我老邵了?"

秉昆说:"我自己也老了呀,有资格叫你老邵了。"

邵敬文站住看着他,叹道:"可不嘛。"

秉昆向他倾诉了找不到工作的苦恼。

邵敬文想了想,安慰道:"估计我能帮上你,耐心等我信儿吧。啊,见了你又想到了另一个人,咱俩得定个日子,一起去看看曲秀贞。"

秉昆问:"曲秀贞是什么人啊?"

邵敬文说:"你怎么可以不记得她了呢?就是你们当年酱油厂几个朋友叫人家老太太的那个曲秀贞啊!"

秉昆一拍脑门:"我真该死!该死!该死!我们的老太太还好吗?"

邵敬文说她的情形很不好,住院三个多月了,癌症晚期。她儿媳妇贪污了一大笔公款,成了女巨贪,带着她孙子不知逃到了哪个国家。她儿子逃脱不了干系,虽尚未判刑,但一直关押着。组织怜悯她,没告诉她实情,骗她说儿子被派往国外承担重要工作去了。

秉昆说:"我想早点儿去看望她。"

邵敬文说:"那后天吧,后天我时间充足。"

秉昆本想通知当年酱油厂的"六小君子"中的其他五人,再一想除了龚宾,他们各有各的小家庭,日子过得都有压力,而且后天未必都有空,有空的也未必有好心情,便打消了念头。

老太太曲秀贞当然享受高干住院待遇。她与郝冬梅妈妈属于同一类干部,职务不高,级别不低。论起革命资历,完全当得起一个"老"字。何况她老伴生前与冬梅父亲一样，都是名字彪炳史册的省内名人。她享受的住院待遇，比一般厅局级干部还要高些。

邵敬文和秉昆两个人既不代表组织，又非亲人，还没预约，想探视她颇费周折。求了一名护士半天，她告知了老太太，老太太同意探视。

他俩在病房门外又被一名护士拦住了，她小声说："里边的护士帮她化妆呢。"

二人进入病房，见病床摇起，老太太亦坐亦靠，经过化妆，形象看上去还好。盖住她双腿的被子几乎是平的，显然，她的双腿已经很瘦很细了。

她见了秉昆和邵敬文特别高兴，指着果篮说："秉昆啊，下次来不许带了。"

病床旁已摆好了两只高脚凳，秉昆笑笑，与邵敬文同时坐下。

她又问："这位同志是……"

她与邵敬文没见过，邵敬文是冲着她老伴老马同志当年对《大众说唱》的支持来看望她的。老马同志一直活在他心里，是他发自内心感激的领导。

秉昆一介绍，老太太连说谢谢，并与邵敬文握手。

她细瘦到极点的手腕，让周秉昆一阵心酸。

"我真是沾老马同志的光了。一个人只要做了几件好事，就会有人记住，事实又一次证明了这一点，人心多么公道啊！"她感慨起来，声音弱弱的，有气无力。

留在病房里的护士不许她多说话，表情很严肃，只给了半小时探视时间，希望老太太只听不说。老太太像幼儿园小朋友般乖顺地点点头。

"老马同志可不仅仅是做了几件好事而已。当年，他做的那几件好事，自己担着什么样的政治风险，他心里十分清楚。他是作风正派、有正义感的老干部。他是我们敬重的人，生前是，现在还是。"

邵敬文抓紧宝贵时间，代表秉昆和已故的白笑川说了一番悼词般的话。说时一脸庄重，老太太也一脸庄重地听。邵敬文说完，她惭愧地说："我身后的口碑恐怕就没这么好啰。咱们约定，你俩都要参加我的追悼会，行不行？"

秉昆又一阵心酸，与邵敬文点头不止。

护士训斥他俩道："你俩点什么头啊？说点儿让她高兴的事不好吗？"

老太太笑道："她不好意思训我，你俩代人受过。她有她的责任，多包涵啊！"

于是，秉昆就回忆起当年在酱油厂的一些事来，二十七八年前的往事了，无论对说的人听的人，都成了历史。

"亏你还记得这么清楚。"

她听得挺开心，问秉昆其他几个"坏小子"的情况怎么样？秉昆代表他们表达了问候，也介绍了一下他们的近况。他说他们过些日子也会来看望她，还说自己和他们生活都很好，也做出挺有幸福感的样子。

老太太说："你骗我。全东北的工人阶级都在水深火热之中，你们几个的处境反而会好了？你们中啊，也就吕川幸免了吧？别以为我什么情况都不关注，有些情况也想象得出来。秉昆，你替我捎话给他们——我都八十多岁的人了，现在都这样了，帮不上谁啦。但我希望，你们都能往前看，国家绝不会总像现在这样……"

护士又不高兴了，矛头直指老太太了："曲秀贞同志，您在主持政治局常委会啊？"

"不说了，再一句也不说了。"趁护士转身浇花，老太太小声说："一个比一个厉害，从没人敢这么管过我，好几次还把我双手绑在床上……"

"老太太，告我们的状是不是？那可不是虐待您，那叫'鼻饲'，是为您好。我们吃了熊心豹子胆啦？敢折磨您？我们和他俩一样，也是打内心里敬重着您的嘛！"护士转身说着说着，忍不住笑了。

老太太也笑道："你后边两句话我爱听。"

病房外，护士对秉昆和邵敬文悄悄说："如果还有哪些她高兴见到的人想来看，就让他们早点儿来吧，老太太时间不多了。工作性质的探视和你们这样的人来看她，她的心情是不同的，明白吗？"

秉昆说："我注意到了她的手……"

护士打断道："不讨论她的手。"

邵敬文暗扯了秉昆一下，简短地回答："明白。"

离开高干病房区，邵敬文说："我认识的人中，没有护士说的那种了。"

秉昆说："我有。"

邵敬文又说："人离死不远时，都一样成可怜人。"

秉昆心里难过，不知说什么好，只有沉默。

二人一路沉默，直到分手。

周秉昆为此专门找了曹德宝，让他将老太太的情况一个个通知下去。

仅仅两天后，老太太经历了几小时痛苦的抢救后，彻底解脱了。

老太太的追悼会拖的时间比较长，她儿媳儿子的事影响了追悼会的规格和悼词内容。直到十二月份，各方面终于统一了意见，公事不跨年，赶在元旦前举行了追悼会；没有亲属守灵，不见主要领导身影，凭吊的人也不多，冷冷清清。

有人说，还是级别不够呀。

也有人说，和级别没太大关系，并以她老伴老马同志和郝冬梅父亲为例，虽都是副省级，遗体上不是覆盖了党旗吗？郝冬梅母亲也享受了同样的哀荣啊，她与郝冬梅母亲资历差不到哪儿去嘛！还不是因为受了儿媳和儿子的牵连……

郝冬梅参加了追悼会，献了花圈，挽联署名是"敬爱您的小梅"。由于她的出现，议论者们才联想到了她父母。

郝冬梅流泪了。

那天，曹德宝们有的有事，有的不知道，都没参加。秉昆因为有邵敬文及时通知，自然前往凭吊了。当年酱油厂的所谓"六小君子"，就他自己出现在追悼会上。邵敬文也献了花圈，写上了白笑川和秉昆的名字。

秉昆在灵堂外等着见了嫂子一面，没什么事，仅仅是出于礼貌。

冬梅眼泪汪汪地说："不管别人对她有什么看法，她在我内心里永远是值得敬重的，这么处理她的后事，我很有意见。"

她说完那几句话，匆匆走了。

秉昆与邵敬文走在路上时，邵敬文说："一年又过去了，我年底再没别的正事要想着了。"

秉昆说："我也是。"

二人走在半路，下雪了。

第九章

又是一个多雪的冬天。

二〇〇二年元旦一过,转眼临近春节。哪儿哪儿都照例缺煤,照例有些老头老太太一早离开家,到暖气烧得热的商店和医院占地方取暖,照例有一拨又一拨的人忍受着寒冷在各级政府门前静坐,为了这样那样的问题讨说法。

民间流传着一桩事件。在邻省的省会城市,有岁数大还要逞强静坐的人,冻死在政府门前了,结果引起了底层民众广泛的抗议。后来另一种传说否定了前一种传说,给出了新"真相"。原来,一名受命接待静坐者的干部骗了他们,请他们上了一辆没暖风的大客车,说要带他们去什么地方见一位领导,解决他们的问题,结果竟将他们拉到了荒郊野外,还说:"今天有外宾,你们会造成不好的国际影响,我一个小干部没法子,只能在这种外宾看不到的地方陪你们一块儿挨冻。"但他自己却从头到脚,穿得厚厚实实十分暖和。

愤怒了的人们就揍了他一顿,砸碎了客车的每一块玻璃,破坏了驾驶系统。这么一来,谁都搭不上进城的车辆回到市里,真的一块儿挨冻了。穿得不够厚实的人就被冻伤了,一个老汉是那种情况下冻死的,他原本就有心脏病。

省报进行了辟谣,严正指出那是子虚乌有之事,告诫广大人民群众不要信谣,更不要传谣,对传谣者应予以制止,制止不成便可举报,举报光荣。省报号召广大人民群众顾全改革开放大局，发扬艰苦奋斗排除万难的精神，与党和政府共克时艰。

各级党委及时召开会议，要求干部们春节期间做好矛盾化解、访贫问苦工作，提高做好群众思想工作的水平。

然而，不利于稳定的各种谣言还是层出不穷。

春节的几天里，周秉昆的朋友们再没往他家聚，也没往其他人家聚。家家住得都小，聚不开，秉昆家虽是颓败的土坯房，地方却毕竟大点儿。

没聚主要不是没有聚会的地方，而是因为孙赶超摊上了不幸的事。他妹妹在南方染上了艾滋病，回到本市后在他父母家住了些日子，一直隐瞒着，他父母就不知道。直到最后，他妹妹留下遗书投进松花江上的冰窟窿里了，悲剧的大网才一下子向赶超撒下来。他母亲是文盲，父亲也识字不多。父母还以为他妹妹留下封信又回南方去了呢，他到父母那儿看望二老时，才见到了父母递过来的妹妹遗书。

赶超一看之下，心如刀绞，五内俱焚，却又必须在已到耄耋之年的父母面前强作镇定。

他母亲问："是不是又回南方了？"

他说："是。"

他父亲问："又回南方了就又回去嘛，告诉父母有什么不行呢？干吗任何东西都不带，走得偷偷摸摸的啊！"

他说："我妹怕你们舍不得她走。"

父母岁数那么大了，按说赶超作为独生子应该和他们住在一起，但于虹不同意啊。

于虹说："你老婆儿子就不重要了吗？你总住父母那边，我不成寡妇了吗？别人会怎么看我们母子俩？你也别为难了，咱俩干脆离婚算了，双方都方便。"

第九章

每一次关于照顾年迈父母的话题，都会引起两口子之间的口舌交锋，随后便是一个时期的夫妻冷战。于虹对郑娟的说法是，赶超的父母太抠门，自从她与赶超结婚后，他们在儿子儿媳的小家庭陷入经济危机时，从没给过一分钱。他们曾是国家粮库的工人，无论工资还是退休金都有保障。因为秉昆出狱后对赶超两口子的关系表示过忧虑，国庆私下对秉昆说，也不完全像于虹说的那样，赶超的父母固然将钱看得比较重，但只要赶超开口，每次还是能从父母那儿多少得到一些钱。赶超死要面子，每次都不对于虹讲真话，偏说是自己挣的。

"老人嘛，越老越怕久病床前无孝子那句话，我父亲当年也这样。于虹强势，赶超在于虹面前硬气不起来，而赶超他妹妹始终没结婚，估计他父母指望卧床不起时得靠女儿服侍，所以想那时候留下一笔钱取悦女儿吧。"国庆如是分析。

那天，赶超离开父母后，没有回家，直接去找国庆，进门就哭。

国庆两口子正吃晚饭，头碰头地一起看了赶超妹妹的遗书，也都不知该如何相劝。吴倩立即骑自行车来到秉昆家，秉昆和郑娟也正在吃晚饭，家中除了周聪每天上班骑的那辆自行车，再无自行车可骑，郑娟便去邻居家借了一辆。秉昆赶到国庆家，看见赶超背靠炕墙坐在地上，流泪不止，口中喃喃自语："太丢人了，我妹这是要成心将她哥和父母的脸面丢尽了呀！"

秉昆和国庆一边一个拽他起来，一放手，他又坐那儿了。

秉昆对吴倩说："还得辛苦你，快去他家告诉于虹，赶超在你家，就说我们三个喝醉了，他走不了啦，今晚得住你家了。"

吴倩连说："行，行，我先歇会儿。"

正在这时，于虹找来了。赶超家离秉昆家近，她先找到秉昆家去了。郑娟哪是个会撒谎的人呢，支吾了一阵，只得据实相告说赶超在国庆家，秉昆也去了，因什么事不清楚。

于虹一见赶超那样子，气不打一处来，没鼻子没脸地数落开了："你不是去你爸妈那儿了吗？怎么又癞皮狗似的坐在国庆家地上了？你儿子到现在还没放学，听说他们学校不少学生煤气中毒了，咱家自行车也让你丢了，你倒是去不去他们学校看看？"

赶超冲她吼："不去！怎么啦？我就癞皮狗似的赖在国庆家了，你没自行车骑还不能走着去吗？"

"你们听你们听，他连儿子的死活都不管了！"于虹气哭了。

入冬以来，一些中学也因缺煤而停了暖气改烧炉子。在北方，暖气无论如何不能停，烧得不够热都有冻裂的可能。有的单位仅仅由于断了两天煤，暖气管就冻裂了，冰天雪地抢修起来谈何容易？即使政府应急煤分配到，也只有继续烧炉子了。孙胜就读的高中面临的正是这种情况，那所学校教学水平挺不错。

于虹所说的事，也让秉昆和国庆两口子十分担心。秉昆一时没了主张，倒是国庆还显得沉着冷静。他让吴倩送于虹回家，秉昆在自己家陪赶超，而他到孙胜学校去查看情况。

秉昆对吴倩说："你别回来睡了，到我家去睡吧，告诉郑娟我今晚在你家睡。"

于虹噙泪怒斥道："孙赶超，什么事还能比你儿子的生死更要紧？你今晚不回家，明天我就跟你离！"

赶超吼道："离就离！我连活都活够了，还怕和你离婚？"

秉昆急忙将于虹和吴倩一块儿推出门去。

孙胜学校确实发生了煤气中毒事件，三十几名学生被紧急送往医院，都属于轻微中毒，并非传闻所说的那么严重。孙胜安然无恙，他是名好学生，因为陪护住院同学才没按时放学回家。

第九章

国庆家里只剩下秉昆和赶超时，赶超有点儿丧失理智，一次次头撞炕沿。秉昆拿他没法，只得也坐地上，紧紧抱住他。国庆带回来孙胜安然无恙的好消息，赶超才开始恢复理智。

赶超与妹妹小时候感情挺好，妹妹上了中学就不好好学习，一度还曾与流氓团伙有染，这让他对妹妹产生了嫌弃心理。妹妹去了南方，很少给他写信，兄妹二人的感情似乎也淡漠了。然而，毕竟是同胞兄妹啊，秉昆和国庆都看得出来，妹妹的非正常死亡让孙赶超受了很大刺激。

"她为什么不写得含蓄点儿？为什么要写得那么清楚？她也可以连遗书都不留的啊！"赶超心里除了悲伤，还有种如同妹妹往自己胸口深深捅了一刀的自哀自怜。

是的，妹妹那遗书写得太不含蓄了。她不仅写了自己哪一年起感觉身体不好，哪一年被确诊为艾滋病患者，以后几年怎么过的，以前挣的钱怎么花光的，还写了自己为什么要选择那么一种死法——死不见尸，可为亲人省一笔安葬费。

对于一个哥哥来说，那是一封可怕的信，除非哥哥憎恨妹妹。对于老父老母，那肯定是一封要命的信。所幸他母亲是文盲，父亲认识的几个字看不下来——那是一封字迹潦草、内容芜杂的遗书。

赶超妹妹在遗书中竟然还写到了两点欣慰：没结过婚，无夫无儿女，死亦无牵挂；没给父母和哥哥留点儿钱，但也没留下任何债务。她希望父母和哥哥不必为她的"走"悲伤，也不必替她的人生感到惋惜，因为她用自己以前挣的钱，过了几年阔女人般的生活，除了不忍也不敢丧尽天良以病害人，可以说那几年阔女人般的生活过得随心所欲，花钱如流水。最后一页纸上，她还写道，往后的中国，老百姓可能活得会好点儿，能像我这样潇洒活上几年的人肯定会多起来！

孙赶超突然撕起妹妹的遗书来，边撕边恨恨地说："她怎么连一句对不起她哥她爸妈的话都不写？叫我怎么办？叫我怎么办？"

国庆说："这是遗书啊，临死前写的呀，你当哥的就别挑她的错了。"

他要制止赶超，秉昆却说："撕就撕了吧。"

秉昆和国庆终于将赶超哄上了炕，赶超在中间，他俩一边一个，都没脱鞋，就那么头朝里脚朝外地讨论该怎么办。最后他俩帮赶超做出决定：第一，必须瞒着他老父母，否则真会要了二老的命；第二，必须瞒着于虹和儿子，于虹知道了就等于儿子也知道了，姑姑因艾滋病而自杀这种事，很可能一下子摧毁了孙胜的自尊心；第三，也别报案，就当什么事都没发生吧，报案必然传开，想瞒也瞒不住了。

那天晚上，国庆和赶超先后和衣入睡，秉昆却怎么也睡不着，他长久地想着自己和朋友们的关系。当年的所谓"六小君子"之中，吕川走了，龚宾疯了，酱油厂卖了，唐向阳上了大学，曹德宝和春燕住到城里去了，进步也重回军转民以后的那个厂，实际上来往少多了。倒是自己与国庆、赶超因为住得较近，他对他俩有过帮助，他俩又是知恩图报的人，反而是朋友中关系最亲近的了。他在狱中十二年，他俩一块儿探望的次数最多。想到这一点，他不禁对赶超心生怜悯：要他就当什么事都没发生过，这是多么冷酷无情的主意啊！

一大早，国庆将秉昆送出门时，赶超仍一动不动躺在炕上，不知是睡着，还是闭眼躺着。

秉昆小声说："他醒了，你还得劝劝他。"

国庆说："怎么劝？"

秉昆张张嘴，一时语塞。

国庆说："你走你的，我自己想想该怎么劝吧，你别管了。"

秉昆说："今年春节更得聚了，还在我家，我负责通知。"

国庆说："别聚了。前几天我碰到德宝，聊到春节聚不聚的事，他说

第九章

还聚什么呀，一个个活得苦哈哈的，有今儿没明儿，聚一起说什么啊？光借酒浇愁不说话啊？我的意思也是别聚了。这一冬天我和赶超都没活干，都成了靠老婆挣钱养家的人，赶超又摊上不幸的事——反正我俩肯定没心思往一起凑了。"

秉昆怔了半天，只得说："那听你的。"

三十儿晚上，郝冬梅和周蓉一家三口来到了秉昆家。

冬梅初一晚上的火车，她要去北京和周秉义一块儿过春节。

蔡晓光初一晚上要带周蓉和周玥回湖北老家——他父亲有个遗愿，能有一天将自己的骨灰葬回农村老家，晓光最近接连梦见父亲，觉得自己不能再拖下去了。周蓉没见过公公，她认为自己更应该与丈夫一起完成那件事。父母同行，周玥便也要去。晓光求之不得，自然格外高兴。初一晚上的票好买，有的车厢空得如同专列，所以他一家三口与冬梅不约而同，买的都是初一晚上的票。

自从周楠的骨灰葬在北普陀寺外的松林里，郑娟逐渐从丧子之痛之中走了出来，身体一天天恢复，也愿与亲人们相聚，话也多了。她的情况一好转，秉昆也不再终日自责焦虑，尽管还没找到工作。邵敬文答应帮他，没帮成。老邵当过馆长的区文化馆地下室被什么人租下了，开成招待所。老邵本想将秉昆介绍过去当烧水工，负责管理小锅炉，保证住客的饮用水和洗澡水。老邵还引荐秉昆面谈了一次，对方认为秉昆是个有责任心的人，当时表态聘用。可几天后，那招待所因涉嫌黄赌毒被查封，押走了几个人，承租的老板跑了。

大家围桌而坐时，蔡晓光看着一桌子年夜饭感慨万千地说："够丰盛的，真是年年难过年年过、家家难过家家过啊。咱们七个亲人中，四个没有工作，居然还能吃上这么丰盛的一顿年夜大餐，不能不承认，国家毕竟往好了变。二十多年前，桌上只能有这三盘凉菜，再加上这盘炒鸡蛋、这一小盆炖排骨。"

秉昆接着说："那就不错了。"

郑娟说："我也没做什么，差不多都是小聪他们报社发的。"

周聪不无得意地说："我们报社虽是面向市民的晚报，福利还可以，发行量是全省老大，广告多，效益好，经常发这种那种补贴。增加了新商品介绍和经济动态两个版面后，福利更多了。春节前，不论国企私企，争先恐后往报社送东西，挡都挡不住。"

周玥用细长的小拇指点着表弟说："聪君那篇在贵报的人物专访在下拜读了，报纸是国家公器，不是为新型买办树碑立传的，何必那么溜须拍马？不就是把国有资产便宜倒卖给了外商那么一点儿能耐吗？而且，你那篇专访包含了多条隐形广告，按西方严格的记者操守衡量，那是不光彩的。"

周聪反唇相讥："别跟我扯西方不西方的，表姐，你不就在国外流亡了十二年，混了个洋文凭吗？你认为的新型买办，在我看来是招商引资的能人。东三省经济发展滞后，中外合资企业少，外商独资企业更少，谁能引凤来栖，我们媒体人当然要宣传他。再说是领导给的任务，我也当然要按让领导满意来写。"

周蓉批评周玥："你才回国多久，没资格对国内的事指手画脚。凡事先搞清楚状况再谈，否则会让大家讨厌的。"

周玥说："内外有别，跟其他人我才不这么坦诚呢，现在不是面对亲人嘛。容我再小声问一个问题——亲爱的表弟，接红包了吧？"

周聪大大方方地承认："接了呀，不过不是红包，是白信封。到家就孝敬我妈了。哪儿哪儿都不给点儿车马费润笔费的话，只靠工资也养活不了爸妈呀。"

周蓉两口子和冬梅、郑娟都笑了。长辈们一笑，周玥周聪表姐弟俩也忍俊不禁。

待亲人们笑过，秉昆严肃地对周聪说："你爸不需要你养活，我也有能力养活你妈。现在冬天，活不好找，天一暖和我就不待在家里了。"

"你俩别争，谁养活我都行。"郑娟对周蓉等说，"姐、姐夫、嫂子，跟你们说实话，我可乐意当家庭妇女了，做做饭，拾掇拾掇屋子，为丈夫儿子洗洗衣服，把他俩侍候好，我心里可高兴了。我觉得自己天生是做贤妻良母的，不是那些喜欢上班的女人。"

她的话把周蓉他们三个逗乐了。

亲人们心情都好，那一顿年夜饭人人大快朵颐，其乐融融。

就在这天晚上，在这一座北方的冰雪之城，并非家家户户都能如此，正所谓几家欢喜几家愁。甚至也可以说，真正能欢欢喜喜过大年的人家是少数，比较多的人家，特别是工人之家，即使聚餐、年夜饭挺丰盛，却可能是在强颜欢笑，是用血汗钱换来儿女的身上新衣，来解经年之馋。春节前，北京、上海、广州、深圳等大都市，竟然出现过"'东北虎'返籍之际，市民谨防溜门撬锁入室偷盗，僻巷抢劫"之类的标语，媒体大肆报道，让本市人特别是打工归来者自尊心大受伤害。十几年过去了，东三省工人阶层的大部分人，仍被挥之不去的"阵痛"所纠缠。

然而，在光字片周家老屋里，周秉昆和他的亲人们却另当别论。大学学历改变了周志刚的儿女以及孙儿孙女的命运，他们中已出了四个受过高等教育的人了。周秉义、周蓉还曾是北大学子，周蓉母女拥有硕士学位，周玥所获的还是洋硕士学位。通过婚姻关系，周家第二代人为家庭纳入了新成员，蔡晓光这样的姐夫、郝冬梅这样的嫂子，绝不是许许多多像周秉昆一样的普通得不能再普通的弟弟们有幸拥有的。简直也可以说，一般工人家庭的子女如果本人并不优秀，几代人也不可能拥有这些，只有望洋兴叹的份儿。特殊年代的婚姻关系，还使周家第二代人中出现了一位在中纪委任职的干部——若说周秉义的仕途与冬梅妈妈的推荐毫不搭界，那也不算实事求是。

可以说，新中国第一代老建筑工人周志刚儿女们的幸运，得益于如下几个方面。

第一，二子一女形象良好。周蓉是不逊于当年某些漂亮女演员的大美人儿，秉义当年也是一表人才。此种上苍所赐的幸运，没有什么道理可讲，羡慕嫉妒再加上恨，那也转化不到自己身上。周秉义当年进入了郝冬梅的视野，蔡晓光甘愿为周蓉做出牺牲，方才无怨无悔。

第二，周家第一代儿女，都是善良的、正直的人。这是父母好的人性基因的遗传，也是人格力量的感召。如果周秉义徒有其表，心地卑俗，性情粗鄙，如果周蓉轻佻虚荣，浅薄狡猾，那么郝冬梅和蔡晓光那等不凡之人，恐怕几次接触后就会心生厌恶了。

以上都具有先天遗传的因素，可谓"命定"，难在芸芸众生之中复制。如果说人类只不过是地球上的一类物种，那么这一物种的进化方向只有一个，便是向善。善即是美，善即是优。人与人的竞争，所竞善也。优胜劣汰，也必是善者优胜。能给予下一代高颜值固然可喜可贺，但不能给予下一代善的基因，也肯定是一切后天教育功亏一篑的事。然而，基因遗传并不完全是生理现象，周家起先也是文化人。周志刚的父亲、祖父乃至祖父的祖父，都曾是山东沂蒙山区里一个历史悠久的古村落的私塾先生。若非近代战乱频仍和社会巨变硬性扭转了一个耕读之家的生活状况，周志刚本人根本不至于还要参加新中国成立初的扫盲运动。还好，在周志刚儿女们的身上，体现了文化隔代传承的魔力。

后天影响对于他们的人生也很重要，甚至更为重要。在全面禁书到

第九章

处烧书、偷偷读书藏书会被举报的年代，他们基因中爱书的一面及时觉醒了，都成了如饥似渴的读书种子。正是这种与众不同，不但使他们本人，也使他们当年清贫的家成为吸引郝冬梅和蔡晓光的圣地。所以高考一恢复，周秉义和周蓉兄妹都成了北大学子，甚至在大学里也出类拔萃。

如果没有后两方面的特殊性，估计当年成了郝冬梅丈夫的周秉义，"文革"后也很可能遭遇婚变。即使郝冬梅决意从一而终，她母亲也很难善待出生在光字片的女婿，蔡晓光更不可能始终对周蓉一往情深。周蓉毕竟已五十多岁，出国十二年，以蔡晓光的条件，另找一个年轻漂亮的妻子太容易了。何况只要他提出，她几乎没有理由也根本不会以任何理由不配合。然而，一个女人仅仅年轻漂亮，不足以让蔡晓光一往情深。周蓉所具有的特质正是她们所欠缺的，也是蔡晓光精神上最需要的。他表面上是个好好先生，其实思想深处自有圭臬，而周蓉是唯一了解并与他共同稀释精神苦闷孤独的女性。

这样的一些亲人在年三十儿晚上聚餐，气氛当然和美喜乐。尽管有四个没工作的，但并不怎么影响他们其乐融融。确切地说只有三个没工作，郑娟承认最愿意做家庭妇女。吴倩和于虹不会那么说，春燕的头脑里甚至根本不会产生那种想法。她们如果说出郑娟说过的话，丈夫一定不会拿好眼色看她们。在东三省，无论农村还是城市，许多小脚老太太都希望自己能为家里挣点儿钱，郑娟那种年龄无病不残的女人说那种话，丈夫又没有工作，起码是不合时宜的。郑娟之所以那么说，主要是因为亲人们给了她极大的安全感，让她觉得虽然丈夫暂时没有工作，一家人的生活并没有多大问题，儿子周聪春节前甚至孝敬了她一个厚信封的钱！

周蓉母女也认为找工作对自己不是件难事，用周玥的话来说是："偌大的中国，改革开放二十多年了，新就业岗位比从前不知多了多少倍，怎么会没有适合我和妈妈的工作呢？"她们回国后收集了各类资讯，研究后得出的结论相当乐观。国家发展虽然很不平衡，但多点开花，各显神通，势头很猛，前景广阔。她们对找工作都胸有成竹，信心满满。周秉昆本人也不那么悲观，他眼见儿子周聪孝敬了郑娟一个厚信封红包，刚才又听儿子说报社效益好、福利多，也就不再因暂时没有找到工作而焦虑了。

周聪拎回家四盒年货，都是报社发的。冬梅也拎来了几盒，她学校发的。晓光用车带来的更多，是他们业务员为机关和企事业单位的客户准备的年礼，剧组人人有份。他们一家三口和冬梅初一晚上就离开本市，便都留给了秉昆家，那些东西在一面墙根摆了两溜儿。

饭后，亲人们打扑克消磨时间，秉昆独自将那些东西分成几堆。盒子里的年货应有尽有，绝大多数国人梦里也不会出现这么多年货。

晓光说："秉昆，别折腾了，过来玩嘛。"

秉昆就坐到了桌旁，垂着眼请示说："姐夫，嫂子，我想分出两份给国庆和赶超。"

周玥说："小舅真老诚，这么点儿事还征求意见。"

秉昆说："你爸和你妈带来的嘛。"

晓光说："随便，随便。"

秉昆说："赶超摊上不好的事了，很不好。"

亲人们都放下手中的扑克，一齐看着他。

于是，秉昆讲起了赶超和国庆挣钱多么不容易以及赶超妹妹的事。他讲时，周聪拿着小本边听边记，还追问一些细节。

没等他讲完，郑娟流泪了，连说："都给他俩吧，都给他俩吧。你告诉他俩，缺钱时让吴倩和于虹找我。"

仿佛儿子给了她那个信封，已让她腰缠万贯。

秉昆讲完，叹道："他们两家过春节肯定不是咱们这样。"

第九章

冬梅也叹道:"农民的命运也有了点儿改变,改革的阵痛真是苦了工人阶层了。"

周玥问周聪:"你不停地记,又想写些什么?"

周聪一脸正气地说:"当然,我早就想为我们底层民众写些东西了。"

周蓉说:"把你的话再说一遍。"

周聪没有再说一遍,愣愣地看着他姑,不明白自己的话错在哪儿。

晓光说:"你姑姑的意思是,其实,目前你们家并不处在水深火热之中,你就不能以'我们'这种思维来写。"

周聪转脸看大娘。

冬梅说:"你姑的意见有道理。"

周蓉又说:"别忘了你还有位当干部的大伯,官不大,却也不小了。你能在报社工作,全靠他稍微利用了一下关系。你要摆正位置,在广大的底层民众中,咱们亲人间一门三户,都不典型。作为记者,以后切记万勿轻言'我们底层'四个字,文章中更不可以出现这四个字。一旦出现,认真的人质疑起来,你就有欺世盗名之嫌,自取其辱,亲人们也会陪着难堪。"

周玥不以为然地说:"妈,有那么严重吗?"

周蓉说:"我的话也是针对你说的,你也必须记住。或许不至于有我所说的后果,但你们下一代都要自律。咱们周家人绝不可以与欺世盗名之事沾边,绝不能违背咱们周家人的做人原则。"

周聪愣愣地盯着周蓉说:"姑姑,说来说去,你的意思就是一句话,我根本没资格为底层人民代言了呗?"

冬梅说:"你姑不是那种意思。"

周聪抱怨说:"她都给我扣上欺世盗名的帽子了,我还怎么写啊?"

秉昆训斥道:"不许跟你姑姑叽歪。"

他们争论时，郑娟出去找了一些绳子，将秉昆分成份的盒子、塑料袋系在一起，方便国庆和赶超拎走。

一时间，桌上的气氛有些沉闷。

周蓉倒没生周聪的气，她笑着对秉昆说道："你儿子随你，不太容易开窍。"又对周聪说："当然可以写，而且也应该写，还应该写好。至于怎么写，可以请教你姑父。"

她说罢，想站起来吸烟。

周玥一把将烟盒夺走了。

晓光说："女儿，给爸一支，爸得思考问题呢。"

周玥给了他一支烟，起身不知往哪儿藏烟盒去了。

晓光吸了几口烟，看着周聪说："你大娘刚才已经说了，阵痛还没有过去，许多工人还在水深火热之中，这是客观事实，毋庸置疑。但同样是底层民众，同样是工人之家，情况却不尽相同。社会原因导致的普遍贫困与个体原因造成的特殊不幸，在社会总压力的冲击之下艰难维持着。你能理解的，而不应仅以同情心将普遍现象与个体原因混为一谈。"

"难道……"周聪有点儿激动了。

晓光继续说："别打断我，耐心听我说完。不是所有的下岗工人，都像你赶超叔叔与于虹阿姨那样，夫妻关系闹得很僵。也不是在所有的工人家庭中，婆婆和儿媳相互极其排斥。你国庆叔叔同样是下岗工人，为什么在他父亲出了那样的不幸之后，他和吴倩阿姨的关系反而一天天好了？社会问题与个体原因重叠在一起，相互交错。好记者首先要善于明辨是非，厘清事实，综合评估，而不是……"

"姑父，你分析得好科学全面，像在实验室里解剖青蛙！"周聪激动得站了起来。

冬梅说："我认为，你姑父的话有道理。"

周聪指着姑父、姑姑和大娘说:"你们都是既得利益者,所以你们站着说话不嫌腰痛。请都别忘了,我从小叫孙赶超叔叔,我对他亲,他的痛就如同我的痛,我和你们的感受不一样!"

周玥将郑娟推回桌边,按着她双肩让她坐下。表弟与自己的父母谈不拢,她不便参与,希望舅妈一归座,双方就不好意思再争论。

周蓉有些生气,板着脸说:"周聪,站着的是你,不是我们。你说得没错,我,你姑父,还有你大娘,我们都是既得利益者。如果当年'四人帮'没有倒台,你姑父和你大娘,肯定还是被划入另册的人下人,我和你大伯也休想考入北大。你也将因为受我们这些亲人的牵连,而难以迈入大学的校门,更不要说还当上了记者!你就不是既得利益者吗?你当然和我们不一样了!你要和我们一样成熟,我们用得着教你怎么写好一篇报道吗?长辈们好心教导你,你怎么可以放肆?坐下!"

郑娟也学周蓉的话训斥儿子:"小聪,你给我坐下。长辈们好心教导你,你怎么可以这样?坐下!"

周聪意识到了自己的失态,坐下后红着脸挠头道:"姑、姑父、大娘,都别生我气啊,我成心引你们多教导几句嘛。"

秉昆这才说:"我也发表点儿看法,行吗?"

周蓉说:"当然可以啦!你是主人啊,谁敢剥夺主人的发言权呢?"

于是又都笑了,气氛和缓了许多。

秉昆接着说:"我肯定和你们的看法都不同。周聪你给我听明白了:赶超叔叔妹妹的事,一个字都不许写!怎么写都是往我好朋友伤口上撒盐!沽名钓誉与欺世盗名没什么两样——坚决不许,记住了吗?"

气氛一时显得有些凝重。

周聪见父亲表情严厉,默默点头。

三十儿晚上,吃不上像样年夜饭的人家毕竟少。与三十多年前相比,绝大多数国人的年夜饭毕竟多了几道菜。下岗并不完全等于失业,流转到全国各地特别是南方经济发达省份打工的"东北虎",如果挣到的钱不是自己挥霍,而是省吃俭用带回家了,全家吃年夜饭的气氛应该还是各有欢悦。饭桌上的话题,难免有天下大事。家国大事,平民百姓向来就津津乐道。谈到让自己感动的见闻,他们或气愤地拍桌,或同情地唏嘘,这也成为吃年夜饭时的寻常现象。

像周秉昆亲人们谈论的那类话题,估计当年也就仅此一家。即使是在亲兄弟姐妹中间,由于学历知识、家庭生活乃至职业的不同,各自人生的理解和对社会的认识都有很大的不同。可以说,在周秉昆和亲人之间,也出现了类似阶级立场的分歧。如果刚才的话题再继续下去,估计会引起更大的争执。

幸好春燕光临了。

春燕二姐和爸爸从外地回来,春燕一会儿要先回娘家看看,然后还得回自己的小家去,与德宝和儿子一起过三十儿。德宝母亲去世后,德宝活得省心了,春燕也胖了。

大家自然要请春燕坐下喝一杯。她也不客气,端起杯就喝,拿起筷子就吃,无拘无束,真是宾至如归。周家人都不把她当外人,晓光和冬梅也多次在周家见过她,都喜欢她的性格。春燕的不请自到,让周家的气氛活跃多了。

郑娟说:"既然回来了,干脆住你妈那儿呗。"

春燕说:"才不呢,我得回自己家陪德宝他们爷儿俩看春晚,我妈那儿还是台黑白电视机。"

春节前,春燕的小家添了电视,四十七英寸的。看得出来,除了她

第九章

自己挣工资，德宝也有些挣钱门道，他俩的小日子过得挺有奔头。德宝对国庆所说"一个个活得苦哈哈的"，其实并不是他自己的实际情况。

郑娟关切地问："你二姐和你爸出去这么久，挣没挣到钱啊？"

春燕吞下一块肉，喝了一口啤酒顺了顺食道，打着嗝说："不吃了不吃了，什么都不吃了，我可得管住嘴。按说这几年我们活动搞得多，我也不缺嘴啊。"

她笑了，大家跟着也笑。

春燕已变得完全一副大妈样了，她笑罢又说："亲嫂子，这么跟你说吧。我二姐挣到了多少钱我不知道，咱不问，问她也不会跟我说实话啊。亲姐妹之间，说到钱，想听一句实话那也不容易。现而今，亲兄弟亲姐妹亲不亲，首先得看钱上的关系如何了。如果妹妹经常给姐姐钱，姐姐把妹妹叫姐姐都可能。我又没那么多余钱给我二姐，她跟我的关系当然也就那么回事啰。我爸肯定是带回了一些钱的，要不我妈高兴不起来。我爸运气不错，在浙江给一位私企小老板看别墅，侍弄花草树木。人家买别墅不是为了住，是为了让别人知道自己有，一年到头也不去住几次，雇人住，我爸还得替人家养好大小三条狗。我爸六十好几了，怕孤独，说这次回来，以后再就不去了。"

周聪几次想拿起桌上的小本记，坐在身边的周玥一次次将他的手打落了。

秉昆问："你二姐夫回没回？"

春燕没好气地说："我的干哥哥，你真是哪壶不开提哪壶。他早失联了，也可以说是和我二姐玩失踪，说不定已被什么富裕地方的中老年寡妇招赘了。改革开放可使南方占大便宜了，听说有的地方，农村城里都富得流油，百万元户不好意思显富，千万元户才算起步。那些地方离婚率也高，分家分到资产的寡妇，可爱找咱们东北虎爷们儿，什么事都不干当虎崽子养着也乐意。我二姐夫那王八蛋如果真敢做出撇妻弃女的事，那我可就得替我二姐撑腰了，关系再一般也是我亲二姐，打断骨头连着筋嘛！我这妇联副主任也不是白当的！"

大家见她说得七窍生烟，附和她不好，想笑更不好，一个个只得做出富有正义感同情心的样子，庄严地沉默着。

由区妇联副主任的职务，春燕的话转向了她在机关的处境："他妈的，我当副主任都十好几年了。上边一发话，我就跑前跑后铆足了劲儿落实。可领导们好像都瞎眼了，明明看到了也装根本没看到，按死一只臭虫那样，非把我按死在副处级上不可！咱没背影后台，估计到退休也提不成正处，真他妈死不瞑目啊！干哥，我都辅佐过三任一把手，成三朝元老了。就有一点能让我心理平衡点儿，副主任中我资格最老，一把手往往也得对你干妹妹敬着点儿！"

她一说那些，别人更没话可接了，只有秉昆纠正道："不是背影，是背景。"

春燕说："我没说错啊！背景二字在官场上早过时了，现而今流行的说法是背影，谁是谁的靠山，谁关照着谁，为谁铺平提升的道路，那都得暗中运作，不显山不露水，影影绰绰地干活，寻常看不出来，节骨眼上才拽你一把！可谁拽咱呢？"

她苦笑起来。

大家便也陪着苦笑。

她忽然发现了那几份年货，走过去，蹲下看。

郑娟说："是小聪他姑父和大娘带来的，我们自己哪儿舍得花钱买那么多东西。三口人过一次春节，也吃不完这么多。"

春燕说："那就是我姐夫和嫂子带来的呗！你们吃不完我们三口帮你们吃！"说罢，她解开了郑娟系好的拎绳。

第九章

周家人只有相互看着笑一笑。

春燕说:"哎呀妈呀,太奢侈了,还有大对虾,这我可得分走些。"

秉昆说:"燕,对虾你别分了吧,我要送给赶超。"

春燕说:"行!那我就分些带鱼。这带鱼真好,比市场上见过的宽多了。"

秉昆说:"带鱼我要送给国庆,他两口子都喜欢吃带鱼。"

春燕猛地往起一站,转身冲秉昆嚷嚷起来:"秉昆你干什么呀你?你还是不是我干哥了?我还是不是你干妹妹了?历史原因形成的事实,你打算把它给推翻了怎么的?当着咱们家这么多亲戚的面,你干吗非搞得你干妹妹腺不搭的?不要啦不要啦,我什么都不要啦,你满意了吧?不在你们家待了,我告辞了!"

她说罢,转身往外便走。

郑娟抢前一步,挡在门口,指着秉昆责备:"大三十儿的,你当干哥的真讨厌,还不快给春燕赔礼!"

秉昆赶紧堆下笑脸说:"我不是逗你嘛,你当什么真啊!"

他腾出个塑料袋,亲自为春燕分出了些东西。

郑娟说:"还有猪蹄,春燕爱吃猪蹄。"

秉昆便又加上了两个猪蹄。

"这还有点儿干哥的样子。"春燕接过塑料袋笑了。

郑娟把春燕送出家门。冬梅笑道:"这个春燕,半真半假,可真是个闹人。"

周蓉说:"也是个可交的人,心直口快,平时嘻嘻哈哈,一旦顶起人来,头上就冒出犄角了。从小就那样,不知改了没有,倒也可爱。"

晓光说:"如果没改,太影响她进步,可能还真就一辈子是副处级了。"

这时,郑娟回来了。

秉昆怪罪地说:"你多那么一句干什么啊?"

郑娟问:"哪句呀?"

秉昆说:"猪蹄呗,国庆和赶超都喜欢吃猪蹄。"

周蓉几个互相看看,都笑了。

周聪说:"妈,我保证,明年春节也让你看上大液晶电视。"

周玥说:"那你家就是我们三家中第一家有大液晶电视的了。"

冬梅说:"我总是一个人在家,晚上看书看习惯了,暂时不想买,以后肯定会降价。"

晓光说:"我没买是因为不太有时间看,以前我那儿晚上总来人,一聊聊很久。"

秉昆对周聪说:"那东西早买一天晚买一天死不了人,家里要买也是我的事,不必你向你妈做什么保证。"

郑娟说:"那我等你爸买。"

忽然,门外响起了鞭炮声——最初东一阵西一阵的,十几分钟后连成了片,枪炮齐鸣一般。

周玥大声说:"肯定有放礼花的!"

她率先出去了,屋里说不成话了,大家便也跟了出去。

夜空中果然处处礼花绽放,绚丽无比,经久不息,这是二十多年来从未见过的喜庆景象。

郑娟仰头看看,脱口说道:"真美!像老天爷在炫锦缎。今儿一夜得烧了多少钱啊,有钱人还是多了呀!"

鞭炮声也罢,绚丽的礼花也罢,基本都在市中心区,绽放在市区的那部分天空。光字片这一带的天空却黑漆漆的,并没什么绚丽景象呈现,偶尔有零星的"蹿天猴"蹿上夜空。那种专供孩子们放的小玩意儿,蹿不了太高,焰火也小小的,一转眼就消失了。

第九章

这一年的三十儿晚照例寒气袭人。

初一早上,冬梅和周蓉一家三口匆匆吃了点儿东西,同时离去。

郑娟重新将年货进行了一番分配,再次用绳系好,对秉昆说:"别等国庆和赶超他们来时再给了,他们说不定初几才来呢,我看上午就让小聪送去吧。年货年货,给晚了不好。"

秉昆说:"对,我也这么想的。"

九点多钟,周聪将两份年货夹在自行车后座上,奉命出发。

春节一过,转眼四月,天气逐日暖和了。

晓光一直没再筹拍新的电视剧。

他曾对秉昆说:"等我又搭戏班子了,你跟着我当个剧务什么的吧,怎么也能干上两三个月。"

省里财政吃紧,文艺基金大幅缩减,也不能总向他倾斜,尽管他是"绝导"。主旋律这杯羹,文艺圈不少人想分。只要贴牢了主旋律的标签,就有理由申请文艺基金的补助。肉少狼多,竞争颇为激烈。蔡晓光识相,自忖沾主旋律的光已不少,不愿引起别人的不满。他退避三舍,偃旗息鼓,终日闭门谢客,在家读书、健身。

一天,省文化厅派一位处长找上门来,鼓动他导演一部话剧——改编什么领导的自传,说钱不是问题。

他就留下原著看了。

周蓉也看了。

二人还进行了一番讨论。

周蓉问:"为什么非是话剧?"

晓光说:"花钱少呗。"

她又问:"少是多少?"

他说:"四五十万吧,拉点儿赞助,估计能凑个六七十万。别往高了要求,马马虎虎也够。"

她说:"人们的欣赏水平已经提高了,马马虎虎导出的话剧谁看呢?"

他说:"靠卖票肯定是不行啦,靠红头文件往下派票呗。"

她说:"那有什么实际意义吗?"

他说:"是啊。以前我搞的主旋律,每次都尽量往里加入观众爱看的元素。这是领导的原著,我也不好擅自往里加呀。如果处处与领导的改编意见发生矛盾,岂不是骑虎难下呢?"

她说:"人家写的是一部严肃的书,那不是被你轻易糟蹋了?"

他说:"我和你的想法是一样的。"

几天后,他借口老家有事必须亲自回去处理,婉言谢绝了厚爱,还客客气气推荐了别人。为了打消猜疑,他竟真的回老家去了。

周秉昆便不指望给姐夫当剧务了,开始四处找工作。

天一暖和,劳动力介绍点又在原地挂牌,秉昆在那里找到了一份工作。经过一场大洪水威胁后,江北的江堤塌陷严重,必须修筑。那是重体力活,有的待业者体力弱,想干也干不了,有的则不愿干。

周秉昆毫不犹豫地填了表。那是长活,少说能干两年多,很适合他。累是肯定的,但挣的会多点儿。

他买了辆旧自行车,认真修了一番,每天早出晚归地上下班。终于又能往家挣钱了,他很高兴。郑娟说等着看他买大彩电回家,他要兑现诺言。

七月,骄阳似火,秉昆和工友们个个被晒成了黑人。

第九章

一天，快中午时，赶超出现在秉昆面前，尚未开口说话先哭了起来。

秉昆把他拉到树荫下，惊问又遇到什么不好的事了？

他说，国庆出事了。

秉昆想不出国庆会出什么太不好的事，一再追问，赶超却只是一味地哭。

"孙赶超，你急死我了！你是大老爷们儿啊，不是小孩子，再不说我可干活去啦！"

秉昆被他哭得不耐烦了。

"国庆，他没了……"

"没了？那么大个人，没了什么意思？！"

"他……死了……"

春节后，秉昆再没见过国庆，孙赶超的话使他变成了一根石柱定在那里。

"卧轨……"

秉昆摇晃一下，靠在了树干上。

孙赶超蹲下了，接着哭。

秉昆没哭，也没流泪，全身发软，也贴着树干蹲下了。

赶超说："春节后他检查出了尿毒症，他哪有钱透析？一个星期得三次，咱俩每月挣的钱都帮了他也不够，更休想换肾了……他是走投无路了，绝对走投无路了……"

周秉昆看着赶超，听着他的话，自己眼中并无泪水淌下来。他心里甚至也没有难受的感觉，如同被坏人从背后用麻醉枪击中，意识模糊了。

朋友走了，自己得尽一些朋友的义务——还清醒着的一部分意识告诉他。

"周秉昆，喊你那么多声没听到啊？聋啦？别人都在顶着毒太阳干活,你好意思在这阴凉地偷懒吗?"

直至工长出现在他面前,他才缓缓站了起来。

"偷懒"两个字激怒了他,他突然像狂怒的大猩猩似的扑向对方。那时他的样子很可怕,仿佛要将对方撕碎了。

孙赶超及时把他挡住,工长吓傻了,不再管他,匆匆离开了。

他完全不记得自己与赶超怎么分手,更不记得他们分手前还说了些什么。

赶超也没借辆自行车,是从江桥上走过来找他的。

望着赶超的背影,他突然喊了一句:"我也有事告诉你!"

孙赶超站住,转过了身。

他却又喊:"走吧,以后再说。"

他的理智终于恢复,孙赶超走远了。

工长是邻省来的打工者,和他年龄不相上下,却已是老资格的水泥工了,与他父亲周志刚同一工种,秉昆对他一向特别尊重。工长讲,在邻省某段大江的下游,开江不久后,有一具几乎没了头颅、身体支离破碎的女尸冲到了岸边,冰排将其撞击得可怜又可怕。报上登了三次认尸通告,无人问津,最后有关方面作为无主尸体火化了。

他当时问:"会保留一个时期骨灰吧?"

工长说大概会,估计衣服和鞋也会保留一个时期,保留多久就难说了。

工长讲的事,让他想到了赶超妹妹。

他几次想告诉赶超,却几次念头一起,又立刻打消了。

刚才,他想告诉赶超,理性又一次阻止了他。他决定永远不告诉赶超了。

他向工长认错,工长气咻咻地不愿理他。

他只得说:"我一个朋友,也是下岗的,两天前卧轨……死了……"

所有工友都停下了手中的活,每一双眼睛都直直地盯着他。

工长拍拍他的肩,低声说:"你哪天去送他都行,不必请假,我也不给你记旷工。"

秉昆和所有朋友都去了火葬场。

民间不说那是告别仪式,习惯的说法是"送送"或"见最后一面"。吴倩和女儿没能见上国庆"最后一面"。火葬场的人劝她们不要见了,朋友们都明白人家是善意,也劝吴倩听人家的。

吴倩答应了。

除了吴倩和国庆的女儿,谁家也没带自己的儿女,尽管德宝和春燕、赶超和于虹、唐向阳和常进步的儿女,都对国庆叔叔或国庆伯伯很有感情。家长们互相提醒,如果孩子们问起来,都要口径一致地说国庆是病故的。

周聪与父母一道去了火葬场,在第二代中,他和国庆叔叔感情更深。而且,他已参加工作,是大人了。

周秉昆他们,凡有家的,每家每月出一百元,作为国庆女儿的助学金,直至她从那所民办高等技校毕业。周聪单独一份,他自愿。龚宾坚持出二百,没人反对,他挣钱太容易了。蔡晓光与国庆也很熟,他有事没到,由秉昆带去了五百元钱。赶超把装在信封里的钱交给吴倩,她接时又哭了。秉昆起先还能忍住,国庆的女儿扑在他怀里哭时,他终于唰唰地落泪了。

回家的路上,于虹对赶超说:"你可别给我们母子来国庆那一手啊,如果你敢,那我也敢,看谁心疼儿子!"

赶超说:"国庆他是走投无路了,我还没活够呢,不过上几年好日子,你整天挤对我,我也要死皮赖脸地活下去!"

他说得异常坚定。

周聪还是违背了父亲的意愿，写了篇报道，题目是《我的两位叔叔》，主要写国庆和赶超之间的友谊，父亲反而只是个一笔带过的人物。报社领导认为写得不错，下岗工人之间互相关心、共渡难关的人间真情值得颂扬，但发稿前要求务必将"卧轨"二字删除干净，暗示文字也不允许存在，怕引起争议。

文章见报后，业内人士都说写得有感情，却并没在社会上引起什么反响。报社甚至收到一封要求"来函照登"的讽刺信件，标题是《难道只有下岗工人心疼下岗工人吗》。这样的群众来信自然不会登，它让周聪很受伤。

周秉昆没有订报，不知道那事。

十几名新工友背后议论起了周秉昆。不知怎么搞的，他们中有人知道他哥是当官的，姐夫在社会上很吃得开，于是恍然大悟——原来他和他们根本不一样啊！

有人认为，他居然成了他们的工友，肯定是由于他和哥哥姐姐的关系相当恶劣。

有人认为，或许正相反，说不定是"苦肉计"，哥儿俩达成了协议；弟弟暂时吃点儿苦、受点儿累，给当哥的一份清廉无私的"厚礼"，当哥的爬上更高的职位后，再重重回报弟弟。

还有人认为，周秉昆可能负有特殊使命，到他们中间来做卧底，收集工人的思想动态，为有关方面维稳提供参考。

周秉昆从工友们的怪声怪气中，能猜个八九不离十。他却装傻，一如既往地卖力干活。他不装傻又能如何呢？

国庆节后几天，德宝通知大家，吕川回来了，要求必须聚一下。

第九章

他们便聚一起了。一个星期日的傍晚，在"和顺楼"的包间里。国庆的姐姐已经当上"和顺楼"后勤部的经理，负责每日照单选购食材和卫生、服务工作。就她一个人认识秉昆，她说曾珊来过"和顺楼"几次，对她印象颇好。曾珊有一次问她，谁介绍她来"和顺楼"的，工作多少年了。她如实回答，不久就被提拔为副经理了。

国庆的姐姐说："肯定是曾总的指示。"

秉昆说："我想，应该是吧。"

她说："她问我，我如实回答对不对呢？我觉得撒谎多不好啊。"

秉昆说："当然对，没必要撒谎。"

她说："那，她重用我，你一点儿不生气？"

秉昆："不，我高兴。"

她说："你们来这儿聚，太给我面子了。"

秉昆说："赶超主张在这儿的，为的是大家可以同时见到你。以我们与国庆的关系，你也是我们每个人的姐啊。等大家走时，你到单间去跟大家打个招呼，否则大家会失望的。"

秉昆那么一说，她眼圈红了。

德宝坚决主张，女同胞都不参加聚会。他说没老婆管着才喝得痛快，多少年没痛快喝过一次了，喝痛快了才有利于化解各自的烦恼。

大家都很赞成。

吕川一落座，就声明由他埋单。

德宝说："你不声明也没人和你争。吃你的喝你的，我们最心安理得了。"

吕川说："等我当了大官吧。"

赶超问："相当秉昆他哥那么大的官？"

吕川竟说："也小。"

向阳问:"那你想当多大的官?"

他说:"起码是包公那么大的官。"

德宝笑道:"呸!你以为你是谁啊?就算你爬到了那么高的官位,能是包公那样铁面无私的清官吗?"

他说:"那是我的追求。即使你们仗着和我的关系,为非作歹,我也一样杀、杀、杀!"

龚宾笑道:"哎呀妈呀,你这不是杀气腾腾地来和我们聚嘛!量刑是要依法的,不够死罪你也杀头哇?那我下次不敢和你聚了!"

吕川也笑道:"看来你的病还真好了。我不是强调六亲不认嘛,包公的伟大意义是,刑及皇亲,不恕国戚,对现在的中国起镜子作用。"他饮尽一杯酒,吼唱道:"包龙图打坐在开封府,王朝马汉听端详……"

待他唱罢,进步小声说:"包公一生办案无数,铡了贪官坏官一百几十名,其中不乏高官,但真的皇亲国戚,他一个没动过。《铡美案》是虚构的,是后人对他的美化,即使是真事,也说明不了什么。驸马不是血统上的皇亲国戚,陈世美从血统上说是草根阶级出身。铡了他,公主守一阵子寡,再招一位驸马就是了。兴许下一位驸马仍是状元,比陈世美还年轻。"

大家听他说得头头是道,都有点儿刮目相看。

吕川问,他怎么知道得那么清楚?

他说,看书。

"真是听君一席话,胜读十年书。"德宝高叫,"得敬他一杯,敬他一杯!"

于是纷纷和进步干了一杯。

别人一杯刚下肚,吕川已独饮了三杯。他说这次回来,是为了调研各地省委党校对干部进行反腐倡廉教育的情况。

秉昆问:"我哥的工作怎么样?"

吕川说:"实话告诉你,不是太安心。"

秉昆好生奇怪,追问为什么。大家也关心起来,一时都安静了。

吕川说,上上下下,从领导到同事,对周秉义还是友好欢迎,他正负责一项重要工作,编一部大部头的《中国历朝历代反腐大事件》,供各级纪委干部学习。但周秉义显然更属于那类迫切想要做实事的干部,领导很理解,甚至也可以说愿意支持。

"我来之前,听说有位大领导已经与你哥谈了一次话,答应你哥,编完了《中国历朝历代反腐大事件》,可以考虑他的去留。你放心吧,你哥是免疫力极强的干部,凡事又有独立见解,不会犯任何错误的。"

听吕川这么一说,秉昆才释然,大家也跟着松了口气。

赶超说:"秉昆,你写信告诉咱哥,哪儿也别去,就在中纪委干下去得了。如果他能为国家铲除一些贪官污吏,那也是实事嘛!"

秉昆说:"我哥我了解,有明哲保身的一面,心也软。为人民服务的实事他肯定做得来,也喜欢做,反腐性质的实事他有可能顾虑重重。"

大家正这么聊时,菜一道道上来了。

于是,大家又都干了一杯。

吕川红着脸问:"刚才谁说我和你们不一样了?"

赶超说:"我呗,怎么,要问罪啊?想当年咱们的老爸老妈都一样,过的都是一分钱恨不得掰两半花的日子。如今,我们过的是一元钱恨不得掰两半花的日子。'文革'结束快三十年了,对于普通老百姓来说,社会进步不就是这么回事吗?可物价也涨了十几倍!你当然和我们不一样啊,我们过日子的难劲儿,你现在的吕川哪里体会得到!"

"你以为我当了处长,就变成聋子和瞎子啦?我虽然缺乏切身体会,但见到的比你们多,听到的比你们多,知道的比你们多!"吕川用筷子逐个点着大家说，"我见到听到知道的，你们哪里会见到听到知道？你们以为见到听到知道了那些，会使人得意会使人高兴吗？才不会！对我和秉昆他哥这样的人，是痛苦！我们有我们的痛苦！"

德宝说："讲讲，讲讲，震撼震撼我们。不来点儿震撼，我们都快麻木了。"

吕川说："不能跟你们讲，只能在内部的工作报告会上讲。在别处乱讲，违反纪律，犯错误。"

向阳就说："那就聊点儿别的吧。"

进步说："同意。"

"吕川，你到我们貂场去参观指导一下呗，让我们老板亲自向你介绍。"这是龚宾病好后第一次参加的朋友聚会，他有些亢奋，特别是见到已经与大家不一样的吕川后，很激动。向阳要聊点儿别的正中他下怀，否则朋友们聊的话题他永远插不上话。

"如果大家不反对，我想讲讲貂这种东西。貂吧，它是一种怎么养也养不熟的东西。有时候人认为把小貂养熟了，可它一长大……"他想做一会儿聚会的主角，心里一直憋着想把话题引向养貂。

"好龚宾，别闹了，聊点儿别的也不一定非得聊养貂。你先沉默一会儿，先听他们几个聊什么嘛，实在聊得没意思了咱再聊养貂，咱把养貂作为保留节目。"

吕川抚弄了一下龚宾的头，像哄小孩似的哄他。

当年东北三省城市底层平民们的聚餐，无论亲戚朋友还是临时凑一起干活的散工，若都是老爷们儿，所说的话无非就是吃吃喝喝，或骂娘宣泄对现实的不满。

为了给吕川省钱，赶超没点什么昂贵的菜，家常菜摆满了一桌子，然而大家似乎都没胃口，举杯喝的时候多，拿起筷子吃的时候少。都是朋友，谁也不当谁是外人，劝酒劝菜自然就多余。吕川身份特殊，唐向阳是路路通公司的副总，都是社会变革的受益者，甚至连龚宾也是既得利益者，而秉昆和进步则是那种有想法也尽量闷在心里不怎么流露的人，这就让赶超和德宝两个对现实不满的人反而成了少数，不好意思发泄了。

劝吃劝喝多余，想放下筷子就骂娘的又不好意思，屋里的气氛一时就冷了。

然而，吕川的脸已醉红了。他说："怎么，都跟我生分了呀？谁聊点儿什么啊！"

龚宾按捺不住，又说："貂那种东西……"

"吕川已经说了，咱把养貂作为保留节目。"德宝干脆用碗扣住了他的嘴。

大家都笑了。

秉昆说："我来几段绕口令吧。十几年没练了，不知还来得了来不了。"

为了趁机活跃气氛，他说了几段绕口令，嘴皮子功夫居然还行。大家便都凑趣学，竟没一个能说好的。

正在这时，国庆姐姐进入了房间，手拿一只酒杯。除了吕川，别人都认识她，便都站起来亲近地叫姐。

秉昆为吕川和国庆姐姐做了介绍，他两人就握了握手。

国庆姐姐自己斟满一杯啤酒，举着对大家说："国庆出事后，让大家操了不少心，作为他姐，我借这个机会代表吴倩和女儿，也代表国庆——如果他地下有知的话……我敬大家一杯！"说罢，她一饮而尽。

"我有工作在身，不能多陪你们。我多次听国庆提到吕川，今天终于见到了。吕川你可是他们的骄傲，你不常回来，聚在一起了，要和大家多聊聊啊！我已吩咐过了，你们这个包间没时间限制。"她说完深鞠一躬，噙泪笑笑，一转身离开了。

大家纷纷落座，气氛就与刚才不同，凝重得如同时间定格了。

沉默良久，吕川哑着嗓子开口道："国庆他姐说了些什么，我可听明白了。"他扭头直视着秉昆说，"你骗我了。"

秉昆拿起酒杯，也一饮而尽，之后仰脸看着屋顶，不吭气儿。

"都他妈说话呀！"吕川拍了一下桌子。

"说就说。"赶超也拍了下桌子，就将国庆的死因照实说了。

"为什么……为……为什么非选择那么惨的一种死法？……"吕川流泪了，嗓子更哑了。

德宝说："铁路系统是大户，那么一种死法，他们会出于人道，承担丧葬费……国庆他考虑问题很全面。"

吕川双手捂脸，低下头去。

众人都陷于沉默。

吕川突然抬起头，泪如洗面，他瞪着赶超说："为什么不是你？那是你才容易干得出来的事！"

"国庆走投无路了，我又没有走投无路！如果我走投无路了那也……"赶超有些发火。

秉昆厉声制止："你装会儿哑巴不行吗？"

向阳小声说："还是聊点儿别的吧。"

进步也附和："同意，聊点儿别的。"

吕川则将目光转向了龚宾，"为什么也不是你？就你，怎么反而比国庆的日子还好过了？国庆他是多么好的人！他是一辈子都想当好工人的人！"

秉昆起身，将包间的门关上了。

"我恨！我恨贪官污吏！我恨权钱交易！我恨腐败！我恨那些让国

有资产流失的人！我操他们八辈祖宗！我，吕川，操……"他情绪失控了。

周秉昆也拿起一只碗，严严实实地扣住了吕川的嘴。

吕川竭力反抗，碗掉在地上，碎了。

吕川喊："给我尚方宝剑！谁给我尚方宝剑！谁，给我啊！……"他失声痛哭。

秉昆将吕川的头紧紧搂入怀中，让他不能再喊出声，哭出声……

那顿饭大家肯定吃不成了。

德宝和赶超负责送吕川回住地。

唐向阳主动陪秉昆走，他说："秉昆，对不起了啊！"

秉昆站住，木呆呆地问："什么事？"一次次情感刺激，让他应付乏术，如同屡屡丢分的棒球手，沮丧至极。

向阳说："我成了路路通副总的事，本来今天我想亲自告诉你的，却被德宝先说了。"

秉昆又问："那又怎么了呢？"

向阳说："怕你有想法。"

秉昆说："想法其实是有的，饭桌上没说，是怕你当大家面为难起来，面子上都不好看。"

向阳说："现在就咱俩了，你说吧。"

秉昆说："你既然都当上了副总，也是个有权的人了，安排一两个朋友的工作，对你有那么难吗？你为什么没帮帮国庆？你要是主动伸把手帮帮他，他会走上绝路吗？吕川那样，我觉得像在骂我。我是没能力帮别人的人，可你已经有能力帮朋友一把了，你却没帮。你忘了你也曾是'六小君子'了吗？你就不觉得吕川也是在骂你吗？"

向阳说："我帮过国庆，没帮成。公司有负责招人的部门，要填表。国庆太诚实，在健康情况那一栏写上了'肾病'两个字。也怪我，事先没提醒他。结果当然没下文了,我也没法再出面替他疏通了。"

秉昆说:"反正是怪你。"

向阳说:"话又说回来,如果我帮他骗,我倒是成了什么人?公司上上下下又会怎么看我?何况公司也不是医院,能为他治好尿毒症?公司更不是慈善堂,肯把他养起来?往最人道了说,无非看我分儿上给他点儿钱,客客气气地把他打发了,他不还是个走投无路?"

秉昆一时语塞,也不知道说什么。

"如果你到我们公司来,我肯定会帮成你的忙。"向阳说。屁股决定脑袋,对任何人都是如此。他说"我们公司"四个字时,就像是在说"咱家的公司"那么仗义。

秉昆没挑他理,或者他已丧失了对别人的话语的敏感。他将一只手搭在向阳肩上,用力按了一下,苦笑道:"你应该明白,无论如何,我是不会去你们公司的。既然话说到这儿了,你帮赶超到你们那儿去吧。他独行单干的,今天有活明天没活,我总是替他担忧。咱们已经失去国庆,别哪天又失去赶超。"他的话说得很慷慨,就像从前出生入死的革命者。

向阳说:"我主动跟他谈过,他不领我的情啊,说至今白住着你的房子,不能在立场上背叛你。国庆起初的态度也和他一样,是我做了思想工作才转变的。你埋怨我,我委屈。"

秉昆说:"说开了,那就别委屈了。你再去跟赶超谈,也代表我的意思。什么立场啊,什么背叛不背叛的啊,扯哪儿去了呀!糊涂到家了!"

他将搭在向阳肩上那只手放下,手指接连戳了向阳的心窝几下。

向阳说:"照办。再多聊几句,我对吕川有意见,也可以说是不满。来无影去无踪的,一见面就批评这个批评那个。他对赶超和龚宾说的那叫什么话?有那么说话的吗?他在岸上,别人在水里,我也是侥幸从水里爬到了岸上。在岸上的人,有什么资格对在水里的人指手画脚?"

秉昆说:"他是醉了,原谅他。"

向阳说:"以后他再回来,别通知我,我不想和他聚了。干喊恨啊恨啊,光恨有什么用?抓呀,判呀!包公也不是喊口号才成为包公的!不说了,说多了没劲,走了!"他骑上自行车,转眼远去了。

秉昆呆呆站在原地,头脑中像被塞满了青草和干草,软的硬的,乱糟糟的,没一点儿缝隙。

几天后,赶超出现在秉昆家,让秉昆别再操心他的事,他说自己喜欢单干,那辆三轮车还有国庆的"股份"呢,不用它产生经济效益那也对不起国庆。

秉昆提醒他,还有社保和医保,不能不当回事,否则六十岁以后成了"双无"百姓,怎么办呢?

赶超说:"所以得拼着干,咬紧牙关往前活呀。现而今,填饱肚子已不成问题了。挨饿的年代都挺过来了,能吃饱饭的年代就更得活出点儿志气啊!"

第十章

对于周蓉母女，工作问题并不像她们想的那么容易。

周蓉以为，只要通过各种渠道将自己回国的信息发布了，即使早先工作过的那所大学不再青睐自己，省里市里别的大学也会主动找上门来，与她洽谈工作之事。

她完全想错了，根本不是那么回事，没有任何一所大学的人联系过她。倒是她的博导汪尔淼先生拄着手杖敲开过她的家门。导师已经完全秃顶，秃到以后不必理发的程度。十几年不见，他已显得老态龙钟。大学里有些老先生八十多岁了还鹤发童颜，精神矍铄，导师的身体显然和他们没法比。周蓉开门时，他因为爬了三层楼梯而在门口气喘吁吁。

周蓉一见是导师，在门口抱着他，强忍着才没哭出声。

导师却笑呵呵道："我是来探个虚实。好，好，真回来了就好。还能住进这么一幢不错的楼里，更好。先进屋行不？让别人看见了会奇怪的。"

周蓉这才止住眼泪，喜滋滋地将导师搀入家门。

导师竟有兴致将她的家参观了一番，欣慰地说："不错不错，真是不错的一个家。我又有一名学生安居了，我又多了一份愉快。"

周蓉不好意思地说，自己实在是沾了丈夫蔡晓光的光，并问导师的居住情况怎么样了。

导师笑着说："住进三室一厅的教授楼，条件好多了。上厕所不必出家门，在家里也可以洗上热水澡，有自己的书房，睡觉再也不必往低矮

第十章

的吊铺上爬了，托改革开放的福了！"他的幸福之感溢于言表，仿佛从天堂归来。

周蓉又问师母身体可好。

导师的表情瞬间一变，忧伤地说，老伴已病故，没能在教授楼里住过一天。他女儿常住精神病院，以他现在的身体情况，肯定照顾不了女儿，没法子。他的退休金，除去交女儿的住院费，也就只够自己一个人花了。很想请个阿姨照顾照顾自己，却又请不起。

"不过，除了退休金，我还能另外挣点儿，写写文章，编编教材，参加会议做一次主题发言，也有些收入。不再挣点儿攒点儿，那也不行啊。哪天我走了，女儿怎么办呢？她是不折不扣的'双无'人，我不给她留点儿钱，她不惨了？周蓉，她只比你小一岁啊，也五十出头了。有时候我到医院看她，一个老头儿面对一个五十多岁患精神病的女儿，她又不跟我交流什么，只不过反反复复说要回家，那会儿我还真是很无奈。"

即使说这些话时，导师居然还是乐呵呵的，如同在讲小说中的情节。

周蓉听得鼻子发酸，关切地问导师身体如何？

导师说，他早就戴上"三高"帽子了，经常这儿痛那儿不舒服的，总之身体的各种器官都老化了，连学校每年一次的福利体检也放弃了。说也怪，一不在乎，反而感觉身体不那么糟了。

导师说，他是为她的工作问题而来的，问她首选的工作方向是什么。

她说，当然还是在大学里从教啦。

导师摇头说："周蓉啊，面对现实吧。现今，失业工人也罢，求职的知识分子也罢，刚毕业的大学生也罢，没考上大学的待业青年也罢，都不能奔着自己喜欢来找工作，只能转变观念，要求自己适应市场的需求。"

周蓉困惑地问："难道所有大学都不缺老师了？"

导师说，不是。几乎所有大学都在升级扩招，原来是市重点的想变成省重点，原来是省重点的想变成全国重点，原来是学院的迫切地要升级为大学，大学里的系又纷纷变成学院。学科多了，学生多了，中国的教育发展壮大了，也是好形势。但是，大学毕竟不是工厂，不可能成批成批地招教师。所谓教师缺口，无非就是这个学科缺一两名、那个学科缺一两名而已。嚷嚷着缺教师声音最响亮的大学，一次最多也就进五六名。

"小周啊，大学里的情况也与十几年前大不相同。你评上副教授时，是出类拔萃的。如今，全国多少博士培养出来了，不少'海归'博士也回来了。一个学科的一个教师岗位，往往有近百位博士竞争，有硕士学位的人根本没有机会。侥幸进了大学，也只能做学生辅导员。你当年也没把博士学位读完啊。如今的博士，从校门到校门，年轻的不到三十岁，和他们比，你没有年龄优势啊。哪所大学会招一名再过七八年就退休的教师呢？你又不是著作等身的名家大家、翘楚人物。文史哲学科也日益边缘化，日薄西山，不再是才子才女云集的学科。从本科、硕士到博士，快成清一色的女子学科了。国家急需的是经济分析、企业管理、科技创新人才，不再需要那么多的文史哲专业毕业生了。"

导师一席话，如同往周蓉身上泼了一大盆冰水。

然而，周蓉虽然内心里拔凉拔凉，却始终笑眯眯地听着，尽量表现出一副轻松淡定、波澜不惊的样子，为的是保住在导师面前那种曾经有过的才女的尊严。

导师说，他担任过本校和外校的学术委员会委员，讨论教师人选，一个岗位少说也有二三十份简历。因为供大于求，条件就很苛刻，常常让他对求职者心生怜悯。

周蓉暗想，导师兴许听到了对她简历同样苛刻甚至不屑的话，所以才拄杖找上门来，大约在做了充分铺垫之后才切切告诫的。

第十章

她内心虽然不是滋味儿,却静静地微笑着洗耳恭听。

"周蓉,尽管你没读完我的博士,但我始终视你为我的好学生。我的意思是,人贵有自知之明……我的学生不可以自取其辱……那是不可以的……明白吗?"

导师终于摊牌了,为了他曾经的学生的尊严,也为了他自己的尊严。

周蓉微笑着说:"老师,我明白了,我一定认真考虑您的话……"

A市作为省会城市,马路上出租车往来不断。从许多方面来看,中国确乎在变,在朝向一种新的前景。

周蓉拦住一辆出租车,扶导师坐入。

兴许她替导师重系围巾的亲昵举动引起了司机好奇,车开后,司机问:"老先生,那是你什么人啊?"

汪尔淼迟疑一下,矜持地回答:"女儿。"

蔡晓光回到家里,察觉到了周蓉情绪的低沉。他问:"怎么了?"

周蓉便将导师来过之事讲了一遍。

蔡晓光与她并坐在沙发上了。

"你认为,我该怎么办呢?"周蓉问。

晓光说:"你了解我的,你不问,我就不会介入你求职的事。你既然征求我的看法,我不坦诚相告也不对。你有三种选择。其一,不放弃当大学教授的夙愿,那确实是最适合你的工作。我同意你导师的意见,如果再一味继续投简历,甚至托关系,确实会自取其辱。知道了,影响心情;浑然不知,有损声名。其二,你可以不去谋求什么稳定职业,甚至可以一个时期内不工作,以我当前的收入和积蓄,养得起你。你可以做自己喜欢做的事,比如成为自由撰稿人,或进行文学创作。将来怎样,我不敢肯定。"

她说："其二太沉重了，可心向往之，但绝不考虑。跳过去。"

晓光接着说："其三就是，审时度势，忘记自己过去的种种得意，面对现实，哪里有需要人的职业，并且是自己可以胜任的，就放下自尊去应聘。高才低就，相对容易，这需要你转变一下观念。"

"以前我是爱情至上主义者，后来改变了。从现在到以后，我还没思考过。"

"这可是你亲口说的。不公平，对我太不公平了！你是爱情至上主义者的时候嘛，将你浪漫的爱情义无反顾地给了冯化成，结果给错了。现在嘛，咱俩终于是夫妻了，我也成了爱情至上主义者，你倒说不清楚自己的人生观了，这太令我遗憾了吧？让我来指点迷津，从现在到以后，你要重新做爱情至上主义者，你的人生观就应该是——好好爱我蔡晓光，比我爱你加倍地爱我！咱们都要向秉昆和郑娟学习！"

"向他俩学习？"

"对！人家两口子，虽然都没宣称过自己是爱情至上主义者，可人家两口子实际是！正因为这样，他们才能在经历了重大生活变故后，一如既往地那么黏乎。别小瞧这一种黏乎劲儿，我觉得，它可是关乎人生终极幸福的最主要因素！"

"你什么时候也成了爱情至上主义者？简直后来居上了啊！"周蓉忍不住笑了。

"别笑。不错，你曾一度才华横溢似的。我说'似的'，是指……"蔡晓光一脸严肃。

周蓉打断道："不是似的，事实如此。我并非一度仅仅是花瓶而已。"

蔡晓光辩论似的问："那么，请回答，你具有超乎寻常的科学头脑吗？"

第十章

"说事就说事,干吗讽刺我?"

"不是讽刺,是循循善诱,请回答。"

"当然不是啦!"她脸红了。

"你有一定的文艺细胞,但你能在文艺方面硕果累累吗?"

"我都这把年纪了,你又讽刺我!"

"最后一问,即使你如愿当上了教授,能成为文史哲方面的学问大师吗?"

"那正是我想实现的理想。"

"醒醒吧,亲爱的!最后一问直中靶心了吧?你的问题正在这里,别以为我看书比你少,思想比你浅,那是十二年以前的我!时隔十二年后,你应对为夫刮目相看。有你那种想法的,看书有个大缺点,就是只知一头往里钻,不知停住了想一想,'学而不思则罔'。我看书没你们那么重的功利心,不是为了成为什么人物而看,所以我钻得进去,也容易出得来。出来得容易,就有新思想。中国的文史哲研究领域,二三十年代确实出了不少优秀人物,却也就是优秀而已。当时,人家从不自诩为什么大师,相互间也不好意思那么奉承,避俗。现在,为什么大师的称谓这么流行呢?因为现在这个时代太俗了啊!还因为,当年他们做学问,资料十分稀缺,拥有资料便能造就学问!今后不是那样的时代了,不再战乱不息,图书馆多了,研究资料空前丰富,文史哲研究领域的空白也少多了啊!你往故纸堆里钻吧!一边钻一边左瞧瞧右看看,哪儿都留下了别人梳理过的耙痕,你还不肯断了当大师的想头吗?即使你发现了一处空白,自己细细地耙了一遍,耙出了点儿眉目,得出了一种较新的观点,那又如何?就真的了不起了?真的当得起大师二字了?那跟自我陶醉互相陶醉有什么两样?我们把从前某些人物尊称为大师,是敬意使然。时局动荡不安,生存环境险恶,资料难寻,国故流散,还要担起整理和重评的使命，当然可敬。可今昔全然不同，都有人向我推销电脑啦！电脑一旦普及，一般资料点击即出，所谓学问可不就你中有我，我中有你了？再加上这么多本科生、硕士生、博士生也在故纸堆里成群结队钻来钻去，东一耙子西一耙子地耙啊耙，所谓学问已快成了自说自话。我的妻，你却还抱着大师梦不放，想要一味做下去，真真痴也俗也！"

晓光一番话，说得周蓉屏息敛气，脸上毫无表情，冻僵了一般。

晓光却不肯罢休，继续往深处扎她："亲爱的，你以为你是谁？往更透了说，咱们这种人，也就是比秉昆和他的朋友们幸运点儿罢了！你的幸运在于上了大学，我的幸运在于到底还是沾了我父亲那光荣历史的一点儿光。包括秉义，他也不过就是底层人家的一个幸运儿而已。如果他不是沾了他岳父母的光，往最好了说，现在可能也就是一名老处长，或大学里的教授，想当上教授那他还得读研、读博，否则也是空想。对了，我、你、秉义，我们其实很像唐向阳，只不过比一般劳苦大众幸运点儿。如此而已，就有本钱想成为这样的人想成为那样的人了？不对吧？所以，还得收心，明白我们只不过是芸芸众生中较为幸运的人而已。那么，对于我们而言，除了真爱值得至上，还有什么别的值得至上吗？真爱多值得珍惜呀！我的切身感受是，由于人生中有真爱，我活得越来越知足，也越来越愿意做好人，越来越善良了。说一千道一万，咱俩得好好爱下去，这才是咱俩人生的根本，其他的都是次要的……同意不？"

周蓉的脸缓缓转向他，还是全无表情。

晓光笑道："我今天是句句箴言，你今天是如醍醐灌顶，受震撼了嘛！"

周蓉缓缓站起来走向卫生间。在门口，她的脸终于恢复了常态，回头笑道："从哪儿学的，一套一套的，这么好为人师！"

晓光也笑道："每次请光明按摩，总向他请教人生哲学嘛。"

第十章

"佛家子弟向你宣扬爱情至上？我才不信！"

"他当然不会向我宣扬爱情至上了。在他眼里，'四大皆空'。他总是对我讲'得即是失，失即是得'。我的人生失去了一些机会，却最终得到了你。这么一想，我可不就成了爱情至上主义者嘛！你是上苍赐予我的。"

"你就哄我吧！"

"我是哄着爱你，爱着哄你，连哄带爱，只为了让你开心。"蔡晓光一脸纯洁和虔诚。

周蓉走到他跟前，捧住他的脸，给了他一次长吻。

当她将卫生间的门缓缓锁上，面对着镜子时，脸像被冻僵了。她被晓光的话深深伤着了。

周蓉病了。

她并没被所谓抑郁缠住，她是对抑郁具有超常免疫力的女性，抑郁症根本沾不上她的身。她的胃病犯了，还挺严重。他们周家人除了秉昆，都被家族性胃病史折磨过。

她的胃病犯了与导师的到来，与晓光的"醍醐灌顶"有直接关系。甚至也可以说，晓光负有难以推卸的责任。他明了此点，装着糊涂，殷勤地服务她，体贴她。中药西药都吃了，未见好转，于是安排她住院。她成了护士长关铃特别爱护的病人，同病房的病人都有些嫉妒。

周蓉对关铃说："你不能对我太好了。"

关铃说："蔡导嘱咐过我，我也不能拿他的话当耳旁风呀。"

周蓉说："别的病人会有看法的。"

"是吗？"关铃遂板脸问别的病人，"有看法就是有意见呗，你们有意见了吗？"

得到的是异口同声的回答："没有！"

关铃笑道："敢有！谁有我叫护士给他扎针时一针扎到底！"

她的话说得包括周蓉在内的病人都笑了。

关铃爱开玩笑，只要她一出现在病房，必定满室粲然，病人笑声不断，个个都会开心起来。

关铃工作态度认真负责，输液扎针的水平也高，病人们都叫她"关一针"。对老小病人，她尤其温柔体贴，还常认干妈，或让小病人认她为干妈。

病人们大都喜欢她。

周蓉也逐渐喜欢起她来。

一日，关铃问了一句："明天是什么日子，都忘了吗？"

病人们齐声回答："没忘。"

再问："都知道该怎么做吗？"

"知道！"

病人中有人回答后，笑得咯咯嘎嘎。

她表扬道："真乖！都要再接再厉，一直乖下去啊！在我的地盘，谁是领导核心？"

"护士长！"

听到令人热血沸腾的三个字后，包括两名随她查房的护士，大家都笑了。

关铃自己也笑了。

她站在周蓉床前，周蓉小声说："小关，你贫死了。"

关铃也小声说："职业要求啊，蓉姐，我得当她们的开心果。在我这儿，乐观主义就是得逗乐子，乐不起来算什么乐观主义呢？"

第十章

她所问的"明天",是医院里好医生好护士评比日。到时候会有人捧着纸箱挨个在病房走,病人们手中都有带纸条的小红花,对哪名医生哪名护士印象好,将其名字写在纸条上投入箱内,获得小红花多的医生护士便上光荣榜——每月由病人们评比一次。

周蓉预先收下一朵小红花,悄悄说道:"我把你名字写上了。"

关铃说:"必须的呀。"

周蓉起初以为,她不过就是晓光认识的一名护士长而已。晓光探视勤,她从他与关铃的表情中,敏感地意识到他俩的关系绝非一般认识那么单纯,却并没有妒火中烧,相反她倒觉得关铃尤其可爱了。

住了半个月医院,周蓉胃病好了,心情也好了,她被关铃的乐观主义感染了。

晓光接她回到家里,她一本正经地说:"晓光,你有一套啊,嘱咐自己的护士长情人关照自己的老婆,这种事可很少有男人做得出来。"

晓光也一本正经地说:"你先说她做到没做到吧。"

周蓉说:"我给她满分。"

晓光说:"这不就得啦!重点在目的是否达到了。你住院,我不嘱咐个人关照你,能放心吗?你是女病人,我嘱咐一位男医生关照你,也不是回事。正好她在那儿当护士长,当然责无旁贷啦!我蔡晓光不是一般的男人,我做的事当然很少有男人做得出来。"

周蓉绷不住劲儿了,笑道:"我觉得你的贫是跟她学的。"

晓光说:"那不见得。贫分境界,我一向只在高处贫,高处不胜寒,贫能驱寒。为夫也要问你一句,你觉得关铃怎么样啊?"

周蓉反问:"你俩现在的关系又怎么样啊?"

晓光笑道:"你这么问就不相信我了吧?自从你来信表明你要回国,我俩的关系就成历史了,咱俩又共同翻开了生活的新篇章嘛!"

周蓉说:"这还可以。"她一想,为了让他高兴,又说:"你品位不俗,不是就想听到我这么说吗?"

"对,对!"晓光果然眉开眼笑。

"你放心,对于并不丑恶的历史,我是能够正确对待的。"周蓉的话说得很庄重。

不知道周蓉怎么想的,她居然要单独请关铃吃顿饭。

也不知道关铃怎么想的,她居然爽快地答应了。此时,她已料到周蓉对自己与晓光的关系肯定心中有数了。

两个女人那天晚上都以最好的衣着和形象准时出现在对方面前,地点是关铃选的一家老字号西餐馆。

周蓉举起啤酒杯说:"谢谢了。"

关铃也举起啤酒杯说:"不客气。"

二人碰了一下杯,饮了一口酒,互相看着,都心照不宣地笑了。

周蓉推过菜单说:"点这几样行不?"

关铃拿起菜单看着说:"多了。"她自作主张,招过服务员,去掉两道菜,加上了冰激凌。

放下菜单,她又说:"这家西餐馆的冰激凌最有风味。"

周蓉问:"我的胃适合吃凉的吗?"

关铃说:"偶尔吃一次可以。你的胃其实没有大毛病,主因是神经性的,以后凡事别过于焦虑就好。"

周蓉说:"听你的。"

关铃又说:"你是表面沉得住气、焦虑深藏不露的女人。这性格应该改一改,遇到极烦恼的事,焦虑表现并不丢人,该暴露就顺其自然地暴

第十章

露出来，比和自己较劲儿一再压抑着好。"

周蓉笑道："哎呀妈呀，你小关的眼睛好厉害。在你之前，没有一个人跟我说过这种话，而且还说对了。"

关铃也笑道："证明蓉姐比我更厉害。"

"我怎么觉得咱俩煮酒论英雄似的呢？"

"我不跟蓉姐斗心眼儿，咱俩是相见恨晚。"

"你就一点儿都没怀疑我摆的也许是鸿门宴？"

"我绝对不是以单刀赴会的心理来的。"

"为什么？"

"蔡晓光拴牢死守的女人，肯定与一般的女人不同啊！"

"再碰一杯！"

于是，两个女人又碰了一次杯，互相看着，浅饮而止。

关铃的话让周蓉更加喜欢她了，被她不显山露水地一夸，心里挺舒服。对她镇定自若的回答，也不禁刮目相看。

两人之间心照不宣，竟都有点儿惺惺相惜了。

二人胃口蛮好地吃过了一块牛排后，周蓉小声问："讲讲，他哪点吸引你？"

关铃反问："他哪点吸引姐？"

周蓉坦率地说："以前他身上没有吸引我的地方，以后是出于感激，为了报答他才做了他的妻子。结果事与愿违，非但没报答成，反而没完没了一直拖累他。但自从做了他的妻子，觉得他善良、有趣味，对世事人生有独立见解。一个男人身上有此三点，足以值得我这样的女人爱了。许多男人，身上连我说的三点中的一点都没有，对不对？"

关铃说："对。"

"该你回答我的问题了。"

"姐说的三点也是他的普遍口碑,总听别人那么说,自然见面之前就对他有好感。接触之后呢,还觉他这人特别绅士。"

"他?特别绅士?"

"对。绅士不绅士,也不能仅以外表和举止怎样而论,要看实质。人家有绅士精神。"

"这我可毫无感觉,讲讲,别笑嘛,没什么好笑的呀,小声讲讲嘛。"

关铃忍住笑,小声讲了起来。她说,蔡晓光每次在她家里,从卫生间出来前,次次都不忘将马桶垫放下,还用卫生纸仔细擦擦。

"这就绅士了?"周蓉不免惊诧了。

关铃表情庄重地说:"当然了!姐你想啊,现而今,全中国,包括全世界的男人,有多少解小手之前,会将马桶垫掀起来的?列车上,飞机上,宾馆里,如果一个男人在你之前进了卫生间,你进去了准会发现,马桶垫是没掀起来的。非但没掀起来,还被搞得湿漉漉的,得咱们女人自己擦,不擦就没法往上坐。一百个男人中差不多有一半是那样,另一半的百分之九十五以上呢,掀是掀起来了,却没有应该再放下的意识。如果是白天,对咱们女人也没什么;如果是晚上呢,咱们觉得没必要开灯呢,结果会怎样?我和我那口子没离之前,我提醒他不止一百遍了,他就是不长记性!不知多少次,我一屁股坐水里了。有一个时期我胖,一屁股坐水里后,髋骨被卡住,很不容易才站起来。姐,你说那要是不砸碎马桶就没法了,该多么丢人现眼?我跟他离婚时,这一条也是理由之一。女法官说这条不能成立,我说换了你是我就成立了。证明他爱我爱得有身无心嘛!剩下那百分之五中,绝大多数掀起又放下就不错了,兴许只有千分之一万分之一的男人,才会掀起又放下,自己明明没弄湿,却还是要擦一遍,之后才洗手。说明什么?说明他心里时刻替咱们女人着想嘛!这是什么精神?这是到家了的绅士精神嘛!你不在国内时,我只不过是替你爱护爱护他。现在你回来了，很好。我的神圣使命完成，彻底撤出，不再插一杠子了。姐，我交班了，为了咱们中国男人的绅士精神延续下去，你可要比我更珍惜地爱他……"

周蓉看着她煞有介事、一本正经地述说，搞不清她到底有几分认真又有几分是在耍贫，若非一手托着下巴捂着嘴，怕是早已笑出声了。

"汇报完毕。现在，咱俩小声喊一句'绅士精神'万岁？"关铃举起了酒杯，俯身周蓉，一脸天真无邪地说，"我刚才汇报的可是国家机密，够不上一级也够二级了，咱俩都要保密啊，千万千万。"

周蓉便也举起了杯，正要与她碰杯，一下子没忍住，扑哧笑出了声。她反身伏在椅背上，咯咯咯笑得双肩耸动，旁边食客的目光都望向了她俩。

两个女人吃得满意，谈得开心。周蓉也是个冷幽默一句比一句接得快的女子，那晚对关铃的"冷贫"却接不住招，暗自甘拜下风。

走到街上分手时，关铃说："拥抱一下呗。"

周蓉说："好，拥抱一下。"

两个女人优雅地互相拥抱时，关铃又说："谢谢姐姐的宽宏大量啊！"

周蓉说："谢谢小关认我这个姐姐。"

从那天起，周蓉对蔡晓光的男女关系方面不再心存任何疑虑。她的"清夫侧"任务，随之宣告结束。

数日后的一天，周蓉从外边回来，见晓光戴着橡皮手套在打扫卫生间，将马桶擦得瓷光锃亮。

周蓉高兴地说："我找到工作了。"

他问："什么工作？"

她说："一所民办中学的数学老师。"

他问:"为什么是民办中学?"

她说:"我从报上看到一则招聘启事,就去应聘了。一谈,他们态度明朗,痛快,我的自尊心舒服。"

他又问:"为什么是数学老师?"

她说:"那学校的学生语文成绩还行,数学成绩普遍上不去,我能让他们的数学成绩有所提高。"

"明白了。"

他不再问什么,接着干自己的清洁工作。

她不禁反问:"不想知道工资多少?"

他头也不抬地说:"猜得到,比公立中学稍微高一点儿,所以对公立中学的老师没太大吸引力。正好我现在闲着,而你能往家挣钱了,应该庆贺一番。"

第二天,他向那些"死党"隆重推出了他们久闻其名的嫂子。他们对她的恭维让她很受用,聚会凑份子,钱花得不多,气氛从始至终快乐。

第十一章

二〇〇三年春节，周秉昆和朋友们又没有聚会。大家活得越来越累，越来越没有聚的心情。秉昆修江堤的活在冬季没法干，他也租了辆三轮车，和孙赶超一块儿"拉脚"。幸运的是，这一个冬季活还不少，本市尚无专门跑物流的车队，市区、市郊和火车站的货物出入库，主要靠他们那些"拉脚"的三轮车。报纸上说，国家经济即将腾飞，国企改革转型稳步推进并将逐步加速，不少私营企业发展壮大，后者在纳税和解决就业两方面的贡献不可小觑。"拉脚"的都是些下岗工人，数九寒天，日子过得去的农民宁愿在家"猫"冬，不肯挣他们那份辛苦钱。他们不怕冷，也不怕累，只怕在"拉脚"时遇到熟人，或碰到家人。一旦碰到家人，他们的苦累会让家人心里特别难受。

然而，谁也不能保证这样的事不发生在自己身上。

周聪他们报社盖起了新楼，通了暖气。报社原本要等开春再搬入新楼，却有几家私企等着租了旧楼做办公室。为此，报社领导受到上级严厉批评——你们早干什么去了？冬天就不能搬迁了？等到开春再搬，一冬天白交多少取暖费？又会少收多少房租？什么理由都不是理由！春节不放假也得及时腾退搬迁！

于是，许多"拉脚"的就有心急火燎的大活可干了。报社一时联系不到那么多卡车，春节前哪个单位的卡车都用得勤。比较起来，报社更愿雇三轮平板车，资料、文件、怕磕怕碰的东西还是用三轮平板运稳妥。但是，三轮车都是单干，报社很难记得清究竟谁运了多少次，弄不好就会成为一笔糊涂账。赶上这茬儿了，三轮车夫们商量：暂时组织在一起吧，不能让这么大的活跑了啊。

一群三轮车夫就自发组织在一起，推举周秉昆做头。秉昆能成为头，完全是由于孙赶超力推。孙赶超的力推居然成功，很大程度上是由于肖国庆在他们中的好人缘。周聪那篇题为《我的两位叔叔》的报道在社会上并没引起多大反响，却感动过他们中的不少人。许多人都亲眼见过孙赶超与肖国庆之间休戚与共、亲如兄弟的友谊，赶超因此在他们中也确立了诚实守信、绝对可交的人品和口碑。他一推举秉昆，大家自然拥护。

其实，秉昆根本不愿参与，更别说当召集人。在他看来，一旦自己参与了，想避开儿子周聪又怎么可能？他面情软，架不住大家一致请求，最终勉为其难，还是答应了。

结果，他也就真碰见了周聪。

那日大雪，零下二十七八度。三轮车夫们一个个雪人似的，眉毛胡子都被哈出的气结成霜，没胡子的刚刮过胡子的也是这样。

这种情况下，互相之间如果不叫名字，面对面也认不清对方是谁。

突然，有人大呼周秉昆的名字。

一个人一喊，接着几个人不住声地帮着喊。那时，周聪正抱着大纸板箱往一辆三轮车上放，听到喊声，举目四望，没听到有人应答。

开始用绳子捆车的正是周秉昆，他装作没听见，一心祈祷儿子快点儿离开。

不料，赶超走到他跟前，用戴棉手套的手在他脸上一抚，立刻使他露出了真面目。

赶超生气地说："聋啦？几个人喊你没听到？"

第十一章

秉昆说："是吗？"

周聪不由得叫了一声："爸！"

赶超又说："那边摔碎了一个纸箱，咱们弟兄和报社的人都要动手了，快去平息一下！"

秉昆说："你去劝劝不是一样嘛！"

赶超说："不一样，人家口口声声要见咱们头！"

孙赶超推着周秉昆快去解决矛盾，周聪却拽住父亲的胳膊不放，要与父亲谈一谈。

赶超火了，冲周聪吼："滚一边儿去！也不看这是什么时候！"

周聪只得放开了手，却不走开。

赶超没再理他，一转身忙自己那摊子事去了。

这时雪花漫舞，能见度极低，二十几辆三轮车横七竖八停在报社不大的院子里，车夫们与从楼里往外搬东西的人挤在车辆之间，情形相当混乱。这个大雪天，不知什么原因，报社院外的马路实行交通管制，三轮车一辆也不许停在院外了，只好都挤到了院里。

双方冲突的起因其实很简单，却是一场真正的冲突。秉昆赶到跟前时，双方好几个人都快要动手了。原来，一名车夫不小心从车上推下了一个纸箱，箱内有盆君子兰。花盆碎了，君子兰断了几片叶子。车夫表达了歉意，君子兰的主人，一名与周聪年龄相仿的女记者却不依不饶，絮絮叨叨，不知究竟想要怎样。车夫烦了，骂了女记者一句。结果，女记者嚷嚷起来，报社几名血气方刚的小伙子冲上前来，一个个英雄救美的样子，要求车夫的领导出面，赔礼道歉，补偿损失。

秉昆只有不断鞠躬，说尽好话。

对方依然不肯罢休，非让赔钱不可。

秉昆就掏出了钱包，问得赔多少才算完。

女记者先说那花是名贵品种，她为了养好它花费了多大心血，之后说出一个钱数来。

秉昆一听就炸了，揣起了钱包，高声叫骂起来："浑蛋！讹诈吗？臭丫头，再矫情我赔你个大嘴巴子！你们是知识分子，是代表社会良心的人，没看见我们挣点儿钱有多么不容易吗？他妈的眼睛全瞎啦？有你们这么代表社会良心的人吗？！"

他一发飙，报社的年轻人更不放过，一个个义愤填膺的样子，都要和他开打了。

孙赶超与十几名车夫一起围过来，这些包裹在粗厚棉衣中的莽汉，个个须发皆白，摩拳擦掌，声振屋瓦，气势上倒是先占了上风。

周秉昆跃上一辆三轮车，振臂高呼："老哥们儿听着，都歇了，先不干了，不给这帮有文化的狼人干了，罢工了！"

于是，他们便都坐在车沿边吸起烟来。

报社的年轻人大多玩笔杆子出身，虽然见多识广，却没遇过这种架势。现场没有一位领导，腾退搬迁办公室时间很紧，一时群龙无首，也就乱了方寸，不知怎么应对。

僵持之下，周聪只得挺身而出，居间协调。

"刚才就叫你滚，怎么还没滚？你爸正在气头上，偏往你爸跟前凑什么？搞不好你小子里外不是人，快滚远点儿！"孙赶超毫不客气地吼道。

周聪只得堆下笑脸说："超叔，这么僵下去也不是个事呀，对两边都不好是不是？你就让我劝我爸消消火吧。"

赶超觉得他说得也有道理，数九寒天，毕竟兄弟们出来不是为了争扯，而是要讨个饭钱。

周秉昆盘腿坐在车上，闭着双眼，刚才被赶超擦过的脸又结了一层薄霜，像一头打坐修禅的白毛老猿。

第十一章

他听到耳边传来儿子唤"爸",缓缓睁开了眼。

周聪掏出手绢,替父亲将鼻尖上的鼻涕擦掉。

周秉昆问:"为什么不听你赶超叔叔的话?"

周聪说:"他同意我和你谈一谈了。"

作为冲突双方的代表,父子俩开始了对话。

"有什么话回家谈,现在是咱俩谈话的时候吗?"

"爸,我想和你谈的是,我不愿你再干这种活了。以后,一到冬季你也在家猫冬,我的……"

"别再跟我说你的工资养活得了我和你妈!说得轻巧,你自己信吗?不知道物价怎么个涨法吗?我一个大男人,一家之主,刚五十岁,没疾没病,想什么时候不干活就不干活了?我为什么要听你的?这活怎么了?干这活可耻?挣的钱不干净?我答应过你妈,今年春节要让她看上电视,我要说到做到!"

"我现在不想和你谈电视,我现在要跟你谈眼前这件事,僵下去不是办法。"

"你有什么资格跟我谈?让你们领导来。"

"爸,头头脑脑这会儿都在新楼那边,现场安置各部门桌椅呢。"

"那就去人往这边请一位!"

"爸,那不好,绝对不好。"

"好不好由你说了算?"

"爸,不是谁说了算的问题……如果领导们知道了这边闹得这么僵,我那位女同事非受严厉批评不可。"

"活该!谁叫她那么矫情,还想讹诈!"

"爸……跟你说实话吧,我俩正谈对象呢……"

"你!……趁早吹了!你什么眼光啊你?她如果成了咱们周家儿媳

妇，还有我和你妈的好日子过吗？"

"爸，今天这事一发生，我不想吹她也必定跟我吹啊！爸，也不谈我俩的事了，新楼那边许多人都等着这边的东西及时运过去呢，爸给我个面子，发话让大家接着干活吧！"

"行,周聪,我可以给你个面子。站这辆车上,就说你代表那些同事,向我们的人认错。"

周聪犹豫了一下，也跃上了车，四下里鞠躬，向大家道歉。

赶超走过去，问秉昆："你的意思？"

秉昆不胜其烦地嘟哝："你替我发话，开干吧。"

他想站起来，然而腿盘麻了。如果不是儿子往起扶，他一时站不起来了。

秉昆的确身心疲惫。他与孙赶超整天在一起，即使休息时，常常大眼瞪小眼，互相之间都觉得没什么话可说了。

他俩春节不想再聚，其他朋友就更没谁张罗着聚会了。

周蓉一家三口照例在秉昆家度过了三十儿。

冬梅也来了，她照例要初一去北京陪周秉义过春节。

周玥仍没找到自己愿意干的工作，高不成低不就的。她在法国所学的企业管理专业，使她在求职时面临窘况——管理国企的多是国家干部，很难轮到她那种"海归"女生。经过十几年的转型、合资、卖厂，本省国企除了煤、油、林、农系统的资源型企业再就所剩无几，而她自己又没有任何实际管理经验。更何况西方大学里教的那套管理学问与中国国情往往是风马牛不相及。至于私企，在本省本市另有一套路数，各有各的高招，不劳外人费心。

第十一章

前不久，周玥心生一念，想到北京去投靠大舅周秉义，其实也就是想去沾点儿光。她把自己的打算向舅妈郝冬梅透露过，郝冬梅当时没表态，只说等下次去北京时向她大舅提提，看她大舅什么态度。

母亲落实了工作以后，周玥心里更加没着落了。

蔡晓光也用点拨周蓉的话点拨过她，只是委婉多了。

周玥却说："我就是再降低要求，那也不能去宾馆当大班吧？"

"当宾馆大班怎么了？你以为你是什么人？难道屈才了？"周蓉教训道。

她又说："我的事我做主，不劳你们再操心，我保证，最迟半年，绝不再花你们一分钱了。"

周蓉又要训，晓光用眼神阻止了。

周玥说这话后，到了春节，两个多月已经过去了。

周秉昆总算买了一台十八英寸的彩电，价格一千多元。当年，许多大城市的家电商场已不见了黑白电视机的踪影，国家基本进入了彩电时代。大彩电成了婚嫁必备，进入了寻常百姓家。

在东北三省城市里，无论脑力劳动者还是体力劳动者，工资只有南方经济发达省份的一半，公务员、大学教授、医生、科技工作者们也不例外，有些行业差距甚至更大。

郑娟对那台本省产的电视机喜欢极了，找出一块最漂亮的花布为它做了罩子，还买了一块塑料桌布。

吃罢三十儿的晚饭，大家一起看电视。春晚还没有开始，郑娟手握遥控器调换频道，还像孩子一样问大家："想看吗？想看的举手！"

大家都笑了，觉得她操控电视机的模样比电视节目本身还要好看。

晓光突然说："别调了，就看这台吧。"

那是本市电视台的一个频道，可算中国最早的收藏鉴宝节目，栏目叫《新春亮宝》。

晓光对收藏一向有兴趣，也有不少藏品，无非本省本市一些画家、书法家赠他的应酬字画，没什么够档次的东西，也少有什么精品。再有的无非就是些真假莫辨的古董，即使是真的，年代也不过晚清民国。周蓉不反对他这种爱好，只不过时常提醒，万勿幻想发财，更不许高价购买。蔡晓光管不住钱，他好交朋友，花销自然也大，因为放心不下周蓉母女，有所顾忌，总共攒了七千多元。周蓉一回国，他就主动上交，自己仅留了一点儿零用钱。晓光对钱财兴趣有限，收藏什么往往出于好玩，周蓉的提醒纯属多余。

大家都在看《新春亮宝》时，冬梅递给周玥一封信。周玥低头看了一会儿，将信还给舅妈，勉强笑了笑，表示自己明白。然而，她从那会儿起，情绪就明显低落了。

周蓉朝冬梅暗使眼色，冬梅随她进了小屋。

周蓉悄问："谁的信？"

冬梅简单说过丈夫那封信的内容后，周蓉说："我理解我哥的想法。"

冬梅说："我也理解。"

周蓉说："他的人生志向本不在官场，却身不由己跻身官场。他一心只想为老百姓做些好事，最好是经得起后人评说的大好事。如果能做出那么一种政绩，他就比较满意了，否则会很懊丧。"

冬梅说："是啊，他一直是那么想的，我支持他。"

周蓉又问，那一封信为什么要给周玥看？

冬梅犹豫了一下，便把周玥想到北京投靠大舅的打算如实讲了。

周蓉生气地说："我绝不允许！既然我哥有那种夙愿，作为他的亲人只能成全他，谁也不许给他添麻烦，干扰他。"

冬梅说："小声点儿。周玥虽然不是我和你哥的女儿，但你哥关心一下她的工作也是应该的。你哥当初关心了一下周聪的工作，秉昆两口子就省了多大的心啊，周聪的人生起点也比较顺了。你哥就要回来了，周玥的事只好等他回来后，看看在本市怎么帮她解决。"

周蓉说："我哥回来了，也不许周玥给他添麻烦！"

冬梅说："咱们自己的下一代，如果能帮他们把工作解决得好点儿，干吗不呢？"

周蓉说："我们周家就出了一个当官的，父亲如果地下有灵，也肯定希望他能有清名。世上没有遮得住人眼的事，只消有几件被人背后议论的事，我哥的种种努力就完了。"

她说着说着，流下泪来。

冬梅劝道："别这样，大年三十儿的，你千万别引起不快来，没你想的那么严重。"

周蓉忍住了眼泪，说道："嫂子，我觉得我的人生好失败。就周玥这么一个女儿，我把自己的事业搭上了，也没让女儿有什么出息……"

冬梅劝道："那要看怎么来想。你现在有了一份不错的工作，周玥也接受过国外的高等教育，你为女儿操心并没有白费心。这么一想，你应该感到欣慰才是。"

然而，郝冬梅的话对化解周蓉心中的郁结，并没有起到立竿见影的作用。

当年的大美人儿，北大女才子，省属重点大学破格评定的年轻副教授，却因为独生女儿的发展而伤感落泪，又一次验证了"可怜天下父母心"这句俗语。这种情形，还有一种说法："摊上了今生讨债的儿女，神仙也无奈。"

好在大屋里开着电视，姑嫂二人在小屋里的对话，外屋的亲人们听不到。

《新春亮宝》节目掀起了一个小高潮，有个与周聪年龄相仿的青年，展示了一对玉镯，说他爷爷当年在寄卖店工作过，三十年前收下了这对玉镯。后来，当镯子的人没在规定时间赎回，摆在拍卖柜台上无人问津。他爷爷识货，判断那绝对是好东西，自己买下了。

专家问买时花了多少钱？

青年说当时才一千几百元，他爷爷买下时已是两年后，拍卖价自然要比当价高些，为此他爷爷借过钱。对于当年的中国人，在一对玉镯与一只手表之间，十之八九都会选择手表。至于一对玉镯的价值，没几个人晓得。

专家恭喜那青年，说他爷爷有眼光，太值了。专家说那镯子无疑是上品美玉雕琢，猜测原本可能属于清末贵族之家，流落民间也许还有什么故事。

专家接着说："这镯子嘛，若在咱们北方出手，价格会低一两万。如果到南方出手，七万八万会有人买的。南方的有钱人比北方的有钱人多嘛，也比北方的有钱人更有钱嘛！七万八万也值，以后肯定还会升。南方的有钱人搞收藏的越来越多，咱们北方的有钱人现在还没太醒过味儿来，还不晓得好玉名玉多么值得投资。"

电视中那专家最后的话，引起了节目现场观众一阵接一阵惊呼。

周家的五名观众，除了郑娟，其他四人看得屏息敛气，都不同程度受到了震撼，也可以说是受到了刺激。

国家大踏步走进了一部分人先富起来的时代，而绝大部分人却还处在对一百元的得失也斤斤计较的生活水平。那对玉镯的价格翻倍，令光字片周家老土屋里的亲人们一时间心驰神往，浮想联翩。

郑娟说："换个好看的节目吧。"

周玥对周聪小声说："你妈一开始就没看进去。"

第十一章

自称爱情至上主义者的蔡晓光也自言自语:"八九万够买一辆'夏利'车了。"

周聪说:"早先中国人的收入差别很小,现在的差别却太大,简直像玉镯当初的当价与现今的卖价了。"

收入差距之大,几乎让所有人一说起钱来,就不可能不异常敏感。也许只有光明那样的出家人,只有郑娟那样容易满足的人,才算例外。

她已转台了——是赵丽蓉与巩汉林早年的小品,那是她爱看的。她也不问别人愿不愿看,只顾自己目不转睛地盯着电视机。

周秉昆却难以从《新春亮宝》节目中回过神来。五个人之中,他受到的刺激最大。他回想起三十年前,自己因为爱上了郑娟,偷偷当掉了家中一对玉镯的事。他确信,电视节目中的那对玉镯正是自己家的。

他看着坐在前面的妻子的背影,仍能感觉到自己绵绵的爱意。他听着她咻咻的笑声,觉得仍是世上最能使自己喜乐的声音,比什么音乐都好听。

为了郑娟和他们的爱情,他当年偷着当掉了家传的玉镯,拿到了一千二百元钱。如今看,这个价钱简直可以说是白送人了。

周秉昆扭头看了一眼周聪。小儿子也爱看小品,像妈妈一样是赵丽蓉与巩汉林的粉丝。家里还没有电视机的时候,小儿子和妈妈都能从收音机播放的节目中,仅仅听一半句话,就准确无误地判断是不是赵丽蓉与巩汉林的声音。

周聪今晚却看得心不在焉,那对价值一辆"夏利"车的玉镯,对那年轻人头脑所造成的刺激,不是一转眼就可以过去的。

周秉昆不由得想,如果自己当年没有那么做,估计妻子就不会是郑娟,说不定也就没有周聪这个儿子。即使有,也叫周聪,却肯定与眼前这个周聪方方面面都不一样。

那又会怎样呢？他无法想象下去。

周秉昆听到周玥问："爸，如果我再找不到工作，你投资，我做玉器生意怎么样？专家不是说这一行前景看好吗？"

他听到姐夫蔡晓光英雄气短地回答："可惜，你爸也给不了你那么大的本钱啊！"

他又想到了光明。如果自己当年没那么做，光明今天会成为北普陀寺的萤心师父吗？也许早已不在人世了吧？

他进而想到了赶超。如果不让他住在太平胡同郑娟一家当年那小破土屋里，他一家又会住哪儿呢？总归会有地方住吧，绝不至于流浪街头；如果不给赶超借住房子，他们两人的关系会是如今这样肝胆相照、情同手足吗？

还有楠楠，楠楠也许不会那么一种死法——也许当年就夭折了，只能由郑娟找处野地偷偷埋了，而绝对不会留学哈佛，骨灰最终葬在佛门圣地。

他还想到了郑娟妈妈。那老妪生前是否预料到了郑娟母子和光明，日后会成为他的亲人呢？如果她确如郑娟当年所说是菩萨化身，世上苦人儿那么多，她为什么视而不见，而单单庇护郑娟和光明呢？难道她有什么特殊使命吗？他想起有一次在街上碰到，她停止了叫卖，非要看他手相。

"秉昆呀，你的命可不怎么样，是操劳不休的命。你命中最好的运相，就是娶我女儿郑娟为妻。如果你娶了她，这辈子还有几分福；如果你不娶她，那你这辈子就一点儿福分也没有。我的女儿我知道，她的心比许多女人都干净。"她的表情当时极其诡秘，仿佛向他暗泄天机。

秉昆后来多次自问自答，他终于与郑娟结为夫妻，不能说她的话一点儿都没起作用。

第十一章

事实的确是这样的。倘若父母没有为家中留下那么一对玉镯,当年水自流和骆士宾被判刑后,秉昆与郑娟的关系肯定就断了,不管他多么恋恋不舍。他无法继续对她提供帮助,也就找不到理由说服自己对她的爱是不受谴责的。

于是,他对郑娟妈妈,对自己的父母,对那对玉镯,都心生出无限的感恩来——尽管玉镯已不属于他们周家,在别人手中价值翻了几十倍!

秉昆正胡思乱想,周蓉与冬梅从小屋出来了。

周蓉做出若无其事的样子,问大家刚才静悄悄地在看什么节目?

周玥就把那对玉镯的故事讲了一遍。

周蓉若有所思地问:"秉昆,我记得当年常听咱妈说,咱家也有一对镯子,哪儿去了?"

秉昆说:"让咱妈有一次掉在地上摔碎了。"

周蓉说:"可惜了。"

秉昆说:"摔碎了我请人鉴定过,根本不值钱。"

周蓉就不再追问什么了,她一点儿都没怀疑秉昆。

周家的儿女从小互相谦让惯了,哥哥周秉义就是榜样。

春晚节目挺精彩,老明星颇多,并且都铆足了劲儿,"姜还是老的辣"。什么"韩流""小鲜肉"之类的,那一年还不成气候。

春晚节目结束很晚,亲人们都困了,男女各一屋,在比往年更密集更持久的花炮声中,说睡都睡了。

大年初一,冬梅第一个走了。

周蓉一家三口匆匆吃罢早饭,也走了。

秉昆分年货时,郑娟从旁说:"只分三份不好吧?除了咱家留一份,就不给春燕留一份了？"

秉昆想了想，果断地说："她就算了吧，她们妇联肯定也分。"

怕摆在明面上，春燕来了看见了不给也不好，秉昆还是让周聪给国庆和赶超家各送去一份。

春燕和德宝这一年春节期间没到秉昆家来。

周蓉一家也没再来。

周蓉要抓紧时间备课，为高中生讲好数学，对她毕竟还有一些挑战。蔡晓光朋友多，其中一些感情联络关乎他事业的可持续性，春节不主动登门拜年，人家会挑礼。周玥的初恋之殇犹在，她却极想摆脱阴影。没有工作，她耐不住寂寞，便一个接一个地联系当年那所重点中学的朋友。她有了洋文凭，毕竟是老干部的"干外孙女"，那光环仍有余晖，这使她在老同学们面前不至于觉得矮谁三分。老同学中有人已是官场新人——秘书、科长什么的，还有一位当上了处长。他们了解到她还是单身，都大为惊讶，纷纷争做红娘。虽然她更希望老同学关心她的工作问题，他们却显然不那么想。或许都认为，她大舅周秉义在中纪委工作，舅妈是"红二代"，继父是文艺名人，她的工作根本就不是个问题。

闺密们启发她改变思维——丈夫找对了，工作问题不就迎刃而解了吗？"干得好不如嫁得好"，这个曾经备受争议的"真理"几乎是周玥许多闺密的信仰。一些结了婚的人也跃跃欲试，打算摆脱现有家庭束缚，义无反顾地实践一下。

与周蓉相比，周玥生父冯化成的浪漫在笔下、在纸上、在诗里，而他凡事利益第一的思想在血液骨髓里、在每一束神经系统间、在每一组基因中。周蓉的浪漫才真的是由细胞所决定的，虽然五十多岁的她已很难再浪漫了。

"七〇后"周玥的身上，不论容貌还是智商、情商，更多地遗传了冯化成的基因，尽管她更多的时候已经忘了有那么一位父亲。

她决定春节期间见见第一位对她有意的男人。为此，她独自凭吊了一次楠楠墓地，以消弭内心的障碍。

转眼到了正月十五，秉昆上午买元宵时遇到了吴倩。

她问："你怎么大老远地跑市里来买？"

他说："你嫂子听人讲市里有巧克力馅的。"

她说："不知巧克力馅的好在哪儿，小霞非想吃巧克力馅的。我刚下夜班，为她排队买。没有她，我都不想活了。"

吴倩仍在蔡晓光介绍的那家宾馆当勤杂工，还为国庆戴着黑纱。她说到伤心处，眼圈红了。

秉昆问小霞的情况怎样？

吴倩说："我活着的唯一盼头，就是盼着她早点儿毕业工作。今年六月，她就该毕业了。工作这么难找，她倒处对象了，家在贵州山里的农村！秉昆你说，我怎么就这么苦命呢？"

秉昆不知说什么好，憋了半天才指着黑纱说："不要总为国庆戴它。"

她说："我想为国庆戴一辈子。"

秉昆说："那我不许。现在就摘了吧，我替你保存着。"他也不管吴倩愿意不愿意，硬是从她袖子上摘下黑纱揣自己兜里了。

秉昆和吴倩离开卖元宵的露天摊子，相伴着走了一会儿。吴倩说老鼠在她家作妖作怪得厉害，她还得去买老鼠药，二人分手了。

秉昆回到家，见春燕妈与郑娟在说话。春燕妈也一句又一句说不想活了——春燕跟爸爸和二姐闹翻了。

"秉昆你说，春燕爸把存折给她二姐了，她作为妹妹是不是应该理解？自从她二姐和我们老两口住一块儿，大姐就不登家门，好像没我们两口子！这是我们老两口还活着，哪天我们前后脚走了，她们三姐妹还会来往吗？存折上也就五千多元钱，她爸给了她二姐，还不是想让她二姐对我们好点儿？我们将来病卧不起，不是主要得靠二女儿服侍吗？这么简单的道理，春燕她可有什么想不通的呢？"春燕妈说到伤心处，呜呜地哭了。

秉昆被哭得心烦，不好表现出来，吸着烟强忍着自己。

郑娟却一点儿都不烦，她喜欢劝慰人，也确实擅长。她在光字片渐渐是一个挺重要的人了，女人们在家庭矛盾中受委屈了，都喜欢向她来倒苦水。在这一点上，她越来越像当年的秉昆妈妈。许多女人私下商量好了，下一次改选街道小组长，要一致推荐她。

郑娟主持公道，她劝慰春燕妈妈说："大婶，是春燕不对。秉昆，你是春燕干哥，有责任替大婶批评她，让她主动向她爸和二姐认个错。"

秉昆说："你以后别提干哥那茬儿了行不行？都五十多岁的人了，也不怕别人笑话。"

郑娟振振有词地反驳道："那是历史，不尊重历史不对。我才不怕别人笑话呢，你也不许怕。批评春燕的任务给你了，你完不成那只得我亲自出马了！"

秉昆立刻说："我完成，还是由我完成吧。"

春燕妈接着就讲，哪个区哪条街哪个院，有一户人家因为家庭矛盾，再加上日子难过不下去，当妈的一时想不开，初一那天晚上把耗子药包到了饺子里。

她讲得有鼻子有眼的。

秉昆也听说过这件事，立刻告诉她那是谣言，根本不是那么回事，只不过是一次全家食物中毒。

春燕妈可怜兮兮地说:"不管事真事假,我和春燕爸往心里去了。我们老两口商量过,要死我俩一块儿死,绝不拽下一代。哪天如果我们吃耗子药死了,看她们姐儿三个还有脸做人不!"

郑娟说:"大婶在我家当气话说说可以,回自己家可一次别说,千万千万!用死和儿女赌气,那是多么罪过的想法!"

秉昆摁灭烟,猛一下站起,往外便走。

郑娟说:"大婶还在这儿呢,你突然要上哪儿去?"

他说:"想起一件重要的事,得立刻去办。"

"秉昆是不是听我老婆子絮叨烦了,我走我走!"春燕妈说着就要下炕。

"大婶你别误会,有我在,他哪敢不爱听!"郑娟诚心诚意地挽留道。

秉昆没理她俩那茬儿,头也不回推门而出。周聪的自行车停在小院里,他跨上自行车,直奔国庆家而去。

国庆家租的房子快到郊区了,是吴倩小叔几年前介绍的房东。因为有她小叔的面子,租金不算高,里外两间屋面积也挺宽敞,国庆两口子便没再换地方。

秉昆心急似火,哪里还顾得上敲门,直闯而入。见到的情形,与他路上的胡思乱想大相径庭——吴倩与国庆姐姐一块儿在外屋煮饺子,吴倩守着锅,国庆姐姐在一旁剥蒜,两个寡妇正小声说着什么。里屋竟有人在弹吉他。

秉昆的突然出现令她们吃了一大惊。

吴倩嗔道:"死秉昆,打家劫舍呀,吓我一跳!"

秉昆尴尬地说:"姐也在啊。"

国庆姐姐说:"我们两家孩子不常在一起,互相都想念。趁小霞还没回学校聚聚,你来得正好,快进屋见过孩子们吧。"

国庆姐姐放下蒜,边说边将秉昆推入里屋。里屋不止国庆女儿小霞和国庆外甥庄重,还有另外两个陌生男孩和女孩,秉昆都没见过。男孩弹吉他,小霞他们三个听着。

小霞和庄重立刻站起,恭恭敬敬地叫伯伯,让座。弹吉他的男孩停下来,腼腆地坐炕沿那儿去了。

国庆姐姐介绍,那陌生女孩是庄重的对象,在"和顺楼"做迎宾小姐,家在本市,父母也都是下岗工人。那弹吉他的男孩,是小霞的"同学"。秉昆心里立刻明白,那个"同学"必是让吴倩头痛的那个贵州山区的农家子弟。

那男孩女孩也叫过伯伯之后,年轻人一时都显得挺拘束。

国庆姐姐转身到外屋去了,秉昆心中一块石头落地,主动与他们聊起来。

庄重考上邻省一所普通大学,原本是学院,入学那一年升级为大学。他学的是包装设计,已与本市一家私企签约,一毕业就有工作。

国庆姐姐在外屋大声说:"我们庄重学习好,在学校举行的设计比赛中得过奖,他们没出校门就签约的学生总共才几个。"

秉昆端详庄重的对象,姑娘模样可人,于是明白国庆姐姐何以春风满面,不复当年一脸愁苦了。

他说:"庄重,你妈终于熬出头了。"

庄重就抱了抱对象,亲了她一下。

国庆姐姐又在外屋接着说:"是呀是呀,亏我下手早,要不我儿子难找那么标致的对象,我这当妈的对儿子算是尽到责任了。"

女孩低下头害羞地笑了。

第十一章

秉昆再端详小霞的"同学",那男孩长得也挺好,五官端正,就是黑点儿,个头矮点儿。

小霞似乎猜到了他心中想什么,乐观地说:"伯伯,他才二十一岁,二十三不是还蹿一蹿呢!"

秉昆说:"对,有这个说法。"

那男孩突然说:"伯伯,我想为你唱支歌。"

秉昆说:"好哇。"

语音刚落,男孩已弹着吉他唱起了贵州民歌。

他唱完,秉昆带头鼓掌。

国庆姐姐不知何时也站在门口听,她说:"别只为你伯伯唱,你也得为小霞妈妈唱一支歌。"

"那我再唱一支国外的!"他便又唱了起来,一边唱一边弹着吉他走到了外屋,除了秉昆坐着没动,小霞他们三个都起身跟到了外屋。

今天是你的生日
我亲爱的妈妈
我没有礼物
送你一朵鲜花
这鲜花开放在
高高的山上……

吴倩不守着锅了,也进屋往秉昆身边一坐,双手捂住了脸。

男孩的歌声戛然而止,年轻人们全愣在门口了。

吴倩放下手,眼泪汪汪地说:"都别愣着了,该坐哪儿坐哪儿,吃饺子吧。"

与国庆姐姐的满面春风相比,她难掩满腹心事。

吴倩看着秉昆说:"不管你饿不饿,也得尝几个。"

秉昆说:"好。"

国庆姐姐端上了饺子,于是大家默默地吃起来。

吴倩这才问他,有没有什么事?

他为什么突然就出现了,那是不能实说的呀。他便撒谎没什么事,只不过好久没来了,串门看看。接着,他对唱歌的男孩郑重点评道:"你的嗓音条件挺好。要了解自己的嗓子,你刚才那首外国歌曲唱得尤其好。不说动情,还因为那是典型的中音歌曲。你唱男中音最合适,我们国家唱得好的男中音歌手不是太多。如今时兴劲歌,你不必跟风。"

那男孩受到鼓励,频频点头。

小霞说:"伯伯,他想当歌星。我支持他,你支持不?"

吴倩说:"你这话太没分寸啦,你们只不过是同学,人家以后走什么人生路,你瞎支持什么?"

小霞脸色就不好看起来。

秉昆温和地说:"那样的人生发展,也不是单凭好嗓子就走得通。他年轻,来日方长,不能操之过急,要有接受挫折的心理准备。你们现在面临的关键问题,首先还是生存,还是工作。"

那男孩频频点头。

国庆姐姐连元宵也接着煮了。

秉昆夹起一个,想到自己来国庆家的原因,不禁摇头一笑。他吃了一个元宵,对吴倩说:"我觉得不如咱们传统的五仁馅的好吃。"

吴倩说:"可不嘛。"

国庆姐姐跟着说:"现今,月饼、元宵这个馅那个馅的,反而都不如从前五仁馅的好吃了。"

第十一章

然而，年轻人们分明都爱吃巧克力馅的。无论吃的穿的用的，谁想叫他们别跟风，那可真不容易。

秉昆又对吴倩说："看着他们聚你家，就想起了当年咱们聚在我家。"

吴倩叹道："太不一样了。咱们当年都是有工作的，工资差不了几元钱，所以都活得傻知足傻知足的。可他们四个中，有两个工作还不知在哪儿呢。即使有了工作，与别人相比，工资上可能一差就差出几百几千来。"

小霞反驳说："太夸张了吧？就工资而论，大多数普通中国人之间差不出几千吧？普通人只跟普通人比行不行？"

吴倩被噎得没话说了。

吴倩将秉昆送出门，陪着他边走边问："你给我出个主意，小霞那对象，我当妈的究竟该是什么态度呢？一想他是贵州山里的，农村的，我就会倒吸几口凉气。我现在只能认可他俩是同学关系，真是愁死了。"

秉昆不好表态，只得岔开话说："小霞毕业回来后，你去找向阳，他现在是路路通公司的副总经理了，让他务必替小霞的工作兜一下底，要兜住。"

吴倩说："我也这么想过，又怕你不高兴。"

秉昆说："那么想就要及时去做，怕我不高兴是你想多了。别想太多，我心里早没那些了。"

吴倩说："最好你也跟向阳说说，你面子大。"

秉昆说："放心，我会的。"

吴倩脸上这才终于有了点儿笑容。

第十二章

天暖和了。

周秉昆、孙赶超他们这些三轮车夫的活多起来了,有时甚至应接不暇,大家便推荐秉昆当法人代表,准备成立一个"车行"。但很快活就少了,因为本市出现了第一家物流公司,是私企,一挂牌就有二十几辆崭新的大卡车亮相。

一筹莫展之际,物流公司的人主动找到了他们,问他们愿不愿当随车的装卸工。秉昆代表大家与公司的人几经谈判,终于谈成了双方都能接受的条件。工资不稳的日子我可过得够够的了!大多数人的想法既无奈又现实。

工人阶层的集体梦想首先是工作稳定。为了求得那一份稳定,他们一般都最为务实。

周秉昆的人生到那一年为止,仍像一辆破旧的三轮平板车。破车子好揽载,也可以用很雄壮的话说:能力越大,责任越大。

这位出生在光字片,五十多岁了还光景黯淡的男人,为了尽到他那乱糟糟的永无休止的责任,已把他那一丁点儿能力发挥到极致了,如果那也算能力的话。

三轮车夫们进了物流公司,周秉昆就想离开大家,回到修筑江堤的工地上。

赶超说:"别犯傻!那边的活是临时的,这边的活可是长久的,而且上'双保'！我也在这边！"

他说，去年冬天修筑江堤工程队解散时，他们约好了天气暖和就归队。

"我才不管你们约定没约定！不许走，坚决反对你走！你要走，别说我跟你翻脸！"孙赶超大发脾气。

人人挽留，秉昆也就不再说走了。他求赶超替他去江北那边工地看看情况，赶超真去了，回来告诉他去年的"老人"没几个，多数是今年新招的，他这才在物流公司安心下来。

"十一"过后，周家出了一件都觉得丢尽面子的烦心事，周玥与人同居了。对方是有妇之夫，老婆誓死不离婚，不断往省市妇联告，要求妇联主持正义。省市妇联一次次将信批转到春燕所在的区妇联，周玥"第三者插足"别人家庭，批评教育她的工作任务就落在了副主任春燕身上。春燕哪里能拉得下脸批评周玥呢？她也明白，自己一个区妇联副主任的批评没用，也不好向上交差，烦得起了满嘴泡。德宝替她走后门开了张病假条，她干脆称病在家了。

周蓉倒真的气病了，但一天病假也没有休。她的数学课讲得刚进入状态，获得了学生初步认可。她怕刚上班就请假会丢掉来之不易的工作，而且她开始喜欢上了那份工作。她经常胃痛得厉害，每天带着药上课。即使课前胃不舒服，她一进入教室，立刻精神饱满起来，没有学生看出她心理上和生理上正经受着折磨。

她对蔡晓光说："你替我向她声明，从此我们断绝母女关系。"

女儿的所作所为让她失望到了极点，也让她备感羞耻。她在家里生闷气的样子蔡晓光看在眼里，疼在心上。他便去找周玥，不是替妻子传话，而是希望养女幡然悔过。周玥已不住他那间剧团的宿舍，他只得像私家侦探那样去找。

蔡晓光在一幢自己从没去过的楼前堵到了她。

周玥告诉他，事情并不像他和母亲想的那样，那个男人已与妻子分居多年，认识她之前一直在进行离婚大战。

他说："那你又何必背黑锅呢？等他离了再……不行吗？"

她说："也许就晚了。"

他说："他真的很优秀？值得你这么做？"

她说："优秀谈不上，但比较适合现在的我。"

他就不知再说什么好了。

她又说："爸，我想你最能体会，一个男人身边如果长期没有女人，他干什么都会觉得怪没意思的。"

蔡晓光听出了她的弦外之音，完全无话可说了。

无功而返的蔡晓光转而去找郝冬梅。她听了讲述之后，沉吟良久，无能为力地说："该让她明白的道理你都对她讲了，我出面恐怕也无济于事吧！"

他看出她不愿介入，而且，她的话不是没有道理。

蔡晓光快快回到家里，周蓉一见他的样子心中全明白了，哭诉道："她这么不自重自爱，哪像我的女儿呢？我的人生全让她毁了。"

他抱着她，吻她，安慰道："你的人生并没有毁，只是不那么称心如意罢了。人生不如意十之八九，随她去吧。"

周玥的事让周秉昆失业了。

正是那个男人投资成立了本市第一家物流公司。据说，还是周玥鼓

第十二章

动他离开官场"下海",成立物流公司也是她的主张。

秉昆离开公司前找到了周玥,她正在主持什么会议。

他推开会议室的门,看着她冷若冰霜地说:"你出来一下。"

她立刻站了起来,随之两个男人也站了起来。

她小声说:"是我小舅,谁也别跟着我。"

二人一前一后走到了楼外。

秉昆转过身扇了她一个耳光。

她没躲闪,也没捂脸,苦笑道:"小舅,十几年前,你一记耳光把我扇到了法国,让我和楠楠天各一方。当年,你们如果不是那样对待我们……"

"住口!"她的话让他心痛。他不愿再说什么,悻悻而去。

望着他远去的背影,她自言自语:"要坚持下去,坚持就是胜利!"

周秉昆发现孙赶超陪着自己走。

"你跟着我干什么?"

他站住了。

赶超肩上还系着公司发的垫肩,垫肩上搭着上衣,他苦笑道:"我也别干了呗。"

他说:"我能不走吗?纯粹是我们周家人之间的事,与你何干?"

赶超说:"我是你朋友啊!"

秉昆苦笑道:"你别犯轴,听话,留下好好干。当下这份工作还可以,儿子还靠你挣钱上完大学呢!"

一提到儿子,赶超顾虑顿起,他眼睁睁望着秉昆走远,心里说:"秉昆,那对不起了……"

周秉昆想再去找工程队修江堤,转而一想,天就要冷了,那些工人该解散了,就没有去。

物价还在涨，他不往家挣钱是万万不可以的，与郑娟一合计，求人不如求己，干脆摊煎饼卖吧。于是，他动用了为周聪攒的结婚钱，当起了摊贩。没有想到，这竟给郑娟带来了极大欢喜，能和丈夫一块儿挣钱，是她以前深藏不露的心愿。她乐此不疲，干得很来劲儿。起初只卖煎饼，后来也卖豆浆。天冷了以后，干脆不摆摊了，将自家外屋改造成了一处门面，什么面食都做都卖。光字片人口密集，却从没那么一处门面，夫妻二人起早贪黑，每月收入比秉昆上班时挣得还多些。

周聪说："爸，我结婚绝对不花你和妈挣的辛苦钱，你和妈尽早把'双保'补交了，否则后悔就晚了！"

秉昆说："家里现有的钱肯定不够，先把你妈的'双保'补上吧。"

与父亲达成了一致，周聪向同事们借了几笔钱，为父母补交了"双保"。

一天傍晚，赶超来了，喝了碗豆浆，吃了个糖三角，吸了支烟，背着郑娟悄悄向秉昆汇报——周玥在物流公司当半个家，她找赶超谈了一次，态度诚恳，一口一个"叔"亲近地叫着，希望他能当运输队队长。

"又进了二十几辆新车，三四十人，不仅接省内的业务，还接省外的业务。有时省外的业务比省内的还多，她说就算关键时刻助她一臂之力，你说我该怎么办？"赶超显得左右为难。

"为什么问我？"秉昆一副事不关己的样子。

"我当然得征求你的意见了！"

"如果你征求我的意见，那我得首先清楚，你的待遇有改变吗？"

"待遇当然要变的，不必再干活，工资会提高一些，还给一间小办公室。如果跑省外业务的车多，我得跟随，充当押车负责人的角色。"

第十二章

"干！为什么不干？我再说一遍，你要完全忘了我和她的关系。你和她纯粹是劳资关系，她就是你的老板，你就是她的员工。我与她什么关系与你毫不相干。现而今，老板不剥削员工不可能，她对你也一样，但绝不能被她剥削得太狠了，只拿好听的话哄人不行！"

"办公室不办公室的无所谓，干活不干活也不在我考虑范围，但工资提高了我真的挺动心，却又怕自己不行。"

"有什么不行的？你是老江湖了，让你管四五十号装卸工心里就没底了？"

"你觉得我担得起吗？"

"绝对担得起。"

"你同意了？"

"不是同意不同意，我压根儿就没权利反对啊，我支持你！"

二人说得高兴，秉昆就留赶超喝两盅。于秉昆，是借酒浇浇周玥带来的烦恼；于赶超，则是借酒庆祝即将涨工资的喜悦。

郑娟找出蔡晓光春节时带来的一瓶好酒，炒了几盘菜。两个朋友喝得不亦乐乎，猜拳行令，煞是热闹。郑娟看得开心，居然也加入了。那种愉快气氛，在周家的老土坯屋里，多年没出现过了。

周玥"第三者插足"的风波依旧没有平息。那男人的发妻不断向省市报纸写信，试图将丈夫和周玥推上社会舆论的道德法庭，让丈夫不但不能如愿离婚，还要被牢牢钉在耻辱柱上，遗臭万年。蔡晓光与周聪分头活动，他们像消防员，听说哪家报社收到信，就赶紧前去央求，防止见报。当年，私企老板多了，明星多了，新老名人层出不穷，离婚率也更高了。"发妻"不知何时被"法妻"取代，但是法律已经修改，离婚案虽然仍占民事案的大头，法官们却难以轻车熟路判被告们什么罪了。各级妇联组织也丧失了以往对"法妻"们的保护职能，最多只能在财产分割、儿女归属权方面敲敲边鼓，势单力薄地影响一下法庭。报社报道各路离婚新闻的兴趣依然浓厚，却也比以前谨慎多了。因为一旦报道与事实有出入，成为把柄，自己往往也会被推上法庭，成为被告。

蔡晓光和周聪不遗余力地"灭火"，当然不是为了庇护那男人，也不是为周玥筑防御工事，他俩完全是替周蓉考虑。周蓉的工作刚刚有进展，如果受到负面舆论的牵连，不但无辜，还很有可能丢掉工作。她正在试用期，私立学校比公办学校更重视声誉，何必聘任一位女儿成了社会舆论标靶的母亲做教师呢？丈夫蔡晓光或是侄子周聪，岂能袖手旁观？四处告状的女人也非等闲之辈，他俩好不容易在这家报社"灭火"成功，人家又在另一家报社播下了火种。两人焦头烂额，却还不能让周蓉知道。

双方的博弈终于见了分晓，一家报社几乎以整版报道了整个事件。那女人一定程度上获得了心理平衡，报上没提周玥的母亲周蓉，却对她大舅周秉义指名道姓。

蔡晓光和周聪看了报道后都十分恼怒，追问那家报社的记者："该打点的我们方方面面都打点了，若实在压力太大、有为难之处非报道不可，我们也能理解，但为什么要在周玥大舅身上大做文章呢？"

写稿的记者说："还的确有为难之处，省市两级妇联领导都对此事做过批示，这你们也是知道的。本报《道德法庭》栏目不报道太说不过去了！虽然报道了，但也给足你们面子了啊，只字没提她母亲周蓉，没提她小舅周秉昆，也没提你们二位与她的关系啊！把你们择得干干净净的啦！但周玥毕竟不是石头缝里蹦出来的吧？她不可能一个亲人都没有吧？周聪你也是记者，当记者的，谁不希望自己的报道能写得有点儿深

第十二章

度呢?周玥与大舅生活过两年,她大舅及岳母都不是一般人物吧?他们不施加各自的影响力,她当年能成为重点中学的学生吗?她那两年过的绝非一般少女能过的生活吧?这些因素肯定会影响她后来人生观的形成吧?往深了写,她大舅是笔下绕不开的人物啊!"

记者的回答头头是道,看上去也很有道理。事情已经见报,蔡晓光和周聪心中气恼,却也没有多少办法。

周蓉看到了报道,恼羞成怒,但也只有面对。在学校里,老师们议论纷纷,她尽量避开众人。回到家里,她小女孩般哭了多次。蔡晓光从没想到,自己爱慕多年的女神也有今日这般可怜无助,他也感到特别难受。

"亲爱的,我已经尽力了……"她哭时,蔡晓光反复说的只有这么一句话。

"对我哥太不公平了,还不如干脆把我杀了算了!"周蓉这时根本不是为自己而哭泣,她想得最多的还是大哥周秉义的声誉。

周秉昆看到了那份报纸,郑娟也就知道了周玥的所作所为。

一天晚上,秉昆对妻子和儿子说:"你们都记住,从此以后,在咱们家再也不许提周玥二字,就当没有她这么一个人。"

他的样子冰冷得异常可怕,郑娟和周聪除了点头,没敢说一句话。

郝冬梅的反应则非常愤怒。周秉义的名字与周玥的负面报道连在一起,让她在大学里成了被窃窃私议的人物。她最厌恶的事,正是自己无辜又不幸地成了别人兴趣盎然的无聊谈资。她为丈夫声誉受损产生的怨恨,甚至超过了这件丑闻对自己造成的干扰。

她怒气冲天,难以按捺,但仍未失去分寸。她知道周蓉不该成为自己责怪的对象,也将周秉昆父子排除在外。结果,蔡晓光就成了她的发泄对象。

"周玥的事与周秉义有什么关系？明明八竿子打不着呀，你怎么会允许那种报道见报呢？"按照她的说法，蔡晓光好像就是报社记者或主编。

"对，对，嫂子批评得对。都是我不好，归根结底我太无能了，这么一件事都没摆平，太对不起嫂子了，太对不起秉义哥了……"蔡晓光一边认错一边鞠躬不止。

郝冬梅发泄了一通后，突然意识到，作为养父的蔡晓光实际上也非常无辜，而且他已尽力。她反过来向晓光道歉，也少有地哭鼻子抹眼泪了。

仅隔了一天，周秉义从北京调回了本市。

这件事在本市同样具有较大新闻性，只不过限于官场而已。

周秉义调回得太突然，本市领导毫无思想准备，谁也不知道他将坐哪一把交椅，一时猜测纷纷。几位期待提拔的同僚，又一次感受到极大的心理压力，担心他再次成了自己仕途的克星。周秉义平调到北京，眼看着就会到站退休，平安落地，如今又打道回府，肯定在北京混得一般，没有进步的希望了。

"当年都以为他是我们省的一颗政治明星呢，却原来不过是一颗流星！"

"情况比较复杂吧？怎么偏偏就在他调回来前两天，报上出现了那么大一篇负面报道，那不是等于给他个眼罩戴吗？"

"就是！当市委书记时，临调走伤了那么多人，会有不记仇的吗？不是不报，时候未到；时候一到，一切都报。估计他最后几年的日子舒坦不了！"

正副厅局级干部不议论上面这些话，他们懂规矩，有忌讳。年轻的

第十二章

科处级干部也不参与议论，怕被打小报告，影响提拔。一些提拔无望的科处级"老油条"，则对周秉义归来口无遮拦，多有不敬。

周秉义一头钻进郝冬梅在大学的家里，终日足不出户，只是看书，偶尔也与冬梅晚饭后看看电视剧，静候正式任命下达。

冬梅的耳中刮进了一些关于丈夫任职的议论。有一次，她忍不住问他："确实是平调回来了？"

他肯定地说："是啊。"

她又问："到底为什么？"

他奇怪地反问："我信中不是写了吗？在北京，我也跟你谈过的呀，怎么这么健忘？"

"你想干的实事，到底是什么实事呢？"

"现在说了也没用，得看这次怎么任命。如果没按我的愿望任命，那就干不成了。先不聊这个话题，好不好？"

"跟我还有什么不便说的吗？是不是在北京没干好啊？"

"看你，我说不聊了，你偏要聊这个话题！我在哪个岗位上没干好过？我离开北京前，中纪委领导还给我开了欢送会呢！干得不好能受到那种待遇吗？"

冬梅心中疑惑，也只有不再问下去了。

这一年的春节，亲人们没再往秉昆家聚。

秉昆家三十儿和初一过得都很冷清。初二晚上热闹了点儿——秉义来了，晓光来了。半小时后，赶超也来了。破天荒头一遭，赶超给秉昆带来了些冻梨、冻柿子，说公司发的。他还送给秉昆一条过滤嘴牡丹烟。

秉昆哪里肯接！

赶超说："你不接是瞧不起我吗？实话告诉你，别人送的，你老弟如今也混成个被人拍马溜须的主儿啦！"他的话将秉义和晓光都逗乐了。

秉义说："那你收下吧。"

秉昆这才收了，又将哥和姐夫带来的年货分出一份给赶超。

"哎呀，这几年过春节真是吃了你们不少年货。心想往年你们送我们的都是高级的东西，冻梨冻柿子虽不是稀罕东西，却未必是有人往你这送的，结果又换回了这么多高级的东西，真不好意思！"

赶超窘得脸都红了。他也变了个人似的，屁股不那么沉了。若在从前，见了周秉义和蔡晓光，话比秉昆还多，不聊够绝不会走的。这次不一样了，没坐到半小时就走，竟说要把时间留给周家亲人们好好聊聊。

赶超走后，连郑娟都说："赶超有点儿当头的样了。"

秉昆却沉着脸对周聪说："把你赶超叔叔带来的东西扔出去。"

郑娟说："你疯啦？敢糟蹋东西了？"

秉昆说："他说公司发的，还不就是周玥发的？难道我们要吃那小妖精的东西吗？"

郑娟说："两码事！不许扔，你不吃我一天几个吃光了它，冻的又不怕坏。"

秉义说："我同意弟妹的态度，我现在就想吃。"

于是，郑娟用冷水泡了一小盆。

亲人们原本有默契，谁都不说"周玥"二字，经秉昆一提，蔡晓光坐不住了。他起身恭恭敬敬地向秉义鞠躬，代表周蓉表达他们夫妻二人共同的歉意。

秉义笑道："折煞我也，折煞我也！周聪，还不让你姑父坐下？"

周聪赶紧按住姑父双肩让他坐下去。

秉义双手托着一支烟，也往起一站，递到晓光面前，庄重严肃地说：

第十二章

"亲爱的妹夫,为了感谢你忍辱负重,对我们周家多年来做出的巨大贡献,本人谨代表我们周家两代人,不,三代人,也代表我们已故的父母,向你赠送这个小礼品,请你吸了它吧!"

他的样子和话语,让亲人们都哈哈大笑。

郑娟说:"姐夫太配享受这等殊荣了!"她从秉义手中拿去打火机,亲自为晓光点烟。

秉义对秉昆批评道:"你刚才说到周玥时,用了带有侮辱性的话,那是不对的。'小妖精'三个字,只有你姐姐和你姐夫说得,咱们周围的亲人,谁都不可以那么说,记住了?"

晓光说:"我也不好那么说啊!"

秉义又说:"什么叫亲人?亲人那就是,既是一荣俱荣,也应该是一损俱损、分担烦恼……"

秉昆打断道:"哥,那不是嫌疑,是事实。"

秉义看着他说:"正因为是事实,我才要那么说。亲人是天定的关系。即使一个亲人真的做错了事,甚至犯法了,只要认罪服法,有悔过自新的表现,亲人就不应该嫌弃。天定的关系是超常的关系,是要从不嫌弃、分担压力的关系。"

言者无意,听者有心。哥哥的话一下子让秉昆想到了自己当年入狱的事,低下头沉默了。

秉义又对晓光说:"你转告周蓉,她不必对我和冬梅有太大愧疚,你更不必,我觉得反倒是我们应该反省。那篇报道我看了,正如秉昆所说,人家写的基本是事实。既然基本是事实,我们就都应该正确对待。当年,周玥住到我们那儿,我和你嫂子有责任像教育自己的女儿一样,从各方面对她进行必要的教育,可我们没有。也不是完全没有,但肯定做得不够。我们认为她自幼在贵州受苦了,有一个时期还见不到父母,应该好好弥补，放松了对她的要求。秉昆，她住在这儿的时候，其实还是个挺乖的女孩，对不？那时她和两个表弟在一起，大人们都格外宠她。她后来的任性，是被我们宠的，最宠她的是我岳母。她明明变了，我们却都没看出来。她如今做了错事，我和你嫂子都认为自己也有责任。"

秉义的话虽然说得极其平静，但内心其实更为纠结。他也吸起烟来。

晓光低声问："你认为，那篇报道，会有什么针对你的幕后背景吗？"

周聪说："不少人那么议论。"

秉义苦笑道："咱们都不要那么去想，听到了也要当作没听到。什么幕后什么背景的，这样的话千万不要从我们口中说出来。你们放心，对我没有太大的影响。"

郑娟将化好的冻梨冻柿子端了上来，秉义和晓光各吃了一个，同时走了。

秉昆家的气氛，便又陷入沉闷。

春节过后，组织部门下达了正式任命，周秉义担任副市长，名次还排得比较靠后。他的分工只有一项，主抓招商引资，尽快改造城市面貌，消除土坯房，促进本市房地产业发展。

一天下午，周秉义来到弟弟家，让秉昆陪他在光字片走一走。

那天降了一场大雪。

秉昆说："哥，这么大的雪，改天吧。"

秉义说："我正是因为下这么大的雪才来的啊。没人出门，也就没人注意咱们嘛，想看哪儿看哪儿。"

秉义没坐专车，也没骑妻子的自行车。雪大，公共汽车开得慢，又不容易等到，等到了也不一定能挤上去，他干脆走到了弟弟家。

第十二章

于是，老哥儿俩逛起光字片来。

光字片的面积比以前大了，有几平方公里，人口也比以前稠密多了。大雪覆盖之下低矮的土坯房一片连一片，东倒西歪，横七竖八，如同历史回到了白垩纪，雪下覆盖的是成群体型怪异的恐龙僵尸；又如同无数明碉暗堡，为了迷惑敌军，偏要筑得不三不四，内中埋伏着整师整师的士兵，只等冲锋号响……

白茫茫一片大地好干净，这不适用光字片。稍一细看，谁都会从积雪之下发现外露的种种肮脏——垃圾堆，各种令人作呕颜色的泔水结成的冰面，公厕四周的尿冰……

兄弟二人并肩走时，周秉昆忽然心中对哥哥产生出同情来——仅差半步就熬成副省级干部了，偏偏给了个北方省会城市的副市长当，排名还那么靠后。

秉昆问："哥，你对自己选择的人生道路满意吗？"

秉义说："我的人生道路不是我自己选择的，这一点你清楚啊！"

秉昆又问："先不论是不是你自己选择的，你先回答我——满意吗？"

秉义说："你这话问得很肤浅，太矫情，太幼稚。古今中外，对自己人生感到满意的人少之又少，即使无忧无虑当皇帝的人，他还想长生不老永远当下去呢！我又凭什么会感到满意呢？好比你吧，你的人生是你自己选择的吗？"

秉昆接着问："那就是不满意啰？"

秉义说："也不能说多么不满意。我的人生道路尽管不是自己选择的，身不由己，但组织培养我，信任我，我在组织安排的不同岗位上，一向认认真真、克己奉公地工作，从来没有混过日子，所以，我对自己的人生也有满意的方面。好比你，满意于你和郑娟的恩恩爱爱，同甘共苦。人如果对自己的人生有一两点满意的地方，那也就应该感激生命了。"

周秉义谈兴颇浓，他对弟弟每一句话都给予了愉快、耐心的，甚至尽量平等的回答。他的诲人不倦的语意和声调，似乎证明弟弟永远需要他谆谆教导。

秉昆突然失声一笑。

秉义奇怪地问："你笑什么？"

秉昆说："你跟我说话，更像老师跟学生说话。"

秉义愣了一下，也笑道："这辈子当不成老师啰，年龄过啰！"

那一刻，秉昆从哥哥的话中听出了相当遗憾的意味，和一种类似晚秋的心境。他不由得扭头看了一眼哥哥——两只皮面羊剪绒的帽耳朵之间，哥哥的脸比以前瘦多了，嘴角两边的皱纹明显多了，刀刻一般。他心里不禁有些难受——普通百姓家的儿子，当官当到哥哥那份儿上，太不容易了。别人当官当得面色红润、细皮嫩肉，怎么哥哥当官当得步履维艰、形容憔悴呢？他甚是不解。

秉义颇为兴奋，他把秉昆带到了离家挺远的地方。那些地方秉昆从未去过，也没有同学朋友，不曾有过一个熟人。

秉义边走边指着说，哪个没有院门的破大院里，怎样的一户人家有怎样的一个少年曾是他的中学同学，学习很好，与他的关系也很好，后来因为怎样的家庭政治问题全家被遣送回农村原籍，再无音讯，不知现在命运如何了……

在哪幢临街的门窗下陷的土坯房里，有一个少女也曾是他的中学同学，学习始终很吃力，但人很漂亮，嗓子也好，后来被部队招去成了文艺兵，再后来嫁给了一位首长的儿子，也再无音讯了……

"她吻过我。"

"是吗？为什么？"

"老师要求我学习上帮助她，所以我常去她家。可以肯定地说，当年她爱我。"

"你俩怎么没成？"

"我哪敢那么任性？当年我一门心思考高中、考大学，为父母争光，为创造与父母不同的人生在努力。我哪儿有早恋那种胆儿啊！"

"可周玥就有那种胆儿，而且是和楠楠！"

"是啊，她是独生女，没有什么压力，不必考虑为弟弟妹妹做榜样的问题，父母也不需要她争什么光。"

"咱们光字片就没有一个你的高中同学吗？"

"没有，我高中时的学校是全市排名靠前的重点校。据我所知，除了我，当年还没有第二个光字片的高中生。"

"哥，你当年太幸运了！"

"是啊，我当年学习真刻苦啊！"

"听嫂子说，你当年有机会被招到沈阳军区去。为了她，你没去？"

"对。为了她，我放弃了那次机会。"

"后悔不？"

"你为了能和郑娟在一起，有什么机会不可以放弃吗？"

"当然没有！"

"那你还问你哥那么愚蠢的话！"

……

在周秉昆记忆中，哥哥从来没有与他聊过那么多往事。

他对那个雪天很感激。

老哥儿俩在光字片走啊走，转啊转，不知不觉天黑了。远处是铁道，过了铁道，不再是光字片了。除了铁道是各个区域的分界，路灯也是。铁道那边有路灯，已经亮了。光字片这边却只有极少的路灯，大部分地方被夜幕笼罩。

像样的路才配有路灯。光字片没有一条像样的路，实在不配有路灯。人们似乎认为这是天经地义的常识，包括家住光字片的人。

望着前方笔直的马蹄石道和成行的路灯，秉义问："知道那边的街是怎么形成的吗？"

秉昆说："知道，从前那边是俄国人住的地方。"

秉义问："知道那些街名吗？"

秉昆说："当然知道！安和街、安发街、安德街、安定街、安正街、安良街……"

铁道那边是安字片，安字片砖房多。长期以来，安字片是光字片人家向往的街区。光字片的漂亮姑娘都希望嫁到安字片的人家，而安字片的姑娘即使相貌平平，待嫁成了老姑娘，也还是不肯下嫁到光字片。

秉义又问："你知道那些街从前的街名吗？"

秉昆反问："从前不也是安字片吗？"

秉义说："你想错了！从前的街名是俄国人起的，它们的俄文说法是：吉别斯卡亚、阿尔巴津斯卡亚、阿尔贡斯卡亚、米哈依洛夫卡亚、依戈尔纳卡亚、日托米尔卡亚……"

那时，兄弟二人正站在高坡上。

秉义指着远方又说："看那边，也有街灯……"

秉昆说："那是河字片，有河洛街、河洲街、河曲街、河鼓街、河图街……"

秉义一句接一句地说："托尔斯泰纳亚、契诃夫纳亚、罗蒙诺索夫纳亚、谢甫琴科纳亚、涅克拉索夫纳亚……但是咱们光字片，咱爸他们那一辈中国人居住的地方，却至今没有几条像样的街、像样的路，路灯也还这么少。可咱们光字片的街名，却正是不折不扣的中国街名，咱爸那一辈中国人起的。光仁、光义、光礼、光智、光信，连起来是孔子的话——

仁义礼智信！你好好想想，能明白咱爸那一辈闯关东落户于此的农民，当年为什么那么起那些街名吗？当年，咱们光字片还是有街可言的。如今，咱俩走了这么久，走过了几条算得上是街的道路吗？原先有过的街也被私搭乱建的土坯房占没了！"

"可人们没办法啊！"

"是啊，没办法啊……"

秉义转身望着光字片，天色已完全黑下来了，光字片稀疏的几点亮光，让人不愿接近。

秉昆问："哥，你今天算是考察吗？"

周秉义说："对。"

秉昆又问："之后呢？"

周秉义说："灭了它！"

在秉昆家小院外，秉义感慨道："光字片还有这么个小院的人家，太少了。"

秉昆说："是啊，冬天起码可以为家门挡挡风。"

秉义说："你托咱爸的福了。"

秉昆说："哥，进屋歇会儿吧。"

秉义说："不了，谢谢你陪我。"

秉义拍一下秉昆的肩，转身走了。

第二天晚上，冬梅来到秉昆家，一脸不高兴地质问秉昆，昨晚为什么不将哥哥送出光字片？

秉昆不安地问："怎么了？"

冬梅说："你哥昨晚在光字片被两个坏小子劫了，钱包帽子手表都被抢走了，回到家耳朵快冻掉了。"

秉昆惊道："那你还一人敢往这儿来？"

冬梅说："我生你的气，忍不住跑来当面责备你。"

郑娟更不安地问："他受伤没有啊？"

冬梅说："那倒没有。他见对方手里都握着刀，一动不动，乖乖地被抢了。"

周聪问："报案了没有？"

冬梅说："秉义不许报案，怕又出了关于自己的新闻——一位副市长乖乖地束手被劫，那会传成多大的笑话啊！"

秉昆就看一眼周聪。

周聪说："如果报案，肯定就传开了。老记们嗅到了新闻味道，添油加醋地一报道，结果必然成民间笑话。乖乖被劫了，这会让大伯遭到耻笑，老百姓最开心的就是传这类事！"

秉昆训道："我问你什么了吗？话还真多！"

冬梅又说："我当然主要不是问罪来的，也算是来赔罪的。春节没来聚，是由于我那几天身体不舒服，没别的什么原因。以后，亲人还是要照样亲，经常聚，就当不愉快的事没发生过。大家都要替当副市长的秉义着想，绝不可以让他形象受损的事再发生了。"

秉昆说："嫂子放心，我们已经开除了周家的亲人中的麻烦制造者，以后咱们都省心了。"

周聪要说什么。

秉昆训道："你少说两句不行？"

周聪说："有件事我还非说不可。周玥前几天找了我一次，让我替她发一封公开信，向亲人们道歉，也向那个一直告她的女人道歉，她愿意与那个有妇之夫分开。她的公开信被我扣在手里了，也跟其他报社的记者朋友打过招呼,估计她的信见不了报。"

冬梅说:"你做得对。要不,岂不是没完没了啦?"

秉昆问:"她和那个男的,是一刀两断,还是暂时分开?"

周聪说:"我觉得是暂时的,她想等那个男的离婚再……"

秉昆气愤地打断周聪,嚷道:"那她就还是个小妖精!"

郑娟说:"你怎么又说她是小妖精,哥没批评过你呀?"

冬梅说:"她的事,咱们就不谈了吧。"

秉昆和周聪拎上防身之物,一直将冬梅送到大马路,看着她挤上了一辆公共汽车才回家。

关于周秉义的负面新闻还是出现了。某报对他进行了一次电话采访,见报时的标题是《周副市长说考虑考虑》:

记者:周副市长,怎样解决本市几大坯房区居民的住房困难,现在已成为您的唯一职责,您有什么成熟的工作方案吗?

周副市长:想法有一些,成熟的方案还没有。

记者:老百姓都盼星星盼月亮地盼着呢,谈谈您的想法也行。

周副市长:哪一种想法都没向市里省里汇报过,有的想法自己就推翻了。形成可操作的方案是一个极复杂的过程,我不能现在就打什么保票,一旦实现不了会成为空话。

记者:您有信心吗?

周副市长:信心首先要建立在切实可行的方案上,我只能说压力很大。关键是,咱们省市财力并不充裕。

记者：那您有什么话，想通过我们报对坏房区的老百姓说吗？

周副市长：请给我充分的时间，让我认认真真地调研、考虑。

记者：多长时间算充分的时间呢？

周副市长：这难以准确回答。你们以后采访我时，希望别搞突然袭击，预先打个招呼，让我好好考虑考虑……

采访报道一见报，民间骂声一片，许多人骂得很难听——情况明摆着几十年了，还他妈的调什么研啊！他妈的他要考虑到猴年马月啊？肯定是想混到退休，做甩手大爷了！连句打包票的话都不敢说，咱们还有盼头吗？

以上那些话，计较起来甚至根本不算骂，而是最好听的话。

一波未平，一波又起。那两个抢劫过他的坏小子，在钱包里发现了名片，觉得抢劫了一位副市长真是何等的威武和风光，于是四处吹嘘起来。

他们是两名"尾巴学校"的高一学生，"尾巴学校"即各方面最差的学校。他们那天晚上喝醉了，被同学告发给老师，学校感到事件性质严重，立即报案。

结果被周聪不幸言中，周秉义的名字又一次见报：这次标题是《周副市长历险记》。报道在"乖乖"二字上做足文章，也对事后不报案的心理进行了画龙点睛的分析。虽略略几笔，但"不知究竟怎么想的"一句，十分耐人寻味。

周秉义的亲人嘴上都起泡了。

周蓉夫妇到秉义家慰问，却见他在家的墙壁上打乒乓球，没事似的。秉义对妹妹妹夫的慰问显出很惊讶的样子，仿佛他们慰问的应该是别的什么人，只是犯迷糊进错了门。

"那事呀，有什么啊？老百姓缺少乐子，报社以一件官员的糗事迎合老百姓的趣味，有利于和谐嘛。细想想，这也是官员为稳定做出的特殊贡献啊！"周秉义一边用球拍忽高忽低地颠着乒乓球，一边没心没肺地说。

周蓉在楼道小声问送她的嫂子："我哥是真不在乎，还是装作不在乎？"

冬梅说："连我也看不出来。"

几天后，周秉义来到秉昆家，还是在下午。他上午总是很忙，下午由自己支配的时间才多点儿。

"哥，我就奇怪了，为什么不对记者说那天晚上你对我说的话？"秉昆劈头就数落开了。

"你陪我逛光字片那天晚上？当时咱俩聊了许多，你指哪一句？"

"就那句——我问你考察之后呢。你怎么说的？"

周秉义想了想，没想起来，反问："我怎么说的？"

"你说'灭了它'！你为什么不这么回答记者，偏左一句考虑右一句考虑？"

"我说'灭了它'三个字了吗？指什么？"

"对，你说了！指光字片！也可以认为泛指本市所有坯房区。你当时特别激动，说得斩钉截铁。"

"想起来了，我是那么说过。可我当时是对你一个人说啊，你是我弟弟啊！那样的话我怎么可以对记者说呢？太暴烈、太江湖、太没轻重了吧？太不符合一位副市长的身份了吧？"

"那也比你左一句考虑右一句考虑好！哥，你太脱离群众了！你根本就不懂什么叫民间什么叫老百姓！民间就喜欢听暴烈、江湖、没轻没重的话！如果说的还是一位官员，如果说的还是他们一致想说早就想说的话，那你就会很容易地被他们看成自己人，代表他们利益的人！即便你就是直到退休真的什么实事也没做，也必定会得到他们的谅解。他们还会替你辩护——人家当时放出狠话要做，什么都没做肯定有他的难处！凭那一句话，他也是……"

"好干部？"

"对！"

"秉昆，你终于也是一个有思想的人了！与时俱进了！很可能你分析得对，但那么一来，我实际上不是成了大忽悠吗？把那些老百姓不都看作二百五了吗？"

秉昆张张嘴，说不出话了。

周秉义是来让弟弟陪他去看看孙赶超和肖国庆的妻女，他说也是自己考察的一部分。

秉昆说还没到他们下班的时候，太早了。

秉义说："那我在你家睡一觉。"

秉义进了小屋，脱了鞋往炕上一躺，片刻就睡着了，看来他还真的很缺觉。

秉昆将哥哥推醒后，天快黑了。郑娟做好了晚饭，老哥儿俩匆匆吃罢，就一块儿出了门。

秉义见秉昆手拎一根短棍，笑道："本副市长的安全由你负责了。"

秉昆板着脸说："以防万一，该出手时你也得出手，别再'乖乖'的！"

赶超两口子和吴倩，对周秉义的光临同样感到意外。

"从来没有像您这么大的官来我们家。"他们说出了完全相同的话，吴倩甚至激动得哭了。

周秉义说,他不是代表党和政府来看望大家,谁也没有交给他这样的任务。他不是访贫问苦,那不属于他分管的工作,他们也不是本市最贫苦的人家。根据民间长兄为父的说法,他是代表周家代表父母来感谢他们。当年,他到兵团下乡,周蓉去贵州,父亲远在"大三线",母亲患病,正是他们给予了弟弟秉昆无私帮助,这乃是人间最可宝贵的情谊。他早前就想来看望,却无法给予他们实际帮助,心中有愧,希望他们原谅。

"我们哪敢挑您的理?您连弟弟秉昆的事都没管过,您是一门心思当官的人嘛。"他们都说了几乎相同的话。

秉昆听着,很替哥哥不好意思。

秉义却连连点头道:"是啊,我是一门心思当官。不过,总算快到站了,到站就好了,那时咱们能有许多时间在一起了。聊聊家常,喝喝酒,完全可以像一家人一样了。"

他给两家各留下了一个装钱的信封,说是他这位大伯给孩子的一点儿心意。他们都不接受,秉昆劝了半天,他们才红着脸收了。

看望过赶超、吴倩两家后,周秉义又要到进步家看看。

进步家挺远,秉昆抱怨说,如果秉义不用自己的专车送,那就自己一个人去吧!

二〇〇四年,手机已经普及,周秉义也不落伍。他看出弟弟懒得相陪,但自己希望弟弟相陪,只得站在马路边给司机打手机。

兄弟俩等车时,秉义讨好地请弟弟吃了一支奶油冰棍。早年一支五分钱的奶油冰棍,现在已经涨到七角钱了。

秉昆一边吃冰棍一边对哥哥说:"让我也看看。"

秉义就把自己的诺基亚手机递给弟弟。

秉昆看着问:"多少钱?"

秉义说不知道，手机、电脑与专车一样，都是配给自己使用的。

秉昆说："特权呗。"

秉义说："工作需要，确实带来不少方便，有和没有大不一样。比如刚才，站在马路边就能和市政府车队通话了。"

秉昆不满地说："老百姓得花自己的钱，你们凭什么就由公家来买？"

秉义笑道："我们是公仆嘛，为了更好工作，总得创造一些便利条件吧？"

秉昆举着手机说："这是花言巧语，再这么讲，我摔给你看！"

"别，千万别！你要是摔了它，那就是损坏公共财物的违法行为了。"秉义忙将手机夺了回去。

不大一会儿，周秉义的专车到了。他做出秘书的样子，特别专业地打开车门，恭恭敬敬地请秉昆上车。

"我才不坐后边呢！"秉昆拉开车门坐到了前边。

秉义笑笑，坐在后座上说："别不识抬举，让你和我一块儿坐后边等于给了你一次特权。"

司机也笑道："前边是秘书坐的，领导从来不坐前边。"

秉昆马上下了车，拉开后车门，毫不客气地对秉义说："你坐前边，我坐后边！"

秉义有一丝不悦，瞪着秉昆说："来劲了是不是？"

秉昆没好气地说："对！以后你再麻烦我，必须车接车送，必须你坐前边我坐后边，还得看我高兴不高兴！"

秉昆对哥哥秉义的失望一下子爆发了，尤其反感秉义的油滑。他想，你是我们周家多少代以来唯一当官的人，口口声声一门心思当官！快退休了，搞得自己灰头土脸，究竟还有什么可高兴的呢？难道是当官当得脸皮厚了吗？

周秉义猜不到弟弟为什么闹情绪，一路不再跟他说话。

二人在离常进步家不远处下了车，快走到门口时，周秉昆说："站一下。"

周秉义站住了。

秉昆问："有没有准备钱？"

秉义说："当然有，前两家各三千元，给常家准备了四千元。"

秉昆说："给我。"

秉义生气了："又来劲儿是不是，别跟我耍流氓无产者，我根本不吃那一套。"

秉昆说："我不是见钱眼开，让我给不行吗？"

秉义有点儿犹豫。

秉昆又说："你给人家未必会接，不如我来给。"

秉义便掏出装钱的信封，给了秉昆。

秉昆说："他家的日子比前两家过得容易些，进步他妈还有退休金，对三家一碗水端平最好。我又不是你的跟班，陪你搭上了两个晚上，我们做小本生意的人家时间也是金钱，我要扣下一千元作为损失费！"

说罢，他从信封中抽出半沓钱，快速数了一千元，心安理得地揣入了内兜。

周秉义看得瞠目结舌。

周秉昆拔腿往前走。

秉义快步追上，边走边训他："说你变成了流氓无产者，看来一点儿没冤枉。"

秉昆说："都是你这种占着茅坑不拉屎的官员把我们逼成了流氓无产者。你们流氓我们就流氓，那样才配套。"

秉义恼火地说："你这是对现实极端不满的言论！"

秉昆回呛道:"是又怎么样?因为有你这么个哥哥,我才长期压抑着不发作,明白不?"

秉义吼道:"常进步是烈士子弟!你好意思吗?"

秉昆说:"没听到。"

进步下班比往日早了些,他从窗口看到秉昆,迎出门来。

等秉义秉昆兄弟二人走到门口,进步妻子女儿也都迎出门来。

进步他妈与周秉义,当年也是职工与老领导关系。周秉义做党委书记,常宇怀是他最倚重的中层干部,他们夫妇和周秉义的关系非同一般。

"嫂子……"面对满头白发的烈士遗孀,周秉义的眼泪夺眶而出。

进步他妈却表现得相当平静,拉着他的手微笑着说:"知道你调回来了,工作肯定忙,何必一定要来看我们呢!"

周秉义说:"对不起,太对不起了!嫂子,我本该经常来看你们的啊!"他侧转身,一手捂面,泣不成声。

"进步,还不快请你周叔叔进屋……"也许是怕别人看到,进步妈放开周秉义的手,拉开了家门。

进步说:"请进屋吧。"

周秉义却哭得禁不住声。再次回到当年的军工厂家属区,他内心五味杂陈。

"你进去吧,你!"周秉昆连推几下,将哥哥推进了进步家里。他心里越发有点儿瞧不起哥哥,觉得哥哥一点儿也没有副市长的风范——大事做不来,在小事上才那么感情外露。

常家住的两间平房相连。外间大点儿,进步两口子和孩子住。里间小点儿,进步妈住。从里间屋可以进入厨房,厨房另有一扇开向外边的门,为的是倒泔水、煤灰,或者往厨房撮煤方便。

秉义被进步妈请到里屋去了,秉昆则留在外屋与进步两口子聊天。进

第十二章

步媳妇叫秉昆"哥",进步笑道:"秉昆,你哥一叫我妈嫂子,把咱俩关系搞拧巴了。"

秉昆说:"是啊,那你就得管我哥叫叔了,岂不是也得叫我叔了吗?"

进步媳妇说:"我可不叫你叔,改不过口来。"说罢哧哧地笑。

进步媳妇在对生活的满足感方面与郑娟可有一比。她从农村进城,丈夫疼婆婆爱的,再也不必面朝黄土背朝天地干农活了,她觉得泡在幸福蜜泉里了似的。秉昆初见时,她面黄肌瘦,说话怯怯的,如今白白胖胖的,爱说爱笑。

进步女儿的性格随了妈妈,与进步截然相反,已经是一名伶牙俐齿的高一女生了。她亲热地对秉昆说:"昆叔,要不我妈还叫你哥,我和我爸一样叫你秉昆得了!在国外,晚辈也可以直呼长辈的名字,不仅不会被视为没礼貌,长辈反而挺高兴,认为是把自己当朋友。在人家那儿,平等的朋友关系才是最好的关系。"

进步微笑着看着女儿,愉快地听她讲话,不阻止,也不批评。

秉昆不禁笑道:"行啊,那咱俩以后就是平等的朋友关系了!"

秉昆一边说,一边侧耳听哥哥在里屋说些什么。他隐约听到哥哥讲,自己早就想来,经常想来,却又怕来。因为自己是军工厂转型的主要操盘手,功过是非经常困扰着自己。有时,他认为自己不负党的重托,对得起国家。有时,他却对那么多军工厂工人下岗,十分内疚⋯⋯

进步妈安慰秉义说,中国的发展遇到一道道坎,当年那样的事必须有人来做,必须有人做出牺牲,劝他不必太自责。

秉义又说,自己当一把手太久,忽然成了副市长,凡事仍习惯于自己拍板,常常忘了向书记市长请示汇报,搞得自己很被动,结果该自己拍板的事却反而犹豫不决,连个人态度都不敢表达,快成了一个毫无魄力的庸官了。

进步妈劝秉义不要着急，正副职岗位确实区别很大，摆正位置，逐渐适应就好。

秉义说："我从没有当过副市长，原以为比当书记容易。真当上了，才觉得有压力，不会当，还得学着当。"

进步妈勉励说："能学着当就好，绝对不能混着当。"

秉昆在外屋听了哥哥的话又来气了，心想没那金刚钻别揽瓷器活啊！回来当副市长不是你自己选择的吗？没谁逼着你平调回来！向一名退休女工诉苦，如同向老首长诉苦似的。你已经当过两次一把手了，丢不丢人啊！

猛然间，周秉义大声说："秉昆，准备走啊！"

秉昆明白，哥哥是在提醒他，那信封你该往外拿就往外拿吧！他却成心不理那茬儿，只是说："听到了，你走我就跟着走。"

如是三次，周秉义在进步妈相送下走到了外屋。他瞪着秉昆问："你没什么事了吗？"

秉昆成心气他："我能有什么事啊？只不过是陪你来的。"

秉义就更恼火了，看样子似乎想要一脚踹翻他。

到了门外，秉昆对进步女儿说："平等的朋友，拥抱一下！"

于是，那高一女生亲昵地与他拥抱。

兄弟二人走向接送的专车时，秉义恨恨地说："你的行径简直无耻！"

秉昆说："你以为我把那信封里的钱昧了吧？副市长同志，你门缝里瞧人，把人瞧扁了。刚才我揣进步女儿的兜里了，连同我的时间损失费。"

秉义说："我空手而来，尴尬而去，你挺高兴的，是不是？"

秉昆说："有点儿。"

秉义说："我不跟你一般见识。我要跟司机单独说几句话，当你面不便说。你站这儿别动，叫你过去你再过去。"

秉昆就老老实实站在原地不动,看着秉义走过去上了车坐在后座上。

秉义摇下车窗,探出头喊道:"秉昆,我说过我不吃流氓无产者那一套!你自己走回去吧!"

秉昆气得跺着脚喊:"你还有求我的时候!"

然而,车子开走了。

常进步和吴倩聚到了孙赶超家,他们都因得到装钱的信封而不安。

二〇〇四年,三四千元钱对一些挣钱容易的中国人来说已经不算什么,但是对于常进步他们却是一大笔钱,辛辛苦苦工作三四个月才挣得到。

他们算是开了一次"碰头会",讨论究竟该不该收钱。

吴倩说:"要是秉昆给的另当别论。"

赶超说:"你真会开玩笑!秉昆哪儿来那么多钱?偷的?抢的?"

于虹顾虑重重地说:"秉昆他哥的钱会不会来路不正啊?我听人讲,有那当官的,贪污受贿了,自己花着不踏实,就搞点儿捐助,图个心安理得。"

进步说:"秉昆他哥肯定不是贪官。我妈都感动得哭了,说如果是政府给的,那就要了,个人给的不能要。再说,我们的日子也过得下去。我妈认为,秉昆他哥算是如今的好干部,她看人绝不会错。"

于虹说:"那可不一定!毛主席看人的眼光如何?当年不也看错了一个又一个吗?"

赶超说:"咱们背后这样议论秉昆他哥,太不厚道了,秉昆眼皮会乱跳的。"他基本上同意进步的话。他想,秉昆他哥只不过就是一个官场失意者,说是失败者也未尝不可。自从他调回来后,正面报道一次没有,负面新闻接二连三,在民间简直就成了可悲可笑的官员。当官当到这份儿上,心里肯定不好受,于是开始寻找友情来温暖失意的心——无非就是这么一回事。

大家就统一了认识,一致决定:好意心领了,钱要退回,友情要珍惜。不能在一个官员官场失意、形象滑坡的情况之下收人家的钱,那不成了出卖友情了吗?

于是,孙赶超当天晚上带着三个信封来到了秉昆家。

他们的意思不太好表达。即使善于辞令的人,要想说得分寸恰当,那也很难拿捏。

孙赶超不是善于辞令的人。

秉昆听了有些不快,他说:"我哥是诚心诚意的。如果你们不是我的朋友,不是一直对我很好,我哥犯得着吗?你们反而觉得我哥成了可怜的人吗?"

孙赶超看出来,如果自己再多说什么,秉昆就会发火。于是,他就把信封揣了起来。

周秉义晚上回家后问妻子郝冬梅,弟弟秉昆的表现为什么那么不可理喻?

郝冬梅说:"我太能理解了!孙赶超他们首先是他的朋友。你做的事,肯定是他一直想做又做不到的。你可倒好,事先也不征求一下他的意见,就自作主张,而且出手那么大方。动机是好的,性质却似乎变了,仿佛在你自己灰头土脸的时候,企图通过帮助自己弟弟的穷朋友,在民间为自己讨好,树立新形象!"

秉义说:"我是他哥呀!一件动机良好的小事,大可不必事先向他

第十二章

请示吧？我的工作千头万绪，顾得上在一件小事细节方面考虑得那么周到吗？"

冬梅问："咱们一次拿出过一万元来帮助过秉昆吗？"

秉义说："当然没有！一万元对咱们也是好大一笔钱啊。我记得，咱们给他最多的一次也就是一千元。"

冬梅说："还是的！你对他的朋友们出手大方，也让他心理不平衡。他现在没工作，和郑娟一块儿挣点儿钱多不容易！"

"我觉得他更是对现实严重不满！"周秉义刚冲完澡，一边擦脚一边说。

冬梅说："那又怎么样？难道他和他的朋友们应该对现实感到特别满意？不错，二十多年国家经济增长挺快，总量翻了几倍。有些成就，咱们看在眼里，也体会到享受到。比如，咱们从前也不敢想象可以在家里洗完热水澡，舒舒服服坐在沙发上看进口大彩电，秉昆他们至今却还没有享受到。老百姓是通过自身生活水平的提高，来认识国家的进步的，这是古今中外的铁律。谁也没有权利要求他们像既得利益者们一样客观理性地看待国家的变化，正如不能要求没挤上车的人和坐在车上的人一样，对车厢改观和车速提高交口称赞。"

"就算你说得有理，那他也不该对自己的哥哥有那么多那么大的偏见！"周秉义开了电视，手持遥控器往沙发上一靠，耐心地搜索起想看的节目来。

冬梅说："你就是他的壶嘴，他在你身上出气太正常，反正他总得有一个出气的地方。我、周蓉和晓光都代表不了官僚阶层，你是他哥，也是官员阶层的一分子，他从小就受到你这个哥哥的'精神压迫'，所以你受了他点儿气也就只能包涵着了，总比他把气撒到别人身上好。"

秉义搜到了《动物世界》，他盯着电视，挖苦说："我不承认中国有什么官僚阶层。如果有，那你不成了官僚太太啦？"

冬梅反唇相讥："你不承认就不存在了？我的同事们早就拿'官僚太太'四个字开我的玩笑了！如果让我选择，我宁肯他们拿'官太太'三个字开我的玩笑。加一个'僚'字，听起来几乎等于是骂我！"

秉义说："不跟你辩论了！反正我最近不想见到秉昆。过几天，我要出差去招商引资，你替我关怀关怀他吧，千万别让他哪天真把气撒在别的方面！"

四月，天刚转暖，冰雪还没完全融化，光字片受了一场虚惊。某日来了几组测量小队，东西南北中各一组，竖竿画线尺量绘图，临街住户人心惶惶，以为要修路。修路当然是好事，可那得拆除多少房屋啊！一旦被拆除了，都住哪儿去呢？有人搭讪着与测量队的人攀谈，才知道不是要修路，而是要对光字片进行大刀阔斧的改造。

半信半疑的人们又问，"大刀阔斧"怎么理解呢？

测量队的人说，他们也不清楚，那是一位副市长的原话。

人们一想，那肯定就是周秉义啦！

光字片的人们别提有多高兴了！男女老少奔走相告，测量队接连测量了数日，整个光字片也接连亢奋了数日。测量队的人几乎成了光字片人们心目中最可爱的人！他们所到之处受欢迎的程度，如同当年受苦受难的人们欢迎解放军。那些日子周秉昆家的生意好得没法比，夜以继日地蒸面食熬粥磨豆浆，仍然供不应求。测量队的人买，光字片的人也买了送给最可爱的人。

光字片的人忽然间变得特别仁义，从秉昆那儿买东西时都说，哪能叫你们一家白送呢？你们小小一个门面，他们那么多人，几天还不送黄了?那些没工作闲在家里的大姑娘小媳妇,自愿跑到秉昆家帮忙。光字片仅此一家卖吃喝的店,不能让最可爱的人中午吃不到一顿热乎饭啊!而最可爱的人们,那些日子里基本上吃的是免费午餐。附近没有其他饭馆,要在光字片吃午饭,给钱也没人伸手接啊。自己带饭呢,又没地方热,干脆都不带了。白吃吧,咱们太受欢迎了,不白吃有什么办法呢?

看来他们进行的是较为复杂的测量,半个月后才从光字片撤出,留下了一个他们常说的词:"井田方案"。

此后,每天晚上总会有几个男人相约了到秉昆家聊天。秉昆哪儿有空陪他们聊呢,一边干活一边听他们聊而已。

他们不问,他就不接话。

他们不约而同地回忆起了秉昆父亲周志刚,不同的往事和话语,都流露着极大的敬意——多好的老工人啊!那些往事和话语都归结到了一点——有其父才有其子!周志刚虽然没享着大儿子周秉义的福,全光字片的人可托上周秉义的福了。周家等于为光字片的人培养了一个好儿子啊!谁承想光字片会出一位副市长呢?他是光字片的大救星啊!

他们并不是为了给秉昆听才到他家的,也不是为了讨好周副市长才说那些感恩话的。他们都没有那么复杂,他们都很单纯、真诚。他们是到了周家老屋,才一个个情不自禁地回忆起来,发自内心地说那些话的。

"秉昆,你父亲如果活着,该有九十了吧?"

"我父亲六十七岁走的,那是一九八七年,活到今年该八十四了。"

秉昆一边推磨,一边回答。人们对他父亲的敬意让他心中温暖,哥哥在民间起码在光字片这一小部分人中咸鱼翻身,获得了好口碑,他备感庆幸。

郑娟却替婆婆鸣不平,几次插话企图将男人们的回忆引到婆婆身上,都没有成功。

男人们聚到周家并非为了集体缅怀周志刚,而是为了获得翔实可靠的消息——对光字片"大刀阔斧"的改造究竟何时开始?将改造到什么程度?会盖高楼吗?测量队员们所谓的"井田方案"究竟怎样?光字片的人家也能过上享受燃气灶和自来水的生活吗?

对于他们的探问,周秉昆一句也回答不了。他已经好久没见到哥哥,嫂子几天前来过一次,说哥哥仍在南方招商引资。他问顺利不?嫂子说电话里比较乐观,主要得益于哥哥在北京工作两年交下的各界朋友,能为目前的大动作打下一定基础。

周秉昆无可奉告,聚到他家的男人们却并不失望,纷纷憧憬着畅想着各自的"光字梦"。

光字片的人们一出家门,就可以望见一幢灰不溜丢的八层楼。那是一家单位盖在马路边的预制板宿舍楼,有上下水却没接通煤气,这就苦了住在四层以上的人家,每月往楼上扛两次煤气罐成了头痛事。那种预制板楼外墙是要进行粉刷处理的,由于缺少资金,也就没有再粉刷,形同裸尸。每层只有一处公厕,住的人又多,上厕所都得排队。

光字片的人将那幢楼叫作"寒碜楼"。寒碜归寒碜,刮风下雨天、漫长寒冷的冬季毕竟不必出楼门就可以上厕所,也不必往家里挑饮用水、往外倒泔水,下多大的雨也不会有雨水灌进家里。与光字片家家户户住的低矮潮湿的土坯房相比,生活的优越性那还是不言而喻的。

光字片的人虽然叫它"寒碜楼",其实内心里都很向往,有那种吃不着葡萄就说葡萄酸的醋劲儿。

"秉昆,你哥怎么也能让咱们住上'寒碜楼'那样的楼房吧?"

"那算什么楼房?别的我不敢替我哥打包票,但这一点我可以替他打包票:我哥做事向来靠谱,不做则已,一做就是大手笔。都把心放肚子里,我哥为咱们盖的楼肯定漂漂亮亮的。"周秉昆的话说得掷

第十二章

地有声。

那些男人便都确信无疑地笑了。随后，他们又都为周志刚和老伴走得太早叹息不已，都说他们如果活到现在，估计一年后就能住进楼房了……

第十三章

"五一"过后，周秉义的"大手笔"发力了。大队的建筑人马从四面八方会聚到了同一条马路，浩浩荡荡地向光字片进发。公共交通几度为之中断，交警大队出动了不少警察疏导交通。建筑大军的载人卡车彩旗招展，彩旗上的名字显示他们来自北京、河北、山东，甚至还有广东的房地产开发公司。

光字片一些在家的男人或青年闻讯后，骑着自行车迎接，但建筑大军的目的地分明不是光字片。他们眼睁睁看着挖土机、轧道车、塔吊车跟在卡车后边继续往前开，站在马路边准备欢迎的人，全都有些困惑。

建筑大军一直往前开，开到了马路尽头。再往前，没有水泥路，而是坑坑洼洼的沙土路了——那里是二〇〇四年的城乡分界线。

那里距离光字片大约三站远，如果从沙土路上继续向前，五里之外会见到第一个村子和耕地。五里之内，沙土路两边是沙化严重的大片野地，蒿草丛生，庄稼难以生长。那里曾经连成一片，沙土路将它一分为二了。至于为什么那里的土地沙化严重，没人能说明白，也没人认为有研究的必要。

那个地方俗称虎皮冈。各路建筑大军当日纷纷在那里安营扎寨，支起了帐篷，搭建简易房。第二天，他们开始盖宿舍、厕所和食堂，分明是要长住下去。

光字片的人们疑惑极了，一拨接一拨到周秉昆家问究竟：难道你哥要在那地方为咱们光字片的人家建楼？那可是连兔子都不刨窝的地方啊！那里已经不属于城市了啊！如果你哥将咱们光字片的人家都诓到那里去，那么咱们以后就再也不是城里人了，这么大的责任谁来负？那咱们不是太对不起子孙后代了吗？咱们光字片就是再烂，毕竟属于城区啊！光字片的人毕竟有城市户口啊！咱们的子子孙孙也将是城里人啊！——周秉昆，你一定要替我们问问你哥，他到底耍的什么鬼花招！……

与测量队刚离开那几天相比，光字片人们的态度来了个一百八十度的大转弯——从满怀憧憬到感觉被耍了，男人女人们询问起周秉昆时都义愤填膺。

周秉昆哪能回答得了他们的问题呢？

何况他也见不着哥哥秉义啊！

一天，蔡晓光来了，秉昆问在哪儿能找到哥哥秉义？晓光说，自己也是偶然遇到秉义一次，他已很少回家住，连嫂子冬梅都难见到他一面。那么大的事，他非要在自己任期内干成，市里财政拮据，基本上不拨款，只给政策支持，全凭他靠人格魅力全国各地到处跑，求爷爷告奶奶似的才好不容易招来了几家客商引来了几家投资。这才哪儿到哪儿？刚够唱一场戏，后几幕怎么演下去，演得如何，还得他使出浑身解数接着"导"。他压力多大，可想而知。开弓没有回头箭，今天在这儿明天在哪儿，估计连他自己也说不准。

秉昆就将光字片的人要求他代问的事情说了一遍。

蔡晓光反问："你是代他们问呢，还是代表他们问呢？"

秉昆说："他们只不过让我代他们问问。他们又没选我，我哪儿有资格代表他们？"

晓光说："不是代表他们就好。哪天他们选你，也千万别上那个套。八字还没一撇，才刚刚落笔，你哥哪儿有精力回答他们那些鸟问题！照我看，那根本就不是些问题！"

秉昆说："既然不是些问题，他到光字片来一次，向人们解释清楚不行吗？如果他没时间，派人来解释也行啊，或者发一封公开信也比不解释好啊！"

晓光说："秉昆啊，什么叫老百姓，我比你懂，你哥比我懂。依我看，现在不是答疑的时候。时候不对，解释了也白解释，你就是诅咒发誓，疑心重的人他还是个不信！中国目前的事，难就难在许多人对官员对政府失去了信任。如果像你说的那么做，就得今天向这些人解释这些问题，明天向那些人解释那些问题，后天又有些人有新的问题了。成天解释来解释去的，没精力把正事干成了。中国老百姓说好也好，说操蛋也操蛋。一关系到个人利益，针尖那么大的好处也会打破头去争，拔一毛而利天下那也绝不会干！有那更可憎的，明明是件对大家包括他自己的好事，稍不满足，就煽风点火，起哄架秧子，把好事搅黄了心里才痛快。这种人天生就是搅屎棍。他们的思维方式是，一块蛋糕我要吃一大块，有人不是偏不让我吃吗？那我他妈的往蛋糕上拉一坨屎，叫你们谁都休想吃上一口！光字片就没这号人啦？"

周秉昆知道光字片也有那号人，但他不愿承认，因为光字片与自己有着血脉联系，他非常不情愿面对现实。

"有，还不少，东挑西挑、欺软怕硬、又贱又坏的人也有！"郑娟心直口快。

晓光表扬道："还是弟妹敢说实话。弟妹，你给我来碗豆浆，加糖的。"

郑娟受到表扬特高兴，立刻照办。

晓光一口气喝下去大半碗豆浆，又对秉昆说："别人如果问你替他们反映问题了没有，你就说见不到你哥。你哥肯定有他一套部署，还不是怕节外生枝，分散了他的精力，影响了他的情绪，结果使自己能做好的事没做好吗？我想导好一部电视剧，也不愿刚开机就一再地答记者问，同样的理。"

既然姐夫那么明白的人站在哥哥一边，周秉昆也就不好多问什么。

晓光是受秉义之托来告诉秉昆，抓紧把小院拆了，把门面扩大。

秉昆说："我不打算一直干下去，以后还是要找工作的，没那必要。"

晓光说："以后怎么样先别管，当务之急是要尽快落实你哥的指示。"

秉昆说："现在季节也不对，马上夏季了，雨水多，等九十月份再落实吧。"

晓光说："你怎么又犯轴，知道你们手头不宽裕，钱都给你准备好了！"说着拉开手包，取出一捆用牛皮筋扎住的钱放在桌上。

秉昆问："谁的钱？"

晓光说："你哥的，和我、你姐的钱有区别吗？哪一个亲人的钱是花得的，哪一个亲人的钱又是花不得的？我告诉你，你不上心，别说我哪天亲自带着人来开工！"

郑娟急了，一把将钱抓过去，数落秉昆说："哥的指示你都不听，你还听谁的呢？哥能让咱们做犯不着的事吗？手头紧就说手头紧，找那么多借口干什么？你看你让姐夫着急了！姐夫你别急，这次我当家，我会把哥的指示落实好的。"

晓光被她的话逗乐了。

他临走交代给秉昆一项任务，让秉昆去告诉孙赶超，十月底之前要准备好一万元钱，东借西借也得凑足那个数——还说是秉义的指示。

他走得急，秉昆没顾上再问为什么。

周秉昆家将小院拆了扩大门面的举动，又造成光字片许多人的心理波动。他们认为自己此前的憧憬完全成了幻想，希望彻底破灭了。如果周秉义的做法能给大家带来福祉，他弟弟岂不是多此一举吗？周秉昆的举动说明了什么呢？说明了他打算长期住在光字片嘛！

"哀莫大于心死。"光字片的人们死心了，或者说对住楼房不再抱有任何希望了。他们想，也许总会有那么一天的吧，但估计那是下一代人的福分了。

他们都这样想，便对虎皮冈那边的工程漠然了，不再关注，也不再议论。他们的日子便恢复了以往过一天算一天的常态。

虎皮冈那边，昼夜机声隆隆，工程突飞猛进。中国建筑行业早已迈入机械化时代，打好了地基，十天半月时间里就会盖起五六层楼，这已是稀松平常的事了。

十月份，两排十幢二十层高楼在虎皮冈拔地而起。只是框架，一切配套设施还没跟上，周边也根本没来得及规划；但市政府发布了正式新闻，宣称那里将成为本市最新的一处市区，名叫"希望新区"。

那天晚上，周秉义终于现身弟弟家。

秉昆一家刚吃完饭，郑娟在洗碗。

秉义说："弟妹，过会儿再忙，我先跟你们商议一件事。"

郑娟在围裙上擦擦手，挨着秉昆坐在了周秉义对面。

秉义问："你们知道市里发布的新闻了吗？"

秉昆点点头。

秉义又问："如果我让你们做什么决定，那肯定是为你们好，你们相信这一点吗？"

秉昆一家三口都点了点头。

"我希望你们，不，也可以说是要求你们，成为那里的第一户居民。"秉义说。

秉昆一家三口都沉默了。

"我需要亲人的支持。"秉义完全是恳求的语言、要求的语调。

秉昆说："周聪的户口不往那儿迁的话，行。"

秉义说："要真支持我，就一家三口都迁过去。"

周聪说："我从那儿到报社太不方便了。"

秉义说："我已经跟你姑父打过招呼了，你可以再住他那间老宿舍。"

秉昆一家三口沉默起来。

秉义问："为什么都不说话？"

秉昆说："哥，你叫我们说什么呢？那地方现在也没法住人啊！"

秉义耐心地说："不是要你们现在就往那儿搬。明年'五一'前我保证那里会通上煤气，适合住人了……"

秉义突然有些急躁，他站起来，挥着手臂，走着大声说："你们其实不相信我是吧？你们是我亲人，我能诓你们上当受骗吗？市政府支持的事能不靠谱吗？你们不要像别人一样只看眼前，两年之后那里会大变样！再以后，会一年一个样！五六年之后会成为本市居住环境最好的地方之一！一张白纸可画最新最美的图画！这么简单的道理你们不明白？光字片究竟有什么可留恋的？这里适合居住吗？"

周秉义稍一停，秉昆抓住机会幽幽地问："那你这些话为什么不对光字片所有的人说一说呢？"

周秉义显然来气了，"连你们都不信，他们会信吗？我为什么要你们扩大门面？你们带头搬过去也可以有门面房，还可以享受其他优待政策。我得把那地方炒热，否则这一批建筑队走了，下一批建筑队就招不来了。一旦招不来了，那地方就真的摊在那儿了。让光字片人家住上楼房的想法就泡汤了！"

"哥,坐下,别急。这个家,我说话也算数。我听哥的,我们带头了!"郑娟再次明确地表态。

第二天,她去派出所把全家的户口迁出。她又到新区,在市公安局接待点把户落上。

这事成了一条新闻,却没引来多少人效仿。光字片的人们仍在观望。

有人说:"周家哥俩演起双簧来了!"

也有人说:"周秉昆因为蹲过监狱,没工作,家庭地位一路走低,当家权被大字识不了几个的郑娟夺过去了,所以才会做出这种缺心眼的事!"

他们都有等着看笑话的意味。

拯救者一门心思工作,被拯救者集体等着看笑话、说风凉话;拯救者想要成功,还必须斗心眼,进行智力博弈——这也是人类历史上屡见不鲜的事。由于政府官员公信力存疑,这种现象就更不足为奇。

二〇〇五年"五一"节后,周秉昆家真的搬到希望新区去住了。因为是新区的第一户居民,起了带头作用,他们优先选了一处自己满意的门面房和楼上的两居室。煤气已经接通,自来水汲取的是地下水,有关部门经过鉴定,水质优良。两排高楼有美观的院墙,临街的一面,新铺的路旁栽上了树苗。

新区为周家的到来开了欢迎会,周家的门面房和两居室住房都经过简单装修。周秉昆一高兴,几天后去找孙赶超,游说那两口子也尽快把户口迁过去。

赶超说:"我们也不是光字片的人家呀,没资格分到房子啊!"

秉昆说:"那里也卖一部分商品房。我哥去年不是让我告诉你务必

第十三章

凑一万元钱吗？现在才明白，他当初就是让你为买房做准备！"

赶超说："你今天不明讲，我心里还一直困惑。可……一万元能买下什么房啊？"

秉昆说："新区欢迎我那天，我哥也到场。他让我告诉你，收你一万元是象征性的。如果你能在买房方面带个头，会给予你和我一样的优待。超，现在我完全相信我哥了！你也要相信他！幸亏我有那么一个哥，他是在利用权力照顾咱俩呀，机不可失、时不再来啊……"

"你别说了！你哥叫我们凑钱，虽然去年不明白为什么，但明白你哥肯定是有好事想到我们了。钱我们已经凑够……可你说的这事，它也不是那么简单啊！"孙赶超似有难言之隐。

"你究竟顾虑什么，你倒是直说呀！你这么娘兮兮的真让我受不了！"周秉昆发起火来，像秉义曾对他一家三口发火那样。

于虹突然哭了。

秉昆被她哭愣了。

"我们住的也不是我们的房子啊！交一万元就可以住楼房？天上掉馅饼呀？哪儿有那么好的事？我们一迁过去，这房子就充公了！可这是你们的房子啊！那你们不是亏了？！"赶超一急，就把话挑明了。

"我们的房子？对了对了，这破土屋至今还是郑娟名下的房产……可他妈的这也算房产吗？"周秉昆也觉得问题确实不那么简单。

于虹哭道："能像你和你哥想的那样，我们当然求之不得啦，但我们也不能白住你们房子三十来年，最后又拿你们的房子换新楼房来住吧？"

周秉昆想到，如果郑娟不肯放弃这房产，甚至收回，孙赶超一家便真的成了完全没有房产的人家。

"这……那……只好等我和郑娟商量商量……"他的话还没说完，郑娟也来了——她是来报急信的。新区在市里组织了一批看房团，都是打算投资房产。其中一人相中了秉昆家隔壁的房子,说也要像秉昆一样,上下打通成为复式,在一楼做生意。

"我一听就急了,立刻声明已经有主了,是我丈夫哥哥周副市长留给我家亲戚的!秉昆,咱家隔壁的一、二层无论如何不能落在别人手里!于虹,我是这么想的,咱们两家应该成为邻居。到时把一层打通,咱俩开饭店或超市,合伙做女老板,让秉昆和赶超他俩给当老伙计,那种日子多好,想想都美死了!"郑娟一坐下就兴奋又着急地哇啦哇啦说开了。

秉昆他们三人各有心事,装聋作哑地听着。

郑娟觉出不对头,奇怪地问:"你们都怎么了?福星高照了咋一个个愁眉不展呢?"

她这一问,赶超两口子更不知说什么好了,于虹又要哭了。

秉昆不得不说:"你来之前,我们刚谈到这小破土屋的产权问题……"

"产权?"郑娟四下看看,突然双手一拍,猛然醒悟道,"我想起来了,这里原先是我的家!"

秉昆说:"对。咱俩结婚后,赶超他俩一直住这儿。"

郑娟问:"那快三十年了吧?"

秉昆说:"是啊,不解决产权问题,你说的那种好日子,它就实现不了。"

郑娟问:"谁挡着咱们解决产权问题了吗?"

秉昆说:"怎么解决呢?都得听你的呀!"

郑娟问:"我做得了主?"

秉昆说:"只有你能做主。"

"我还以为我做不了主呢!"郑娟双手又一拍,"我能做主不就简单了?赶超,于虹,我把这里给了你们不就得了嘛!"

赶超抬头道:"嫂子,我们不能白要。"

郑娟说:"我也没说白给呀!我从没穿过双皮鞋,你们两口子怎么也得给我买双皮鞋谢我!我可不要翻毛的,也不要猪皮的,水牛皮的也不行,别人说容易穿走样。你们得给我买双上等黄牛皮的,好看的。"

赶超连说:"照办,照办!"

秉昆也说:"你可想好了,不许反悔!"

郑娟说:"这么点儿事你就不能替我做主了?如果我不来你们仨就一直愁下去?一处破土屋我有什么反悔的?于虹,找张空白纸来!"

秉昆问:"你要干什么?"

郑娟说:"咬破指头写下血字据呀,你不是怕我反悔嘛!"说罢,真将一根指头往嘴里塞。

秉昆连忙阻止:"别别别,用不着你那样,我信了!"

于虹抱住郑娟哭了。

赶超两口子的事一波三折。首先是,那破土屋不属于房管所登记在册的公房,也不属于某单位。要说完全属于郑娟吧,她又任何证据都没有。什么人当初经什么部门批准盖了那土坯房,又是在什么情况之下由郑娟一家住上了,不但郑娟说不清,也没有任何人说得清。新区居民登记点的负责同志认为,如果太平胡同居委会主任肯出具证明材料,再由区一级民政局盖章,他们就可以给落实。当年认识郑娟和她母亲的居委会主任早死了,往后的主任们都没见过她,反倒以为孙赶超一家才是屋主。郑娟用了整整两天时间,三十年后遍访故地太平胡同,挨家挨户寻找还记得自己的人。她当年过的是隐居式的生活,能回忆起她的人少之又少,但是她一提自己卖冰棍的老娘和瞎眼弟弟,有些人却印象深,还记得。后来成为北普陀寺萤心师父的光明，在太平胡同已是鼎鼎大名。名人的姐姐请求做证，何况是佛门名人，谁都不想拒绝。两天后，郑娟大功告成，周秉昆所写的"情况说明"上按满了指印签满了名。街道主任一见，也只得盖上了印章签上了名。区民政局却说还不行，得补上派出所的章，郑娟又颇费口舌去补上公章。周聪和赶超两口子都要上班，不能陪她去做。秉昆忙于新家那边的安顿，也没陪她。这么难办的一件事，完全是郑娟独自办成的。

然而，区里却并没盖章，说要研究研究。周副市长的弟媳找上门的事，他们倒也不敢拖着压着，而是踢皮球，派人将"情况说明"呈送给了周秉义。

周秉义直接做了如下批示：

（一）孙赶超一家属于本市无住房居民，这样的居民估计还有不少，各区应进行普查登记，做到心中有数。

（二）光字片的开发是全市消除土坯房和危房总体规划的一部分，对于孙赶超那样的家庭，应着力帮助他们实现居者有其屋的小康梦，解决一户是一户，解决一批是一批。

（三）郑娟是周秉昆之妻，她名下的房产当视为夫妻共同房产。鉴于他们已在新区享受了住房优惠政策，住房面积大于两处房产面积总和，他们在太平胡同的房产不可在今后拆迁中要求置换。

（四）协助周秉昆夫妇将太平胡同房产转移至孙赶超名下，做法完全正确。对于广大群众互助友好行为，各级基层组织都应该大力支持，广泛宣传，进一步促进拆迁工作。

（五）原属周秉昆夫妇的太平胡同房产面积较小，且孙赶超一家不属于光字片居民，不能享受此次光字片居民的拆迁优惠。若孙赶超一家率先购买新区住房，可按规定给予一定优惠。

（六）孙赶超一家若希望购得与周秉昆夫妇同样的住房及门面房，建议支付三万元为妥。此属本市无房居民带头购买新区住房的特别优惠价，下不为例。

周秉义批示后，一个电话将周聪召到了办公室。

周聪出现时，周秉义正在擦办公桌。他已很久没在办公室了。

周聪坐下后问："秘书是虚配的？"

秉义说："替我忙别的事去了。"

他让周聪看看他的批示。

周聪叫好道："目的达到了，很讲原则，又不留把柄，但也等于没有批示。刀架在我赶超叔脖梗上，他再也拿不出两万元钱来。"

秉义说："我让你来，就是让你去找周玥，让她那公司先行借给孙赶超两万元。"

"你这话说的！她为什么听我的？"周聪不以为然。

"带着我的信去。"周秉义从抽屉里取出一封写好的信放在周聪面前。

周聪拿起瞧了一眼说："还封上了，成心不让我知道内容？"

周秉义说："你没知道的必要。"

周聪说："她不给你面子呢？"

周秉义说："她还没那胆量。"

周聪说："如果我赶超叔还不上钱呢？"

周秉义说："那怎么会！慢慢还嘛。两年还不上三年还，三年还不上五年还，总能还上的。"

周聪说:"你这是杀熟啊!"

周秉义说:"也是劫富济贫。想当年,中国第一个五年计划是靠东北重工业拉动的,否则难以实现。我了解过,孙赶超父亲那一代工人对国家做过贡献。他们夫妻二人都是下岗工人,也是为改革承受阵痛的人。我帮不了一批,还帮不了一个吗?"

周聪说:"我提醒你,劫富济贫那种话,你身为副市长以后不能公开说,许多私企老板最反感这四个字,小心他们围攻你。"

周秉义不屑地说:"围攻我?他们没那点儿水平吧?劫富济贫那四个字不是他们自己先说的吗?无论国企私企,凡企业就得承担一定社会责任!让他们做点儿慈善的事,就像割他们的肉似的,胡扯什么劫富济贫。中国的民营企业家今后都得好好补上社会责任这一课。如果都赚得盆满钵满就往国外转移,迟早会出事,国家还有希望吗?"

周聪说:"可政府部门经常打着社会责任的幌子对他们乱摊派,也是一个不争的事实。"

周秉义说:"那是另一个问题。没工夫跟你扯这些了,快去办!"

周秉义写给周玥的信只有一页纸,半面字。

周玥看得表情大不自然,脸红到了脖子,都快哭了。

"你别管了,让我大舅放心吧。"她就说了那么两句话,把表弟撇在自己办公室起身就走。

周聪不清楚周秉义究竟写了些什么,反正能觉得表姐读了信后挺受伤。

数天之后,孙赶超成了在新区买房的第一人。郑娟的愿望实现了。

此事在全市倒没成为什么新闻,在光字片却震动不小。太平胡同的

第十三章

无房户居然成了新区的第二户居民,并且享受了购房特别优惠。"特别优惠"对一些人产生了极大的吸引力,他们结伴前往新区考察。

那时,第一批建筑队已经离开,第二批建筑队也已进驻。面积更大的建设工地上,到处都是有条不紊、热火朝天的劳动场面,塔吊林立,挖土机轰响,哨声不止。

他们一看到周秉昆与孙赶超两家带门面的住房,眼红了,羡慕嫉妒——却没恨,也没理由恨。落户接待点天天等着他们落户,他们自己却总在观望嘛,哪里恨得着带头落户的人家呢?

有人开始另外暗打自己的如意算盘——总有你周秉义亲自来光字片苦苦动员我们搬迁的那一天,到那时候咱们可得好好把条件掰扯掰扯。

周秉义仿佛猜到了他们的心思,就是迟迟不在光字片露面,却连续几天出现在电视里,为新区做广告,不遗余力地推销楼盘,招揽居民。相关政府部门的头头脑脑陪同亮相,站台宣传。

这些动作起到了作用,新区楼盘真被他炒热了。光字片的人来气了,姓周的暗中拿了房地产商多少好处,那么起劲儿地替他们卖房子!新区可是为我们开发的,怎么把我们晾在这儿不理不睬了?

实际上并非如此,与光字片部分人家的谈判早已暗中进行。他们有时在对方的工作单位谈,有时也直接去光字片居民家里谈,只是中午时分光字片分外安静,谁家来了"客人"左邻右舍无人知晓。

只要答应多置换几平方米房子,急于改善居住条件的光字片居民总会答应搬迁,而且他们都会严守秘密。

忽然有一天,光字片开来了卡车队,连续替一些人家往新区免费搬家。

周围一些人家看着看着都有些傻眼了。

不久,又来了一批拆房工,小心翼翼地将腾空的土坯房一一扒倒,清除，一点儿都不留下可能引起纠纷的问题。他们经过培训，个个都很专业，对给周围人家造成的不便一再道歉。若哪一户口人家极其不满，也可以写在意见册上。若想得到一些补偿费才肯罢休，想要多少也可登记，过后再协商。只要合理，保证补偿。

接着来了修路队——搬走了一些人家，光字片终于有修路的余地了。

没搬走的人这才恍然大悟，当初他们困惑不解的"井田方案"原来是这么回事：长长短短一条条临时路段，将光字片剩下的土坯房隔成了许多方阵，每一个方阵的面积都足以保持一定间距盖起几幢高楼。

然而，人们还是不明白周副市长这么做的用意是什么。

又过了几天，周秉义终于在光字片露面，他站在一辆小卡车上，手持话筒，秘书站在身旁。

不用组织，人们从四面八方涌来，围住了小卡车。

周秉义向人们讲话，也可以说演讲。那天他精神抖擞，嗓音清亮——

我不跟大家客气了，今天是来跟大家打开窗子说亮话。大家对于我，应该说是知根知底。我从小到下乡前，一直是光字片长辈心目中的好儿子，方方面面都好，是大家要求孩子学习的榜样。我回忆起来，常常觉得自豪和骄傲。我的父母大家就更熟悉，我感激各位对我父母的尊敬和友好。我母亲当街道小组长时，一些长辈对她非常支持。我妹妹和弟弟，许多人也很熟悉。总而言之，我们老周家三个儿女，没有什么瞒得了光字片的人。咱们光字片人家的许多长辈，一九四九年前就居住于此，当时这里叫穷人窝。后来，他们中许多人成了东北解放后最早的产业工人，这个地方也不再叫穷人窝了。但是，这里却一直住着本市很穷的人家。

我的父母当年并没指望我将来当官,他们更乐于看到我成为教育工作者,那也是我自己的人生理想。后来阴错阳差,我成了国家干部,成了大厂的党委书记,成了全省第二大城市的市委书记,成了中央机关的干部,现在又成了本市的副市长,主抓像光字片一样的土坯房和危房的改造开发工作。我不会当官,却一门心思想要当好官。不会当,学着当,以混着当官为耻,以瞎当官为戒。我不是在北京当官当不下去了,是我自己要求调回来的。

为什么呢?我老了,快到退休年龄了。

近年来,光字片的存在越来越成为我一块儿心病。一想到咱们光字片,我就心疼生活在这里的父老兄弟。新中国成立半个多世纪,改革开放也有二十多年,咱们光字片却变得比当年更糟糕,处处不堪入目。人掉进厕所的事发生几次了,还淹死过孩子。光字片的父母一茬接一茬过世,孩子一代接一代出生。我知道,从大人到孩子,谁都不愿再生活在光字片了。光字片的存在,现在是本省本市的耻辱,也是国家的耻辱。

自从有了光字片,就出了我这么一个当官的。在你们看来,也许还是个不小的官。我就产生了一种决心,要在退休之前,将光字片彻底消灭,彻底改造。这很不容易,咱们是穷省穷市,在全国全省经济发展水平排行榜上,一直居于倒数几名。我得在缺少资金支持的情况下,做成这些大事。我要替大家求各路财神,要向一些房地产开发公司承诺他们提出的条件,要与他们进行利益博弈。他们获益太大,群众获益必然减少。我在为大家日夜操劳、勤勉做事,却并没有获得大家的信任,有的人还等着看我的笑话。要获得大家的信任，其实比获得开发商们的信任还难！

现在我很负责任地告诉大家，我要做的事完成一半了。大家已经看到，光字片与过去不一样了，有空间了。现在你们的家，被新开的马路分隔成各个单元。不少人看过新区，它仍在建设之中。关于它的前景，新区的宣传牌上写出来了，我也在电视里讲过，我是在市委市政府的领导和支持下做这一件实事！不打算再观望下去的人家就赶快登记，明天在一些空房子里会有办公人员接待。有一个前提是，整个院落的人家必须统一思想，一致同意搬迁。如果一个院子里的几户人家还没有达成一致，有人想搬有人不想搬，那就恕不接待，因为那对开发没有意义，拆难以拆，盖没法盖！

如果整个院落一致决定搬迁，还会有什么特别优惠吗？我也坦率告诉大家，没有了，你就是明天上午第一个登记也没有了。特别优惠期过去了，结束了，大家想都别想了。大半年的特别优惠期，早干什么去了？不过仍有一些方案，有一些灵活性。我还要负责任地告诉大家，这个方案是我们光字片人家几辈子都难遇到的福音！

那些全家仍想坚守在光字片的人，尽管我不理解，但可以保证不会断水、断电，而且会将现在的沙土路修得更好点儿，公厕盖得像样子点儿。光字片再也不会有大人掉进厕所的事发生了，至于小孩子，我无法保证。有小孩子的人家，只有自己当心。大家也别指望政府会替你们将破土坯房改建成砖瓦房，那是做梦。谁家的房子还能住多久，只能靠你们自己的维修本事了！东倒西歪的破土坯房占据着城市的有限空间，是土地资源的严重浪费，政府不会支持！

也许会出现这样的情况：某一个院落的居民集体搬迁了，原地盖起了楼房，住进了人家。相隔不远的一个院落，却由于大家意见难以统一，只能维持现状，在原来的土坯房里耗着。如果孩子问，爸爸妈妈，咱们怎么还住在破土坯房里？对于诸如此类的问题，也只有你们自己回答了。除了自己，没人替你们回答。

也许还会出现这样的情况：一些人迫切地想要搬迁，而另一些人仍然无动于衷。结果矛盾产生了。怎么办呢？我希望，前一种人都来做谈判的专家、说服的能手，对后一种人晓之以理、动之以情。我们工作组的同志，也会帮助你们做他们的思想工作。如果还是做不通呢？那就只有放弃了。

大家得明白，绝大多数人是按正常的理性思维行事，但不能要求所有人都是这样。我要告诫迫切搬迁的人们，千万不要生他们的气，不要恨他们甚至围攻他们，那对于解决问题一点儿好处都没有。政府会启动第二套方案帮助你们实现愿望，在开发改造其他危房区时，将考虑解决你们的问题，只不过需要大家耐心等待。

最后我要说，如果有人为了满足一己私利而坚持做钉子户，政府也不会采取强制手段。我是拆迁工作负责人，今天把话先搁在这儿——你有千条妙计，我有一定之规。哪怕你是光字片的霸王，我也绝不让一分。我也要告诉这样的人，最终的结果肯定是搬走的人家将越来越多，下决心"钉"在此地的人将越来越少。这也不会影响大局，只不过会使光字片的整体发展棘手些而已。最糟糕的情形，无非是将来在楼群与楼群之间，矗着几处有碍观瞻的破土坯房罢了。就那样吧！我这人做事追求完美，但只要自己竭尽全力，也能心平气和地接受不完美的结果……

周秉义的演讲滔滔不绝、一泻千里，结束后秘书立刻跳下小卡车，扶着他也下了车。

秘书拉开驾驶室的门，周秉义一头就钻进去了。小卡车的驾驶室坐不下三个人，秘书上了车，蹲在车厢里。

忽然有一个姑娘分开众人挤上前来，大声问："周副市长，您为什么要坐这种车来？"

周秉义反问："记者？"

那姑娘便报出自己报社的名字。

周秉义说："我并没通知媒体，你们耳朵还真长。"

姑娘拉着车门把手说："请您就回答这一个问题。"

周秉义说："我要对那么多人讲话，总得站高点儿吧？大卡车开不进来，我又不能站在小汽车顶上。你以为我在作秀？那你想多了。"

"您可以借一把椅子啊！"姑娘追着说。

周秉义看了一眼手表，严肃地说："你先把手放下，什么样子！"

姑娘很窘地一笑，乖乖将手放下了。

"我又不是耍杂技的，在椅子上站那么久，万一摔下来呢？"周秉义有些不悦。

"可以发表吗？"姑娘又问。

"我过目后再说，开车。"周秉义说。

车一发动，人们闪开了。

没有人拦车，没有人打断过他，没有人叫喊什么，也没有人尾随。

第十三章

真话、坦荡的话、掏心窝子的话是有力量的。即使刁民听了，那也得寻思寻思，掂量掂量。何况，光字片本质上没有刁民，只有些"二杆子"。

他们谁也不看谁。仿佛互相看一眼，自己的想法，别人的想法，便都会不言自明了。

他们谁都不好意思看谁。

两天后，周秉义在光字片的演讲见报了，标题是《没有掌声的演说》。

秘书嘟哝："那小记者挺坏。"

周秉义说："这也是实际情况。"

宣传部门的同志对他的演讲提了意见："发表前您看过了吗？"

他说："看过了。"

"那为什么不将那些不妥的话删掉呢？"

"哪些话？"

"'穷人窝''本省本市的耻辱''国家的耻辱'……这样一些话从您口中说出来，影响不好吧？"

"我觉得挺好的，那些话是我最不愿删掉的话。"

"……"

"我这儿正忙，没别的事我挂了啊！"

对方先于他把电话挂了。

秘书又嘟哝："惹别人不高兴了吧？我建议删，您偏不删。"

周秉义笑道："我这大半辈子，一直在为让方方面面的人高兴而活着，我也该为自己高兴而固执己见几次吧？"

当天的报纸脱销了。光字片的人家没有一户不买，有的人家全家一起热议不算，还与好邻居们一块儿讨论。

半个月后，一个院落的人家集体搬走了，接着又一个院落也搬得一户不剩,再接着其他院落的人家争先恐后登记搬迁。

已是七月中旬,本市进入了炎夏,暑热也没能减缓光字片人家搬迁的劲头。情况日渐明朗,周秉义副市长的态度那么明确,还有什么可观望的呢?有的人家甚至互相埋怨,不该错过早前的特别优惠期。

"十一"前,光字片人家全部清空。"十一"过后,光字片的大拆除全面展开。那是颇壮观的场面,动用了几十台重型机械——也是相当痛快的拆除。

周秉义赶到现场。当然不用他亲自指挥,他只是去看热闹。

许多光字片的人也回去看热闹,不少人百感交集,有些老人还直掉眼泪。

棚户区的人也来了不少,与光字片的人相比,他们的心情更复杂。

直到那时,光字片的人才觉得周秉义可亲可敬,争着与他合影。周秉义很高兴,笑容灿烂。

十月底,光字片七零八落的院落全部被推平,原来的光字片不复存在。

从二〇〇六年四月开始,周秉义专注于做两件事,一方面继续开发新区,一方面协调开发光字片。按照当初合同,光字片划归几家被周秉义吸引来的房地产开发公司,他们将在那里建高档商品楼盘——写字楼、居民楼一应俱全。

二〇〇九年九月,周秉义超过退休年龄了。他所开发的新区已基本成熟,比预计的规模几乎大出一倍。光字片原址上建起了高档社区,成为本市房价最贵的区域之一。

像在中国其他大城市一样,越是房价贵的楼盘,销售越是热闹。底

第十三章

层的老百姓常常目瞪口呆，心理大受刺激。

这一年，富人似乎呼啦一下就大大增加，外电报道中国已跻身富人群体众多的国家之一。富人藏富藏得不耐烦，腻歪了，开始以炫富为能事、快事。A市也不例外。

周秉义没能如愿退休。

省市有关部门收到了许多群众来信，据说每月就会有半麻袋。本市危房区的人们，强烈要求周秉义多干几年，改善他们的住房条件。

省市两级组织部门的同志成功说服周秉义，让他继续担起重任。

不过，这期间周秉昆遇到了情绪很坏的事。

一天，曹德宝骑自行车去新区。他忽然站在了周秉昆面前，带给秉昆一份惊喜。

"你怎么来了？"

"想你了呗！"

德宝已骑自行车在新区绕了一圈。

秉昆问："印象如何？"

德宝说："太好了，除了离市里远点儿，没什么差劲儿的地方。"

秉昆说："其实没远多少，也就三站地。公共汽车路线已经开通，进城挺方便的。"

德宝说："对骑自行车的上班族还是不大方便。"

秉昆说："无非多骑二十几分钟。"

德宝说："大冬天里，再顶风的话，多骑二十几分钟就是多受了二十几分钟的罪啊！"

秉昆笑道："多受点儿罪也是周聪的事。他年轻，受那点儿罪算不了什么，反正我是知足了。"

德宝也笑道："你当然知足了！你看你现在，一层店面，二层住家，一步登天了。"

秉昆说:"托光字片拆迁的福呗。"

德宝说:"也是托你哥的福吧?"

秉昆不好意思地说:"算是吧。当初我都怀疑他的能力,是他逼我带头搬过来的,成了第一户,享受到了优惠。我在光字片住时,不是也有门面嘛!"

德宝说:"你那算什么门面?也是你哥让你扩大面积的,对不?"

"你怎么知道的?赶超告诉你的?"

德宝未答,意味深长地笑了笑,笑得秉昆很不自在。

工作还是不好找,像周秉昆那种五十多岁又没技术特长的人更难,所以他就继续开面食店。

当时已过了饭点,他以烟茶招待德宝,郑娟在楼上睡着。

德宝问,生意怎么样?

秉昆说,还行,能把自己和郑娟缴的"双保"挣到,月月还有千儿八百的积蓄。

德宝问,为什么只卖面食?应该聘一位大师傅,雇几名服务员,开成正儿八经的饭店,那会多挣不少。

秉昆说,郑娟身体大不如前,陪她去医院检查了几次,也没查出什么毛病。开饭店完全没经验,一怕赔,二怕郑娟太受累。开饭店不可能不供应酒水,他不喜欢招待一顿饭能吃两三个小时的酒徒,也怕有人耍起酒疯来自己应付不了。

德宝说,那就真可惜你这门面了,这么好的地点!

秉昆说,多挣多花,少挣少花,钱这东西,多少是个够呢?住上楼房,郑娟身体又差了,想陪她享受一段好日子,暂不打算为挣钱太辛苦。

德宝说,那还不如租出去,赶超家的门面不就租出去了吗?

第十三章

秉昆说，你怎么知道得这么清楚啊？租出去还是不行，租金还是比自己开面食店挣得少。赶超两口子有工作，又有还债压力，所以才把门面租出去。新区的门面房比较容易租出去，住房却基本上租不出去，谁会到这里租房子住呢。

两个老友聊着聊着，德宝终于将话题引到了他来找秉昆的目的上——希望秉昆替他求求哥哥，也为他家"弄套房子"。

秉昆沉吟着问："你是什么意思？"

德宝说，如能像批给国庆家那样批一套最好，如果不能，他和春燕两口子愿意像孙赶超家那样买一套。赶超家不是花了三万吗？他们两口子花四万五万甚至六万也在所不惜。

秉昆又问："你来求我这事，春燕知道吗？"

德宝说："你干妹妹当然知道啦，还是她一再催我来的呢！"

秉昆再次沉默了。

德宝说："这个忙你必须帮，我大老远蹬着自行车来求你，你如果不帮太不够意思了吧？"

秉昆说："春燕不是又分了一套两居室吗？你们市中心黄金地段那套房子不收回，你们目前也不缺房子。"

德宝笑道："你知道的也挺多的嘛。"

秉昆说，是春燕妈告诉他的。

德宝不好意思地说："我老丈母娘嘴还真快！我们两口子不缺房子，也就是暂时不缺而已，但春燕她大姐家不是还没房子住吗？他们一直跟公婆住一起，这你是知道的呀！"

秉昆说："光字片拆迁的时候，春燕她妈已经找过我哥一次，我哥也帮忙了。不论咱们的关系，她妈和我妈当年也是老姐妹，能不帮吗？所以她妈那边才分到一大一小两套房子。我哥如果不帮忙，只能分到两小套，或一套大的……"

"打住打住，请打住。秉昆，我问你，国庆家的房子又是怎么回事？"德宝明显不高兴了。

"你如果也调查清楚了，那就别明知故问了啊。"秉昆也有些不悦。

"我就是要听你自己说！"

"说就说。国庆他爸是老工人，当年死得那么惨，国庆死得更惨，撇下吴倩和女儿，日子过得多不容易，我哥不该趁他有权的时候帮帮她们？"

"可她们母女俩也有房子住啊！"

"那是国庆活着的时候租的！"

"进步家又是怎么回事？"

"进步他父亲是烈士，与你和春燕家可以相提并论吗？"

正如曹德宝所了解的，周秉义在新区也批给了常进步家一套两居室。

曹德宝几分嘲讽几分自嘲地说道："秉昆，我算是听明白了，敢情你们哥儿俩送人情，那还得有高级到家了的理由是不是？可我也没说要你们哥儿俩白送我和春燕一个大人情呀！我一开始就说了，我们可以像孙赶超一样买呀！他们都是你老友，我和春燕就不是了吗？朋友间什么时候分出亲疏远近了？我们求你走走你哥的后门，想价格便宜点儿买一套房子，这点儿面子你都不给吗？"

"可现在这里最便宜的一套房子已经二十多万了！"周秉昆光火了。

"我如果花二十多万在这里买一套房子，还用大老远骑自行车来找你周秉昆吗？"曹德宝拍了桌子。

"你！你这是强人所难！"秉昆一气之下，将茶杯摔得粉碎。

曹德宝瞪了秉昆良久，缓缓站起，脸色煞白，声音颤抖地说："周秉昆，你怎么可以……怎么可以这么对待我？我是你三十多年的好友

第十三章

啊！你……我坐在你店里半天了，你都没问过我一句吃饭了没有，只让我喝了一肚子茶水！一句话你不爱听了，居然摔杯子给我看！"

曹德宝的眼泪在眼眶里直打转。

周秉昆意识到自己有些不对，却也给自己找了一个理由，"你要是说你没吃饭，我能不给你弄吃的吗？"

曹德宝接着嚷道："我还敢在你这儿吃饭吗？"

他踢翻凳子，愤愤而去。

几天后，春燕也骑自行车来到秉昆家的小店。她的出现让秉昆心里颇为不安，不知又会闹出什么让自己下不来台的事。她倒是赶上了中午的饭点儿，在郑娟的招待下，依然宾至如归，吃了午饭。

生意安顿好之后，秉昆和郑娟请她上楼参观新居。她四处看了一遍，不住口地称赞。实际上，新区第一户居民的特殊优惠装修十分简单，房间面积也不大，七十多平方米，但比起光字片的旧家，不能不说好了许多。

三人坐下说话。

春燕看着阳台感慨道："还有阳台！你不是喜欢花吗？以后可以在阳台上养花了。"

郑娟说秉昆也喜欢花，但他们目前还没那心思，以后肯定要在阳台上养许多花。

郑娟忽然想起了往事，快乐地讲给春燕听。当年，她和秉昆走在市中心的一条街上，秉昆看着一幢俄式小楼的二层阳台站着一个年轻女子——那是怎样怎样的阳台，那年轻女子穿的什么，怎样的姿态，而秉昆看得呆成了什么样。回到家里后，秉昆又如何向她保证，将来一定让她住上有阳台的房子。

春燕笑道:"娟,你记性可真好!"

郑娟也笑道:"从前是忘了的,今天见了你一高兴,忽然想起来了。"

春燕说:"我太了解秉昆了,他当年希望有一天住上有阳台的楼房,你经常穿着漂亮衣服站在阳台上望街景,好让他经常躲在外边什么地方偷窥到你!"

郑娟拍手笑道:"对对,我越发想起来了,他当年是对我那么说过。"

秉昆窘道:"让你俩这么一描绘,我简直就成了一个好色之徒了。"

春燕揭他的老底:"你以为你不是啊?那你出于什么心理,才把郑娟搞到手的?"

秉昆的脸唰地红了。

郑娟替他辩护:"他就是再好色,也只是色在我一个女人身上,这一点我心里有数。"

春燕说:"现在你家有阳台了,以后你多买几件漂亮衣服,经常穿着站在阳台上,成全他当年的梦想!"

郑娟有点儿沮丧地说:"我都老成这样了,成全不了他的梦想了!"

一说到衣服,春燕想起一件事来,她从挎包里取出一个纸袋,从纸袋里取出一件泡泡纱白色睡衣送给郑娟。她说不是自己买的,而是她们妇联组团到服装厂参观时厂里赠的,权当祝贺乔迁之喜。

郑娟抖开睡衣,欣赏着说:"活到今天,我也没穿过一件睡衣。好是好,可这是半透明的,怎么好意思往身上穿啊!"

春燕道:"我是肯定不好意思往身上穿了,你别不好意思穿。你穿上,他准爱看得不得了!是吧,干哥,说你心坎上了吧?"

秉昆的脸又唰地红了。春燕一旦贫了起来,他对她那张嘴真是无可奈何。

"春燕,你闹死了!"郑娟往她身上打了一下,笑得咯咯的。春燕给她带来了莫大的欢乐。

待她笑罢，春燕忽一板脸，凛凛地说："娟，他欺负我们德宝了，我今天是向他来问罪的。"

郑娟并不知道德宝来过的事，自是吃惊。

春燕就将秉昆摔杯子给德宝颜色看的事，讲给郑娟听了。她讲得不是多么具体，对德宝因何而来只字未提。

她问郑娟："娟，我们德宝都被他气病了两天，你说他该不该向我道歉？"

秉昆没料到她会当着郑娟的面说那事，又不愿让郑娟明白为什么，只有低下头沉默。

春燕极其干脆地说："干哥，你不道歉也可以，那我以后再也不登你家门了，咱俩干哥干妹妹的关系也就拉倒了。"

郑娟急了，装出威严的样子斥责秉昆，逼他立刻道歉。

秉昆只得乖乖道歉，承认那天是自己不对，因为什么烦心的事，情绪一时失控了。

春燕笑道："这还像个干哥的样子，我对德宝也好交差了。"

她还要去她父母家看看，让秉昆送她。

二人走在路上时，春燕向秉昆敞开了心扉。她说自己这辈子肯定就是个副处级了，再怎么积极表现也无济于事，所以得提前为退休以后的生活保障做点儿必要的投资。

"儿子一天天大了，将来上大学需要钱，娶媳妇更需要钱。这不正赶上现在你哥手里握着实权嘛，要不我和德宝也想不到求你。刚才我让你道歉那纯粹是开玩笑，不过你既然道歉了，接下来还得有悔过的行动。反正，我们要在这里买房子投资的事拜托给你和你哥了，这种忙你们不帮可不行！"

秉昆皱眉说道:"我哥已经基本上与这里的事脱离干系了呀！"

春燕也皱眉说道:"别找借口！找借口就不可爱了。市里还没让你哥正式退休呀，他现在负责全市危房区的改造。权力不是小了，而是更大。我们那点儿事，对于他还不是一次电话一个条子吗？"

秉昆只得违心地说:"那我跟我哥提提看。"

在春燕她父母家楼前，春燕四顾无人，拥抱了秉昆一下，还与他贴了贴脸颊。

"你答应了啊，我可等你回话，别让我等急了！"她大声说完此话，野猫似的蹿进楼去。

然而，周秉昆并没为她的事专门找过哥哥。一天，周秉义陪同省市领导到新区视察，抽空儿到他家坐了会儿。他看着哥哥身心疲惫、强打精神的样子，几次话到嘴边又咽了回去。

二〇一一年九月的一天，一阵剧烈的胃痛过后，周秉义昏倒在一处危房区拆迁现场。当时，现场并没有发生任何不顺利的事，一切都那么和谐，比光字片拆迁进展快多了。因为有了光字片拆迁经验，新区的建设越来越成熟，可供选择的楼盘越来越多，各方面管理也跟上了，服务功能正日渐完备。

周秉义昏倒在心情极佳的例行视察过程中，离六十四岁生日仅差几天。实际上,他已不是实职干部，身份是什么"市利民工程委员会"的顾问。

医院诊断出他患了胃癌。他接受了医生建议，做了胃全切除手术。手术很成功。即便在A市，胃全切除手术也算不上多么复杂、难度很高的手术。

第十三章

　　术后,他在家中休养时向组织部门写了退休申请。郝冬梅替他交的,交时还哭了鼻子。她心知肚明,但并未说丈夫由于工作太投入而延误了病情检查和及时治疗。

　　组织上很快就批准他退休,写了不少令他欣慰的评语。

第十四章

二〇一二年，周秉义度过了他一生中最轻闲快乐的一年。

在公私两方面，他都不再有什么压力了。退休前，他完成了两处"老大难"危房区的拆迁工作，为接手的同志开展工作铺平了道路。在亲情方面，他同样获得了解放。周蓉从民办中学副校长的职位上退休了。她当教师两年后就被校董事会聘请为副校长，负责教学管理和科研工作，她还一直兼课。私立学校老师退休不受年龄限制，是她自己执意，要给自己的人生留一段可以自由支配的时间，做自己最想做的事。学校三番五次说服她接受返聘，虽然尚未完全获得自由，属于自己的时间还是多了不少——她利用那些时间创作小说。她的退休金加上返聘工资，不比退休教授们的少，她已很知足。

蔡晓光与周蓉前后脚退休，他已不再做电视剧导演，或者说不再有什么机构主动给他机会了。高大上主题的电视剧收视率滑坡，政府和民间的投资热情骤降。脱离现实题材、以收视率为王的商业化倾向越来越严重，蔡晓光既嫌恶又想跟进，却又总是跟不上，摸不准方向。导演一些思想低俗、没心没肺的娱乐剧，他更不愿意，实际上也做不成。他和那些老哥们儿凑一块儿挖空心思地研究出过几份剧情梗概，却四处碰壁找不到投资。

"还行，不错，能看出你们几位老师下大功夫了。可惜太晚了，二十年前拍倒是一部好剧。"这是他们经常得到的最好评价。

第十四章

从此以后,他们就不再为难自己,默认自己彻底"过气"了。

蔡晓光闲不住,常常被一些大学请去做影视讲座,偶尔有人找他拍广告或宣传短片。那些事永远不会让他有什么成就感,但钱来得挺快。影视圈绝对不屑于挣这些"小钱",但对他而言,能挣点儿"小钱"总比一点儿不挣要好。蔡晓光和周蓉的退休金数额大体相当,而他内心希望自己的实际收入比妻子高些,那会感觉更好些。夫妇俩的实际收入加起来,足可确保他们晚年过上本市中产阶级的生活。大多数人退休后收入下降,生活质量肯定下降,他们不愿意这样。对金钱他们既不想理睬,又没法不理睬,诚惶诚恐,不敢掉以轻心。二人都不愿管钱,都想做财务总监而非主管。

蔡晓光曾对周蓉说:"夫人,还是你管吧。我太粗心,管不好的。而且,我见了钞票的第一个想法那就是:为什么不把它花掉呢?我对数字不敏感,见了就头晕,我尽量可持续地往家里划拉着就行呗!谁家都是男主外女主内嘛!"

周蓉却说:"我的夫君啊,你别忘了,咱们大半个中国,丈夫都有一种称谓就是'掌柜的'。'掌柜的'管钱,是你们的天职啊!"

夫妇俩谁都不愿担那份责任,便像两个孩子似的由"石头剪子布"决定——结果周蓉输了。

蔡晓光说:"你管!这是天意。"

周蓉耍赖,说当然应该由赢的一方管。

蔡晓光很不情愿地管了一阵。

后来,周蓉发现他存款到期了都不转存,银行发行高息债券也不上心去买一笔,叹道:"我夫果然不善理财。"她只好快快地接收了财务大权。周蓉的财商也高明不到哪儿去,虽然在法国生活了十余年,这方面一点儿也不开窍,只知将钱存到银行去,而且一向认准的是"老字号"。她比蔡晓光有责任心的体现，不过就是到期了会在当日转存，若是银行代发具有国债性质的债券，也愿意大清早去排队买一笔。初次排队的感觉很不好，她回到家里对蔡晓光抱怨说，自己排在了一堆老头老太太中间。晓光却说："夫人，别忘了你也六十多岁了，跻身老夫人行列啦！"一句话噎得她哑口无言。再经历时，心态摆正，竟乐于与一些老头老太太聊长叙短了。

有钱人一般不买国债，他们都有来钱更快获利更多的门道，即使偶尔买一些，也无须大清早排队，必会受到特殊礼遇，在贵宾室享受专属服务。那里有沙发，还有茶点款待。随着人们平等意识的增强，有人批评银行的贵宾室现象，于是许多银行的贵宾室不叫贵宾室，改叫"大客户接待室"，空间依旧，沙发依旧，茶水依旧，"贵宾"改成了"大客户"，争议居然少了。提意见的多是知识分子们，周蓉是知识分子，却从不参与这些事情。她早已不是北大读书时那个周蓉，也早已不是副教授周蓉，她现在自称是"退休女人"。她甚至认为，普通人如果对国家对社会意见太多，肯定损寿。她如果有看法有意见，更喜欢向蔡晓光诉说。若他认为她的意见有道理，那么她会借笔下虚构的人物写在小说里。

蔡晓光却喜欢做代言人。现在城市人家大多有了电脑，手机更是无所不能，自媒体时代已经来临，网络上各类代言人如雨后春笋、过江之鲫，他们前仆后继、层出不穷。晓光不但喜欢在网上代言，同样乐于被网民封为意见领袖。他对意见领袖这一"桂冠"心向往之，却也不是孜孜以求，封上了高兴，没人捧场也不失落。他的博客点击量挺高，其实他发表的不少意见都是周蓉的意见。他常将周蓉的意见有所取舍地发布在网上，当然主要是民生方面的意见。他对夫人周蓉心怀感激，她的意见足以让晓光的博客点击量只增不减。周蓉的点赞，让

第十四章

他非常受用。

一天,蔡晓光参加完一个会议回到家里,他很高兴,说在会上得到了某位领导的表扬。

周蓉问:"那位领导怎么说的?"

他说:"与你表扬我的话差不多,说我是懂规矩守底线的博主,说我在博客中表达的意见无论操作性如何,都在可以接受的范围内。'懂规矩守底线'不就是'明智'吗?夫人,你与领导对我的看法不谋而合,相当一致啊!"

周蓉笑着听完,没说什么。她不上网,连写作也不用电脑。她说如果手中没有笔,面对的不是稿纸,就一点儿也找不到创作的感觉。每天晚上,夫妇二人上床后,往往背靠床头聊一阵,照例是她问网上有哪些她应该知道的事,他一一讲给她听。遇到感兴趣的话题,二人就会讨论起来,有时还会争论。

那时,蔡晓光感觉异常幸福。

"这才是我要的生活,我要的生活就是这样!美人在侧,相谈甚欢,欲拥便拥,欲吻便吻,幸福若此,夫复何求?"他说着就会搂抱她,亲吻她,而她就不好意思继续争论,也觉得很幸福。

虽然周蓉已光彩不在、容颜失色,蔡晓光似乎看不出来,仍将她视为貌美如花的妻子,哄着她爱着她,以使她高兴为能事。

"我夫有恋'旧物'的雅好。"周蓉常常这么调侃他,他心里很舒服,她自己心里也美滋滋的。

一天,周蓉从银行归来,情绪低落。

蔡晓光已将家里收拾整洁,正在上网,头也不回地问:"又排队买债券去了吗？"

他是喜欢做家务的男人，擦洗房间的认真劲儿常让周蓉自愧弗如，赞赏有加。他则戒骄戒躁，再接再厉，定期来一次大动作，将床、桌子、柜子啊——移开，将后边犄角旮旯都擦得一干二净。周蓉经常半真半假地大发感慨："下辈子我还要嫁给你。"

"必须的。"蔡晓光那时就很得意。

从银行归来的周蓉说："我不去银行，你会去吗？"

蔡晓光问："就为几厘钱利息，那么早就去排队值得吗？"

周蓉说："你是不当家不知柴米贵，两万元三年期差一千多，你认为不值得吗？还说风凉话！"

蔡晓光听出了她情绪不对，看着她诧异地问："没买着？"

周蓉躺在长沙发上，看着晓光说买是买到了，但听老头老太太所聊的话，听得心情糟透了。他们中还有七十五六岁的，拄着手杖去的。她正听他们聊着，又来了一个老妪，撑着四轮助行器，估计连三个轮子的都撑不稳，脚都抬不起，鞋底蹭着地面，根本上不了银行门前的台阶。别的老头老太太显然早就认识她，帮她上台阶，周蓉也帮着。有人问她病好了吗？她说能好吗？只能说寿限还没到，在鬼门关口又缓过来，那也离死期不远，有今儿没明儿。又有人问，你儿子或儿媳妇怎么不来呢？她叹了口气说，别提他们了。大家也就再不问什么。她自己反而忍不住小声说，因为自己住了几次院，把儿子媳妇好不容易攒下的一点儿钱折腾了个精光，却还没死成。儿子媳妇都嫌弃，连孙女也给老妪脸色看，认为她浪费了爸妈供自己上大学的钱。大家听她自己絮叨，还是没人接话。

"这时，我多了一句嘴，说您老这么大岁数，腿脚又不好，以后少出门吧。为了多点儿利息，万一摔伤住院，太不值得。你猜她怎么说？"

"怎么说？"

第十四章

"她小声对我说，她明白不值得。她希望哪一天自己被车撞了，直接就上了黄泉路。她旁边拄手杖的老头说，老姐姐你这想法可不对，万一没撞死，又住院了，你自己不是又受一次罪吗？你猜她怎么说？她说受罪我不怕，认了，那就赖在医院不出来。反正我说这儿还痛那儿还痛的，医院不能硬把我拖出去。有人负担医药费，那是再好不过的事，最好是经历一次车祸就去见阎王了。"

晓光起身从电脑桌前离开，坐到了沙发一角。他一坐下，周蓉就不躺着了，蜷腿坐在沙发上。

他搂着她，亲了她一下，抚慰道："咱们到了那岁数，肯定不至于落到那种地步。十多年前，国家的GDP总量才一万多亿美元，现在七八万亿了，快超过日本成为世界第二大经济体了。咱们的晚年，会比他们那一茬人好得多。"

周蓉说："我也比较相信这一点，可听了他们聊的话，还是不由得怕老，怕生病。他们都是经常看病的老人，个个都有住院经历。这个说某种药一般不给公费医疗的人开，那个说什么什么药虽能救命也不给一般公费医疗的人用。有位老爷子讲，他与一位同样有心血管疾病的患者住院期间，医生告诉对方儿子，有一种进口药，打上几针你父亲的病情就能改善多了，保证一两年内没什么危险。一针四千多元，问他用不用？当儿子的却说，医生，凡那不能报销的，你以后根本不必对我们提。结果呢，出院没几天，死了。讲这事的那位老爷子，幸亏拆迁时不管儿女们高兴不高兴，硬是将一笔补偿款扣在自己手里了。当然也不是全部，是一部分。他说自己有先见之明，钱一到了儿女手中，再要让他们花在自己身上就不那么容易了。他把那笔钱用了，打上了那种进口的针，所以，他现在还能站在银行门口。他还讲到请护工的事，说儿女都上班，看护不了自己，只得请护工，每天两百元，另外还得给五十元的两顿饭钱。如果不想给也可以，那人家护工就得到医院外边去吃，什么钟点回来可就没保证。他一次次说幸亏自己除了退休金，还有那笔拆迁补偿款，否则也一命呜呼了。"

晓光说："这是他们家庭内部原因造成的。如果我是他儿子，要想省下那笔护理费，那得亲自护理呢！"

周蓉说："听他讲，他儿子儿媳都是临时工，请几天事假还行，时间长了工作就丢了。"

晓光说："不是有劳动法嘛，依法主张正当权利啊。"

她说："你太不了解情况了！依法主张权利那要打官司，临时工们有那个精力吗？不到万不得已，还不是忍气吞声？有个老太太讲，她住院的经历听来更让人哭笑不得。她说，病床的床垫上还有褥垫，那也要收费，每天十元，是一种防水褥垫，不在医院必须提供的床具范围内，所以也要专门收费。老太太舍不得多花那十元钱，跟医院掰扯，说既然不是必须的，那我就不需要，坚决不租那种褥垫，结果有几天大小便失禁，把床垫弄湿弄脏了。院方说，事先已经对您讲清楚了，不租我们提供的褥垫，现在怎么样？您必须赔床垫。这么脏的床垫，我们以后没法继续给住院的病人用了。老太太只得乖乖赔了，理亏呀。等她出院时，一想太划不来了，不能白赔，雇辆三轮平板车将床垫拉走了，要卖给收废物的。那么脏的床垫不能拉回家去，家人也讨厌啊。可收废品的拒收，说收了没法处理。老太太没辙，说白给你了。人家收废品的说，白给也不要，别扔我这儿。这么大的脏东西，扔我这儿太碍事，您要扔请扔别处去！往哪儿扔呀，往哪儿扔不也得再让平板车继续拉着扔吗？那不又得多给钱吗？老太太心疼得都快哭了，再三哀求，又给了收废品的二十元钱，人家才允许把床垫扔那儿了。过去好久的事了，老太太讲起来还眼泪汪汪的呢。"

第十四章

晓光说:"亲爱的,你得宏观一点儿看这类问题。一百多年前,全世界才十六亿多人口,而现在中国就十三亿七八千万人口了,这意味着什么呢?"他的口吻,像导师在启发自己的研究生思考问题。

周蓉明知他接下来会怎么说,却装出难测高深的样子愿闻其详,她问:"意味着什么?"

"这意味着,要解决好今天中国人的生存和幸福问题,如同一百多年前解决全世界人口的生存和幸福问题,难度可想而知。中国一半以上省份,人口都抵得上现在一个国家。七八万亿美元的经济总量听起来可观,可一人均,仍排在全世界后边。从前,中国所交的联合国会费不足总数的百分之二,现在,随着中国的经济发展,承担的联合国会费总额已经翻了近十倍,这是不是也从侧面反映了中国的发展成就呢?照这样继续发展下去,等咱们八十多岁,看病住院,根本就不会出现那些老人讲到的情况。亲爱的,要向前看嘛!"

蔡晓光虽然退休,政治头衔反而升了,不但是省政协委员,还是市政协常委。他讲起宏观发展,一套一套的,各级领导可爱听了。总而言之,他是很多会议的明星。在周蓉看来,丈夫的思想进步是统战部门的一大胜利。她太了解他了,蔡晓光骨子里比她还桀骜不驯。她对他的改变却并不持批评的态度,有时还给予表扬。因为他改变后观察国家和社会的立场、角度,恰是她以前所没有的。她觉得,常听他说说对自己有启发。更因为自从退休后,她一天比一天求安避害了,唯恐他惹出什么是非,让他们的晚年生活陷入人人避之唯恐不及的危机。有政协教育他,替她提醒着他、告诫着他,她放心多了。

"如果不是二十年后,而是几年以后,我患了大病,求生不得,求死不能,经常住院,请护工,进抢救室,那你怎么办呢?咱俩攒那点儿钱,不是同样不够折腾的吗?"

那些老头老太太的遭遇,对周蓉怕老怕病所造成的心理阴影挥之不去。她不同于蔡晓光,他有一级艺术职称,所享受的医疗费报销比例较高,而她是体制外的人,自恃身体素质一向很好,买的医疗保险是中等偏下的那一档。

周蓉的话让蔡晓光也有点儿不寒而栗。如果她说的情况真的发生,那么毫无疑问,他们的晚年生活肯定会遭遇经济上的破产。

"你完全是杞人忧天、胡思乱想!向前看是要看到希望,而看到希望是有根据的。不应该偏往坏处想,自己吓自己……"其实,他自己也觉得,自己的话并不能让人信服。他又搂抱着她,吻她,试图以肢体语言加强有声语言的说服力。

周蓉孩子般地接受着他的爱抚与安慰,不无羞赧地小声问:"我是不是老了,反而娇了呀?"

晓光说:"是的。"

"这可真不好,我怎么变得这么没出息了呢?"

她仰起脸看着他,似乎在看着自己的守护神。那种目光让他愉快极了。

"有什么不好呢?很好啊。你娇,我哄你,也是我晚年生活的一大乐子嘛。"他俯首欲吻她的唇。

她说:"不仅是你的,也是我的。正确的说法,应该是我们的晚年生活。"她一只手挡在了两人唇间。

"对,对,是那样。"他抓住她那只手,排除障碍,更低地俯首下去。

她却推开了他,一下子站起来,变换了一种庄重的表情说:"演出到此结束,刚才逗你玩呢!我是那种轻易就会对生活气馁的人吗?你以为听到了一些老头老太太的苦衷,就会影响我积极乐观的生活态度了吗?错!你如果那么想,就太不懂你老婆了。"

第十四章

蔡晓光看着她，一时没法判断她刚才的不良情绪和此刻的郑重声明，究竟哪个为真，哪个是假。

"不许再吸烟了，屋里已经有烟味儿了，打开小窗放放。我还没洗漱呢，得收拾自己的脸面去了。做早饭了吗？"

"做好了，我已经吃过，给你热在锅里了。"

"表现真好！"她双手捧住他的脸，反过来亲了一下，转身离开了。

蔡晓光往沙发上一靠，不禁哑然一笑，笑得很满足很幸福。

过了六十岁的夫妇中，还能保持他们两人这种关系的，或许还不到万分之一。他俩如同二三十岁的年轻夫妻，而且是关系很糯又喜欢戏谑的那种。他俩的心态实际上比一般年轻夫妻还要年轻。他俩都力争做对方的开心果，似乎往往还互相较劲儿，看谁比谁更胜一筹。这是因为他们两人天性上极富幽默感，倘若一日不幽默，那一天似乎就过得无趣了。蔡晓光总觉得自己在实际拥有周蓉的时间方面损失甚大，心怀强烈的弥补愿望。他认为，弥补的方式当然是将夫妻二人共同生活的每一天都尽量营造得快快乐乐，如果并没有那么多喜乐之事，那也一定要互相逗乐子寻开心。周蓉又是那么敏感、善解人意的性情女子，她深谙丈夫的心理，常常投其所好，让他心满意足。她凭借这些做法，聪明地补偿自己对丈夫内心的亏欠。

第二天清晨，周蓉早醒，发现床上只有自己。她蹑手蹑脚走到另一个房间，看见晓光在上网。

他回头说："我把咱俩的谈话内容写成了一篇博文，昨天下午发在博客上，现在点击量已经过万，还上了两大网站的首页。你猜猜，我起了一个怎样的好名字？"晓光满脸得意。

周蓉双手搭在晓光肩上，站在他身后想了想，试着说："我和老婆侃中国？"

晓光大声说："恭喜你答对啦！不过没全对。文字有差别，基本意思是对的。我起的题目是《我们夫妇谈祖国》，发的是很正能量的博文，希望主流报刊愿意转，领导看了也认为好，所以题目必须规规矩矩，来不得半点儿油滑。"

周蓉说："让我再猜猜。在我们夫妇之间，我肯定是被教导的一方，你肯定是循循善诱的教导者喽？"

晓光说："对，对，事实如此嘛。"

她说："可我昨天也声明了，我是在逗你玩呀。"

"这一点当然不能写！写了岂不就成小品了？你不要用那种眼神瞪着我，更不要有什么心理不平衡！在咱们两口子之间，你应该摆正位置，心甘情愿地陪衬我的正面形象，那样对我有好处，对咱俩都有好处……"蔡晓光边说边站了起来，将周蓉横抱胸前，欢欢喜喜地走向卧室。

果然如他所料，有领导看了他那篇博文，批示道："难得一见的好博文，体现了民间的正能量，不仅指出了问题，还提出了希望和措施。"

于是，不少报刊都转载了这篇博文，蔡晓光也如愿收到了多笔稿费。他与周蓉一道，专门到一家高档饭店出手大方地撮了一顿。

"鱼水夫妻，欢欣与共。"这是周秉义对妹妹和妹夫两口子退休生活的八字概括。

郝冬梅认为恰如其分，周秉义也对妹妹的生活不再有任何顾虑，百分之百地放心了。

郝冬梅曾有点儿醋意地问他："那你怎么比喻咱们的夫妻关系呢？"

秉义说："咱俩是琴瑟之好，另一种路子。我要是像蔡晓光对周蓉那样经常跟你戏谑，改变了自己的风格，那我就难以当成好干部了。你要

第十四章

是像周蓉那样投我所好，我也会觉得不是你了。夫妻关系亲密与否各有各的表现，咱们何必一定要像他们呢？"

冬梅想想秉义说的也是，于是释然。

作为大舅，周秉义对周玥懒得关注。她已达到目的，到底与那个五十多岁的物流公司老板领到了结婚证。不管经济实力如何，当老板的人总归属于先富起来的一小撮，区别无非是大亨们有多少亿，而一般老板们的身价以几百几千万来论。

周秉义曾对郝冬梅说："如果周玥发来节日祝福短信，你一定要以咱俩的名义回，只以你一个人的名义回不好。"

冬梅说，她明白，每次都是那么回的。

周玥从不给周秉义发短信，怕的就是他不理睬。实际上，只要她给他发祝福短信，他肯定会回。他对外甥女给自己带来的负面影响从没太当成一回事，也就谈不上什么原谅不原谅。他不愿与她有太多太深的来往，因为她的丈夫是一位老板。虽然他已经退休，却仍然十分爱惜自己的羽毛，唯恐一不小心溅上了污点。

遇到各种节日，周玥都会给母亲和养父发祝福短信——每次都发双份，即使语言相同也发双份，父亲节母亲节也发双份。

这让周蓉很困惑。一次，她问晓光："她为什么这样？另有深意还是智商有问题？"

周蓉曾喟叹，周家下一代人智商平平，周玥和周聪智商既比不上她和哥哥秉义，其实也比楠楠相差甚远。

对于智商问题，蔡晓光有一套乐观理论。他认为任何个人的智商都不仅仅是个体现象，而是每个家族的智商的表现。一个家族的智商，有休眠期、活跃期和高峰期，之后会再度进入休眠期。一个家庭是这样，一个民族一个国家也是如此。"祖坟冒青烟"这一句民间俗话，其实是指一个家族的智商进入了高峰期。高峰期或许由一个人证明,或许由几代人中的几个人证明。比之于内因,外因反而显得更重要,如同比之于植物本身的基因,季节和条件反而显得更重要。所以,对一个家族、一个民族乃至一个国家的最大犯罪,是通过外因限制,阻碍其智商活跃期开始,打压其高峰期,人为地将其毁掉,或容忍一点,加以利用。

周蓉琢磨着说:"照你看来,我们周家的家族智商,高峰期也就只出我和我哥这样两个还不算太傻的人呗?"

晓光说:"你们两个是你们这一门周家的智商在休眠期的异常表现,而周玥和周聪代表着活跃期的来临。也许他俩这一代注定了是庸常之辈,但他俩的下一代下下一代中,必定会出现智商远超过你们兄妹俩的人。"

周蓉问:"何以见得呢?"

晓光似乎早已深思熟虑过,他说:"周玥身上已显出你和秉义、秉昆身上少有的智慧了呀!你看她每次既给你发短信,同时又给我发短信,证明她懂策略。如果只发给你,让你代问我好,久而久之,冷淡了我;如果只给我发,让我代问你好,冷淡了你更加不应该。既发给你又发给我,还让我们都替她问对方好,你不代问,可能我会代问,我们中一方代问的概率明显大于都不代问的概率,久而久之,她获得我们谅解的愿望就达到了。"

周蓉说:"这是连聪明的猴子都有的狡黠,怎么算得上智慧?"

晓光说:"处于休眠期的人,其智商的某些方面未必见得高于聪明的猴子。那种在别人把自己父母打翻在地以后,自己还要踏上一只脚的人,他们的智商高于猴子吗?"

对于女儿的行为,周蓉仍未原谅,但也不是那么义愤填膺了。每次女儿发来短信,她也是及时回复。

第十四章

"我们很好,不必牵挂,但愿你的生活感觉也好。"照例是这样三句话,哪次也未多一字,哪次也未少一字。

周蓉曾对蔡晓光说:"知道我现在最怕什么事吗?最怕周玥某一天带着那个五十多岁的男人出现在我面前,而那男人叫我妈。我要么会昏倒,要么会情绪失控。"

蔡晓光说:"放心,我已经和她打过招呼了。在你没做好充分的思想准备之前,我保证那样的事绝不会发生。"

蔡晓光对周玥的个人问题,并非持特别强烈的反对态度。毕竟不是亲生女儿,如果是亲生女儿,估计他的反应会比周蓉更强烈,更难以接受。由于不是亲生女儿,他其实是有几分乐观其成的。起码,他认为会让自己省不少心,也根本无须破费。如果周玥嫁给了一个没房子、工作不稳定、收入低微、家境困难的人,而且非嫁不可、死不悔改,他想,那自己晚年可就惨了,自己向往的与周蓉共度与世无争、与人无怨的幸福晚年也将泡汤,终会一败涂地,彻底交待了!这么想时,反倒觉得周玥嫁给了一位老板,对自己实在是一幸事。没花一分钱养女就嫁作人妇,他甚至有点儿感激。因为心有感激,每次收到周玥的短信,他不但回得及时,还字数挺多,句句流露着高兴。他明知她肯定无须什么帮助,却总是在末尾加上这么几句:"遇到了什么难事,千万别自己扛着,一定要第一时间告诉爸爸妈妈,我们可只有你这么一个宝贝女儿!"

晓光亲耳听到统战部门的同志闲聊时谈到,做好统战工作的经验之一,那就是对于重点统战对象,恰恰应在对方陷于孤立的情况之下更加亲近他们,团结他们,以达到最终感化他们的目的。他将养女视为自己的重点统战对象,如果一位养父与自己唯一的养女搞不好关系,那难道不是太失策的事吗?他将统战部门同志们传授的经验应用到了处理自己与养女的关系中,而且验证了那的的确确是好经验。周玥发给他的短信居然比发给妈妈的还多，字里行间老爸长老爸短的，流露出与他的关系越来越亲。他也看得出，周蓉对此备感欣慰。

"你是一位模范养父。"周蓉一次对他说，无疑是发自内心的表扬。那表扬让他暗觉惭愧，因为作为养父，他几乎没在周玥身上花过什么钱。

他说："其实，我也是有小金库的男人。我本想攒笔钱，未雨绸缪，供她结婚时用。"

周蓉说："那就为咱俩留着吧，我们以后用钱的地方多着呢。我不对你搞'四清'，绝不抄你的小金库。"

与蔡晓光这位养父相比，大舅周秉义对周玥采取的是不远不近的策略。他认为，她嫁什么样的男人是她自己的事，以后走不走正道却事关周家的声誉。在对此点还很难判断的情况下，他不想与外甥女有过多接触。

趁着光字片大拆迁的机会，周秉义将弟弟周秉昆一家的生活安排得比较稳妥了，最大的一桩心事从此消除。有时他会因为公权私用内心不安，转而一想，那事是完全可以摆到桌面上的，也就并不自责了。弟弟家拆迁之前事实上有一处门面，拆迁时当然要给一处门面。弟弟家事实上有两间住屋，拆迁后当然不能只给一间。作为新区的第一户居民，弟弟一家当然也有权利享受优惠政策——无非就是随便选户型，面积大出十几平方米。是的，这一切确实都可以摆到桌面上来理直气壮地说。但是，如果不是他在拆迁之前敦促弟弟将小院拆了，扩充为门面，如果不是他敦促弟弟成为新区的第一户居民，而弟弟只是后来随大溜的拆迁户之一，弟弟家的情况就不会像现在这么理想了。

实际上，周秉昆家成了所有光字片拆迁户中最令人羡慕的一户，得

第十四章

到了最大的实惠。

一次,秉义对冬梅说:"秉昆一家的生活改善了,我再也没有什么亲情责任债压在身上了,感觉整个人的生活轻松多了。"

冬梅说:"你以前不讲我也知道,秉昆一家生活在光字片那样的地方,那样的房子里,一直是你的一块心病。现在你的感觉好了,我的感觉也好了。"

周秉义却又说:"其实,我的感觉也不是太好。"

冬梅追问:"为什么?"

"权力真是个法宝。有权力的人如果想利用它为自己或亲人谋私利的话,只要稍稍动动脑筋,就可以相当顺利地心想事成,波澜不惊地达到目的,而且还可以做得合情合理,摆在桌面上说也会让别人无可指责。权力太厉害了,难怪那么多人想当官。"

冬梅听出秉义心里还是有几分自责难以彻底消除,劝道:"你别自己给自己头上戴顶以权谋私的帽子,行吗?"

秉义轻声叹道:"一件秉昆的事,一件周聪的事,那就是两个小小的污点,想抹也抹不掉的。"

冬梅大声说:"是又怎么了?你周秉义的从政经历就不能有两个小小的污点了吗?你就是自己手持大喇叭走街串巷嚷嚷,像'文革'中的'黑五类'那样喊'我有罪!我该死',那也不会有谁把你那两个小污点当回事,反而会把你当成疯子!"

秉义苦笑道:"很可能,但以前对以权谋私、贪污受贿,我大会小会上都是严厉谴责的,以后没那种底气了。"

冬梅嘲讽道:"非要我提醒吗?忘了你已经退休了?大会小会和你没什么关系了。你那两个小污点算屁事啊!他妈的某些高官大员,简直就把自己管辖的领域当成了自家开的公司,将老百姓用血汗积累的国家财富据为己有，没有半点儿良心不安。你在老婆面前自作多情地忏悔个什么劲儿？老实说，你不把秉昆和周聪那两件事办好，不利用权力帮帮肖国庆和孙赶超家，连我都不答应！至于其他，爱他妈怎么样就怎么样！是你这种忧国忧民的小人物解救得了吗？你与世隔绝了吗？对那些让老百姓恨得咬牙切齿的事一点儿不知晓吗？非要我讲几件给你听听吗？"

郝冬梅退休前从不说一句对社会现实不满的话。不论在什么场合，别人一说，她起身便走。退休之后她变了，不但极其关注，而且也经常说，还常飙脏话。当然，她还是有分寸，只在家中说说，骂给周秉义听听。同学或同事聚会时如果有人说，她仍闭口不言，也能安安静静坐着听了。一回到家里，她照例会讲给秉义听，讲时照例骂脏话。

秉义很理解她的愤慨。毕竟，"新中国"三个字与她父母出生入死的革命经历紧密相关，她认为腐败是往自己父母的经历上抹黑。她最痛恨的，是某些"红二代""红三代"利用老一辈的名望和影响力脚踩官商两只船，为聚敛家族财富不择手段、巧取豪夺，她难以容忍他们往先辈身上抹黑的行径。

秉义怕她又骂起来，赶紧阻止道："别讲别讲，我在中纪委待过，有些情况比你知道得更多更翔实。"

冬梅平定了情绪，说："那好，说两件咱们自己的事。第一，市里还欠你一套房子。咱们现在住的是学校分给我这个处级干部的房子，市里还欠你一套厅级干部的房子呢。你别不当回事，要催。"

秉义说："听你的，我一定催他们办。市里的房子一下来，咱们就把学校这套房子退了。"

"你看你，又多此一举。学校是否要求我退，与市里一点儿关系没有，市里管不着我们省属高校。如果没人说必须退，不许你自己提！他

第十四章

妈的那些王八蛋兔崽子都到国外置豪宅去了,我不退一套分给我的房子怎么了?你当正厅级干部二十多年,他们晚分给你房子了又该怎么说?"

当年,社会上一些官员的贪污腐败、官商勾结让人愤慨,作为"红二代"的郝冬梅更是义愤。

秉义怕她又骂,再次阻止道:"冬梅,别说了,我完全照你的指示办,行了吧?"

即便在落魄年代也不失淑女范儿的郝冬梅,退休后简直判若两人,她愤世嫉俗,动辄骂娘。周秉义并不那么容易适应,一时的好情绪常常被破坏得一干二净。实际上,他也有满肚子委屈,也经常想骂娘——自己谨小慎微、辛辛苦苦工作三十多年,一心想通过自己的努力,让党在周围人民群众心目中的形象高大起来,却又哪里抵得过层出不穷的贪官污吏的负面影响呢?这种气馁的话,他无处可说,只能长期闷在心里,甚至终日郁郁寡欢。

冬梅讲的第二件事,终于让他脸上出现了一丝喜色。她说,她想陪秉义出去走走。这是她长期以来的夙愿,到了该行动的时候了。

秉义也高兴地说:"对,对,为什么不呢?我也常有这种想法!"

于是,夫妻二人共同拟定计划——先去港澳台,再去"新马泰",继而去日本和韩国,最后去一趟欧洲。那时已是七月,他们要让二〇一二年下半年成为二人的浪漫时光。

夫妻二人准备就绪,即将起程的前三天,组织部门来人,说根据各方面的多次建议,组织上推荐他担任省人大代表,继续发挥余热。

秉义说:"那得选。我负责过三次重大拆迁项目,肯定会招来不少人的怨恨。选不上我不在乎,但影响不好。谢谢组织的厚爱,还是免了吧。"

组织部门的同志说:"这你尽管放心,还是要相信组织。"

郝冬梅从旁插话说:"老周身体已经很差,他说的意思就是请组织体恤。他不好那么说,我替他直说,拜托各位领导如实转达他的意见。"

她把话说到这个份儿上,人家只能告辞。

送走客人回到家里后,秉义说:"你说得对,帮了我的大忙,我才不给那些人在我的名字下画×的机会。"

冬梅说:"就是!从此以后你的时间都属于我。"

三天后,夫妻二人动身去往港澳台了。

他们从台湾归来后没几天,组织上又来人,这次谈的是希望周秉义成为省政协委员的事——第一年是委员,第二年是常委兼经济委员会副主任。

组织部门的同志说:"当委员就不必选了,只要你同意就行。"

周秉义不知说什么好,求助地看着妻子。

郝冬梅说:"老周出去旅游这一次累着了,身体更差,革命意志衰退。我也是普通干部,我认为鉴于他的身体状况,在政协继续发挥余热的资格也没有,请组织上物色他人吧。"

秉义便做出情绪低落的样子,随声附和说:"请组织上体恤,请组织另做安排。"

组织部门的人走后,冬梅问:"我的话是不是过了?"

周秉义苦笑道:"过是过了点儿,已经那么说了,就别后悔,反正目的达到了。"

旅游归来的周秉义气色不错,饭量大了。拍片显示,他那由手术接出的替代胃已初步成形,状态良好,估计以后基本能起到正常胃的功能,各方面化验结果也让医生满意。医生满意,他们两口子自然就放心多了。医生对他们的旅游计划持赞成态度,说只要别累着,绝对有益无害。有冬梅一路呵护照料，秉义怎么会累着呢。正是因为怕他累着，冬梅坚持不随旅游团出去。他们所到之处都有她的同学、朋友以及朋友的朋友，往往住在对方家中，并由对方做向导，对方竟然都兴高采烈，乐此不疲。在港澳台的基本上是她的大学同学、本校同事或外校同行，也有她那一所高校的历届毕业生。她是让他们怀想的人，见了面都格外亲热。

不久，老两口子又去了"新马泰"，从"新马泰"直接去了韩国和日本——那些地方冬梅的朋友更多。她在大学时，曾代表本校兼任过孔子学院总部的理事，除了日本和新加坡，另外三个国家她退休前多次去过。秉义沾妻子的光，所到之处被浓浓的友谊包围着。

欧洲之行则不一样了。网络给人们带来的方便和益处太多，郝冬梅事先从网上联系到了几位移民欧洲的中学同学。当年的中学同学多是高干子女，无论后来上没上过大学，如今基本上都成了先富起来的中国人。有的在国内挣钱挣腻歪了，干脆到国外过起随手花钱、懒得再挣的潇洒日子，同时免费呼吸新鲜空气。有的觉得天天呼吸优质空气，不干点儿什么太对不起生命，于是继续国内国外来来往往地做五花八门的生意。有的生意似乎还保密，讳莫如深。与他们多姿多彩的人生相比，一位从老处长职位上退休的同类太匪夷所思了。冬梅和秉义暗中约定，恪守不闻不问原则，见面只说喜乐事、吉祥话。

"据我们所知，'文革'后你母亲又活了好多年啊！"

"你怎么可以把自己的人生搞得如此惨淡呢？"

"你对自己的人生如果不在意，你妈也没在意过吗？"

他们都对冬梅表示同情，甚至可以说是怜悯。他们的接待不惜破费，时时处处体现高规格。因为曾是同类，虽然四十多年没有往来，但他们对她的真诚、热情、友好和亲密还是远在一般同事和朋友之上。仿佛同一个窝里长大的猫鼬，一经确认，便毫不见外，根本没有沟通障碍。也正因为毫不见外，交谈起来都是那么的坦率。都是六十多岁的人了，心态却很年轻，他们说移民的好处之一，那就是在异国他乡，只要经常想着自己是人就够了，而不必想着在别人眼里自己应该是怎样的人，也没有谁要求你必须成为怎样的人。他们经常谈起和怀念她，因为她与他们失去联系最久，更因为她当年曾是他们中最善解人意的可人儿。他们都依稀记得，当年她是卫生小组长，无论哪位同学以何种理由请假，她都会痛痛快快地答应，结果经常只剩下她自己在放学后打扫教室，并且让全班照样得卫生评比小红花。

"冬梅，你当年真是可爱死了！"

"冬梅，你还记得不，当年我怕种牛痘，一个人躲起来哭，你就挽起另一只胳膊的袖子，要替我挨第二刀。老师发现了，狠狠训了你一通！"

"冬梅，现在有什么需要帮助，只管开口啊，咱们之间没什么不好意思的。"

在当代都市人之间，已经没有多少人可以拍着胸脯说这些话了。

秉义看得出来，那绝不是客套话，而是发自内心的。

"怎么会啊？起码也该是副部级吧？是你们自己什么地方没搞明白吧？"

对于周秉义做了二十多年正厅级干部，他们都觉得很难理解。

对于周秉义曾是光字片人家的儿子，他们的好奇心更大。

"听说，你们那片农村小脚老太太可多了。夏天的傍晚，许多人家门口都坐一个叼一米多长烟锅的老太太，真的吗？"

秉义就微笑着说："有那种情形，是因为光字片人家成为城市人的年头还很有限，但一米多长烟锅显然夸张了，长是长，没那么长。"

"你们昨天不是问我人生的亮点是什么吗？现在可以告诉你们，我人生的亮点就是和秉义做成了夫妻。"怕他们再问出什么让丈夫尴尬的话，郝冬梅及时将话题引到了自己身上。

他们都很爱听她与周秉义的恋爱往事。

"早知道会这么麻烦别人，还不如事先不联系人家。"秉义私下里对冬梅说。

冬梅说："咱们这不是来欧洲吗，还不是为了省点儿钱！"

他们连回国机票都替他俩预订好了，头等舱，坚决不要他俩出钱。

冬梅歉意地说："亲爱的，对不起了啊！"

秉义明知故问："何出此言呢？"

她说："他们的某些话你肯定不爱听，其实我也不爱听，可一不小心成了贵客，必须多担待啊！"

秉义笑道："什么担待不担待的，你想多了。人家今天这个当导游明天那个当导游的，什么事都不必咱俩操心，不辞辛苦，陪咱俩看了多少地方啊！没有他们接待，咱们的旅游哪会这么省钱，这么放松？你一定要多多表示谢意才对。"

他说的也是心里话。

"我一再表示过。他们基本上就是那样一些人，除了做起生意来另当别论，平时对人胸无城府，口无遮拦，比国内大多数人还要单纯，见了国内来的朋友也真的亲，不是装的。何况我对他们不仅是朋友，也是发小啊！"冬梅说。

在周秉义看来，妻子对发小们的评论基本上符合事实。他虽然不是他们的同类，但有妻子与他们那一层近乎血亲的关系存在，他们对他也是相当友善。那是一种不无优越感又比较愉快的接受。他心里清楚，如果没有一位是他们同类的妻子的陪同，那么在他们心目中，他就只不过是一个在官场上走运的底层人家的儿子罢了。实际上，他并不能完全融入他们中间去。在他与他们之间，他无须多么敏感就能感觉到，有一层无形的屏障始终阻隔着。他并不试图穿过那一层无形的屏障，而宁愿隔着屏障接受他们的友好，表达他的愉快和谢意。

总体而言，周秉义的欧洲之旅是欢悦的。他对妻子说，回想起来，他一生的美好时期无非集中在以下三个阶段，即从初中到高中时期（到"文革"前），兵团知青时期，再就是退休后与妻子出外旅游的日子。他说，虽然自己从小学起就是光字片家长们经常夸奖的好孩子，老师经常表扬的好学生，但因为毕竟年龄小，并不觉得自己与别的孩子有什么不同。上中学以后，他感觉就不一样了，渐渐觉得自己头上有光环了，那光环让男同学们对他刮目相看，也让他在女同学心目中特别有吸引力。那是荣誉感和虚荣心都获得极大满足的时期。成为兵团知青后，他没想到"文革"前笼罩在自己头上的那种光环，下乡后居然仍起作用，竟能得到兵团各级首长的赏识与器重。那是他利用自己的工作能力和在知青中的影响力，千方百计为知青们做好事的时期。正是在那个时期，他体会到了为大多数人服务的快慰。当然也因为，在那个时期他享受并收获了美好的爱情。

听他这么说，郝冬梅感动得热泪盈眶。

"冬梅啊，旅游太好了！境外游更好！有你陪着我旅游，好上加好！我原以为，从电视中看看丰富多彩的世界就可以了，何必身临其境？事实证明，我错了。将来，你也要陪我共同回忆咱们的旅游时光啊！"

"我愿意，我非常愿意！"

郝冬梅的旅游提议和苦心安排，换来了周秉义的好感受，她激动得偎依在他怀里哭了。

周秉义两口子享受着旅游的快乐时，周蓉和周秉昆姐弟俩却都遇到

第十四章

了意外之事。

周蓉面对的事与她没有什么直接关系，却与蔡晓光有关——关铃闪婚嫁人了。嫁的是一位英国人，比她大三岁，名叫罗伦佐，一位开名牌鞋店的商人。她要举行告别宴会，蔡晓光接到了她亲自打来的电话。

蔡晓光请示周蓉："这我不去不好吧？"

周蓉反问了一句："我想，她不至于只邀请了你而不邀请我吧？"

他说："她怎么会那样！你肯定不想去，我代表你去行不？"

她说："你怎么知道我肯定不想去？小关是对我有恩的人。我不在国内的年月里，人家不图你什么，替我照顾过你。我住院时人家对我特别关照，我又不是感情冷漠的人，当然也要去。"

于是，蔡晓光夫妻二人双双赴宴。

地点在"和顺楼"。关铃的好友曾珊执意要表达送别之情，一切都替她免费安排妥当。人不算多，二十四位。包括关铃和曾珊在内，十四位女士，十位男士，正好三桌。除了蔡晓光，其他男士的年龄与罗伦佐不相上下。

周蓉的出现让关铃颇觉意外，她向丈夫介绍说："这是我一位好姐姐，这是我姐夫。"

罗伦佐不明就里地问："你不是说要来的是对你很好的一位老大哥吗？我到底应该叫哥哥还是姐夫呢？"

关铃的脸唰地红了。

晓光连说："叫姐夫对，叫姐夫对。"

他的脸也唰地红了。

周蓉调侃道："小关，真是什么人什么命。你最喜欢漂亮鞋子，这下可称心如意啦！"

关铃笑道："蓉姐以后别买进口鞋啊，我会想着你的。咱家就是卖名牌鞋的,你省下钱干别的用。"

周蓉几句话轻松化解了窘境,关铃和蔡晓光的表情旋即变得极其自然。只有罗伦佐还愣着,他显然仍然困惑,自己究竟该怎么称呼蔡晓光这位年长的男士?

周蓉对他说:"随你怎么叫,怎么叫还不是一样亲。"

"那我叫姐,因为我没有姐,却有两位嫂子,至于鞋,关铃的话代表我的承诺。"罗伦佐也笑了。

周蓉说:"你的名字我觉得似曾相识。"

罗伦佐说:"与莎士比亚有点儿关系。"

周蓉说:"想起来了,《威尼斯商人》中那位好女婿,但我们的关铃可不是夏洛克的女儿哟!"她又转身对关铃说:"恭喜你以后不但有穿不完的鞋子,还嫁给了一个好人。"

关铃是不太读书的,但周蓉说她嫁了一位好人,让她异常开心,情不自禁地拥抱着周蓉说:"姐真好,我会想你的。"

周蓉说:"那就要经常回来看我,可别乐不思蜀。"

这边厢正亲热着,那边厢曾珊出现了。晓光见她看自己,自己在这边又只不过是陪衬,便向曾珊走去。

周蓉刚落座,晓光又牵着曾珊的手走来了,向周蓉介绍她。

曾珊说:"嫂子好有风采。"

周蓉笑道:"托你晓光哥的福,他把我养得好。"

"哎呀妈呀,我开始飘飘然了!"蔡晓光乐得合不拢嘴。

曾珊离开后,周蓉小声问他:"什么人?亲得牵着人家手半天不放开。"

晓光说:"一言难尽,回去告诉你。"

关铃与曾珊两个都是盛装出席,化了淡妆,成为抢眼的亮点,一对

第十四章

姐妹花。

周蓉说:"看着她俩风情万种的,真觉得对不住你这位'花导'了。"

晓光说:"为夫非以'花导'闻名,乃以'绝导'立足。"

周蓉说:"即将离别,心里酸酸的是吧?"

晓光对她耳语道:"男人不能只靠偷嘴活着,你是我色香味俱佳的主食。"

原来关铃与罗伦佐喜结良缘,竟是曾珊介绍的,而曾珊与罗伦佐是在基督教堂认识的。

宴会开始,第一轮酒过后,曾珊介绍起了关铃与罗伦佐的恋爱经过,接着唱了首《好一朵茉莉花》。

掌声中,罗伦佐站起来郑重声明自己是爱尔兰人。

"快坐下!不许再说第二次,有什么不一样啊?"

关铃扯他袖子。

"挺不一样的。"

罗伦佐嘴上嘟哝着,表现却很乖,立刻坐下了。

大家都笑起来。

有位女士高叫:"小罗,领教中国式'妻管严'的厉害了吧?后悔还来得及!"

罗伦佐大声说:"死不悔改!"

大家又笑了。

关铃则自己满了杯,站起来,望着集中于一桌单独赴宴的男士们说:"几位哥,这一杯我要敬你们,感谢你们多年来给予我的帮助和厚爱,我会永远铭记不忘!"

她一饮而尽。

他们互相看看,也都站起来一饮而尽。坐下后,各自一本正经静默着,谁也不看谁。

蔡晓光高叫:"好!"

他带头鼓起掌来。

两小时后,周蓉和蔡晓光回到了家里,那时天已黑了很久。

周蓉冲罢澡,穿着浴衣坐在沙发上揉脚——几年没穿高跟鞋了,脚挤疼了。

"哎,那个曾珊,她怎么没和罗伦佐成一对呀?"她好奇地大声问晓光。

蔡晓光一边冲澡一边在卫生间回答:"她是拥有一两亿资产的女人,估计很难再爱上什么男人了!"

她又问:"为什么啊?对你那么尊敬,你怎么不为她介绍几个?"

"我才不多那个事。听说她对有的男人动心过,但一谈婚论嫁,又疑心重重,唯恐将来对她的资产安全有什么不利。这样的女人,八成以后只有嫁给钱了!"

晓光冲罢澡,周蓉已在床上了。

他上床后,周蓉说:"你那位小关太了不得了,幸亏是远离文学的女子。"

晓光眨着眼问:"别绕弯子,你有何高见?"

周蓉说:"搞上了那么多男人,肯定一半以上是有家室的,居然什么风波都没发生过!而且呢,嫁作他人妇了,他们还都来送别,还都依依不舍,有的与她分手时还眼睛红红的,个个有情无恨,可谓情深义重。如果再是个亲近文学的女子,那更了不得了。"

晓光说:"你太主观了,那些男人也不都是……"

周蓉抢着说:"也不都是你和她那种关系?别忘了我也是了不起的女人啊!只不过我的了不起在于一双火眼金睛。他们与她有没有过你俩那种关系,你当事者迷,我旁观者清,会看不出来吗?"

晓光拿起烟盒,反唇相讥:"你比她厉害啊!她从没让我失去过理智,你却让我五迷三道地快一辈子啦!"

周蓉从她手中夺下烟盒,往床头柜上一放,伏在他身上,笑着逗他:"为了祝贺小关喜结良缘,咱俩应该分享她的幸福,对吧?"

晓光眨巴着眼睛问:"怎么分享啊?"

她凑着他耳朵,温热地亲了一下。

周秉昆所面对的,却是完全高兴不起来的事。一天,唐向阳开着公司的车来到新区找到他,告诉他水自流住院了。医生们回天乏术,而水自流希望能见上他一面。

如果不是唐向阳提起来,周秉昆早把水自流这个人彻底忘了。

向阳说:"不管你对他这个人有什么看法,他都快死了,我觉得你应该去看看他。"

秉昆说:"是啊,当然的。"

向阳说:"他好像有什么放不下的事要跟你谈。"

秉昆说:"那你告诉我,我好有点儿心理准备。"

向阳说:"我也不知道,没问出来。"

他俩约定了一个去看水自流的日子,向阳保证开车接送秉昆。

向阳走后,周秉昆左思右想,怎么想都是与郑娟有关的事,他想不出水自流会跟他谈别的什么事。他还总觉得肯定是不好的事,可能是哪种不好的事,却根本没法猜。

到了与向阳约定的日子,秉昆对郑娟撒了个谎,说他陪向阳去拔牙。郑娟从不知道他和水自流有来往,知道了肯定会生气。郑娟对水自流的看法可不像秉昆那么包容，她认为水自流是一个不好转变的人。向阳说，自己多么多么害怕拔牙，必须有人陪着才有勇气，郑娟深信不疑。

水自流瘦得皮包骨头，已经脱相失形了。出乎秉昆意料，水自流根本没有说自己的病情，而是跟他谈自己经营多年的崇文书店。他虽身兼着路路通公司顾问，却从没有放下书店的经营。他说自己这一生，只做了一件没有异议的好事，便是开起了崇文书店。他最放心不下的，是崇文书店在自己身后的存亡。

"我真是有点儿搞不明白了，现今咱们这样一座经济不景气的城市，有钱人越来越多，他们一掷千金，但是爱读书的人反而越来越少，这是怎么回事呢？"水自流忧心忡忡地说。

向阳说，也不奇怪，有钱人希望更有钱，整天忙着挣钱，比的是谁更富有，哪儿有心思读闲书呢？没钱人中也许有人还想读书，但一想到买书的钱足够吃两顿早餐，念头自然也就打消了。不穷也不富的人呢，眼里只有教人如何快速致富的书。那样的书虽然年年有，但单靠卖那样的书，撑不起像样的书店。书店不像样子，书也丧失了吸引力，自然更没人理睬了。

"可我还偏偏不卖你说的那种书，那种书是骗人的。世界上就没有谁是靠读那种书富起来的。富起来的人写那种书才不会是为了传授经验，而是为了满足成就感。秉昆啊，不说那么多了，我希望你能接手把书店办下去。门面租金不是个负担。我的朋友们，即使在我死后，也会为了我的遗愿继续支付租金。至于挣多挣少，那就全靠你的能耐了。书店现在雇着两个女孩子，每人每月一千五，效益好有提成。你要是连她俩的工资都挣不出来，当然就亏了。我亏过几个月，自己赔钱给她俩开工资。你办过刊物，搞过发行，开书店肯定比我的点子多。秉昆，我把底摊明了，希望你能答应我，把我的书店接手办下去，别让它没了。"水自流言辞恳切,近于哀求,如同临终托孤一般。

秉昆一边听一边在心里合计,周聪老大不小,得为自己结婚攒些钱了。他和郑娟得定期交"双保",一旦有两个月没交,那就断了。虽然允许续,却得交更多的钱。他和郑娟的生活,全靠面食店的收入维持着。如果接手了书店,郑娟一个人也忙不过来呀,何况她的身体早已不如以前了。万一开书店亏了,自己哪有钱往里赔呢?

他觉得自己还真不能意气用事、匆忙答应,就借故上厕所离开了病房。向阳领会了他的眼色,跟了出去。

二人走到走廊尽头,秉昆问:"他那遗嘱,你们公司怎么就不可以给他个放心呢?"

向阳说替水自流交租金的那些朋友,都与曾珊结过商业上的"梁子",他心知肚明,难以向曾珊开口。

秉昆又问:"你可以替他提一下呀!"

唐向阳说:"我提更不对劲儿了,弄不好曾总会起疑心的。"

秉昆看出,向阳怕曾珊,不愿多事,也就不再说什么,但心里对他很同情——同样有大学文凭的人,只因一个是老板,一个是端人家饭碗的,便分着尊卑。当年凡人不理的小哥们儿,变成了现在唯唯诺诺、毫无胆量的老爷们儿。转而一想,他也要靠这份工作挣钱过日子,便又有些理解了。

秉昆忽然想起一个人来,一转身往病房大步走去。

唐向阳跟随着,嘱咐他说:"你即便拒绝,那也要委婉点儿。他都快死了,也没个亲人,咱们得讲个慈悲为怀。"

秉昆不满地说:"你慈悲?你能帮他却不帮他一下!"

二人再坐在水自流的病床前时,秉昆坦率地说了自己为什么不能接手书店。水自流微闭双眼听着,眼角逐渐挤出一滴泪来。

"你也别太失望,我可以向你举荐一个可靠的人,一个开书店比我强得多的人。"

听了秉昆的话,水自流的双眼一下子睁开了,忙问:"谁?"

"他的名字叫邵敬文,当年……"

"别介绍了。你师父白笑川活着的时候多次跟我说到过他,还两次陪他到书店买过书。可惜那两次我都不在,失去了与他认识的机会。"

"你觉得,他行吗?"

"当然行啊,太行了。我求之不得啊,只是他会愿意吗?"

"我估计,会的吧。他是酷爱读书的人,退休后一直闲在家里,过几天我替你问问他?"

"秉昆啊,别过几天了。我现在这情况,随时会走的……"

水自流急切地希望见到邵敬文,唐向阳表示可以立刻开车去接。秉昆就将邵敬文家的详细住址告诉了他,走到门口时小声问了一句:"真有必要吗?万一他不在家呢?"

向阳说:"不管他在哪儿,只要他家有一个人在,也会让他带着我找到他。反正离得不远,又有车,很快的。"

秉昆看出,向阳是想用实际行动减轻内心的负疚,修补自己胆小怕事的形象,便由他去了。

病房里只有水自流和秉昆时,水自流说曾珊对他这个顾问还不错。本要争取让他住上单间,但医院病床太紧张,只能委屈他住这个双床病房,另一张病床空着。

秉昆说:"也跟单间差不多。"

水自流说:"住那张床的昨天夜里死了。我迷信,今天晚上会害怕的。"

秉昆一时语塞,不知说什么好。

水自流又说:"我听你师父讲过,你和郑娟挺相爱的。"

第十四章

秉昆说:"对。"

水自流说:"你一定以为,像我这种人,恨我的一定比感激我的人多。你错了,其实我这辈子并没成心害过人,却尽量帮过不少人。恨我的人不能说没有,但绝对比不上感激我的人多。有的人起初以为我和骆士宾是一路人,可一接触下来,发现根本不是。曾珊就是很感激我的人之一,不是我在她最困难的时候辅佐她,路路通公司早就倒闭了。"

秉昆说:"我信。"

水自流歇了会儿气,又说:"其实,你和郑娟也应该感激我。当年要不是我坚持那么一种做法,你俩……"

秉昆不愿听他提起当年的事,制止道:"你别说太多话了。一会儿如果邵敬文来了,你还得说。我最好离开,你养养神吧。"

秉昆说着起身走出病房,走到走廊尽头,站在窗口那儿,望着街景思绪万千。他不得不在心里承认,水自流确实和骆士宾不一样。水自流的话有几分道理,如果不是他当年坚持,自己确实不太可能与郑娟成为夫妻。但是,水自流毕竟曾和骆士宾是一个团伙的,还是一号人物,而骆士宾是严重伤害郑娟也严重伤害他周秉昆的人。他站在走廊尽头,一时不想回到病房,就等着唐向阳和邵敬文。

唐向阳还真没白表现,半小时后居然将邵敬文接来了。

水自流一见邵敬文,精神为之一振,想坐着谈,自己又无力坐起来。秉昆和向阳只得扶他坐起,往他背后垫了两个枕头,他才坐得比较稳了。

邵敬文说,在路上他已听向阳讲了水自流为什么要见自己,表态很高兴能有机会接手一家书店,自信满满。

水自流特别高兴,面授机宜,嘱咐邵敬文该怎么经营才好。

邵敬文很谦虚,掏出带来的笔和记事本,边听边记,一副天将降大任的认真和神圣态度。

秉昆坐的高脚凳让给邵敬文坐了，他一点儿也没心理障碍地坐到那张空床边。秉昆觉得自己不虚此行，对得起水自流了。即使水自流过去对自己有恩，也等于还了。他便不想再说什么，默默听着。

水自流告诉邵敬文，他开书店十几年的体会是，中国人读书的目的性很强，绝大多数人倾向于实用，这一点与西方人极不相同。在西方社会，不少人读书是因为喜欢，正如他们因为喜欢花才买花，而不是认为花除了赏心悦目还有另外的用途。他为了考察人与书的关系到过农村，从前的农民还喜欢在窗前屋后种花，如今院子里有花的农家少之又少。农民对土地的用途也变得特别功利，即使桌面那么大的一块地，也要种菜而绝不种花。他们把花完全看作生活中的多余物了。但是，那么一小块地上生长出来的菜真的对他们一日三餐有什么特别的意义吗？其实意义不大，也卖不了多少钱。他们种的菜往往吃不过来，喂猪了。猪多吃了几口就能多长两斤肉吗？也不能，但亲自喂给猪，眼看着猪吃掉，功利目的达到，心理就获得了满足。花有什么用呢？连家畜家禽都不吃。他说全中国都陷入功利主义泥沼，农民也不可能不焦躁，不受影响，而他们的功利目的又只有通过土地来实现，所以他们对土地变得急功近利，他们那样做应该能理解。城里人乐意花买一本好书的钱，去买一塑料袋垃圾食品给自己的孩子吃，他难以理解。他说，他以前偏与现实较劲儿，凡助长功利主义思维的书，即使好卖也不进货，结果绕了挺长一段弯路。什么教人炒股发财、长寿秘诀、八面玲珑之类的书，只要好卖，那就进吧！

邵敬文连连点头称是，虔诚之至地说："对着呢，水至清则无鱼啊！这是一个特殊时期，特殊时期得有特殊的经营理念。我明白，将书店可持续地开下去，这才是我接手后的第一要务。您只管放心，我绝不会让崇文书店在我手上关张！"

二人正交谈得投机，曾珊突然来了。唐向阳向她介绍说，秉昆和邵

第十四章

敬文是水自流的朋友,她向他俩点点头,然后就着急地慰问起水自流来。显然,她还急着到别的地方去办事。

曾珊说,她早就想来看他了,每次要来,又有事牵绊住了。

她问,他有没有什么放心不下的事?如果有,只管开口讲,包在她身上。

他说,刚才还有,现在圆满解决了。

她就把询问的目光望向了唐向阳,唐向阳立刻做了一番汇报。

"这怎么可以?绝对不行!咱们公司的顾问经营了那么多年的书店,用得着别人替交租金吗?你怎么从没对我提过?亏你还是公司的一位副总,还在这里听着!这么解决和根本没解决又有什么两样呢?公司每年的公关费二三百万元,一点儿租金花不起了?你真是没长脑子!"

她把唐向阳训得脸上红一阵白一阵的,接着俯下身,握着水自流的手说:"水老,多年以来,你为公司的发展壮大立下了汗马功劳,功不可没。你的愿望就是公司的愿望,你把接手人选定了,很好,那便是他了。以后,租金由公司来交。必要的话,公司也可以考虑把那店面买下来。总之,只要公司在,只要我还是总裁,崇文街上就会永远有一家崇文书店!"

她终于放开了水自流的手,看着唐向阳说道:"书店的事你尽快介入一下,究竟是继续租好还是干脆买下来好,我等着你了解的结果。"

水自流感动得老泪纵横,双唇抖抖地说不出话来。

邵敬文也极受感动,曾珊走时,他站起来一再鞠躬相送。

秉昆从旁看着听着,内心里同样感动。

唐向阳送周秉昆和邵敬文回家时,邵敬文在车上说:"那位曾总是个好人,你同意吗?"

秉昆发自内心地说:"同意。"

邵敬文又问向阳:"你们公司的人都特别尊敬她吧?"

向阳说:"谁敢不尊敬呢,总裁嘛。"

几天后,水自流死了。周秉昆背着郑娟参加了追悼会。

那日下起了入冬后的第一场大雪。邵敬文带了一束鲜花,恭恭敬敬地献在遗体旁。

路路通公司为水自流操办的追悼会挺体面,本市国营民营企业的头头脑脑们都到了。唐向阳代表公司致悼词。

不少人看到,曾珊流泪了。

周秉义和郝冬梅回国了,他俩二〇一二年的出境游画上了句号。

三十儿晚上,周家的亲人们聚在周秉义夫妇的新家里。按照郝冬梅的郑重要求,市里分给他们一套新房,而不是哪位高升了的干部腾出来的旧房。房子三室两厅,阳台蛮大,比一般副市长应该享受的住房面积还多出十几平方米。那幢小楼当年是为老资格的市领导们盖的,按照"老人老办法"的标准,面积都大一些。组织上告诉他们,这套房子带有对周秉义奖励的性质,是班子讨论决定的。这让周秉义特别不安,逼着郝冬梅将学校分给她的那一套房子退掉。郝冬梅对市里分给秉义的房子相当满意,但对他逼自己退掉学校分配的房子很有意见,因为学校并无打算收回的意思。

周秉义夫妇在欧洲旅行的两个月里,周蓉也没闲着。她在北京工作的法国朋友古思婷与华文志夫妇要合写一部关于中国印象的大书,预计要写四五十万字,先在法国出法文版,再由他们自己译成中文在中国出版。书中将写到中国的城镇化现象,他们恳求周蓉陪同调研,经费由法国外交部提供的文化基金支持。周蓉为了完成自己的长篇小说需要搜集相近的素材,很想答应下来,她就跟蔡晓光商议。

第十四章

蔡晓光特别支持，马上答应。

周蓉歉意地说："时间可能会挺长，估计两个来月回不了家。"

晓光笑道："别忘了我等过你十二年，两个来月算什么啊！"

周蓉说："我不放心你，怕你一人在家孤独寂寞，想我想得没着没落。"

晓光说："那是肯定的。不是有手机嘛，你得保证每天至少跟我通一次话，外加三条安慰短信。"

周蓉讨价还价地说："两条吧。"

晓光一本正经地说："少一条也不行，那我就会去找你的。"

二人调笑了一阵，周蓉还是有些放心不下，追问他独自在家的日子里究竟打算怎么过。

晓光说他会很忙，他要帮秉义夫妇将新房子装修好，让他们一回国就能住进去。

周蓉感动地说："你呀，真是天生操心的命，成了我们周家人的公仆，谁家有什么事都主动上。"

晓光说："这话也太见外了吧？你的亲人也是我的亲人啊。别看咱们回我老家去，东一户姓蔡的，西一户姓蔡的，今天这个请，明天那个邀，那只不过都是姓蔡而已，没什么真感情。他们的父辈也许跟我父亲有真感情，到了我这一辈，关系出五服好远了。看起来他们好像对我很亲，那是因为春节期间，人对人亲点儿图个喜庆吉祥。哪天我死了，消息传回去，他们路上遇到时互相说：'知道了吗，蔡晓光死了。''昨儿知道的，你这是要哪儿去？'他们能这么提到我就不错了。可我的死对你和你的亲人将会不同，你们会悲伤很长时间缓不过劲儿来，你们会经常怀念我。所以，我要多为你的亲人做好事、实事，让你们不想我都不可能，因为你们总会互相提到我。"

"别胡说了！"

晓光是半开玩笑说的，周蓉却听得鼻子酸了。

"不许再开这种玩笑，我强烈要求你陪我活到一百岁！"

她捧住他的脸，给了他又长又深的一阵吻。

要说周蓉和蔡晓光，也真算是在夫妻之爱方面修成了正果。他们都已是六十多岁的人，在别人眼里是地地道道的老夫老妻。可在家里，周蓉给予他的爱往往仍是那么火热，那么撩人，常常让他春心荡漾，幸福得不亦乐乎。

蔡晓光说到做到。周秉义两口子回国的第三天，就开始到处看家具买家具，觉得如果不赶在春节前搬入新居，那也太对不住蔡晓光付出的辛劳了。

作为兄长的周秉义，婚后第一次在大年三十儿，在自己崭新宽敞的家里接待妹妹、妹夫和弟弟一家三口，这让他同样有种修成正果的感觉。

冬梅除了视丈夫的亲人为亲人，再无本家族的亲人。退休后，她爱热闹，对丈夫亲人们的到来特别欢迎，特别高兴。她第一次以女主人的身份招待五位亲人，而且是在极满意的新居里，她甚至显得有点儿亢奋，话多了，笑多了。

事先说好，亲人们都要在秉义家过夜。聊啊，做饭啊，看电视啊，都很从容。无论主人还是客人，都不慌不忙。往年聚在光字片秉昆那破家里时，他们往往一边聊天，一边心里都急着吃完年夜饭赶快走人。

晓光说："没法不急着走啊，在秉昆那儿上厕所太不方便，得走出家门到胡同口去。如果那冰窖似的厕所里有人，就得一边挨冻一边等。"

周蓉说："我每次都尽量憋着，怕脚下一滑掉厕所里！"

第十四章

冬梅说:"秉昆那儿太冷,坐时间长了冻手冻脚的。"

周蓉问郑娟:"弟妹,第一次在家里洗澡、上厕所,什么感觉啊?"

郑娟说:"幸福呗,神仙过的日子。我家热水器是接煤气管上的,水可冲啦!"

大家看着她十分幸福的样子,便都笑了。

周秉昆却在阳台上。阳台上堆着不少年货,他逐箱逐盒地看着,选着。

冬梅说:"秉昆,明天带走什么都行。"

秉义说:"没想到退休了,送年货的反倒多了。以前他们也不知往哪儿送,这下都有地方送了。对了,龚维则还送了一箱鞭炮礼花,我这儿是禁放区,你带走。"

秉昆说:"初三我那几个朋友要在我家聚,我们新区随便放,那我整箱端走了。"

晓光说:"给我送礼的一年比一年少,就你姐学校还象征性地给她送了点儿东西,你以后别指望我们能提供什么了啊!"

大家又都笑了。

郑娟把秉昆拽进屋来与大家说话。他问起了龚维则的近况,因为听到了关于龚维则的一些负面传言。

周秉义说,龚维则是在区公安局副局长位置上退的,因为是常务副局长,组织上给了他礼遇,可享受正处级退休干部待遇,也算是一种安慰。其实正副处级干部退休后待遇上根本没多少不同,仅工资上有点儿差别。龚维则本人因为退休前没能再被提拔一次,很是闹了一番情绪。他能量挺大,在几家私企同时兼职,估计灰色收入不少。他还在警校挂了个"特聘高级教员"头衔,这使他有时可以继续穿一穿警服。总之,他仍活得又忙又生动。

秉昆说:"哥,你以后要与他保持距离。"

秉义问:"你听到关于他的什么闲话了?"

秉昆说:"你记住我的提醒就是了。"

由于和龚宾的关系,他不愿将自己听到的传言讲出来。

晓光说:"我也听到了一些对于他的非议,秉昆的话你确实得认真对待。"

秉义说:"我不是一点儿没听说,可他到处说,他和我关系好到不分彼此。我有什么办法?既不好当面严肃地要求他以后别乱说,也不可能在报上网上发布声明说不是那么回事。你们都放心,我会渐渐和他疏远的。"

晓光说:"他在网上发了三篇博文,回忆早年与周家每一个人的亲密关系,点击量很高。"

周蓉说:"我也看了,文章写得不错,那份感情肯定是真的,并且基本上还都是事实。他那人比较重感情,对咱们周家的人一直很友善,我认为这一点咱们任何时候都不该忘,更不该否认。"

周聪说:"我们报社的一些人也从网上看了,都说是挺好的文章,春节后准备转载一下。"

秉义说:"替我给你们主编捎个话,就说我不同意。"

冬梅说:"那不好吧?传到人家耳朵里,你以后还怎么面对人家?你现在是在民间口碑很好的干部,要说他有点儿什么企图,无非就是想沾你点儿好口碑的光。你都退休了,为什么送年货的人反倒更多了?无非是冲着你在民间的好口碑嘛!说自己与一位退休的好干部关系很好,无非想证明自己也是好人,也是好干部。这属于人之常情,完全可以理解,也证明他们还有向好的心,你别太疑神疑鬼的。秉昆和晓光的话应当重视,但要讲究方式方法,千万别把自己搞得太没人情味儿,那就很不可爱了。"

第十四章

包括秉义在内，大家都频频点头，表示赞成冬梅的话。

忽然，大家的手机都响了，一看手机，是周玥发来的春节祝福短信。每个人收到的短信话都不一样，除了周蓉，一个接一个念给别人听。发给晓光的话最多，还附有一首诗。晓光读出来，面呈得意之色。

秉义问周蓉："你也念给大家听听嘛！"

周蓉说："不想。"

晓光从她手中夺去手机，替她念给大家听。周玥发给母亲的短信最短，三句话是——"亲爱的妈妈，我好想你！祝你和老爸春节快乐，恩爱倍增！期待着妈妈的宽恕！"

亲人们一时默然。

周蓉站起来，要往阳台走。

秉义说："周蓉，你别离开，听我说完话。从今年开始，我希望每年三十儿都聚在我这里，一个也不能少，包括周玥。"

周蓉背对着大家说："晓光，替我把哥的话发给周玥。"

大家正看着晓光发短信，秉昆的手机响了。他等晓光发完短信，看着自己手机说："是光明发来的，他祝福咱们。"

屋里一阵肃静。

晓光说："怎么祝福的？你倒是念呀！"

"一时善，一时佛；一事善，一事佛；一日善，一日佛；日日善，人皆佛。善善相报，佛光普照，我佛保佑亲人们岁岁平安。萤心。"

屋里又是一阵肃静。

周秉义低声说："估计全中国也没多少人在三十儿晚上，居然能收到一位佛门弟子的祝福。"

周蓉说："手机普及得真快，连佛门弟子也会发短信了。秉昆，他怎么知道你的手机号啊？"

晓光说:"一次我上山去看他,告诉他的。"

周蓉说:"你那么爱去北普陀,干脆哪一天也剃度算了。"

晓光说:"我对红尘倒是不怎么留恋,可就是舍不下老婆嘛!"

大家再次笑了。

周蓉红着脸打了丈夫一下。

周聪忽然嘘了一声,大家又都肃静。这才发现独缺了郑娟,卫生间隐隐约约传来了哭声。

周聪说:"我妈拿着毛巾进去的。"

周蓉说:"肯定在洗澡,秉昆你别愣着了,快去看看呀!"

郑娟果然在洗澡。洗澡这种享受,对她具有难以抗拒的吸引力。她洗着洗着,忽然想楠楠了,蹲在卫生间哭了。

秉昆替她擦干身子,帮她穿好衣服,扶她走到客厅。她刚坐下,他替她擦脚。

郑娟说:"别擦脚,这是哥哥嫂子家的洗澡巾。"

冬梅说:"洗澡巾当然可以擦脚。"

秉昆一声不吭,捧住她的脚继续擦。

周蓉说:"嫂子,快,吹风机。"

冬梅赶紧起身,找来了吹风机。

周聪就近插上电源,周蓉替郑娟吹起头发来。

晓光看着说:"弟妹,你多大的谱呀,这可得拍下来。"

说罢,他便用手机拍。

郑娟就笑了,扭转身不让他拍。

她承认自己想楠楠了。

晓光拿起秉昆的手机,将光明发来的短信读给她听,并说楠楠在一时、一事、一日三点上早已成佛,可以称作"三级佛"。当妈的想儿子是

第十四章

可以理解的，但对于成佛的儿子，不必特别伤心。

郑娟说她同时也想她妈了，自己终于过上了好生活，妈却一天好日子也没过着，怎么能不伤心啊！

她又要哭。

蔡晓光反应多快呀，多会劝人呀！

他说："弟妹，光明的话你得信吧？按光明的说法，你妈更了不得啦！她的善可不是一时、一事、一日、一年的事，没她就没你，也没有光明的出息，也没了秉昆和你结为恩爱夫妻的缘分。"

周聪说："也没我了。"

晓光说："就是！所以，你妈属于终身佛级别。都是佛，她现在肯定常和楠楠在一起。咱们的亲人中出了两位佛，多大的幸事，佛祖多看得起咱们，你更不应该伤心了呀！"

秉昆也说："你不是自己都认为，你妈是观音菩萨的化身吗？你忘了你对我讲过，她对小野猫小野狗都特别爱护吗？"

郑娟终于说："行，我不伤心啦。"

秉义却起身默默走开了。

冬梅发现他表情不对，起身跟着他走入了卧室。

秉义进了卧室，往床边一坐，双手捂脸，低声哭开了。

冬梅问："你这演的又是哪一出啊？"

秉义说，他也想自己的父母了。

冬梅说："郑娟想她妈和楠楠，你想你自己父母，那我也想我父母！咱们这个三十儿晚上就人人伤心，把它过成个集体的亲人追思会呗！"

秉义说："你的父母与我们的父母不一样，你的父母没像我们的父母那么受罪，我们的父母一生过的都是苦日子。"

冬梅不爱听了，反驳道："你敢说我父母没受过罪？他们革命年代过的那种艰苦生活，不比你父母过的穷日子苦？他们出生入死，你父母经历过吗？他们'文革'中的悲惨遭遇，搁你父母身上，那还未必承受得了呢！从'文革'一开始，我就见不着父母，我自己也成了'狗崽子'。等'文革'结束，我只有妈没有爸了，我……我……"

她也赌气往床边一坐，掉起眼泪来。

秉义意识到了自己的话十分不妥，赶紧赔礼道歉，过来哄妻子别伤心。

而晓光在客厅高声喊道："哥，嫂子，该弄年夜饭了，我下厨了啊！"

虽然发生了两段影响气氛的小插曲，但亲人们比以往任何一年的任何一次相聚都快乐。

这是一次欢欢喜喜的相聚，他们都觉得挺幸福。他们的幸福感，与知识、学历有一定关系——在他们中，四人接受过高等教育，秉义和周蓉还曾是北大学子。如果再算上周玥，周家亲人中有五人受过高等教育。

在他们中，有一人受益于文艺，那就是蔡晓光。虽然并无多少值得骄傲的成就可言，与那些成为文艺大腕日进斗金、财源滚滚的春风得意不能同日而语，但他确实沾了文艺特别是主旋律不少光。

在他们中，有一人成了正厅级的副市长。他努力做一位好官，但是，经由他不显山不露水的暗中操作，弟弟一家还是得了不少好处。否则，周秉昆家不会在新区分到令人羡慕的一套带门面的住房，周聪也不会进入报社成为记者。

在他们中，还有周玥那样嫁给老板，成为其第二任妻子的"七〇后"。

是的，知识、学历、机会、权力、个人对人生的设计都不同程度改变了他们的命运，但最重要的因素乃是时代的发展变迁，是国家的改革开放。

否则，便没有什么民办或私立学校。周蓉回国后，就不可能做私立学校的教师，进而成为副校长，她退休后的境况如何也就很难说。

否则，就没有所谓私企，就没有什么私企老板。周玥回国后一旦进

第十四章

不了党政机关、事业单位或国企，就将面临失业，嫁给一位私企老板更是天方夜谭。

否则，电影电视剧的民间投资也将是纸上谈兵，不可想象。单靠政府全额投资，任何一位省会城市的导演吃"主旋律"这碗饭都不会长久，蔡晓光更不可能多年以来如鱼得水，甚至也算名利双收。

如果蔡晓光自己的人生都相当落魄，加上今天有工作明天没工作的周蓉母女俩的拖累，他们一家三口的生活境况肯定是愁眉不展。蔡晓光与周蓉之间的夫妻关系，断不会像现在这般鱼水同欢，卿卿我我。蔡晓光与周玥之间的养父女关系也肯定是相互嫌弃怨怼，甚至早"散伙"了。

如果没有这个重要因素，也就不会有雨后春笋般出现的房地产公司，周秉义负责的城市改造、招商引资只能是空话，他要为百姓做好事、实事的夙愿也将是一厢情愿的梦想。他必然会抱憾终生地退休，断无什么令官场和民间都刮目相看的政绩可言。光字片与另外几处危房区自然还是城市癞疤似的存在，弟弟周秉昆一家仍将糟心无望地生活在光字片，让他去一次心情不好一次。

如果周蓉和周秉昆两家的生活都是马尾穿豆腐——提不起来，作为哥哥的周秉义分到了好住房，肯定也会住得内心不安，也肯定没有心思与妻子出境旅游。三十儿晚上，他也不会有心情把周家亲人们召集到自己家里来。即使召集了，他们也来了，气氛怎样也只能另说。光明也肯定不会发来那样的短信，即使发来也不会带给他们多少愉快。甚至恰恰相反，还会让他们产生心理逆反。郑娟一哭，更不是那么容易哄好，家里的气氛肯定很压抑。

归根结底，大多数人的生活绝非个人之力所能改变，也并不是个人愿望所能左右。不可不承认，国家、社会、时代的因素尤显重要。

世界上每个国家大多数人们的命运，概莫如此。

而在中国，时代的转型颠覆了许多人习以为常的生活，给了他们踏上不同生活道路的可能。周家的亲人们就是这样。

时代的转型曾使周秉昆的人生陷于困厄，却也拯救了他的姐姐、姐夫和外甥女。

这些亲人之中，周蓉、蔡晓光和周玥靠着各自的知识，还有抓住机遇、顺势而为的灵活性，不同程度地成为发展自己、获益于时代的转型者。周秉义、郝冬梅二人靠着各自的知识，还有权力的影响，成为手捧金饭碗银饭碗的国家厅局级、处级干部，拥有了极大的话语权。周聪借助大伯的提携，还有个人努力，也成为谈吐不凡、衣着光鲜的报社记者。八个亲人中，只有周秉昆、郑娟两口子直接感受到时代转型的巨大压力。郑娟还另当别论，因为她只是在周秉昆入狱的那十二年里走出家门工作过，并且由于曲老太太出面帮助，工作顺利解决。她的主要身份还是家庭妇女，所感受到的时代转型压力，主要间接来自周秉昆。

那么，就算她也是感受到时代转型压力的人吧，八个亲人中，也只不过是二比六。

二比六是不可以按照数学法则，直接化简为一比三的。两个人分担同等压力是压力的减法，六个人帮两个人却比三个人帮一个人要轻松许多。实际上，周玥也偷偷塞给过郑娟几次钱。她把自己法国勤工俭学挣的钱换成了人民币，转给了小舅和舅妈，免除他们"双保"缴费的烦恼。

周秉昆并不多么缺钱，往往急需用钱时，姐姐姐夫或者哥哥嫂子多少总会接济他一些。

甚至可以说，他是穷人堆里的幸运儿，不像肖国庆和孙赶超两家那样，他们常常陷于孤苦无援的绝境。甚至还有更糟的，如果他们的亲人中出息了一两个人，背后却有三五个甚至更多的人需要帮扶。

那种以少帮多接近于拯救的帮助，对于拯救者就是特别吃力的亲情责任。如果拯救者是周秉义那样级别的官员,却不像周秉义那样稍稍动用权力帮助亲人便惴惴不安、自责不已的话,情况就完全不同,那就完全用"一人得道,鸡犬升天"来形容,也是恰如其分。

二〇一三年大年三十儿晚上,在退休的正厅级副市长周秉义那宽敞的家里,他与亲人们的聚会,并不具有普遍意义。

A市许多巴望着拆迁的危房区人家,气氛截然不同。

一个事实却是,从前的新中国第一代建筑工人周志刚,从他上班那一天起,就经常梦想着率领建筑队的工友们在光字片为穷人盖起一幢幢楼房。结果,干了一辈子建筑的他,直到离世也没有住过楼房。他的长子年近六十时开始实现他的梦想,退休前终于超额实现了,除了抹掉他既熟悉又厌恶的光字片,还抹掉了情形与光字片差不多的几处危房区。如果泉下有知,他肯定会特别欣慰。

晚上七点半左右,当周家的亲人们开始吃年夜饭时,他们的手机又先后以各种声音响了起来。除了郑娟没手机,其他六人都有,周秉昆的手机是过时的二手货。

有人拨打他们的手机拜年,也有人发短信拜年,摆在桌上的六部手机就此起彼伏地响个不停,他们便都有点儿像早年电话局的接线员了。八点钟央视"春晚"开始,七点半是隔空拜年的最佳时段。拜年太早了像完成任务,太晚了似乎缺少诚意,只有亲人之间才没有这个讲究。料到了这一点,他们吃饭时都将手机摆在了桌上。自己该发的拜年短信,各自赶在开饭前发过了。周蓉和晓光、秉义和冬梅两对夫妻退休后都主动在社交圈边缘化,没发几条短信。

六个亲人中周蓉收到的短信最多,群发短信最少。群发短信是她民办中学的同事发来的，那类短信她一概不回，看一眼就删。多数短信是她教过的学生们发来的，她都认真对待，先用纸笔写好才照着回复。

周秉义收到的短信数量比周蓉少了三分之二，除了一条老干部局的群发慰问短信，他没收到第二条群发短信。发给他的短信中，"尊敬的"三个字频频出现。他已不在领导岗位，给他拜年并以"尊敬的"相称的人，便不再冲着他的权力而是对他的良好印象了。他内心清楚，看时也面有喜色。

周聪收到的短信也比较多。记者交际面广，手机玩得顺溜，边看边回。有的短信还让他笑逐颜开，常常是段子式短信。

相对而言，蔡晓光和郝冬梅收到的短信要少一些。秉昆收到的短信最少，都是几位老友发给他的，也不是什么拜年话，只不过都问他初三的聚会定下了没有。当晚，他们三人吃饭最消停。

这年春节期间，除了四千多万城乡绝对贫困人家，大多数中国人的饭桌上，鸡鸭鱼肉已很寻常。在北方，猪肉炖粉条子管够吃，也绝不是异想天开了。春节后大事照例是"两会"，节前报上网上登出了一些"两会"代表、委员的提案，反腐和扶贫仍是重点。

不夸张地说，除了天生的吃货，不少中国人鸡鸭鱼肉已吃够了。在老电影中，资本家和地主老财家过大年时，饭桌上也不过就是那几样东西，还给特写，渲染他们生活的奢侈腐化。二〇一三年，中国人吃的意识已发生新变，口福的标准变了。人们常说，吃四条腿的不如吃两条腿的，吃两条腿的不如吃没有腿的，吃地上跑的不如吃水里游的，吃水里游的不如吃天上飞的。

鸡鸭鱼肉，大多数人都会吃腻，何况除了周聪，当晚在场的人都已不再年轻，饭量有限。周聪成天跑会，不但拿车马费，还到处白吃，肠子里的油脂也挺厚的了，小肚腩往前凸着。冬梅很实际，都考虑到了，准备的并不多，求精而已。虽然都被收发短信干扰，"春晚"开始时，基本上还是吃了个一干二净。

秉义说:"做少了吧?谁没吃饱吱声啊,还有现成的,热起来方便。"

大家都说饱了。

周蓉说:"这样才好,不剩。"

冬梅说:"剩了我俩也不嫌,想想从前,哪儿舍得扔。"

秉义取笑侄子,告诫他可别往大腹便便发展。

秉昆说:"当年我们年轻时,谁想胖起来都难。"

周聪不好意思地说,有时一天跑几处会,往往两场会在同一地点。楼下拿一份车马费,听一会儿,上楼去再拿一份车马费,再听一会儿。吃饭时两边看看,哪边丰富哪边吃,吃来吃去的,一不小心可不就把腰给吃粗了。

周蓉问,那你报道任务不是很重吗?写得过来吗?

周聪说又不是专访,不需要自己写稿,人家开会单位预先写好了通稿,稍微改改发了就行。

周蓉又问,现在的记者都这么当?

周聪说如果想这么当,这么混着当一点儿问题都没有。也不是所有报社的记者都跑得欢,行业太窄发行量太小的报社,记者就被冷落。他们报是全市唯一的晚报,发行量有特殊保障,受邀请报道的会议和活动多,每月的车马费不少于工资。

郑娟说:"你能有这么好的工作,要永远感谢你大伯。"

周聪说:"我是以实际行动感谢。在报社,我写的专访和通讯最多,都够出一本书了。我要争取早日获得中国新闻奖,向我大伯献礼!"

长辈们便都赞许地点头。

秉义说:"我当省文化厅副厅长时,你们总编还是我手下一名小青年。你替我代问好,转告他,就说我希望他把网站办好,两条腿走路是大势所趋，形势逼人，必须重视。"

周聪说，领导有意安排他到网站去当个面向青年的栏目主编。

长辈们都欣然支持。

周聪说："我三十大几了，和当下的小青年有挺深的代沟了，怕辜负了领导信任。"

长辈们都笑了。

周蓉关心地询问起了他的个人问题。

他说："有一个了，是同事，可我爸坚决反对。"

周聪与那位"君子兰公主"又和好了。

秉昆就把自己与她的那次冲突讲了一遍。

大家听得又笑起来。

周蓉问郑娟："弟妹，你什么态度呢？"

郑娟说："他没带回家来让我见见呀。不过只要他俩合得来，我不反对，什么样的儿媳妇我都能处好，我可盼着抱上孙子孙女了。"

周聪说："我也不敢往家领啊！"

晓光认真地说："形象！关键是形象如何。你看你妈、你姑、你大娘，当年可都是有好形象在那儿摆着的女性！所以，你爸、我、你大伯，我们都是幸运又幸福的男人。你的形象不错，个儿有个儿，五官端正，你家也不再是光字片的人家了，所以你得在乎形象。撇开个人幸福不幸福暂且不论，周家的第四代人形象如何，责任也全在你身上了。"

周聪说："这我可压力太大了！她性格好。"

秉昆说："性格不怎么样！她那天对我那种表现叫性格好吗？"

长辈们不笑了，一时你看我，我看他，那会儿的沉默意味深长。

周蓉说："周聪，哪天让你姑夫认识她，替你把一下形象关。"

晓光说："愿意。"

第十四章

秉义说:"支持。"

冬梅抿嘴一笑,明智地保持中立。

很显然,周蓉、秉义和秉昆都并未顺水推舟。

央视"春晚"的背景更酷更炫,电脑技术的采用使舞台绚丽多彩,如梦幻仙境。照例明星大腕云集,一个个华服盛妆,花费肯定也不少。

然而,鸡鸭鱼肉吃够了,看"春晚"的眼也越来越挑剔了。正所谓众口难调,不搞不行,搞不好也不依,越来越难办了。

周家的亲人们也是如此,边聊边看,聊的时候多,一齐看电视的时候少,都是偶尔看一眼听一句罢了。

晓光觉得没什么意思,和秉义到书房聊天去了。片刻过后,周蓉与冬梅互相递了个眼色,也转移到书房去了。又过了一会儿,秉昆也溜到书房了。

客厅里只剩下周聪陪妈妈郑娟看"春晚",他必须看完,因为有写稿任务。

郑娟说:"儿子,坐妈这儿。"

周聪就起身坐到长沙发上。

郑娟说:"别跟你爸似的,离妈近点儿。"

周聪就坐得离妈妈近了点儿。

郑娟说:"给妈一只手,让妈握着。"

周聪抗议道:"妈!我得记东西呢。"

郑娟说:"先别记。"

周聪无奈,只得伸给妈妈一只手。

郑娟握着儿子一只手,回头看了看,小声说:"妈还是刚才那句话,只要你俩好就好。"

她将头往儿子的宽肩上一靠,看着电视,满脸洋溢着幸福。

这个女人、母亲，她对国家大事一向了解得少之又少。对于她，国家差不多就是曾生活过的太平胡同和光字片。如今那两个地方没了，大多数人家都像她家一样住上了楼房，生活在环境颇好的小区里，这让她觉得国家发生了伟大变化，也带给了她空前的幸福。她的眼光就只能看到这么多，她的耳朵听不到不好的事，她在家里也只看喜欢的电视剧，那些电视剧的故事基本上都发生在一九四九年前。那些故事要么很悲惨，要么很悲壮。

她庆幸自己终于活到了中国最好的时光。如果她是狄更斯，那么，她的《双城记》将会如此开篇："这是一个最好的时代。谢天谢地，这真是一个最好的时代！因为，我见证了这个时代的好。"

电视里，一位当红歌星激情四射地歌唱伟大的时代。作为见证者、亲历者，郑娟听得热泪盈眶，她是标本式的好观众。

出国的人越来越多，国门打开就不好关上。国内报刊刊登了越来越多的国际见闻，网上更是如此。互联网使世界变得更平了，"人肉搜索"成为广大网民百战百胜的武器，更是某些丑闻始作俑者的噩梦，"真相"二字更加吸引网民的眼球。

书房里的亲人们一下子有五个人，空间显得小了点儿，于是干脆转移到了卧室。卧室比书房大不少，更舒服一些。

一进卧室，冬梅和周蓉立刻上了床。冬梅背垫枕头，周蓉靠着被子，都怎么舒服怎么坐着了。

秉义坐在唯一的单人沙发上，将脚放在床边。

晓光和秉昆各搬了一把椅子坐在秉义两边。

他们不是郑娟。基于爱国忧民的本能，他们渴望交流对国家社会的看法。

晓光问："可不可以吸烟？"

秉义未置可否，冬梅已说："对你例外。"

秉昆便离开卧室，带回个小盘放在矮桌上，接着将窗子开了道缝。

秉义说："把门关上。"

周蓉说："对，让他们娘儿俩听到不好。"

秉昆关上门，刚坐下，周蓉说："你听我们说了什么，别跟周聪说，他头脑里还是多一些正能量好。"

秉昆说："他是记者，真真假假的，听到的比我听到的多得多，倒是我经常嘱咐他别随便乱讲。"

秉义说："嘱咐得对。他身份特殊，一旦成了传谣者，追查到头上，后悔莫及。"

"哎呀妈呀，忍了好久了，终于过上这口瘾了！诸位，我认为啊，中国的前途仍可以用从前的老说法，地方看北京，北京看中央，中央看高层。现在的中国，不雷厉风行地改革，恐怕就病入膏肓了。"晓光吸了几口烟后，首先发表对时局的担忧。

冬梅频频点头。

晓光的话语直指某些高官，提名道姓，历数他们的贪腐行径，连他们在国外置产的规模与存款的额度也言之凿凿。他却不那么激愤，讲得极超然，有一种"古今多少事，都付笑谈中"的淡定从容。

接着，他总结说："夜里演戏叫作'旦'，叫作'净'的恰是满脸大黑花——赵朴初先生'文革'中讽刺林彪、'四人帮'一伙假革命的散曲，用来讽刺他们也完全恰当。"

秉义不动声色地问："你怎么知道得那么多？"

周蓉替晓光说："他经常在网上'翻墙'，看外媒报道。"

晓光说："人大代表、政协委员中也有不少消息灵通人士嘛。"

秉义说："问题是，真中有假，假中有真，真真假假，谁能分清哪些是真,哪些是假呢?"

冬梅抢白道:"就算一半是真的,中国还可爱吗?"

秉义说:"你退休了也不能开口说这种话啊。别人觉得不可爱了可以移民,咱们能吗?就算能,咱们靠什么生活?咱们的命运是紧紧和国家连在一起的。"

冬梅说:"用不着你教导我能说什么话不能说什么话。我父母当初出生入死闹革命的理想与今天大相径庭,我有权利这么说。"

周蓉急忙将话题岔开,讲起自己陪两位法国朋友边走边看的经历。她说在什么地方,他们怎么用钱收买了一个人,那人如何带领他们偷偷潜入一处所谓"畜类交易处理场"。她绘声绘色地说:"他们把牛头吊起来,用铁棍撬开牛嘴,塑料管接在水龙头上,水龙头一开,直接往牛胃里灌水。对猪羊鸭鹅也都那么处理。有的牛或猪胃里被灌满了凉水,走不了啦,就往它们身上打一针兴奋剂。这样处理后,就能多卖些钱。生意还很忙,钱挣得也简单,只需要投资一根塑料管。"

周蓉看起来表情平静,但大家都听出了她语调发抖。

秉昆问:"姐,值得那么做吗?"

周蓉说:"一头活牛的胃里最多能灌四十几斤水,生牛的价格十几元一斤,他们认为值。一只鸡那么处理一下,只不过能多卖一两元钱,十只就是一二十元。为了多卖那一二十元,他们同样认为值。我问他们值吗?其中一个人没好气地说,收废品的还往纸板上洒水呢!你先去问他们值不值!"

秉昆说:"他们不是人,是畜生。"

晓光说:"说他们是畜生太侮辱畜生了,没有一种畜生那么恶劣地对待另一种畜生。"

周蓉又讲,他们被发现,被追赶,要不是当地干部及时赶到,三人的

第十四章

下场可就惨了!

亲人们听得惊心动魄。

秉义严厉地对晓光说:"从今以后,你要对周蓉负起看管责任!下不为例,我可就这么一个妹妹!"

周蓉苦笑道:"哥,你别怪他,是我们三个对自己的安全太不负责任了。我向哥保证,会长记性的。"

秉义又问她:"你把自己的见闻上网发表了没有?"

周蓉说:"等配好照片了就上网。"

秉义说:"不许。"

周蓉反问:"为什么?"

秉义说:"你以为有了照片,就可以证明是事实了吗?恨你的人完全可以说你的照片造假,你有口难辩。何况你还跟两个外国人一道!如果有人要把你搞成全民公敌,那是易如反掌的事。"

冬梅也说:"听你哥的吧,别多事了。"

周蓉说:"那我写到小说里。"

秉义又要说什么,见冬梅朝他使眼色,张了张嘴,将舌尖的话咽下去。

晓光马上将话题转移到食品、药品及生活用品安全方面。

冬梅说:"我们买的多数是旧家具,正是出于安全考虑,没敢都买新的。"

亲人们就此话题接着聊了一会儿,周蓉的手机响了。她看了片刻,下床走出了卧室。冬梅发现她表情异样,告诉了晓光。晓光到书房找她,见她已在上网。

晓光问:"谁发的短信?怎么突然上网来了?"

她不回答,却落泪。

晓光从后搂着她也看电脑,一看就明白了。

他说:"对不起,我当天就知道了。怕你难过,所以没告诉你。"

卧室里的三个亲人正疑惑,周蓉和晓光回来了,她上床靠着被子坐下来。

秉义不安地问:"周玥摊上什么不好的事了?"

周蓉噙泪摇头。

晓光说,周蓉的导师春节前几天去世了。

周蓉这才说:"他老伴去世多年,一家三口,只有长期住在精神病院里的女儿了。学校居然没人通知我追悼会的日期,他们怎么可以这样对待我?他是我导师,我又不在外地,就在本市!"

冬梅劝道:"你也不必想太多。你不是本校的人二十多年了,别人忘了他曾有你这么一名学生也是正常的。他带过那么多硕士生、博士生,不可能一一都通知到。我在学校也负责过追悼会的事,也有过疏忽,这你就要体谅了。"

秉昆说:"姐,你对导师的感情,可以通过文章来表达,也可以通过看看他住院的女儿来表达。"

秉义说:"对,我举双手支持。"

晓光告诉大家,周蓉导师临终前对到医院看望他的几名学生说:"我研究中国传统文化大半辈子,在大学课堂讲了几千堂课,还到国外去开过学术交流会,发表文章无数。可有一次,一名留学生的话让我无地自容。他问我:'你把传统文化说得那么好,传统文化思想影响中国的历史又那么久,为什么中国人给别国的印象并不好呢?'我就要死了,还没想明白该如何回答。我把这个问题留给你们,希望你们中有人能把这个问题讲明白。"

晓光说,周蓉导师的话让那几名学生无地自容,有人还流泪了,现场却没人敢应诺。

第十四章

晓光说完，掏出手绢递向周蓉。她接了，擦完眼泪直接包着鼻子擤鼻涕，擤出很大的声音。

晓光笑道："得，拿我的手绢当手纸了，那可是条新的，还没洗过。"

卧室里却没有人跟着笑，大家表情都挺严肃。

秉昆忍不住问道："贪官污吏和刁民，哪种人对国家的危害更大？"

没有人接他的话。

"我说的刁民，是那些往牛胃里灌水的人。"

仍然没有人接茬儿，仿佛根本没听到。

那一刻，周秉昆感觉时光倒流，仿佛一下子回到了哥哥姐姐嫂子下乡前的年代，他们和姐夫在光字片的周家老屋讨论世界名著的日子里。

"你们是不是还都嫌我头脑简单啊？"周秉昆因自己的提问无人回应，抗议起来。

秉义又像当年那样捋了他后脑勺一下，接着说："怎么会呢！你这个问题提得很有水平嘛。但是，没有人有权要求别人必须回答自己提出的问题，是不是？"

正在这时，周秉义的手机响了。

"维则啊，你不是都发了拜年短信了吗？我也回了呀，谢了谢了，我肯定参加不了。我的胃都切除了，既不能吃，也不能喝，干坐那儿我不自在，别人也会不自在。别说服我了，不是面子不面子的事，是实际情况。哎哎哎，维则，喝高了吧？咱们手机里不谈政治。对不起，我妹妹弟弟他们两家都在我这儿呢，正玩扑克呢，改日再聊啊。"

秉义说时，冬梅等四人全都屏声静气地看着他。秉义挂断电话，长出了一口气，大家也都跟着出了口气。

冬梅说："不管与哪些人聚会，只要他约你，不参加就对了。"

秉义说："我一名退休干部，与一些在职的干部聚个什么劲儿呢？何况我的话也不纯粹是借口,这个龚维则,太不懂事了。晓光,秉昆,你俩记住也要少与他来往。这么不安分的一个人,早晚会惹麻烦。"

晓光和秉昆都点头。

周蓉问:"他跟你谈什么政治问题?"

秉义说:"反腐的问题,他担心扩大化。还没真正开始反一下呢,怎么就担心起扩大化来了呢?匪夷所思。我觉得他是喝高了。"

周蓉说:"酒后吐真言。"

晓光说:"中央一换新班子,一些人还真的坐立不安了。"

冬梅说:"屁股不干净的人呗。"

秉昆什么也没说。他不想说,怕自己的话没人理睬,再次尴尬。

秉义说:"我困了,要去睡了。秉昆,你一会儿跟我睡一张床,另一间屋也是大床。你嫂子坚持买大床,就是为你们来了睡得开。其他人怎么睡,我不管了,都别聊得太晚。"

他起身朝外走,在门口站住,转身看着大家说:"再怎么聊,都别把中国的发展成就给聊没了。现在,我们的人均GDP快到七八千美元了,沿海发达地区还要高许多,经济总量也快十万亿美元,接近美国的百分之六十,人民群众的生活水平还是有了很大提高。同志们要看到这一点,承认这一点。"

冬梅说:"晓光,你替我把他推出去!都退休了,还经常在家里谆谆教导,真受不了。"

晓光就起身笑着往外推秉义,并说:"安安心心睡觉去,这里聊不出反革命事件来!"

秉义一出门,亲人们都笑了。

秉昆却愤愤地说:"谁都不许再说'人均'两个字,谁说我跟谁急!"

嫂子、姐姐和姐夫又都笑了。

第十四章

客厅里,周聪已仰躺在长沙发前的地毯上睡着了,还不时发出鼾声。郑娟则舒舒服服蜷在沙发上,仍聚精会神地看"春晚",非常惬意的样子。

大年三十儿晚上,在不少人家里,亲人们聚在一起除了聊家常,还聊起了国家的前途命运,包括一些从不关心政治的人家。十八大的新提法燃起了人们对国家对社会更美好的希望,许多人猜测春节过后的"两会"将会出台何种具体政策,期盼自己在新的一年里生活更好。

第十五章

　　正月初三上午，秉昆的朋友们又聚在他家了。除了春燕和德宝两口子，其他人都到了。真是今非昔比，秉昆家有门面，地方大了，也暖和多了。赶超、进步、向阳都是一家三口，全部出动。吴倩和进步家也搬到新区，住得都离秉昆家不远，吴倩母女俩与进步一家三口结伴而至。半个多小时后，唐向阳一家三口也来了。他开的仍是公司的车，把龚宾也捎来了。

　　向阳说，曾珊将那辆半新的帕萨特车批给他作为专车，自己只不过每月承担部分油钱。他讲这些的时候，话语间流露出对女老板发自内心的感激，也有几分沾沾自喜。秉昆和郑娟从没见过向阳那口子，一见都十分亲热。向阳的爱人是中学化学教师，如今业余经常进行课外辅导，收费不低。她说自己的收入不比在公司当副总经理的唐向阳少，听得吴倩和于虹很是羡慕。他们的儿子唐迪已经高三了，是市重点高中的学生，还多次在省市奥数竞赛中取得过名次。向阳自豪地说，他儿子已考过"托福"了，下一步打算申请哈佛或剑桥，最起码也要考入哥伦比亚或斯坦福。看得出，两口子都因儿子而特别骄傲。向阳说那些外国大学的名字，郑娟、吴倩、于虹和进步媳妇从没听说过。于虹知识面略宽点儿，也只知道"托福"是怎么回事。听了于虹的解释，郑娟、吴倩和进步媳妇不禁感叹：真是龙生龙，凤生凤，父母是不是大学生，下一代就是不一样！

　　向阳说他其实也没在儿子身上费多少精力，儿子有出息，主要是他妻子的功劳。

于虹她们又不禁感叹,看来下一代如何,不仅要拼爹,更要拼妈,都觉得很惭愧。

进步媳妇对女儿说:"将来你也得替爸妈争气啊!"

那高二女生说:"我明年就高三了,再努力也比不上唐迪哥哥。"

进步媳妇就叹气。倒是进步想得开,他劝妻子说:"别对女儿要求那么高,女儿能考上一所一本大学,我就很高兴很知足了。"

女儿立刻信心满满地说:"这我可以保证。"

赶超便说:"好,有这志气就行,比你孙胜哥强!你孙胜哥连你那种话也不敢对我们说。那小子偏科,一个男生,偏偏像女生似的喜欢文科。前几次模拟考试,数理化的成绩一次比一次差,能考上二本就不错了!"

龚宾也参与这个话题了,他说:"当年酱油厂的哥们儿,就出息了两个上过大学的。一个当干部,一个当副总,找的爱人自然也都上过大学,有了孩子自己都能当不错的家庭教师,孩子的学习肯定从小冒尖啊!这就叫知识改变命运嘛!不仅改变自己的命运,连下一代的命运也一起改变了。"

秉昆不爱听这种话,成心将话题往龚宾身上引:"龚宾能把道理讲得如此明白,可见病是彻底好了。"

龚宾马上说:"好得没法再好了。"

不知为什么,他没穿保安服,穿的是一件俄罗斯的银灰色军大衣,脱掉后里边是一套西服,整个人显得洋气多了。

赶超问:"你哪儿来的军大衣?"

龚宾说,不知道什么人送给他小叔龚维则的,他小叔不稀罕穿就给他了。

"苏联都解体了,我叔怎么会穿他们的军大衣!太不吉利,送礼的人没长脑子！"龚宾忽然想起自己也有东西送给几位嫂子。

向阳经他一提醒，立刻去车上替他拎来了四个塑料袋。龚宾送的是貂皮筒子，可以当围脖，每条的毛色都很漂亮。

"我亲自挑的，绝对上等货！"他一一向嫂子们敬献。

女人们一个个喜不自胜。

赶超问，怎么没有向阳爱人的？

向阳爱人说，在车里呢。

秉昆问："你不是从貂场私自拿的吧？如果那样可就不对了。"

龚宾说："怎么会！私自拿不就叫偷了吗？我一开口要，老板二话不说就开了库房让我挑。我叔经常帮他解决麻烦，我要他几条貂皮筒子算什么啊！"

大家正在欣赏貂皮筒子，一辆黑色轿车停在了门前，向阳扭头看着说："是市委的牌子，秉昆，可能是你哥和你嫂子来了。"

秉昆一听，拉起郑娟，双双迎到了门口。

车上下来的却并非周秉义夫妇。

"吕川！"

听到秉昆一声欢呼，屋里的男人女人们一下子都拥到了门口。

吕川已在中纪委当上副司级干部，这一年即将退休了。他头发没怎么少，却白了一多半。

吕川在众人的夹道欢迎下进了店里。

孙赶超拥抱着他问："中纪委的干部操心得头发都白了？"

吕川笑道："估计是遗传，如果连我这个级别的干部都为国家操心白了头，那国家还有救吗？"

秉昆问他："你怎么知道大家在这里聚会啊？"

吕川说："去过你哥家了，他告诉我的。"

秉昆心中不由得暗自一惊。吕川虽是自己的朋友，但毕竟是中纪委干部。大小官员，在位的也罢，刚卸任的也罢，若被中纪委约谈，忐忑不安的多，面不改色的少。

"你？约谈我哥？"秉昆吃惊地问。不唯他自己，连郑娟和朋友们也都难免神色不安了。

屋里的气氛突然紧张起来。

吕川笑道："别想多了行不？我回来了，你哥曾是我领导，我不可以看看他吗？"

他这么一说，大家才心情放松，屋里立即恢复了轻松愉快。

赶超问，吕川是为公事回来的，还是为私事回来的？

他说公私兼顾，显然不想多谈自己，有意扭转话题，指着女人们手里的貂皮问："都是龚宾给的？"

龚宾吃一惊，诧异地问："你怎么知道？"

吕川笑道："猜的呗。"

于是，大家也都笑了。

龚宾让唐向阳把他爱人的那一条貂皮筒子先给吕川，自己日后再补给他。

吕川坚决不让唐向阳到车上去取，说他们两口子都是野生动物保护协会的会员，反对穿皮草。

龚宾说："是貂场养的貂皮，不是野生的。"

吕川说："貂场养的，起先一代还不是从野外抓的？"

他接着批判起中国人的衣食倾向来，说明明是现代人了，还那么喜欢用兽皮做衣服，实在是拒绝进化的表现。欧洲人早就刹住此风了，中国人却仍乐此不疲，忘乎所以，不知哪年哪月才能改。

"办养熊场，为了抽它们的胆汁，吃它们的熊掌。办养鹿场，为了割它们的鹿茸，杀死它们后用它们那点儿鹿心血为中药，还迷信鹿鞭的壮阳功效。办场养孔雀的，也是迷信孔雀胆的所谓中药功效，还卖孔雀肉。那么多人类可吃的东西，不吃孔雀肉会弱智吗？"一批判起国人的陋习，吕川更是怫然于色。

大家一时就都很窘。

于虹忍不住顶他："吕川，你别来这套啊！咋的，开我们的现场批判会呀？再劲儿劲儿的，可别怪我带头把你撵出去！"

"嫂子，别生气，我不是批判你们呀！我也是有备而来，带了小礼物想讨好你们的。"吕川边说边拉开手提包，送给每人一个计步器、两个核桃。

赶超笑道："川儿，你就用这么两种小东西讨好我们呀？"

吕川一本正经地说："礼轻情义重嘛！貂皮筒子只能冬天里出门时围一围，是吧？我的礼物可就不同了，如果你们不嫌，那就可以不离身不离手的，能让你们睹物思人。而且，还能提醒你们多散步。不错，核桃是我从摊上买的，很便宜，但它能保持手指灵活，促进血管微循环，比健身球还好。健身球多凉呀，核桃是暖的。"

于虹板脸道："姐妹们，咱不听他瞎掰，都不要他的，给他个下不来台！"说罢，她从女人们手中一一夺去那两样东西，全都放在了桌上。

秉昆笑道："得，谁叫你一坐下就说些让她们扫兴的话，吃亏了吧？"

吕川就问于虹："弟妹，那你们怎么才肯收下呢？"

于虹说："谁是你弟妹？别忘了赶超比你大好几个月，先把口改过来叫我嫂子！"

吕川就恭恭敬敬叫了声嫂子，把他刚才那话又问了一遍。

于虹说，除非他一个个求她们收下才行。

女人们皆板着脸点头。

第十五章

赶超敦促说:"马上要清桌面开饭了啊,愿意求就快求,不然你收起来,或者我替你收垃圾桶里。秉昆,垃圾桶在哪儿?"

秉昆就将垃圾桶取过来了,放在孙赶超脚边。

吕川说:"秉昆,你啥时候也变得这么不厚道了?"

秉昆说:"你看一眼你手表,确实要开饭了嘛。"

吕川无奈,只得起身离座,对女人们又鞠躬又作揖,嫂子长嫂子短恭恭敬敬地叫着,央求她们收下自己的薄礼。

她们这才一个个接过那两样小礼物,大为开心,嘻嘻哈哈,笑作一团。

向阳说:"遗憾遗憾,刚才的情形忘了用手机拍下来了。中纪委的领导向咱们的夫人们又鞠躬又作揖的,对别人讲肯定没人信。"

赶超说:"他每次回来都训我们,我对他老有看法了,今天你们女同志可算为我们男人出了口气!"

向阳说:"太有同感了!"

于是,秉昆他们对吕川开起了批判会,批得吕川连连认错。女人们看着听着,起先还都只做看客,后来一个个动了恻隐之心,开始庇护起吕川来。

老友们相聚,因吕川的意外出现气氛更加特别,非常开心。

吃饭时,吕川亲自把司机请进店里就座。

秉昆为大家斟满酒后,让吕川先说几句。

吕川说,他确实有不少话要讲,但请大家允许他先陪司机吃好饭。

大家认为他的请求是正当的,允许了。于是,他也不参与饮酒,专心陪司机吃饭。司机吃好离去后,他让龚宾坐到自己身旁的椅子上,左一筷子右一勺子地为龚宾夹菜、添汤,仿佛自己是主人,龚宾是他唯一的贵客。大家看着都有些困惑不解。

赶超说:"川儿,你秀什么呢?现在该喝几盅,讲几句了吧?"

吕川说："是啊是啊,我还有事,不能多待了,走前必须的。"

他说着站了起来,将白酒瓶子拿过去。他一手拿酒瓶,一手端酒杯,接着说："我对咱们这座城市太有感情了,不仅因为二十多岁前我一直生活在这里,更因为这里有你们。如果没你们,老实说,它不过就是我生活过的一座城市而已,十年八年不回来一次我也不会多想。谁会多么想回到一座既没有亲人也没有朋友的城市呢?现在中国的城市都变得差不多,连寻找到一点儿保留在记忆中的印象都难了,但这座城市有了你们,对于我,它就与别的城市太不同了。有一种友情像胎记……"

唐向阳举起了一只手。

吕川停止了说话,大家的目光都朝向了唐向阳。

向阳说："对不起,我要去卫生间。"

秉昆拍了他的肩一下,批评道："要去就去,别耍怪。"

向阳离开后,吕川继续说："他成心出我洋相,那我也得继续说。你们就像我的胎记,去不掉的。去掉了,人就不知道自己是谁了,所以我为友情干第一杯!"

他一饮而尽,正要自己斟满酒,秉昆走过去,想让他换最小的酒盅。

"我有数。"他坚持不换酒盅。

他为大家生活都改善饮尽了第二杯,说他此次回来比哪一次都高兴。

唐向阳是因为对吕川不满才离开的。他在卫生间吸着烟,听吕川向孙赶超和龚宾道歉,承认自己上次朋友们聚会时对他俩说的话很混账,也听到他俩都说原谅吕川的话。接着,他又听到吕川说了些祝愿大家健康的话,直到吕川说要走了,他才迈出卫生间。

他和大家将吕川送到门口,车已停在门前。

吕川转过身,环视大家,最后将目光停在龚宾脸上。

他突然和龚宾拥抱了一下。

第十五章

大家归座后,进步问大家注意到没有,吕川此次对龚宾格外地亲。

赶超说:"我当然注意到了,真是怪事,龚宾在他眼里似乎倒成了香饽饽了,我心里还很不平衡呢!"

龚宾嘿嘿笑道:"他见到我的次数少嘛。"

大家便都笑了。

初三的聚餐,大家尽欢而散。

正月十四那天,邵敬文骑自行车到了希望新区,突然出现在秉昆家开的面食店里。那日大雪,老邵穿得厚,站在秉昆面前像一头直立的北极熊。秉昆把他推到门外,用棉帽子替他好一阵拍打。

刚过午饭的饭点,店里很乱,秉昆正和郑娟忙着收拾,不是说话的地方。秉昆把老邵请到楼上,让他脱去棉大衣靠暖气坐着。老邵说他的衬衣被汗湿透了,贴在身上很不舒服,请秉昆找一件衬衣换。秉昆问他吃了没有,他说没吃,一点儿不饿。秉昆为他沏茶,他也阻止,说刚换上干衬衣,一喝茶又会出汗。

秉昆坐对面后,邵敬文说了几句祝贺他终于住上好房子的话,紧接着话题一转,说起了书店的事。

邵敬文告诉秉昆,书店的事彻底告吹了,路路通公司将店面买下,要把书店改成肯德基店。

秉昆颇感意外,问这是什么人的决定?

老邵说:"还能是谁的决定?当然只能是曾珊的决定啰。"

秉昆更意外了,纳闷地问:"她不是信誓旦旦地向水自流保证过吗?"

老邵说:"是啊。"

"一个人能把自己对一个临终前辈的保证这么不当回事吗?"秉昆

生气了。

老邵还是说："是啊！"

秉昆愣了片刻，又问："那她什么时候变卦的呢？"

老邵说，曾珊春节前就变卦了，秘书通知他的。他怕影响秉昆过春节的心情，所以当时没来相告。

"那就是水自流死了没多久的事啊！"秉昆吸起烟来，气得手都在发抖。

"是啊。我得来告诉你一下，说明情况，解释清楚问题不是出在我这一边，对吧？"老邵也吸起烟来，手也抖。

"唐向阳知道不知道呢？"

"他肯定知道呀，他会不知道吗？"

"可他初三来过，一个字没跟我提，和几个老朋友在我这儿待了大半天。"

"他也许那时还不知道。"

"不可能！"

"或者他虽然知道，因为人多，觉得当时不便告诉你。"

"人再多，也不是根本就没机会呀！"

周秉昆的气转到了唐向阳身上，觉得他太不够朋友。老邵则替唐向阳辩护，认为他或者不知道，或者有难言之处。秉昆则想和老邵分析清楚，唐向阳到底知道不知道。

"秉昆啊，咱俩分析这个有意义吗？因为书店开得成开不成，影响了你们朋友之间的感情，这好吗？"

听老邵这么一说，秉昆才算作罢，不再分析追问。

他俩便也无话，默默吸罢各自指间的香烟。

老邵起身要走，秉昆也不留，说要骑自行车陪他回市区。

第十五章

老邵说，多此一举。

秉昆说，他自己也有事得到市区去一次。

他一直陪老邵骑到了家门口。

雪虽然停了，路上的积雪却已很厚，骑自行车很是吃力。秉昆的衬衣也被汗湿透了，他估计老邵一进家门又得立刻换衬衣。

秉昆接着骑车到了周玥和她丈夫开办的物流公司。事先没有约，还是挺有运气，他见到了很久没有见到的外甥女。

周玥将秉昆请到贵宾室，特别激动，问小舅有什么需要帮助的事。说只要她力所能及，肯定效劳。

秉昆问她，公司经营得怎么样了？

周玥说，公司越来越好，业务多得忙不过来，又要招人了。

秉昆又问，如果有好的项目，投资又不多，二三百万的，公司有这个实力吗？

周玥笑道："小舅，你太小看我们了，如果项目真好，一千来万那也不在话下。连这点儿实力都没有，还开什么公司呢？"

秉昆接着问，孙赶超在公司当主任当得怎么样？

周玥说："很有责任心。是小舅的好友嘛，我拿他当自己人，对他也处处关照。咱们自己家的公司，只要他不言退，那我就会一直用他。"

秉昆这才把话题绕到书店的事上，将曾珊怎么在水自流死前信誓旦旦地做了保证，又怎么在水自流死后不久单方面变卦的经过讲了一遍，最后要求外甥女把那店面买下来，他认为那店面三百多万元绝对可以买下。

周玥就沉吟起来，问他为什么掺和这事。

秉昆说，自己如果不想办法，对水自流就太不仁义了。

周玥说，人都死了，不仁义怎么样？仁义又怎么样？

秉昆说，他心里的感觉会大不相同，也想对得起邵敬文的一片诚心诚意。

周玥问："是邵伯伯给你出的主意？"

秉昆说："那倒不是，与他无关。"

周玥说："这事我可帮不上忙，即使你不高兴我也没办法。"

秉昆说："你刚才自己讲的，往一个项目投资二三百万根本不是难事。"

周玥说："那是指好项目。开书店不是好项目，除非钱多得无所谓了，开着玩玩。中国身价几十亿几百亿上千亿的大亨不少，小舅你见过一个开书店的吗？他们都不玩文化，我干吗非玩文化不可呀？我们公司仍处在资本积累期，玩不起那个票。"

秉昆被外甥女说得无言以对。

周玥又说，路路通公司比自己公司的资金实力雄厚得多，曾珊她也认识，关系还不错。她对曾珊的做法太理解了，换成自己也会那么做。对本公司贡献很大的老顾问命将归天，他临终前的一个愿望，论起来又不是多难实现，当然先要应承下来，给临终者一种心理慰藉，这是起码的人性。但是，在商言商，经商有经商的原则，赚钱是首要目的。开一家肯德基店，明摆着只赚不赔，那又为什么偏跟市场较劲儿开书店呢？假如她想买下那店面，曾珊必定会出更高的价，结果是鹬蚌相争，渔翁得利，让卖家喜出望外。她和曾珊，也肯定从此结下梁子，那种做法太不符合经商之道了。

"别说了。"周秉昆突然发脾气了。

周玥尴尬而怯怯地起身离开了。

秉昆独自在办公室里郁闷。一支烟还没吸完，孙赶超进来了。

赶超说周玥有急事要去办，已经离开公司，嘱咐他来相陪。秉昆什么时候回去，由他开车送。

第十五章

秉昆二话不说，起身便走。

赶超跟到外边，替他把自行车放到了汽车后备厢里。

在回家的路上，秉昆气哼哼地对赶超说："她居然敢把我晾在会客室里！"

赶超说："她不是躲你，她是怕你冲动发作起来。你是她小舅，又在她的公司，你如果又吼又叫，她拿你怎么办好呢？你为什么事找她呀？把她吓得紧紧张张的。"

秉昆就将书店的事又说了一遍。

赶超问："你认为对她的要求合理吗？"

秉昆反问："你认为呢？"

赶超说："如果你是她，我是你，或者反过来，以咱俩的关系，肯定都会按对方的希望做。所以，咱俩这种人不能经商，即使当了老板也会把公司搞黄了。经商的人都是利字当先，能兼顾义字就不错了。全世界没多少能兼顾义字的，中国更少，你对周玥的要求太高了。再说，她不认识水自流，不欠他一点儿人情，凭什么你要充当义士，得你外甥女替你埋单呢？"

秉昆静下心来一想，赶超的话也不无道理，自己行事确实急躁，渐渐地气也就消了。

他又和赶超分析起向阳的对与不对来。

赶超说："曾珊那女人的做法肯定不地道，这一点我和你保持一致。谈到向阳，那两说着。比如，周玥嘱咐我什么事先别告诉你，那我也会嘴巴上锁。即使你逼我说，我也不告诉你。虽然你是我老友，周玥是你外甥女。道理很简单，她是我老板，是给我开工资的人。我值得她信任，是好员工的职业道德。当然啦，咱们论的是不违法乱纪的事。"

听了赶超一番话，秉昆对唐向阳的气也消了，心中只剩下对崇文书店消亡的惆怅。

赶超又夸起周玥来，说她很有商业头脑，善于管理，对员工也不错，是一块当老板的料，比她老公在公司的威望还高。

听孙赶超夸自己的外甥女，周秉昆心里挺欣慰，他说："你告诉她，其实我根本没生她的气，她把公司办得好我也很高兴。亲人们再聚时，我希望她也能参加。"

赶超说："这种话我太乐意转告她了。"

然而，周秉昆的心情还是高兴不起来。想起水自流临终前几天对书店放心不下的情形，他没法高兴。说来说去，似乎谁都没什么太对不起水自流的地方，那就只有他独自承担内疚了。他觉得，仿佛自己倒成了这世界上最对不起水自流的人。

几天后，孙赶超开车来到新区，后备厢装了一个大果篮，说要把秉昆拉到市立一院去。邵敬文感冒后转成肺炎，住院了。

"你外甥女不知从哪儿听说到的。因为老邵是你朋友，她觉得应该告诉你，特意让我开她这辆宝马车来接你。"

那是周秉昆平生第一次坐上了宝马车。

老邵说，他是因为到秉昆家那天出了两次汗，回到家里冲澡时热水器又出了毛病，结果被凉水一激感冒了。

秉昆说："老邵，书店的事太对不起你了。"

老邵说："你没有什么对不起我的，是中国人太对不起书店了。中国都快成世界第二大经济体了，哪一个阶层的人生活水平都提高了，中国人的阅读率在世界上排名却非常靠后。"

秉昆说："水自流所以才希望能为这个时代做件好事。"

第十五章

老邵叹道："世负斯人，世负斯人，他死前的愿望是好的。"

赶超也说："人各有命。许多人一死，连儿女都不念叨。他死了，还有你俩这么念叨，命不错了。"

崇文书店里里外外早在"五一"节前就改造成肯德基店了。"五一"节却没有什么动作，到了"六一"那天才开张，场面煞是热闹，祝贺的花篮摆满了门两侧的人行道。他们请了几位乐手演奏世界名曲，其中一位吹小号的还是俄罗斯人。两个人穿着儿童剧中公鸡和母鸡的演出服站在门前边舞边唱："肯德基，美国鸡，小朋友们喜欢的鸡……"肯德基店里的服务员姑娘们一个个头戴着鸡头帽，短裙后边是彩色鸡尾。

因为是儿童节，店面所处的位置正是到江畔游玩必经之路，还有买三份送一份并可抽奖的促销，开张当天的营业额就有好几万元。

第二天早上，周秉昆正在洗脸，听到郑娟兴奋地喊他："秉昆，快来看！"

电视新闻中，唐向阳正在现场接受记者采访。

记者问他，公司是怎么决定开肯德基店的？

唐向阳说，正是在他力主之下决定的。

记者问，他在肯德基店中有股份吗？

他说有，公司鼓励员工入股。

记者问，这条街上唯一的一家书店消失了，他是否感到有点儿遗憾？

唐向阳反问："如果你面临两种投资抉择，一种是月月赔钱，年年赔钱；另一种则月月盈利，年年盈利。你力主选择后者，你会遗憾吗？"

记者又问："那喜欢读书的人到哪儿去买书呢？"

他反问："崇文书店在这条街上开了很多年，我也来过，每次起码买一本书，有时买五六本。请问你来过几次？买过什么书？"

年轻的女记者一时语塞。

他又反问："像你们这种受过高等教育的人，大学一毕业都不怎么再读书了，还指望谁喜欢读书呢？"

记者终于憋出了一个问题："照您这么说，书店就没有存在的意义了？"

他说："什么时候读书人口多了，实体书店当然就会多起来。网上购书只不过是购书，逛书店却会对人有更好的文化熏陶，这种熏陶是网上购书没法比的。将书店改成肯德基店不费什么事，反过来也一样。等中国的读书人口多了，我会力主将肯德基店改成书店，并且还会入股。"

郑娟评论说："向阳真有眼光，没想到他还这么会说。"

秉昆一语未发，转身又去洗脸。

他没想到唐向阳那么会说。因为唐向阳亲口承认，把书店改成肯德基店是其力主的结果，秉昆连续多日心情不好。

第十六章

七月中旬，A市爆出了一则反腐大新闻，龚维则被"双规"了。

坊间起初有不少为他鸣不平的声音。一是说他只不过是一名退休干部，从没当过一把手，不属于在职有实权的，二是说他名下的赃款只不过区区二三百万，多乎哉？不多也！

显然为了应对坊间的质疑，市报发了一篇评论员文章，将龚维则定性为"五毒俱全"的腐化变质干部。所谓"五毒俱全"，乃指买官之事其有（已坐实钱是花了，只不过未达到目的）、卖职之事其有（收过几次钱，帮人将子女塞进公安系统）、贪污之事其有（负责过区公安局的翻修扩建工程，贪占了十余万元回扣）、受贿之事其有（收过不少私企的钱，为他们上下打点谋取利益）、堕落之事其有（经常出入花天酒地的场所，满足淫乱放荡的欲望）。

评论员文章最后指出，龚维则的部分违法乱纪行为发生在退休后多处兼职期间，证明有些干部虽然手中没有实权，但仍可利用过去的人脉搞腐败。从这点来说，惩办龚维则这样的人，等于向领导干部们敲响了警钟。

当天晚上，赶超两口子、吴倩和进步来到了秉昆家。大家都住在新区，走动很方便，除了对龚维则的下场唏叹不已，更主要的是担心龚宾的精神受到刺激。

传说中纪委一个女干部坐镇本市，正按部就班，顺藤摸瓜，放出了"不管水有多深，来了就要一查到底"的狠话。

秉昆说："咱们又能做什么呢？"

大家一时大眼瞪小眼，不知所措。

赶超说："关于龚维则，咱们当然什么也做不了，也不应该同情。他有什么可同情的呢？谁叫他犯在那儿了呢？"

进步也说："是啊。咱们不都是最恨腐败官员吗？如果中纪委查到了和咱们有关系的人头上，咱们就同情起来，那是不对的。"

秉昆说："要论关系，我们周家与龚维则确实不一般。如果没有龚宾，你们与他就什么关系都没有。我同意赶超和进步的话，谁叫他犯在那儿了呢？咱们别聊他了，单说龚宾的事吧，谁有什么好想法就贡献出来，反正我是没什么主意救他了。"

秉昆此时心烦意乱，强作镇定。他联想到了哥哥周秉义与龚维则的关系，担心也会受到牵连。

"我和儿子去貂场参观时，人家龚宾对我们娘儿俩可亲了。他能恢复到现在这么好太不容易，如果再因为他叔的事进了精神病院，那他的后半生不就完了？"于虹提起当年的事大动感情。

吴倩陪着唉声叹气。

倒是郑娟挺镇定，她慢言慢语地说："秉昆，你求一下周玥，让龚宾到他们公司去吧。"

赶超说："那和在貂场有什么区别呢？换个地方他就不知道他叔的事吗？"

进步说："还是不一样，嫂子的想法可以考虑。有你和周玥护着他点儿，瞒着他点儿，该骗还得骗他，兴许他能躲过一劫。"

于是，大家的目光都转向了秉昆。

秉昆只得说："行，那我明天去找一次周玥。"

第十六章

周聪忽然回来了,他对长辈们含含糊糊打了一声招呼,就直奔电视机那儿去了。他打开电视机,手持遥控器,站那儿不停换台。

大家便都默默起身跟过去了。

周聪调出了晚间新闻,大家一个个看得目瞪口呆。新闻画面显示的是貂场,在荷枪实弹头戴钢盔的武警战士配合下,公安人员正对貂场进行搜查。

有一个男人被戴上手铐押进警车。

于虹失声叫道:"那是貂场老板,我和儿子坐过他的车!"

屋里更肃静了。

现场的男记者说:"刚才人们已经看到,公安人员起获了大量国家明令保护的各类野生动物的尸体、毛皮和脏器。有充分的证据表明,这里不但是貂场,还是向国内外走私野生动物的集散地。这一持续多年的犯罪勾当,龚维则也供认参与……"

大家都坐下后,四个男人还有于虹也跟着吸起烟来。

秉昆首先打破沉默,看着手中的烟低声问儿子:"你知道……你龚宾叔叔什么情况吗?"

周聪说,据他们报社消息灵通人士透露,龚维则或许事先有预感,他以相亲为名,早已把龚宾送回农村老家去了。

秉昆环视着大家,又问:"我是不是……明天就不必找外甥女了?"

大家纷纷点头。

周聪讲了一个情况,还是他们报社消息灵通人士透露,貂场实际上也是一个替不法经济利益集团洗黑钱的地方,而龚维则是关键人物。

进步低声说:"那他就得老死狱中了。"

又一阵沉默过后,秉昆低声说:"散了吧。"

大家就散了。

秉昆关店门时，他的手机响了，是周蓉打来的。她嘱咐秉昆，绝对不要在别人面前对龚维则的事说三道四，因为龚维则与周家两代人都有着良好关系，千万不要言语不当授人以柄。最近也不要到哥哥周秉义家去，少发短信，有什么事非通话不可，最好打嫂子的手机。

秉昆说："记住了，我姐夫与龚维则以前来往最多……"

周蓉说："我嘱咐过你姐夫了，你管好你和周聪，特别是周聪。他是记者，接触的人也多数是记者，你要再三嘱咐他。"

秉昆结束了与姐姐的通话，催郑娟先上楼喝药，他和儿子面对面坐着，严肃地谈了一会儿。

秉昆问："你姑的话我转达清楚了吗？"

周聪说："爸，你放心吧，我又不是小孩子。"

秉昆犹豫了一下，又问："没听到什么对你大伯不利的消息吧？"

周聪摇摇头，肯定地回答："我大伯绝不会做坑害亲人的事，而且我知道，他内心里其实也很爱亲人。"

"是啊，他内心里当然是爱亲人的。像龚维则那样，真等于坑害亲人了啊！儿子，睡吧。"

他撑着儿子的肩站了起来。

郑娟已躺在床上了，她说："自打出生后一直睡的是炕，从没敢想有一天还能住上楼房，睡上床。以前总认为楼房不是盖给老百姓的，床是上等人睡的，老百姓不该做那种梦。"

秉昆说："你都说过快一百遍了。"

他一躺下，就关了灯。

他不爱听妻子刚才的话。她每说一次，他的自尊心就会受到一次刮痧刮过头般的伤害。自从他成为丈夫和父亲，他一直有一个梦想，那就是凭自己光明正大挣到的干干净净的钱，让全家住上楼房，哪怕是旧楼房,睡上美观舒适的床。后来,他承认那是痴心妄想,此生无能为力。现在,他终于住上楼房、睡上像样的床,却并不是靠他的能力实现,而是沾了拆迁的光,靠了哥哥暗中帮忙。妻子不那么说时,他感到幸运。妻子那么一说,他就只有感到羞愧了。

郑娟偎依着他说:"讲讲龚维则从前和咱们家的关系吧。"

他说:"讲那些干什么?"

她说:"我想听听。"

他说:"我不想讲,困了。"

她说:"从前挺好的一个人,怎么后来就会渐渐变成那样了呢?谁让他变的呢?跟我讲讲嘛!"

他说:"我怎么讲得清楚?我真的困了。"

秉昆翻过了身,在她依偎着他的时候,那是他很少有的做法。然而,直至她睡着了,他仍在黑暗中大睁着双眼,毫无困意。他回忆起了龚维则和自己家几十年的友好关系,回忆起了龚维则当年与自己一样成为反"四人帮"英雄的往事,心中五味杂陈。

几天后,孙赶超来到周秉昆家。他告诉秉昆,听说曾珊在机场国际通道过安检时被扣留了。

秉昆吃了一惊,暗想到姐夫蔡晓光曾帮过曾珊一些忙,心中又多了一份不安。

赶超还说,中纪委坐镇本市纪检工作的并非一个"女的",而是姓吕的,之前口口相传,以讹传讹,肯定是错了。

"是……咱们吕川?"

"我想,应该是他吧。你还记得初三在你家聚会时的情形不?"

"记得。"

"明白？"

"明白什么？"

"咱们都看出来了，他当时对龚宾最亲。"

"明白了。"

"也难为吕川了。"

"是啊，确实难为他。"

"我挺他，你呢？"

"我？当然也挺他。"

"咱们必须的，老百姓不支持反腐，那还能指望什么人支持呢？"

"对。"

"你看，我群发了这么多条短信，都是挺他的，也只能这么挺他。"

秉昆接过赶超手机，看着说："你天天去市区上班，各种消息听到得及时，听到了什么新消息可要及时告诉我。"

赶超说："那当然。"

关于曾珊的事，后来被媒体证明是事实。路路通公司被查封，肯德基店也停业了。

周聪并不每天都回家睡，有时也睡在报社的加班宿舍。一天快半夜时，他回家轻轻推醒了父亲。

秉昆和儿子悄悄下了楼。

父子俩在店里坐下后，周聪递给父亲一支烟。

秉昆说："不吸，你讲吧。"

他以为，儿子要告诉他的是关于他哥周秉义和姐夫蔡晓光受牵连的事。他做好了听到最坏消息的心理准备。

周聪点着了一支烟。

秉昆催促他:"讲啊!"

周聪说:"向阳叔叔被收进去了,明天见报。"

"他什么事?"秉昆愣了片刻,才问出话来。坏消息与他哥哥、姐夫无关,尽管受到了很大震撼,他却放松了不少。

周聪说:"明天与曾珊的事一并见报,曾珊通过她的公司骗了一亿多元贷款,转移到国外去了。向阳叔叔不但是知情人,还参与了具体运作,这事涉及几个银行的头头脑脑,都得到了好处。接下来还会查出什么犯罪事实,目前就没人知道了。"

"太晚了,不说了。爸对这些事没什么可说的,你也早点儿睡吧。"

周秉昆刚站起来,儿子的一句话让他坐下了。

周聪说:"朋友私下告诉我,省市纪委收到了不少揭发我大伯的信,有匿名的,也有署名的。"

"不少……是多少?"

"朋友的原话是——雪片似的。"

"雪片似的?"

"朋友是这么告诉我的。"

"烟。"

当他深吸一口烟时,周聪又说:"揭发我大伯的人中,也有德宝叔叔。"

一口烟憋在嗓子眼那儿,秉昆被呛得剧烈咳嗽,喝下周聪递过去的半杯水才止住。

他脸色有些青紫地瞪着儿子。

"他署名了,揭发我大伯利用职权分给国庆叔叔、赶超叔叔和进步叔叔家房子的事。"儿子一副无奈的表情。

"胡说！"他吼了起来。

"信不信由你。"儿子耸了耸肩。

"我不信！也不许你信！你……去睡吧！"

"你呢？"

"我想自己待会儿。"

"我也想再坐会儿。"

"我……我要出去走走。"

"我也要出去走走。"

子夜时分，父子俩缓缓走在新区的人行道上，像一对巡夜人。仲夏时节的新区花儿绚烂，四处绿化，美好宜人。路灯光让那些花儿颜色变了，看起来感觉像隔着一层淡蓝玻璃。住一楼的人家都有小院，他们在小院里栽种了各种花。二楼以上许多人家的阳台，同样摆放着自己喜欢的盆花。搬迁到新区的居民主要是底层人家，但居住状况和环境一改善，人类亲近自然、喜欢花草的天性就重新焕发出来。不久，另一种天性也暴露无遗，那便是侵占公共空间、私搭乱建现象层出不穷，一度失控。差不多所有住一层的人家都企图将小院建成房间，将小区公共人行道占为院子。有那住高层的人家，将阳台建成房间后，居然再凌空接出阳台来，看上去险象环生，人从下边经过时提心吊胆。

听说施工过程中，还发生过摔伤人的事件。周秉义坚定不移进行整治处理，劝阻不成，就在执法部门配合下亲自带人强行拆除，对严重妨碍公务者该抓便抓，该判则判，表现出了绝不妥协、敢于担当的领导风范。那一时期，他成了不少人的公敌。然而，私搭乱建之风毕竟被他刹住了，否则新区的环境不可能像现在这么干净整齐。他所做的另一件遭人骂的事，便是修建了几处停车场。这本是对家家户户有益的事，一旦收费似乎就变味儿。尽管比全市任何停车场的收费标准都要低，很多人

第十六章

家却认为最好允许他们就在家门口的马路边安装地锁,一分钱不花就可以占有车位。不允许他们那样做,自然就不是好人。周秉义率领执法人员强拆地锁时,他的公车在停车场被划得一塌糊涂,车窗也被砸了。即便如此,新区几块巨大公告牌上的新区管理条例,也越来越不容轻视了。

一位有闲心的居民统计过,夏季的新区已开放着二三十种花了。

周秉昆父子闻到了一阵花香。

为了舒缓一下自己和父亲压抑的心情,周聪没话找话地问:"爸,是夜来香的香味儿吧?"

"不是。"

"那是什么花的香味儿?"

"我也闻不出来,反正不是夜来香的香味儿。"

"爸,回去吧。"

"要回去你自己回去,我想再走走。"

父子俩正这么边走边说,在人行道拐角处遇到了两名保安,还牵条大狼狗。两名保安是周家面食店的常客,连那条大狼狗也认识周秉昆。保安奇怪周秉昆父子为什么半夜三更出现在街上,秉昆解释说自己最近失眠,所以让儿子陪着出来走走。互相聊了几句可聊可不聊的话,一名保安离开时说:"凡事得想开点儿,心中要是没鬼,那就不怕半夜鬼敲门。"

望着两名保安的背影,周聪小声骂了句:"妈的,说的什么屁话!"

秉昆瞪着儿子训道:"你干吗骂人家呢?人家说得不对啊?"

说完,他径自又往前走。

组建新区保安队,也是一件让周秉义挨骂的事。家家户户都需要居住环境安全,但如果每户每月交二十元钱,一半左右的人家就强烈反对了,他们甚至嚷嚷起来——

"不是有派出所吗?还组织什么保安队?"

"我们住得不安全，那是派出所失职！"

"保证我们的安全是政府应尽的责任，组建保安队该由政府出钱！"

"谁爱交谁交，反正我家坚决不交，我家才不需要保安队来保障安全！"

他们并不这么想：有十余万户居民的新区，地处城乡接合部，仅有派出所肯定难以保障所有人安全；如果实行每天二十四小时不间断巡逻，一百二十余人的保安队人数并不算多；还要有宿舍、食堂，要发工资，要上"三险"，要经常进行培训，费用也低不了。

许多新区居民认为，每户每月二十元，一年就是二百四十元。二百四十元能买不少吃的啊！直到真的发生了几起入室抢劫案件，有保安队队员为了保卫居民的人身安全受了重伤，愿意缴纳保安费的人家才多了起来，但仍有几百户人家还是坚决不缴。实际上，管理规定中也说，家庭困难的人家可以免费，而那几百户人家绝非困难户。那些人甚至觉得，没人能把自己怎么样，反而自鸣得意，趾高气扬。

周秉昆一边走，一边想新区的那些人和事，对哥哥周秉义当时一心要将新区建成老百姓美好家园的想法既感动又同情。他认为哥哥对基层群众还是太不了解了，一些老百姓是根本不愿为家门外的事花一分钱的。他们只要自己家好就行了，对于什么家园不家园的并无要求。如果你想要说服他们，让他们为自己并无要求的事情花钱，他们就会打心眼里讨厌你。他们为了自家感觉良好而损害集体家园环境时，最喜欢的就是那些睁一只眼闭一只眼、根本不负责任的所谓管理者。倘若海选一位基层领导，他们甚至乐于将选票投给这位不负责任的管理者，而不是周秉义那样凡事较真的人。

周秉昆在一户人家的小院前站住了——那是春燕父母家。拆迁时，春燕妈对他说："我和春燕爸年纪大了，不想乘电梯上下楼，没乘过那东西，听说常夹住老人孩子，心里害怕。请你跟你哥打一声招呼，我们得住一楼。"

秉昆转告了秉义。

秉义说："可以理解，应该照顾，没问题。"

几天后，春燕妈又对他说："我和春燕爸都希望院子再大点儿，让你哥一定费心啊！"

秉昆也转告了秉义。

秉义说："这有点儿难，院子大的单元全被先搬来的人家相中了，我尽量调调看吧。"

春燕妈第三次找他，提出的要求是："春燕她二姐跟我们老两口住一起，不给她二姐一套房子可不行！秉昆，你告诉你哥，不满足我家这个要求，我们可要耍赖不搬，看他拿我们怎么办。谁叫咱们两家两代人有四五十年的交情呢！"

秉昆本不愿再转告哥哥，在春燕的过问和郑娟的相劝之下，还是转告了。

秉义苦笑道："春燕她二姐家的户口不在光字片呀，这要求过分了，我真没把握啊！"

最终，春燕妈家搬到了这一单元里。那幢楼最靠边，那一单元又是那幢楼最边上的单元——不但窗前有小院，楼侧也有两米多宽的一溜地，被美观的铁栅栏一并围着。在新区，数那样的单元小院大，房间面积也大。春燕她二姐则另外分到了一居室。

然而，春燕妈每次见着秉昆时都嘟嘟囔囔，颇有微词，显然对秉义并不满意。秉昆只好赔着笑脸，替哥哥秉义受过。

"百年不遇的一次机会，好不容易活着的时候盼到了，你哥又大权在握，他究竟有什么为难的，非不分给春燕二姐一套两居室？"春燕妈照例要说这么几句话。

秉昆每次都只能说:"是他不对、他不对。"

春燕妈家的院子里有花,还栽了葡萄,架上的葡萄快熟了,变紫了。秉昆想那一定是德宝侍弄的,春燕和她父母她二姐谁也搭不成那么好的葡萄架。他联想到了儿子周聪带回来的情况,假如曹德宝揭发周秉义的事是真的,那么他今后再也不会从这条街上走了。他无法接受这样的现实。

周聪问:"爸,这是谁家?"

他说:"不知道。"

周聪又问:"那你站这儿干什么?"

他说:"想点儿事。"

周聪说:"爸,咱们还是回家吧。"

他说:"行啊,回吧。"

在回家的路上,他流泪了。

"雪片似的"的说法未免夸张,但确实有不少揭发周秉义的信件,经由各种渠道集中到中纪委在本市的工作点。知情人透露,二三百封肯定是有的,其中大部分揭发者是新区的人,少部分是周秉义当过市委书记那个市的人。此外,还有极个别形形色色的人揭发鸡毛蒜皮的事,有个署名"文化厅一干部"的人揭发周秉义贪污过一件价值连城的文物,后经查明那是复制品,周秉义调离文化厅前上交了。还有几封信看样子是同一个人写的,揭发周秉义对伟大领袖刻骨仇恨,因为每到"文革"多少周年,他必定在报刊上发一篇反思文章。

变化就在转瞬之间,真是人心难测!起初,人们从脏乱差的地方搬到新区后,对周秉义普遍感恩戴德,有些老人见了他双膝一弯就想跪下

第十六章

磕头，甚至有人撺掇着集资在休闲广场为他塑像。如果不是他严厉制止，这事还真有可能做成了。

后来，主要因为拆迁地建起了环境更好的高档商品楼小区，销售火爆，许多人的心理改变了。他们寻思着，原来把我们迁到所谓新区，就是为了占我们住过的地方给富人们建豪华小区！

事实似乎也是这样，周秉义的初心和本意却绝非如此。为了让光字片的居民有个较满意的家，有个更好的居住条件和生活环境，必须找到一大笔资金，只有与开发商置换，让对方有钱赚。

初心和结果，有时成悖论。抹杀初心，结果就是"阴谋"的最好证明。

于是，不少拆迁户觉得自己上当受骗了。后来，他们听说其他地方的拆迁户得到了多少多少补偿款，钱数令他们眼红极了，更觉得自己损失惨重。

当初，周秉义委托的开发商居然没给一分钱的拆迁补偿金！

这也是不争的事实。

当初，也没有拆迁户索要补偿金。自己原来住的是什么鬼地方破房子啊！盖好了楼房，修好了街道，免费帮着搬家，就已经烧高香了，还好意思要什么补偿金吗？扔的尽是破烂，收废品的都懒得捡。何况他们都清楚，根本就没有那么一笔钱预备着，厚着脸要也是白要，人家不找自己要钱就是天大的幸运。

然而，一旦落入"阴谋"论，他们的心理和逻辑也就完全变了。当初可不是咱们哭着喊着闹着要拆迁，而是周秉义副市长三番五次、花言巧语地设下圈套，骗咱们拆迁的！周秉义是地地道道的小人。

在民间的话语中，"咱们"是特别有号召力的武器，它拥有一种巨大的神力，很容易就将中立者吸引到同一战壕中，像磁铁吸引铁屑那么容易。

"咱们"的人数越来越多，力量越来越大，声音越来越高。当初的动员成了"花言巧语",方式方法全成了处心积虑设置的"圈套"。

脑子快的人算了一笔账。当初,周秉义能将那么大的事很快运作成功,从他手上过的资金少说有一百多亿!经手这么大的一笔资金,他会守身如玉,不起贪念?这一百多亿里,居然会没有"咱们"一笔补偿金?

可信吗?傻瓜才信!

成立一百二十人的保安队更受质疑。随便找个保安公司不行吗?一定要给他们盖宿舍、办食堂、建阅览室吗?夜里巡逻,还享受一顿免费夜餐,有必要吗?每家住户每月二十元,新区一年就要收六百多万元,账目真像公示的那样勉强不亏吗?难道真的不是包括周秉义在内的一些人的小金库吗?

"咱们"者似乎不清楚,A市并没有一家保安公司可以向新区派遣一百多名保安人员。当初说明这一情况时他们并不关心,听到过说明的人也不互相解释,都不愿多那个事,任由某些人生疑。他们与周秉义的想法是那么的不同,周秉义希望新区能为人们提供一流的专业化保安服务,这种服务人们后来也都想要,但是不想花钱。他们的上一辈人曾是农民,大多数在农村还有亲戚,但他们进城以后对农民早已没什么感情。他们下岗后四处打工,十几年中受了一些以前没受过的苦,见到别的打工者居然受到优待,他们内心里反而特别不舒坦。在他们看来,同样是打工者,那些人凭什么受到优待?

其实,周秉义当市委书记时,下农村调研是常事。他清楚,农民们生活的改善主要靠儿女们打工挣钱。保安队员基本是农家子弟,他愿在力所能及的情况下善待他们,否则会内心不安。

二〇一四年,A市大多数当年的下岗工人家庭生活逐步摆脱风雨飘

第十六章

摇、朝不保夕的状态,逐渐稳定下来。一方面,由于劳务市场有了需求,他们的劳动技能得到重视,找工作不再像当初那么难,工资也提高了。另一方面,他们的儿女们也参加工作,不仅不再需要供养,还能为家里挣钱了。

网络时代,越来越多的老百姓通过网络表达意见。中央的反腐决心和力度空前,一个个大贪巨蠹纷纷落马。他们很是激动,呐喊助威,甚至也想一试身手,揪出几个来。

社会进步、民心觉悟的过程中,新区的"咱们"将目光锁定周秉义实属必然。他们说,搞出个龚维则算什么?他不过是个小不点儿、小苍蝇!曾珊算什么?她又不是当官的。骗取银行贷款,转移到国外,还有经营活动中的偷漏税,只不过是不法商人的作为。由她骗贷牵扯出的银行的头头脑脑,职位最高的也就副处级而已。

"咱们"要揪出个"半大老虎"!于是,曾经主抓城建和危房改造工作的退休副市长周秉义,一下子成了大贪腐嫌疑人。

一天上午,周秉义被从家里带走。一些人从窗口或阳台目睹了那一幕,他的左右两边各有一名身材魁梧的年轻壮汉,把他夹在中间。住在他们同一幢楼里的都不是普通人,他们根据车牌号就断定那一定是纪委的人。

此事随之成为本市民间流传的重大新闻。

晚上,除了郑娟,周家一干亲人按蔡晓光的通知聚在江畔公园。实际上,蔡晓光执行的是郝冬梅的"指示",她认为聚到谁家都不好。

冬梅问周聪:"压力大吧?"

周聪点点头。

冬梅说:"年轻时,经历一点儿压力不完全是坏事。"

周聪又点点头。

冬梅说:"秉义让我转告你们,作为他的亲人,一定要相信他的清白,也要相信中纪委绝不会冤枉任何一名干部。"

周聪问:"大娘相信我大伯吗?"

冬梅立即回答说:"我当然相信!"

蔡晓光说:"我也相信,绝对相信!"

周蓉说:"嫂子,你和我哥都在个人品质上有洁癖,我既相信他也相信你。他的事一点儿也不会影响我的小说创作,相反还会为我提供素材。"

郝冬梅轻轻苦笑了一下。

亲人们的目光一时都转向了秉昆。

秉昆说:"我哥的事儿也不会影响我开店,到店里吃饭的人反而多了,我就当没有那么回事。"

周蓉说:"能这样最好,尽量别让郑娟知道。哥在她心目中是君子,怕她一时承受不了,能瞒多久就瞒多久吧。"

秉昆点点头。

冬梅对周蓉说:"我想到外地去散散心,图个情绪不受滋扰。你得陪我,可以带上电脑继续创作你的小说,地方由你选,最好不出省,找个有山有水的地方。"

周蓉说:"行,我高兴陪嫂子散散心。"

晓光:"我也陪你俩去吧。我知道,有一个地方肯定符合嫂子的愿望。有我当你俩的男仆,我放心。"

周蓉和冬梅都笑了,也都同意了。

冬梅、周蓉和晓光离开本市一星期后,孙赶超一天下午两点左右出现在周秉昆面前。这时,郑娟正在楼上睡午觉,秉昆坐在店里发呆。

赶超说:"走,跟我上车。"

第十六章

秉昆问:"哪儿去?"

"见吕川去。"

"为什么?"

"别装糊涂,见了他,把你哥的事当面问个清楚。你们作为亲人,心里不就都有底了吗?"

"我们现在就有底。"

"别嘴硬!"

"也不知道吕川在哪儿呀。"

"我打听到了,八九不离十。"

"他那种身份的人,见咱们容易。咱们想见他,事先又没约,难吧?"

"碰碰运气。"

赶超拉拉扯扯,秉昆半推半就。最终,秉昆依了他关了店门,随他上了车。

孙赶超开来的仍是周玥的宝马车,他说周玥批准的。

"她知道你为什么事用车吗?"

"我实说了。"

"她支持?"

"没反对。"

"她有没有压力?"

"这话问的,公司业绩明显下降了。"

"你相信我哥是清白的吗?"

"比较相信。你哥你嫂子都退休了,他俩钱够花,又没儿女,为谁贪啊?中国的贪官,大部分不是为儿女贪,就是为情人贪。你哥会背着你嫂子偷偷包养小三吗?"

"我抽你啊!"

"你姐你姐夫两口子生活得也挺好，你哥肯定不会为他俩贪吧？"

"更不会为我贪。"

"还是的，所以咱俩有必要找吕川当面问个明白。因你哥的事，我也几天睡不着觉。他是清白的，我心里也踏实。可话又得两说着，某些当官的三亲六故过的都是人上人的生活，自己和儿女也都是不知道缺钱是什么滋味儿的主，还不是照贪不误？不知他们怎么那么爱钱。我也只能这么回答，但愿你哥是清白的吧。我是你老友，我能在新区分到房子是沾了你哥的光。他清白，我一家三口也不丢面子。"

孙赶超前边说的话，对周秉昆起到了极大的安抚作用。他最后说的那句话，又让周秉昆心里七上八下。

两个老友找对地方了，却差不多等于自取其辱，门卫根本不许他俩踏上门前台阶。两个平头百姓，在特殊地方想见特殊人，事先没约，也无要事，只说求见，当然要吃闭门羹。

孙赶超不死心，徘徊门前，拽住周秉昆不让他离开。

终于等到有人出来，赶超迎上前拦住人家，说他们与吕川的关系多么"铁"，央求人家通告一下。

"约过吗？"

"那倒没有。"

"他不在，开会去了。"

人家挣脱袖子匆匆走了。

二人只得离开，赶超三步一回头，还是有些不死心，他忽然喊一声："站住。"

秉昆站住了。

"你看那是不是他？"

秉昆转身看时，见二楼一扇窗内，有人站在窗边正望着他俩。

第十六章

秉昆说:"像是。"

赶超说:"明明就是!"

秉昆忽然大喊:"吕川,你这个王八蛋!"

窗内那人的身影马上消失了。

秉昆与郑娟话也少了。他也没对儿子提这事,觉得太丢人。

七八天后的一天晚上,九点多了,吕川出现在周家面食店。那天周聪在报社加班,秉昆和郑娟坐在一张餐桌旁择豆角,为明天早上蒸包子做准备。

秉昆让郑娟回避一下。

吕川说:"嫂子坐那儿别动,我说的事你也应该知道。"

秉昆怒道:"川儿,你想干什么?"

吕川说:"我特意来替你哥报个平安啊!"

吕川讲,中纪委的同志已经把周秉义从政以来的历史细细查过,结论是他的历史特别清楚,也特别清白。一切所谓揭发,都完全没有事实根据。

"你哥不容易,太不容易做到了,支配过一百几十个亿啊,一分钱说不清楚的事都没有,我和同事们都认为难能可贵。他的事也容易查清楚,他招商引资的都是国企,那些与他签合同的干部也在别处接受问询,他们对你哥的品格也很佩服。至于对你哥当市委书记那些年的调查,更是一碗清水可见底了。一般情况下,我们调查他这种级别的干部三十余年从政经历,最少也得一个月。你哥只用了这么短时间,主要也是因为他确实没有什么烂事和疑点。而且,由于他曾是中纪委的干部,还主编过《中国历朝历代反腐大事件》,我们对他的调查反而一点儿都不敢马虎。当然，他也感情用事过。比如，在新区分给了常进步家一套房子，但这件事他是替党和政府先做了；分给国庆家一套房子，我们也是那样认为。对烈士家属和建国第一代老工人的子女，组织上当然应该主动关怀。至于分给孙赶超家一套房子，也并不是不能摆到桌面上谈。那件事，你和嫂子的做法特别仗义，我吕川深受感动。你哥主动交代以权谋私的事就两件，一件是在你拆迁时偏心，一件是为周聪大学毕业后的工作托过关系。他自己不说，我们也不知道。这种事不属于我们此次调查的范围。我专门来一次，就是要亲自告诉你和嫂子，我们认为周秉义是好干部。"

郑娟笑道："你们还审查他了？我可一点儿不知道。经你们审查都清白，那不是等于给他盖上合格的图章了吗？好事。"

"我们对他今后不敢保证，对他以前的历史差不多等于打包票了。"吕川也笑了。

周秉昆却起身走向了楼梯，看样子想上楼去，却又没上楼。他一屁股坐在台阶上，抱头哭了。

吕川走过去陪他坐下，劝道："秉昆，别这样，嫂子说得对，也是好事嘛。"

他俩都没喝郑娟沏的茶，就坐在台阶上聊了起来。郑娟依然择豆角，对他俩聊啥丝毫不感兴趣。

"我和赶超去找你，站在窗内看着我俩的是不是你？"

"是。"

"你怎么可以那么对待我俩？"

"当时我不便见你俩，没法子。"

"现在你如果道歉，我代表赶超接受。"

"不，我是身份特殊的人，不是谁想什么时候见，就可以随便见到的人，是你俩不懂规矩。"

"真不道歉？"

"原则问题，绝不道歉。"

"那我就告诉赶超，说你拒绝道歉。"

"再告诉他，以后要懂点儿起码的规矩，有些地方不能当成朋友的家。"

"希望你能再回答我几个问题。"

"那要看你问什么事了。"

"龚维则的下场会怎么样？"

"每件事单独论，都算不上多么严重。件件事加起来，性质就不但严重，而且比较恶劣。具体会判多少年，那是司法机关的事。"

"曾珊呢？"

"她的事很复杂，与北京某些事搅在一起了。她以为有了靠山，其实对方只不过想利用她的公司达到自己的目的。她被押到北京去了，一些事还在查。"

"向阳呢？"

"他的问题主要是替曾珊做了不该做的事。他又不是不懂法，是知法犯法，还做伪证，企图替曾珊掩盖……他坠入情网了。"

"他有外遇？"

"与曾珊，曾珊的心怎么会在他身上呢？只不过寂寞的时候偶尔与他玩玩感情游戏，他却当真了。"

"听你说他，像说一个完全不相干的什么人。"

"你以为我心里好受吗？"

"你心里也不好受吗？"

"我是那种毫无感情的人吗？当年，咱们可同是酱油厂的'六小君子'。大学招收工农兵学员时，他没少花精力帮我补习。"

"他还表示过，如果最后在你和他之间二选一，他绝不与你竞争。"

"是啊，他是这么表示过，而且是真心实意的，我一直记得。"

"国庆死了，向阳这样，龚宾以后也好不到哪儿去……"

"不说他们了，德宝和你关系现在如何？"

"挺好啊，为什么问这个问题？"

"随便一问，挺好就好。"

秉昆听出吕川话中有话，联想到了儿子周聪怎么说曹德宝的，也就明白了吕川话里有话。他心中嘶嘶啦啦地一阵痛，低头不语。

吕川大声说："嫂子，劳驾你把烟和烟灰缸送过来。"

郑娟送过去后，看着他俩笑道："没你俩这样的，有椅子不坐，偏坐楼梯上。"

吕川说："都坐这儿显得亲嘛。秉昆，陪我吸支烟，吸完烟我得走了。"

周秉昆接烟时，见吕川眼中泪光闪闪。

他又说："最后一个问题，我哥什么时候可以回家？"

"你哥得协助我们在本市的工作，是我要求的，领导批准。还不能对外宣布，怕我们走了他遭报复。我们的工作往往结仇，得罪人。我今天跟你说的话，你一个字也不能跟第三者说，明白吗？"

秉昆点头。

"我想唱歌。"

"随便。"

"你陪我小声唱。"

"行。"

"《送别》。"

"向阳当年偷偷教咱们唱的。"

"对，他当年不唱，咱们根本不知道中国还有这么一首歌。"

第十六章

"是啊。"

于是，秉昆陪吕川小声唱起来。唱到"天之涯，地之角，知交半零落"，吕川泪流满面。

吕川临走时说："秉昆，嫂子，我结束在本市的工作，也该退休了。我每次回来，都会看望你们。我如果多年不回来，你们也别把我忘了。谁忘了我都可以，你们忘了我不行。你们要永远记住，你们有一个好朋友叫吕川。"

郑娟取笑道："瞧你说的，像要永别了似的！我俩想你了，会到北京去找你！"

"那我肯定欢迎！"

三人便都笑了。

"十一"过后，中纪委工作组撤离本市，周秉义终于与亲人们团聚了。亲人们都不提他过去那几个月的事，也不问什么，他自己更是避而不谈。

大家只聊家常，倒也轻松愉快，其乐融融。

周玥发来了短信，说她办起了境外旅游公司，业务也不错，即将组团去荷兰，亲自带队，问大家去不去，若去，费用她出了。

秉义说："荷兰我很想去。"

冬梅说："我也想去。"

秉昆看着周蓉说："给大家个机会，宰你资产阶级女儿一刀呗？"

郑娟说："有些话一从你嘴里说出来，怎么就那么难听！"

晓光笑道："秉昆说出了我的想法。亲人之间，'吃大户'完全可以。"

最后，大家的目光就都看着周蓉。

周蓉说："那我只有少数服从多数了呗。"

周家的亲人们，除了周聪因工作脱不开身，其他人都答应去了。

在荷兰，周秉义精神头很足，甚至不惜口舌地劝说大家看了一部荷兰大片《海军上将》。周蓉和周玥轮流做现场翻译。她俩对荷兰历史了解有限，人们还是看不明白，秉义便不断站起来介绍历史背景。放映了一半，人几乎走光了，秉昆和郑娟也走了。放映厅的灯亮起来时，只有秉义夫妇、周蓉夫妇以及三四个打瞌睡的人还在座位上。

周秉义却连说："值得看，太值得看了。"

回到住地，他们四人还聚在一起讨论。都六十多岁的人了，一如当年知青那样。秉昆虽没看完，却旁听了他们的讨论。

荷兰是世界上第一个君主立宪国，甚至早于英国。海军上将德·鲁伊特是荷兰十七世纪的海军统帅。因为海岸线长，海军上将可以说是荷兰整个国家军队的灵魂人物。影片表现的是鲁伊特指挥荷兰海军，抗击来犯的英法联军的故事。他后来成为悲剧人物，而命运最悲惨的是德维特首相。德维特首相一度是荷兰朝野最受拥护的政治明星，后来被反对派出卖给了主张恢复君主制的暴民。结果，他在广场上被活活打死，五脏六腑被暴民掏了出来示众……

晓光说："他的命运比耶稣更悲惨。"

周秉义说："古代任何国家的变法者下场几乎都很悲惨。国家进步与否的一个标志，就是看这个国家是否爱护自己的改革领袖。"

周蓉说，她要把哥哥的结论写到小说里。

冬梅坚决反对，她说如果小说思想元素太多，不但难以出版，侥幸出版了读者也不买账，因为世界已经进入一个娱乐至死的时代。

"关键是不回头，根本不回头。我很二，我很范儿；我越二，我越范儿！面对这样的社会心态，思想是被用来嘻哈逗乐的。周蓉，别听你哥的，听我的！你就写一部最好能卖影视版权的小说就行，赚他一笔得了！"冬梅接着说。

大家都听得出她故意这么讲，便都笑了。

晓光最后说："那我就东山再起，认认真真拍一部精致的垃圾剧，也沾我老婆的光，赚他一笔！"

周秉义从荷兰回国后，深居简出，闭门谢客。除了早晚与妻子冬梅散散步，他终日在家读书、练书法。他还和冬梅上了几次北普陀寺，与萤心和尚讨论佛教文化。

二〇一五年正月初三，孙赶超夫妇、常进步夫妇和吴倩又聚到了周家面食店。当年的朋友，只有他们几个能聚在一起了。赶超他们的儿女，或在读大学，或已工作，或正在找工作，总之都有自己的交际圈了，不愿再参加他们的聚会。下一代人也不像他们所希望的那样，互相之间有多么亲密的关系。

周聪和女友领了结婚证，在市里租了房子，他俩这天到雪乡玩去了。

这四家住得近，也聚习惯了，赶超一串联，都说那就聚聚吧。

国庆、向阳、龚宾甚至吕川的名字似乎成了禁忌，谁也不提他们。

吴倩说，春燕妈和她二姐已不住在新区，不知把房子卖了还是换了，也不知哪天搬走的、搬到哪儿去了。

她问，谁知道点儿情况？

大家都摇头。

吴倩对秉昆说："你怎么也不知道呢？"

秉昆说，自己已经很久没去过那条街了。

赶超说，他想通知德宝聚会，可是德宝和春燕都换手机号了。

"他俩怎么可以这样，换手机号了应该主动告诉老朋友嘛！"于虹显出很不高兴的样子。

郑娟说:"别管他俩!总有他俩想咱们那一天,会来找咱们的。"

秉昆听了就苦笑。

赶超问:"你怎么这样子笑?"

秉昆说:"老了,笑的样子也会变嘛。"

赶超又问:"你没和他俩闹什么不愉快吧?"

郑娟说:"春燕是他干妹,德宝是他干妹夫,他跟他亲哥亲姐闹别扭,也不会和他俩闹别扭的。"

秉昆只得说:"是啊!"

然而,缺少了德宝和春燕的聚会,确实寡趣少乐。

大家也都没了吃的胃口,都说这个指标高了那个指标高了,要节食,得减肥。

寡趣少乐的聚会难以持久,大家聊了会儿食品安全问题,又静静坐了一会儿。于虹说她晚上要去妈妈家,得先走了。结果,大家就都说有这个事、有那个事,先后散去了。

"五一"前,周玥的公司为周秉义举办了一次书法展,蔡晓光请省书法家协会的一位副主席给写了前言。

前言文白夹杂,对周秉义的书法给予高度评价:

　　行、草、楷、篆四体中,秉义先生的行草最好。看来,篆体画字,绝非秉义先生所喜;楷体工整,亦非他所愿勤练。他的书法文气太重,注定了狂不起来;唯行草似与其心性一脉相通,颇见潇洒。

第十六章

周蓉认为写得很好,好在写出了她哥这个人——从小到老一直规矩,有心突围,却又不知往哪儿突围,总是模范地苦闷着。

周玥把宣传做得很充分,观展的人居然不少。周秉义却没到场,他忽然胃痛,冬梅陪他去了医院。

展厅中有人高喊:"哪里可以留言?"

一位姑娘就将穿一身中式上衣的七旬老者引到了留言簿前面。

老者说:"我才不在这上边写字!"

姑娘问:"那您老打算写哪儿呢?"

老者说:"拿纸来!笔墨侍候。"

于是,姑娘请老者到了长案前,替他铺开一整张上等宣纸,请他从十几支毛笔中选用一支。

老者拿起笔毫最大的一支,饱蘸浓墨。他笔走龙蛇,满纸云烟,几乎所有人都被吸引了。老者一气呵成,放下笔,头也不回,分开人墙,扬长而去。谁也不知他从何而来,去往何处。整张宣纸留下了一纸狂草作品,众人你一句我一句认明白了。原来,老者写的是:"所谓大小官员书法,无非用毛笔写汉字而已,十之八九不足论道。然周君书作配悬厅堂,足可愉悦性情,宁静致远。"有人看明白了,便想上前据为己有。蔡晓光伸展双臂,尽力阻挡,周玥才趁机将那张墨迹未干的宣纸收起来拎走。

有一个大学生模样的姑娘问:"那张小幅的,卖吗?"

那张小幅书作写的是:"真难,假亦难,故何妨难而求真。"

周蓉说:"你若喜欢,归你了。"

姑娘满心欢喜,取下来匆匆离去。

周蓉又说:"我做主,谁喜欢哪一幅,就可以带走哪一幅。"

或许是刚才业内人士说能卖钱,周蓉话音刚落,许多人立刻扑向了四面墙壁,都一口气取下好几张书作,扬长而去。

片刻之间，展厅四壁空白，只剩下周蓉、蔡晓光和三五个嘉宾。

蔡晓光窘态毕露，将他请来的嘉宾们一一送出。回来时，他见周蓉正在严厉训斥周玥："从实招来！是不是你为了炒作，雇了那么一位老爷子，导演了那么一出戏？"

周玥大声说："妈，你太冤枉我了！"

晓光替周玥辩护："肯定与女儿没什么关系。是你不好，为什么要说那么一句多余的话呢？"

周蓉想想，也确实怪自己，遂问晓光："那老爷子的狂草到底水平如何呢？"

晓光说："我可是看得出书法水平的高下，人家写得真不错，民间藏龙卧虎啊！"

周蓉的手机响了，是郝冬梅从医院打给她的，说周秉义病情严重。

周蓉、晓光和周玥赶到医院时，周秉义已被留下住院，换上病号服。他那级别的干部，只能住双人病房。因为他不是一般的厅局级干部，医院特意把他安排在只能摆放一张病床的小单间里，那就不算违反规定。做完胃镜，医生只是说情况不妙，要等化验结果出来以后才能最后诊断。

周秉义并未惊慌，他说自己的胃很长时间没有痛过了，估计没什么大事。冬梅却深为不安，有点儿乱了方寸。

周玥将书法展的事汇报了一番，周秉义躺在病床上竟然哈哈大笑起来。

他说："我坚持不搞什么展览嘛，你偏要搞。不过也挺好玩，圆了我长久以来的风雅梦了。等我出院，一定要访到那位老先生，拜他为师。"

周秉义对自己病情的估计大错特错。胃镜、血液等检查结果表明，他已到了胃癌晚期，癌细胞扩散。医生们会诊后，制定的治疗方案是采用

第十六章

放化疗结合的方法,防止癌细胞向其他脏器组织急速扩散。

这也是唯一可行的治疗方案。

为了挽救周秉义,省市的名医专家纷纷会诊,但为时已晚,回天乏术。周秉义的原胃早就被切除,目前的"胃"是后长出来的次生胃,癌细胞扩散得更快。进一步检查发现,他的肠体表里癌细胞遍布,已无一处完好了。

周秉义临终前,握着妻子郝冬梅的手对妹妹和弟弟说:"周蓉,秉昆,咱爸咱妈的三个儿女,此生最大的幸运就是都和好男人好女人结合为伴侣了,这是仅次于父母之恩的夫妻恩爱。你俩对晓光和郑娟,以后要有感恩之心。"

晓光和郑娟听了,抱着周蓉和秉昆,望着病榻上的周秉义,悲泣难止。

周秉义又说:"我死后,不必买墓地,就把我的骨灰放在爸妈的墓室吧。如果有人议论我、攻击我,也千万不要辩解,不要打抱不平。"

他还想与妻子郝冬梅单独说几句话。

十几分钟后,病房传出郝冬梅的哭声。周蓉他们再进入病房时,周秉义已经走了。

遵照周秉义的遗嘱,周家的亲人们决定举行小范围遗体告别仪式。消息不胫而走,一时间省市老干局接到许多唁电,却都不是本省市的,其中有他当年的知青战友、大学同学、校友,还有他在北京结识的各路精英、与他合作过的房地产开发公司的老总们。老干部局把这些唁电全部转给了郝冬梅,却也没有其他动作。省纪委忽然接到中纪委电话,要求代中纪委送上花圈致哀。消息一传开,老干部局迅速做出反应,协助主持追悼仪式。参加追悼会的干部顿时多了起来,郝冬梅与周蓉左挡右挡也挡不住。

追悼会后不久,微信圈疯转一篇评论光字片等三处危房区拆迁工程的文章，署名"某人"。该文认为，三处危房区的拆迁在本市具有里程碑意义，毫无疑问相当完满成功，但并不具有可复制性。因为无论是招商引资，还是拆迁过程，周秉义个人正派诚信的人格起了至关重要的作用。当今本地领导干部中，如他这般有人格魅力者，并不多见。

这么一篇微信文章疯转，或许因为文中有这样几段话："盖中国官场，从政者无非三类。一类曾是被文化所化之人，后来从政。这类人若不彻底告别文化影响，做不了大官；侥幸做大了，对自己也未必是好事。周秉义本质上属于这一类，他能安全着陆，已属幸事。第二类人曾经是被政治所化，后来也想被文化所化。倘若官已做得很大，对自己对政治对官场都会有些好处；但官还未做大，进步反而就慢了，因为太容易被指责为不务正业。第三类人是始终政治化的人，而且被'化'得很成功、很彻底，若再有背景、善于迎上，在官场上则往往如鱼得水……"

有关方面指示，查一查"某人"是什么人。一查原来是位退休的中学校长，也有兵团知青的经历，本名陶平。

负责网络安全管理的领导主张删除或屏蔽此文，另一些人认为这纯属小题大做。所幸意见尚未统一，陶平的文章已被另一则网络新闻取代——某女明星的狗与某男明星的狗配对成功，今年有望诞生超级明星狗狗了！

尾　声

周秉义去世一个多月，周聪和妻子大吵了一个下午，周秉昆骑着自行车前往儿子家调解。穿过一条小街时，有一个男人也骑着自行车相向而来。秉昆一眼看清是德宝，他猛刹车闸正要叫住德宝，德宝头一低，从他眼前一闪而过。周秉昆在原地愣了许久。

然而，周家的亲人们也有好事降临。

七月，周蓉的小说《我们这代儿女》几经周折，终于出版了。最初，几家出版社先后退稿，因为她完全是一位毫无名气的新作者。万般无奈，她只好交给了一家文化公司，寻求帮助。对方读后大加赞赏，如获至宝，出面说服了一家出版社。她还接受建议，将小说从三卷压缩成了上下两卷。

文化公司和出版社劲头儿很足，连续三个月在网上连载，收获点赞无数。为了引起更多人关注，蔡晓光还托几位老友，专门组织了几篇差评，一反一正，争议如潮。好事者翘首以待，读书人也想一窥究竟。小说刚刚面市，网络、电视、报纸就纷纷选摘报道，一时成为热议的话题。首印五万套一扫而光，出版社赶紧加印，才没有断货。

八月，周秉昆当爷爷了。

周聪升级当爸爸前，贷了一笔款，向周玥借了一笔钱，买下了一套九十多平方米的精装修二手房。

郑娟抱着孙子欢喜得合不上嘴，她对前去祝贺的周蓉和蔡晓光说："多漂亮的宝宝啊！"

蔡晓光与周蓉走在回家路上时，却一脸阴云。

周蓉问："你怎么了？"

晓光说："替你们周家心情不好。"

周蓉又问："为什么呢？"

晓光说："我讲真话你可别生气，你看那孩子，明明不漂亮嘛！"

周蓉说："出生没几天，你能看出什么漂亮不漂亮？"

晓光说："当然看得出来！有的小孩，一出生就五官端正、眉清目秀的。可秉昆那孙子，塌鼻梁，小眼睛，厚嘴唇，大嘴巴，没一处像你们周家的人，哪儿哪儿都像他妈。将来肯定是个丑男，又不是生在有钱人家，那就只能娶个丑老婆，再生个……"

"你给我住嘴！"周蓉生气了。

晓光叹道："真话确实令人讨厌啊！"

周蓉也不由得叹了口气。

九月下旬，郝冬梅给周蓉发了条短信，说自己将在"十一"当日结婚，希望周蓉做伴娘。

实在太突然，周蓉不知该如何回复，赶紧征求晓光的意见。

晓光说："再突然，那也得答应，咱俩一块儿参加。"

周蓉问："那怎么对秉昆和郑娟说呢？"

晓光说："及时转告，先说也邀请他们了，再说咱俩愿代表他俩出席。"

秉昆很快就回了短信，表示他和郑娟都想让姐姐和姐夫代表参加。

秉昆告诉郑娟时，她愣了愣，随即高兴地说："我还经常替嫂子这么想呢，好事呀，她改嫁了也照样是咱们的亲人嘛！"

郝冬梅的第二任丈夫是"红二代"，快七十岁了——她那些侨居国

尾　声

外的朋友为他俩牵的线，搭的桥。他早已持有美国绿卡，起初是国内国外两边跑着经商，后来跑累了，就由儿子接班来干。朋友对冬梅说，父子俩的生意做得挺大，都是出国越久年岁越大越爱国的华侨。

婚礼在本市一座落成不久的五星级酒店举行，很洋派，由一位神父主婚，管风琴奏乐，儿童唱诗班唱圣歌，气氛庄重温馨。嘉宾不多，也就十来桌，还有几桌外国客人。来宾多是老新郎的亲朋好友，从世界各地专程赶来。郝冬梅的亲朋好友只有两桌，包括周蓉和蔡晓光。

周蓉出色完成了伴娘使命，告别时她送给郝冬梅一套《我们这代儿女》，说小说中有她的影子。

郝冬梅情不自禁地拥抱了周蓉，低声说："我是为你哥做出这种决定的。他临终时，要求我答应他这么做，当然，我自己需要重新找到归宿。"

周蓉和蔡晓光回到家门口时，已有两位男士等着。一位是文化公司的老总严琦，一位是出版社副总编辑吴山。她一忙，居然把和人家约好的见面忘了。

两位老总是来和她商谈，准备推荐她的作品参评长篇小说大奖。他们希望她到一些重点省份签售，并接受电台电视台和报刊网络的采访，撰写创作感想，以便进一步扩大小说的影响。

"为了我们共同的利益，请您全力配合。如果获奖，奖金不少呢，够买一辆好车了，出版社一分不要！"吴总说。

"自我宣传确实是必要的。您以前没出过书，起点如此之高，许多读者希望了解您这个人。比如，您前夫是怎样的人，您十余年海外生活的境遇，您跟晓光先生又是怎么结合在一起的，都值得细细写来。要学会自我炒作。自我炒作就得自我爆料，公司有人协助……"严总接着说。

蔡晓光不高兴了，插嘴道："不许扯上我啊！扯上我，你们要先付费。我的价码很高，每扯一次一百万，一口价。"

两位客人看出周蓉也心有不悦，却不知是为什么，留下一份宣传企划书，马上起身告辞。

"你也看看吧。"周蓉心不在焉地将企划书翻了翻，抛给晓光。

晓光说："我就不看了吧，刚才听明白了。"

她问："你什么意见呢？"

他说："那么大数目的一笔奖金倒是挺诱人的。"

"可被他们牵着鼻子走，肯定把我折腾个半死，你舍得吗？何况，能不能评上奖还两说着。"

"舍不得。你的事，最终要你自己拿主意，别受我影响。"

"我怎么决定，你都同意？"

"当然。"

"我的决定是，不参与。"

"那就别参与。"

"咱们可以买一辆车，等你生日那天买，算我送你的生日礼物。"

"就别等我生日那天了呀，那可要等到明年三月份呢。早买早开，我经常拉着你到郊区去转转，好事为什么往后拖呢？"

"行，听你的。"

"不必买太贵的，咱俩都不是虚荣的人，也没什么谱可摆。现在二十五六万的旅行车已经很不错了，就买那种吧。"

"对，由你选。到我账上的稿费七十多万了，年底会近百万。买一辆你说的那种车，还结余不少呢。周玥不用我们操心，秉昆也还说得过去。我们的生活开始省心了，为了几十万元钱做自己不喜欢做的事，那也太委屈自己了。在娱乐至死的年代，一部严肃小说能成为年度畅销书，以后肯定也会成为常销书，年年都会有笔版税的。而且，电台广播了，出租车司机都爱听，报纸也连载了，我还努着老命追求什么奖呢？不获奖我

尾　声

也有成就感了，我的小说不必评论家说好，我自己知道好就是好。肯定会留得住，以后三五十年内仍会是值得读的作品。真获那么个奖，不再写下去，人家会说江郎才尽。可我不想再写什么了，也写不出什么了，《我们这代儿女》把我掏空了。我从没想过当作家，只愿意像塞林格那样，写一部自己一心想写成的小说而已。"

蔡晓光平静、耐心、享受地听妻子说完那一番话，笑着问："你的偶像是《麦田守望者》的作者吗？"

周蓉说："对。"

晓光说："你的想法我都赞成，也都支持。只有一点，有待商讨。你的小说证明，你太有写作潜质了，可以不必当作家，但还是要继续写下去。不写大部头的，就写短一些的。有写作的天分，为什么不用呢？"

周蓉沉思片刻，笑了。她说："我会认真考虑你的建言。"

几天后，蔡晓光和周蓉买回了一辆车。第二天，他们就拉上秉昆和郑娟到郊区兜了一圈。

如果说，得知嫂子郝冬梅结婚的消息后，周秉昆只不过有失落之感，那么，他再见到嫂子时，心情就很有些忧伤了。

那天，他进城到儿子周聪家监督阳台改造，干完活后穿行过步行街，遇到了郝冬梅与第二任丈夫。她穿件貂皮大衣，脚上是半高勒的高跟靴，挽着丈夫的胳膊。他身穿呢大衣，拎只服装袋，两人显然刚买了衣服。

双方都因意外的相遇愣住了，谁想装作没看见对方都为时已晚。郝冬梅略微胖了些，气色很好。她到韩国整了容，小手术恢复得快，感觉一下子年轻了五六岁，一脸重新找到归宿的满足。

秉昆本要叫嫂子，话到唇边，猛然意识到不能再这么叫了，改口叫出的是"冬梅姐"。

"冬梅姐"表情不自然地说："秉昆，你穿得太少了吧？"

那时已是十一月中旬，天气转冷，树叶已经落光，步行街上黄叶遍地，稍显萧瑟。秉昆为了帮着干活方便没穿棉的，外衣里边只穿了一套秋衣秋裤。上午天气还不是多么冷，下午一起风，他觉得确实穿少了，一站住，感觉更冷了。

他说："出门时，没想到下午会这么冷。"

郝冬梅见他肩上挎着工具袋，穿身工作服，奇怪地问："你又干临时工了？"

他如实相告，自己去儿子周聪家帮忙了。

郝冬梅没向他介绍第二任丈夫，大概认为他心中有数，没介绍必要。她也没问周聪情况。她一叫他的名字，第二任丈夫显然已猜到他是谁，朝他点一下头，先往前走了。

二人互相看着，一时无话可说。

"我过几天就要出国了，以后多数时间会住在国外。"

"冬梅姐，多多保重，我会经常想你的。"

"我也会经常想你的，别冻着了，快走吧，打车回家吧。"

"冬梅姐，再见了。"

"再见。"

他们说了几句话，各走各的。

秉昆穿过步行街走到公共汽车站时，不知不觉流泪了。他意识到了一个明确的事实——郝冬梅是他嫂子的这一层关系，历史地彻底结束了。这对于他姐周蓉来说也是如此。因为哥哥周秉义的离世，他们和曾经的嫂子再不会有持续的往来了。如同两条道上的车，扳道工任性地扳了一下道岔，互相挂行了几十年，而现在分开了，各上各的道了。

尾 声

周秉昆一回到家，立刻将自己关在一间屋里，一页页翻着姐姐的长篇小说《我们这代儿女》。姐姐送给他后，他还没认真看过。他想知道，姐姐是否也意识到了他所意识到的改变。如果小说中没写到，他会对姐姐的小说失望的。

他不吃晚饭，就那么查账般地翻看着。终于在小说的下部中，他看到了这么几行字：

婚姻的关系，自然是有缘分在起作用的。所谓缘分，乃是由家庭的社会等级作为前提的。超等级的缘分不具有普遍性，大抵是由特定年代或郎才女貌所导演的——我哥哥和我嫂子的婚姻便是如此……

这时快晚上九点了，他没能忍住，连续拨打姐姐周蓉的手机。打了几次也没有打通，他更欲罢不能，拨打了姐夫蔡晓光的手机。

蔡晓光立刻接听了。

"我姐怎么不接电话呢？"

晓光低声说："正哭鼻子呢。"

"你欺负我姐了？"

"怎么会！爱她还爱不够呢。她刚从一本杂志上读完了一篇文章，就与我讨论起来。讨论深了，她就哭。你老姐那人你还不清楚？她不是那种只做看客就行的中国人，她对国事忧虑惯了……我会哄好她的。"

"什么杂志？"

"不告诉你，不希望你也成为看那种杂志的人。"

"那，跟我姐说，我认为她的小说很好。"

"会的。读到哪儿了？"

周秉昆就看着小说，将他终于发现的那一小段念给姐夫听。

"再跟我姐说，读了她的小说我才明白，她原来那么爱我。还得跟她说，我流泪了。"

"秉昆啊，再多看几页吧。在第 476 页，中间有一行，你一定要读，否则你会睡不着觉，读了就不失眠了。"

与姐夫结束通话，周秉昆接着读小说第 476 页：

对于人类，世上的好事、美事是多种多样的。对于每一个具体的人来说，即使活上两百岁，也不可能遍享无遗。对于全世界的人来说，美好的事却又太少太少，少到绝大多数人的一生与之无缘。所以，即使我们的一种幸福感只不过是因为曾有一位好嫂子，也应谢天谢地。如果我的嫂子某一天不再是我的嫂子，成了别人的妻子，我不但不会感到遗憾，反而会在内心里经常祝福她——好女人不可以长期寡居……

周秉昆读罢，便又流泪了。

郑娟问："你怎么了？"

他就读给她听。

郑娟也流泪了，她说："我孙子这一辈也没法有一个好哥哥、好姐姐、好姐夫、好嫂子了。"

他说："儿子也没有啊！"

她说："你看书那会儿，儿子跟我通了会儿电话，媳妇又和他吵架了，阳台窗的样式媳妇不满意。"

他愣了片刻，叹道："别管他们的事了，爱吵吵吧。管也是白管，咱们管不好的。"

尾　声

他还想说一句话："但愿咱们的孙子有我这种福气，妻子是你这样的女人，而不是他妈那样的女人。"话到唇边，没说出口。

他走到床前，抱着妻子，将头埋在她胸脯上。

他想，他们这一门周姓人家最精彩的历史，居然与自己的人生重叠了，往后许多代中，估计再难出一个他姐周蓉这样的大美人儿，也再难出一个他哥周秉义这样有情有义的君子了。

寻常百姓人家的好故事，往后会百代难得一见吗？

这么一想，他的眼泪又禁不住往下流。

二〇一六年春节，周秉昆家没有朋友相聚。大家经常能见着，聚不聚的都不以为然了。

春节一过，北京"两会"照例成为新闻的重头戏。

蔡晓光开车，带着周蓉在省内一个个偏远农村"旅行"。每到一村，为留守儿童送一批书，上一个月课，兼做心理辅导。周蓉在这两方面经验丰富，晓光乐于做她的助理。她也像哥哥周秉义一样，有了一种心结，要以一己之力，为孩子们做点儿有意义的事。

他俩准备年复一年地做下去，想让晚年生活得有些意义。

周蓉这样的知识分子，从来都耻于当社会的看客。眼下除了决心努力做的这件事，她还能做些什么呢？

周秉昆和郑娟坐在蔡晓光开的车上，把姐姐和姐夫送到了市郊。下车后，望着那辆车渐渐远去，秉昆说："我想走几站再乘公交车。"

郑娟高兴地说："好呀！"

她挽住他的手臂，而他握住她的手，与自己的手一并揣入兜里。

她说："像轧马路。"

他说:"现在的年轻人谈恋爱不轧马路了。"

她说:"他们不轧咱们轧。"她咯咯笑出了声。

前几天刚刚下过一场大雪,然而春天终究是又来了。郊区空气清新,雪景很美。秉昆忽然心生一种大的恐惧,怕什么重病突袭自己,或突袭妻子。他怕自己突然失去了她,或她突然失去了自己。所谓无忧无虑的生活,对于他们而言,真可谓姗姗来迟啊!而且,他们还做不到完全无忧无虑——谁知儿子和儿媳的婚姻能持续多久呢?

这时,惬意、幸福之感与猝然而至的恐惧,难解难分地缠绕住他的心,他不由得将郑娟的手攥紧,仿佛这样他俩就不可分开了。

她那只手,经过几十年的劳作,指甲劈裂粗糙有茧。

他不由得回忆起了自己的一生,一个小老百姓的一生。他不是哥哥周秉义,做不成他为老百姓所做的那些大事情。他也不是姐姐周蓉,能在六十岁以后还寻找到了另一种人生的意义。他从来都只不过是一个小老百姓,从小到大对自己的要求也只不过是应该做一个好人。尽量这么做了,却并没做得多么好。

因为有了一个叫郑娟的女人成了妻子,他才觉得自己的人生也算幸运。他想到了姐姐周蓉小说第 476 页的那段话,内心里反复念叨着:"谢天谢地,谢天谢地……"

过了一会儿,他在内心里说:"天可怜见,地可怜见,让我俩健健康康地多活几年。萤心,光明,你可千万要保佑你姐和我啊!"

他把她的手攥得更紧了……

图书在版编目（CIP）数据

人世间 / 梁晓声著 . -- 北京 : 中国青年出版社, 2017.11
ISBN 978-7-5153-5026-4

Ⅰ.①人… Ⅱ.①梁… Ⅲ.①长篇小说－中国－当代 Ⅳ.① I247.5

中国版本图书馆 CIP 数据核字（2017）第 310510 号

责任编辑　李师东　李钊平
书籍设计　符晓笛　刘清霞

出版发行	中国青年出版社
社　　址	北京东四十二条 21 号
邮　　编	100708
网　　址	www.cyp.com.cn
编辑中心	010-57350366
营销中心	010-57350370
印　　刷	北京中科印刷有限公司
经　　销	新华书店
开　　本	710mm×1000mm　1/16
字　　数	1150 千字
印　　张	93.5
版　　次	2017 年 11 月北京第 1 版
印　　次	2022 年 5 月北京第 29 次印刷
印　　数	480001-500000
定　　价	238.00 元（全三册）

如有印装质量问题，请凭购书发票与质检部联系调换
电话：010-57350337